DANIELLE STEEL

LE MARIAGE

Traduit de l'anglais
par Zoé Delcourt

PRESSES DE LA CITÉ

Titre original :
THE WEDDING

ISBN 978-2-266-14229-8

A Beatie
Ma première mariée tant chérie,
Que tu sois toujours heureuse !
De tout mon cœur
Et avec tout mon amour,

D.S.

1

La circulation était quasiment bloquée sur l'autoroute de Santa Monica. Au volant de sa Mercedes 300 bleu nuit, Allegra Steinberg poussa un profond soupir ; à ce rythme, le trajet allait lui prendre une éternité. Elle n'avait rien de particulier à faire sur le chemin du retour, mais passer des heures ainsi dans les embouteillages lui semblait toujours une prodigieuse perte de temps.

Elle étira ses longues jambes et alluma la radio. Un sourire éclaira son visage lorsqu'elle reconnut le solo de guitare du dernier single de Bram Morrison. Celui-ci était l'un des clients de son cabinet juridique, et elle le conseillait depuis plus d'un an.

Allegra ne manquait pas de clients importants ; à vingt-neuf ans, et quatre ans seulement après sa sortie de Yale, elle était déjà associée junior chez Fisch, Herzog et Freeman, un cabinet très renommé, spécialisé dans le droit du spectacle, un domaine qui l'avait toujours passionnée.

Elle avait su très vite qu'elle voulait faire carrière dans le droit, et n'avait que brièvement, au bout de deux années d'études, envisagé d'être actrice. Ce choix n'aurait d'ailleurs guère surpris sa famille : sa mère, Blaire Scott, produisait en effet depuis neuf ans l'une des émissions les plus populaires de la télévision. Il s'agissait d'une série grand public, qui donnait une place importante à l'émotion et n'hésitait pas à aborder des problèmes de société. Pendant sept de ses neuf années d'existence, *Buddies* avait connu un succès extraordinaire, et Blaire avait obtenu sept Oscars. Le père d'Allegra, Simon Steinberg, était quant à lui un célèbre producteur de cinéma, et son nom était associé à quelques-uns des plus grands films hollywoodiens. Il avait gagné trois Oscars, et était connu pour ses succès au box-office. C'était un homme courtois, un gentleman – un vrai –, espèce fort rare à Hollywood. Blaire et lui formaient un des couples les plus exceptionnels et les plus respectés de l'industrie du cinéma. Ils travaillaient énormément, mais consacraient également du temps à leur famille. Allegra avait une sœur de dix-sept ans, Samantha, surnommée Sam, qui était en terminale au lycée et mannequin à ses heures. Elle, contrairement à son aînée, souhaitait vraiment devenir actrice. Seul leur frère Scott, en troisième année d'études à l'université de Stanford, semblait avoir totalement échappé au milieu du spectacle. Il avait toujours rêvé d'être chirurgien, et se préparait à faire médecine[1]. Pour Scott Steinberg, la soi-disant « magie » d'Hollywood n'opérait pas.

A vingt ans, il ne connaissait que trop bien l'univers du show-business et ne comprenait pas qu'Allegra eût décidé de s'orienter vers le droit du spectacle. Lui ne voulait pas passer le restant de ses jours à penser box-office, Audimat ou recettes. Sympathique, sensé, terre à terre, il souhaitait devenir chirurgien orthopédiste, spécialisé dans la médecine sportive. Il avait toujours vu les membres de sa famille se rendre malades à cause de stars gâtées et capricieuses, d'acteurs fantasques, de directeurs de chaînes peu scrupuleux ou d'investisseurs irréalistes, et cela ne le tentait guère. Certes, il y avait des moments agréables, et tous semblaient aimer ce qu'ils faisaient ; sa mère tirait d'énor-

1. Aux Etats-Unis, les études se spécialisent vraiment à l'issue de la quatrième année d'université. *(N.d.T.)*

mes satisfactions de son émission, son père avait produit des films excellents, Allegra aimait s'occuper des stars et Sam se préparait à être actrice. Mais Scott était ravi de leur laisser tout cela.

Songeant à son frère, Allegra sourit. Même lui avait été impressionné en apprenant qu'elle représentait Bram Morrison. Ce dernier était considéré comme une véritable vedette. En règle générale, Allegra ne divulguait jamais les noms de ses clients, mais Bram l'avait citée au cours d'une émission télévisée. Allegra travaillait également pour Carmen Connors, une jeune actrice sosie de Marilyn Monroe, qui promettait d'être la star de la décennie. Carmen avait vingt-trois ans et venait d'une minuscule ville de l'Oregon. Elle avait commencé sa carrière comme chanteuse, mais avait récemment enchaîné deux films l'un après l'autre et s'était révélée une actrice fantastique. Allegra et elle s'étaient très vite liées d'amitié, et Carmen était devenue en quelque sorte le « bébé » d'Allegra, presque littéralement, parfois, mais cela ne dérangeait pas la jeune avocate.

Contrairement à Bram, qui avait plus de trente-cinq ans et était un pilier de l'industrie musicale depuis vingt ans, Carmen était encore novice dans son métier et semblait sans cesse assaillie de problèmes. Petits amis trop bavards, inconnus se prétendant amoureux d'elle sans l'avoir jamais vue, publicitaires, coiffeurs, journaux à scandale, paparazzis, prétendus agents… Elle ne savait jamais comment réagir vis-à-vis de tous ces gens, et Allegra avait l'habitude de recevoir des coups de fil paniqués à toute heure du jour et de la nuit – mais surtout à partir de deux heures du matin. Carmen était souvent terrorisée la nuit. Elle craignait que quelqu'un ne pénètre chez elle et ne lui fasse du mal. Allegra avait réussi à la calmer un peu en faisant appel à une compagnie de sécurité pour surveiller sa maison dès la tombée de la nuit et jusqu'au lever du soleil, en faisant installer une alarme et en lui faisant acheter deux chiens de garde. Mais malgré tout cela, Carmen continuait à l'appeler en pleine nuit, pour lui parler des problèmes qu'elle rencontrait sur son dernier tournage, ou simplement pour quêter un peu de réconfort. Allegra avait l'habitude et ne s'en formalisait pas. Après avoir vu pendant des années tout ce que les stars avaient fait subir à ses parents, elle ne s'étonnait plus de rien. En dépit de tout, elle adorait son métier d'avocate et le domaine dans lequel elle l'exerçait.

Enfin, les voitures recommencèrent à avancer. Lorsqu'elle rentrait chez elle ou allait à un rendez-vous professionnel, il lui fallait parfois une heure pour parcourir quinze kilomètres, mais elle était habituée à cela aussi. Elle aimait vivre à Los Angeles, et la plupart du temps les embouteillages ne la dérangeaient pas. On était en janvier, mais il faisait chaud et elle avait baissé la capote de sa voiture ; ses longs cheveux blonds brillaient sous le soleil hivernal. C'était une superbe journée, typique de la Californie du Sud. Durant les sept longs hivers qu'elle avait passés à New Haven, pendant ses études, elle avait rêvé de ce temps. A la sortie du lycée de Beverly Hills, la plupart de ses camarades étaient allés étudier à UCLA. Le père d'Allegra, lui, avait souhaité qu'elle aille à Harvard, mais la jeune femme avait préféré Yale, même si elle n'avait jamais eu envie de rester dans l'est du pays, une fois son diplôme en poche. Toute sa vie était en Californie.

Elle songea à appeler Brandon au bureau, mais décida d'attendre d'être arrivée chez elle. Si elle passait parfois quelques coups de fil professionnels de son portable durant le trajet du retour, elle préférait rentrer et se détendre quelques minutes avant d'appeler Brandon. Comme elle, il avait des journées de travail longues et éprouvantes, et c'était souvent en fin d'après-midi qu'il voyait les clients qu'il devait accompagner au tribunal le lendemain, ou qu'il préparait des réunions avec des avocats ou des juges. Il était avocat, spécialisé dans la délinquance en col blanc ; pour l'essentiel, il s'occupait d'infractions vis-à-vis des banques, de détournements de fonds et d'extorsions. « Ça, c'est vraiment du droit », disait-il volontiers, par opposition à ce qu'elle faisait elle. De fait, Allegra reconnaissait que son travail était bien éloigné de celui de Brandon. Sa personnalité était tout aussi différente : il était plus strict, plus raisonnable, et avait une vision de la vie plus sérieuse. Depuis deux ans qu'ils sortaient ensemble, la famille d'Allegra avait plus d'une fois accusé Brandon Edwards de manquer d'humour. Pour les Steinberg, il s'agissait là d'un défaut majeur, car ils mettaient un point d'honneur à ne jamais se prendre au sérieux.

Allegra appréciait beaucoup de choses chez Brandon, ils éprouvaient le même intérêt pour le droit et étaient tous deux fiables et solides. Le fait qu'il eût des enfants ne la dérangeait pas, au contraire. Il avait été marié pendant dix ans à une fille rencontrée durant ses études à Berkeley. Joanie était tombée enceinte peu après le début de leur relation et il avait été, disait-il, contraint de l'épouser. Ce souvenir l'emplissait toujours d'amertume, même si, d'une certaine manière, Joanie était encore très proche de lui, après dix ans de mariage et deux enfants. Brandon répétait à qui voulait l'entendre qu'il avait détesté être marié avec elle, qu'il s'était senti prisonnier et qu'il avait été furieux de devoir l'épouser en catastrophe parce qu'elle était enceinte. Ils avaient eu ensemble deux petites filles. Après ses études de droit, Brandon était allé travailler dans le cabinet le plus conservateur de San Francisco. Ce n'était que par hasard qu'il avait été muté à Los Angeles, juste après que Joanie et lui avaient décidé de se séparer pour faire le point. Il avait rencontré Allegra trois semaines après son arrivée en ville, par l'intermédiaire d'un ami commun, et cela faisait maintenant deux ans qu'ils sortaient ensemble. Elle l'aimait, et elle aimait ses enfants, mais Joanie refusait de laisser les fillettes venir à Los Angeles, aussi Brandon allait-il généralement à San Francisco pour les voir. Allegra était avec lui le plus souvent possible.

Malheureusement, depuis deux ans que Brandon et Joanie étaient séparés, celle-ci n'avait pas réussi à trouver du travail ; elle affirmait que les petites seraient traumatisées si elle les « abandonnait toute la journée ». Aussi était-elle totalement dépendante de Brandon. De surcroît, ils se querellaient toujours à propos de leur maison de San Francisco et de leur appartement de vacances près du lac Tahoe. En fait, en deux ans, bien peu de problèmes avaient été résolus : le divorce n'était toujours pas prononcé, ni les arrangements financiers conclus. Allegra taquinait parfois son compagnon à ce sujet. Un avocat incapable de faire signer un contrat à sa femme ! Mais elle ne voulait pas faire pression sur lui. Pour l'instant, cela signifiait que leur relation n'évoluait guère ; elle ne pourrait réellement s'épanouir que lorsqu'il aurait réglé les derniers détails avec Joanie.

Allegra prit la sortie de Beverly Hills, songeant toujours à Brandon. Elle se demandait s'il aurait envie d'aller dîner dehors. Elle savait qu'il préparait un procès, ce qui l'obligerait sans doute à rester tard au bureau ce soir-là. Mais elle ne pouvait guère se plaindre. Elle-même travaillait souvent tard le soir, même si c'était rarement pour préparer des procès. Ses clients étaient écrivains, producteurs, metteurs en scène, acteurs et actrices, et elle s'occupait de tous leurs problèmes juridiques, des actes aux testaments. Elle négociait leurs contrats, préservait leurs intérêts financiers, plaidait leurs divorces. C'était la partie légale de son travail qui l'intéressait le plus, mais elle savait que les stars – ou du moins ceux qui évoluaient dans le show-business – attendaient d'elle qu'elle prenne en charge tous les aspects de leur vie compliquée, pas seulement les contrats. Parfois, Brandon ne semblait pas comprendre cela. Le milieu du spectacle demeurait un mystère pour lui, en dépit de toutes les explications qu'Allegra lui avait fournies. Il disait préférer pratiquer le droit pour et avec des « gens normaux », dans le cadre familier d'une cour fédérale. Il espérait devenir un jour juge fédéral, et bien qu'il n'eût que trente-six ans, il semblait sur la bonne voie.

Alors qu'Allegra négociait un virage, le téléphone

sonna dans la voiture. Espérant entendre la voix de Brandon, elle décrocha, mais c'était Alice, sa secrétaire, qui l'appelait. Alice travaillait pour le cabinet depuis quinze ans, et Allegra lui faisait entièrement confiance : elle avait beaucoup de bon sens, un esprit brillant et une manière très apaisante, presque maternelle, de traiter les clients les plus irascibles.

— Allô, Alice, quoi de neuf ? demanda Allegra en branchant le haut-parleur afin de pouvoir conduire les mains libres.

— Carmen Connors vient juste d'appeler, je pensais que vous voudriez être informée. Elle est très contrariée. Elle fait la couverture de *Chatter.*

C'était l'un des journaux à scandale les plus méchants du marché, et il harcelait Carmen depuis des mois, en dépit des avertissements et des menaces répétés d'Allegra. Malheureusement, les journalistes savaient jusqu'où ils pouvaient aller et ne dépassaient jamais certaines limites, si bien qu'il était impossible de les poursuivre en diffamation.

— De quoi est-il question, cette fois ? demanda Allegra en fronçant les sourcils.

Elle approchait de la petite maison que ses parents l'avaient aidée à acheter à sa sortie de l'université. Elle les avait remboursés depuis, et adorait son cottage.

— L'article dit qu'elle a participé à une orgie en compagnie d'un de ses médecins. Son chirurgien plastique, je crois.

La pauvre Carmen avait fait l'erreur de passer une soirée avec l'intéressé. Ils avaient dîné au Chasen's, et d'après ce qu'elle avait raconté à Allegra, ils n'avaient même pas fait l'amour, et encore moins participé à une orgie.

— Oh, zut, gronda Allegra en se garant devant chez elle, la mine contrariée. Vous avez le journal ?

— Non, je l'achèterai en rentrant à la maison. Vous voulez que je passe le déposer chez vous ?

— Pas la peine, je le lirai demain. Je suis chez moi,

je vais appeler Carmen sur-le-champ. Merci. Rien d'autre ?

— Votre mère a appelé. Elle voulait savoir si vous pouviez venir dîner vendredi et en profitait pour vous rappeler que la cérémonie de remise des Golden Globes est samedi. Elle espère que vous irez.

— Bien sûr, répondit Allegra, un sourire aux lèvres. Elle le sait bien.

Ses deux parents faisaient partie des sélectionnés, cette année, et elle ne raterait cette soirée pour rien au monde. Elle avait invité Brandon à l'y accompagner, plus d'un mois plus tôt, avant Noël.

— Je la rappellerai aussi, reprit-elle. C'est tout ?

— C'est tout.

Il était dix-huit heures quinze. Elle avait quitté le bureau à dix-sept heures trente, ce qui était très tôt pour elle, mais elle avait emporté des dossiers, qu'elle étudierait dans la soirée si elle ne pouvait voir Brandon.

— A demain, dans ce cas, Alice. Bonne soirée.

Elle retira la clé de contact, prit son attaché-case, ferma la voiture et entra chez elle. La maison lui parut vide et sombre, et après avoir jeté sa mallette sur le canapé, elle alluma le plafonnier et se dirigea vers la cuisine.

Celle-ci jouissait d'une vue superbe sur la ville, en contrebas. Il faisait presque nuit et les lumières scintillaient comme des joyaux. Allegra se servit un grand verre d'Evian et passa son courrier en revue : elle avait reçu quelques factures, une lettre de Jessica Farnsworth, une vieille camarade de classe, divers catalogues, et une carte postale d'une autre amie, Nancy Towers, qui skiait à Saint-Moritz. Elle jeta toute la publicité à la poubelle et remarqua au passage les chaussures de sport de Brandon abandonnées sur le sol. Elle sourit ; la maison paraissait toujours plus vivante lorsqu'il y laissait ses affaires. Il avait gardé son propre appartement, mais passait pas mal de temps avec elle. Il aimait sa compagnie, et le lui disait, mais il lui avait aussi clairement fait savoir qu'il n'était pas encore prêt à s'engager. Le mariage, pour lui, avait été un véritable enfer, et il n'avait pas encore surmonté ce traumatisme. Il avait peur de commettre une nouvelle erreur, ce qui expliquait sans doute qu'il mît autant de temps à divorcer. Mais Allegra était de toute façon satisfaite de leur relation, comme elle l'avait dit aussi bien à sa psychothérapeute qu'à ses parents. Elle n'avait que vingt-neuf ans ; elle n'était pas pressée de se marier.

Elle posa son courrier, rejeta ses longs cheveux blonds en arrière et appuya sur le bouton de lecture de son répondeur avant de s'asseoir sur un haut tabouret. Sa cuisine était impeccable, entièrement réalisée en marbre blanc et granit noir. Le carrelage aussi était noir et blanc. La jeune femme le fixait sans le voir, tandis qu'elle écoutait ses messages ; comme elle s'y attendait, le premier était de Carmen. On entendait des larmes dans sa voix, et elle tenait des propos décousus à propos de l'article de *Chatter*, ne cessant de répéter combien il était injuste, et combien sa grand-mère avait été choquée en le lisant. La vieille dame, qui vivait à Portland, avait appelé Carmen dans l'après-midi, bouleversée.

Carmen ignorait si cette fois Allegra voudrait faire un procès au magazine, mais souhaitait en parler avec elle et lui demandait de la rappeler dès qu'elle serait chez elle ou aurait un moment. Jamais Carmen ne songeait qu'Allegra avait le droit de souffler un peu et de profiter de son temps libre ; lorsqu'elle estimait avoir besoin d'elle, la jeune actrice devenait presque tyrannique.

La mère d'Allegra avait également téléphoné pour l'inviter à dîner vendredi soir, comme le lui avait rapporté Alice, et pour lui rappeler que la cérémonie de remise des Golden Globes avait lieu ce week-end-là. Allegra sourit. Sa mère semblait vraiment surexcitée, sans doute parce que cette année son mari était également nominé. Scott viendrait exprès de Stanford pour regarder l'émission avec Sam, et bien sûr, Allegra était invitée à assister à la cérémonie.

Le message suivant avait été laissé par un joueur de tennis professionnel qu'Allegra évitait depuis des semaines. Elle avait commencé à prendre des leçons, mais n'avait pas eu le temps de continuer. Elle nota son nom sur un papier, afin de pouvoir au moins le rappeler et lui indiquer qu'elle arrêtait.

Enfin, il y avait un message d'un homme rencontré durant les vacances. Il était séduisant et travaillait pour un studio important, mais il ne se montrait pas très fair-play : il avait bien vu qu'elle était avec Brandon lorsqu'il l'avait rencontrée, et cela ne l'empêchait pas de chercher ouvertement à la séduire… Au son de sa voix rauque laissant son nom et lui demandant de le rappeler, Allegra sourit. Pour elle, la question ne se posait pas ; elle ne voyait pas l'intérêt de sortir avec un autre que Brandon. Sa relation avec lui était la troisième histoire d'amour importante de sa vie. La précédente avait duré près de quatre ans, durant la seconde moitié de ses études de droit et ses deux premières années à Los Angeles. Son compagnon d'alors avait comme elle fait ses études supérieures à Yale. C'était un metteur en scène. Mais au bout de quatre ans, il n'envisageait toujours pas de s'engager auprès d'Allegra, et il avait fini par partir à Londres. Il lui avait demandé de le suivre, mais à l'époque elle travaillait déjà chez Fisch, Herzog et Freeman et n'avait pu l'accompagner. Ou du moins était-ce ce qu'elle lui avait dit. En vérité, elle en était arrivée à la conclusion qu'il ne servait à rien d'abandonner un excellent travail pour suivre jusqu'au bout du monde un homme incapable de parler avenir avec elle. Roger vivait « dans l'instant ». Il ne cessait de parler karma, *chi*, liberté. Après deux ans de psychanalyse, Allegra avait finalement compris que leur relation n'allait nulle part, et elle avait eu l'intelligence de ne pas le suivre à Londres. Elle était restée à Los Angeles et, deux mois plus tard, avait rencontré Brandon.

Roger avait été précédé par un professeur, à Yale. Allegra était sortie avec lui durant sa dernière année de lycée, et ils avaient eu une liaison passionnée, très sensuelle. L'intensité de leurs rapports était telle qu'il avait fallu que Tom prenne une année sabbatique et parte faire un trekking au Népal avec sa femme et leur petit garçon pour qu'ils réussissent à rompre. A leur retour, son épouse était enceinte, et de son côté, Allegra avait rencontré Roger. Mais chaque fois qu'elle croisait Tom, l'attirance qu'ils éprouvaient l'un envers l'autre était toujours aussi forte. Elle avait été soulagée lorsque, en fin de compte, il avait quitté Yale pour aller enseigner à Northwestern. Le désir qu'il ressentait pour elle était indéniable, irrésistible, mais il n'avait jamais été capable de faire des projets avec elle. Aujourd'hui, Tom n'était plus qu'un souvenir, un vestige du passé, et la thérapeute d'Allegra n'y faisait presque jamais référence, sinon pour souligner que la jeune femme n'avait jamais connu de relation accompagnée de promesses d'avenir.

— Cela ne me semble pas choquant, à vingt-neuf ans, faisait valoir Allegra. Je n'ai jamais vraiment eu envie de me marier.

— Ce n'est pas le problème, Allegra, répondait invariablement le Dr Green avec fermeté.

Elle venait de New York et avait de grands yeux sombres qui hantaient souvent Allegra après leurs séances. Elles se voyaient depuis maintenant quatre ans. Allegra était heureuse de sa vie ; mais parfois, il y avait beaucoup de pression sur elle, beaucoup d'attentes de la part de sa famille, de son cabinet, et elle avait besoin de prendre du recul pour ne pas se laisser submerger par les événements.

— Quelqu'un a-t-il jamais voulu se marier avec vous ? insistait le Dr Green.

— Quelle importance, de toute façon, puisque je ne veux pas me marier ?

— Pourquoi, Allegra ? Qu'est-ce qui vous empêche d'être attirée par des hommes capables de s'engager ? D'où vient le problème ? demandait sans relâche la thérapeute.

— C'est idiot. Roger m'aurait épousée, si j'étais allée à Londres avec lui. Je ne voulais pas, c'est tout. Il se passait trop de choses dans ma vie ici.

— Qu'est-ce qui vous fait penser qu'il vous aurait épousée ?

Le Dr Green était comme un petit furet : elle allait dans tous les coins, reniflait toutes les pistes possibles et s'intéressait à chaque détail, aussi insignifiant fût-il en apparence.

— Vous l'a-t-il dit ?

— Nous n'en avons jamais parlé.

— Et cela ne vous paraît pas étrange ?

— Quelle différence est-ce que ça fait ? C'était il y a deux ans, répondait Allegra avec irritation.

Elle détestait que le Dr Green insistât ainsi. De toute façon, elle se trouvait bien trop jeune et trop impliquée dans sa carrière pour penser au mariage.

— Et Brandon ?

La thérapeute revenait toujours à lui, et cela mettait Allegra mal à l'aise. Le Dr Green ne comprenait pas Brandon, ni le traumatisme qu'il avait subi lorsqu'il avait été contraint de se marier avec Joanie parce qu'elle était enceinte.

— Quand son divorce sera-t-il prononcé ?

— Lorsqu'ils auront réglé les problèmes concernant l'argent et la maison, expliquait posément Allegra, parlant en avocate.

— Pourquoi ne règlent-ils pas les questions financières pour divorcer enfin ? Après, ils auront largement le temps de s'occuper de la maison.

— Quel est l'intérêt de précipiter les choses ? Ce n'est pas comme si Brandon et moi *devions* nous marier.

— Non. Mais en a-t-il envie ? Et vous, Allegra ? En parlez-vous, parfois ?

— Nous n'avons pas besoin d'en discuter. Nous nous comprenons parfaitement. Nous sommes tous les deux très occupés, nous avons tous les deux des carrières importantes. Et puis, ça ne fait que deux ans que nous sommes ensemble.

— Certaines personnes se marient bien plus vite que ça, ou bien plus lentement. La question est (en disant cela, le Dr Green plongeait ses yeux noirs dans ceux, verts, d'Allegra) : vous êtes-vous encore impliquée dans une aventure avec un homme incapable de s'engager ?

— Bien sûr que non, répondait Allegra en essayant d'éviter son regard perçant, mais sans jamais vraiment y parvenir. Le moment n'est pas bien choisi, c'est tout.

Après quoi le Dr Green hochait la tête et se taisait en attendant la suite.

Leurs échanges étaient presque toujours semblables, et ce depuis qu'Allegra avait rencontré Brandon. Sauf que la jeune femme n'avait plus vingt-sept ans, ni vingt-huit, mais vingt-neuf ; Brandon était séparé de sa femme depuis deux ans, désormais. Ses filles, Nicole et Stéphanie, avaient onze et neuf ans, et Joanie n'avait toujours pas trouvé de travail. Elle continuait à être dépendante de Brandon pour tout. Comme Brandon, Allegra expliquait cela par le manque de qualification de Joanie : elle avait abandonné ses études à la naissance de Nicky.

Le message suivant sur le répondeur d'Allegra était précisément de Nicole. Elle espérait qu'Allegra viendrait à San Francisco avec son papa le week-end suivant ; elle espérait que tout allait bien, et qu'elles auraient le temps d'aller faire du patin à glace. Allegra lui manquait.

« Ah, et puis… J'aime beaucoup la veste que tu m'as envoyée pour Noël… J'allais t'écrire un mot, mais j'ai oublié, et maman a dit… »

Il y eut une pause embarrassée : la fillette s'efforçait de reprendre contenance.

« Je te donnerai la lettre ce week-end. Au revoir… Je t'embrasse. Oh, c'était Nicky, au fait. Au revoir. »

Allegra avait encore un sourire aux lèvres lorsqu'elle entendit le message suivant : Brandon travaillerait tard, disait-il. Il était encore au bureau. Son message était le dernier.

Elle finit sa petite bouteille d'Evian, la jeta à la poubelle et décrocha le téléphone pour appeler Brandon au bureau. Assise sur le tabouret de la cuisine, ses longues jambes croisées, elle était superbe, mais elle n'en avait absolument pas conscience, tandis qu'elle composait le numéro de la ligne privée de Brandon. Cela faisait si longtemps qu'elle vivait dans un monde peuplé de gens aux physiques extraordinaires qu'elle n'y faisait plus attention, d'autant qu'elle attachait plus d'importance à l'esprit qu'à la beauté extérieure. Elle ne pensait jamais à son apparence, ce qui ne faisait que la rendre plus séduisante encore. Ceux qui l'approchaient se rendaient aussitôt compte qu'elle s'intéressait davantage à eux qu'à elle-même.

Brandon décrocha dès la deuxième sonnerie. Il paraissait très occupé et distrait. Sans doute était-il plongé dans son travail.

— Brandon Edwards.

Allegra sourit. Il avait une voix profonde, sexy, qu'elle aimait particulièrement. Il était grand, blond, soigné et BCBG, peut-être un peu trop conservateur dans sa façon de s'habiller, mais cela ne dérangeait pas Allegra. Il y avait quelque chose de très sain, chez lui, de très honnête.

— Coucou, j'ai eu ton message, dit-elle, et il la reconnut aussitôt. Comment s'est passée ta journée ?

— Elle n'en finit pas, répondit-il d'une voix lasse.

Elle ne lui parla pas de la sienne ; il s'intéressait fort peu aux clients du cabinet d'Allegra et se comportait toujours comme si ce qu'elle faisait était plus fantaisiste qu'autre chose.

— Comme tu le sais, je passe au tribunal la semaine prochaine, et les recherches me donnent du fil à retordre. J'aurai de la chance si je peux partir d'ici avant minuit, soupira-t-il.

— Tu veux que je t'apporte quelque chose à manger ? proposa-t-elle. Je pourrais passer avec une pizza.

— Je préfère attendre. J'ai pris un sandwich, et je ne veux pas m'arrêter dans mon élan. Je passerai acheter quelque chose avant de venir te rejoindre, s'il n'est pas trop tard et si tu veux encore de moi.

Il y avait une certaine chaleur dans la façon dont il avait prononcé ces derniers mots, et Allegra sourit.

— Je veux toujours de toi, tu le sais bien. Viens aussi tard que tu veux. J'ai rapporté du travail à la maison, moi aussi. J'ai largement de quoi m'occuper.

Les papiers concernant la tournée de Bram Morrison l'attendaient dans son attaché-case.

— Parfait. A tout à l'heure, alors.

— Oh, au fait, Brandon, j'ai reçu un coup de fil de Nicky, aujourd'hui. Elle a dû se tromper dans les dates, elle pensait que nous allions à San Francisco ce week-end. C'est la semaine prochaine, n'est-ce pas ?

Ce week-end, il allait avec elle à la cérémonie des Golden Globes.

— En fait, il… il se peut que je lui aie dit quelque chose à propos de… Je pensais qu'il valait mieux que je passe à San Francisco avant le début du procès. Après, je ne pourrai peut-être pas me libérer tout de suite.

Il semblait mal à l'aise, et Allegra fronça les sourcils.

— Mais nous ne pouvons pas y aller cette semaine. Papa et maman sont tous les deux sélectionnés pour les Golden Globes, ainsi que trois de mes clients, dont Carmen. Tu avais oublié ?

Elle n'arrivait pas à croire qu'il ait pu changer d'avis. Elle lui parlait de cette soirée depuis des semaines.

— Non, je pensais simplement… Ecoute, Allie, je n'ai pas le temps de discuter de ça avec toi maintenant, sans quoi je serai coincé ici toute la nuit. Nous en parlerons plus tard, si tu veux bien ?

Cette réponse ne la rassura pas, et lorsqu'elle appela sa mère peu après, elle était encore contrariée.

Comme à son habitude, dans la semaine, Blaire enregistrait son émission, et le soir elle était fatiguée après des heures passées sur le plateau, mais elle était toujours heureuse d'entendre sa fille aînée. Elles se voyaient souvent, quoique un peu moins depuis qu'Allegra passait beaucoup de temps avec Brandon.

Blaire réitéra son invitation à dîner le vendredi soir et annonça à Allegra que son frère serait là. Toute la famille se réjouissait lorsqu'il pouvait venir à Los Angeles, et Blaire n'aimait rien davantage qu'une soirée avec tous ses enfants.

— Va-t-il venir aux Golden Globes également ? s'enquit Allegra, toujours ravie de le voir.

— Il va rester à la maison avec Sam. Il dit que les cérémonies de ce genre sont plus amusantes à la télévision. Au moins, il peut voir tous les gens qui l'intéressent, au lieu d'être piétiné par la foule.

— Il a peut-être raison, fit valoir Allegra en riant.

Elle savait que Sam aurait adoré assister à la soirée, mais leurs parents ne voulaient pas qu'elle soit trop exposée aux journalistes, et surtout pas dans le cadre de cérémonies comme celle-là. Toutes les starlettes d'Hollywood et tous les journalistes seraient présents. Simon et Blaire avaient accepté qu'elle soit mannequin à la seule condition qu'elle pose sous le nom de Samantha Scott, le nom de jeune fille de sa mère, moins familier du public que celui de Steinberg. Tout le monde à Hollywood savait qui était Simon Steinberg et aurait fait n'importe quoi pour prendre des photos de sa fille.

— Quoi qu'il en soit, moi, je serai là, promit Allegra.

Elle n'était plus très sûre de la présence de Brandon mais préféra ne pas en parler ; ce fut Blaire qui, un peu plus tard, lui posa la question. Allegra n'ignorait pas que ses parents étaient loin d'adorer Brandon ; ils n'appréciaient guère qu'il sortît avec leur fille depuis deux ans sans avoir encore divorcé de sa femme.

— Le prince Brandon se joindra-t-il aussi à nous ? demanda Blaire avec une ironie mordante.

Allegra hésita un long moment. Elle ne voulait pas se quereller avec sa mère mais n'aimait ni son ton ni ses sous-entendus.

— Je n'en suis pas encore sûre, répondit-elle enfin d'une voix calme qui, pour Blaire, en disait long.

Allegra passait son temps à défendre Brandon, et sa mère estimait que cela n'aurait pas dû être nécessaire.

— Il prépare un procès et risque de devoir travailler, ce week-end.

Le fait qu'il envisageât peut-être d'aller à San Francisco voir ses enfants ne regardait personne, décida-t-elle.

— Tu ne crois pas qu'il pourrait se libérer pour un soir ? demanda Blaire, sceptique, sur un ton qui fit à Allegra l'effet d'un crissement d'ongles sur un tableau noir.

— Laisse tomber, maman, veux-tu ? Je suis sûre qu'il fera de son mieux, et qu'il viendra s'il le peut.

— Tu devrais peut-être demander à quelqu'un d'autre de t'accompagner. Il n'y a aucune raison que tu viennes seule, tu ne t'amuseras guère.

Blaire était furieuse de voir Brandon laisser systématiquement Allegra en plan dès qu'il avait d'autres projets ou trop de travail ou qu'il n'était pas d'humeur. Il faisait toujours ce que bon lui semblait. Allegra se montrait conciliante, mais sa mère ne comprenait pas cette réaction.

— Je passerai un bon moment de toute façon, assura la jeune femme. Je veux juste être là quand papa et toi recevrez vos récompenses, conclut-elle avec fierté.

— Ne dis pas ça, coupa Blaire, superstitieuse, tu vas nous porter malheur.

Peu de choses, cependant, auraient pu porter malheur à Blaire Scott et Simon Steinberg. Tous deux avaient déjà reçu plusieurs Golden Globes, et presque toujours, cette récompense prestigieuse avait été suivie d'un Oscar au printemps suivant.

— Tu vas l'avoir, maman, je le sais. Tu gagnes toujours.

Les Golden Globes avaient ceci de particulier qu'ils récompensaient aussi bien les productions télévisuelles que cinématographiques, ce qui expliquait que Blaire et Simon fussent tous deux en lice.

— Arrête la flatterie, répondit Blaire, un sourire aux lèvres.

Elle était en vérité aussi fière de sa fille que cette dernière l'était d'elle. Allegra était une jeune femme exceptionnelle, et elles avaient toujours été très proches.

— Au fait, pourras-tu venir dîner vendredi ?

— Je te donnerai une réponse définitive demain, si ça ne t'ennuie pas.

Elle voulait d'abord discuter avec Brandon des projets de ce dernier, et voir ce qu'il comptait faire à propos de San Francisco. S'il restait, elle lui demanderait de venir dîner avec elle chez ses parents, mais elle estimait qu'il vaudrait mieux tout négocier d'un coup.

Sa mère et elle parlèrent ensuite quelques minutes de Scott, Sam et Simon. Ensuite, Blaire lui expliqua qu'elle allait engager une nouvelle personnalité dans son émission. Elle avait obtenu le feu vert de la chaîne. A cinquante-quatre ans, Blaire était encore très belle et fourmillait d'idées. Elle adorait ce qu'elle faisait ; c'était la seconde émission qu'elle produisait pour la même chaîne. *Buddies* connaissait un succès incroyable, même si l'audience avait un peu baissé dernièrement. C'était pour cette raison que Blaire attachait une grande importance à la cérémonie de samedi : un Golden Globe relancerait sûrement l'intérêt des téléspectateurs.

A l'instar d'Allegra, Blaire Scott était longue et mince, avec un corps de mannequin. Ses cheveux, naturellement roux, avaient pris avec le temps une teinte blond vénitien qui ne devait pratiquement rien aux colorants. Elle n'avait qu'à deux reprises eu recours à la chirurgie esthétique – pour estomper les rides de ses yeux et pour raffermir son cou – mais n'avait jamais eu besoin d'un lifting. Elle faisait l'envie de toutes ses amies, et la façon dont elle vieillissait emplissait Allegra d'espoir pour l'avenir. A propos de chirurgie plastique, Blaire avait toujours dit à ses filles : « Le secret est de ne pas trop en faire. » Mais Allegra, elle, avait toujours juré de ne jamais passer sur la table d'opération. Pour elle, lutter contre la nature était une perte de temps. « Attends quelques années, ton opinion changera », objectait Blaire avec sagesse. Elle-même avait longtemps refusé la chirurgie ; mais à quarante-trois ans, elle avait fini par craquer. Elle s'était fait opérer des yeux à cette époque-là, et du cou à cinquante ans. En conséquence, elle faisait à peine plus de quarante-cinq ans, désormais. « Ça gâche tout, quand les gens connaissent votre âge véritable », plaisantait-elle parfois, même si elle n'avait aucun désir réel de dissimuler son âge. La seule chose importante, pour elle, était de continuer à plaire à son mari. A soixante ans, ce dernier était toujours aussi séduisant qu'autrefois – elle le trouvait même encore plus beau qu'à l'époque de leur mariage.

— Tu mens, ne manquait-il pas de dire, un sourire aux lèvres, lorsqu'elle lui en faisait la remarque.

Allegra adorait passer du temps avec ses parents. Ils étaient gentils, intelligents, gais, et ils avaient le don de rendre leur entourage heureux.

— Je voudrais épouser un homme comme mon père, avait un jour déclaré Allegra au Dr Green.

Elle s'était attendue à une longue diatribe sur Freud, mais à son grand étonnement la thérapeute s'était contentée de hocher la tête.

— Cela me paraît sensé, après tout ce que vous m'en avez dit. Pensez-vous que vous pourriez attirer un homme comme lui ? avait-elle ajouté.

— Bien sûr, avait répondu Allegra.

Mais toutes deux savaient qu'elle était loin d'en être aussi persuadée qu'elle voulait bien le dire.

Allegra promit d'appeler sa mère à propos du dîner de vendredi dès qu'elle en saurait un peu plus. Après avoir raccroché, elle songea à téléphoner à Nicole, mais se ravisa ; Joanie n'apprécierait probablement pas. Aussi sortit-elle du réfrigérateur un yaourt entamé et le termina-t-elle en composant le numéro de Carmen. Cette dernière lui répondit d'une voix hystérique, comme toujours lorsque les journaux à scandale s'en prenaient à elle. Cette fois, cependant, elle devait bien admettre que l'article était grotesque. Il l'accusait d'avoir participé à une orgie à Las Vegas avec son chirurgien plastique. Ce dernier était censé lui avoir fait un visage entièrement différent, un nouveau menton, des implants mammaires et une liposuccion.

— Comment aurais-je pu faire tout ça ? s'écria-t-elle, horrifiée.

Elle était encore extrêmement naïve et était toujours choquée que les gens puissent raconter des mensonges à son sujet. Certains prétendaient être allés à l'école avec elle, être ses meilleurs amis, avoir voyagé en sa compagnie… Et, bien sûr, les hommes qui assuraient avoir partagé son lit étaient légion. Récemment, deux femmes avaient même déclaré avoir eu des expériences sexuelles avec elle, et Carmen en avait été malade. Même si de telles mésaventures étaient le lot de toutes les célébrités, elle ne manquait pas de trouver cela horriblement injuste.

— C'est la rançon du succès, lui rappelait toujours Allegra.

Elle avait du mal à croire qu'elle n'avait que six ans de plus que Carmen. La jeune star semblait à bien des égards tellement ingénue ! Elle continuait à croire que tout le monde était son ami et que personne ne souhaitait lui faire de mal. A part à deux heures du matin, où elle s'imaginait que tous les criminels de Los Angeles étaient devant sa porte, prêts à pénétrer chez elle pour la violer et l'assassiner. Allegra avait fini par engager pour elle une gouvernante à demeure, et elle avait dit à Carmen de garder une lumière allumée à l'extérieur de sa chambre, puisqu'elle avait peur du noir, mais cela ne suffisait pas à calmer ses angoisses.

— Ecoute, tu n'es pas assez vieille pour avoir subi toutes ces opérations, la rassura-t-elle à propos de l'article paru dans *Chatter*.

— Tu crois que les gens s'en rendront compte ? Je me suis seulement fait enlever un grain de beauté sur le front, gémit-elle en se mouchant pour la énième fois et en se remémorant tout ce que sa grand-mère lui avait dit lorsqu'elle l'avait appelée de Portland.

Elle avait déclaré que Carmen leur avait fait honte à tous et que Dieu ne lui pardonnerait jamais.

— Ne t'inquiète pas. As-tu lu l'article suivant ?

— Non, pourquoi ?

— Parce que, connaissant ce journal, il affirme certainement qu'une femme a eu des quintuplés sur Mars. Ou qu'une femme a accouché d'un singe dans une soucoupe volante. Si certaines personnes sont capables de gober des énormités pareilles, quelle importance qu'elles pensent que tu t'es fait faire un lifting à vingt-trois ans ? Il faut que tu t'endurcisses, Carmen, sinon ils vont te rendre folle.

— Je suis déjà en train de devenir folle, répondit tristement la jeune femme.

Elles bavardèrent pendant près d'une heure, après quoi Allegra raccrocha et alla prendre une douche. Elle venait d'en sortir et se séchait les cheveux lorsqu'elle entendit la voiture de Brandon s'immobiliser devant la maison.

Elle descendit lui ouvrir la porte en peignoir, le visage débarrassé de tout maquillage, ses longs cheveux mouillés lâchés dans son dos. Elle était encore plus belle ainsi qu'apprêtée, et Brandon lui jeta un regard admiratif avant de l'embrasser.

Il la suivit à l'intérieur et elle referma la porte derrière eux. Il était dix heures du soir, et Brandon avait l'air épuisé. Laissant tomber son attaché-case dans l'entrée, il attira Allegra à lui et l'embrassa avant de glisser sa main sous son peignoir. Elle était nue.

— Tu as faim ? lui demanda-t-elle entre deux baisers.

— Oh oui, répondit-il avec un sourire ambigu.

— Qu'est-ce que tu voudrais ?

— Mmm… De la poitrine, je crois… Ou peut-être une cuisse ? dit-il d'une voix sensuelle.

Une minute plus tard, ils étaient assis sur le lit de la jeune femme, et Brandon déboutonnait sa chemise avec un regard empreint de désir. Il paraissait fatigué, après sa longue journée, mais d'excellente humeur.

Elle l'aida à se déshabiller, et bientôt ils furent nus tous les deux. Ils firent l'amour sur le lit, à la lumière tamisée des lampes qu'Allegra avait laissées allumées. Une heure plus tard, épuisés mais heureux, ils s'allongèrent côte à côte, un sourire aux lèvres.

Allegra sombrait doucement dans le sommeil lorsque Brandon se leva, ce qui la réveilla.

— Où vas-tu ? demanda-t-elle en ouvrant un œil et en admirant le corps délié de son compagnon, ses cheveux blonds, son visage harmonieux.

Ils étaient très bien assortis et se ressemblaient même un peu, si bien qu'il arrivait qu'on les crût frère et sœur.

— Il est tard, dit-il sur un ton d'excuse en ramassant ses vêtements éparpillés sur le sol de la chambre.

— Tu rentres chez toi ? s'étonna-t-elle.

Elle se redressa et le regarda. Il paraissait embarrassé. Ils ne s'étaient même pas parlé ; ils s'étaient contentés de faire l'amour, et elle n'avait pas envie qu'il s'en aille ainsi.

— Je pensais… Il faut vraiment que j'aille travailler tôt, demain matin, et je ne voulais pas risquer de te réveiller.

Il semblait avoir hâte de partir. Ce n'était pas la première fois qu'il se comportait ainsi.

— Moi aussi je me lève tôt, lui rappela-t-elle, blessée par cette désertion. Et tu as des chemises propres ici. J'aime bien dormir avec toi.

Elle savait que lui aussi, même s'il appréciait aussi de pouvoir rentrer dans son appartement. Il aimait avoir son propre espace, ses affaires à lui ; il lui avait plusieurs fois expliqué, au cours des deux dernières années, qu'il préférait se réveiller dans son lit. Cependant, il était très rare qu'ils fissent l'amour chez lui. C'était généralement lui qui venait chez Allegra, même si ensuite, la moitié du temps, il repartait dormir chez lui. Parfois, la jeune femme lui en voulait, elle avait l'impression qu'il se servait d'elle en passant ainsi chez elle juste le temps de faire l'amour. De surcroît, elle se sentait particulièrement seule après son départ. Comme elle l'avait expliqué à sa thérapeute, cela lui donnait le sentiment étrange d'être abandonnée. Mais elle ne voulait pas le supplier de rester et s'efforçait la plupart du temps de dissimuler sa déception.

— J'aimerais bien que tu restes, Brandon, dit-elle simplement.

Elle n'ajouta rien, mais cela suffit : Brandon alla prendre une douche rapide et revint s'allonger près d'elle. Il préférait encore passer la nuit là plutôt que de s'engager dans une discussion pénible.

Allegra lui sourit. Elle l'aimait, et peu lui importait que quelques détails les séparent encore, comme le divorce en suspens de Brandon ou son aversion pour les nuits partagées.

— Merci d'être resté, lui dit-elle avec douceur en se blottissant contre lui.

Il lui caressa la joue et l'embrassa. Quelques instants plus tard, il ronflait.

2

Allegra se réveilla le lendemain matin avant que le réveil sonne à six heures quinze, heure à laquelle Brandon se leva pour aller se laver les dents et se raser pendant qu'elle se rendait, nue, dans la cuisine et préparait le café.

A six heures quarante-cinq, Brandon était fin prêt et s'installait à la table du petit déjeuner. Elle posa deux muffins aux myrtilles et une tasse de café fumant devant lui.

— J'aime beaucoup le service, dans ce restaurant, plaisanta-t-il, et surtout ce que portent les serveuses, ajouta-t-il en admirant son corps tandis qu'elle s'asseyait en face de lui, toujours nue.

— Tu n'es pas mal non plus, souligna-t-elle.

Il portait un costume gris anthracite acheté, comme tous ses vêtements, chez Brooks Brothers. Parfois, elle l'entraînait chez Armani, sur Rodeo Drive, dans l'espoir de diversifier un peu sa garde-robe, mais Brandon n'appréciait guère le changement ; il tenait à son look très Wall Street.

— Je dirais même que tu es superbe, étant donné l'heure qu'il est.

Elle lui sourit, étouffa un bâillement et se servit une tasse de café. Elle n'avait pas à être au bureau avant neuf heures et demie.

— Que faisons-nous, ce soir, au fait ? demanda-t-elle.

Elle avait été invitée à une première, mais n'était pas sûre qu'il puisse l'accompagner, avec son procès à préparer. De toute façon, elle n'avait pas particulièrement envie d'y aller.

— Je dois travailler. L'heure n'est plus à la plaisanterie. J'ai dit à mes collègues que je resterais ce soir jusqu'à minuit, déclara-t-il.

Il semblait un peu paniqué à l'idée de tout le travail qui l'attendait. C'était toujours ainsi lorsqu'il préparait un procès, et Allegra se réjouissait que son propre cabinet dispose d'une équipe spécialisée dans les litiges, ce qui lui évitait d'avoir à s'occuper elle-même de ce genre de choses. Elle n'avait qu'à collaborer avec les experts en leur fournissant des informations. A beaucoup d'égards, son travail était plus simple, moins prenant que celui de Brandon, quoique plus créatif.

— Veux-tu venir ici quand tu auras terminé ? demanda-t-elle en s'efforçant de ne pas avoir l'air suppliante.

Elle aimait qu'il la rejoigne le soir, mais il n'acceptait pas toujours, et elle, de son côté, ne voulait pas faire pression sur lui.

— J'aimerais beaucoup, dit-il d'un ton de regret, mais je ne peux vraiment pas. Je serai vanné quand j'aurai terminé. Et il faut bien que je rentre à la maison de temps en temps.

— Mes parents nous ont invités à dîner vendredi, dit-elle.

En fait, sa mère n'avait pas explicitement invité Brandon, mais Allegra savait que ses parents seraient contents pour elle s'il venait, même si eux ne l'appréciaient guère.

— Je vais voir les filles, vendredi soir, déclara-t-il d'une voix détachée. Je te l'ai dit.

— Je ne pensais pas que tu étais sérieux, répondit-elle, surprise. Et les Golden Globes ? C'est important !

Ça l'était pour elle, mais visiblement pas pour Brandon.

— Stéphanie et Nicky sont importantes aussi, rétorqua-t-il avec fermeté. Je veux les voir avant le début du procès.

— Brandon, ça fait des mois que je te parle de cette soirée. Elle compte beaucoup pour mes parents, et pour moi aussi. Je te rappelle que Carmen fait également partie des sélectionnés. Je ne peux pas faire une croix sur tout ça et aller à San Francisco ! s'exclama-t-elle en s'efforçant de ne pas perdre son calme.

— Je comprends très bien que tu ne puisses pas venir. Je ne m'attendais pas à ce que tu m'accompagnes, répondit-il avec un calme olympien.

— Mais moi je pensais que tu viendrais avec moi ! Je veux que tu sois là !

Cette fois, elle ne parvint pas à dissimuler sa déception et sa frustration.

— Ce n'est pas raisonnable, Allegra. Je t'ai dit que je ne pouvais pas venir, et pourquoi. Je ne vois pas l'intérêt d'insister davantage. A quoi ça sert ?

— J'insiste parce que c'est très important pour moi, répéta-t-elle.

Elle prit une profonde inspiration afin de maîtriser sa colère. Il devait exister une solution capable de satisfaire tout le monde.

— Ecoute, pourquoi ne restes-tu pas avec moi pour la cérémonie, et nous prendrons le premier avion dimanche pour passer la journée à San Francisco ? Qu'en penses-tu ?

Elle lui jeta un regard ravi, heureuse d'avoir trouvé ce compromis, mais il se contenta de secouer la tête avant de se lever.

— Ce n'est pas possible, Allie, désolé. J'ai besoin de passer plus d'une journée avec mes filles. Je ne peux pas faire ça.

— Pourquoi ?

Elle se reprocha intérieurement son ton plaintif.

— Parce qu'elles veulent être avec moi plus souvent, et franchement, parce que je souhaite également prendre le temps de régler avec Joanie le problème de notre appartement de Squaw. Elle a l'air de vouloir le vendre.

— C'est ridicule, s'exclama Allegra, perdant franchement son calme. Tu peux très bien en discuter par téléphone. Pour l'amour du ciel, Brandon, ça fait deux ans que tu lui parles de ce satané appartement, ou de la maison, du tapis, de la voiture, du chien… Cette cérémonie est importante pour ma famille et moi. Je n'ai pas l'intention de me sacrifier pour les beaux yeux de Joanie, conclut-elle.

— Ce n'est pas pour elle, mais pour Stéphanie et Nicky, observa-t-il.

— Elles comprendraient si tu leur expliquais le problème.

— J'en doute. Et de toute façon, je n'en ai pas l'intention.

Ils s'affrontèrent un moment du regard. Allegra n'arrivait pas à croire qu'il eût ainsi décidé de la laisser tomber pour aller à San Francisco.

— Quand rentres-tu ? demanda-t-elle, vaincue, en se maudissant de la douleur qu'elle éprouvait.

Une fois encore, elle se sentait abandonnée et paniquait ; mais elle savait qu'elle ne devait pas céder à l'angoisse. Brandon allait à San Francisco voir ses enfants, et même si cela la décevait, il ne le faisait pas exprès. C'était ainsi, point final. Alors, pourquoi cette décision la rendait-elle malade à ce point ?

Elle l'ignorait et n'arrivait pas à savoir si elle devait être vraiment furieuse ou simplement triste qu'il ne l'accompagne pas à la soirée de remise des Golden Globes. Etait-ce si important, après tout ? Avait-elle le droit d'exiger de lui autant de choses ? Et pourquoi, lorsqu'elle cherchait à analyser ses propres besoins, réagissait-elle de façon aussi étrange ? Etait-ce, comme le sous-entendait le Dr Green, parce qu'elle refusait d'admettre que Brandon la rejetait ? Se comportait-il seulement en père de famille attentif, ou cherchait-il à la maintenir à distance ? Pourquoi ne parvenait-elle jamais à répondre à ces questions ?

— Je rentrerai comme toujours par le dernier avion de dimanche soir, qui arrive à dix heures et quart. Je peux te retrouver ici à onze heures, dit-il pour l'apaiser.

Le cœur de la jeune femme se serra.

— Je viens juste de me souvenir que je partais dimanche après-midi pour New York. J'y resterai toute la semaine prochaine, jusqu'à vendredi.

— Donc tu n'aurais pas pu venir à San Francisco de toute façon, souligna-t-il.

— Je pourrai partir de là-bas, si tu veux. Si nous y allons dimanche.

— C'est ridicule, rétorqua-t-il en prenant son attaché-case. Tu as ton travail, Allie, et moi le mien. Parfois, il faut nous montrer adultes et accepter les contraintes.

Il lui sourit presque mélancoliquement. Tous deux avaient conscience qu'ils ne se reverraient que dix jours plus tard, le week-end suivant.

— Tu veux venir dormir ici ce soir, puisque nous ne nous verrons pas pendant longtemps ? demanda Allegra.

Elle mourait d'envie qu'il accepte, mais comme à son habitude, il resta sur sa position. Il était très rare que Brandon modifie ses projets.

— Je ne peux vraiment pas. Quand j'aurai fini mon travail, je serai trop fatigué pour faire quoi que ce soit. Ce ne serait pas très amusant pour toi, et je ne vois pas l'intérêt de venir ici juste pour dormir, n'est-ce pas ?

C'était précisément là-dessus que leurs opinions divergeaient.

— Moi si, répondit-elle. Tu n'es pas là pour me distraire, tu sais, ajouta-t-elle en se hissant sur la pointe des pieds pour l'embrasser.

— Je te verrai la semaine prochaine, répondit-il après lui avoir rendu son baiser. Je t'appellerai ce soir, et demain avant mon départ pour San Francisco.

— Tu ne veux pas aller dîner chez maman avec moi avant de partir ?

Allegra détestait supplier ainsi. Elle savait parfaitement que c'était à proscrire, mais elle ne pouvait s'en empêcher. Elle avait envie d'être avec lui.

— Non, désolé. Je raterais probablement mon avion comme la dernière fois, et les filles seraient contrariées.

Allegra arqua un sourcil interrogateur.

— Les filles, ou Joanie ?

— Allons, Allie, sois gentille. Tu sais que je n'y peux rien. J'ai un procès, deux enfants à San Francisco, et toi tu as un voyage à New York. Nous avons tous les deux des obligations. Faisons ce que nous avons à faire ; ensuite, nous pourrons nous retrouver et en profiter.

A l'entendre, c'était si simple, si sensé… Et pourtant, une partie d'elle-même refusait d'admettre ces arguments, cette partie qui était toujours déçue lorsqu'il lui faisait faux bond, comme pour les Golden Globes, ou quand il rentrait chez lui après avoir fait l'amour pour dormir seul. Au moins, il avait passé la nuit précédente avec elle, et elle songea qu'elle devait lui en être reconnaissante et cesser de l'ennuyer.

— Je t'aime, dit-elle comme il l'embrassait de nouveau sur le pas de la porte.

Elle recula un peu pour que les passants éventuels ne puissent s'apercevoir de sa nudité.

— Moi aussi, répondit-il, un sourire aux lèvres. Amuse-toi bien à New York. Et n'oublie pas d'emporter tes caleçons longs, j'ai lu dans le *Times* qu'il neigeait, là-bas.

— Super…

Tristement elle le regarda s'éloigner, et lui fit un petit signe de la main lorsqu'il monta dans sa voiture. Ensuite, elle referma la porte et alla se poster derrière la fenêtre de sa chambre, le cœur serré tandis qu'il s'éloignait. Quelque chose n'allait pas, mais elle ignorait ce qui la contrariait à ce point. Le fait qu'il refuse de changer ses projets ? Qu'il aille de nouveau voir

Joanie ? Ou qu'elle soit obligée de se rendre seule à la cérémonie des Golden Globes et d'expliquer la situation à ses parents ? A moins que ce ne soit tout simplement la perspective de ne pas le voir pendant dix jours qui la rendait malade…

Elle se dirigea d'un pas lourd vers la salle de bains et se glissa sous la douche. Elle resta là un long moment, laissant l'eau couler sur son visage sans cesser de s'interroger sur Brandon. Changerait-il jamais ? Voudrait-il toujours dormir seul, préférerait-il toujours rentrer chez lui après le travail plutôt que venir la rejoindre ? Demeurerait-il éternellement marié à Joanie ? Comme ses larmes se mêlaient à l'eau chaude, Allegra songea qu'elle était ridicule de se mettre dans un état pareil. Mais les réponses à ses questions continuaient à lui échapper.

Elle était épuisée lorsque, une demi-heure plus tard, elle coupa enfin l'eau. Entre-temps, Brandon devait être arrivé à son bureau. Comme il était étrange de penser qu'il était là, en ville, qu'il y resterait encore deux jours et qu'elle ne le verrait pas ! Pourtant, lorsqu'elle essayait de lui expliquer ses sentiments, son besoin de le voir, son envie de passer du temps avec lui, il ne paraissait pas comprendre.

— Pourquoi, à votre avis ? demandait toujours le Dr Green.

— Comment le saurais-je ? rétorquait Allegra un peu vivement.

— Cela pourrait-il être dû à un refus de sa part de s'engager ? insistait la thérapeute. A moins qu'il ne soit pas aussi attaché à vous que vous l'êtes à lui ?

C'était là son cheval de bataille : elle ne cessait de sous-entendre que les hommes avec qui Allegra avait partagé sa vie ne lui donnaient pas assez. Elle revenait là-dessus presque à chaque séance, répétant qu'il s'agissait d'un schéma systématique. Cela énervait prodigieusement Allegra.

La jeune femme jeta le reste des muffins aux myrtilles à la poubelle. Brandon les avait quasiment finis, de toute façon, et elle n'avait pas faim. Elle se fit une nouvelle tasse de café et alla s'habiller. A huit heures et demie, elle était prête à partir travailler, et il lui restait encore un peu de temps avant de braver les embouteillages. Elle savait que sa mère était partie de chez elle à quatre heures du matin pour se rendre aux studios, mais elle laissa un message sur son répondeur, confirmant qu'elle viendrait dîner le vendredi soir et qu'elle serait seule. Elle était sûre d'essuyer des commentaires à ce sujet, surtout lorsqu'elle avouerait à ses parents où Brandon était allé ; mais au moins, pour le moment, elle était tranquille.

Enfin, de mémoire, elle composa un numéro de téléphone pour lequel la moitié des femmes du pays auraient donné leur bras droit. Alan Carr et elle étaient amis depuis l'âge de quatorze ans ; pendant six mois, en classe de seconde, ils étaient sortis ensemble, et depuis, il était son meilleur ami. Il répondit, comme à son habitude, à la deuxième sonnerie, et Allegra sourit en entendant sa voix familière, que tout le monde trouvait si intolérablement sexy.

— Salut, Alan, ce n'est que moi, ne te mets pas dans tous tes états, lança-t-elle gaiement.

Le seul fait d'avoir son ami au téléphone lui remontait le moral.

— A cette heure ? demanda-t-il d'un air faussement horrifié.

Allegra, qui savait qu'il se levait toujours tôt, ne se laissa pas troubler. Il venait de terminer le tournage d'un film à Bangkok et n'était de retour à Los Angeles que depuis trois semaines ; elle savait aussi par son agent qu'il venait de mettre un terme à son aventure avec Fiona Harvey, une star anglaise.

— Qu'as-tu fait, hier soir ? Tu t'es fait arrêter ? Tu appelles pour que je vienne te sortir de prison ?

— Exactement. Tu as vingt minutes pour débarquer au poste de Beverly Hills.

— Plutôt mourir. De toute façon, tous les avocats devraient être en prison. Tu peux y rester.

Il avait trente ans et un physique de dieu grec, mais c'était avant tout un homme intelligent et foncièrement gentil. Allegra et lui étaient très proches, et elle ne voyait personne d'autre qu'elle pût envisager d'emmener avec elle à la cérémonie des Golden Globes. Elle étouffa un petit rire en songeant qu'elle se « rabattait » sur Alan Carr, quand des millions de femmes auraient fait n'importe quoi pour le rencontrer.

— Tu es libre, samedi soir ? demanda-t-elle sans ambages, en s'efforçant de ne pas penser à Brandon.

— Et en quoi cela te regarde-t-il, je te prie ? s'enquit-il en feignant un air outragé.

— Tu vois quelqu'un ?

— Pourquoi ? Tu vas encore essayer de me caser avec une de tes horribles collègues ? La dernière expérience m'a suffi, merci bien !

— Arrête ton cinéma ! Ce n'était pas un rendez-vous galant et tu le sais parfaitement. Tu avais besoin d'un expert sur la législation péruvienne, et c'est précisément son domaine. Si je me souviens bien, elle t'a donné gratuitement l'équivalent de trois mille dollars de conseils juridiques ce soir-là, alors laisse tomber les jérémiades.

— Quelles jérémiades ? demanda-t-il, innocent.

— Bon, tu n'as toujours pas répondu à ma question.

— J'ai rendez-vous avec une gamine de quatorze ans qui va probablement m'envoyer directement en prison. Pourquoi ?

— J'ai besoin d'une faveur.

Ils étaient comme frère et sœur, et elle savait qu'elle pouvait tout lui dire sans gêne.

— Rien de neuf, à ce que je vois. Tu as *toujours* besoin d'une faveur. Qui veut un autographe, ce coup-ci ?

— Personne. Absolument personne. C'est ton corps qu'il me faut.

— Ah. Voilà une offre bien intrigante !

Plus d'une fois, au cours des quatorze dernières années, depuis leur aventure ratée, Alan s'était dit qu'il était passé à côté de quelque chose et devrait retenter l'expérience, mais Allegra et lui étaient si proches désormais, ils avaient tellement l'impression d'être frère et sœur, que ressortir avec elle lui aurait presque semblé incestueux. Pourtant, Allegra était belle, intelligente, et il savait qu'il la préférait à toutes les autres femmes de la terre… Mais peut-être était-ce précisément là le problème ?

— Quels sont exactement tes projets pour ce pauvre corps meurtri par les ans ?

— Ne commence pas à fantasmer ! répondit Allegra avec un rire cristallin. Remarque, ça ne devrait pas être trop affreux. Ça pourrait même se révéler amusant : j'ai besoin d'un cavalier pour les Golden Globes. Papa et maman sont tous les deux sélectionnés, ainsi que Carmen Connors et deux autres clients à moi. Il faut que j'assiste à cette soirée, et je n'ai vraiment pas envie d'y aller toute seule.

— Et qu'est-il arrivé à… comment s'appelle-t-il déjà ?

Alan connaissait parfaitement le nom de Brandon, mais ce dernier lui était antipathique, et il ne s'était pas privé de le faire savoir à Allegra à plusieurs reprises. Il trouvait l'avocat froid et pompeux. La première fois qu'il l'avait dit à son amie, elle lui avait fait la tête pendant deux semaines ; mais depuis, elle s'était habituée à ses remarques désobligeantes.

— Il doit aller à San Francisco.

— Comme c'est gentil de sa part ! Bon timing, hein ? Un type super. Il va voir sa femme, je suppose ?

— Non, espèce de salaud, il va voir ses enfants. Il a un procès qui commence lundi.

— Je ne suis pas sûr de voir le rapport.

— Il ne pourra pas voir les petites pendant deux semaines, alors il veut passer un peu de temps avec elles.

— Je vois. Tous les vols San Francisco-Los Angeles ont été annulés, ce qui explique que les gamines ne puissent pas venir voir leur papa, elles.

— Leur mère ne les laisserait pas faire.

— Si bien que toi, tu es dans la merde.

— Oui, et c'est pour ça que je t'appelle. Est-ce que tu peux venir ? demanda-t-elle, pleine d'espoir.

Elle passait toujours un bon moment avec Alan. Elle avait l'impression de retomber en enfance : ils se racontaient des tas de plaisanteries, riaient et chahutaient comme des gamins.

— C'est un gros sacrifice, mais je pense que, s'il le faut vraiment, je pourrai modifier mes projets, répondit-il avec un soupir exagéré.

Allegra éclata de rire.

— Baratineur, va ! Je parie que tu n'avais absolument rien de prévu.

— Tu te trompes. J'étais censé jouer au bowling.

— Toi ? (Elle rit plus fort encore.) Ne raconte pas n'importe quoi. Si tu allais jouer au bowling, tu provoquerais une émeute.

— Un jour, je t'emmènerai, tu verras que je dis la vérité.

— Tope là.

Une fois de plus, Alan la sauvait. A présent, elle n'avait plus à aller seule à la cérémonie… C'était merveilleux d'avoir un ami sur qui l'on pouvait compter.

— A quelle heure dois-je passer te chercher, Cendrillon ?

— Ça commence assez tôt. Six heures ?

— J'y serai.

— Merci, Alan, dit-elle avec sincérité. J'apprécie vraiment ton aide.

— Oh, par pitié, épargne-moi toute cette gratitude ! Tu mérites bien mieux que moi. Tu mériterais que ce minable t'accompagne, si c'est vraiment ce que tu veux. Alors ne me remercie pas. Songe seulement à la chance que j'ai. Tu vois, Al, c'est ça qui te manque : de la confiance en toi. Comment se fait-il que tu sois aussi modeste ? Tu es bien trop intelligente pour ça. J'aimerais vraiment donner une leçon ou deux à ce type. Il ne sait pas la chance qu'il a. San Francisco, à d'autres… conclut-il dans un grognement désapprobateur.

Allegra éclata de rire. Elle se sentait mille fois mieux.

— Bon, il faut que j'aille travailler. A samedi. Et fais-moi plaisir, essaye de rester sobre, tu veux ?

— Oh, ne sois pas si rabat-joie ! Pas étonnant que personne ne veuille sortir avec toi.

Ils passaient toujours leur temps à se taquiner. Certes, Alan aimait boire quelques verres, mais il était rarement saoul, et ne se tenait jamais mal. Lorsqu'elle raccrocha, Allegra avait un sourire aux lèvres, et c'est le cœur plus léger qu'elle prit le volant pour se rendre au bureau.

Dans la journée, elle rencontra certains des organisateurs de la tournée de Bram, régla quelques détails concernant la sécurité de Carmen, vit une autre de ses clientes qui souhaitait faire une dotation à ses enfants ; et lorsque la fin de l'après-midi arriva, elle constata avec surprise qu'elle n'avait pas du tout pensé à Brandon. Elle était toujours contrariée qu'il ne l'accompagne pas aux Golden Globes, mais beaucoup moins désespérée que le matin. En y réfléchissant, elle se rendait compte qu'elle avait été sotte. Il avait le droit de voir ses enfants. Et sans doute avait-il raison, et feraient-ils mieux tous les deux de penser d'abord à leur carrière, pour se retrouver ensuite quand il leur restait du temps. Ce n'était pas une façon de vivre très romantique, mais pour le moment, ils devraient sans doute s'en contenter, faute de temps et de disponibilité. Peut-être n'était-ce pas si mal, après tout, et peut-être était-elle trop exigeante, comme Brandon le laissait parfois entendre.

— Est-ce ce que vous pensez ? lui demanda le Dr Green cet après-midi-là lors de leur séance hebdomadaire.

— Je ne sais pas ce que je pense, reconnut Allegra. Je sais ce que je crois vouloir, mais quand j'en parle avec Brandon, j'ai l'impression de me montrer déraisonnable et de trop exiger de lui. Peut-être que je lui fais tout simplement peur.

— Voilà une possibilité intéressante, dit posément le Dr Green. Pourquoi pensez-vous lui faire peur ?

— Parce qu'il n'est pas prêt à me donner tout ce que j'attends d'une relation, ni à accepter tout ce que je souhaite lui donner.

— Vous pensez être prête pour davantage ? s'enquit la thérapeute avec intérêt.

— Je crois que j'aimerais vraiment vivre avec lui, et je crois que l'idée le terrorise.

— Qu'est-ce qui vous fait dire ça ?

— Je me dis qu'il a peur parce que la nuit, il veut toujours rentrer chez lui, dans son propre appartement. Il préfère vraiment ne pas passer la nuit chez moi, s'il peut l'éviter.

— Souhaite-t-il que vous l'accompagniez ? Est-ce une question de territoire ?

Allegra secoua lentement la tête.

— Non. Il dit qu'il a besoin de son propre espace. Une fois, il m'a expliqué que lorsque nous nous réveillions ensemble le matin, il avait l'impression d'être marié. Le mariage n'a pas été une bonne expérience pour lui, et il n'a pas envie de la renouveler.

— Il doit résoudre ce problème ou se résigner à être seul pour le restant de ses jours. C'est à lui de faire son choix, Allegra.

— Je le sais. Mais je ne veux pas le presser.

— Deux ans, ce n'est pas ce qu'on peut appeler court, fit valoir le Dr Green. Il est temps pour lui d'opérer certains changements. A moins que vous ne soyez satisfaite du statu quo, ajouta-t-elle. Si c'est ce que vous voulez, tout va bien, n'est-ce pas ? Est-ce ce que vous voulez, Allegra ?

— Je ne sais pas ; je ne crois pas, répondit la jeune femme, nerveuse. Je souhaiterais davantage. Je n'aime pas le voir se retirer dans son propre monde. Ni même qu'il aille à San Francisco sans moi.

Elle prit une profonde inspiration pour ajouter, honteuse :

— Parfois, je m'inquiète au sujet de son ex-femme, j'ai peur qu'elle ne le récupère. Elle est encore très dépendante de lui. A mon avis, ça explique en partie sa peur de s'engager.

— Ma foi, il ferait mieux de mettre un peu d'ordre dans tout ça, un de ces jours, vous ne croyez pas, Allegra ?

— Oui, sans doute, répondit-elle prudemment. Mais je ne pense pas devoir lui poser un ultimatum.

— Pourquoi ?

— Il n'aimerait pas ça.

— Et ? insista le Dr Green, poussant Allegra dans ses derniers retranchements.

— Si j'insiste trop, il risque de mettre un terme à notre histoire.

— Et qu'est-ce que cela ferait ?

— Je ne sais pas, soupira Allegra d'un air apeuré.

C'était une femme de caractère, mais avec Brandon – comme avec les deux hommes qui l'avaient précédé –, elle se sentait toujours en position de faiblesse. Elle avait peur de se montrer ferme, et c'était la raison pour laquelle elle continuait à voir le Dr Green, après quatre ans de thérapie.

— Si cette relation se terminait, cela pourrait vous libérer et vous permettre de rencontrer quelqu'un qui serait davantage prêt à s'engager. Serait-ce si terrible ?

— Non, sans doute, répondit Allegra avec un petit sourire tendu. Mais ce serait effrayant !

— Certes, mais vous surmonteriez cette peur. Rester là à attendre éternellement que Brandon vous ouvre les portes du paradis risque de vous faire beaucoup plus de mal que la crainte de rencontrer quelqu'un qui soit prêt à vous aimer, Allegra. C'est une piste de réflexion, non ? conclut-elle en plongeant son regard dans celui de la jeune femme.

Puis, sur son habituel sourire chaleureux, elle mit un terme à la séance.

D'une certaine manière, c'était un peu comme d'aller chez une diseuse de bonne aventure. En partant, Allegra essayait de se remémorer tout ce que la thérapeute avait dit, et il y avait toujours des choses dont elle se souvenait et d'autres qu'elle n'arrivait plus à retrouver, bien qu'elle essayât désespérément. Mais dans l'ensemble, ces séances lui faisaient du bien, et le Dr Green et elle avaient beaucoup travaillé, au fil des ans, sur son penchant à sortir avec des hommes incapables de l'aimer, ou ne le souhaitant pas. C'était un vieux schéma dans sa vie, auquel elle n'aimait pas penser et dont elle préférait ne pas parler.

Après cela, elle retourna à son bureau et régla quelques détails avant son dernier rendez-vous de la journée. Malachi O'Donovan, un nouveau client, était un ami de Bram Morrison ; et même s'il était moins célèbre que ce dernier, il commençait à connaître un certain succès. Originaire de Liverpool, il avait acquis la nationalité américaine par son mariage. Sa femme se prénommait Rainbow[1], et ils avaient deux enfants, appelés Swallow[2] et Bird[3]. Allegra avait l'habitude des prénoms fantasques ; bien peu de choses la surprenaient encore, dans ce milieu.

O'Donovan avait derrière lui quelques procès compliqués et une longue histoire d'arrestations pour usage de drogue et coups et blessures. Au fil des ans, il avait passé pas mal de temps en prison et plus encore en compagnie d'avocats, et il semblait très intrigué par Allegra. Au début, il ne dissimula pas l'attirance physique qu'il éprouvait pour elle, mais comme elle ne réagissait pas à ses sous-entendus et mettait un point d'honneur à rester sur un plan purement professionnel, il finit par se résigner et ils purent avoir une conversation très intéressante. Elle lui dit qu'elle pensait pouvoir l'aider à résoudre ses problèmes juridiques, liés pour la

1. Arc-en-ciel. *(N.d.T.)*
2. Hirondelle. *(N.d.T.)*
3. Oiseau. *(N.d.T.)*

plupart à la tournée mondiale qu'il cherchait à organiser. Submergé de problèmes de droit et de paperasses, il ne savait où donner de la tête.

— Nous verrons ce que nous pouvons faire, Mal. Je vous recontacterai après avoir récupéré vos dossiers chez votre avocat actuel.

— Ne vous embêtez pas avec ce type, lui dit-il avec un haussement d'épaules en se levant pour prendre congé. C'est un trouduc, conclut-il avec un fort accent irlandais.

Allegra lui décocha un sourire.

— Nous avons quand même besoin de ses archives. Je vous appellerai dès que j'en saurai un peu plus.

O'Donovan hocha la tête. Il aimait beaucoup cette jeune femme. Bram ne lui avait pas menti : elle était intelligente et savait aller à l'essentiel sans se perdre en circonvolutions oiseuses. Cela lui plaisait.

— Vous pouvez m'appeler quand vous voulez, ma belle, dit-il à voix basse comme Rainbow le précédait hors du bureau.

Allegra fit semblant de n'avoir rien entendu et retourna s'asseoir derrière sa table de travail.

Elle resta au bureau assez tard, ce soir-là. Elle compulsa quelques dossiers, revérifia certains des contrats de Bram. Carmen, quant à elle, venait juste de recevoir une offre très intéressante pour jouer dans un film qui risquait d'être très important dans sa carrière.

Allegra était de bonne humeur quand elle arriva chez elle, et ce n'est qu'à ce moment-là qu'elle réalisa qu'elle n'avait eu aucune nouvelle de Brandon de toute la journée. Etait-il irrité parce qu'elle avait insisté pour qu'il l'accompagne aux Golden Globes ?

Vers neuf heures, elle l'appela au bureau. Il parut heureux de l'entendre ; il avait travaillé sans arrêt pendant les treize dernières heures, lui dit-il, et était justement sur le point de lui téléphoner.

— Tu as mangé ? demanda-t-elle avec sollicitude, honteuse de s'être énervée contre lui.

Puis elle se souvint de ce que lui avait dit le

Dr Green. Elle avait le droit d'attendre davantage que ce qu'il voulait bien lui donner, et peut-être même que ce qu'il était capable de lui donner.

— On nous apporte des sandwichs de temps en temps, mais la plupart du temps nous oublions de les manger.

— Tu devrais rentrer à une heure décente et dormir un peu, lui dit-elle.

Elle aurait aimé qu'il vienne chez elle, mais cette fois elle ne le lui demanda pas, et il ne le proposa pas. Il ne tarda d'ailleurs pas à lui dire qu'il devait retourner travailler.

— Je te téléphonerai demain avant de partir pour San Francisco.

— Je serai chez mes parents. J'irai chez eux directement après le travail.

— Peut-être que je n'appellerai pas, dans ce cas, dit-il simplement.

Allegra retint un hurlement de rage. Pourquoi gardait-il toujours ses distances avec tout ce qui était important pour elle, à commencer par sa famille ? Toujours cette phobie de l'engagement, sans doute…

— Je t'appellerai de San Francisco, chez toi.

— Comme tu veux, répondit-elle calmement, heureuse d'avoir eu l'occasion de réfléchir à tout cela en compagnie de Jane Green. Cela rendait toujours les choses plus claires, moins dramatiques. Tout était très simple, en vérité : il n'était pas capable de s'ouvrir à elle et de l'aimer librement. Mais le serait-il jamais ? Elle souhaitait l'épouser, s'il parvenait jamais à divorcer et à s'autoriser une relation vraiment aboutie. Elle pensait qu'il l'aimait, à sa manière, mais il était évident qu'il était sérieusement traumatisé par le souvenir de ce qui lui était arrivé avec Joanie.

— Tu as trouvé une solution, pour les Golden Globes ? demanda-t-il soudain, à la grande surprise d'Allegra qui ne s'attendait pas à ce qu'il aborde un sujet aussi sensible.

— Oui, tout va bien, répondit-elle avec détachement, refusant de lui montrer qu'elle était toujours contrariée par sa défection. J'y vais avec Alan.

— Carr ? s'étonna-t-il. Je pensais que tu demanderais simplement à ton frère de t'accompagner, quelque chose comme ça.

Allegra sourit de sa naïveté. La cérémonie de remise des Golden Globes était l'un des événements les plus courus de l'année, et pas du tout de ceux où l'on avait envie d'être vue avec son petit frère…

— J'ai un peu passé l'âge, tu sais, lui dit-elle. Alan sera parfait. Il me fera rire en racontant des horreurs sur les stars… Il peut se le permettre, tout le monde l'adore.

— Je ne m'attendais pas à ce que tu me remplaces aussi aisément, observa-t-il d'un air à la fois jaloux et vexé.

Allegra étouffa un petit rire.

— Je préférerais de loin être avec toi qu'avec Alan, déclara-t-elle en toute franchise.

— Eh bien, ne l'oublie pas ! En tout cas, merci du compliment, Allie. Je n'aurais jamais cru être devant Alan Carr.

— Que cela ne te monte pas à la tête ! plaisanta-t-elle.

Ils bavardèrent encore quelques minutes avant de raccrocher, mais à aucun moment il ne proposa de passer la nuit avec elle, et une nouvelle vague de déprime s'abattit sur Allegra lorsqu'elle alla se coucher. Elle avait vingt-neuf ans, et son petit ami préférait dormir seul dans son propre lit plutôt qu'avec elle. Et il avait refusé de l'accompagner à une soirée très importante pour elle, préférant être avec son ex-femme et ses deux filles. Elle avait beau essayer de lui trouver des excuses, c'était douloureux. Et elle se sentait bien seule.

« Vous méritez mieux que ça. »

Elle entendit la voix du Dr Green résonner à son oreille tandis qu'elle sombrait dans le sommeil, et elle ne put se rappeler si la thérapeute avait réellement prononcé ces mots ou s'ils résumaient seulement ce qu'elle avait voulu lui dire. L'image du regard brun intense de Jane Green s'imposa à l'esprit d'Allegra, renforçant le message. « Je mérite mieux que ça, se murmura-t-elle. Mieux que ça… » Mais qu'est-ce que cela signifiait ? Et tout à coup, elle vit Alan qui riait. De qui se moquait-il ? D'elle ? Ou de Brandon ?

3

La maison des Steinberg à Bel Air était l'une des plus jolies du quartier, grande et confortable sans cependant être démesurée. Blaire l'avait décorée elle-même des années plus tôt quand ils y avaient emménagé, juste après la naissance de Scott, et elle avait un grand talent pour rafraîchir les pièces et moderniser périodiquement la décoration. Ses enfants la taquinaient souvent à ce sujet, traitant sa maison de « chantier toujours renouvelé ».

Mais elle ne se laissait pas décourager. Elle aimait que tout paraisse neuf et employait surtout des couleurs claires et gaies, qui donnaient à l'ensemble une atmosphère élégante et chaleureuse. Les visiteurs ne manquaient pas de s'extasier sur le résultat. La vue depuis le patio et le salon était extraordinaire, et cela faisait des mois que Blaire parlait de remplacer les murs de la cuisine par des baies vitrées. Mais son émission l'occupait tellement qu'elle n'avait jamais le temps de s'en occuper.

Allegra se rendit directement chez ses parents après le travail, et comme toujours, lorsqu'elle arriva dans la maison où elle avait grandi, elle éprouva un merveilleux sentiment de bien-être. Sa chambre était toujours telle qu'elle l'avait laissée en partant pour l'université, onze ans plus tôt. Le papier peint, les rideaux et le dessus-de-lit, en soie pêche, avaient été changés une fois lorsqu'elle était à Yale. Il lui arrivait encore parfois de passer la nuit là, ou même un week-end entier. Rentrer à la maison et revoir sa famille était toujours agréable, amusant et relaxant, pour elle. Sa chambre était au même étage que la suite de ses parents, constituée de leur chambre, de deux vastes dressings et de deux bureaux qu'ils utilisaient lorsqu'ils devaient travailler en rentrant chez eux, ce qui n'était pas rare. Il y avait également deux chambres d'amis à cet étage. Et au-dessus, Sam et Scott avaient leurs propres appartements, séparés par un grand salon qu'ils partageaient, meublé d'un immense téléviseur, d'un petit écran de cinéma, d'une table de billard et d'une superbe sono que leur père leur avait offerte pour Noël. Cette pièce aurait fait rêver n'importe quel adolescent, et d'ailleurs il y avait toujours, dans les profonds canapés, une demi-douzaine d'amies de Sam, venues bavarder du lycée, de leurs projets d'avenir et de leurs petits copains.

Sam se trouvait dans la cuisine quand Allegra arriva. Il était difficile de ne pas remarquer combien la jeune fille était devenue belle au cours de l'année écoulée ; soudain, à dix-sept ans et demi, elle semblait avoir acquis sa pleine maturité physique, et elle était superbe. Les associés de son père ne manquaient jamais de souligner qu'elle avait tout pour devenir une star, ce qui faisait grogner Blaire. Si cette dernière tolérait les expériences de mannequin de sa fille, elle n'était guère ravie à l'idée de la voir devenir actrice. C'était une carrière difficile, et à force de côtoyer des acteurs tous les jours, Blaire songeait qu'elle préférerait que Sam choisisse un autre métier. Mais elle ne pouvait pas lui dire grand-chose : Samantha avait grandi dans ce milieu depuis son plus jeune âge, et pour l'instant, devenir actrice semblait sa seule ambition. Elle avait déposé des dossiers pour rentrer en art dramatique à UCLA, Northwestern, Yale et à l'Université de New York, et dans la mesure où elle était première de sa classe, elle avait de grandes chances d'être acceptée partout ; mais contrairement à Allegra une décennie plus tôt, elle n'avait pas envie de partir dans l'est du pays. Elle souhaitait rester à Los Angeles, et peut-être même continuer à vivre chez ses parents. Elle avait d'emblée opté pour UCLA et avait déjà été acceptée lors des sélections préliminaires.

Lorsque Allegra entra dans la cuisine, Sam mangeait une pomme, ses longs cheveux blonds lâchés sur ses épaules. Comme sa sœur, elle avait de grands yeux verts.

— Salut, bébé. Comment va la vie ? demanda Allegra, heureuse de la voir, en s'approchant pour l'embrasser et passer un bras sur ses épaules.

— Pas mal. J'ai un peu posé cette semaine. Pour un photographe anglais. Il était cool. J'aime bien les étrangers, ils sont plus sympas avec moi. En novembre, j'ai travaillé avec un Français qui partait à Tokyo. Cette fois, les photos étaient pour le *Times* de Los Angeles. Ah, et j'ai vu la première version du prochain film de papa.

Comme tous les adolescents, elle passait avec aisance du coq à l'âne, mais Allegra avait l'habitude.

— Comment as-tu trouvé le film ? demanda-t-elle en grignotant des bâtonnets de carotte, non sans avoir auparavant embrassé Ellie.

Cette dernière était la cuisinière de la famille depuis vingt ans. Avec un sourire affectueux, elle chassa les deux sœurs de sa cuisine.

— Pas mal, répondit Sam. C'est difficile à dire. Certaines des scènes devaient encore être montées. Mais ça avait l'air plutôt cool.

Allegra sourit en regardant sa sœur s'éloigner vers l'escalier d'un pas léger. Elle aussi semblait « plutôt cool ». Elle évoquait un poulain fougueux, avec ses cheveux au vent et ses longues jambes déliées. Tout à coup, elle paraissait à la fois si jeune et si adulte… Allegra avait du mal à croire que le temps avait passé si vite. Samantha était presque une femme, désormais. Elle n'avait que six ans lorsqu'elle était partie à Yale, et Allegra avait parfois du mal à réaliser que le « bébé » n'en était plus un, loin de là…

— C'est toi ? lança Blaire de l'étage en jetant un coup d'œil par-dessus la rampe.

Elle avait l'air à peine plus âgée que ses filles. Ses cheveux, relevés au-dessus de sa tête et retenus avec des crayons, encadraient avec douceur son visage. Elle portait un jean et un col roulé noir, ainsi qu'une paire de Converse montantes noires qu'elle avait achetées pour Sam mais que cette dernière refusait de porter. Blaire ressemblait à une adolescente, mais lorsque l'on s'approchait, on se rendait compte que sa maturité lui conférait une beauté sereine, rayonnante.

— Comment vas-tu, ma chérie ? demanda-t-elle en embrassant Allegra.

La sonnerie du téléphone empêcha la jeune femme de répondre. Blaire se hâta d'aller décrocher ; c'était Simon, qui était retenu au bureau mais promettait d'être rentré à temps pour le dîner.

Blaire et Simon étaient très proches, et c'était cela qui leur avait permis de survivre au stress d'Hollywood – cela, et le bonheur qu'ils éprouvaient à être mariés. Blaire l'admettait rarement, mais sa vie avait été un véritable désastre avant sa rencontre avec Simon. Tout avait changé pour le mieux après son mariage. C'était à cette époque que sa carrière avait vraiment décollé ; leurs enfants étaient arrivés rapidement et ils les avaient accueillis avec joie. Ils aimaient leur maison, leurs enfants, leurs métiers, et ils s'aimaient l'un l'autre. Ils n'auraient rien voulu ajouter à leur vie, sinon peut-être d'autres enfants. Blaire avait trente-sept ans à la naissance de Samantha ; à l'époque, cela lui avait semblé trop vieux, et elle avait décidé de s'arrêter là. Aujourd'hui, elle regrettait de ne pas avoir eu au moins un enfant de plus, mais remerciait le ciel des joies immenses que leur apportaient Allegra, Scott et Sam, en dépit des querelles occasionnelles qui l'opposaient à cette dernière. Samantha était un peu gâtée mais au fond, elle était gentille. Elle se débrouillait bien à l'école, ne faisait jamais de grosses bêtises, et si elle se disputait de temps en temps avec sa mère, ma foi, cela semblait inévitable, à son âge.

Après avoir raccroché, Blaire remonta à l'étage et trouva Allegra dans sa chambre. La jeune femme était debout devant la fenêtre, le regard perdu dans le vide. Blaire entra et s'approcha d'elle.

— Tu peux toujours venir à la maison quand tu veux, tu sais, dit-elle avec douceur, un peu étonnée de la mine mélancolique de son aînée.

Elle aurait aimé lui demander si quelque chose n'allait pas, mais n'osait pas. Blaire craignait qu'Allegra n'obtînt pas de Brandon le soutien affectif dont elle avait besoin. Il mettait un tel point d'honneur à être indépendant et semblait accorder si peu d'importance aux désirs et aux sentiments d'Allegra ! Depuis deux ans, Blaire faisait de son mieux pour apprécier Brandon, mais elle n'y parvenait pas.

— Merci, maman.

Allegra lui sourit, puis s'allongea, bras et jambes écartés, sur le grand lit à baldaquin. Parfois, cela lui faisait du bien d'être là, même si elle ne venait qu'une heure ou deux ; à d'autres moments, elle vivait mal la force du lien qui l'attachait encore à ses parents. Elle était si proche d'eux que cela l'inquiétait. La plupart des femmes de son âge avaient depuis longtemps coupé le cordon ombilical… Mais aussi, pourquoi se priverait-elle du bonheur et de la stabilité que lui apportait sa famille ? Brandon lui reprochait d'être trop proche de ses parents. C'était malsain, affirmait-il, anormal. Cependant, elle se sentait vraiment bien avec eux, et ils la soutenaient toujours. Qu'était-elle censée faire ? Cesser de les voir sous prétexte qu'elle allait avoir trente ans ?

— Où est Brandon ? demanda sa mère en s'efforçant de prendre un air détaché.

Elle avait reçu le message d'Allegra disant qu'elle viendrait dîner seule, ce qui, à vrai dire, l'avait soulagée.

— Il travaille tard ?

— Il a dû aller à San Francisco voir ses filles, répondit Allegra d'un ton tout aussi désinvolte.

Mais toutes deux savaient pertinemment que ce n'était là qu'une manière de garder la face.

— Je suppose qu'il rentre demain, dit Blaire en souriant, bien qu'elle fût prodigieusement irritée par la défection de Brandon.

Ce dernier ne semblait jamais disponible quand Allegra avait besoin de lui.

— En fait, non, avoua Allegra. Il doit passer le week-end là-bas. Il a un procès qui commence lundi, et il ne sait pas trop quand il pourra retourner les voir.

— Il ne vient pas aux Globes ? s'exclama Blaire sans dissimuler sa surprise.

Cela signifiait-il quelque chose ? Etaient-ce les signes avant-coureurs d'une rupture ? Elle s'efforça de ne pas se réjouir.

— Non, mais ce n'est pas très grave, prétendit Allegra, refusant d'avouer à sa mère combien elle était contrariée.

Elle se sentait si vulnérable lorsqu'elle devait admettre que tout n'allait pas pour le mieux avec Brandon ! Elle avait l'impression d'être… nulle. Blaire, elle, n'avait jamais de problèmes avec Simon. La relation de ses parents était toujours parfaite.

— Alan va m'accompagner.

— C'est gentil de sa part, répondit Blaire, les lèvres pincées.

Elle s'assit dans un fauteuil confortable près du grand lit. Allegra la regardait avec appréhension ; elle savait qu'elle n'échapperait pas aux inévitables questions de sa mère. Pourquoi Brandon n'avait-il toujours pas divorcé ? Pourquoi allait-il tout le temps à San Francisco voir son ex-femme ? Avait-elle l'impression que leur relation progressait ? Se rendait-elle compte qu'elle allait bientôt avoir trente ans ?

— Cela ne te dérange pas qu'il ne soit pas là dans les moments importants ?

Les yeux bleus, très clairs, de Blaire semblaient lire jusqu'au plus profond de son âme, et Allegra baissa la tête comme pour se protéger de sa trop grande perspicacité.

— Si, bien sûr, mais comme il le dit, nous sommes deux adultes avec des métiers prenants et beaucoup d'obligations. Parfois, il nous est impossible d'être là l'un pour l'autre, et nous devons l'admettre. Ce n'est pas la peine d'en faire toute une histoire, maman. Il a deux enfants dans une autre ville, et il doit les voir.

— Ça tombe mal, c'est tout. Tu ne trouves pas ?

Allegra avait envie de hurler. D'autant que défendre Brandon était la dernière chose qu'elle eût envie de faire, ce soir. Elle aussi était vexée par sa défection. Heureusement, au même instant, un jeune homme brun de haute taille apparut dans l'encadrement de la porte.

— Qui êtes-vous en train de massacrer, toutes les deux ? Brandon, je présume, à moins qu'il n'y ait quelqu'un de nouveau à l'horizon ?

Scott, le frère d'Allegra, venait juste d'arriver de l'aéroport, et Allegra se redressa pour s'asseoir en tailleur sur son lit, un large sourire aux lèvres. En deux enjambées, il la rejoignit et la serra dans ses bras.

— Mon Dieu, tu as encore grandi, gémit-elle sous le regard affectueux et amusé de leur mère.

Scott ressemblait trait pour trait à Simon. Il mesurait plus d'un mètre quatre-vingt-dix, et jouait d'ailleurs au basket-ball dans l'équipe de son université. Après avoir embrassé sa mère, il s'assit par terre pour bavarder avec les deux femmes.

— Où est papa ?

— Il devrait être en route, du moins je l'espère. Il a appelé du bureau il y a un petit moment. Sam est en haut. Et nous dînons dans dix minutes.

— Je meurs de faim.

Il avait l'air en pleine forme, et Blaire posa sur lui un regard empreint de fierté. Toute la famille était fière de lui, d'ailleurs ; ce serait un merveilleux médecin.

— Alors ? Que disent les initiés ? demanda Scott en

se tournant vers sa mère. Est-ce que tu vas gagner, comme d'habitude, ou est-ce que tu vas faire honte à la famille, pour une fois ?

— Oh, je vais tous vous déshonorer, j'en suis sûre, répondit-elle avec un petit rire.

Elle s'efforçait de ne pas penser aux Golden Globes. Même après toutes ces années passées à écrire et à produire des émissions à succès, elle était encore nerveuse lors des remises de récompenses.

— Je crois que c'est de papa que nous allons tous être fiers cette année, ajouta-t-elle, mais elle refusa d'en dire davantage.

Cinq minutes plus tard, ils entendirent la voiture de Simon s'immobiliser devant la maison. Ils s'empressèrent de descendre au rez-de-chaussée, et Blaire cria à Sam, toujours dans sa chambre, de raccrocher le téléphone et de venir dîner.

Ce fut un repas animé. Les deux hommes essayaient sans succès d'avoir une conversation sérieuse au milieu des bavardages des femmes, qui échangeaient potins et avis sur les Golden Globes. Sam ne cessait d'interroger sa sœur sur Carmen Connors : comment elle était, ce qu'elle portait, qui elle fréquentait… Un peu en retrait, Blaire souriait en regardant ses trois enfants et le mari qu'elle aimait depuis tant d'années. Il était toujours aussi grand, brun et séduisant ; seuls quelques cheveux blancs argentaient ses tempes, et les petites rides qui entouraient ses yeux ne faisaient que le rendre plus attirant encore. C'était un homme superbe, et Blaire était parcourue d'un petit frisson chaque fois qu'elle le regardait. Parfois, ce frisson se teintait d'appréhension, lorsqu'elle se sentait vieillir ; lui ne changeait pas, sinon en bien, comme un grand vin se bonifie en vieillissant. Elle, en revanche, avait le sentiment de devenir différente. Elle s'inquiétait plus qu'autrefois, à propos de lui, des enfants, de sa carrière. Elle avait peur d'être dépassée, surtout depuis que l'audience de son émission avait un peu baissé, et elle avait également peur de voir Samantha partir à l'université. Et si finalement elle décidait d'aller dans l'Est, ou de prendre une chambre sur le campus ? Que deviendrait Blaire lorsque ses enfants seraient tous partis ? Et s'ils n'avaient plus besoin d'elle ? Ou si elle perdait son émission ? Que lui arriverait-il quand tout serait terminé ? Et si les choses changeaient, entre Simon et elle ? Elle savait pourtant que toutes ces interrogations étaient stériles.

Parfois, elle essayait d'en parler à Simon. Elle était submergée par tant d'angoisses, tout à coup, à propos de sa vie, d'elle-même, de son corps… Elle savait que, depuis un ou deux ans, son apparence s'était modifiée, bien que tout le monde lui affirmât le contraire. Elle vieillissait et souffrait de constater que le temps se montrait plus cruel envers elle qu'envers Simon. Tout avait passé si vite, elle avait atteint cinquante-quatre ans si rapidement ! Bientôt cinquante-cinq… puis soixante… Elle avait envie de crier : « Oh, mon Dieu ! Arrêtez tout… Attendez… J'ai besoin de plus de temps. » Elle trouvait étrange que Simon ne comprît pas cela. Peut-être cela venait-il du fait que les hommes avaient plus de temps : leurs hormones ne devenaient pas brutalement folles à cinquante ans, leur apparence évoluait de façon plus subtile, et il leur restait toujours la possibilité de trouver une femme deux fois plus jeune qu'eux prête à leur faire une demi-douzaine d'enfants supplémentaires… Même si cela n'intéressait pas du tout Simon – comme il le répétait inlassablement à Blaire –, c'était *possible*, et cela faisait toute la différence. Cependant, lorsqu'elle essayait de lui expliquer tout cela, il répondait simplement qu'elle était surmenée et racontait des bêtises. « Pour l'amour du ciel, Blaire, je n'ai pas la moindre envie d'avoir plus d'enfants. J'adore les nôtres, mais si Sam ne se dépêche pas de grandir et de se trouver un appartement pour écouter sa musique de sauvages, je vais devenir fou ! » Il disait cela, mais Blaire savait qu'il ne souhaitait pas plus qu'elle voir Sam partir. Elle était leur bébé. Simplement, tout semblait plus facile pour lui. Il ne s'inquiétait pas autant qu'elle des notes de Scott, ou du fait qu'Allegra fût encore avec Brandon, après deux ans, alors qu'il était toujours marié avec une autre.

Rien de tout cela ne fut abordé durant le dîner. Ils parlèrent de mille autres choses. Simon et Scott discutèrent de basket-ball, de Stanford, d'un voyage possible en Chine. Puis tout le monde parla des Golden Globes, après quoi Scott taquina Sam à propos du dernier garçon avec qui il l'avait vue. Un vrai crétin, selon lui. Samantha défendit l'intéressé avec vigueur, tout en affirmant ne pas sortir avec lui. De son côté, Blaire annonça que l'audience de son émission venait juste de remonter, après une légère baisse le mois précédent. Elle avait l'intention, ajouta-t-elle, de refaire le jardin et la cuisine l'été suivant.

— C'est censé être un scoop ? se moqua gentiment Scott, et ils échangèrent un regard chaleureux. De toute façon, tu changes quelque chose tous les ans. Mais j'aime bien le jardin tel qu'il est. Que comptes-tu lui faire ?

— J'ai trouvé un jardinier anglais fabuleux, et il dit qu'en deux mois il peut tout modifier. La cuisine, en revanche, c'est une autre histoire. J'espère que vous aimez aller au restaurant, parce que nous serons obligés de prendre tous nos repas dehors entre mai et septembre.

Un grognement général s'éleva de la tablée, et Simon se tourna vers son fils d'un air décidé.

— De mai à septembre : je crois que c'est la période parfaite pour notre voyage en Chine.

— Tu n'iras nulle part, déclara Blaire. Le tournage de mon émission se poursuivra tout l'été, et je n'ai pas l'intention de me retrouver seule de nouveau.

Chaque année, Simon et Scott effectuaient un voyage ensemble, et ils choisissaient généralement une destination où il était impossible de les joindre, comme le Botswana ou les îles Samoa.

— Vous pourrez aller passer un week-end à Acapulco.

Scott éclata de rire, et les taquineries se poursuivirent

dans la bonne humeur jusqu'à plus de neuf heures. Enfin, Allegra se leva et annonça qu'elle devait rentrer chez elle : elle avait encore du travail qui l'attendait.

— Tu travailles trop, la réprimanda sa mère.

Allegra sourit.

— Contrairement à toi, c'est ça ?

De toutes les personnes qu'Allegra connaissait, Blaire était certainement celle qui travaillait le plus. D'ailleurs, elle la respectait beaucoup pour cela.

— Je te verrai demain, à la cérémonie, ajouta-t-elle en quittant la table.

— Tu veux y aller avec nous ? proposa sa mère.

— Non, merci. Alan est un retardataire professionnel, et il a toujours dix millions de gens à saluer. Et puis, il voudra certainement aller quelque part ensuite. Il vaut mieux que nous vous retrouvions là-bas, sans quoi nous vous ferons tourner chèvres.

— C'est Alan qui t'accompagne, pas Brandon ? s'étonna Samantha. Comment ça se fait ?

— Brandon a dû aller à San Francisco voir ses enfants, dit Allegra sans se troubler, bien qu'elle eût l'impression d'avoir déjà expliqué cela des milliers de fois.

— Tu es sûre qu'il ne couche pas avec son ex ? demanda Samantha.

Un instant Allegra en eut le souffle coupé. Quand elle eut recouvré ses esprits, elle fusilla sa cadette du regard.

— C'est vraiment une remarque mesquine et gratuite. Tu pourrais faire attention à ce que tu dis, Sam, déclara-t-elle vivement.

— Ne te mets pas dans cet état-là... Peut-être que j'ai raison, après tout, et que ça explique ta réaction.

Sentant à quel point Allegra était contrariée, Scott se tourna vers Samantha.

— Arrête, tu veux ? La vie sexuelle de Brandon ne nous regarde en rien.

— Merci, lui glissa Allegra un peu plus tard, en l'embrassant pour lui dire au revoir.

Cependant, elle se demandait pourquoi la remarque de Sam l'avait troublée à ce point. Craignait-elle réellement que Brandon la trompe avec Joanie ? Bien sûr que non. Joanie était une femme dépendante, geignarde et trop grosse, et d'ailleurs Brandon n'arrêtait pas de répéter à Allegra combien elle était devenue laide. Le problème n'était pas là. Simplement, elle souffrait d'avoir à le défendre en permanence. Il était évident que toute la famille pensait qu'il aurait dû rester pour l'accompagner à la cérémonie, et elle aussi. Au fond d'elle-même, elle était furieuse qu'il lui ait fait faux bond.

Durant tout le chemin du retour, elle y repensa, et en arrivant chez elle, elle était de nouveau très en colère contre lui. Elle ressassa ses griefs un moment, incapable de se concentrer sur son travail, puis elle décida de l'appeler. Elle connaissait par cœur le numéro de l'hôtel où il descendait à San Francisco, et elle le composa d'une main tremblante. Peut-être parviendrait-elle à le convaincre de revenir, finalement ? Mais alors, elle devrait expliquer la situation à Alan, ce qui la mettrait fort mal à l'aise, même s'ils étaient amis et pouvaient tout se dire…

La réception transféra son appel dans la chambre de Brandon, et elle attendit interminablement. Il était plus de dix heures, mais il ne répondit pas. Sans doute se trouvait-il encore chez Joanie, en train de discuter du divorce… Il n'était pas rare qu'ils se querellent pendant des heures après avoir couché les filles, lui avait-il dit à plusieurs reprises. Mais alors même qu'elle songeait à cela, Allegra se souvint des paroles de Sam, et une nouvelle vague de colère l'envahit. Elle en voulait à Brandon de ne pas être là, et à sa sœur d'avoir sous-entendu qu'il couchait encore avec Joanie. En même temps, sa propre réaction l'agaçait : elle n'aurait pas dû se laisser troubler ainsi.

A peine venait-elle de raccrocher que le téléphone sonna, amenant un sourire sur ses lèvres. Elle se rendait malade pour rien : sans doute était-ce Brandon, qui venait juste de rentrer à l'hôtel…

Mais elle se trompait : c'était Carmen, et elle pleurait.

— Que se passe-t-il ?

— Je viens juste de recevoir des menaces de mort, sanglota la jeune actrice.

Elle ajouta qu'elle voulait retourner dans l'Oregon. Allegra fronça les sourcils.

— Essaie de te calmer et de me raconter. Comment ces menaces te sont-elles parvenues ?

— Par la poste. Je viens juste de rentrer, alors je n'ai ouvert mon courrier qu'à l'instant, et j'ai lu la lettre. Elle dit… (De nouveau, elle fondit en larmes.) Elle dit que je suis une salope et que je ne mérite pas de vivre une heure de plus. Ce type affirme qu'il sait que je le trompe et que je suis une pute, et qu'il va m'avoir.

Oh, mon Dieu, songea Allegra. Les gens de cette espèce étaient précisément ceux dont il fallait se méfier. Ceux qui s'imaginaient qu'ils entretenaient une relation avec la célébrité, qu'ils avaient un droit sur elle et qu'elle leur avait fait du tort. Cependant, elle ne voulait pas effrayer Carmen davantage et n'exprima pas ses craintes.

— A priori, ce n'est pas quelqu'un que tu connais, n'est-ce pas ? Quelqu'un avec qui tu serais sortie une fois et qui te reprocherait de ne plus vouloir le voir ?

Cela valait la peine de poser la question, même si elle savait combien Carmen se montrait circonspecte. En dépit des histoires rapportées par les journaux, la jeune actrice vivait comme une nonne.

— Je n'ai pas eu de vrai rendez-vous galant depuis huit mois, soupira-t-elle tristement, et les deux types avec qui je suis sortie en dernier se sont tous les deux mariés depuis.

— C'est bien ce que je pensais. Bon, calmons-nous. Mets l'alarme en marche, déclara-t-elle posément, comme si elle s'adressait à une enfant.

— C'est déjà fait.

— Bien. Appelle le responsable de la sécurité et parle-lui de la lettre. De mon côté, je vais contacter la police et le FBI, et nous les verrons demain. Il n'y a pas grand-chose à faire ce soir, mais je préfère quand même les prévenir. La police pourra demander à une patrouille de passer devant chez toi toutes les demi-heures. Pourquoi ne prends-tu pas un des deux chiens avec toi à l'intérieur de la maison ?

— Je ne peux pas... Ils me font peur, avoua nerveusement Carmen.

Allegra éclata de rire, ce qui allégea la tension.

— Précisément. Ils effraieraient n'importe qui. Au moins, lâche-les dans la propriété. De toute façon, je pense que c'est du bluff, mais ça ne peut pas faire de mal d'être prudent.

— Pourquoi font-ils des choses comme ça ? gémit Carmen.

Elle avait déjà fait l'objet de tentatives d'intimidation par le passé, mais personne n'avait encore réellement essayé de lui faire du mal. Les menaces de ce genre n'étaient le plus souvent que des paroles en l'air ; toutes les célébrités qu'Allegra connaissait en avaient reçu à un moment ou à un autre. Même si c'était très désagréable, cela faisait partie du métier. Ses propres parents en avaient été victimes, et quand Sam avait onze ans, quelqu'un avait menacé de la kidnapper. Sa mère avait engagé un garde du corps pour la fillette pendant six mois. Il rendait tout le monde fou : il regardait la télévision jour et nuit et passait son temps à renverser du café partout. Mais si cela se révélait nécessaire, Allegra en engagerait un pour Carmen. D'ores et déjà, elle avait décidé de lui en trouver un pour les Golden Globes. Ou même deux : elle connaissait un couple de professionnels très efficaces à qui elle avait l'habitude de faire appel.

— Les gens qui envoient ces menaces sont idiots, c'est tout, Carmen. Ils veulent attirer l'attention, et ils se disent qu'en s'approchant suffisamment de toi, ils jouiront d'un peu de ta célébrité. C'est une façon pathétique de se faire connaître, mais essaie de ne pas trop te laisser contrarier. Je vais embaucher des gens pour te protéger demain soir, un homme et une femme, comme ça on aura juste l'impression que tu es en compagnie d'un autre couple, dit Allegra d'un ton rassurant.

Elle avait géré de nombreuses situations de ce genre pour d'autres clients, et savait se montrer apaisante.

— Je ne sais pas si je vais y aller, dit Carmen, nerveuse. Et si quelqu'un me tirait dessus pendant la cérémonie ?

Elle se remit à pleurer et parla de nouveau de Portland.

— Personne ne va te tirer dessus. Nous n'aurons qu'à aller à la cérémonie ensemble, si tu veux. Qui sera ton cavalier ?

— Un type qui s'appelle Michael Guinness. C'est le studio qui a décidé qu'il m'accompagnerait. Je ne le connais même pas.

Elle avait prononcé ces derniers mots d'un air dégoûté, mais Allegra s'empressa de l'encourager.

— Je l'ai déjà rencontré. Il est parfait.

Michael était homosexuel, et très présentable ; c'était un jeune acteur plein d'avenir, et sans doute les responsables des studios estimaient-ils qu'il serait bon pour son image d'être vu avec Carmen Connors. Son homosexualité était un secret bien gardé.

— Je m'occupe de tout. Détends-toi et essaie de dormir un peu.

Elle savait que Carmen passait parfois la nuit debout à regarder de vieux films à la télévision parce qu'elle avait peur ou se sentait seule.

— Et toi, avec qui y vas-tu ? demanda Carmen.

Elle s'attendait à ce que l'avocate dise : « Brandon » ; Carmen avait rencontré celui-ci à une ou deux reprises et le trouvait plutôt bien, quoique fort ennuyeux. Aussi la réponse d'Allegra l'étonna-t-elle.

— Je serai avec un vieux copain d'école, Alan Carr,

déclara-t-elle d'un ton distrait tout en notant sur un calepin qu'elle devait appeler la police et le FBI.

— Oh, mon Dieu ! s'exclama Carmen. *Le* Alan Carr ? Tu rigoles ? Tu étais à l'école avec lui ?

— Eh oui, le seul et unique, acquiesça Allegra, amusée par cette réaction, à laquelle elle était habituée.

— J'ai vu tous ses films.

— Moi aussi, et crois-moi, certains sont de vrais navets. Je n'arrête pas de lui répéter qu'il lui faut un nouvel agent, mais il est têtu comme une mule.

— Mais il est superbe !

— Mieux que ça, c'est un type bien. Il va te plaire.

Elle se demanda si, de son côté, Alan apprécierait Carmen. Peut-être auraient-ils le coup de foudre l'un pour l'autre ? Ce serait fort amusant…

— Nous irons prendre un verre après, et si tu veux, nous pouvons vous emmener à la cérémonie, Michael et toi.

— Ce serait génial.

Carmen semblait beaucoup plus heureuse lorsqu'elles raccrochèrent, et Allegra demeura un long moment le regard dans le vide, songeant que la vie était parfois bien étrange. La fille la plus sexy d'Amérique n'avait pas eu de rendez-vous galant depuis huit mois et recevait des menaces de malades mentaux qui s'imaginaient la posséder. Et elle était impressionnée parce qu'Allegra connaissait Alan Carr. Tout cela était tellement bizarre !

Elle jeta un coup d'œil à sa montre. Carmen et elle avaient parlé pendant plus d'une heure. Il était près de minuit, et Allegra avait presque peur d'appeler Brandon si tard, mais elle décida néanmoins de le faire, songeant qu'il avait certainement essayé de lui téléphoner pendant qu'elle discutait avec Carmen. Lorsqu'elle eut composé le numéro de l'hôtel, on lui répondit qu'il n'était pas encore rentré, et elle lui laissa un nouveau message.

Quand elle alla se coucher, à une heure du matin, elle n'avait toujours pas de nouvelles, mais elle ne voulait pas réessayer de l'appeler. Elle commençait à se sentir idiote et faisait de son mieux pour chasser les paroles de Sam de son esprit. Elle ignorait ce que faisait Brandon, bien qu'elle fût certaine qu'il ne couchait pas avec Joanie. Que pouvait-il fabriquer à San Francisco à une heure pareille ? C'était une ville paisible, et d'après ce qu'elle en avait vu, personne ne sortait après neuf ou dix heures du soir. Il n'était certainement pas dans une boîte de nuit. Sans doute se disputait-il avec Joanie au sujet de la maison ou de leur appartement de vacances près du lac Tahoe. Sam n'avait aucun droit de sous-entendre qu'il la trompait ; rien qu'en y repensant, Allegra était furieuse. Pourquoi tout le monde était-il toujours aussi désagréable dès qu'il était question de Brandon ? Et pourquoi était-elle systématiquement obligée de le défendre et d'expliquer son comportement ?

Le téléphone demeura silencieux, et elle finit par glisser dans le sommeil vers deux heures du matin. Mais la sonnerie retentit à quatre heures, et elle bondit, le cœur battant.

Ce n'était pas Brandon, mais Carmen. Elle avait entendu un bruit et était terrorisée. Elle chuchotait dans l'appareil, si effrayée qu'elle en était presque incohérente. Il fallut de nouveau près d'une heure pour l'apaiser ; Allegra en arrivait à se demander si elle ne ferait pas mieux d'aller rejoindre la jeune femme lorsque, enfin, celle-ci lui assura qu'elle était calmée et se sentait mieux. Il était cinq heures du matin, et elle était honteuse d'avoir appelé, mais Allegra la rassura, affirmant que ce n'était pas un problème.

— Dors un peu, sinon tu auras une mine affreuse ce soir pour la cérémonie. Tu vas probablement gagner un prix, il faut que tu sois à ton avantage ! Maintenant, retourne au lit, dit Allegra comme si elle s'adressait à sa petite sœur.

— D'accord, acquiesça Carmen en riant.

Cinq minutes après avoir éteint la lumière, Allegra

dormait profondément, épuisée, et elle ne se réveilla qu'à huit heures, lorsque Brandon l'appela.

— Tu es debout ? demanda-t-il.

Elle jeta un coup d'œil à son réveil et gémit. Elle avait dormi moins de cinq heures et le sentait.

— Là, non, mais j'ai passé la moitié de la nuit debout, répondit-elle. Carmen a eu un petit problème.

— Oh, pour l'amour du ciel, je ne sais pas pourquoi tu tolères toutes ces sottises ! Tu devrais mettre ton répondeur, la nuit, ou faire appel à un secrétariat téléphonique.

Elle ne réagissait pas ainsi, et son métier ne le lui permettait pas, mais il n'avait jamais compris cela.

— Ce n'est pas grave, j'ai l'habitude. Elle a reçu une menace de mort.

Cela lui rappela qu'elle devait contacter la police et le FBI à ce sujet. Sa matinée allait être chargée.

— Où étais-tu, la nuit dernière ? demanda-t-elle en s'efforçant de ne pas employer un ton accusateur et de ne pas repenser aux paroles de Sam.

— J'étais sorti avec des amis. Quel est le problème ? Pourquoi m'as-tu appelé deux fois ?

— Pour rien, répondit-elle, aussitôt sur la défensive. Je voulais juste te dire bonsoir. Je croyais que tu devais voir les petites, hier soir.

Sinon, pourquoi aurait-il eu besoin de prendre l'avion dès la veille ?

— C'était le cas, mais mon avion a eu du retard, et Joanie m'a dit qu'elles étaient fatiguées, alors j'ai appelé d'anciens collègues. Nous sommes allés dans un bar et avons bavardé toute la soirée.

Allegra oubliait toujours que Brandon avait travaillé à San Francisco, autrefois, et y avait gardé des contacts.

— Quand je suis rentré et que j'ai vu que tu avais appelé, j'ai pensé que peut-être quelque chose n'allait pas, mais je me suis dit que tu devais dormir. Je suppose que je devrais me comporter comme tes clients et téléphoner à n'importe quelle heure du jour et de la nuit.

Il réprouvait les appels qu'elle recevait tard le soir, même si la plupart des clients d'Allegra ne l'appelaient la nuit que lorsqu'ils n'avaient pas le choix.

— On dirait que tu t'amuses bien, observa-t-elle en essayant de dissimuler sa colère et sa déception.

— Ça va. C'est sympa de se retrouver ici. La nuit dernière, j'ai passé un bon moment avec mes amis. Je n'avais pas fait les bars de San Francisco depuis des siècles.

Ce genre de sortie n'amusait guère Allegra, mais elle comprenait qu'il prît plaisir à revoir ses anciens collègues de temps en temps. Il travaillait tellement qu'il avait bien besoin de se détendre un peu.

— Je vais chercher les filles à neuf heures. J'ai promis de les emmener à Sausalito pour la journée. C'est dommage que tu ne sois pas là, ajouta-t-il d'une voix plus chaleureuse.

— Je vais aller voir la police ce matin à propos de Carmen, et peut-être le FBI, puisque la lettre est arrivée par la poste. Et ce soir, bien sûr, il y a la cérémonie de remise des prix…

— Ça devrait être distrayant, dit-il d'un ton complètement indifférent, comme s'il n'avait jamais été question qu'il l'accompagne à la soirée. Comment était le dîner, hier soir ?

— Sympa, comme d'habitude. Les Steinberg dans toute leur splendeur. Scott était là, ça m'a fait plaisir. Quant à Sam, elle commence à avoir un peu la grosse tête. Je suppose que c'est l'âge, mais je ne peux pas dire que ça me fasse plaisir.

— C'est parce que ta mère lui passe tous ses caprices. Si tu veux mon avis, c'est le meilleur moyen d'en faire une gamine gâtée, et elle commence à avoir passé l'âge. Je suis surpris que ton père ne frappe pas du poing sur la table.

Elle trouva Brandon un peu dur, et bien qu'elle ne fût pas loin de partager son avis, elle fut choquée par la facilité avec laquelle il critiquait sa famille. Elle, de son côté, faisait toujours attention à ne rien dire de désagréable sur ses enfants.

— Mon père l'adore. Et ces derniers temps, elle a beaucoup posé pour des photographes. C'est probablement pour ça qu'elle a les chevilles qui enflent et qu'elle s'imagine qu'elle peut dire tout ce qu'elle veut.

Elle n'arrivait pas à oublier les remarques de sa sœur, même si elle savait désormais qu'elle s'était inquiétée pour rien.

— Ce boulot de mannequin va lui attirer des ennuis, un de ces jours. Un des photographes lui fera des avances ou lui proposera de la drogue. Je pense que ce milieu est vraiment malsain pour elle. Je suis étonné que tes parents la laissent faire.

Brandon avait des opinions très arrêtées – et très négatives – sur le monde du spectacle. Il répétait fréquemment qu'il ne laisserait jamais ses filles devenir mannequins ou actrices. Le show-business, disait-il, était un milieu sordide et déplaisant, même si les parents d'Allegra, il devait l'admettre, s'en étaient bien tirés et semblaient aimer leur métier.

— Tu as peut-être raison, dit-elle avec diplomatie.

Elle se demandait s'ils n'étaient pas trop fondamentalement différents pour s'entendre. Mais sans doute réagissait-elle ainsi parce qu'il était loin et qu'elle se sentait abandonnée… Il lui était difficile de savoir, même après deux ans, si cette relation était ce qu'il lui fallait. La plupart du temps, elle pensait que oui, mais il arrivait, comme en cet instant, qu'elle ait l'impression de parler à un étranger.

— Bon, il faut que j'aille chercher les filles, dit-il avant d'ajouter, comme pour l'apaiser : Je t'appellerai ce soir.

— Je serai à la cérémonie de remise des Golden Globes, lui rappela-t-elle avec douceur.

— Ah oui, c'est vrai. J'avais oublié ! Je t'appellerai demain matin, dans ce cas.

— Merci. Je suis désolée que tu ne puisses pas venir

avec moi, ajouta-t-elle tout en se reprochant aussitôt son ton plaintif.

— Tu t'amuseras quand même. Je suppose qu'Alan Carr fera un meilleur cavalier que moi pour une occasion comme celle-là. Au moins, lui saura à qui il a affaire quand tu lui présenteras quelqu'un ! Assure-toi juste qu'il se conduise correctement, et fais-lui bien savoir que tu es à moi, Allie. Pas de bêtises.

Elle sourit, un peu apaisée par ces paroles. Brandon l'aimait et il était plein de bonnes intentions ; il ne se rendait pas compte de l'importance que cette cérémonie revêtait à ses yeux, voilà tout.

— Tu vas me manquer. Et je te rappelle que j'aurais préféré y aller avec toi.

— J'essaierai de me libérer l'année prochaine, ma chérie, promis, dit-il d'un ton sincère.

Elle aurait aimé qu'il soit là, allongé auprès d'elle… Dans ce domaine, au moins, ils étaient bien accordés. Sexuellement, ils s'entendaient à la perfection ; et, à terme, les autres problèmes finiraient sans doute par disparaître. Les périodes de divorce n'étaient jamais faciles.

— Amuse-toi bien avec les filles, mon amour, et dis-leur qu'elles me manquent.

— D'accord. Je t'appellerai demain, et ce soir je regarderai les informations pour essayer de te voir.

Elle rit de bon cœur, sachant pertinemment que jamais elle ne passerait à la télévision. Elle ne faisait partie ni des sélectionnés ni des présentateurs de la soirée : pour les journalistes, elle n'offrait pas le moindre intérêt. En règle générale, ils préféraient garder les caméras fixées sur les gagnants ; la seule chose qui risquait d'attirer l'attention sur elle était la présence à ses côtés d'Alan Carr, mais dans la mesure où elle-même était inconnue des non-initiés, elle doutait d'apparaître à l'écran.

Ils raccrochèrent peu après. Allegra se sentait mieux, maintenant qu'elle lui avait parlé. Parfois, il n'arrivait tout simplement pas à comprendre le milieu dans lequel elle évoluait, et il était vrai qu'il mettait du temps à régler ses problèmes personnels, mais c'était quelqu'un de bien et elle l'aimait vraiment, comme elle s'évertuait en permanence à l'expliquer aux gens. Pourquoi donc personne à part elle n'avait conscience de ses qualités ?

Elle se leva et mit la cafetière en marche, puis elle téléphona à la police, au FBI et à l'entreprise de surveillance qui s'occupait de la maison de Carmen. Elle leur donna rendez-vous chez la jeune femme et s'assura que tout était fait pour la protéger. Elle avait par ailleurs réussi à joindre ses deux gardes du corps préférés, Bill Frank et Gayle Watels, retraités des forces d'élite de la police de Los Angeles ; par chance, tous deux étaient libres et avaient accepté de travailler quelque temps pour Carmen. Ils l'accompagneraient ce soir-là à la cérémonie, et Carmen était soulagée de se savoir si bien entourée. Allegra envoya Gayle chez Fred Hayman afin qu'elle trouve une robe permettant de dissimuler son étui à revolver ; ce ne serait pas facile, mais les employées de la maison de couture étaient accoutumées aux demandes inhabituelles.

Allegra réussit à rentrer chez elle à seize heures quinze, laissant Carmen à sa maquilleuse et son coiffeur. Elle eut tout juste le temps de prendre une douche et de s'occuper de ses cheveux, puis elle se glissa dans la longue robe noire moulante qu'elle avait achetée pour l'occasion. Elle était sobre, mais magnifiquement coupée et d'une élégance folle. C'était un modèle de chez Ferré, et la robe s'accompagnait d'un fabuleux manteau en organdi blanc. Allegra portait aux oreilles les boucles en perles et diamants que son père lui avait offertes pour son vingt-cinquième anniversaire. Ses longs cheveux soyeux étaient remontés sur le dessus de sa tête et cascadaient en boucles souples autour de son visage, et elle était fin prête, sexy et sensuelle lorsque Alan Carr arriva, superbe dans son smoking Armani porté sur une chemise blanche à col étroit sans cravate. Ses cheveux noirs étaient rejetés en arrière, et il semblait encore plus beau que sur les photos.

— Waouh ! s'exclama-t-il avant qu'elle ait pu ouvrir la bouche.

L'un des côtés de la robe était fendu jusqu'à la taille, révélant un collant en dentelle ouvragée, et elle portait des escarpins en satin noir.

— Suis-je censé bien me tenir, alors que tu es aussi belle ? demanda-t-il en feignant l'incrédulité.

Allegra éclata de rire et l'embrassa. Il respira avec délices son parfum, et comme souvent, il se demanda pourquoi il n'avait jamais essayé de raviver la flamme qui, autrefois, avait brûlé entre eux. Il commençait à se dire que le moment était peut-être venu, et que Brandon Edwards aille au diable.

— Merci, monsieur. Vous n'êtes pas mal du tout non plus, dit Allegra en l'admirant avec une affection sincère. Tu es vraiment beau, tu sais, ajouta-t-elle plus sérieusement.

— Tu n'as pas besoin de prendre cet air surpris, observa-t-il avec un petit rire. Ce n'est pas poli.

— Il m'arrive parfois d'oublier combien tu es craquant. Dans ma tête, tu resteras toujours un grand gamin avec des jeans déchirés et des baskets sales…

— Tu me fends le cœur. Tais-toi, veux-tu ? Je te trouve vraiment éblouissante, ajouta-t-il d'une voix plus basse.

Allegra lut dans ses yeux quelque chose qu'elle n'y avait pas vu depuis l'année de leurs quatorze ans. Mais elle savait qu'elle n'était pas prête pour cela et fit semblant de ne rien remarquer.

— On y va ? demanda Alan.

Elle hocha la tête et prit son petit sac à main en satin noir, au fermoir orné de perles. Tout dans sa tenue était parfait et ensemble ils formaient un couple époustouflant. Elle savait qu'en se montrant au côté d'Alan, elle attirerait l'attention de la presse ; tout le monde voudrait savoir qui elle était et s'il y avait quelque chose entre eux.

— J'ai dit à Carmen que nous passerions la chercher, expliqua Allegra à son compagnon tandis qu'ils se dirigeaient vers la limousine qui les attendait.

Elle était immense ; Alan en jouissait à l'année, chauffeur compris. Cela faisait partie du contrat qu'il avait signé avec les studios qui l'employaient.

— Ça ne t'embête pas que nous fassions un détour ? s'inquiéta Allegra.

— Pas du tout. Je ne suis pas en lice pour un prix, ce soir, alors je ne suis pas pressé d'arriver. D'ailleurs, nous pourrions très bien nous enfuir, toi et moi, et aller ailleurs. Tu es trop belle pour perdre ton temps au milieu de tous ces vieux schnocks et les affreux de la presse à scandale.

— Allons, allons, sois un gentil garçon, le réprimanda-t-elle.

Il l'embrassa dans le cou, mais sans ambiguïté.

— Tu vois comme je suis bien élevé ? Je ne décoiffe jamais une femme. J'ai eu les meilleurs professeurs, déclara-t-il.

Elle sourit et s'installa dans la voiture. Il s'assit à côté d'elle.

— Tu sais, la moitié des femmes de ce pays donneraient leur bras droit, et même le gauche en prime, pour être à ma place. J'ai vraiment beaucoup de chance, n'est-ce pas ?

Il eut la bonne grâce de paraître gêné.

— Ne dis pas de bêtises, Al. C'est moi qui ai de la chance. Tu es vraiment superbe ce soir.

— Attends d'avoir rencontré Carmen. Elle est à tomber par terre.

— Elle ne peut pas t'arriver à la cheville, ma chère, rétorqua-t-il galamment, mais tous deux furent abasourdis lorsqu'ils arrivèrent devant la maison de la jeune actrice et que celle-ci sortit.

Elle était entourée par les deux gardes du corps qu'Allegra avait embauchés pour elle. Bill, en smoking, semblait inébranlable, tandis que Gayle était trompeusement sage dans une robe à paillettes couleur bronze qui mettait en valeur ses cheveux roux. La veste assortie cachait parfaitement les deux revolvers qu'elle portait, un Walther PPK .380 et un Derringer .38 Special. Mais ce fut Carmen qui leur coupa le souffle et réduisit littéralement Alan au silence. Elle portait une robe en soie rouge avec un haut col et des manches longues qui la moulait comme une seconde peau, ne dissimulant rien de sa silhouette parfaite. Comme celle d'Allegra, la robe était fendue sur le côté, dévoilant ses jambes légendaires. Le vêtement n'avait pratiquement pas de dos et révélait sa peau satinée jusqu'à sa cambrure provocante. Ses cheveux blond pâle étaient retenus en arrière dans un chignon élégant, et elle était non seulement séduisante mais aussi très distinguée, une sorte de version sexy de Grace Kelly jeune.

— Waouh ! s'écria Allegra, tu es fabuleuse.

— Tu aimes bien ?

Carmen leur sourit comme une petite fille, et elle rougit lorsque Allegra lui présenta Alan.

— Je suis très honorée de vous rencontrer, dit-elle, s'étranglant presque, et il lui serra la main en affirmant que lui aussi avait toujours eu envie de faire sa connaissance.

Allegra, déclara-t-il, ne tarissait pas d'éloges à l'égard de sa protégée. Carmen décocha à son avocate un sourire empreint de gratitude.

— Je crois qu'elle vous a menti, alors. Je peux être très pénible, dit-elle, et tous rirent en chœur.

Ils s'installèrent dans la limousine, et Allegra alluma la télévision pour qu'ils puissent voir qui arrivait à la cérémonie. Juste comme ils approchaient de l'appartement de Michael Guinness, elle aperçut ses parents à l'écran ; sa mère portait une robe en velours vert foncé. Les Steinberg sourirent aux reporters, qui s'empressèrent d'expliquer aux téléspectateurs qui ils étaient.

Michael Guinness les attendait et les rejoignit. Il salua tout le monde avant de s'installer. Alan et lui avaient déjà fait un film ensemble ; Allegra lui présenta Carmen et ses gardes du corps, et la limousine partit en direction du Hilton.

— Je n'ai encore jamais assisté aux Golden Globes, avoua Michael, visiblement ravi.

Il était à peine plus âgé que Carmen et beaucoup moins connu qu'elle ; Allegra songea que Carmen aurait dû se rendre à la cérémonie au bras d'Alan. Cela aurait rendu les paparazzis hystériques…

Ils approchaient à présent du Hilton et se joignirent à la longue file de limousines attendant de déposer leurs illustres passagers, comme des appâts scintillants lancés aux requins qui les guettaient. Des centaines de journalistes étaient massés autour de l'entrée de l'hôtel, appareils photo, caméras et micros au poing, dans l'espoir d'obtenir un regard, un mot de quelqu'un d'important. A l'intérieur, la foule était encore plus dense : en effet, on avait autorisé les médias à installer des mini-podiums dans le hall pour pouvoir interviewer les célébrités. Les fans, innombrables, étaient maintenus un peu à l'écart par un cordon de sécurité, mais l'hôtel n'en était pas moins bondé. A chaque fois qu'une limousine s'arrêtait et qu'un visage connu en sortait, la foule poussait des cris d'extase et les journalistes se précipitaient dans le crépitement des flashs.

Rien que de voir cela semblait terrifier Carmen Connors. Elle avait déjà assisté aux Golden Globes l'année précédente, mais cette fois, elle faisait partie des nominés et savait que la presse n'en serait que plus vorace. Elle se sentait d'autant plus nerveuse à cette perspective qu'elle n'oubliait pas la menace de mort qu'elle avait reçue la veille.

— Ça va ? lui demanda Allegra, maternelle.

— Très bien, répondit-elle d'une voix presque inaudible.

— Bill et moi sortirons les premiers, expliqua Gayle, puis Michael, puis vous. Au début, nous serons entre les appareils photo et vous.

Elle s'exprimait avec calme et détermination, respirant confiance en elle et professionnalisme.

— Nous garderons vos arrières, ajouta Allegra.

Elle savait que la présence d'Alan ne manquerait pas

d'intéresser les reporters. C'était positif, car cela détournerait leur attention de Carmen ; mais d'un autre côté, cela créerait un mouvement de foule plus grand encore. De toute façon, il n'y avait aucun moyen d'éviter la presse.

— Nous sommes là, Carmen. Tu n'as qu'à entrer dans le hall, ensuite tout ira bien.

Il y aurait quantité d'autres stars pour occuper les journalistes, lui rappela Allegra avec douceur.

— Vous vous y habituerez, jeune fille, ajouta Alan en effleurant le bras de Carmen.

Il sentait chez elle une douceur qui lui plaisait, et une vulnérabilité inhabituelle qui le séduisait énormément. La plupart des actrices qu'il connaissait étaient très endurcies.

— Je crois au contraire que je ne m'y habituerai jamais, murmura-t-elle en levant vers lui ses grands yeux bleus.

Il eut envie de la serrer contre lui, mais il se retint, sentant que ce geste la choquerait.

— Ça va aller, affirma-t-il avec calme. Il ne va rien vous arriver. Je reçois tout le temps des menaces de ce genre ; ce sont juste des fous, ils ne passent jamais à l'acte.

Il avait prononcé ces mots d'un air parfaitement sûr de lui, mais cela ne correspondait pas exactement à ce qu'avait expliqué à Allegra l'agent du FBI qui était venu chez Carmen dans l'après-midi. Selon lui, les menaces qui se terminaient par une véritable agression étaient généralement précédées par une explication ou une autre, comme celle qu'avait reçue Carmen – en l'occurrence, l'homme s'imaginait qu'elle l'avait « trompé », qu'elle lui devait quelque chose. Certes, comme le disait Alan, la plupart des menaces émanaient de gens instables et incapables d'agir, mais il fallait toujours tenir compte de l'exception susceptible de causer un drame. Police et FBI avaient recommandé que la jeune femme se montre prudente quelque temps et essaie d'éviter les apparitions annoncées à l'avance dans la presse ou les sorties dans des endroits publics. La cérémonie des Golden Globes résumait parfaitement ce qu'elle était censée ne pas faire, mais d'un autre côté, s'y rendre faisait partie de son travail et elle savait qu'elle n'avait pas le choix.

Même si Carmen essayait de faire bonne figure, Allegra vit combien elle était terrifiée lorsque, presque inconsciemment, elle prit la main d'Alan dans la sienne et la serra, bien qu'elle le connût à peine.

— Je suis là, dit-il avec douceur en l'aidant à sortir.

Bill, Gayle et Michael l'attendaient sur le trottoir. Alan et Allegra la suivirent du regard. L'effet de son apparition ne se fit pas attendre : des dizaines de journalistes se précipitèrent vers elle, et la foule se mit à crier son nom. Allegra n'avait jamais rien vu de tel ; on eût dit qu'une vague soulevait le public. Cela faisait bien longtemps, songea-t-elle – et, de son côté, Alan se faisait la même réflexion –, qu'Hollywood n'avait pas connu de star aussi charismatique.

— Pauvre petite, dit-il.

Il avait de la peine pour elle, devinant ce qu'elle devait endurer. Lui n'avait jamais été dépassé par les événements comme l'était la jeune actrice. Lorsqu'il avait tourné son premier film à succès, il était un peu plus âgé ; de plus, en tant qu'homme, il était moins assujetti aux pressions et aux abus de pouvoir fréquents dans le milieu.

— Viens, dit-il à Allegra sans quitter des yeux Carmen, qui essayait de se frayer un chemin entre les reporters et les fans hystériques.

Les journalistes étaient plusieurs centaines à présent, à tel point que la file des limousines n'avançait plus. Personne ne pouvait bouger tant que la foule massée autour de Carmen ne reculait pas.

— Allons leur donner un coup de main, reprit Alan.

Jouant des coudes, il fendit la foule en direction de Carmen, dépassant Michael Guinness, qui semblait totalement perdu. Quelques secondes plus tard, Allegra toujours à son côté, il parvenait au niveau de Carmen et posait une main sur son épaule.

— Bonsoir ! lança-t-il aux journalistes avec aisance, s'offrant à eux pour permettre à Carmen de respirer.

Dès que la foule l'eut reconnu, un hurlement s'éleva, et les fans se mirent à scander en alternance son nom et celui de Carmen.

— Absolument… Oui, je suis persuadé que Mlle Connors va l'emporter… Merci infiniment, je suis moi-même très heureux d'être là ce soir… dit-il, usant de sa carrure de footballeur américain pour répondre aux questions tout en avançant, ce qui permit à Gayle et Bill de reprendre leur progression, sans quitter Carmen des yeux.

Cela prit un certain temps, mais enfin ils parvinrent à entrer. Alan, entouré de Carmen et Allegra, ne ralentit pas l'allure, et ils affrontèrent sans ciller la seconde horde de fans et de journalistes qui les attendait dans le hall de l'hôtel. De nouveau, des caméras de télévision se tournèrent vers eux. Voyant que Carmen commençait à craquer et cherchait à s'éloigner, Alan la maintint fermement contre lui et continua à avancer.

— Tout va bien, lui chuchotait-il inlassablement. Vous vous débrouillez parfaitement. Allons, souriez. Le monde entier vous regarde, ce soir.

Elle semblait sur le point de fondre en larmes, et il la serra plus étroitement encore jusqu'à ce qu'ils fussent dans la salle de bal, enfin libérés de la foule. L'une des manchettes du manteau d'Allegra avait été légèrement arrachée, et la robe de Carmen était fendue plus haut qu'auparavant : un fan lui avait en effet attrapé la jambe, et un autre avait essayé de lui voler une boucle d'oreilles. Les yeux de Carmen étaient pleins de larmes.

— Ah non, lui dit Alan d'une voix calme. Si vous leur laissez voir combien vous êtes terrorisée, ils seront pires la prochaine fois. Vous devez montrer que tout cela ne vous dérange pas du tout. Faites semblant d'adorer.

— Mais je déteste ça ! protesta-t-elle.

Deux grosses larmes roulèrent sur ses joues et Alan lui tendit son mouchoir.

— Je suis sérieux, il faut vous montrer très forte lorsque vous êtes confrontée à la foule. J'ai appris ça il y a cinq ans. Sinon, ils vous arracheront le cœur, non sans avoir au préalable déchiré vos vêtements.

Allegra approuvait de la tête, reconnaissante à Alan de s'être joint à eux. Peut-être valait-il mieux que Brandon n'ait pas pu venir, songeait-elle : il ne leur aurait été d'aucune utilité dans une situation comme celle-là. Quant à Michael, il n'avait toujours pas réussi à atteindre la salle de bal.

— Alan a raison, tu sais, déclara-t-elle à l'adresse de Carmen. Il faut que tu donnes l'impression de pouvoir gérer la situation les yeux fermés.

— Et si je n'y arrive pas ? demanda Carmen en décochant à Alan un regard plein de gratitude.

Elle se sentait encore un peu timide en sa présence. Il était si beau, si célèbre ! En vérité, elle était tout aussi célèbre que lui, mais elle ne s'en rendait pas compte. Cela faisait d'ailleurs partie de son charme.

— Si vous n'y arrivez pas, cela signifie que vous n'êtes pas à votre place ici, dit Alan sans se troubler.

— C'est le sentiment que j'ai, répondit-elle tristement en lui rendant son mouchoir.

— Ne dites pas de bêtises. Toute l'Amérique vous considère comme une star.

Gayle et Bill s'étaient éloignés de quelques pas ; à présent, Alan et Carmen étaient dans leur élément, entourés d'autres stars, de producteurs et de réalisateurs. Quelques minutes plus tard, les parents d'Allegra les rejoignirent. Blaire embrassa Alan sur la joue et lui dit qu'elle était heureuse de le revoir et avait beaucoup aimé son dernier film. Simon se contenta de secouer la tête, regrettant secrètement qu'Allegra ne soit pas amoureuse d'Alan.

Ce dernier était le gendre dont tout homme rêvait – beau, intelligent, facile à vivre, sportif. Simon et Alan avaient joué au golf et au tennis ensemble à plusieurs reprises, et quand Allegra et Alan étaient encore au lycée, le jeune homme vivait pratiquement dans la cuisine des Steinberg. Mais depuis, naturellement, il avait été très occupé, et en cet instant, Simon se demandait s'il était vraiment le cavalier d'Allegra, ce soir, ou celui de Carmen... Il se montrait aussi attentionné avec l'une qu'avec l'autre. Michael avait fini par arriver dans la salle de bal mais y avait retrouvé des amis, et il bavardait avec animation à quelques pas du petit groupe.

— Ça fait longtemps que nous ne t'avons pas vu, fit remarquer Simon à Alan. Tu nous snobes ?

— L'année dernière, j'ai passé six mois en Australie, et avant ça, j'ai tourné un film au Kenya pendant huit mois. Là, je viens juste de rentrer de Thaïlande. Ce métier de fou m'oblige la plupart du temps à partir à l'autre bout du monde. Le mois prochain, je m'envole pour la Suisse... Vous savez ce que c'est, conclut-il avec un regard entendu.

Il n'avait jamais travaillé avec Simon, mais comme tout le monde à Hollywood, il l'appréciait énormément. Simon Steinberg était brillant, il était juste, il se comportait toujours en gentleman et était d'une honnêteté scrupuleuse, tant en paroles qu'en actes. A bien des égards, Allegra et lui se ressemblaient beaucoup ; d'ailleurs, les qualités qu'Alan appréciait le plus chez la jeune femme lui venaient pour la plupart de Simon. Sans compter qu'elle avait en plus des jambes et une silhouette de rêve... Pourtant, en cet instant, alors qu'il la regardait, il se rendit compte que ses sentiments s'étaient modifiés depuis le début de la soirée. Alors qu'elle avait commencé à le faire rêver lorsqu'il était allé la chercher, dès l'instant où Carmen était apparue, il avait eu l'impression que tout son univers était bouleversé. Il ne savait plus où il était ni ce qu'il faisait. Il n'avait qu'une seule envie : prendre Carmen dans ses bras, fendre la foule et courir à perdre haleine jusqu'à un endroit isolé où ils pourraient être seuls tous les deux pendant très longtemps et apprendre à mieux se connaître. En dépit de tous les sentiments qu'il nourrissait pour Allegra, il n'avait jamais éprouvé cela vis-à-vis d'elle. Depuis qu'elle était apparue sur le seuil de sa maison, il n'avait pu quitter Carmen des yeux.

Allegra l'avait remarqué, elle aussi, et elle lui décocha un sourire.

— Je t'avais dit qu'elle te plairait, observa-t-elle d'un ton cajoleur alors qu'ils se dirigeaient vers leur table, à peine conscients des flashs qui crépitaient autour d'eux.

Carmen et Michael étaient juste derrière eux, et Bill et Gayle leur emboîtaient le pas. Par chance, la plupart des journalistes étaient occupés auprès d'autres stars, laissant à Carmen un répit relatif.

— Tu sais que tu me rappelles Sam quand tu parles comme ça ? répondit Alan, un peu contrarié et refusant d'admettre combien il était séduit par Carmen.

— Tu me traites de sale gosse ou bien tu trouves que j'ai l'air d'avoir dix-sept ans ? demanda-t-elle d'un ton taquin tandis qu'un journaliste de *Paris Match* les prenait en photo.

— J'essaie simplement de te dire que tu m'embêtes mais que je t'aime quand même, rétorqua-t-il dans un sourire en lui décochant un regard qui en aurait fait se pâmer plus d'une.

— Tu es vraiment irrésistible, tu sais, dit-elle. Pour être honnête, je crois que Carmen est aussi de cet avis, ajouta-t-elle sur le ton d'une grande sœur complice.

— Tu devrais peut-être rester en dehors de tout ça, la prévint-il.

Tout à coup, il avait de nouveau envie de l'embrasser dans le cou, et il eut l'impression d'être totalement schizophrène. C'était ridicule : il la connaissait et l'aimait comme un frère depuis quinze ans, et voilà que tout à coup il éprouvait de nouveau du désir à son égard, tout en étant sauvagement attiré par sa cliente, la plus sublime bombe sexuelle blonde qu'il eût jamais vue. C'était de la folie furieuse, et il se tourna vers un serveur qui passait pour commander un whisky. Il avait besoin d'un verre pour s'éclaircir les idées. Ou pour oublier…

— Je ne veux pas que tu lui dises quoi que ce soit, déclara-t-il à Allegra comme ils arrivaient à leur table.

C'était une table de dix, qu'ils partageaient avec Carmen et Michael, un producteur ami de Simon et sa femme, ancienne actrice, qu'Allegra connaissait depuis des années, un couple dont Allegra n'avait jamais entendu parler – ce qui était rare – et Warren Beatty et Annette Bening.

— Je suis sérieux, Allegra, insista Alan. Je ne veux pas que tu t'en mêles et que tu essaies de jouer les entremetteuses.

— Qui a dit que je voulais me mêler de quoi que ce soit ? protesta Allegra, feignant l'innocence, au moment où Carmen les rejoignait.

Elle semblait un peu plus à l'aise, et lorsque Alan s'assit à côté d'elle, elle leva vers lui un regard bleu ravi accompagné d'un large sourire. Ils bavardèrent quelques minutes, puis Allegra s'éclipsa pour aller saluer quelques amis. Plusieurs des associés de son cabinet étaient là, ainsi que presque tous leurs principaux clients. A la table de ses parents étaient installés leurs plus proches amis, pour la plupart des producteurs et des réalisateurs, ainsi que la star du prochain film de Simon. Tous avaient l'habitude des cérémonies de ce genre, et Allegra était parfaitement à l'aise tandis qu'elle allait d'un groupe à l'autre, embrassant ses amis – acteurs, scénaristes, producteurs, metteurs en scène – et échangeant des plaisanteries avec eux. Tous les responsables des studios et des chaînes de télévision étaient également présents ; c'était une soirée d'une importance capitale.

— Tu es superbe, lui glissa Jack Nicholson comme elle passait près de lui.

Elle le remercia. C'était l'un des plus vieux amis de son père. Elle fit un signe de tête à Barbara Streisand. Cette dernière ne la connaissait pas personnellement mais avait à plusieurs reprises rencontré Blaire. Puis

Allegra s'arrêta pour bavarder quelques instants avec Sherry Lansing. Elle avait conscience des regards ouvertement admiratifs que lui jetaient les hommes, et c'était fort agréable. Brandon était si réservé qu'il était rare qu'elle obtînt ce genre de compliment muet de sa part. Même entourée de stars, elle attirait l'attention, et bien que ce fût le cas depuis des années, cela ne laissait jamais de la surprendre.

— Qu'est-ce que tu fais ? demanda Alan lorsqu'elle revint. Tu dragues ? Pas de ça quand tu es avec moi. Décidément, ce type avec qui tu sors te donne de mauvaises habitudes.

Elle savait qu'il n'était pas sérieux et sourit en s'asseyant.

— Tais-toi et tiens-toi correctement, veux-tu ?

Quelques instants plus tard, on commença à servir le dîner. Aussitôt le café terminé, les lumières s'éteignirent, et la retransmission télévisée commença dans toute sa splendeur. Dans la salle, tous les cœurs se mirent à battre un peu plus vite.

Le show commença par les récompenses les moins prestigieuses, mais Allegra ne tarda pas à voir plusieurs personnes qu'elle connaissait bien recevoir des prix.

A chaque pause publicitaire, les femmes s'empressaient de se repoudrer le nez et de remettre du rouge à lèvres. Dès qu'un prix était annoncé, les caméras faisaient un gros plan sur les sélectionnés, ce qui rendait tout le monde plus nerveux encore. Enfin, le tour de Blaire arriva. Cela faisait tellement longtemps qu'elle remportait systématiquement le prix de la meilleure émission qu'Allegra était certaine qu'elle allait de nouveau gagner. Alan et elle échangèrent un regard confiant, et elle regretta de ne pas être plus près de ses parents pour pouvoir serrer la main de sa mère par anticipation. Il paraissait difficile de croire que Blaire pût encore être inquiète après toutes ces années, mais elle affirmait l'être toujours, et de fait, lorsque Allegra vit son visage apparaître sur l'écran, elle constata qu'elle paraissait aussi terrorisée que les autres nominées. Les noms furent appelés, les uns après les autres. La musique s'éleva, suivie par un silence interminable ; tout le monde attendait. Puis l'annonce… sauf que cette année, pour la première fois depuis sept ans, ce ne fut pas le nom de sa mère qu'on appela. Allegra était sidérée, tout comme devait l'être Blaire. Elle n'arrivait pas à le croire… Elle se tourna vers Alan, les yeux pleins de larmes, songeant à la douleur et à la déception que devait éprouver sa mère. De nouveau, le visage de cette dernière apparut à l'écran, juste après celui du vainqueur, qui se dirigeait vers le podium. Blaire était bonne perdante et souriait, mais Allegra voyait bien qu'elle était anéantie. C'était le reflet de ce que le public avait exprimé dernièrement par l'intermédiaire de l'Audimat.

— Je n'arrive pas à le croire, chuchota-t-elle à Alan.

Elle aurait voulu pouvoir réconforter sa mère, mais avec toutes les caméras, elle ne pouvait se lever et aller la rejoindre.

— Moi non plus, répondit-il sur le même ton. C'est encore l'une des meilleures émissions de la télé. Je ne rate pas une diffusion quand je suis chez moi.

Mais sept années de récompenses sur neuf ans de diffusion, c'était beaucoup. Il était temps de laisser la place à quelqu'un d'autre à présent, exactement comme Blaire Scott l'avait craint. Assise sur son siège, elle avait l'impression d'avoir une pierre à la place de l'estomac. Elle regarda Simon ; celui-ci lui tapota la main avec douceur, mais elle n'était pas sûre qu'il comprenait ce qu'elle ressentait. Lui aussi avait gagné bien souvent, mais ses victoires avaient toujours été individuelles. Il n'avait pas une émission récurrente comme la sienne, qui devait maintenir un niveau constant d'excellence d'une fois sur l'autre, d'une semaine sur l'autre, d'une saison sur l'autre. A bien des égards, ce qu'elle faisait était beaucoup plus dur. Puis elle se souvint que lui aussi était sélectionné, et elle essaya de ne pas se montrer égoïste. Mais ce n'était pas facile ; elle avait l'impression de perdre pied dans de nombreux domaines, et personne ne semblait comprendre ce qu'elle éprouvait.

— J'espère que maman tient le coup, dit Allegra, inquiète, tandis que la cérémonie se poursuivait.

Elle aurait aimé que ce soit terminé, mais il restait encore tant de récompenses à distribuer ! Cela commençait à lui paraître interminable. Puis arriva le tour de Carmen. Les noms des nominées pour le prix de la meilleure actrice de cinéma furent proclamés et les caméras firent des gros plans sur elles. Sous la table, Carmen serrait la main d'Alan à la broyer. Puis soudain son nom retentit, dans une explosion de musique et de lumière, et les caméras se tournèrent à l'unisson vers elle, au milieu du crépitement des flashs et des applaudissements. Elle se leva et regarda Alan, qui lui décocha un sourire radieux, comme s'il avait attendu cet instant toute sa vie. Allegra, qui les observait, eut alors la certitude que quelque chose était né entre eux ce soir, quelque chose dont ils n'avaient pas encore réellement conscience. Elle ne savait pas combien de temps il leur faudrait pour s'en rendre compte, mais elle sentait que le lien qui les unissait était magique.

Alan se leva pour féliciter Carmen lorsqu'elle revint, le souffle court, pleurant et riant en même temps, son trophée serré contre son cœur. Il la prit dans ses bras et l'embrassa sur la joue, au moment précis où un photographe appuyait sur le déclic de son appareil. Allegra s'empressa de tirer sur la manche d'Alan, qui se rassit à côté d'elle.

— Tu ferais mieux de faire attention, le prévint-elle.

Il savait qu'elle avait raison, mais l'espace d'un instant, il n'avait pas pu se maîtriser. Carmen était tellement surexcitée qu'elle avait du mal à tenir en place, et Allegra était si contente et fière pour elle qu'elle en oubliait presque la déception qu'elle éprouvait pour sa mère. D'une certaine manière, elle considérait Carmen un peu comme sa petite sœur ; elle l'aidait et elle suivait sa carrière pas à pas depuis trois ans, quasiment depuis ses débuts au cabinet. Elle se réjouissait de son succès et savait de surcroît qu'il était mérité.

Une heure s'écoula encore. Les récompenses pleuvaient, mais les participants commençaient à trouver le temps long. Puis, enfin, les dernières récompenses furent annoncées. Le prix du meilleur acteur de cinéma, l'équivalent masculin de celui de Carmen, alla à un autre client du cabinet d'Allegra. Suivirent les prix du meilleur film, du meilleur réalisateur, et enfin du meilleur producteur de cinéma. Comme deux fois par le passé, cette dernière récompense alla au père d'Allegra, et c'est l'air extrêmement heureux qu'il alla chercher son trophée. Il remercia tous ceux qui l'avaient aidé ainsi que sa femme, Blaire, qui, dit-il, serait toujours numéro un pour lui. Il y avait des larmes dans les yeux de Blaire lorsqu'elle lui sourit en réponse, et il l'embrassa en revenant à leur table.

Enfin, en tout dernier lieu, vint le Prix humanitaire, un prix qui n'était pas annuel, qu'on ne remettait que lorsque quelqu'un dans le milieu du show-business avait fait preuve de qualités humaines réellement remarquables. Quelques extraits de films furent diffusés à l'écran, puis le présentateur fit la liste impressionnante des réalisations du vainqueur au cours des quarante dernières années. Avant même qu'il eût terminé, tout le monde avait deviné de qui il s'agissait, à part l'intéressé, qui parut très étonné lorsqu'on appela son nom. Cette fois, Blaire se leva pour le saluer, et c'est en larmes qu'elle l'embrassa lorsqu'il se dirigea vers le podium. C'était Simon Steinberg, le père d'Allegra.

— Mon Dieu… Je ne sais pas quoi vous dire à tous, déclara-t-il, très ému. Pour une fois, je reste sans voix. Si j'ai gagné ce prix, que je ne mérite certainement pas, c'est grâce à vous tous, à votre gentillesse envers moi au fil des années, à votre correction, votre travail acharné, c'est grâce aux buts que vous m'avez permis d'atteindre et aux merveilleux moments que nous avons partagés. Je vous salue tous, dit-il au public, les yeux brillants.

Allegra sentit de grosses larmes couler sur ses joues, et Alan passa un bras sur ses épaules.

— Je vous remercie pour tout ce que vous avez représenté pour moi, tout ce que vous avez fait pour moi, tout ce que vous m'avez offert. C'est vous, les êtres extraordinaires de ce soir, vous, ma femme Blaire, ma fille Allegra et mes deux enfants restés à la maison, Scott et Sam, vous tous avec qui j'ai travaillé, et je demeure votre humble serviteur.

Là-dessus, il quitta le podium, et toutes les personnes réunies dans la grande salle de bal du Hilton se levèrent pour lui faire une ovation. Il était vraiment l'homme exceptionnel qu'on disait, et Allegra, debout comme les autres, versa des larmes de fierté et de joie pour son père.

Ç'avait été, à bien des égards, une merveilleuse soirée. Cependant, comme ils rassemblaient leurs affaires, Allegra dit à Alan qu'elle souhaitait aller voir sa mère. Il lui dit qu'il l'attendrait avec Carmen à leur table, et elle se dirigea vers le petit groupe d'amis et de collègues qui entourait Blaire.

Allegra la serra dans ses bras et lui dit combien elle l'aimait.

— Ça va ? lui demanda-t-elle dans un murmure.

Blaire hocha la tête. Ses yeux étaient encore humides des larmes qu'elle avait versées. La soirée avait été mémorable pour Simon, et elle se réjouissait suffisamment pour en oublier sa propre déception.

— Nous devrons faire davantage d'efforts pour l'année prochaine, voilà tout, dit-elle, nullement ébranlée en apparence.

Mais Allegra lut dans ses yeux quelque chose qui lui déplut et lorsqu'elle quitta Blaire pour s'approcher de Simon, elle vit sa mère jeter un regard nerveux en direction de son mari.

Il discutait avec Elizabeth Coleson, une réalisatrice avec qui il avait travaillé. Elle était anglaise et atypique car elle était très jeune et avait déjà reçu le titre de « lady » en Angleterre, en reconnaissance de son immense talent. Ils étaient en pleine conversation ; Simon riait, et il y avait quelque chose d'imperceptiblement intime dans la façon dont ils se tenaient. Rien de précis, mais Allegra eut cette impression en les regardant. Mais avant qu'elle ait pu y réfléchir davantage, son père se détourna d'Elizabeth et la vit. Il lui fit aussitôt signe d'approcher et la présenta comme « la seule personne de la famille exerçant un métier respectable ». Avec un rire profond, un peu rauque, Elizabeth serra la main d'Allegra et lui dit combien elle était heureuse de la rencontrer. Elle n'avait que cinq ans de plus qu'Allegra et possédait ce côté très sensuel qu'ont certaines Anglaises, à la fois séduisant et un peu distant, naturellement sexy. Cette femme, songea Allegra, respirait le talent et la sensualité ; quelque chose en elle vous poussait à vous demander si elle portait quelque chose sous sa robe de soirée bleu marine un peu stricte et démodée. Même Allegra se rendait compte qu'elle plaisait à son père.

Ils bavardèrent quelques minutes, et Allegra dit à Simon combien elle était fière de lui. Il la serra dans ses bras et l'embrassa, mais lorsqu'elle le laissa en compagnie d'Elizabeth Coleson, Allegra éprouvait toujours un léger malaise. Elle retourna à sa propre table, et lorsqu'elle jeta un coup d'œil dans la direction de son père et d'Elizabeth, elle vit que sa mère s'était jointe à eux. Il n'était pas difficile de deviner que la soirée avait été pénible pour Blaire, bien qu'elle ne l'eût avoué à personne, pas même à sa fille. Elle était terriblement inquiète au sujet de son émission ; après neuf ans, il était si difficile de se renouveler et de conserver l'intérêt du public ! C'était d'autant plus problématique que les récentes chutes d'audience leur avaient fait perdre quelques annonceurs importants. Et il était clair que l'échec de ce soir causerait une baisse supplémentaire de l'Audimat.

Mais Allegra lisait en ce moment une inquiétude supplémentaire dans les yeux de sa mère, et elle se demanda si cela avait quelque chose à voir avec Elizabeth Coleson, ou si elle se faisait des idées. Peut-être Blaire était-elle simplement déçue de ne pas avoir obtenu le Golden Globe, après tout ; avec elle, c'était toujours difficile à dire. Blaire Scott était une vraie pro et se montrait toujours extrêmement fair-play. Alors qu'elle se dirigeait vers la sortie, une demi-douzaine de reporters lui demandèrent ce qu'elle ressentait après cet échec. Elle exprima son admiration pour le producteur-scénariste qui avait gagné et pour son émission, et comme toujours, elle fut d'une élégance exemplaire. Elle expliqua ensuite combien le trophée de son mari était important pour elle, et quel homme extraordinaire il était, avant d'ajouter qu'il était peut-être temps désormais que des personnalités plus jeunes qu'elle et extrêmement talentueuses fussent reconnues.

Carmen fut elle aussi assaillie par les journalistes, plus encore qu'à l'aller, et ses fans se déchaînèrent en la voyant. Ils lui jetaient des fleurs, tendaient les bras vers elle, et un ours en peluche qu'une femme lui lança en hurlant son nom faillit l'atteindre en plein visage ; mais, par chance, Alan l'attrapa au vol.

— Comme au football américain, fit-il observer à Allegra en souriant.

A sa propre surprise, il avait passé une très bonne soirée. Il proposa à Allegra d'aller manger un hamburger dans un restaurant de style années 50 qu'il connaissait, et d'emmener Carmen et Michael avec eux.

Il leur fallut une demi-heure pour récupérer leur voiture, et lorsque enfin ils l'atteignirent, ils avaient l'impression d'avoir été touchés, poussés, tâtés et harcelés par des milliers de gens, journalistes inclus.

— Mon Dieu, je crois que je veux être caissier chez Safeway, quand je serai grand ! s'exclama Michael en se laissant tomber sur le siège, épuisé.

Tous éclatèrent de rire. Alan lui proposa de les accompagner au restaurant, mais le jeune acteur déclina l'invitation : il était lessivé, déclara-t-il, et devait se rendre aux studios très tôt le lendemain. Si cela ne les dérangeait pas, il préférait rentrer chez lui. Carmen lui assura que ce n'était pas un problème : elle ne voyait aucun inconvénient à sortir seule avec Alan et Allegra.

Ils le déposèrent puis se rendirent chez Ed Debevic, sur La Cienega. Carmen fit observer qu'elle regrettait seulement de ne pas pouvoir passer un jean et un tee-shirt.

— Moi aussi, dit Alan. Je suis sûr que tu es superbe, en jean. (Après avoir partagé avec elle cette soirée riche en émotions, il trouvait naturel de la tutoyer.) Et si nous allions à Malibu ensemble, demain ? Comme ça, je pourrais savoir si je te préfère en robe rouge ou en jean. Un peu comme pour l'élection de Miss Amérique, tu vois ? Tu pourrais gagner le prix de la Miss la plus sympathique… Ou la compétition de maillots de bain…

Carmen éclata de rire, et Allegra sourit tandis qu'ils s'installaient dans un box, sous l'œil intéressé de quelques habitués. Les deux gardes du corps de Carmen se glissèrent dans le box voisin. Il était plus de minuit.

Alan commanda un double cheeseburger et un milk-shake au chocolat. Cela rappelait leur enfance à Allegra, qui pour sa part prit seulement une tasse de café et des oignons frits.

— Et toi, mademoiselle la meilleure actrice de l'année ? demanda Alan à Carmen, qui sourit.

Alan se comportait avec elle tantôt en grand frère, tantôt en héros romantique, et cela la séduisait visiblement. De fait, Allegra devait reconnaître qu'il avait tout pour plaire aux femmes. Si elle ne succombait pas à son charme ravageur, c'était uniquement parce qu'elle le fréquentait depuis trop longtemps. De toute façon, Brandon était le seul homme qui l'intéressât, désormais.

— Je vais prendre une tarte aux pommes et un milk-shake à la fraise, dit Carmen.

— Maintenant que nous avons tous eu nos prix, au diable les calories ! approuva Alan. A moi les plats gras !

Recouvrant son sérieux, il décocha à Carmen un regard plein d'admiration.

— Tu as été formidable, ce soir. Tu t'en es tirée

bien mieux que je ne l'aurais fait à ton âge. Tout ce manège a quelque chose d'un peu effrayant, n'est-ce pas ?

Seule une personne exposée aux mêmes pressions et aux mêmes douleurs ou qui, comme Allegra, évoluait depuis toujours dans le milieu du show-business pouvait réellement le comprendre.

— Chaque fois que les fans ou les photographes se jettent sur moi comme ça, je n'ai qu'une envie : prendre mes jambes à mon cou et rentrer chez moi dans l'Oregon, avoua Carmen avec un soupir.

— Tu m'étonnes ! s'exclama Allegra en levant les yeux au ciel, avant d'ajouter avec sincérité : Alan a raison. Tu as été fantastique. Je suis très fière de toi.

— Moi aussi, renchérit Alan. Quand nous sommes arrivés au Hilton, j'ai craint un instant qu'ils ne te piétinent. Les médias sont parfois incontrôlables.

Mais les gardes du corps de Carmen avaient fait du bon travail, et elle jeta un regard reconnaissant dans leur direction.

— La presse me terrorise, avoua-t-elle.

Se tournant vers Allegra, Alan lui demanda comment elle avait trouvé sa mère lorsqu'elle était allée la voir.

— Elle est très contrariée, je crois, mais n'aurait jamais voulu l'admettre. Elle est bien trop fière pour montrer à quiconque qu'elle souffre. Et elle éprouve probablement des sentiments mitigés. Je sais qu'elle était très heureuse pour papa, mais depuis quelque temps elle s'inquiète beaucoup pour son émission, et ce qui s'est passé ce soir ne risque pas de la rassurer. Quand je suis allée lui parler, elle disait à mon père quel homme génial il était, et il paraissait au septième ciel. Ce Prix humanitaire signifie vraiment beaucoup pour lui, plus que celui qu'il a reçu pour son film.

— Il le mérite, déclara Alan.

Carmen regarda Allegra d'un air rêveur.

— J'aimerais vraiment jouer dans un de ses films.

— Je lui glisserai un mot, promit la jeune femme.

Simon s'intéressait certainement à Carmen lui aussi.

Elle s'était fait un nom, en l'espace de quelques années, et avait beaucoup de talent.

Allegra ne leur parla pas d'Elizabeth Coleson. C'était la première fois qu'elle voyait son père regarder de cette façon une autre femme que sa mère, mais ce qu'elle avait lu dans son regard était sans doute de l'admiration professionnelle, et l'inquiétude de Blaire était à mettre sur le compte de ses nerfs malmenés par cette soirée riche en émotions.

Ils quittèrent le restaurant à deux heures du matin, après s'être raconté leurs enfances – Allegra et Alan au lycée de Beverly Hills, Carmen à Portland. La jeune actrice semblait avoir eu une adolescence plus « normale » que la leur, ce qui expliquait qu'elle eût tant de mal à s'habituer à la vie hollywoodienne. Presse à scandale, paparazzis, récompenses, menaces de mort... Tout cela était trop pour elle.

— Quelle vie banale nous menons, ironisa Alan en remontant dans la limousine et en attirant Carmen sur ses genoux.

Elle ne tenta pas de résister. L'attirance que les deux jeunes gens éprouvaient l'un pour l'autre était devenue de plus en plus évidente au cours des deux dernières heures.

— Vous voulez que je prenne un taxi ? ironisa Allegra.

— Que dirais-tu du coffre ? répondit Alan sur le même ton.

Carmen éclata de rire. D'une certaine manière, elle leur enviait leur amitié de longue date. Elle n'avait pas d'amis aussi proches à Hollywood, pas d'amis du tout, en fait, Allegra exceptée. Les seules personnes qu'elle connaissait étaient celles avec qui elle avait travaillé, et elle ne les revoyait jamais une fois le film terminé. Elles passaient à autre chose et elle aussi. Cette solitude lui pesait. Elle sortait rarement, à part lors de soirées comme celle-là, où les studios lui fournissaient un cavalier qui s'ennuyait autant qu'elle. Elle fit part de sa lassitude à ses deux compagnons sur le chemin du retour, et Alan la regarda d'un air abasourdi.

— Tu sais, la moitié des hommes du pays vendraient père et mère pour passer une soirée avec toi. Et personne ne le croirait si on leur disait que tu restes la plupart du temps chez toi à regarder la télé.

Pourtant, lui la croyait. Sa propre vie sentimentale était bien moins excitante que les gens ne se l'imaginaient. Exceptionnellement, il lui arrivait d'avoir une brève liaison, qui finissait toujours par être rapportée par les journaux à scandale ; c'était à peu près tout.

— Eh bien, nous allons devoir remédier à ça, ajouta-t-il.

Carmen avait déjà accepté d'aller chez lui à Malibu le lendemain, et il envisageait également de l'emmener au bowling.

Allegra leur demanda de la déposer en premier et les embrassa tous les deux en leur souhaitant bonne nuit. Elle félicita Carmen une nouvelle fois puis entra chez elle et s'empressa de se débarrasser de ses chaussures à hauts talons, surprise de constater qu'elle tenait à peine sur ses jambes. La soirée avait été épuisante.

Alan et Carmen semblaient bien partis pour avoir une aventure. Elle se réjouissait pour eux, et de fil en aiguille elle songea à Brandon. Passant dans la cuisine, elle écouta les messages sur son répondeur. Il n'était pas supposé l'appeler, mais il y avait toujours une chance pour qu'il l'ait fait quand même, juste pour lui dire qu'il l'aimait…

Trois de ses amis et un de ses associés lui avaient laissé un message. Aucun n'était urgent ni même important. Puis, en dernier, il y en avait un de Brandon. Il avait téléphoné pour lui dire qu'il avait passé une excellente journée avec les filles et lui parlerait dimanche. Il ne mentionnait pas les Golden Globes ; sans doute ne les avait-il pas regardés à la télévision et ignorait-il tout des prix remportés par Carmen et son père. Alors qu'elle écoutait sa voix posée, elle se sentit très seule de nouveau. Elle avait l'impression qu'il ne faisait jamais vraiment partie de sa vie, sauf quand il l'avait décidé, et même dans ces cas-là, il paraissait effrayé à l'idée d'y participer trop intimement. Il se comportait avec elle en touriste affectif. Et en dépit de tout ce qu'elle éprouvait pour lui et de la durée de leur relation, il maintenait toujours une certaine distance entre eux.

Elle éteignit le répondeur, se dirigea lentement vers sa chambre et ôta une à une les épingles qui retenaient ses cheveux, les laissant cascader dans son dos. Sans savoir pourquoi, elle avait les larmes aux yeux tandis qu'elle faisait glisser la fermeture Eclair de sa robe et la déposait sur le dossier d'une chaise. Elle avait vingt-neuf ans et n'était pas sûre d'avoir jamais été réellement aimée par un homme. Un étrange sentiment de solitude l'envahit lorsque, nue devant les miroirs de son dressing, elle se demanda si Brandon l'aimait, s'il serait un jour capable de se libérer du carcan émotionnel dans lequel il s'était lui-même enfermé, pour être présent à son côté. Il était évident qu'Alan, lui, serait là le jour où Carmen aurait besoin de lui, par exemple. C'était aussi simple que cela ; ils ne se connaissaient que depuis quelques heures, et pourtant il tendait la main vers elle, sans peur et sans hésitation. Alors que Brandon, après deux ans, évoquait toujours un homme debout sur une corniche, à la fois effrayé à l'idée de sauter et incapable de retourner en arrière. A son côté, Allegra était seule.

C'était là l'une de ces évidences qui vous frappent au cœur de la nuit et vous font trembler jusqu'au plus profond de vous-même, qui vous poussent jusqu'aux limites de la folie. Oui, elle était totalement seule. Et où qu'il se trouvât en cet instant précis, Brandon l'était aussi.

4

Le premier appel que reçut Allegra le lendemain matin venait de Brandon. Il allait jouer au tennis avec les filles et voulait être sûr de la joindre avant qu'elle parte. Il savait qu'elle s'envolait pour New York dans l'après-midi et avait peur de la rater.

— Comment se sont débrouillés tes protégés ? demanda-t-il avec intérêt.

Elle trouva étrange qu'il n'eût pas pris la peine de regarder les informations. Il aurait au moins pu faire cela, par respect pour ses parents sinon pour Carmen. Mais elle ne lui fit aucun reproche ; elle était contente qu'il l'appelât.

— Carmen a remporté le prix de la meilleure actrice de cinéma, et mon père celui de meilleur producteur de cinéma. Et ils lui ont aussi remis un Prix humanitaire, ce qui est vraiment un grand honneur. C'était génial. Maman, en revanche, ajouta-t-elle avec un soupir en se remémorant le regard battu et plein d'inquiétude de Blaire, n'a rien eu, et je crois que ça l'a vraiment bouleversée.

— Il faut se montrer fair-play dans ce milieu, c'est la moindre des choses, déclara-t-il avec désinvolture.

Allegra sentit une vague de colère monter en elle. Elle lui en voulait de ne pas être venu avec elle à la cérémonie et son indifférence devant la détresse de sa mère ne faisait qu'empirer les choses.

— C'est un peu plus compliqué que ça. Pour une émission comme la sienne, un prix peut faire toute la différence. Ça fait un an qu'elle lutte pour la survie de la série, et cet échec risque de lui faire perdre des sponsors importants.

— Dommage, dit-il sans paraître autrement troublé par la nouvelle. Transmets mes félicitations à ton père.

— Promis, dit-elle.

Là-dessus, il enchaîna sur la journée qu'il avait passée avec ses filles. Allegra fut contrariée de le voir ainsi changer de sujet. La façon dont Alan avait traité Carmen la veille au soir – et même dont il l'avait traitée elle – lui avait rappelé que certains hommes savaient se montrer sensibles, protecteurs, pleins de sollicitude. Tous n'étaient pas aussi indépendants et détachés que Brandon qui, totalement autosuffisant, attendait d'elle qu'elle le fût aussi et ne supportait pas qu'elle eût des exigences vis-à-vis de lui. Ils étaient comme deux bateaux suivant des routes parallèles sur le même océan mais à une distance considérable l'un de l'autre. Dernièrement, Allegra s'inquiétait de plus en plus de l'avenir de leur relation, et elle se sentait abandonnée lorsqu'il n'était pas là pour elle. Elle avait toujours rêvé d'une histoire comme celle de ses parents, mais elle commençait à se demander si elle en connaîtrait une un jour ou si elle continuerait à choisir des hommes incapables de s'engager, comme le lui reprochait le Dr Green.

— A quelle heure pars-tu à New York ? s'enquit Brandon.

Elle devait rencontrer un important auteur à succès. L'agent de ce dernier l'avait contactée pour qu'elle le représente dans le cadre d'un gros contrat avec l'industrie cinématographique, et elle avait aussi plusieurs autres rendez-vous. Ce serait une semaine très chargée.

— Mon vol est à quatre heures, répondit-elle d'une voix triste, mais il ne parut pas se rendre compte de son désarroi.

Allegra n'avait pas encore fait ses bagages et espérait

avoir le temps de passer voir sa mère avant son départ ou au moins de l'appeler pour s'assurer qu'elle tenait le coup. Elle désirait aussi téléphoner à Carmen.

— Je descends au Regency.

— Je t'appellerai.

— Bonne chance pour ton procès.

— J'aimerais pouvoir amener mon client à négocier, soupira Brandon. Ce serait bien mieux pour lui, vis-à-vis du procureur. Mais il est têtu comme une mule.

— Peut-être qu'il changera d'avis au dernier moment.

— J'en doute, et de toute façon, je suis prêt maintenant.

Comme toujours, il était enfermé dans son propre monde, sa propre vie, et Allegra avait l'impression de devoir lutter pour qu'il lui accorde un minimum d'attention.

— Bon, on se voit le week-end prochain, reprit-il. Tu vas me manquer, ajouta-t-il d'un air presque surpris.

Allegra sourit. C'étaient les petites phrases comme celle-là qui la maintenaient attachée à lui, toujours pleine d'espoir. Il était capable de l'aimer ; simplement, il n'avait pas beaucoup de temps et avait été traumatisé par son ex-femme. C'était toujours l'excuse qu'elle lui trouvait – elle avait expliqué le fameux traumatisme causé par Joanie à son entourage des milliers de fois. A certains moments, cela lui semblait évident, comme il lui semblait évident que Brandon l'aimait.

— Tu me manques déjà, répondit-elle, les nerfs à fleur de peau.

Un silence s'ensuivit.

— Je n'y pouvais rien, Allie. Il fallait que je monte ce week-end.

— Je sais. Mais j'aurais aimé que tu sois là hier soir. C'était important pour moi.

— Je te l'ai dit. Je serai là l'année prochaine.

Il paraissait sincère, et elle sourit.

— Je te rappellerai cette promesse.

Mais où en seraient-ils, dans un an ? Brandon

aurait-il divorcé ? Seraient-ils mariés ? Aurait-il surmonté sa peur de l'engagement ? Autant de questions encore sans réponse.

— Je t'appelle demain soir, promit-il de nouveau, puis, juste avant de raccrocher, il la fit fondre : Je t'aime, Al, dit-il avec douceur.

— Moi aussi, répondit-elle en fermant les yeux.

Il était là pour elle, en fin de compte ; il avait seulement ses propres peurs et obligations à considérer. Elle comprenait cela.

— Fais attention à toi cette semaine.

— Promis. Et toi aussi.

Il donnait vraiment l'impression qu'elle allait lui manquer, et Allegra esquissa un petit sourire mélancolique en raccrochant. Entrer dans l'intimité de Brandon n'était pas aisé, mais leur relation se renforçait petit à petit, quoi que les autres en disent. Il fallait seulement qu'elle se montre patiente. Il en valait la peine.

Après cela, elle appela ses parents, congratula de nouveau son père et lui transmit les félicitations de Brandon. Puis elle demanda à parler à sa mère. Lorsque Blaire prit l'appareil, Allegra entendit dans sa voix une note de tristesse qui lui serra le cœur.

— Ça va ? lui demanda-t-elle avec compassion.

— Oh, non, ironisa Blaire, je crois que je vais me taillader les veines cet après-midi. A moins que je ne mette la tête dans le four.

— Tu ferais mieux de te dépêcher, répondit Allegra sur le même ton, heureuse de la voir plaisanter, avant que tes ouvriers ne viennent démolir la cuisine. Sérieusement, maman, tu méritais cette récompense de nouveau cette année, et tu le sais.

— Peut-être pas, ma chérie. Peut-être qu'il est temps de laisser la place à d'autres. Nous avons eu des tonnes de problèmes, à l'automne.

L'une des stars avait quitté l'émission, plusieurs autres avaient exigé d'énormes augmentations en renégociant leurs contrats. Certains des autres scénaristes s'étaient désistés aussi, et comme d'habitude, Blaire avait dû supporter seule le fardeau de tous ces changements.

— Je ne suis plus de première jeunesse, fit-elle valoir.

Elle s'efforçait de sourire en disant cela, mais son ton alerta Allegra. Elle reconnaissait le sentiment qu'elle avait lu dans ses yeux la veille au soir, et cela lui faisait peur. Elle se demanda si son père en avait conscience.

— Ne sois pas ridicule, maman. Tu as encore trente ou quarante ans de succès devant toi, déclara-t-elle avec optimisme.

— A Dieu ne plaise ! s'écria Blaire avant d'éclater de rire et de recouvrer sa voix enjouée habituelle. Je crois que vingt ans suffiront amplement.

— Adjugé, acquiesça Allegra, un peu rassurée.

Elle parla ensuite à sa mère de son voyage à New York et lui dit qu'elle serait de retour à la fin de la semaine. Elle tenait toujours ses parents au courant de ses déplacements.

— Nous te verrons à ton retour, dit sa mère avant de la remercier de son appel.

Puis Allegra téléphona à Carmen. Cette dernière n'était pas hystérique, mais visiblement elle paniquait : la presse assiégeait sa maison, et selon elle les journalistes étaient des centaines, prêts à lui bondir dessus si elle mettait un pied hors de chez elle. Après la récompense qu'elle avait reçue la veille, tout le monde voulait l'interviewer. Malgré la présence des gardes embauchés par Allegra, Carmen craignait que les reporters ne se précipitent à l'intérieur si elle ouvrait la porte pour sortir. Elle se retrouvait donc prisonnière dans sa propre maison et n'avait pas pu prendre l'air de la matinée.

— Tu n'as pas une porte à l'arrière pour les livraisons ? s'enquit Allegra.

Carmen lui répondit que si, mais que des photographes s'y étaient postés aussi, ainsi que des cameramen de plusieurs chaînes de télévision.

— Alan doit-il passer ? demanda Allegra, pensive,

cherchant un moyen de faire sortir la jeune femme en lui épargnant une confrontation avec les médias.

— Hier soir, nous avons parlé d'aller à Malibu, mais il n'a pas encore appelé et je ne veux pas l'embêter, dit Carmen d'une voix hésitante.

Allegra avait une idée et était certaine qu'Alan se ferait un plaisir de venir en aide à Carmen.

— Est-ce que tu possèdes une perruque ?

— Oui, j'en ai une noire rigolote que j'ai mise pour Halloween l'année dernière.

— Parfait. Essaie de la retrouver, tu en auras peut-être besoin. Je vais appeler Alan.

Ensemble, ils élaborèrent un plan. Afin que personne ne le reconnaisse, il allait venir à la porte principale avec une vieille camionnette à lui qu'il ne conduisait pratiquement jamais. Il porterait une perruque, il en avait plusieurs, ce ne serait pas un problème. Il contournerait la maison et ferait comme s'il venait chercher la femme de ménage, puis il s'éloignerait, et avec un peu de chance aucun des journalistes ne devinerait qui il était et qu'il s'enfuyait avec Carmen.

— Je peux lui prêter la maison de Malibu pendant quelques jours, le temps que les choses se calment, suggéra-t-il.

Allegra admit que cela ferait certainement plaisir à Carmen. Il dit qu'il passerait chercher la jeune femme à treize heures, et Allegra la rappela pour la mettre au courant. En apprenant la nouvelle, Carmen réagit avec une timidité inattendue. Elle ne voulait pas abuser de la gentillesse d'Alan, protesta-t-elle, gênée.

— Abuse de lui, ne t'inquiète pas, il adore ça, plaisanta Allegra.

Comme convenu, Alan se présenta à la porte de derrière à treize heures pile. Il portait une perruque blonde qui le faisait ressembler à un hippie et conduisait une camionnette si délabrée que nul ne lui prêta attention lorsqu'il ouvrit la portière à la petite bonne hispanique de Carmen, une jeune femme aux courts cheveux noirs vêtue d'un jean à pattes d'éléphant et d'un tee-shirt dévoilant son nombril. Elle portait deux sacs en papier, et ils franchirent la porte sans que personne ne leur accorde un regard. C'était une évasion parfaite et dès qu'ils furent sur l'autoroute ils s'empressèrent d'appeler Allegra d'une station-service.

— Bravo, les félicita-t-elle. Maintenant, amusez-vous bien, tous les deux. Et ne faites pas trop de bêtises en mon absence.

Elle rappela à Carmen qu'au besoin elle pouvait la joindre au Regency de New York et qu'elle serait de retour à Los Angeles le week-end suivant ; avant de raccrocher, elle remercia Alan de s'occuper de sa protégée.

— Ce n'est pas vraiment un sacrifice, observa-t-il.

Il était étonné lui-même par l'affection que lui inspirait la jeune actrice. Il ne savait pas encore jusqu'où les choses iraient entre eux mais il se réjouissait à l'idée de veiller sur elle en l'absence d'Allegra. Ils n'avaient même pas emmené les gardes du corps ; ils ne seraient que tous les deux, dans sa maison au bord de la plage.

— Tu ne vas pas te déchaîner en mon absence, hein ? Elle est adorable… Elle est très candide et… c'est une fille bien, pas comme les autres actrices que nous connaissons.

Allegra cherchait ses mots, soudain inquiète à l'idée qu'Alan pût entamer une liaison avec Carmen pour la laisser tomber ensuite.

— Je comprends, Al. Pas besoin de me faire un dessin. Je sais. Je vois. Je me tiendrai bien. Je te le promets… Plus ou moins, en tout cas, ajouta-t-il en jetant un coup d'œil appuyé à Carmen, qui l'attendait devant la cabine téléphonique. Ecoute, Allie, elle est différente, j'en suis conscient… Je n'ai jamais rencontré quelqu'un comme elle, à part toi, peut-être, et c'était il y a bien longtemps. Elle est un peu comme nous quand nous étions jeunes : honnête, sincère, pas encore blasée, cynique et abîmée par les déceptions de la vie. Je ne vais pas lui faire de mal, Al, je te le promets. Je pense… Non, rien. Pars à New York et occupe-toi de tes affaires. Et un de ces jours, à ton retour, nous parlerons de nos vies, comme au bon vieux temps.

— Je vois que tu as compris. Prends bien soin d'elle.

Elle avait l'impression de lui confier sa petite sœur, mais cela ne l'inquiétait pas : elle savait qu'Alan était un homme bien.

— Je t'adore, Allie. Si seulement tu pouvais trouver quelqu'un qui prenne un peu soin de toi, un de ces jours, au lieu de ce minable avec son ex-femme à demeure et son divorce qui n'en finit pas ! Ça ne va nulle part, Allie, et tu le sais.

— Va te faire voir, répondit-elle en souriant.

Il éclata de rire.

— D'accord, j'ai compris. Essaie au moins de prendre un amant, à New York, ça te fera un bien fou.

— Tu es ignoble.

Ils plaisantèrent encore quelques instants avant de raccrocher, après quoi Alan et Carmen ôtèrent leurs perruques et partirent en direction de Malibu. Lorsqu'ils y arrivèrent, ils trouvèrent la maison calme, ensoleillée et paisible, et surtout absolument déserte. Carmen dit que c'était l'endroit le plus joli qu'elle eût jamais vu, et Alan se réjouit d'être là avec elle et se surprit soudain à rêver d'y demeurer toujours.

Au même instant, Allegra se dirigeait vers l'aéroport. Elle avait appelé Bram Morrison avant de partir, pour lui donner le numéro de son hôtel : il aimait savoir où la joindre. Ses autres clients, en cas de besoin, passeraient par le cabinet.

Elle monta dans l'avion peu après quinze heures, en classe affaires, et se retrouva assise à côté d'un avocat d'un cabinet concurrent qu'elle connaissait. Parfois, elle avait l'impression que le monde était peuplé d'avocats… Elle songea à Brandon, qui devait lui aussi être dans l'avion pour rentrer à Los Angeles. Pour le moment, leurs vies semblaient décidément aller dans des directions différentes.

Elle relut les papiers concernant le contrat cinématographique dont elle devait discuter le lendemain, prit quelques notes et eut même le temps de parcourir quelques journaux professionnels. Il était un peu plus de minuit lorsque l'avion atterrit à New York. Elle récupéra son sac de voyage et sortit héler un taxi. Le froid glacial la saisit, et elle se réjouit d'arriver à l'hôtel, à une heure du matin.

Incapable de s'endormir tout de suite, elle regretta de n'avoir personne à appeler. Il n'était que vingt-deux heures à Los Angeles, mais elle savait que Brandon ne serait pas chez lui avant une heure. Aussi prit-elle une douche, avant d'enfiler sa chemise de nuit et d'allumer la télévision. Puis elle se glissa dans les draps immaculés et bien repassés. C'était un luxe absolu, et elle savoura un moment le plaisir d'être là, en voyage d'affaires dans un grand hôtel new-yorkais.

Si seulement elle avait pu passer quelques coups de fil, voir des amis ! Durant la semaine, elle allait être très occupée par ses rendez-vous d'affaires, mais ce soir elle n'avait rien de prévu : elle ne pouvait que rester là à regarder la télé ou compulser des dossiers. Tendant la main vers la boîte de chocolats posée sur la table de nuit, elle esquissa un sourire. Elle se sentait comme une enfant, soudain, dans ce grand lit.

— Qu'est-ce qui te fait rire ? demanda-t-elle à son reflet dans le miroir lorsqu'elle alla se laver les dents. Qui t'a dit que tu étais assez grande pour dormir dans un endroit pareil et rencontrer l'un des auteurs les plus célèbres du monde ? Que se passera-t-il si tu es découverte et que tout le monde se rend compte que tu n'es qu'une gamine ?

Tout à coup, l'idée qu'elle ait pu faire autant de chemin en si peu d'années lui paraissait amusante, et elle rit de nouveau en retournant s'allonger dans l'immense lit luxueux pour faire un sort aux chocolats restants.

5

Le réveil sonna à huit heures le lendemain matin. Il faisait à peine jour sur New York en cette matinée neigeuse de janvier, et en Californie, il n'était encore que cinq heures du matin. Allegra se retourna avec un soupir, oubliant un instant où elle se trouvait ; puis elle se remémora qu'elle avait un auteur à rencontrer dans la matinée. C'était un homme âgé, très inquiet à l'idée de se « compromettre » avec le monde du cinéma. Mais son agent estimait que cela redonnerait un peu de vigueur à sa carrière, en légère perte de vitesse. Allegra était venue à New York sur la demande de l'agent pour convaincre l'auteur de lui confier la négociation des contrats.

L'agent en question était aussi connu que les écrivains qu'il représentait, et le fait qu'il l'eût spécifiquement choisie pour cette mission était un grand honneur pour Allegra. Cela l'aiderait sans doute à devenir rapidement associée à part entière dans le cabinet. Néanmoins, en cet instant, la perspective de rencontrer les deux hommes ne la ravissait guère, aussi célèbres et influents fussent-ils. Il faisait froid, il neigeait, et elle aurait de loin préféré rester au lit toute la matinée.

Sur ces entrefaites, son petit déjeuner arriva, accompagné du *New York Times* et du *Wall Street Journal*. Quelques instants plus tard, Allegra buvait son café en dégustant des croissants et du porridge, les journaux à côté d'elle, et en se disant qu'après tout, cette journée à New York ne s'annonçait pas si mal. L'agence littéraire où elle avait rendez-vous se trouvait sur Madison Avenue, et le cabinet juridique où elle devait aller le lendemain était situé à Wall Street. Entre les deux se trouvaient des milliers de boutiques et autant de galeries d'art, ainsi qu'une multitude de gens fascinants. Parfois, le seul fait d'être à New York vous montait à la tête. Il y avait tant de choses à faire, tant de gens à rencontrer, tant d'événements culturels ! Opéra, théâtre, concerts, expositions… A côté de New York, Los Angeles n'était à bien des égards qu'une petite ville de province.

Lorsqu'elle quitta l'hôtel pour son rendez-vous de dix heures, elle portait un tailleur noir, un gros manteau et des bottes. Elle prit un taxi, mais à peine était-elle installée à l'intérieur qu'elle regretta de ne pas avoir emporté de chapeau : son visage et ses oreilles étaient glacés.

Une fois arrivée à destination, elle pénétra dans l'immeuble où se trouvaient les bureaux de l'agence. Celle-ci occupait tout le dernier étage ; en sortant de l'ascenseur, Allegra découvrit un espace agréable avec, aux murs, une collection impressionnante de Chagall, Dufy et Picasso, quelques pastels, une petite peinture à l'huile et une série de dessins. Au centre de la pièce, sur un présentoir, elle remarqua une petite statue de Rodin. De toute évidence, l'agence marchait bien.

Allegra fut rapidement introduite auprès du directeur, un petit homme rondouillard nommé Andreas Weissman qui s'exprimait avec un soupçon d'accent allemand.

— Mademoiselle Steinberg ?

Il lui tendit la main en l'observant avec intérêt. Cette jeune femme blonde et fine, au physique très anglo-saxon, lui plaisait ; il la trouvait superbe et ne la quitta pas des yeux durant tout leur entretien, avant l'arrivée de Jason Haverton, l'auteur. Ce dernier les rejoignit une heure plus tard. Il devait avoir dans les quatre-vingts ans, mais avait l'esprit vif d'un homme deux fois plus jeune. Il était rapide, incisif et mordant, et en le regardant, Allegra n'eut aucun mal à deviner qu'il avait été très beau. Même à son âge, il demeurait séduisant. Pendant une heure, ils parlèrent de l'industrie cinématographique en général, et Jason Haverton demanda à Allegra si, par hasard, elle était de la famille de Simon Steinberg. Lorsqu'elle acquiesça, le vieux monsieur lui dit combien il appréciait ses films.

Puis les deux hommes l'invitèrent à déjeuner à La Grenouille, et ce n'est qu'autour du plat principal qu'ils en vinrent enfin au fait. Jason Haverton avoua à Allegra qu'il avait fait tout son possible pour éviter ce contrat et ne voyait absolument pas l'intérêt qu'un de ses livres devienne un film. Il estimait qu'à son âge, c'était de la prostitution, mais d'un autre côté, il écrivait moins qu'autrefois, ses lecteurs n'étaient plus très jeunes, et son agent était persuadé qu'en vendant le livre pour qu'il soit adapté, il élargirait son public et séduirait des lecteurs plus jeunes.

— J'ai bien peur d'être de son avis, déclara Allegra en souriant à Haverton, puis à Weissman. Il n'y a aucune raison que ce soit une mauvaise expérience pour vous, continua-t-elle.

Elle lui résuma rapidement les moyens dont ils disposaient pour alléger au maximum le stress que ce contrat représentait pour le vieux monsieur et le rendre plus attractif. Il apprécia ce qu'elle lui disait et se montra très impressionné par Allegra. Elle était intelligente, et bonne avocate. Lorsque le soufflé au chocolat arriva, ils étaient devenus amis, et il lui dit qu'il aurait aimé la rencontrer cinquante ans plus tôt. Il avait eu quatre épouses mais ne se sentait pas l'énergie d'en conquérir une cinquième, expliqua-t-il avec humour.

— Les femmes sont si fatigantes ! s'exclama-t-il, les yeux pétillants.

Allegra éclata de rire. Elle n'avait aucun mal à comprendre qu'il ait eu autant de succès auprès de la gent féminine. Il était intelligent, amusant et doté d'un charme incroyable. Même à son âge, il demeurait très attirant. Il avait vécu à Paris dans sa jeunesse, et sa première épouse était française. Les deux suivantes, comprit Allegra, étaient anglaises, et la dernière américaine. C'était elle aussi un écrivain de renom. Après sa mort, plus de dix ans auparavant, Jason avait eu quelques aventures, mais aucune de ses conquêtes n'avait réussi à l'emmener devant l'autel.

— Elles pompent notre énergie, ma chère. Comme les chevaux de course, elles sont beaucoup trop fragiles et insupportablement coûteuses, mais très agréables à regarder. En tout cas, elles procurent énormément de plaisir.

Il sourit à Allegra, qui se sentit fondre. Elle aurait aimé prendre Jason dans ses bras et le serrer contre son cœur ; mais elle devinait que si elle l'avait fait, il lui aurait volontiers sauté dessus, comme un chat sur une souris trop confiante. Il était clair que Jason Haverton n'était pas un matou indolent, mais plutôt un lion, même à quatre-vingts ans. Et un lion très séduisant. Weissman, qui observait son manège, souriait en silence. Ils étaient de vieux et proches amis, et il comprenait parfaitement l'attirance de Jason pour Allegra. C'était une jeune femme extraordinaire. Cependant, bien qu'elle ne portât pas de bague à l'annulaire gauche, quelque chose dans sa façon de réagir aux avances du vieil écrivain semblait dire qu'elle était prise.

— Avez-vous toujours vécu à Los Angeles ? demanda Jason comme ils buvaient leurs cafés en terminant leurs soufflés.

Il était presque certain qu'elle lui répondrait par la négative : il y avait une sophistication particulière chez elle qui évoquait l'Europe, ou tout du moins l'est des Etats-Unis. Cependant, Allegra le surprit.

— Oui, j'ai passé toute ma vie à Los Angeles, excepté mes années d'université.

— Dans ce cas, vous devez avoir des parents remarquables, la complimenta-t-il.

Il savait déjà qui était son père et il songea, en

observant Allegra, qu'elle lui ressemblait à bien des égards, intellectuellement sinon physiquement. Elle était sensible et sincère, économe en paroles mais non en émotions.

— Ma mère est auteur, elle aussi, dit-elle. Elle a publié des ouvrages de fiction quand elle était plus jeune, mais maintenant cela fait des années qu'elle écrit pour la télévision. Elle s'occupe d'une émission qui a beaucoup de succès, mais je crois que secrètement elle regrette de ne jamais avoir écrit un vrai roman.

— Ils doivent être très talentueux, tous les deux, observa Jason.

— Ils le sont, acquiesça-t-elle avec un sourire, et vous l'êtes aussi.

Elle estimait le moment bien choisi pour parler de lui à nouveau, et Weissman, qui avait compris son stratagème, hocha discrètement la tête avec un mélange d'admiration et de fascination. Allegra Steinberg était aussi sage que douée, et il lui en fit la remarque lorsque le vieux monsieur eut pris congé pour rentrer chez lui, non sans avoir fait à Allegra un petit signe de la main comme s'ils étaient de vieux amis. Il avait accepté l'essentiel de ses propositions pour le contrat d'adaptation, et Allegra et Andreas prirent le chemin de l'agence pour pouvoir discuter des points plus techniques.

— Vous avez su vous y prendre avec Jason, observa l'agent.

— C'est ce que je fais toute la journée, répondit-elle : je gère des gens comme lui. Les acteurs se conduisent souvent comme des enfants.

— Les auteurs aussi, dit Andreas en souriant.

Ils passèrent les deux heures qui suivirent à travailler le contrat et à discuter des droits d'auteur de Jason. Lorsqu'ils furent tombés d'accord, Allegra déclara qu'elle appellerait la maison de production et recontacterait Andreas pour lui faire part de sa réaction. Avec un peu de chance, le contrat pourrait être mis au point dans la semaine, peut-être même avant qu'elle ne quitte

New York vendredi. Dans l'intervalle, elle avait plusieurs autres rendez-vous concernant d'autres affaires, mais elle promit d'appeler Andreas dès qu'elle aurait du nouveau.

— Vous partez vendredi ? s'enquit-il.

— Oui, acquiesça-t-elle. Je pense que ce n'est pas une mauvaise idée que je reste ici le temps que nous ayons tout terminé. Je suis sûre que nous recevrons les premières réponses concernant ce contrat d'ici mercredi.

Andreas acquiesça d'un hochement de tête, puis il nota une adresse sur une feuille de son bloc-notes Hermès et la lui tendit.

— Ma femme et moi donnons une petite fête, ce soir. Un de mes clients vient de sortir un nouveau livre important, qui nous l'espérons devrait recevoir un prix littéraire. Bref, c'est surtout une excuse pour organiser une réception… Je ne pense pas que Jason viendra, mais plusieurs de nos clients seront présents, et cela vous amusera peut-être de les rencontrer.

Il habitait sur la Cinquième Avenue, remarqua Allegra en jetant un coup d'œil à son adresse. Il lui dit qu'elle pouvait venir n'importe quand entre dix-huit et vingt et une heures ; ils seraient ravis de la recevoir.

— C'est très gentil à vous, répondit-elle.

Elle avait passé un bon moment avec lui cet après-midi, et elle aimait sa façon de travailler. Il était vif et précis, et sous son charme et sa politesse très européens, c'était un redoutable homme d'affaires, qui savait exactement ce qu'il faisait et ne tolérait pas qu'on lui raconte des histoires. Cela plaisait à Allegra, qui avait par ailleurs toujours entendu parler de lui en bien et n'avait eu jusqu'ici que de bons rapports avec ses clients.

— Essayez de venir, insista-t-il, cela vous donnera un aperçu de la vie littéraire new-yorkaise. Je suis sûre que ça vous amusera.

Elle le remercia de nouveau et prit congé quelques minutes plus tard. Lorsqu'elle sortit dans la rue, la neige était déjà en train de fondre par paquets boueux. Elle héla un taxi pour qu'il la ramène à l'hôtel, d'où elle souhaitait passer quelques coups de téléphone en Californie.

Lorsqu'elle eut terminé d'appeler tous les producteurs concernés par le contrat d'adaptation du livre de Jason, il était dix-sept heures. Le temps qu'elle prenne quelques notes, une heure s'était écoulée, et elle ne savait toujours pas si elle allait se faire monter quelque chose à manger dans sa chambre ou si elle se rendrait à la soirée des Weissman. Dehors, il faisait un froid glacial et elle n'avait apporté que des tailleurs professionnels et deux robes en laine. D'un autre côté, la perspective de rencontrer quelques-uns des écrivains les plus connus de New York la séduisait... Elle pesa le pour et le contre pendant une demi-heure encore, en regardant les informations, puis elle se leva et se dirigea vers son placard. Elle avait décidé d'aller à la fête d'Andreas. Elle enfila sa seule robe noire : en lainage, avec un col montant et des manches longues, elle était très sobre mais épousait sa silhouette et la mettait en valeur. Allegra mit ensuite des escarpins à hauts talons et se brossa les cheveux avant de jeter un coup d'œil critique à son reflet. Face à l'élite sophistiquée de New York, elle craignait de ressembler à une provinciale... En guise de bijoux, elle n'avait apporté qu'un bracelet en or que lui avait offert sa mère et des boucles d'oreilles assorties, très simples. Elle prit le temps de coiffer ses cheveux en une tresse élaborée, se maquilla légèrement et reprit son gros manteau. C'était un vêtement qui datait de ses années d'université, et qu'elle portait à l'époque chaque fois qu'elle allait au théâtre ; s'il n'était pas très élégant, il avait le mérite d'être bien chaud.

Elle descendit dans le hall. Le portier lui appela un taxi et à dix-neuf heures trente elle était au coin de la 82e Rue et de la Cinquième Avenue, juste en face du Metropolitan Museum. L'immeuble, aussi majestueux qu'ancien, lui fut ouvert par un portier en livrée. Dans le hall, elle remarqua de profonds canapés en velours et un tapis d'apparence persane qui étouffait le claquement de ses talons sur le marbre du sol. Deux grooms étaient postés près des ascenseurs. Le portier lui dit que les Weissman habitaient au quatorzième étage. Voyant une demi-douzaine de personnes sortir de l'ascenseur dans lequel elle s'apprêtait à monter, la jeune femme craignit de n'arriver trop tard ; mais Andreas lui avait dit qu'elle pouvait venir jusqu'à vingt et une heures, et une fois au quatorzième, elle n'eut qu'à suivre le bruit pour deviner quel était son appartement. De toute évidence, la soirée battait encore son plein. Un majordome vint lui ouvrir la porte, et au premier coup d'œil, elle vit qu'il y avait dans le grand salon plus de cent personnes. Un piano jouait quelque part.

Elle entra et donna son manteau au majordome tout en regardant autour d'elle. Les Weissman vivaient dans un superbe duplex, mais ce furent leurs invités qui attirèrent l'attention de la jeune femme. Vêtus de costumes sombres et de robes de cocktail, ils étaient typiquement new-yorkais : leurs yeux brillaient et ils semblaient pleins de vie, comme s'ils étaient sur le point de raconter mille anecdotes fascinantes sur les innombrables endroits qu'ils avaient visités. On était très loin de la Californie, désinvolte et nonchalante. Pour une fois, Allegra était incapable de reconnaître du premier coup d'œil les personnes présentes. Sans doute étaient-elles aussi célèbres que les stars d'Hollywood qu'elle fréquentait d'ordinaire, mais dans un univers différent, ce qui les lui rendait plus intéressantes encore. Elle était certaine de connaître les noms, sinon les visages, de la plupart des invités, et enfin, en y regardant mieux, elle repéra certaines personnalités : Tom Wolfe et Norman Mailer, Barbara Walters, Dan Rather et Joan Lunden, ainsi que maintes autres célébrités mêlées aux éditeurs, journalistes, professeurs et auteurs présents. Elle entendit quelqu'un expliquer, en montrant un petit groupe de gens, qu'il s'agissait des conservateurs du Metropolitan Museum. Le directeur de Christie's était là également, ainsi qu'une poignée d'artistes influents. C'était une soirée comme on n'en voyait jamais à Los Angeles, où les gens connus travaillaient tous dans « l'industrie », selon l'expression consacrée. Mais à New York, on pouvait aussi bien rencontrer des décorateurs de théâtre que des acteurs postmodernes, des directeurs de grands magasins, des bijoutiers de renom, des auteurs, des éditeurs ou des dramaturges. C'était un mélange fascinant, et Allegra regardait tout le monde avec intérêt. Elle prit une coupe de champagne sur le plateau que lui présentait un domestique en livrée et fut soulagée d'apercevoir Andreas Weissman au loin. Elle se dirigea vers lui et pénétra dans la bibliothèque. Debout devant une fenêtre offrant une vue remarquable sur Central Park, il discutait avec son concurrent le plus féroce dans le monde littéraire, Morton Janklow. Ils parlaient d'un ami commun, ancien client de Weissman, qui était mort peu de temps auparavant. C'était une grosse perte pour la communauté littéraire, reconnaissaient-ils tous deux.

Soudain, Andreas remarqua Allegra qui s'approchait d'eux, une coupe de champagne à la main. Tous ses mouvements avaient une élégance fluide qui évoquait ceux des danseuses de Degas. Jason Haverton avait raison, songea Andreas. Le vieux monsieur l'avait appelé en fin d'après-midi pour lui dire qu'Allegra était non seulement une excellente avocate, mais aussi une jeune femme exquise. Il avait beaucoup apprécié leur déjeuner et avait dit à Andreas que quelques années plus tôt, les choses ne se seraient pas arrêtées là… La façon mélancolique dont il avait prononcé ces mots avait amusé Andreas, et encore maintenant, comme il tendait la main vers Allegra, il ne pouvait réprimer un sourire. Elle semblait capable de mettre le feu aux cœurs masculins, même au plus froid de l'hiver.

— Je suis si heureux que vous ayez pu venir, Allegra, dit-il avant de passer un bras autour de son épaule pour la guider vers un petit groupe d'invités debout un peu plus loin.

Elle reconnut de nouveaux visages : ceux du propriétaire d'une galerie sur lequel elle avait lu un article, d'un mannequin célèbre et d'un jeune artiste. C'était ce qu'elle aimait à New York, cette variété extraordinaire, et elle comprenait pourquoi les New-Yorkais ne voulaient jamais s'installer dans l'ouest du pays. New York était une ville bien trop excitante. Andreas la présenta comme une avocate de Los Angeles spécialisée dans le monde du spectacle, et tout le monde la salua avec chaleur.

Andreas s'éloigna bientôt, la laissant avec ses nouvelles connaissances. Une femme d'un certain âge fit observer qu'elle se déplaçait comme une danseuse ; Allegra reconnut qu'elle avait fait huit ans de danse classique, enfant, et quelqu'un d'autre lui demanda si elle était actrice. Deux jeunes gens très séduisants lui expliquèrent qu'ils travaillaient chez Lehman Brothers, à Wall Street. Plusieurs autres étaient employés par un cabinet d'avocats où elle avait failli être embauchée à sa sortie de Yale. Lorsque, enfin, elle se dirigea vers l'escalier pour admirer la superbe vue sur le parc dont on jouissait de l'étage supérieur, elle avait la tête qui tournait tant elle avait rencontré de gens nouveaux.

Lorsqu'elle redescendit, il était vingt et une heures. La soirée était toujours très animée, et un nouveau groupe d'hommes et de femmes élégantes venait d'arriver. Certaines des femmes arboraient des toques en fourrure, et toutes avaient des coiffures impeccables. On était loin de Los Angeles, avec ses liftings, sa jeunesse éternelle et sa blondeur universelle ; le « look » new-yorkais était plus sombre, plus intéressant. Les visages étaient moins maquillés, moins artificiels, plus intenses, les tenues plus riches, les bijoux plus recherchés. Certes, beaucoup de femmes étaient minces comme des fils, et il était évident que certaines avaient eu recours à la chirurgie esthétique, mais dans l'ensemble les personnes présentes donnaient une impression d'accomplissement ; on sentait que leur simple existence influait sur le monde. Les invités d'Andreas parlaient de choses intéressantes et étaient, de fait, des gens intéressants.

— C'est quelque chose, n'est-ce pas ? dit une voix juste derrière elle.

Elle se retourna pour faire face à un homme qui la regardait. Il était grand et mince, avec des cheveux bruns et l'élégance aristocratique d'un vrai New-Yorkais. De surcroît, il portait la tenue de rigueur : chemise blanche, costume sombre et cravate Hermès très classique en deux tons de bleu marine. Quelque chose en lui, cependant, ne correspondait pas à cette apparence. Etait-ce son bronzage, l'étincelle qui brillait dans ses yeux, son large sourire ? Allegra n'aurait su le dire, mais d'une certaine manière, il évoquait davantage la Californie que la côte est, quoique pas totalement. Elle n'arrivait pas à le cerner.

Lui, de son côté, était très intrigué aussi. Cette jeune femme semblait parfaitement à l'aise, et pourtant il sentait qu'elle n'était pas exactement à sa place dans cet environnement. Il aimait venir chez les Weissman, il y rencontrait toujours des gens passionnants. Danseuses, agents littéraires, entrepreneurs, chefs d'orchestre… C'était amusant de se mêler à cette foule disparate et d'essayer de deviner d'où venait chacun et ce qu'il faisait. C'était précisément ce qu'il faisait en cet instant, sans succès. La jeune femme blonde aurait aussi bien pu être décoratrice que médecin.

Elle aussi tentait de déterminer ce qu'il faisait et hésitait entre agent de change et banquier. Comme elle lui jetait un regard pensif, il esquissa un large sourire.

— Je me demandais qui vous étiez, d'où vous veniez et ce que vous faisiez dans la vie, avoua-t-il. Chaque fois que je viens ici, je fais des paris avec moi-même, et je perds immanquablement. Vous êtes probablement danseuse, à en juger par vos mouvements et votre allure, mais je dirais quand même rédactrice publicitaire chez Doyle Dane. Je me trompe, n'est-ce pas ?

— Je crains que oui, répondit-elle en riant, amusée par son petit jeu, tandis qu'il se rapprochait d'elle.

Il semblait avoir le sens de l'humour et être totalement à l'aise avec elle. Il plongea son regard dans le sien.

— Mais vous n'êtes pas si loin que ça, reprit-elle. Je suis bien dans les affaires, et j'écris beaucoup : je suis avocate.

Il parut surpris.

— Dans quel genre de cabinet ? demanda-t-il.

Il adorait découvrir ce que faisaient les gens, et à New York, les réponses étaient toujours intéressantes et jamais simples, tant l'assortiment de gens et de métiers était varié. Il s'efforça de deviner le domaine d'expertise de son interlocutrice.

— Je dirais droit des affaires, ou probablement quelque chose de très sérieux. Peut-être êtes-vous spécialisée dans les lois antitrust… Je brûle ?

Cette femme était très belle et très féminine, et l'idée qu'elle pût paraître aussi glamour tout en exerçant un métier particulièrement austère le séduisait.

Elle rit en réponse, et il prit plaisir à l'observer. Elle avait un sourire sublime, des cheveux incroyables, et elle dégageait une chaleur très agréable. On sentait qu'elle aimait les gens. Dans ses yeux brillait une lueur étrange, et son regard révélait beaucoup de choses sur sa personnalité. On sentait qu'elle avait des principes et probablement des opinions bien arrêtées. Mais il était clair aussi qu'elle avait le sens de l'humour. Elle riait beaucoup, et il y avait quelque chose de très doux et féminin dans sa façon de remuer les mains. Quant à sa bouche, elle semblait tout simplement délicieuse.

— Qu'est-ce qui vous fait penser que je suis dans un domaine aussi sévère ? s'enquit-elle avec un large sourire.

Ils ne s'étaient même pas présentés, mais cela ne semblait pas très important. Elle aimait bavarder et jouer aux devinettes avec lui.

— Ai-je l'air si sérieuse ? ajouta-t-elle, curieuse de sa réponse.

Penchant la tête sur le côté, il la regarda un moment,

puis il secoua la tête. Elle ne put s'empêcher de remarquer qu'il avait un sourire irrésistible ; c'était vraiment un homme très séduisant.

— Je me suis trompé, admit-il. Vous êtes fondamentalement sérieuse, mais vous ne travaillez pas dans un domaine juridique sérieux. Etrange combinaison… Peut-être que vous ne représentez que des boxeurs professionnels ou des skieurs, quelque chose comme ça. J'ai raison ?

Il la taquinait ouvertement, et elle rit de nouveau.

— Qu'est-ce qui vous dit que je ne suis pas dans le droit des affaires ou les lois antitrust ?

— Vous n'êtes pas ennuyeuse. Vous êtes sérieuse et consciencieuse, mais il y a beaucoup de gaieté dans vos yeux. Ceux qui s'occupent des lois antitrust ne rient jamais. Alors, j'ai deviné ? Vous faites du droit du sport ? Oh, mon Dieu, ne me dites pas que vous êtes spécialisée dans les erreurs médicales ou quelque chose de ce genre. Cela me rendrait malade de vous savoir là-dedans, conclut-il avec un frisson exagéré en posant son verre sur une petite table.

— Je suis spécialisée dans le droit du spectacle, à Los Angeles. Je suis venue ici pour parler avec M. Weissman d'un de ses clients et en profiter pour rencontrer nos autres contacts new-yorkais. Je représente toutes sortes de gens qui ont un rapport avec le monde du spectacle, scénaristes, producteurs, réalisateurs, acteurs…

— Intéressant, très intéressant, dit-il en la regardant de nouveau avec attention, comme pour décider si ces informations correspondaient à ce qu'il voyait. Et vous venez de Los Angeles ? ajouta-t-il d'un air surpris.

— J'y ai vécu toute ma vie, à l'exception des années passées à Yale.

— Je suis allé dans une université rivale, commença-t-il, mais elle l'interrompit d'un geste.

— Attendez. A moi ! Bon, c'est facile : vous êtes allé à Harvard. Vous êtes originaire de la côte est, probablement de New York ou… (elle plissa les yeux en le regardant) peut-être du Connecticut ou de Boston. Et enfant, vous êtes allé dans une école privée connue. Voyons… Exeter, ou St Paul.

Il riait du profil qu'elle traçait – ultraconservateur, ultraprévisible, typiquement grand bourgeois new-yorkais. Etait-ce à cause du costume sombre, de la cravate Hermès ou de sa coupe de cheveux ? Il l'ignorait.

— Vous n'êtes pas tombée loin. Je suis de New York. J'ai fait ma scolarité à Andover, puis à Harvard, comme vous l'aviez deviné. J'ai ensuite enseigné pendant un an à Stanford, et maintenant je…

De nouveau, elle leva la main pour l'interrompre. Elle l'observa quelques instants avec attention. Il ne ressemblait pas à un professeur, à moins qu'il n'enseignât dans une école de commerce, mais il semblait trop jeune et trop séduisant pour cela. A Los Angeles, elle aurait aussitôt pensé qu'il était acteur, mais il lui semblait trop intelligent et pas assez égocentrique pour cela.

— C'est mon tour, lui rappela-t-elle. Vous m'en avez déjà trop dit. Vous êtes sans doute professeur de littérature à Columbia. Mais pour être honnête, quand je vous ai vu, je vous ai pris pour un banquier.

Il paraissait très respectable, très « Wall Street », si l'on faisait abstraction de l'éclair de malice qui brillait dans son regard.

— C'est le costume.

Quand il souriait, comme en cet instant, il ressemblait un peu à son frère. Il était presque aussi grand, et d'une certaine manière, il lui rappelait un peu son père, également.

— J'ai acheté ce costume pour faire plaisir à ma mère. Elle a dit qu'il me faudrait quelque chose de respectable si je revenais à New York.

— Vous êtes donc parti ?

Il ne lui avait toujours pas dit s'il était professeur ou banquier. Autour d'eux, les invités commençaient à se raréfier, mais ils en avaient à peine conscience, tant leur conversation les amusait.

— Je me suis absenté six mois pour travailler ailleurs, reconnut-il, mais je ne veux pas vous dire où…

— Vous avez enseigné en Europe ?

Il secoua la tête.

— Mais vous avez enseigné quelque part ?

Elle fronça les sourcils, intriguée. Peut-être le costume l'avait-il induite en erreur. Lorsqu'elle plongeait son regard dans celui de son interlocuteur, elle sentait qu'il avait de l'imagination ; il était par ailleurs évident que les jeux déductifs l'amusaient.

— Non, cela fait un certain temps que j'ai arrêté l'enseignement. Mais vous n'êtes pas très loin. Dois-je tout vous dire ?

— Oui, je donne ma langue au chat. C'est la faute de votre mère : je crois que le costume m'a induite en erreur, dit-elle avec légèreté, et ils rirent tous les deux.

— Cela ne m'étonne guère. Il me gêne, moi aussi. Quand je me suis regardé dans le miroir avant de venir, ce soir, je ne me suis pas reconnu ! En fait, je suis écrivain – vous savez : baskets sales, charentaises, vieilles robes de chambre, jeans délavés et sweat-shirts « Harvard » troués…

— C'est bien ce que je me disais.

Le costume lui allait à merveille, cependant, et elle devinait que sa garde-robe était loin d'être seulement constituée de sweat-shirts déchirés. Il avait vraiment une allure folle. Elle songea qu'il devait être âgé d'environ trente-cinq ans.

Il en avait en fait trente-quatre. L'année précédente, il avait vendu son premier roman au cinéma. Son second ouvrage venait juste de sortir ; il avait reçu des critiques très élogieuses et se vendait très bien, à sa grande surprise. C'était un roman très littéraire, mais qu'il s'était d'une certaine manière senti obligé d'écrire. Andreas Weissman le poussait cependant à s'essayer aux romans populaires ; il s'apprêtait à commencer son troisième livre et s'efforçait d'élargir son horizon.

— Alors, où avez-vous passé ces six mois ? Vous écriviez sur une plage quelque part aux Bahamas ?

Elle trouvait l'idée très romantique. Cependant, il rit de sa suggestion.

— J'étais bien sur une plage, mais pas aux Bahamas. J'ai vécu six mois à Los Angeles, à Malibu, pendant que j'adaptais mon premier livre pour le cinéma. J'ai été assez fou pour accepter d'écrire le scénario et de coproduire le film, ce que je ne ferai certainement plus jamais – d'ailleurs, je suis sûr que personne ne me le proposera plus. C'est un ami d'Harvard qui réalise le film et le coproduit avec moi.

— Vous venez juste de revenir ?

Cela paraissait étrange qu'ils se rencontrent là, à New York, alors qu'il venait de passer six mois à quelques kilomètres de chez elle. Et il était amusant qu'ils aient été ainsi amenés à parler ensemble, au milieu de tous les invités.

— Je dois passer une semaine ici pour discuter avec Andreas, expliqua-t-il. J'ai une idée pour mon troisième livre, et si je finis un jour ce satané scénario, je compte m'enfermer pendant un an et l'écrire. On m'a déjà proposé de tirer un scénario de mon deuxième roman, mais je ne suis même pas sûr d'avoir envie de m'en occuper moi-même. Je me demande si je suis vraiment fait pour Hollywood et le milieu du cinéma. J'essaie de savoir si je veux rester là-bas ou si je préfère rentrer à New York et me cantonner à l'écriture de livres. Je n'ai pas encore décidé, et pour l'instant, j'ai un peu l'impression d'être schizophrène.

— Je ne vois pas ce qui vous empêche de faire les deux. Vous n'êtes même pas obligé d'écrire les scénarios vous-même si vous ne le souhaitez pas. Vendez les livres et laissez à quelqu'un d'autre le soin de les adapter, ça vous donnera plus de temps pour écrire votre prochain roman.

Elle avait l'impression de conseiller l'un de ses clients, et il sourit de sa mine sérieuse.

— Et s'ils massacrent le livre ? demanda-t-il.

— Voilà bien une remarque d'écrivain, plaisanta-t-elle. Ah, la douleur de confier son bébé à des inconnus… Je ne peux pas vous garantir que ça se passe sans problèmes, mais c'est parfois moins stressant que d'écrire le scénario soi-même, sans parler de coproduire le film.

— Ça, je veux bien le croire. Marcher sur des clous chauffés à blanc doit être moins pénible ! Les gens là-bas me rendent fou. Ils n'ont absolument aucune considération pour l'écriture. La seule chose qui les intéresse, c'est le casting, et à la limite le réalisateur. Le script ne signifie rien pour eux. Ils n'y voient que des mots. Ils trichent, ils mentent, ils vous racontent n'importe quoi pour arriver à leurs fins. Je crois que je commence à m'y habituer maintenant, hélas, mais au début ça me rendait complètement fou.

— On dirait que vous avez bien besoin d'un avocat, à Los Angeles, ou bien d'un agent local pour vous donner un coup de main. Vous devriez demander à Andreas de vous recommander quelqu'un, répondit-elle.

— Je devrais peut-être vous appeler, dit-il, séduit par cette idée. Je ne me suis même pas présenté, et je vous embête déjà avec mes problèmes ! Pardonnez-moi. Je suis Jeff Hamilton.

Leurs regards se croisèrent et elle lui sourit. Elle avait reconnu son nom aussitôt.

— J'ai lu votre premier livre. Il m'a beaucoup plu.

C'était un ouvrage assez sérieux, quoique parfois très drôle ; il lui avait fait forte impression, et elle s'en souvenait précisément.

— Je m'appelle Allegra Steinberg, ajouta-t-elle.

— Aucun lien avec le producteur, je suppose ?

Elle s'empressa de le détromper. Elle était fière de sa famille, même si elle se refusait à se reposer sur les lauriers de ses parents.

— Simon Steinberg est mon père, dit-elle posément.

— Il ne s'est pas montré intéressé par mon premier livre, mais en tant qu'homme, il m'a beaucoup plu. Il a passé tout un après-midi dans son bureau à m'expliquer quels étaient les problèmes que posait l'intrigue d'un point de vue cinématographique. Et le plus amusant, c'est que je me suis aperçu qu'il avait raison. En fin de compte, j'ai fait la plupart des modifications qu'il m'avait suggérées. J'ai toujours voulu l'appeler pour le remercier, mais je n'en ai jamais vraiment eu l'occasion.

— Il est très intelligent, reconnut Allegra en souriant. Il m'a également donné d'excellents conseils au fil des ans.

— Je n'en doute pas.

Tout comme il ne doutait pas de la revoir après cette soirée... Déjà, il remarquait qu'elle regardait autour d'elle et se rendait compte que de nombreux invités s'étaient éclipsés pendant qu'ils bavardaient.

— Je pense que je vais rentrer, dit-elle d'un air de regret.

Il était bien plus de vingt et une heures, heure à laquelle la soirée était censée se terminer.

— Où êtes-vous descendue ? demanda-t-il, bien décidé à ne pas la laisser s'échapper.

Il y avait quelque chose de très inhabituel chez elle, et il devait faire un effort sur lui-même pour ne pas tendre le bras et la toucher.

— Je suis au Regency. Et vous ?

— J'ai de la chance : je loge chez ma mère. Elle est partie en croisière jusqu'en février et m'a laissé son appartement. C'est à quelques pâtés de maisons d'ici, un endroit très calme et très commode.

Il la suivit nonchalamment jusqu'au hall d'entrée. Une demi-douzaine d'autres invités se dirigeaient comme eux vers la sortie. Allegra récupéra son gros manteau tandis que Jeff prenait le sien – anthracite, accompagné d'une écharpe noire – sur un portemanteau.

— Je peux vous déposer quelque part ? proposa-t-il, plein d'espoir, après qu'ils eurent remercié Mme Weissman pour la soirée.

Andreas se trouvait à l'étage, en grande conversation

avec deux jeunes auteurs, et il ne semblait pas souhaiter être dérangé.

— Je rentre directement à l'hôtel, dit Allegra lorsqu'ils furent dans l'ascenseur. Je vais prendre un taxi.

Ils traversèrent le hall de l'immeuble côte à côte, très à l'aise l'un avec l'autre. Il lui tint la porte, la suivit à l'extérieur, puis il lui prit le bras avec douceur. Il neigeait de nouveau, et le trottoir était très glissant.

— Que diriez-vous d'aller boire un verre quelque part ? Ou manger un hamburger peut-être ? Il est tôt, et ça me ferait plaisir de bavarder encore un moment avec vous. Je déteste rencontrer des gens comme ça, m'intéresser à eux et tout à coup les voir disparaître. Ça semble si... superficiel ! Toute cette énergie, toute cette excitation pour rien.

Il lui jeta un regard plein d'espoir. En cet instant, il paraissait très jeune et presque suppliant.

Quelque chose chez Allegra le fascinait, sans qu'il pût réellement dire quoi. Elle, de son côté, se sentait également attirée par lui. Ils vivaient tous deux à Los Angeles, travaillaient dans des milieux proches l'un de l'autre ; ils avaient, de toute évidence, beaucoup de choses en commun. En tout cas, Jeff ne souhaitait pas la quitter, pas encore, et elle n'avait pas la moindre envie de rentrer à l'hôtel. Elle s'y serait sentie si seule après avoir passé la soirée à bavarder avec lui !

— J'ai quelques contrats à lire, dit-elle sans enthousiasme.

Son cabinet lui avait en effet faxé tout un paquet de documents relatifs à la tournée de Malachi O'Donovan. Mais elle pourrait toujours s'en occuper plus tard. Rester avec Jeff Hamilton lui paraissait bien plus important ; elle avait l'impression qu'ils avaient encore mille choses à découvrir l'un sur l'autre, une histoire à raconter, une mission à accomplir.

— En fait, j'aimerais bien grignoter quelque chose. Le hamburger auquel vous faisiez allusion me paraît bien tentant.

Il esquissa un sourire ravi et héla un taxi, auquel il donna l'adresse d'Elaine's, un restaurant où il allait souvent à l'époque où il écrivait son premier livre et vivait à New York. Chaque fois qu'il revenait, il aimait y faire un saut, en souvenir du bon vieux temps.

— Je craignais que vous ne refusiez de m'accompagner, avoua-t-il.

Il était très séduisant, en cet instant, avec son sourire d'adolescent, ses yeux brillants et ses cheveux couverts de flocons de neige, songea Allegra.

Jeff, lui, avait envie de tout savoir d'elle, de son travail, de sa vie, de ce père qu'il avait rencontré quelques mois plus tôt et qui lui avait fait une si forte impression. Il se demanda pourquoi leurs chemins ne s'étaient jamais croisés à Los Angeles ; c'était comme s'ils étaient venus à New York dans le seul but de se rencontrer, à l'instar de deux planètes qui finissent par se télescoper.

— Je ne sors pas souvent, expliqua-t-elle lorsqu'il lui en fit la remarque. Je travaille tout le temps. Mes clients attendent beaucoup de moi.

Trop, de l'avis de Brandon, qui trouvait qu'elle leur consacrait un temps et une énergie excessifs. Mais cela faisait partie d'elle, de sa personnalité, et elle aimait cela.

— Moi, je ne vais jamais nulle part, reconnut Jeff tandis que le taxi prenait la direction de l'est. La plupart du temps, j'écris la nuit. J'aime vivre à Malibu. Parfois, je me promène sur la plage tard le soir. Ça m'éclaircit les idées. Où vivez-vous ? s'enquit-il avec curiosité.

Il souhaitait en savoir davantage sur elle et espérait la revoir, peut-être même avant leur départ de New York.

— A Beverly Hills. J'ai une drôle de petite maison que j'ai achetée à mon retour de Yale. Elle est minuscule mais me suffit amplement. Elle a une vue splendide, et un jardin japonais essentiellement constitué de pierres, ce qui m'évite d'avoir à l'entretenir. Et quand j'en éprouve le besoin, je n'ai qu'à fermer la porte et m'en aller. Comme cette semaine, conclut-elle avec un sourire.

— Vous voyagez beaucoup ?

Elle secoua la tête.

— J'essaie d'être aussi présente que possible auprès de mes clients. A part, bien sûr, lorsque je dois accompagner l'un d'eux quelque part. En ce moment, deux clients sont musiciens, et parfois, quand ils sont en tournée, je vais les rejoindre pour un jour ou deux. Mais je passe le plus clair de mon temps à Los Angeles.

Elle avait déjà promis à Bram Morrison d'aller le voir pendant sa tournée, et elle ferait de même avec Mal O'Donovan s'il le lui demandait. Dans les deux cas, il s'agissait de tournées longues et éprouvantes, et il lui faudrait voyager à l'autre bout du monde pour encourager ses clients à Bangkok, aux Philippines ou à Paris.

— A votre avis, est-ce que je connais certains de vos clients ? demanda Jeff avec intérêt.

Elle parlait d'eux avec un respect mêlé de tendresse, comme s'il s'agissait de personnes sacrées qu'elle aurait juré de protéger envers et contre tous, ce qui n'était pas très éloigné de la réalité.

— Oui, certains, acquiesça-t-elle.

— Avez-vous le droit de me révéler leurs noms ?

Il paya le taxi et ensemble ils pénétrèrent dans le restaurant. Elaine's était bondé et bruyant, mais le maître d'hôtel reconnut immédiatement Jeff et lui fit signe qu'il aurait une table pour lui d'ici quelques minutes.

— Alors ? Qui sont ces clients pour qui vous vous dévouez tant ?

La façon dont il avait prononcé ces mots donna à Allegra le sentiment qu'il comprenait ce qu'elle éprouvait à leur égard. Sa réaction était très éloignée de celle de Brandon, qui lui reprochait toujours de consacrer trop de temps à ses protégés en dehors des heures de bureau.

— En fait, vous connaissez sûrement la plupart d'entre eux. Certains ne voient pas d'inconvénient à révéler qui les représente. Je peux vous nommer Bram Morrison, Malachi O'Donovan, Carmen Connors, Alan Carr. Pour n'en citer que quelques-uns.

Elle était fière d'eux, et Jeff, qui la regardait, sentit combien elle les aimait et était loyale à leur égard. Il ne l'en admira que davantage.

— Voulez-vous dire que tous ces gens sont représentés par votre cabinet, ou par vous personnellement ?

Cela paraissait presque incroyable que quelqu'un d'aussi jeune – elle paraissait avoir vingt-cinq ans tout au plus – fût chargé de stars aussi importantes. Allegra éclata de rire.

— Non, ce sont mes clients personnels, expliqua-t-elle. Il y en a d'autres, bien sûr, mais je n'ai pas le droit de divulguer leur nom. Bram parle de moi très ouvertement, et Malachi aussi. Quant à Carmen, elle n'arrête pas de dire aux journaux que je travaille pour elle.

Elle parlait de toutes ces célébrités sans ostentation ; c'étaient les gens qui partageaient sa vie.

— Ma foi, je suis impressionné, fit valoir Jeff avec admiration. Vous devriez être très fière ! Depuis combien de temps travaillez-vous dans votre cabinet ?

Peut-être était-elle beaucoup plus âgée qu'elle n'en avait l'air ? Elle rit, lisant dans ses pensées.

— Quatre ans. J'ai vingt-neuf ans. Trente bientôt – bien trop tôt, si vous voulez mon avis, ajouta-t-elle avec un soupir, et il sourit.

— J'en ai trente-quatre, et en parlant avec vous, j'ai l'impression de n'avoir rien fait, ces dix dernières années ! Vous travaillez avec beaucoup de gens, et des gens qui ne doivent pas être faciles à gérer.

— Certains le sont, répondit-elle, désirant avant tout se montrer juste. Et ne dites pas de bêtises : en dix ans, vous avez écrit deux livres, vous vous apprêtez à en commencer un troisième, vous terminez un scénario et coproduisez un film. Qu'ai-je fait, moi ? Rien, sinon représenter quelques personnes talentueuses, des gens comme vous. Je rédige leurs contrats, je négocie pour eux, je m'occupe de leurs économies et de leurs testaments. Je les protège comme je le peux. Je suppose que c'est créatif, d'une certaine manière, mais honnêtement, cela n'a rien de comparable avec ce que vous faites. Alors, ne vous mésestimez pas, le réprimanda-t-elle gentiment.

En vérité, il était clair qu'ils étaient tous deux brillants et amoureux de leur travail.

— Peut-être que j'aurai besoin de vos services, dit-il d'un air pensif en songeant à sa dernière conversation avec Andreas Weissman le matin même. Si je dois vendre un autre livre à Hollywood, je devrai au moins demander à un avocat spécialisé de jeter un coup d'œil au contrat.

— Qu'avez-vous fait la dernière fois ? demanda-t-elle, curieuse de savoir ce que Weissman lui avait conseillé à l'époque.

— Andreas a tout géré d'ici. C'était assez simple, et je ne peux pas dire que je me sois fait arnaquer. Le contrat stipulait que je devais toucher une certaine somme pour écrire le scénario, plus un pourcentage sur les bénéfices éventuels du film. Dans la mesure où c'est moi qui le produis avec mon ami, je ne voulais pas trop en demander. En fait, j'ai fait ça davantage pour l'expérience que pour l'argent. C'est une erreur que j'ai tendance à commettre souvent, ajouta-t-il avec un sourire.

Il n'avait pas l'air de mourir de faim, cependant ; le costume qu'il portait était extrêmement bien coupé et de toute évidence coûteux.

— Si je dois recommencer, poursuivit-il, j'aimerais que ce soit plus rentable financièrement et si possible moins prenant. Depuis six mois, j'ai l'impression d'avoir sacrifié toute mon existence à ce satané scénario, et ce n'est toujours pas terminé.

— Je serais ravie de jeter un coup d'œil sur vos contrats, affirma-t-elle en souriant.

— Cela me ferait très plaisir, dit-il en lui rendant son sourire.

Ils s'installèrent à une table au fond du restaurant et bavardèrent pendant des heures. Ils parlèrent de Harvard, de Yale, des deux années de Jeff à Oxford. Il avait détesté l'endroit, au début, pour finalement l'adorer. Son père était mort pendant qu'il était là-bas, et c'était après cela qu'il avait commencé à écrire sérieusement. Sa mère, expliqua-t-il, avait été déçue qu'il ne devienne pas avocat comme son père, ou mieux, médecin comme son grand-père.

Il la décrivit comme une femme volontaire, puritaine, très « côte est ». Elle avait des idées arrêtées sur le travail et les responsabilités. Et elle considérait encore qu'écrire n'était pas un métier sérieux, surtout pour un homme.

— Ma mère est écrivain, expliqua Allegra.

A sa grande surprise, elle avait envie de partager mille choses avec Jeff. Il y avait tant de sujets de conversation possibles, tant d'anecdotes qu'elle souhaitait lui raconter ! Elle avait l'impression d'avoir attendu toute sa vie de l'avoir pour ami. Il était complètement en phase avec ce qu'elle ressentait et pensait, il semblait tout comprendre sans effort. Lorsqu'ils regardèrent leur montre et constatèrent qu'il était près d'une heure du matin, ils n'en revinrent pas.

— J'adore le droit, expliquait-elle, sa logique implacable. Et résoudre des problèmes est très satisfaisant. Parfois, j'en arrive à me perdre dans mon monde, reconnut-elle en lui souriant, à peine consciente qu'ils se tenaient la main par-dessus la table. C'est vraiment une passion, pour moi.

Une flamme brillait dans ses yeux comme elle prononçait ces mots, et Jeff prenait plaisir à la regarder. Jamais de sa vie il ne s'était senti aussi bien avec quelqu'un, et pourtant ils venaient tout juste de se rencontrer.

— Quels sont vos autres centres d'intérêt, Allegra ? s'enquit-il. Les chiens, les enfants ? Les trucs classiques ?

— Oui, tout ça, j'imagine. Ma famille. Elle compte énormément pour moi.

Jeff, lui, était fils unique, et il écouta avec intérêt les histoires qu'elle lui raconta sur Scott, Sam et leurs parents. A bien des égards, il l'enviait. Sa propre famille s'était dispersée après la mort de son père, et sa mère n'était pas une femme chaleureuse ; alors qu'il était aisé de deviner que Simon Steinberg était un homme aimant et ouvert.

— Il faudra que vous veniez faire leur connaissance un jour, dit Allegra. Et je voudrais aussi vous présenter Alan, mon plus vieil ami. Alan Carr.

— Oh, non ! (Comme tout le monde, Jeff réagit instantanément en entendant le nom de la star.) Alan Carr est votre plus vieil *ami* ? Je ne vous crois pas !

— Nous sommes sortis ensemble au lycée, en seconde. Depuis, c'est mon meilleur ami.

Allegra était surprise de l'aisance avec laquelle Jeff se glissait dans sa vie. Il aimait l'entendre parler de son travail, de sa famille, de ses amis. C'était si différent de ses conversations avec Brandon ! Et pourtant, elle savait qu'il était injuste de comparer ce dernier avec un inconnu. Elle ignorait tout des manies de Jeff, de ses faiblesses et de ses échecs. Simplement, elle se sentait merveilleusement bien avec lui.

Lui, de son côté, aimait son côté direct, son absence totale de prétention. Il avait toujours admiré les femmes comme elle mais n'en avait pas rencontré depuis bien longtemps.

La soirée touchait à sa fin, et il savait qu'il y avait une question importante qu'il ne lui avait pas posée. Au début, il s'était dit qu'il préférait ne pas connaître la réponse, mais il se rendait compte à présent qu'il n'avait pas le choix.

— Y a-t-il un homme dans votre vie, Allegra ? Quelqu'un de sérieux, je veux dire. A part Alan Carr.

Il sourit, légèrement tremblant dans l'attente de sa réponse.

La jeune femme hésita un long moment. Elle n'était

pas sûre de ce qu'elle devait dire. Il avait le droit de savoir, pourtant ? Ils avaient passé de longues heures à parler ensemble. Il était évident qu'ils étaient très attirés l'un par l'autre, mais elle ne pouvait nier que Brandon était important dans sa vie ; elle devait en parler à Jeff.

— Oui, dit-elle tristement en plongeant son regard dans le sien.

— C'est bien ce que je craignais. Je ne suis pas surpris, remarquez, simplement déçu.

Il ne semblait cependant pas sur le point de prendre ses jambes à son cou.

— Etes-vous heureuse avec lui ?

C'était une question cruciale. Si elle répondait par l'affirmative, il n'avait plus qu'à sortir de sa vie. Il était prêt à se battre pour ce qu'il souhaitait mais n'était ni sot, ni fou, ni masochiste.

— Parfois, répondit-elle avec honnêteté.

— Et le reste du temps ? demanda-t-il avec douceur, désireux de savoir s'il lui restait une chance.

Même dans le cas contraire, il n'aurait pas perdu sa soirée ; il se réjouissait de l'avoir rencontrée et des quelques heures qu'ils avaient passées ensemble.

— Il connaît une période difficile, expliqua Allegra, toujours désireuse de trouver des excuses à Brandon mais surprise de constater que cela lui arrivait de plus en plus souvent. Il est en train de divorcer. Ou plutôt, il est séparé. Il n'a pas encore entamé la procédure.

Elle ne savait pas pourquoi elle racontait tout cela à Jeff, mais elle se sentait obligée de lui dire la vérité. Quelque chose dans son ton dut alerter l'écrivain car il la regarda avec attention.

— Depuis combien de temps est-il séparé de sa femme ? s'enquit-il.

Intuitivement, il devinait que c'était là la clé de l'histoire.

— Deux ans, avoua-t-elle.

— Est-ce que cela vous contrarie ?

— Parfois. Mais cela semble ennuyer mon entourage plus encore. Cela fait deux ans que sa femme et lui se disputent à propos de leurs maisons. En fait, ce qui m'embête le plus, c'est que certains aspects de notre relation ne me conviennent pas.

— Lesquels, par exemple ?

— Il éprouve le besoin de garder une certaine distance entre nous, admit-elle avec franchise. Il a peur de s'engager, ce qui explique probablement qu'il n'ait pas encore entamé la procédure de divorce. Dès que quelqu'un devient trop proche de lui, il se rétracte, d'une manière discrète, subtile mais réelle. Il dit qu'il a été traumatisé parce qu'on l'a forcé à se marier, la première fois, et je comprends ça, mais ce que je ne saisis pas, c'est pourquoi je dois continuer à payer pour ça, après tout ce temps. Ce n'est pas ma faute !

— J'ai vécu avec une femme comme ça, autrefois, déclara Jeff, se remémorant un écrivain du Vermont qui l'avait rendu désespérément malheureux. Je n'ai jamais été aussi seul de ma vie.

— Je comprends, acquiesça Allegra.

Elle se mordit la lèvre. Elle ne voulait pas trahir Brandon : elle l'aimait. Elle voulait l'épouser. Et il lui semblait injuste de parler de lui à quelqu'un d'autre. Pourtant, elle savait qu'elle devait le faire. Elle éprouvait le besoin d'expliquer à Jeff comment fonctionnait sa relation avec Brandon. Bien qu'elle ne l'eût rencontré que depuis quelques heures, elle avait l'impression de lui devoir cela.

— A-t-il des enfants ?

— Deux. Deux filles. Il est très proche d'elles, et elles sont adorables. Elles ont neuf et onze ans. Il passe beaucoup de temps avec elles à San Francisco.

— Et vous l'accompagnez, lorsqu'il va là-bas ?

— Dans la mesure du possible. Je travaille souvent le week-end, en fonction de ce qui arrive à mes clients, s'ils reçoivent des menaces de mort, s'ils commencent un film, signent un nouveau contrat, partent en tournée…

— Cela ne vous dérange pas qu'il y aille tout seul ?

— Ce n'est pas sa faute si je ne peux pas l'accompagner. Il a le droit de voir ses enfants.

Elle semblait sur la défensive, et Jeff était intrigué par tout ce qu'il entendait. Il la soupçonnait de ne pas être heureuse avec cet homme mais de ne pas encore vouloir se l'avouer.

— Cela ne vous inquiète pas qu'il s'accroche à sa femme aussi longtemps ? demanda-t-il sans ambages.

Elle fronça les sourcils.

— On croirait entendre ma sœur.

— Qu'en pense votre famille ?

— On ne peut pas dire que ma famille l'adore, répondit-elle avec un soupir.

Il commençait à se réjouir de tout ce qu'il entendait. Peut-être Allegra avait-elle été amoureuse de ce Brandon mais en aucune façon les dés n'étaient jetés. Elle méritait bien plus que ce qu'il avait à lui offrir, et il était clair que l'approbation de son entourage était très importante pour elle.

— Je ne pense pas que ma famille comprenne, soupira Allegra. Après tout ce qu'il a traversé, Brandon a un problème avec l'engagement. Cela ne signifie pas qu'il ne tient pas à moi. Simplement, il ne peut pas me donner ce que j'attends de lui.

— Et qu'attendez-vous de votre relation ? s'enquit Jeff avec douceur.

— J'aimerais connaître un amour comme celui de mes parents, répondit-elle sans réfléchir. Total, chaleureux.

— Pensez-vous qu'il vous offre cela ?

Il prit sa main dans les siennes de nouveau, et elle ne l'ôta pas. Il lui rappelait les hommes qu'elle aimait – son père, Scott, Alan même. Mais pas Brandon. Brandon était froid et détaché, il avait peur de donner. Jeff, lui, ne paraissait pas se refréner. Il n'avait pas peur d'elle, ou de ses sentiments éventuels, ni même de ce que lui-même risquait d'éprouver s'ils se connaissaient mieux. Il semblait si prêt à demeurer à son côté, à partager son intimité, qu'elle ne pouvait s'empêcher de songer au Dr Green. Elle sourit à Jeff sans raison, mais il répéta sa question.

— Pensez-vous que Brandon vous donnera un jour ce que vous voulez, Allegra ?

Il avait besoin de savoir.

— Je l'ignore, répondit-elle avec franchise. Je pense qu'il essaiera.

Mais le ferait-il vraiment ? L'avait-il jamais fait jusqu'alors ?

— Combien de temps êtes-vous prête à attendre ? demanda-t-il.

Cette question la fit sursauter. Le Dr Green lui avait posé la même, et elle n'avait jamais été capable de lui répondre. Elle voulait cependant que Jeff sache ce qu'elle ressentait. Elle ne voulait pas l'induire en erreur.

— Je l'aime, Jeff. Notre relation n'est peut-être pas parfaite, mais j'accepte Brandon tel qu'il est. J'ai déjà attendu deux ans, et je peux attendre davantage si besoin est.

— Vous risquez de devoir patienter longtemps, observa-t-il, pensif, comme ils quittaient le restaurant.

Il n'était pas difficile de deviner que les rapports d'Allegra et Brandon étaient tendus, mais de toute évidence, la jeune femme n'était pas encore prête à tourner la page. Jeff, néanmoins, était un homme patient, et il avait le sentiment que ce n'était pas un hasard si leurs chemins s'étaient croisés. Tandis qu'ils attendaient le taxi dans la neige, il passa un bras autour des épaules de sa compagne et la serra contre lui.

— Et vous ? demanda-t-elle. Y a-t-il une femme, des femmes, dans votre vie ?

— Oh oui ! Ma femme de ménage, Guadeloupe, mon dentiste à Santa Monica, et ma dactylo, Rosie.

Allegra sourit.

— Une bonne équipe, de toute évidence, observa-t-elle, amusée. Et c'est tout ? Pas de sublime jeune starlette pendue à vos lèvres, prête à vous regarder écrire pendant des heures à la lueur d'une bougie ?

— Pas dernièrement.

Il lui rendit son sourire. Il avait eu des relations sérieuses par le passé, mais personne n'avait partagé sa vie depuis longtemps. Le seul obstacle qui se dressât entre eux était Brandon, même si Jeff n'était pas certain de savoir comment le contourner.

Un taxi finit par arriver et ils montèrent à bord, soulagés de se retrouver au chaud. Jeff donna au chauffeur l'adresse du Regency, et tandis qu'il démarrait, il attira Allegra plus près de lui. Ni l'un ni l'autre ne parla ; les yeux perdus par-delà la vitre, ils regardèrent tomber la neige sans un mot.

Le trajet jusqu'à l'hôtel leur parut trop court, et tous deux furent désolés d'arriver à destination. Il était si tard – un peu plus de deux heures – que même le bar était fermé, et Allegra ne souhaitait pas inviter Jeff dans sa chambre, de peur de lui donner de faux espoirs ; ils se quittèrent donc au rez-de-chaussée, dans le hall.

— J'ai passé un très bon moment, Jeff, dit-elle avec mélancolie. Merci pour cette merveilleuse soirée.

— Je me suis beaucoup amusé aussi. Pour la première fois de ma vie, j'ai bel et bien l'impression de devoir quelque chose à Andreas Weissman !

Ils rirent de bon cœur tout en se dirigeant vers l'ascenseur.

— Comment s'annonce le reste de votre semaine ? demanda-t-il d'un air plein d'espoir.

Mais Allegra secoua la tête.

— Chargé.

Elle devait enchaîner déjeuners et réunions durant les quatre jours suivants ; il lui fallait en particulier travailler sur la tournée de Bram et voir de nouveau Jason Haverton. Elle n'avait du temps libre que le soir mais avait prévu de travailler.

— Et demain soir ? demanda-t-il.

Elle hésita. Ce n'était vraiment pas raisonnable…

— J'ai des rendez-vous à Wall Street jusqu'à cinq heures, après quoi je dois prendre un verre avec un confrère. Je ne pense pas être libre avant sept heures, dit-elle d'un ton de regret.

Elle avait envie de le revoir mais n'était pas sûre de pouvoir accepter, de toute façon, à cause de Brandon. D'un autre côté, songeait-elle, pourquoi n'auraient-ils pu être amis ?

— Et si je vous appelais ? suggéra-t-il. Vous verrez si vous êtes fatiguée. Nous pourrions nous contenter de manger un morceau ici, ou d'aller faire une promenade. J'aimerais vraiment vous voir, conclut-il en plongeant son regard dans le sien.

Elle eut le sentiment que cela éveillait quelque chose au plus profond d'elle-même.

— Ne pensez-vous pas que cela pourrait être un peu… risqué, Jeff ? demanda-t-elle avec douceur.

Elle ne voulait pas se montrer injuste, ni envers lui, ni envers Brandon, ni envers elle-même.

— Cela n'a pas à l'être, puisque nous connaissons dès le départ les règles du jeu, observa-t-il. Je ne vous harcèlerai pas. Mais j'aimerais vraiment vous revoir.

— Moi aussi, admit-elle.

Sur ces entrefaites, l'ascenseur arriva et ils se souhaitèrent une bonne nuit.

— Je vous appellerai demain à sept heures, lui rappela-t-il avec un petit geste de la main au moment où les portes se refermaient sur elle.

Dans l'ascenseur, Allegra ne put penser à autre chose qu'à Jeff. Elle se demandait si elle s'était montrée infidèle vis-à-vis de Brandon en passant autant de temps avec lui et en discutant de sujets aussi intimes. Elle n'aurait pas aimé que Brandon aille dîner avec une autre femme, et cependant, il y avait quelque chose d'étrangement prédestiné dans la façon dont cette nuit s'était déroulée. Elle avait l'impression que sa rencontre avec Jeff était programmée de toute éternité, qu'elle avait besoin de lui dans sa vie, qu'ils étaient faits pour être amis. Il comprenait si bien ce qu'elle lui disait et elle aussi saisissait sa pensée presque avant même qu'il n'ait ouvert la bouche.

Elle entra dans sa chambre, se sentant toujours un peu coupable, et trouva un message glissé sous sa porte, comme un rappel à la réalité : Brandon avait téléphoné. Elle hésita à l'appeler en raison de l'heure tardive mais se souvint qu'il n'était que vingt-trois heures quinze à San Francisco. Elle ôta son manteau, s'assit et composa le numéro. Il répondit à la seconde sonnerie ; il était en train de relire ses documents pour le procès du lendemain. Il parut surpris qu'elle appelât aussi tard mais heureux de lui parler.

— Où étais-tu, ce soir ? demanda-t-il, plus curieux qu'en colère.

— Chez l'agent d'Haverton. Ça s'est terminé très tard. Les gens se couchent à des heures impossibles, à New York.

C'était un mensonge, mais elle n'avait pas envie de lui raconter qu'elle était allée au restaurant, craignant d'être obligée de lui expliquer qui était Jeff. Elle s'était montrée honnête vis-à-vis de ce dernier et lui avait dit qu'elle vivait une relation sérieuse. Cela seul comptait. Rien ne s'était passé, elle n'avait donc pas à parler de Jeff à Brandon.

— Tu t'amuses bien ? demanda ce dernier en étouffant un bâillement.

Cela faisait des heures qu'il travaillait sur son procès.

— Oui, oui. Comment ça se passe pour toi ? demanda Allegra.

— Très lentement. Nous commençons seulement à sélectionner les jurés. J'aimerais vraiment que le type accepte de négocier. Ça nous permettrait à tous de rentrer chez nous.

Cette affaire lui déplaisait depuis le début.

— Combien de temps cela prendra-t-il, à ton avis, s'il continue à refuser ?

— Une semaine ou deux, au moins.

Ils consultaient un grand nombre de documents, et Brandon avait besoin de trois assistants. C'était une affaire des plus compliquées.

— Au moins, je serai rentrée avant que tu aies terminé.

— Je serai probablement obligé de travailler ce week-end, déclara-t-il d'un ton détaché.

Elle s'y attendait ; de toute façon, elle aussi devrait aller à son bureau le samedi pour se remettre à jour. Peut-être en revanche parviendrait-elle à le convaincre de se détendre un peu le dimanche ?

— Ne t'inquiète pas. Je serai à la maison vendredi soir.

Elle avait une réservation sur l'avion de six heures, ce qui la ferait arriver en Californie vers dix heures, heure locale. Peut-être même pourrait-elle lui faire la surprise de passer chez lui ?

— Je te téléphonerai durant le week-end, dit-il sans chaleur particulière.

Allegra songea à la conversation qu'elle avait eue avec Jeff juste avant de quitter le restaurant.

Elle détestait voir Brandon la maintenir ainsi volontairement à distance.

— Je t'appellerai demain soir, ajouta-t-il presque machinalement. Tu seras là ?

— En fait, j'ai un dîner d'affaires, mentit-elle pour la seconde fois. Mieux vaut que ce soit moi qui t'appelle à mon retour, il ne devrait pas être trop tard.

Elle ne pouvait se permettre de se coucher à plus de deux heures du matin toutes les nuits, sans quoi elle serait trop épuisée pour travailler ; elle était certaine que Jeff le comprendrait. Ce soir, ils avaient partagé un moment rare, une de ces rencontres inhabituelles de l'âme, lorsque deux personnes découvrent qu'elles ont un million de sentiments et de pensées en commun. Mais cela ne pouvait continuer nuit après nuit.

— Ne te tue pas au travail, lui dit Brandon avant de raccrocher pour « retourner à ses dossiers ».

Ils n'avaient pas échangé de « Je t'aime » ni de « Tu me manques ». Il ne lui avait pas promis d'aller la chercher à l'aéroport ou de la retrouver chez elle le soir de son arrivée. Cela rappela à Allegra combien leur relation était précaire. Et pourtant, malgré cela, elle continuait à s'y accrocher, parce qu'elle l'aimait.

Qu'attendait-elle ? s'interrogea-t-elle. Espérait-elle vraiment le voir changer ? Comme l'avait souligné Jeff, elle risquait de devoir patienter très, très longtemps. Peut-être toujours.

Lentement, elle passa dans la chambre, songeant à Brandon et essayant de se remémorer les bons moments qu'ils avaient vécus ensemble. Il y en avait eu beaucoup en deux ans, mais étrangement ce furent les déceptions, comme celle de ce soir, qui s'imposèrent à son esprit. Elles aussi avaient été nombreuses, les moments où il n'avait pu être là pour elle, corps ou âme. Les fois où il n'avait pas dit les mots qu'elle avait besoin d'entendre, où il ne l'avait pas accompagnée à des événements importants pour elle, comme le soir des Golden Globes. Pensait-elle à tout cela maintenant parce qu'elle était en colère ou parce que inconsciemment elle voulait se convaincre que Jeff était l'homme qu'il lui fallait et pas Brandon ? Voyait-elle en l'écrivain tout ce que Brandon n'était pas ? Était-il un fantasme né de sa frustration affective ou bel et bien une sorte d'âme sœur ? Hélas, elle ne connaissait pas les réponses à toutes ces questions…

6

Le mardi, lorsque Allegra se leva, à huit heures, New York était recouverte par un manteau de neige. Park Avenue semblait disparaître sous une couche de crème fouettée, et des enfants jouaient à glisser et à se lancer des boules de neige sur le chemin de l'école. Allegra les regarda quelques secondes par la fenêtre, regrettant fugitivement de ne pouvoir être à leur place, insouciante.

Elle passa la journée en réunion et prit seulement le temps d'appeler Carmen afin de s'assurer que tout allait bien.

La gouvernante de la jeune actrice était sortie, et Allegra tomba sur le répondeur. Sans doute Carmen était-elle sortie faire des courses ou avait-elle temporairement quitté Los Angeles. Elle lui laissa un message, espérant qu'elle n'avait pas de problèmes, et téléphona ensuite à Alice pour voir si la secrétaire n'avait pas reçu de messages pour elle.

— Rien du tout depuis votre départ.

En fait, tous les clients d'Allegra s'étaient montrés silencieux. Mal O'Donovan était de nouveau en cure de désintoxication, et Alan voulait qu'elle le rappelle mais pas avant son retour en ville. A part cela, tout allait bien.

— Quoi de neuf à New York ? s'enquit Alice.

— Tout est blanc, répondit Allegra.

— Pas pour longtemps.

Dès le lendemain matin, en effet, la neige se serait muée en boue noirâtre, mais pour l'instant, elle était très agréable à voir.

Allegra déjeuna au World Trade Center en compagnie d'un avocat avec qui elle correspondait depuis un an, et elle passa le reste de l'après-midi avec les promoteurs de la tournée de Bram et deux autres avocats. Après cela, elle se hâta de rentrer à l'hôtel pour rencontrer un autre juriste, à propos d'un accord de licence concernant Carmen. Une marque souhaitait commercialiser un parfum sous son nom, mais Allegra ne se montra pas très enthousiaste. Le produit était d'une qualité médiocre, et elle n'imaginait pas du tout Carmen vendre du parfum dans les supermarchés. En fait, plus Allegra entendait parler du projet, moins il lui plaisait.

A dix-huit heures trente, elle était de retour dans sa chambre, épuisée. Il neigeait de nouveau, et les embouteillages avaient été cauchemardesques toute la journée. Il lui avait fallu une heure entière pour rentrer de Wall Street et elle était arrivée en retard à son rendez-vous à l'hôtel ; la perspective de ressortir lui était insupportable. Dehors, c'était le chaos absolu : les taxis klaxonnaient, les voitures glissaient, les piétons s'efforçaient de ne pas tomber dans la boue et la neige, et maintenant de gros flocons s'étaient remis à tomber… Central Park devait être magnifique, mais les rues de la ville, elles, étaient cauchemardesques.

Elle parcourut tous les messages qui l'attendaient et prit des notes. Carmen ne l'avait pas rappelée, mais Alice avait vérifié auprès de la police, du FBI et du service de sécurité, et la jeune femme n'avait plus reçu de menaces. Tout était sous contrôle. Bram voulait savoir l'impression que lui avaient faite les organisateurs de tournée qu'elle avait rencontrés, et son bureau lui avait adressé quelques fax sans grande importance. Le téléphone sonna comme elle achevait de les lire, et elle décrocha sans même y penser.

— Steinberg, dit-elle d'un ton distrait.

— Hamilton, répondit aussitôt son correspondant. Bonne journée ?

— Très active. Même si j'ai passé le plus clair de mon temps à braver les embouteillages.

— Vous travaillez encore ?

Il ne voulait pas la déranger mais avait eu envie d'entendre le son de sa voix. Il avait attendu ce moment toute la journée ; de son côté, Allegra souriait, heureuse de lui parler. Il avait une voix profonde, douce, extrêmement sensuelle.

— Pas vraiment, répondit-elle. Je jetais juste un coup d'œil à mes messages et aux fax qui sont arrivés pour moi. Tout a l'air en ordre. Vous avez passé une bonne journée ?

— Plutôt. Weissman s'est bien débrouillé en négociant le nouveau contrat.

— Pour le film ou pour le livre ? Vous avez tellement de projets que je m'y perds !

— Venant de vous, c'est la meilleure ! s'exclama-t-il en riant. Je parlais de mon troisième livre. C'est vous qui négocierez pour le film. En fait, j'en ai parlé avec Andreas, et il a trouvé que c'était une excellente idée. Il ne me l'avait jamais suggéré avant, apparemment, parce qu'il était persuadé que je m'empresserais de fuir le monde du cinéma aussitôt mon premier scénario terminé. Il pensait que je détesterais ce milieu, et il n'avait pas tort, mais je suis quand même prêt à retenter l'aventure, encore une fois du moins. Il dit que vous êtes une excellente avocate, mais que je ne dois pas vous déranger si je n'ai pas réellement l'intention d'aller jusqu'au bout. Selon lui, vous êtes très occupée et avez beaucoup de clients très importants.

Tous deux rirent des mises en garde d'Andreas.

— Je suis impressionnée, plaisanta Allegra.

— Moi aussi, mademoiselle Steinberg. Bon, que diriez-vous d'aller dîner ? Avez-vous encore la force de manger, après avoir négocié tous ces contrats mirifiques aujourd'hui ?

— Détrompez-vous, je n'ai pas négocié quoi que ce

soit ! J'ai parlé tout l'après-midi avec des avocats et des organisateurs de tournée, et ce soir, j'ai refusé un parfum pour Carmen.

— Au moins, c'est amusant. Comment étaient ces organisateurs ? Louches, je parie ?

— Sans doute, mais plutôt intelligents, en fait. Ils m'ont fait bonne impression. La tournée qu'ils ont concoctée pour Bram sera incroyable. Je crois qu'il devrait accepter, s'il s'en sent la force physiquement.

Jeff prenait plaisir à l'écouter parler de son travail. Il aimait sa voix, ses idées, ses goûts. Il avait pensé à elle toute la journée – en fait, il avait été incapable de songer à autre chose. Il aimait tout en elle. C'était fou… Il la connaissait à peine, et soudain elle occupait toutes ses pensées.

Quant à Allegra, durant ses rendez-vous de l'après-midi, l'idée de passer la soirée avec Jeff n'avait cessé de la distraire.

— Vous avez une très mauvaise influence sur moi, monsieur Hamilton. Tout le monde à New York doit croire que je suis droguée : aujourd'hui, je n'ai pas arrêté d'oublier ce que les gens me disaient et de repenser à notre conversation d'hier soir. Ce n'est pas bon du tout, en affaires.

— Non, mais ce n'est pas désagréable non plus, n'est-ce pas ?

Tous deux sourirent. Jeff aurait aimé demander à Allegra si elle avait eu des nouvelles de Brandon, mais il s'abstint. En revanche, il voulut savoir si elle avait apporté avec elle des vêtements chauds et décontractés, ainsi qu'un bonnet de laine et des moufles.

— Pourquoi ? s'enquit-elle, intriguée. J'ai bien un pantalon en laine et un bonnet, mais rien de très seyant.

— Pas de moufles ?

— Je n'en ai pas acheté depuis au moins vingt ans !

Elle avait même oublié d'emporter des gants et avait eu les mains gelées toute la journée.

— Je vous en apporterai une paire appartenant à ma mère. Vous vous sentez prête à faire quelque chose d'un peu original ou vous préférez aller tranquillement dîner dans un restaurant chic ?

— Je préfère de loin faire quelque chose d'original ! répondit Allegra sans hésitation.

Elle aimait les soirées simples et estimait que sa vie à Hollywood lui donnait déjà amplement l'occasion de fréquenter des endroits chic.

— Qu'avez-vous en tête ? demanda-t-elle avec curiosité.

— Vous verrez. Habillez-vous chaudement, n'oubliez pas votre affreux bonnet de laine, et je vous retrouve dans le hall de l'hôtel d'ici une demi-heure.

— Dois-je m'inquiéter ? Avez-vous l'intention de m'enlever pour m'emmener dans le Connecticut, le Vermont ou je ne sais où ?

Elle était tout excitée et se sentait comme une enfant organisant une sortie clandestine.

— Non, même si j'adorerais vous kidnapper… Je ne m'étais pas rendu compte que c'était une possibilité !

— Ça n'en est pas une. Je dois travailler, demain.

— C'est bien ce que je craignais. Pas de problème, nous allons juste nous amuser à la new-yorkaise. A tout de suite !

Il raccrocha aussitôt, et Allegra acheva de lire ses messages. Elle envisagea même d'appeler Brandon pour s'en débarrasser, mais elle doutait de le trouver chez lui aussi tôt, ou même à son bureau. Il n'était que seize heures trente en Californie. Elle se sentit honteuse de songer à « se débarrasser » de ce coup de fil, comme s'il s'était agi d'une corvée. Pourquoi réagissait-elle ainsi ? En fait, bien que Jeff et elle n'eussent rien fait de répréhensible, elle avait l'impression de trahir Brandon en passant la soirée avec un autre homme.

Elle descendit dans le hall à l'heure dite, enveloppée dans son manteau, son vieux bonnet de ski rouge sur la tête. Jetant un coup d'œil à travers les portes tournantes en verre, elle vit qu'il neigeait toujours. Les gens qui rentraient à l'hôtel tapaient du pied pour enlever la neige collée à leurs chaussures ; des flocons étaient accrochés à leurs cheveux, leurs cils, leurs chapeaux. Amusée par ce spectacle, Allegra observait les allées et venues lorsque son attention fut attirée par une calèche couverte à l'ancienne, évoquant les *hansom cabs* anglais du dix-neuvième siècle, qui s'arrêtait devant l'hôtel. Le cocher portait un chapeau haut de forme, et l'attelage paraissait merveilleusement confortable. Il s'immobilisa et le cocher descendit ; le portier de l'hôtel s'approcha pour l'aider à tenir les chevaux tandis que la porte du cab s'ouvrait. Allegra ouvrit de grands yeux en voyant Jeff en descendre et se hâter vers le perron. Il portait un bonnet de ski semblable au sien et une grosse parka.

— Votre carrosse est avancé, plaisanta-t-il en lui décochant un sourire radieux.

Il avait les yeux brillants et les joues rouges de froid. Il plongea une main dans sa poche et en retira une paire de moufles blanches en angora.

— Mettez-les, il gèle, dehors.

— Vous êtes incroyable, s'exclama-t-elle, abasourdie.

Ils sortirent et il l'aida à monter dans l'attelage. Une fois la porte refermée, il étala une couverture en fourrure sur leurs genoux. Le cocher avait déjà reçu des instructions et se mit en route aussitôt.

— Je n'arrive pas à y croire.

Allegra souriait, aux anges. Elle se sentait comme une adolescente à son premier rendez-vous. Blottie sous la couverture, elle était merveilleusement bien. Jeff passa un bras autour de ses épaules.

— J'ai suivi votre suggestion, nous allons dans le Vermont, annonça-t-il d'un air ravi. Nous devrions arriver là-bas mardi prochain. J'espère que cela ne bousculera aucun de vos rendez-vous.

— Pas de problème, répondit-elle gaiement.

En cet instant, elle l'aurait suivi jusqu'au bout du monde.

Lentement, l'attelage se dirigea vers le parc. Allegra enfila les moufles et constata avec satisfaction que la mère de Jeff et elle avaient des mains de la même taille. Levant les yeux, elle croisa le regard de son compagnon.

— C'est merveilleux, Jeff. Vous me gâtez. Merci.

— Ne dites pas de bêtises, répondit-il, gêné. J'ai simplement eu l'idée de faire quelque chose d'un peu original, puisqu'il neigeait.

Après avoir semé la confusion chez les automobilistes déjà désorientés par la neige, ils parvinrent enfin à l'entrée sud de Central Park. Ils longèrent le parc jusqu'à la patinoire Wollman, devant laquelle le cocher immobilisa son cheval.

— Où sommes-nous ? demanda Allegra, un peu nerveuse, en regardant par la portière.

Le parc était bien sombre, mais il faisait si froid et le vent soufflait si fort que même les agresseurs potentiels avaient dû rester chez eux. La porte s'ouvrit et le cocher les aida à descendre. Une fois à terre, Jeff décocha à Allegra un sourire ravi.

— Vous savez patiner ?

— Plus ou moins. Je n'ai pas enfilé de patins depuis que j'ai quitté Yale, et je suis loin d'être Peggy Fleming.

— Que diriez-vous d'essayer ?

Incapable de résister, elle hocha vivement la tête.

— Avec plaisir.

Bras dessus, bras dessous, ils se dirigèrent vers la patinoire, tandis que l'attelage les attendait sur place : Jeff l'avait réservé jusqu'à minuit. Il loua deux paires de patins et aida Allegra à lacer les siens. Il lui tint la main lorsqu'elle posa le pied sur la glace, mais elle ne tarda pas à retrouver ses réflexes. De son côté, Jeff avait fait partie de l'équipe de hockey sur glace de Harvard, et il patinait parfaitement. Il fit rapidement le tour de la patinoire pour s'échauffer, après quoi il revint près d'elle et ne la quitta plus ; une demi-heure plus tard, elle se débrouillait très bien. Il neigeait toujours et ils étaient pratiquement seuls sur la glace. Ils mangèrent des hot-dogs pour se donner un peu d'énergie et burent trois chocolats chauds. Allegra s'amusait comme une folle, et lorsqu'ils décidèrent de faire une pause, Jeff et elle bavardaient et plaisantaient comme deux vieux amis. La jeune femme avait l'impression d'être avec Alan, sauf qu'elle passait un bien meilleur moment !

— Ça fait des siècles que je ne me suis pas autant amusée, dit-elle comme ils s'asseyaient un peu pour reposer ses chevilles, qui commençaient à fatiguer.

— Il m'arrive de patiner à Los Angeles, de temps en temps, mais à vrai dire je trouve les patinoires californiennes plutôt minables. Même quand je suis allé skier à Tahoe l'année dernière, j'ai trouvé la patinoire toute petite. Ce n'est vraiment pas un sport de l'Ouest. Dommage, j'aime bien.

— Moi aussi, acquiesça-t-elle en levant vers lui un regard ravi.

Elle songea qu'il était « canon », comme aurait dit sa sœur Sam : grand, viril, athlétique, avec des yeux qui semblaient toujours rire.

— J'avais oublié combien c'était amusant, dit-elle gaiement en le remerciant une fois encore.

Il lui acheta une pâtisserie et un café chaud. Le vent était tombé, et il ne faisait plus aussi froid, mais la neige continuait à virevolter autour d'eux.

— Si ça continue comme ça, la ville sera complètement paralysée, demain, observa Jeff. Peut-être que tous vos rendez-vous seront annulés ? ajouta-t-il d'un ton plein d'espoir qui la fit rire.

Elle devait rencontrer de nouveau Jason Haverton, le lendemain, comme elle l'expliqua à son compagnon.

— Je l'aime vraiment beaucoup. Dans sa jeunesse, il a dû être redoutable, mais c'est un homme passionnant, cultivé, et qui n'a rien perdu de sa vivacité d'esprit.

Elle l'admirait sincèrement et avait beaucoup apprécié leur première rencontre.

— C'est amusant, reprit-elle, tout semble tellement plus civilisé ici qu'en Californie… Le légendaire monde littéraire new-yorkais existe bel et bien, un monde plein de gens bien élevés et érudits. Alors que là-bas, on a l'impression que tout le monde est encore un peu mal dégrossi. Il m'arrive de l'oublier, mais ça me saute aux yeux chaque fois que je reviens ici. En Californie, quelqu'un comme Jason Haverton ne pourrait exister : il se ferait harceler par les paparazzis, les journaux à scandale insinueraient qu'il entretient une liaison avec une infirmière en gériatrie, et il recevrait des menaces de mort !

— Vous savez, à son âge, il trouverait peut-être tout cela excitant. Ça risquerait même de lui plaire.

— Je parle sérieusement !

Ils avaient recommencé à patiner, et il la serrait fort contre lui sous prétexte de lui éviter de tomber. Elle ne s'en plaignait nullement, au contraire.

— C'est un monde différent, Jeff.

— Je sais que vous avez raison, acquiesça-t-il. Ce doit être difficile pour certains de vos clients de mener ainsi une vie publique et de craindre en permanence les menaces et le harcèlement, pour eux comme pour leurs familles.

— Ça vous arrivera aussi un jour. Tous ceux qui gagnent de l'argent et deviennent célèbres finissent par connaître ça, c'est quasiment automatique. Vous êtes riche, votre nom commence à être connu ? Hop, quelqu'un décide de vous tuer. Ecœurant. On se croirait dans un western. Et les journaux à scandale ne sont guère plus reluisants. Ils sont prêts à inventer n'importe quel mensonge, sans se soucier des gens qu'ils font souffrir au passage.

— Avec des clients comme les vôtres, vous devez être constamment confrontée à des problèmes de ce genre. Y a-t-il quelque chose que vous puissiez faire pour les protéger ?

— Pas vraiment, hélas. Mes parents m'ont appris, quand j'étais encore enfant, que la seule chose à faire est de se montrer discret, de mener une vie irréprochable et d'apprendre à ignorer ce genre de choses. Mais ça n'empêche pas les journalistes de vous courir après quand même. Lorsque nous étions petits, Scott, Sam et moi, ils essayaient tout le temps de nous prendre en photo, mais notre père était intraitable. Il ne les laissait jamais faire, même s'il était obligé de faire appel à la police pour les en empêcher. Mais aujourd'hui, les choses sont différentes. Tant qu'on n'a pas essayé de vous assassiner au moins deux fois, impossible d'obtenir la moindre protection ! D'ailleurs, Carmen a reçu des menaces inquiétantes juste avant mon départ. Heureusement, j'ai parlé à la police et au FBI aujourd'hui, et tout semblait être rentré dans l'ordre. La pauvre était terrorisée. Parfois, il lui arrive de m'appeler à quatre heures du matin parce qu'elle a entendu du bruit chez elle.

— Vous ne devez pas dormir beaucoup, observa-t-il en souriant.

Elle rit, mais ne lui dit pas que Brandon se plaignait constamment des intrusions de ses clients dans sa vie. Elle aurait eu l'impression d'être injuste en le critiquant devant Jeff, et par ailleurs elle ne souhaitait pas encourager ce dernier en se plaignant trop de Brandon. Elle demeurait sa petite amie, et quand Jeff retournerait à Los Angeles, dans une semaine, elle ne pourrait plus passer avec lui des soirées comme celle-là. Peut-être auraient-ils parfois l'occasion de déjeuner ensemble ? Elle y avait déjà réfléchi. Elle pourrait lui faire rencontrer Alan, et même ses parents. Il plairait beaucoup à Blaire, elle n'en doutait pas, et il connaissait déjà Simon… Etrange, se dit-elle : elle songeait à lui en cet instant comme à un fiancé qu'elle aurait souhaité présenter à sa famille.

— A quoi pensez-vous ? demanda Jeff en observant son visage avec attention.

Elle hésita avant de répondre.

— Je me disais que j'aimerais bien vous présenter à ma famille, et d'une certaine manière ça me paraissait bizarre. J'essayais de justifier ça.

— Vous en éprouvez le besoin, Allegra ? s'enquit-il avec douceur.

— Je ne sais pas.

Il ne dit rien. Ils étaient adossés contre la rambarde, au bout de la patinoire, et se reposaient quelques instants. La neige tombait toujours. Soudain, Jeff s'approcha d'Allegra et, penchant lentement la tête, il l'embrassa. Etonnée, la jeune femme ne recula pas ; elle s'accrocha simplement à lui pour ne pas tomber. Puis elle lui rendit son baiser, tandis qu'il se serrait davantage contre elle. Lorsque, enfin, ils se séparèrent, ils étaient tous deux à bout de souffle.

— Oh… Jeff, murmura-t-elle, sidérée.

En cet instant, elle avait l'impression d'être retombée en adolescence – et pourtant, jamais elle ne s'était sentie aussi femme.

— Allegra, chuchota-t-il avant de l'attirer de nouveau contre lui.

Elle ne résista pas et le suivit lorsque, sans un mot, il mit un terme à leur étreinte pour l'entraîner de nouveau sur la glace.

— Je ne sais pas si je suis censé vous présenter des excuses, dit enfin Jeff. En fait, je n'en ai pas vraiment envie.

— Vous n'avez pas à le faire. Je vous ai rendu votre baiser.

Il s'immobilisa et plongea son regard dans celui d'Allegra.

— Vous sentez-vous coupable vis-à-vis de Brandon ? voulut-il savoir.

Il avait besoin de connaître ses sentiments. Il était en train de tomber amoureux d'elle ; il aimait tout en elle, ses idées, ses principes, ses rêves, sans parler de sa beauté. Il voulait être avec elle, la tenir dans ses bras, l'embrasser, lui faire l'amour.

— Je ne sais pas, répondit-elle aussi honnêtement que possible. Je ne suis pas sûre de ce que j'éprouve. Je sais que je suis censée me sentir coupable, puisque je veux l'épouser. C'est ce que je souhaite depuis deux ans. Mais il est si rigide… Il refuse de donner, tout ce qu'il fait est mesuré, limité, restreint.

— Pour l'amour du ciel, pourquoi voulez-vous

épouser un type pareil ? demanda Jeff sans dissimuler son irritation.

— Je ne sais pas, répondit-elle d'une voix plaintive.

Elle en avait assez de se justifier constamment, y compris vis-à-vis d'elle-même.

— Peut-être parce que ça fait longtemps que je suis avec lui, ou peut-être parce que j'ai le sentiment qu'il a besoin de moi. Je pense que je lui ferais du bien. Il a besoin d'apprendre à donner, à se détendre un peu, à avoir moins peur de l'amour et de l'engagement.

Ses yeux se remplirent de larmes. Tout cela semblait si ridicule, à présent ! Jeff était d'une telle générosité d'esprit qu'elle avait presque honte.

— Et s'il n'apprend jamais, que vous restera-t-il ? A quoi ressemblera votre couple ? Probablement à celui qu'il formait avec son ex-femme. Peut-être vous en voudra-t-il éternellement d'essayer de le forcer à donner ce qu'il n'a pas l'impression de posséder. D'après ce que vous me dites, c'est déjà ce qu'il reproche à sa première épouse, et pourtant il n'a toujours pas trouvé le courage de divorcer. Combien de temps cela va-t-il continuer ? Deux ans de plus ? Cinq ? Dix ? Pourquoi vous imposez-vous ce calvaire ? On dirait que vous cherchez à vous punir. Vous méritez bien mieux que cela, vous ne le voyez donc pas ?

C'était ce que la mère d'Allegra lui avait maintes fois répété, mais venant de Jeff, les mots semblaient avoir plus de clarté, plus de force.

— Et si en fin de compte vous vous révélez exactement comme lui ? dit-elle d'une voix triste, se forçant à exprimer sa pire peur, sa plus grande terreur.

Tous les hommes qu'elle avait fréquentés jusque-là avaient été comme Brandon.

— Est-ce que je vous fais penser à lui ? demanda Jeff.

Elle rit à travers ses larmes.

— Non, vous me faites penser à mon père.

— Je prends ça comme un véritable compliment, dit Jeff, ému.

— C'en est un, et je suis sincère. Vous me rappelez aussi un peu mon frère, et Alan, ajouta-t-elle avec un petit sourire mélancolique tandis qu'elle songeait à tous les hommes merveilleux de sa vie, pas à ceux qui étaient figés dans leur incapacité à donner, comme Brandon et ses prédécesseurs.

— Avez-vous déjà essayé de parler de tout cela avec quelqu'un ? s'enquit Jeff.

— Ah, le grand jeu de la thérapie ! Très prisé sur la côte ouest. Je le pratique depuis quatre ans. Tous les jeudis.

— Et que dit votre thérapeute ? A moins que vous préfériez ne pas en parler, ajouta-t-il d'un ton hésitant.

Il ne comprenait pas que la jeune femme s'accroche à quelqu'un qui, de toute évidence, lui donnait si peu. Pourtant elle semblait avoir conscience du problème, bien que Jeff ait pu constater qu'elle défendait beaucoup Brandon. Comme si elle en avait l'habitude, songea-t-il, ce qui sous-entendait qu'il n'était pas le premier à discuter de tout cela avec elle.

— Ça ne me dérange pas, répondit-elle. Ma thérapeute dit que c'est un problème ancien, et elle a raison. J'ai tendance à choisir des hommes fondamentalement incapables d'aimer, que ce soit moi ou quiconque. Mais je pense que Brandon est plutôt mieux que les précédents.

Jeff ignorait à quoi ces derniers ressemblaient, mais ce qu'il savait de Brandon ne l'avait guère impressionné jusqu'ici.

— Au moins, il fait des efforts, conclut Allegra.

— Qu'est-ce qui vous fait penser ça ? Que fait-il pour vous ? demanda Jeff sans aménité.

— Il m'aime, insista-t-elle, têtue. Peut-être qu'il est coincé et refoulé, mais je suis persuadée qu'il serait là pour moi si j'avais besoin de lui.

C'était ce qu'elle se disait toujours, mais jusque-là Brandon n'avait jamais eu à faire ses preuves.

— Vous en êtes sûre, Allegra ? demanda Jeff. Réfléchissez. Quand a-t-il été là pour vous ? Je vous connais à peine, mais j'ai déjà le sentiment qu'il va vous trahir cruellement, un de ces jours. Il n'arrive même pas à divorcer ! Pourquoi donc garde-t-il sa femme en réserve ainsi, je vous le demande ?

Devant le visage malheureux d'Allegra, Jeff décida de changer de sujet.

— Je suis désolé, s'excusa-t-il. Je suis jaloux, c'est tout. Je n'ai pas le droit de vous dire tout ça. Seulement, ça semble tellement injuste… Il est si difficile et si rare de rencontrer quelqu'un qui fasse naître en vous des sentiments sincères. Et vous voilà, parfaite, merveilleuse, avec derrière vous ce Brandon qui vous suit partout comme une boîte de conserve accrochée à la queue d'un chat. Je suppose que j'aimerais pouvoir me débarrasser de lui pour tout simplifier.

— Je comprends, répondit Allegra.

Les paroles de Jeff l'avaient profondément touchée, mais elle préféra ne pas le lui avouer. Cela faisait deux ans qu'elle fréquentait Brandon, et elle n'allait pas mettre un terme à leur relation sous prétexte qu'il ne l'avait pas accompagnée aux Golden Globes ou qu'il ne lui avait pas dit qu'il l'aimait ni téléphoné, ou qu'il préférait rentrer chez lui après lui avoir fait l'amour, ou parce qu'elle avait rencontré un écrivain beau et séduisant à New York. On ne jetait pas toute son existence par la fenêtre sous prétexte que quelqu'un vous avait emmenée à la patinoire… Cependant, elle ne pouvait nier que Jeff lui plaisait infiniment. Elle avait eu pour lui un véritable coup de foudre, et cela n'avait rien à voir avec Brandon.

Ils patinèrent bras dessus bras dessous jusqu'à la fermeture, puis ils rendirent leurs patins et retournèrent en silence vers l'attelage. Jeff s'en voulait de s'être emporté. Il invita Allegra à monter prendre un verre chez lui, mais elle estima qu'il était temps pour elle de rentrer à l'hôtel. Il était déjà tard et elle devait se lever tôt le lendemain.

— Je vous promets de bien me tenir. Je n'aurais pas dû vous dire toutes ces choses, Allegra, je suis désolé.

— Je suis flattée, affirma-t-elle en souriant, et pour ce qui est de prendre un verre avec vous, j'espère que l'invitation sera valable pour un autre jour : demain, je dois vraiment me lever tôt.

Elle s'installa dans l'attelage, tout contre lui, tandis que Jeff se disait qu'il aurait donné beaucoup pour se réveiller à son côté, le lendemain matin. Mais il ne dit rien, et la voiture démarra. Ils se laissèrent bercer par le bruit des sabots du cheval, légèrement étouffé par la neige qui tombait toujours.

— C'est beau, n'est-ce pas ? observa Jeff.

Allegra hocha la tête en souriant.

— J'ai passé une merveilleuse soirée. Merci, Jeff.

Cette escapade à la patinoire s'était révélée bien plus amusante qu'un dîner compassé dans un grand restaurant. Elle en avait adoré chaque instant, et même leur conversation à propos de Brandon, car elle comprenait parfaitement la position de Jeff. Brandon prêtait le flanc à la critique, c'était indéniable… Mais elle n'avait pas envie de songer à lui pour l'instant. Seul Jeff occupait ses pensées tandis que l'attelage traversait le parc en direction du Plaza.

— Vous patinez plutôt bien, la complimenta Jeff, mais vous embrassez mieux encore.

La jeune femme éclata de rire.

— Vous n'êtes pas mal non plus, répondit-elle, et la conversation reprit aussitôt.

Lorsque la voiture émergea du parc, ils riaient et bavardaient ensemble avec aisance. Ils atteignirent bientôt l'hôtel ; le cocher les aida à descendre de voiture, et Jeff le paya, lui laissant un généreux pourboire. Ravi, l'homme les salua, remonta à sa place et s'éloigna.

— J'ai l'impression d'être Cendrillon, observa Allegra en regardant l'attelage descendre Park Avenue.

Elle tendit les moufles blanches à Jeff, qui eut un petit rire.

— Que va-t-il se passer à présent ? Allons-nous

nous transformer en citrouilles ? demanda-t-il gaiement.

Allegra leva les yeux vers lui, et soudain une envie irrésistible de l'embrasser l'envahit. Elle se détourna aussitôt, et il la suivit à l'intérieur de l'hôtel. Ensemble, ils attendirent l'ascenseur, mais comme elle s'apprêtait à dire bonne nuit à Jeff, il la surprit en montant avec elle. Allegra ne protesta pas, et ils demeurèrent silencieux jusqu'au quatorzième étage. Les portes s'ouvrirent et Jeff suivit Allegra jusqu'à sa chambre.

Elle sortit la clé de sa poche et se tourna vers son compagnon. Elle ne l'invita pas à entrer ; immobile, elle se contenta de poser sur lui un regard mélancolique. Si seulement les choses avaient été différentes… Si Brandon n'avait pas fait partie de sa vie depuis deux ans… Mais c'était ainsi, et elle ne pouvait tout oublier pour quelques instants magiques dans la neige avec un inconnu.

— Je vais vous laisser, dit-il d'une voix douce.

Il s'apprêtait à lui dire bonne nuit et à s'éloigner sans insister lorsque la jeune femme fit un pas, un seul, vers lui. Alors, incapable de se retenir, il la prit dans ses bras et l'embrassa. Il la serrait si fort contre lui qu'elle parvenait à peine à respirer, mais elle était heureuse, elle se sentait en sécurité soudain, protégée, désirée. L'envie que Jeff avait d'elle était évidente, et elle savait que, contrairement à Brandon, s'ils passaient la nuit ensemble, il ne chercherait jamais à s'en aller avant le matin.

Elle l'embrassa encore et encore, en proie à un désir égal au sien ; mais finalement, elle se dégagea de son étreinte et secoua tristement la tête.

— Je ne peux pas faire ça, Jeff, murmura-t-elle, les larmes aux yeux.

— Je sais, acquiesça-t-il. Et je ne voudrais pas que vous le fassiez : vous me détesteriez ensuite. Pourquoi ne pas continuer ainsi quelque temps ? Une romance à l'ancienne, avec seulement quelques baisers, ou même une simple amitié, si c'est ce que vous souhaitez. Je ferai ce que vous voudrez, conclut-il avec douceur. Vous n'avez pas à vous inquiéter.

— Je ne sais pas où j'en suis, avoua-t-elle. Je me sens perdue…

Elle plongea dans le sien un regard tourmenté.

— J'ai envie de vous… Et de lui – mais de lui tel qu'il n'a jamais été, tel que je crois qu'il pourrait être. Pourquoi est-ce si important pour moi ? Je ne comprends pas, je ne comprends pas ce que je fais là ni ce que j'attends. J'ai l'impression d'être en train de tomber amoureuse de vous, mais est-ce réel ou s'agit-il d'un simple coup de cœur ? Je ne sais pas ce qui m'arrive.

Elle cherchait ses mots tandis qu'il la regardait avec amour ; et lorsqu'il l'embrassa de nouveau, elle ne fit rien pour l'en empêcher. Elle aimait ses baisers, ses étreintes, sa compagnie.

— Que se passera-t-il quand nous serons de retour en Californie ? demanda-t-elle.

Ils étaient appuyés contre le mur, à côté de la porte de sa chambre. Elle n'osait l'inviter à entrer, car elle savait pertinemment qu'ils finiraient au lit. C'était tentant mais cela n'apporterait rien de bon. En revanche, elle se demandait ce qu'il adviendrait de leur relation naissante dans le contexte de sa vie habituelle.

— Tout cela est bien romantique, mais que se passera-t-il si je dois aller à Safeway faire les courses, ou si Carmen m'appelle à quatre heures du matin parce que le chien a renversé la poubelle, ou si Mal O'Donovan se fait arrêter pour s'être saoulé à Reno et que je dois sortir du lit pour aller le tirer de prison ?

— Je vous accompagnerai. C'est précisément ce que je cherche à vous expliquer. Je ne trouve rien de tout cela choquant ni pénible. Ça me semble plutôt amusant. Ça me donnerait plein d'idées pour mes prochains livres !

— Soyez un peu sérieux. Ce n'est pas si drôle que ça en a l'air. Parfois, j'ai l'impression d'être responsable d'une demi-douzaine d'adolescents en crise.

— Je ne pense pas que ça me poserait de problème. Est-ce que je vous parais si fragile ? Je me considère comme plutôt souple. Et puis, ça nous ferait un bon entraînement pour le jour où nous aurions des enfants qui feraient exactement la même chose ou plutôt qu'il nous faudrait éduquer avec soin pour éviter qu'ils fassent la même chose !

— Qu'essayez-vous de me dire ? demanda-t-elle, visiblement perdue.

— Que j'ai envie d'être avec vous, que je veux passer du temps avec vous et voir comment les choses évoluent. J'éprouve la même chose que vous : je suis en train de tomber amoureux et je ne sais pas pourquoi. Je ne suis sûr que d'une chose : je n'ai pas envie de vous perdre ni de vous rendre à un type qui, à mon avis, ne sait pas vous apprécier et ne vous mérite pas.

Du bout des doigts, il chassa une mèche de cheveux soyeuse du front d'Allegra.

— Je ne veux pas que vous soyez malheureuse ou déchirée. Ne faites rien pour l'instant. Tout s'arrangera de soi-même. Nous verrons comment les choses se présentent à notre retour à Los Angeles, conclut-il d'un ton raisonnable.

Elle hocha la tête avant de lever vers lui un regard empreint d'inquiétude.

— Et si je décide que nous ne devons pas nous voir là-bas ?

Ils ne pourraient pas continuer à se fréquenter et à s'embrasser ainsi, ce ne serait certainement pas du goût de Brandon !

— J'espère que vous ne prendrez pas cette décision.

— Je ne sais pas quoi faire.

Elle se sentait comme une petite fille. Avec un sourire rassurant, il lui prit la clé et ouvrit la porte de la chambre pour elle.

— J'ai bien quelques idées à vous suggérer, dit-il, une étincelle d'humour dans le regard, mais étant donné les circonstances, je doute que vous appréciiez mes suggestions.

De nouveau, il déposa un baiser sur ses lèvres avant de la pousser à l'intérieur et de lui tendre la clé.

— Que faites-vous demain ?

— Je dois voir une nouvelle fois Jason Haverton et les organisateurs de tournée, et j'ai un ou deux autres rendez-vous dans le nord de la ville.

A cet instant, elle se rappela qu'elle devait également dîner avec un avocat qui ne pouvait la voir à un autre moment. Sa journée serait longue, elle n'aurait pas beaucoup de temps pour le voir.

— J'ai bien peur de ne pas rentrer avant neuf heures au plus tôt.

— Je vous appellerai à ce moment-là.

Il se pencha et l'embrassa encore, et c'est le cœur en paix qu'Allegra referma la porte de sa chambre, tandis que Jeff se dirigeait vers l'ascenseur.

La jeune femme songea à appeler Brandon, mais elle ne s'en sentait pas capable. Il aurait été trop malhonnête de sa part de lui téléphoner et de lui donner l'impression qu'elle pensait à lui quand, en fait, Jeff occupait entièrement son esprit. Elle devait cesser de le voir ou du moins de l'embrasser comme elle l'avait fait ce soir… Mais cette pensée lui était intolérable. Elle poussa un long soupir. Peut-être tout rentrerait-il dans l'ordre à son retour en Californie ?

Elle en était toujours là de ses réflexions lorsque, une heure plus tard, le téléphone sonna. Elle sursauta violemment et faillit ne pas répondre, sûre que c'était Brandon qui l'appelait : il ne lui avait pas téléphoné, ce jour-là, et n'avait laissé aucun message.

— Allô ? dit-elle, envahie par la culpabilité.

A l'autre bout du fil, le rire de Jeff retentit.

— Oh, mon Dieu, n'essayez jamais de jouer au poker, vous vous trahiriez instantanément. Vous avez une voix d'outre-tombe.

— Oh, Jeff ! Je me sens terriblement coupable…

— C'est bien ce que je pensais. Ecoutez, vous n'avez rien fait de mal, rien qui ne puisse être réparé. Vous n'avez pas trahi sa confiance, et si vous pensez que c'est mieux, nous pouvons faire une pause, tous les deux, cesser de nous voir.

C'était un énorme sacrifice de sa part ; il aurait aimé passer tout son temps avec elle. Mais il comprenait ce qu'elle éprouvait.

— Je crois que ce serait préférable, en effet, dit-elle d'une voix triste. Je ne peux pas continuer ainsi.

— Vous êtes une fille bien. Quel dommage, plaisanta-t-il.

— Je ne pourrai pas vous voir demain soir, dit-elle avec fermeté.

Il eut soudain l'impression qu'un étau se resserrait autour de son cœur.

— Je comprends. Appelez-moi si vous changez d'avis. Ça va aller ?

Il ne la connaissait que depuis deux jours à peine, mais déjà, il s'inquiétait pour elle.

— Oui. Il faut simplement que je retrouve mon équilibre. Les deux derniers jours ont été complètement fous.

— Et très agréables, ajouta-t-il.

Il rêvait de ses lèvres, et craignait de ne jamais les retrouver. En appelant pour lui souhaiter bonne nuit, il lui avait donné le moyen de lui échapper, et il se le reprochait amèrement.

— Oui, merveilleux, acquiesça-t-elle en songeant à la patinoire, à la calèche, aux baisers qu'ils avaient échangés sous la neige.

Tout cela l'avait complètement déstabilisée ; à présent, elle devait se concentrer sur sa vie « normale », sur Brandon.

— Je vous appellerai, dit-elle en s'étranglant sur ses propres mots. Bonne nuit, Jeff.

— Bonne nuit.

Il avait appelé pour lui dire qu'il l'aimait ; mais les mots demeurèrent dans sa gorge comme il raccrochait.

7

La journée de mercredi parut interminable à Allegra. Elle avait des rendez-vous dans plusieurs quartiers de la ville, un déjeuner tardif, et ce fameux dîner avec un confrère spécialisé dans les questions fiscales qui travaillait pour l'un de ses clients. Lorsque, enfin, elle sortit du restaurant et se mit à marcher le long de Madison Avenue pour prendre un peu l'air, elle était épuisée. Pour la millième fois ce jour-là, l'image de Jeff s'imposa à son esprit.

Elle avait été ferme, et en dépit du désir presque intolérable qu'elle avait eu de l'appeler, elle s'était retenue. Ce qu'ils éprouvaient était si fort, si dévastateur, qu'elle était terrorisée et estimait ne pouvoir se permettre de jouer avec le feu qui les consumait.

Elle tourna la tête en passant devant une librairie et vit son visage familier sur la couverture d'un livre. Elle s'immobilisa, plongea son regard dans ses yeux si expressifs, et presque malgré elle, entra dans le magasin pour acheter un exemplaire de l'ouvrage.

De retour dans sa chambre d'hôtel, elle le plaça sur sa table et posa son attaché-case par terre. Il n'y avait pas eu de message pour elle, seulement une pile de fax arrivés en son absence. Dans la journée, elle avait eu Bram Morrison et Malachi O'Donovan au téléphone, et Alice lui avait dit qu'elle avait reçu un coup de fil de Carmen affirmant que tout allait bien. Le seul problème avait été une menace reçue par la gouvernante espagnole de Bram concernant l'un des enfants de ce dernier, mais il s'était chargé lui-même de prévenir la police et d'engager des gardes du corps pour ses enfants. Comme Allegra l'avait expliqué à Jeff, les problèmes de ce type étaient monnaie courante à Hollywood.

Après avoir, sans succès, essayé de travailler un peu, Allegra poussa un soupir et céda à la tentation d'appeler Jeff. Il n'avait cessé d'occuper ses pensées, et elle n'en pouvait plus.

— Comment s'est passée votre journée ? demanda-t-il, s'efforçant de demeurer en terrain neutre pour la rassurer.

Pourtant, il avait les mains moites, et son cœur battait à se rompre. Entendre la voix d'Allegra en sachant qu'il ne pourrait pas la voir était une torture pour lui.

— Plutôt bien, répondit-elle.

Elle lui parla de Bram, de sa tournée et des menaces qu'il avait reçues ; ces dernières révoltèrent Jeff.

— Il y a vraiment des malades. Tous ces gens devraient aller en prison. A part ça, qu'avez-vous fait d'autre, aujourd'hui ?

— J'ai acheté votre livre.

— Vraiment ? demanda-t-il, heureux qu'elle ait pensé à lui. Qu'est-ce qui vous a poussée à l'acheter ?

— Je voulais avoir une photo de vous.

Jeff éclata de rire. En cet instant, il aurait donné n'importe quoi pour pouvoir la prendre dans ses bras et la serrer contre lui.

— Je peux passer et vous montrer l'original, si vous voulez, proposa-t-il.

Ce fut au tour d'Allegra de rire.

— Je ne pense pas que ce soit raisonnable.

— Comment va Brandon ? demanda Jeff après quelques secondes de pause.

Le simple nom de son rival lui donnait des allergies, mais il voulait savoir si elle l'avait appelé.

— Quand j'ai essayé de lui téléphoner il y a un

moment, il n'était pas là. Il doit être très occupé par son procès.

— Et… nous, Allegra ? s'enquit Jeff avec douceur.

Il avait été incapable de se concentrer sur quoi que ce soit depuis le matin.

— Je crois que nous devons faire attention à ne pas nous laisser submerger par nos sentiments, répondit-elle.

Il eut un petit rire amer.

— Je vais vous acheter un fusil hypodermique pour que vous puissiez vous défendre si je vous approche de trop près. Mais je vous préviens, vous risquez d'avoir à beaucoup vous en servir.

— Je suis tout aussi coupable que vous.

— Pour l'amour du ciel, ne soyez pas aussi dure envers vous-même. Vous êtes un être humain, c'est tout. Et vous avez fait exactement ce que vous aviez à faire. Vous m'avez arrêté. Vous m'avez renvoyé chez moi. Vous m'avez dit que vous ne vouliez plus me voir.

Il respectait son courage et sa morale, même s'il souffrait de sa fidélité à Brandon.

— Oui, j'ai fait tout ça, mais seulement après vous avoir embrassé à plusieurs reprises, fit-elle valoir.

— Ecoutez, maître, embrasser quelqu'un n'est pas un crime dans ce pays. Détendez-vous. Nous ne sommes plus à l'époque victorienne, et vous devriez être très fière de vous.

— Je ne suis pas fière du tout. Je me sens affreusement mal et vous me manquez, avoua-t-elle.

— Je suis ravi de l'entendre, déclara Jeff avec un large sourire. Que diriez-vous de nous voir demain, dans ce cas ? Est-ce encore trop tôt à votre goût ?

— Je serai très occupée, et oui, c'est très tôt.

— C'est bien ce que je craignais, soupira-t-il. Quand repartez-vous ?

— Vendredi.

— Moi aussi. Nous pourrions au moins voyager ensemble ? Je promets de ne rien faire de répréhensible dans l'avion.

Elle sourit. Cependant, passer tout le vol avec lui ne lui paraissait pas très raisonnable. A quoi bon se torturer ? Il était clair qu'ils auraient toutes les peines du monde à se retenir de s'embrasser.

— Je ne crois pas que ce soit une bonne idée, Jeff. Peut-être pourrons-nous déjeuner ensemble à Los Angeles un jour.

— Allons, vous dites n'importe quoi. Nous méritons mieux que ça. Ne pourrions-nous pas au moins être amis ? Votre attitude n'est pas logique ! Vous n'êtes pas dans les ordres, Allegra. Vous êtes une femme, et vous n'êtes même pas mariée avec ce type.

Il était d'ailleurs prêt à parier qu'elle ne le serait jamais. Mais Dieu seul savait ce que lui ferait et où il vivrait lorsqu'elle finirait par se rendre compte de son erreur… Dans la vie, avancer était important, et il n'avait pas l'intention d'attendre pour la revoir qu'elle ait fait une croix sur Brandon : étant donné la situation, cela risquait de prendre des années.

— Allegra, acceptez de me voir, une fois, rien qu'une, avant de repartir. S'il vous plaît. J'en ai besoin.

— Vous n'en avez pas besoin, mais envie, objecta-t-elle.

— Si vous refusez, je vais me montrer très pénible. J'irai à votre hôtel et m'allongerai au milieu de la réception. Je louerai de nouveau l'attelage et ferai entrer le cheval dans le hall d'entrée.

Allegra ne put s'empêcher de rire.

— Pourquoi faites-vous cela, Allegra ? demanda Jeff, redevenu sérieux.

— Pour tenir ma parole. Respecter mes engagements.

— Ce mec ne connaît même pas le sens du mot « engagement », vous le savez parfaitement. Il ne mérite pas que vous fassiez tout ça pour lui. Laissez-moi au moins vous emmener à l'aéroport.

— Je vous appellerai à Los Angeles, rétorqua-t-elle avec fermeté.

— Pour me dire quoi ? Que vous ne voulez pas me voir à cause de Brandon ?

— Vous m'aviez promis de ne pas faire pression sur moi, lui rappela-t-elle, les nerfs à vif.

— J'ai menti, répondit-il sans se troubler.

— Vous êtes impossible.

— Bon, allez lire mon livre ou admirer ma photo. Je vous appellerai demain soir.

— Je serai sortie, affirma-t-elle, consciente qu'elle devait s'efforcer de le décourager, même si elle n'en avait pas la moindre envie.

— Dans ce cas, je vous téléphonerai plus tard.

— Pourquoi faites-vous cela, Jeff ?

— Parce que je vous aime.

Il y eut un long silence, et Jeff attendit, les yeux fermés, sentant qu'il n'aurait pas dû prononcer les mots fatidiques.

— Bon, d'accord, je ne vous aime pas, ce serait de la folie. Disons que je vous aime *énormément*, et que je veux mieux vous connaître.

Allegra eut un petit rire cristallin.

— Vous savez, Allegra Steinberg, reprit Jeff, vous me rendez fou. Mais au fait, comment allez-vous faire pour me représenter si vous refusez de me voir ?

— De toute façon, vous n'avez pas de contrat, pour l'instant, souligna-t-elle.

— Eh bien, établissez-m'en un ! s'exclama-t-il, faussement outragé. Quelle avocate êtes-vous donc ?

— Le genre folle à lier, grâce à mon tout nouveau client !

— Allez, partez retrouver Brandon, dit-il en la taquinant, je n'ai pas envie de vous voir de toute manière. Et vous patinez affreusement mal.

— Ça, c'est vrai ! acquiesça-t-elle dans un éclat de rire.

Tous deux chérissaient leurs souvenirs de la veille. Lorsqu'elle y repensait, Allegra avait du mal à croire qu'une journée seulement s'était écoulée depuis qu'elle l'avait vu pour la dernière fois ; cela lui semblait une éternité. Comment allait-elle survivre à Los Angeles si elle s'obstinait à l'éviter ?

— Vous êtes une excellente patineuse, reprit-il avec chaleur. Vous êtes excellente dans tout un tas de domaines. Et l'une de vos innombrables vertus est la fidélité. J'espère seulement avoir la chance de partager un jour ma vie avec quelqu'un comme vous. Les femmes avec lesquelles je sors généralement semblent le plus souvent penser qu'être fidèle, c'est ne coucher qu'avec cinq ou six hommes en même temps… Quoi qu'il en soit, je vous appellerai demain soir, mademoiselle Steinberg, insista-t-il.

— Bonne nuit, monsieur Hamilton, rétorqua-t-elle d'un ton guindé. Passez une très bonne journée demain. Nous nous parlerons dans la soirée.

Elle ne pouvait pas exiger de lui qu'il n'appelle pas : elle prenait trop de plaisir à leurs conversations, et ce rendez-vous téléphonique leur donnait à tous les deux un but, quelque chose à espérer.

Heureusement qu'elle avait cela, d'ailleurs, car le lendemain fut pour elle une journée horrible. Il pleuvait à torrents et il était impossible de trouver des taxis ; quand enfin elle essaya de prendre le métro, ce dernier était arrêté, et tous ses rendez-vous furent soit annulés, soit plus longs que prévu. Lorsqu'elle rentra se changer à l'hôtel, à dix-huit heures, elle était trempée et épuisée. Elle avait été invitée à dîner à dix-neuf heures trente chez les Weissman, et elle avait accepté afin de ne pas rester seule dans sa chambre à penser à Jeff. Ce dernier lui avait envoyé un superbe bouquet de roses le matin même. Elles lui avaient réchauffé le cœur mais n'avaient pas entamé sa détermination ; après deux ans, elle devait davantage à Brandon, d'autant qu'elle savait que ce dernier lui était fidèle. Il avait peut-être de nombreux défauts, mais ce n'était pas un coureur de jupons. Quant à elle, elle était surprise de ce qui lui arrivait avec Jeff. C'était la première fois de sa vie qu'elle éprouvait le sentiment d'être emportée par une attirance irrésistible.

Elle rentrait à Los Angeles le lendemain mais n'avait pas parlé à Brandon depuis lundi. Elle l'avait appelé et lui avait laissé des messages à plusieurs reprises, mais il était toujours sorti, ou au tribunal, ou en réunion. Il était pénible de ne pouvoir le joindre, et elle s'imaginait qu'il s'agissait là de sa punition pour avoir failli le tromper. Elle avait embrassé Jeff à plusieurs reprises et savait que si elle avait accepté de le revoir, elle n'aurait pu s'empêcher de recommencer. Elle était à la fois triste et soulagée de savoir que s'il l'appelait ce soir-là, elle serait sortie.

Elle enfila une robe en lainage rouge sous son imperméable d'hiver et lâcha ses cheveux. Juste avant de partir, elle essaya une dernière fois d'appeler Brandon, mais son assistante lui dit de nouveau qu'il était en réunion. Allegra lui demanda de faire part de son appel à Brandon et se hâta de descendre dans le hall pour que le portier lui hèle un taxi.

Cela prit près d'une demi-heure, et elle arriva en retard chez les Weissman. Par chance, la plupart des autres invités avaient eux aussi été retardés par le mauvais temps. Quatorze convives étaient attendus ce soir-là, parmi lesquels Jason Haverton et trois ou quatre autres auteurs d'Andreas.

A son arrivée, Allegra fut présentée à l'un d'eux, une jeune femme séduisante qui écrivait des livres féministes très controversés. Un journaliste de télévision connu était également présent, ainsi qu'un correspondant du *New York Times*, le directeur de CNN et son épouse, et une actrice que la mère d'Allegra connaissait et qui jouait à Broadway. C'était une femme de caractère, qui aimait la scène et avait reçu des critiques élogieuses pour son rôle dans la pièce. Allegra alla la saluer avant de s'asseoir. Les Weissman avaient su réunir un petit groupe idéal pour passer agréablement une soirée d'hiver pluvieuse.

Il ne manquait plus qu'un convive, et elle se faisait cette réflexion lorsque la sonnerie de la porte retentit une dernière fois. Elle tourna la tête vers le nouvel arrivant, sursauta légèrement et se dit qu'elle aurait dû deviner… C'était à prévoir ! Cependant, Jeff semblait aussi étonné qu'elle.

— Le destin, dit-il en lui décochant un petit sourire malicieux.

Elle rit, soulagée et bien plus heureuse de le voir qu'elle n'aurait voulu l'admettre.

— Etiez-vous au courant ? demanda-t-il à mi-voix en s'asseyant à côté d'elle, les cheveux encore humides de pluie, terriblement séduisant.

— Bien sûr que non, répondit-elle, les yeux brillants.

— Dites-moi la vérité, la taquina-t-il, est-ce vous qui avez arrangé ça ? Vous n'avez pas à avoir honte, vous savez.

Elle lui lança un regard mauvais. Eclatant de rire, il se pencha et l'embrassa sur la joue avant d'aller se servir un whisky. Il revint aussitôt et ils bavardèrent un moment, avant que Jason Haverton les rejoigne. Il était heureux du contrat qu'elle avait négocié pour lui, et ses inquiétudes à l'idée de voir un de ses livres adapté au cinéma étaient un peu calmées, en partie grâce à elle.

— Cette fille, c'est quelqu'un, observa Jason avec admiration lorsque Allegra s'éloigna un instant pour dire quelques mots à Andreas. Elle est douée et extrêmement séduisante, ajouta-t-il en sirotant son gin tonic.

— Je viens juste de l'embaucher, acquiesça Jeff, amusé.

— Elle s'occupera bien de vous, affirma le vieil écrivain.

— Je l'espère, dit Jeff comme elle les rejoignait.

Tous passèrent une soirée très agréable, et Allegra songea que c'était la manière idéale de terminer son séjour à New York. Lorsque le moment de prendre congé de leurs hôtes arriva, Jeff partit avec elle. Elle n'essayait plus de le garder à distance, être avec lui semblait si naturel ! Lui, de son côté, arborait une mine ravie. Il paraissait très fier d'être en sa compagnie et se montrait protecteur vis-à-vis d'elle.

— Voulez-vous aller prendre un verre quelque part ? demanda-t-il d'un air innocent. C'est-à-dire, si vous me faites confiance, ajouta-t-il avec un regard très tendre.

— Ça n'a jamais été vous, le problème, mais moi, répondit-elle en souriant comme ils entraient dans l'ascenseur.

— L'appartement de ma mère n'est qu'à trois rues d'ici. Voulez-vous m'y accompagner ? Je vous promets de bien me conduire. Et si vous voyez que je commence à perdre le contrôle de moi-même, vous pouvez partir à n'importe quel moment.

Allegra rit de toutes ces précautions.

— Nous devrions pouvoir nous en sortir, vous ne croyez pas ?

Mais en vérité, ils n'en étaient sûrs ni l'un ni l'autre, tandis qu'ils s'éloignaient à pied le long de la Cinquième Avenue sous le parapluie de Jeff.

Le vent s'était levé, et Allegra fut quasiment projetée contre son compagnon lorsqu'ils approchèrent de l'immeuble de sa mère. Ce dernier était semblable à celui des Weissman, avec un appartement par étage. L'immeuble n'était pas très grand, et les appartements non plus, mais ils étaient bien agencés et jouissaient d'une vue très agréable.

L'ascenseur s'arrêta sur un palier tout en marbre blanc et noir, décoré d'une table et d'une chaise anciennes achetées par la mère de Jeff à des enchères chez Christie's. L'intérieur de l'appartement était meublé d'antiquités anglaises ; les tissus, brocart jaune et soie gris pâle, étaient à la fois sobres et délicats. Tout était parfaitement mis en valeur mais dégageait une impression d'austérité un peu pesante. Ce n'est qu'une fois arrivés dans un petit bureau où se trouvait un profond canapé en cuir que Jeff et Allegra se sentirent à l'aise pour s'asseoir et bavarder. Jeff expliqua à sa compagne que c'était la seule pièce qu'il aimait vraiment. Remarquant un cadre contenant une photographie de sa mère sur une petite table, Allegra le prit et étudia le cliché avec intérêt. Mme Hamilton était grande et mince, et l'air de famille entre Jeff et elle était indéniable. Mais ses yeux étaient tristes et ses lèvres très fines, et on avait du mal à l'imaginer en train de sourire. Elle ne paraissait pas très amusante et il était difficile de la comparer à son fils, dont les traits étaient pleins d'humour et de facétie.

— Elle a l'air très sérieuse, observa poliment Allegra, qui songeait à la gaieté communicative de sa propre famille et à sa mère, si jolie.

— Elle *est* très sérieuse, confirma Jeff. Je crois qu'elle n'a jamais été vraiment heureuse depuis la mort de mon père.

— Oh, mon Dieu, comme c'est triste !

Mais Allegra n'arrivait pas, en regardant la femme de la photo, à croire qu'elle avait été gaie un jour.

— A la maison, c'était papa qui avait le sens de l'humour, expliqua Jeff.

Il lui apporta un verre de vin, et elle étendit les jambes devant elle pendant qu'il faisait un feu dans la cheminée. La semaine avait été longue, et elle était fatiguée, mais tous les bons souvenirs se bousculaient dans sa tête : la promenade en attelage, le patinage, le dîner de ce soir… Andreas les avait installés côte à côte, Jeff et elle, et Jason était à sa droite, si bien que la conversation avait été animée.

— Je me suis bien amusée, chez les Weissman, dit-elle en le regardant allumer le feu, heureuse d'être avec lui. Et vous ?

Il se tourna vers elle, un sourire aux lèvres.

— Evidemment ! J'ai passé un très bon moment. Vous savez, c'est amusant, je me demandais si vous étiez invitée mais je n'osais même pas vous poser la question. J'avais peur que vous vous décommandiez si vous appreniez que je devais venir aussi. Auriez-vous accepté l'invitation quand même ?

Elle haussa les épaules avant de hocher la tête.

— Sans doute. Moi, je ne m'autorisais même pas à

espérer que vous seriez là. Le destin semble avoir pris les choses en main, n'est-ce pas ?

Jamais elle n'oublierait les battements fous de son cœur lorsqu'elle l'avait vu, la vague de soulagement qui l'avait envahie. Elle avait beau se répéter que ce n'était pas raisonnable, il lui était impossible de contrôler ses sentiments. Et pourtant, Brandon était toujours là, dans l'ombre.

— Et maintenant ? demanda Jeff en s'asseyant à son côté avec un verre de vin et en passant un bras autour de ses épaules.

Ils se sentaient incroyablement bien ensemble, et ce depuis l'instant où ils s'étaient rencontrés.

— Nous rentrons en Californie et attendons de voir ce qui se passe, répondit-elle avec honnêteté. Je suppose que je devrais dire quelque chose à Brandon.

D'une certaine manière, elle avait l'impression de lui devoir la vérité. En revoyant Jeff, elle avait compris qu'elle ne pourrait pas faire abstraction de leur rencontre.

— Vous allez lui parler de nous deux ? s'exclama-t-il d'un air choqué.

— J'y pense, oui. Je lui dirai peut-être que cela m'inquiète d'être attirée à ce point par un autre, que cela prouve clairement qu'il manque quelque chose dans notre relation.

— Franchement, je pense que vous devriez garder tout ça pour vous. Réfléchissez à ce que vous éprouvez à son égard, ce que vous voulez de lui, ce qui vous manque, puis tirez-en vos propres conclusions.

C'était un sujet pénible, et après cela, tous deux, d'un commun accord, changèrent de conversation. Ils parlèrent du nouveau livre de Jeff, de son prochain contrat cinématographique, de la conversation intéressante qu'ils avaient eue avec Jason.

Jeff était très heureux à l'idée de commencer un autre livre, mais la perspective de devoir terminer d'abord son scénario le réjouissait nettement moins. Il avait l'intention de s'installer à Malibu et de se mettre au travail dès son retour. Il n'avait aucun projet pour le week-end.

— Et vous ? s'enquit-il avec intérêt.

Le bois crépitait, et tous deux étaient détendus. Il faisait bon dans la petite pièce, et Jeff souriait, heureux de la voir là. L'appartement de sa mère lui paraissait toujours sévère, mais en cet instant, avec Allegra à son côté, il s'y sentait merveilleusement bien.

— Je dois m'organiser pour la semaine prochaine.

Elle devait négocier le contrat du prochain film de Carmen, et elle voulait convaincre Alan d'accepter un nouveau tournage. De nombreux projets, plus ou moins importants, allaient l'accaparer, sans compter tout ce qui se serait accumulé sur son bureau en son absence.

— Je vais sans doute travailler samedi, et peut-être aller dîner chez mes parents, et je verrai Brandon dimanche.

— Seulement ? s'exclama-t-il, visiblement surpris. Il ne va pas venir vous rejoindre chez vos parents samedi soir ?

Il parut choqué lorsqu'elle secoua négativement la tête.

— Mais il va tout de même aller vous chercher à l'aéroport ?

— Il ne peut pas, il a un procès en cours. Il dit qu'il doit travailler au moins jusqu'à dimanche. Et il ne veut pas que je le distraie.

Jeff haussa un sourcil et but une gorgée de vin.

— Moi, j'adorerais que vous me distrayiez, Allegra, dit-il en souriant. Appelez-moi si vous vous sentez seule.

Il n'ajouta rien, et par la suite, ni l'un ni l'autre ne mentionna plus Brandon.

Ils restèrent un long moment assis sur le canapé et se conduisirent extrêmement bien, jusqu'au moment où Jeff alla chercher de la glace dans la cuisine. Allegra l'y suivit ; la pièce était immaculée et comme neuve. De toute évidence, la mère de Jeff était une femme méticuleuse. Il expliqua d'ailleurs à Allegra que la gouvernante avait passé la semaine à tout nettoyer derrière lui.

Il posa le bac à glaçons sur le rebord de l'évier et se retourna vers son invitée. Cette fois, il ne put résister à la tentation : il s'approcha d'elle et la prit dans ses bras. Il la sentit trembler contre lui et eut l'impression que tout son être fondait d'émotion.

— Oh, mon Dieu, Allegra… Je ne sais pas ce que vous me faites…

Il y avait eu bien des femmes dans sa vie, mais aucune n'avait eu un tel effet sur lui. Peut-être était-ce parce qu'il savait qu'elle lui était interdite ? Il y avait quelque chose de doux-amer dans le désir presque douloureux qu'ils éprouvaient l'un pour l'autre. Les lèvres d'Allegra trouvèrent les siennes, et l'instant d'après elle était plaquée contre le mur et ils échangeaient un baiser dévorant. Elle avait conscience de la force du désir de son compagnon, et elle aussi avait envie de lui. Mais il était comme un fruit défendu et elle savait qu'ils ne pourraient assouvir leur désir.

— Je crois que nous devrions arrêter, dit-elle d'une voix rauque tandis que Jeff se pressait doucement contre elle et lui caressait les seins sans cesser de l'embrasser.

— Je ne suis pas sûr de pouvoir, répondit-il.

Enfin, cependant, il parvint à recouvrer la raison et à se détacher d'elle. Cela lui demanda un effort surhumain, mais il le fit pour elle, parce qu'il devinait que c'était ce qu'elle souhaitait. Leurs lèvres se touchaient encore, et la main d'Allegra glissa lentement le long de la jambe de Jeff, délicieuse torture.

— Je suis désolée, balbutia-t-elle.

— Moi aussi.

Il aurait voulu la prendre là, sur le sol de la cuisine, ou sur le canapé du bureau, la table, n'importe où, dans le silence de l'appartement de sa mère.

— Je ne sais pas si j'arriverai à me contrôler ainsi longtemps.

— Peut-être que ce ne sera pas nécessaire, fit-elle

valoir en soupirant. Nous n'aurons qu'à aller déjeuner ensemble chez Spago, à Los Angeles ; ainsi, nous ne pourrons rien faire d'autre que parler.

— Quel dommage ! J'aimais bien ça, la taquina-t-il en effleurant l'un de ses seins d'une caresse légère, tentatrice.

De nouveau, il l'embrassa.

— Nous ne faisons que nous torturer, observa-t-elle d'une voix triste.

Tout cela semblait absurde, et elle ne put s'empêcher de se demander si Brandon se serait montré aussi honnête envers elle dans une situation semblable.

— C'est plutôt amusant, cette manière un peu perverse, dit Jeff avec un petit sourire en coin, s'efforçant de faire contre mauvaise fortune bon cœur. Même si je crois que je me lasserais assez vite de ce petit jeu, ajouta-t-il en plongeant son regard dans celui d'Allegra, qui se demanda s'il essayait de la mettre en garde.

Il lui montra sa chambre, une pièce sobre, très masculine, meublée d'antiquités anglaises très sombres. Ils parvinrent à résister à l'appel du lit, ce qui leur parut presque miraculeux, et ils en rirent ensemble tandis qu'il lui faisait visiter le reste de l'appartement. Puis, peu après minuit, il la ramena à l'hôtel. Il l'accompagna jusqu'à sa chambre, comme la veille, mais cette fois il y entra. Une alcôve était aménagée en petit salon de réception, et il s'assit sur le canapé pendant qu'elle allait chercher son livre pour le lui montrer.

— Nous sommes fous tous les deux, vous savez. Moi, je vous fais la cour comme un gamin, et vous, vous vous endormez en regardant ma photo…

Ils avaient vécu une semaine étrange, loin de leurs vies quotidiennes et de leurs obligations habituelles. Restait à savoir ce qu'il adviendrait après leur retour chez eux. Pour l'instant, c'était difficile à imaginer.

Jeff resta encore un peu. Mais tous deux savaient que le moment de se dire au revoir était arrivé. Au revoir, et même peut-être adieu – ils en étaient arrivés au stade où il fallait agir ou mourir, fuir ou saisir l'instant. Une seule chose était certaine : quelque chemin qu'ils choisissent, ce serait douloureux.

Jeff dut faire un effort considérable pour se lever. Un long moment, il demeura là, fixant Allegra, puis il la prit dans ses bras. Il voulait rester avec elle, prendre soin d'elle, être là pour elle, mais il savait qu'il ne pouvait pas.

— Promettez-moi de m'appeler si vous avez besoin de quelque chose. Vous n'avez pas à faire quoi que ce soit, vous n'avez pas à rompre avec lui si vous ne le souhaitez pas. Promettez-moi seulement de m'appeler si vous avez besoin de moi.

— Je le ferai. Et la même chose vaut pour vous aussi, dit-elle d'une voix altérée par l'émotion.

Ils allaient se séparer, et ni l'un ni l'autre ne savait encore ce qui allait se passer par la suite. Peut-être ne garderaient-ils de ces instants magiques que le souvenir idyllique de quelques soirées d'hiver à New York. Des baisers sous la neige, une promenade en attelage dans la nuit…

— Je vous appellerai dès que j'aurai reçu ma première menace de mort, plaisanta-t-il. Prenez bien soin de vous.

Elle l'accompagna jusqu'à la porte, et il la prit une fois encore dans ses bras. Fermant les yeux, il respira le doux parfum de ses cheveux soyeux contre sa joue.

— Oh, mon Dieu, vous allez me manquer…

— Vous aussi.

Elle ne savait plus ce qu'elle faisait. Soudain, plus rien ne semblait avoir de sens. Elle essayait d'accomplir son devoir, mais cela lui paraissait absurde.

— Je vous téléphonerai, juste pour voir comment les choses se passent, dit-il.

Il avait l'intention de lui laisser quelques jours pour reprendre ses marques, et de l'appeler ensuite au bureau.

Et puis soudain, ils se turent et se serrèrent l'un contre l'autre, éperdus, avant de s'embrasser à perdre haleine.

Enfin, Jeff s'en alla, et lorsqu'elle eut refermé la porte derrière lui, Allegra alla s'asseoir sur son lit et pleura. Il lui manquait déjà. Le téléphone sonna peu après, mais elle ne décrocha pas. Elle avait trop peur que ce ne soit Brandon.

8

Pour Allegra, la journée du lendemain ne fut qu'une longue course sans fin. Il lui restait encore deux rendez-vous à Manhattan, et elle avait un billet réservé sur l'avion de dix-huit heures, ce qui signifiait qu'elle devait quitter le centre-ville à seize heures, plus tôt même si le mauvais temps persistait, d'autant qu'il lui fallait tenir compte de la circulation, toujours plus dense le vendredi. Elle appela Andreas Weissman afin de lui dire au revoir et de le remercier pour son aide et ses deux invitations. Il lui assura qu'il avait été très heureux de la recevoir, promit de l'appeler s'il se rendait à Los Angeles et la félicita pour son travail avec Jason.

A quinze heures, après un déjeuner tardif, elle fit ses bagages à la hâte, puis, dans un sursaut de culpabilité et de panique, elle décida d'appeler Brandon. Cela faisait des jours qu'elle ne lui avait pas parlé et elle commençait à se sentir mal à l'aise. Au moins, se rassurait-elle, il n'était pas jaloux, et ne semblait pas se poser de questions. Il savait qu'elle était à New York pour travailler. Et de fait, c'était ce qu'elle avait fait, même s'il y avait eu Jeff… Elle se demandait encore si sa vie reviendrait jamais à la normale. Jeff l'avait appelée ce matin-là à son réveil, et le seul fait d'entendre sa belle voix grave lui avait mis les larmes aux yeux. Il téléphonait seulement pour lui dire qu'il pensait à elle. Il ne l'avait pas précisé, mais elle avait deviné qu'il était au lit, et cela l'avait hantée toute la matinée.

Quand elle appela le bureau de Brandon, elle tomba sur sa boîte vocale et appuya sur le bouton approprié pour parler à son assistante. Elle demanda à cette dernière si Brandon était au tribunal et fut surprise d'apprendre que non.

— Il n'est plus en procès ? demanda-t-elle, craignant qu'il ne lui soit arrivé quelque chose.

— Les deux parties ont accepté de négocier hors des tribunaux, ce matin.

— Formidable ! Etait-il heureux ?

— Très, répondit froidement la secrétaire, qu'Allegra n'aimait guère.

— Dites-lui que je le verrai ce soir, dans ce cas. S'il veut venir me chercher, j'arrive par le vol United 412, qui atterrit à vingt et une heures quinze. S'il ne peut pas me retrouver à l'aéroport, je serai chez moi vers vingt-deux heures.

— Il ne peut pas. Il prend le vol de seize heures pour San Francisco.

— Vraiment ? Pourquoi ?

— Pour voir sa famille, je suppose, répondit son interlocutrice d'un ton sarcastique.

Allegra réfléchit quelques instants. Il était déjà allé à San Francisco le week-end précédent, et il savait qu'elle rentrait ce soir-là. Mais elle ne lui avait pas parlé depuis deux jours, et peut-être l'une de ses filles avait-elle un problème.

— Si vous l'avez au téléphone, dites-lui seulement que j'ai appelé, déclara-t-elle sèchement. Je serai chez moi vers dix heures, il peut me passer un coup de fil.

— Bien, madame, rétorqua la secrétaire avec une ironie appuyée.

Allegra s'était à plusieurs reprises plainte à Brandon de l'agressivité de son employée, mais il affirmait que c'était une bonne assistante, qu'il appréciait beaucoup.

Après avoir raccroché, Allegra réfléchit un moment. Brandon avait terminé son procès. Il était libre pour le week-end. Et il partait à San Francisco. Sans doute s'imaginait-il qu'elle avait fait des projets, puisque de toute façon il lui avait dit qu'il ne pourrait la voir avant dimanche ? Ou peut-être lui demanderait-il de venir le rejoindre à San Francisco samedi matin dès son retour.

Alors qu'elle retournait le problème dans sa tête, elle eut une idée. Elle appela la compagnie aérienne et demanda s'il y avait une place sur un avion pour San Francisco. Elle savait à quel hôtel Brandon descendait, elle allait l'y retrouver. Elle lui ferait la surprise !

Un vol décollait pour San Francisco à dix-sept heures cinquante-trois, sept minutes seulement avant celui qu'elle était censée prendre pour Los Angeles. Elle pourrait arriver à temps, constata-t-elle en jetant un coup d'œil à sa montre. Il ne restait plus qu'une place dans l'avion, en première, et elle s'empressa de la réserver. Rien que pour voir Brandon, cela en valait la peine ; elle éprouvait réellement le besoin de passer un peu de temps avec lui, après ces quatre jours de folie auprès de Jeff. Peut-être tout cela n'était-il après tout qu'une illusion romantique ? Brandon représentait pour elle la stabilité, le temps, l'histoire. Ils étaient ensemble depuis deux ans. Elle avait vécu toute sa séparation à ses côtés, elle aimait beaucoup ses filles, et celles-ci le lui rendaient bien. Brandon et elle avaient une vie ensemble. Certes, Jeff et elle avaient partagé quelque chose de magique, mais cela arrivait, parfois, et ne constituait pas une base solide pour une relation durable, décréta-t-elle avec fermeté, tout en appelant le portier pour qu'il vienne chercher ses affaires.

Elle n'avait pas téléphoné à Jeff pour lui dire au revoir. Il avait pris un avion plus tôt dans la journée, de toute façon, et elle estimait qu'ils s'en étaient dit assez. A présent, elle devait retourner à sa vie normale et voir si le destin les réunirait de nouveau. Elle ne voulait pas mettre son avenir avec Brandon en danger, et elle se réjouissait de ne pas être allée plus loin avec Jeff, elle se sentait déjà assez coupable ainsi !

Elle avait finalement décidé de ne rien dire à Brandon. Cela ne ferait que le blesser. Imaginant le bonheur qu'il éprouverait en la voyant, elle sourit toute seule. Elle aussi avait hâte de le voir. Elle faillit laisser un message à son bureau pour lui dire qu'elle avait changé ses projets mais songea qu'il serait plus amusant de lui faire la surprise.

Elle régla ses frais d'hôtel et monta dans la limousine qui l'attendait. La circulation était infernale, et elle arriva à l'aéroport juste à temps pour changer son billet et faire enregistrer son sac de voyage ; elle monta dans l'avion une minute à peine avant la fermeture des portes. Toutes les places étaient occupées, et la plupart des hôtesses paraissaient de mauvaise humeur. On était à la fin de la semaine, tout le monde était fatigué, l'avion était plein… Pour tout arranger, il décolla avec une demi-heure de retard en raison du mauvais temps. L'appareil de projection de la classe touriste était cassé, si bien que la tension était presque palpable parmi les passagers.

Allegra sortit le livre de Jeff et entreprit de le lire, le tournant à intervalles réguliers pour regarder sa photo. Son regard était si pénétrant, ses lèvres si familières, qu'elle avait l'impression qu'il allait bouger, lui parler. C'était un excellent cliché, qui le représentait appuyé contre un mur de brique.

Lorsqu'ils arrivèrent enfin à San Francisco, ils durent attendre quarante-cinq minutes sur la piste qu'une porte de débarquement se libère. Il était onze heures du soir, heure locale, ils avaient deux heures de retard. La nourriture avait été mauvaise, les sièges inconfortables, les délais sans fin, et tous ceux qui sortaient de l'avion semblaient d'une humeur massacrante.

Allegra se dirigea vers le tapis roulant pour récupérer son bagage. En dépit de tous les retards, elle était surexcitée à l'idée de la surprise qu'elle allait faire à Brandon. Elle n'allait pas rentrer chez elle et trouver une maison vide et une pile de courrier ennuyeux ; elle n'allait pas devoir ranger ses affaires et porter ses vêtements chez le teinturier. Elle n'allait pas se rendre au bureau le lendemain… Elle avait l'impression d'avoir reçu un cadeau, un week-end de vacances avec Brandon à San Francisco. C'était exactement ce dont leur couple avait besoin, même si Brandon ne pouvait deviner à quel point.

Comme elle prenait son sac, elle pensa de nouveau brièvement à Jeff. Il devait être chez lui, à présent, dans sa maison de Malibu. Elle ne put s'empêcher de se demander ce qu'il éprouvait. Il avait dit qu'il appellerait dans quelques jours, mais à présent, elle n'était plus tout à fait sûre de devoir accepter de lui parler. Ils avaient tous deux besoin de surmonter la folie passagère qui s'était emparée d'eux, et le fait de se voir ne ferait que rendre les choses plus difficiles. Maintenant qu'elle avait quitté New York, elle était bien décidée à se montrer plus forte et à essayer d'oublier tout ce qui s'était passé.

A l'extérieur du terminal, elle héla un taxi et lui demanda de la conduire au Fairmont, un vieil hôtel très chic que Brandon aimait particulièrement. Pour les filles, le retrouver là était vivre un véritable conte de fées, et en plus l'hôtel était proche de tous les endroits qu'il fréquentait.

A cette heure tardive, il ne fallut que vingt minutes au taxi pour la conduire en ville. Allegra le remercia et le paya tandis que le portier de l'hôtel prenait ses bagages dans le coffre.

— Bonsoir, madame. Vous avez réservé une chambre ? demanda-t-il poliment.

La fatigue commençait à avoir raison d'Allegra, mais elle parvint à esquisser un sourire et répondit qu'elle venait retrouver son mari.

Brandon dormait sans doute, à présent. Elle allait obtenir la clé, entrer dans la chambre, se déshabiller entièrement et se glisser dans le lit à son côté. Elle aurait bien aimé prendre une douche, mais cela ne manquerait pas de le réveiller, et elle préférait le surprendre d'une manière plus… amusante.

Il était onze heures trente passées lorsqu'elle se

présenta à la réception, mais de nombreuses personnes allaient et venaient encore dans le hall. La plupart sortaient des différents restaurants, réputés dans toute la ville : le Tonga Room aux spécialités polynésiennes, le Venetian Room célèbre pour ses spectacles live, le Mason's réservé aux repas plus intimes. Mais Allegra n'avait pas faim : elle souhaitait seulement la clé de la chambre de Brandon.

— Edwards, s'il vous plaît, dit-elle en chassant une mèche de cheveux qui lui tombait sur les yeux.

Elle portait son imperméable et tenait son lourd manteau d'hiver sur son bras. Son sac de voyage dans une main, un fourre-tout dans l'autre, elle avait du mal à tenir debout tant elle était fatiguée.

— Prénom ? demanda la réceptionniste.

— Brandon.

— Avez-vous déjà rempli les formulaires d'inscription ?

— Je suis sûre qu'il s'en est chargé. Il est arrivé plus tôt dans la soirée. Je suis venue directement le rejoindre de l'aéroport.

— Et vous êtes ? s'enquit l'employée en posant sur elle un regard vide.

— Mme Edwards.

Ce mensonge ne la gênait pas le moins du monde : par souci de simplicité, elle descendait toujours au Fairmont sous le nom de Mme Edwards.

— Merci, madame Edwards, chambre 514.

La réceptionniste lui tendit une clé et fit signe à un porteur, qui prit les bagages d'Allegra et la conduisit jusqu'à la chambre. Elle tombait de fatigue : il était deux heures et demie du matin à New York, et elle ne s'était pas reposée un instant depuis sept heures ce matin-là. Par ailleurs, son séjour avait été riche en émotions… Mais elle ne voulait pas y penser pour l'instant. Seule comptait la surprise de Brandon quand il allait la voir, songea-t-elle en réprimant un petit sourire espiègle. Peut-être ne se réveillerait-il même pas et la découvrirait-il seulement au petit matin, à côté de lui ? Elle se demanda si les filles seraient avec lui, ou si elles le rejoindraient le lendemain matin. Peut-être étaient-elles déjà là, ce qui expliquerait qu'il ait pris l'avion si tôt.

Craignant que Brandon ne dorme, elle posa un doigt sur ses lèvres et fit signe au porteur de poser ses affaires devant la porte de la suite, puis elle lui donna un pourboire et le remercia. Elle entra sans faire de bruit, n'allumant qu'une petite lumière dans l'entrée, et referma la porte derrière elle. Brandon était un si bon client de l'hôtel qu'on lui donnait presque systématiquement une suite pour le prix de deux chambres séparées. Dans la lumière tamisée, elle traversa le petit salon en faisant bien attention de ne réveiller personne. Aucun bruit ne lui parvenait de la chambre, et elle était certaine à présent que Brandon dormait. Son attaché-case était posé par terre à côté d'une table sur laquelle étaient étalés le *Wall Street Journal*, le *New York Times* et quelques livres de droit. La veste de Brandon était négligemment posée sur le dossier d'une chaise, et elle remarqua ses mocassins sur le tapis. Lui qui était plutôt maniaque chez lui avait tendance à se montrer désordonné à l'hôtel.

Elle posa ses sacs, et avec un petit sourire elle pénétra dans la chambre enténébrée sur la pointe des pieds. Elle voulait juste s'assurer de la présence de Brandon avant de se déshabiller et de se glisser à côté de lui. Ses yeux ne tardèrent pas à s'accoutumer à l'obscurité ; mais au lieu de distinguer la forme de Brandon dans le lit, comme elle s'y était attendue, elle ne vit que les couvertures bien repliées. Des chocolats avaient été déposés sur l'oreiller, sans doute par la femme de chambre. De Brandon, point de trace. Allegra se demanda s'il était avec les filles, ou s'il discutait une fois de plus avec Joanie. A moins qu'il ne fût allé voir un film ? Il aimait aller au cinéma pour se détendre, en particulier après une semaine difficile. Elle était un peu déçue de ne pas le voir mais songea aussitôt que cela lui donnerait le temps de prendre une douche et de se laver les cheveux. Quand il rentrerait, ils pourraient ainsi aller se coucher ensemble, et alors… A cette pensée, l'image de Jeff s'imposa à son esprit, mais elle la chassa aussitôt. Elle avait soudain l'impression de le tromper, et c'était ridicule. Elle ne devait pas s'autoriser à songer à lui, décida-t-elle en allumant la lumière pour pouvoir se préparer.

Elle ôta sa veste de tailleur et voulut la suspendre, mais dès qu'elle eut ouvert la porte du placard, elle comprit pourquoi Brandon n'était pas là : on lui avait donné la clé de la mauvaise chambre ! C'étaient les vêtements de quelqu'un d'autre – une femme – qui se trouvaient dans la penderie : elle compta une demi-douzaine de robes, dont deux de soirée, un jean et plusieurs paires de chaussures. Elle s'empressa de refermer la porte du placard et battit en retraite dans le salon pour récupérer ses affaires avant que les occupants de la suite ne rentrent et ne s'indignent de son intrusion.

Comme elle se retrouvait dans le salon, cependant, son regard se posa une nouvelle fois sur la veste, les livres de droit, les chaussures… Il s'agissait bien des affaires de Brandon, aucun doute là-dessus. L'attaché-case portait même ses initiales, et elle l'aurait reconnu entre mille. C'était la chambre de Brandon, mais il y avait des vêtements de femme dans le placard. Elle retourna y jeter un coup d'œil, se demandant si ce n'étaient pas des affaires à elle qu'il aurait apportées au cas où elle pourrait le rejoindre, mais c'était absurde. D'ailleurs, les robes étaient visiblement coupées pour une femme beaucoup plus petite qu'elle. Allegra les effleura du bout des doigts, comme pour comprendre ce qu'elles faisaient là. Elle était si fatiguée que son esprit se refusait à analyser ce qu'elle voyait.

Comme une automate, elle se dirigea vers la salle de bains. Elle y trouva des produits de maquillage, des mules dorées ornées de petites plumes blanches, et une chemise de nuit en dentelle presque transparente. A cet instant, Allegra comprit d'un coup la signification de sa découverte. Brandon était venu à San Francisco avec une autre femme. Ces affaires n'appartenaient pas à ses filles, qui n'étaient de toute évidence pas là. D'ailleurs, la suite ne comportait pas deux chambres pour pouvoir les loger. Les vêtements qu'elle avait vus dans la penderie étaient beaucoup trop petits pour appartenir à Joanie. Mais alors, à qui ? Cette question demeurait sans réponse. Regardant autour d'elle, elle remarqua un collant sur le lit, un soutien-gorge jeté sur le dossier d'une chaise, une culotte près du bidet. Allegra aurait voulu hurler. Qu'avait-il fait ? Depuis combien de temps cela durait-il ? Combien de fois l'avait-il trahie ? Combien de fois était-il venu à San Francisco avec une autre en prétendant vouloir être seul avec ses enfants ? Jamais elle ne s'était doutée de cela, pas un seul instant elle ne l'avait soupçonné de la tromper. Elle lui avait toujours fait confiance. Et il avait triché, il lui avait menti. Sans doute à Los Angeles également… Comme elle songeait à tout cela, l'image de Jeff s'imposa de nouveau à son esprit. Dire qu'elle avait été rongée par la culpabilité à cause de quelques baisers, qu'elle avait quitté un homme qui était réellement amoureux d'elle parce qu'elle se sentait redevable vis-à-vis de Brandon, liée à lui ! Et pendant tout ce temps, le menteur, le traître se moquait d'elle. Des larmes brûlantes se mirent à rouler sur ses joues tandis qu'elle continuait à regarder autour d'elle. Mais il n'y avait plus rien à voir, et elle savait qu'elle ne voulait pas être là quand Brandon et sa maîtresse rentreraient de dîner.

Elle sentit ses joues s'empourprer en se remémorant toutes les fois où il avait prétendu avoir besoin d'espace, d'être « seul », où il avait refusé de s'engager auprès d'elle. Pas étonnant. C'était un véritable salaud.

Reprenant maladroitement ses sacs, elle sortit de la chambre à la hâte et se précipita vers l'ascenseur, priant pour qu'il ne s'ouvre pas sur le couple. Mais il était vide lorsqu'elle y entra, et elle put sortir dans California Street sans rencontrer personne. Là, elle chercha un taxi. Elle savait qu'il ne serait pas facile d'en trouver un : les taxis n'étaient pas aussi nombreux à San Francisco qu'à New York, et la plupart patientaient à l'entrée principale de l'hôtel. Mais elle ne voulait pas courir le risque de croiser Brandon. Comme elle attendait là, debout avec ses sacs, un tramway plein de touristes passa dans la rue, et elle le regarda, les yeux pleins de larmes, le cœur rongé par la douleur et la colère.

Ce que Brandon lui avait fait était plus qu'incroyable, c'était odieux, impensable, inadmissible. Dieu seul savait depuis combien de temps il la trompait.

Enfin, elle vit un taxi. Posant son sac de voyage, elle le héla, et le chauffeur descendit de voiture pour venir l'aider à tout mettre dans le coffre.

— Merci beaucoup, dit-elle d'un ton absent avant de monter à bord.

— Où allez-vous ?

— A l'aéroport.

Sa voix se brisa, et elle couvrit son visage de ses mains.

— Ça va, mademoiselle ? demanda le chauffeur de taxi, un vieux monsieur visiblement désolé pour elle.

En cet instant, elle devait ressembler à une adolescente en fugue.

— Tout va bien, affirma-t-elle, le visage noyé de larmes, tandis qu'ils reprenaient la route par laquelle elle était arrivée moins d'une heure plus tôt.

Baissant les yeux, elle vit qu'elle tenait toujours la clé de la suite dans sa main. Elle la laissa tomber sur le siège à côté d'elle en se demandant depuis combien de temps Brandon lui mentait. Elle essaya de se souvenir du nombre de fois où il lui avait dit qu'il devait aller voir ses filles, et de celles où il avait prétendu avoir besoin d'être seul. Plus elle y réfléchissait, plus elle avait l'impression qu'il la trompait depuis le début. Peut-être cela faisait-il partie de ses habitudes.

Cette fois encore, le trajet ne dura qu'une vingtaine de minutes. Le chauffeur l'aida à descendre.

— Où allez-vous, à une heure pareille ? demanda-t-il avec sollicitude.

Il était très âgé, ventru et doté d'une épaisse moustache. Il aurait pu être son grand-père, et semblait plein de compassion pour cette cliente si jolie qui n'avait cessé de pleurer.

— Je retourne à Los Angeles, répondit-elle, luttant pour reprendre contenance.

Elle plongea la main dans son sac et en tira un mouchoir.

— Je suis désolée… Je vous assure que tout va bien, ajouta-t-elle.

— On ne dirait pas, ma pauvre petite. Mais ça va s'arranger, vous verrez. Rentrez chez vous. Quoi qu'il ait fait, il le regrettera demain matin, affirma-t-il, s'imaginant sans doute qu'elle s'était querellée avec son amoureux.

Mais elle savait que la trahison de Brandon était impardonnable. Elle remercia le taxi et se dirigea vers le terminal, où on lui annonça qu'il n'y avait plus d'avion pour Los Angeles. Il était plus de minuit, à présent, et elle ne pouvait que s'asseoir et attendre le premier vol du matin. Il n'y avait même plus d'employés pour enregistrer ses bagages et l'en débarrasser. On lui proposa de se rendre à l'hôtel de l'aéroport, mais elle n'en avait pas envie. Elle n'avait envie de rien. Elle voulait seulement rester là et réfléchir. L'espace d'un instant, elle songea à appeler Jeff, mais elle estima qu'elle n'en avait pas le droit après toutes les frustrations qu'elle lui avait imposées à New York. Elle lui avait fait mériter chaque baiser, quand pendant ce temps Brandon passait probablement ses nuits au lit avec une autre… Elle ne pouvait s'empêcher de se demander qui était la fille du Fairmont. Sur le moment, elle avait été trop choquée pour chercher à l'identifier, à trouver son nom quelque part. Comme c'était intime, ces sous-vêtements disséminés partout, cette chemise de nuit transparente ! Allegra n'arrivait toujours pas à croire ce qu'elle avait vu. Elle avait eu l'impression d'être une intruse, et ne pouvait que se réjouir que Brandon et sa compagne ne l'eussent pas surprise dans la chambre.

Ç'eût été le coup de grâce. Pire encore, elle aurait pu entrer et les trouver au lit ensemble. Rien qu'à cette pensée, un long frisson la parcourut.

Elle loua un casier dans lequel elle déposa ses bagages afin de pouvoir aller prendre un café sans être trop encombrée. Au bout d'un moment, elle commença à se sentir plus calme. Une vague de colère la submergea brièvement, mais pour l'essentiel, c'était de la tristesse qu'elle éprouvait. Elle pensa appeler sa mère pour la mettre au courant, mais Blaire détestait tellement Brandon qu'Allegra répugnait à lui donner la satisfaction d'apprendre que celui-ci l'avait trompée.

Elle but cinq tasses de café noir et resta debout toute la nuit. Elle lut des magazines, songea à Brandon, erra dans l'aéroport désert. Elle envisagea de lui écrire une lettre pour lui dire tout ce qu'elle ressentait, mais cela ne lui parut pas assez fort. Elle ne savait que faire. Elle aurait pu retourner au Fairmont, ou l'appeler pour voir ce qu'il dirait... Elle aurait pu faire mille choses, mais avant tout, elle voulait rentrer chez elle et réfléchir au calme.

Elle s'assit et regarda le soleil se lever, et une fois encore, ses yeux se remplirent de larmes en songeant à Brandon. Lorsqu'elle monta enfin dans le premier avion, à six heures, elle avait l'impression d'être au bord de la folie. On était samedi, et seuls quelques hommes d'affaires et une ou deux familles prirent place dans l'avion.

L'hôtesse lui servit une autre tasse de café accompagnée d'un petit pain, auquel Allegra ne toucha pas. Elle se sentait complètement lessivée. Cela faisait vingt heures qu'elle voyageait, et sa fatigue se lisait clairement sur ses traits lorsqu'elle descendit de l'appareil à Los Angeles. Il était sept heures dix, et une fois encore, elle se dirigea vers la station de taxis. C'était le troisième aéroport qu'elle traversait en moins d'une journée.

A huit heures, enfin, son taxi la déposa devant chez elle. Cela faisait une semaine qu'elle était partie ; elle était à moitié tombée amoureuse d'un homme à près de cinq mille kilomètres de là, et elle avait découvert que celui auquel elle avait consacré les deux dernières années de sa vie la trompait.

Elle posa son attaché-case et regarda autour d'elle. La femme de ménage avait placé son courrier sur le comptoir de la cuisine, et son répondeur téléphonique était presque plein, constata-t-elle en l'allumant. Il y avait un message de son teinturier à propos d'une tache qu'il ne pouvait enlever et d'une taie d'oreiller perdue, un club de gym voulait la compter parmi ses membres, le garage où elle avait acheté les pneus de sa voiture lui proposait une offre spéciale. Sa mère l'avait appelée la veille pour savoir si elle voulait venir dîner chez eux dimanche soir, et Carmen lui signalait qu'elle s'était installée chez un ami ; elle laissait un numéro qui parut vaguement familier à Allegra, mais qu'elle ne reconnut pas immédiatement. Enfin, le dernier message émanait de Brandon. Il disait qu'il allait à San Francisco voir les filles, que le procès s'était terminé plus tôt que prévu et qu'elles avaient vraiment envie de passer du temps avec lui. Il était sûr qu'après une semaine à New York elle serait fatiguée et aurait beaucoup de travail. Il la verrait dimanche soir à son retour. Elle se demanda s'il prendrait la peine de la rappeler ou s'il estimerait ce message suffisant. Peut-être s'imaginait-il qu'elle le rappellerait, elle ?

Elle n'en avait nullement l'intention, pas plus qu'elle ne souhaitait appeler qui que ce fût pour l'instant. Elle voulait être seule, panser ses plaies, et décider de ce qu'elle allait faire. Comment lui dirait-elle qu'elle savait ? Elle n'en était pas encore sûre…

Elle défit ses valises et rangea ses vêtements, puis elle se prépara des toasts avec une tasse de thé. Elle prit ensuite une douche et se lava les cheveux, cherchant à retourner à sa vie normale, mais elle avait en permanence conscience de la douleur presque physique qui lui broyait le cœur. Elle avait l'impression que quelque chose s'était brisé en elle la veille au soir, au Fairmont, quand elle était tombée sur la chemise de nuit transparente et le soutien-gorge de la petite amie de Brandon.

A dix heures, elle appela ses parents, mais fut soulagée lorsque Sam répondit et lui dit qu'ils étaient sortis faire un match de tennis à leur club. Allegra affirma que tout allait bien, qu'elle venait juste de rentrer de New York et que, malheureusement, elle aurait trop de travail pour pouvoir dîner avec eux le lendemain soir.

— Dis-le à maman, s'il te plaît, d'accord ?

— Pas de problème, répondit Sam avec indifférence.

Allegra craignit aussitôt que sa mère ne reçoive jamais le message. Samantha avait tendance à oublier ce genre de détails lorsqu'elle avait autre chose en tête, comme une soirée, un garçon ou une journée de shopping avec une amie.

— Penses-y, s'il te plaît. Je ne veux pas que maman s'imagine que je n'ai pas pris la peine de l'appeler.

— Oh là là, mademoiselle ! Tu sais, tes messages ne sont pas si importants que ça.

— Peut-être maman n'est-elle pas de cet avis.

— Relaxe, je transmettrai. Comment était New York, au fait ? Tu as acheté quelque chose ?

« Oui, le livre d'un homme avec qui je suis allée faire du patin à glace sous la neige… »

— Je n'ai pas eu le temps de faire du shopping.

— Zut. Ce n'était pas très rigolo.

— Ce n'était pas censé être un voyage rigolo. Je travaillais.

Même si, en vérité, elle avait fait bien plus que cela.

— Comment va maman ?

— Bien, pourquoi ?

La question semblait surprendre Sam. Il ne lui était pas venu à l'idée que sa mère pût souffrir de son échec aux Golden Globes ; tout son univers se limitait à ses propres centres d'intérêt.

— Elle n'est pas trop déçue de ne pas avoir obtenu le prix ?

— Bien sûr que non. Elle n'a rien dit à ce sujet. A

mon avis, elle s'en moque, affirma Sam, prouvant à Allegra combien elle connaissait mal leur mère.

Blaire était une perfectionniste, qui attachait une grande importance à son travail et s'inquiétait du moindre petit détail. Allegra était certaine que son échec la rendait malade, mais qu'elle était trop fière pour le dire, ce qui expliquait que Samantha n'en fût pas consciente. En dernière année de lycée, elle ne pensait qu'à son entrée prochaine à l'université et à son job de mannequin.

— Dis-lui que je l'appellerai dès que j'aurai un peu de temps, et embrasse papa et elle pour moi.

— Ce sera tout, madame ?

— Arrête ton cinéma.

— Tu es d'une humeur massacrante, on dirait.

— J'ai passé la nuit à l'aéroport.

Sans parler de ce qui s'était passé avec Brandon. Essuyer les sarcasmes d'une adolescente était bien la dernière chose qu'elle souhaitât.

— Oh ! *Désolée !* ironisa la jeune fille.

— Au revoir, Sam.

Allegra en avait assez et raccrocha. Puis, après quelques instants de réflexion, elle décida d'appeler Alan. Mais lorsqu'elle composa son numéro, elle n'obtint aucune réponse.

Dommage. Elle aurait vraiment aimé discuter avec lui de ce qui s'était passé. Alan n'appréciait pas particulièrement Brandon, mais il savait se montrer impartial dans ses jugements. Elle voulait également lui parler de Jeff, et voir s'il la jugerait complètement folle d'éprouver des sentiments aussi forts pour un quasi-inconnu.

Lorsque midi sonna, elle était si fatiguée qu'elle avait du mal à aligner deux pensées, et elle finit par s'allonger sur son lit. Personne ne l'appela, la sonnette de la porte d'entrée ne retentit pas ; Brandon ne lui passa même pas un coup de téléphone pour voir si elle était bien rentrée de New York. Elle ne se réveilla que six heures plus tard. Dehors, il faisait nuit, et elle avait l'impression d'avoir un poids d'une tonne sur la poitrine et une boule dans l'estomac. Un long moment, elle resta allongée sur son lit, songeant à Brandon. Des larmes se mirent à couler lentement sur ses joues. Que faire à présent ? Elle n'avait pas envie de continuer, de recommencer, de faire à nouveau confiance à quiconque. Jeff était probablement comme tous les autres. Elle ne tombait que sur des hommes qui la maintenaient à distance et la blessaient, des hommes incapables de donner, qui finissaient toujours par s'enfuir. Simon Steinberg était le seul à ne lui avoir jamais fait de mal, à ne pas l'avoir laissée tomber. C'était le seul homme en qui elle pût avoir confiance, qu'elle pût aimer. Elle avait la certitude qu'il ne la trahirait jamais.

A présent, elle allait devoir demander des comptes à Brandon. Tout cela était si fatigant qu'elle ne voulait pas y penser.

Ce soir-là, elle ne prit même pas la peine de manger. Elle resta là, dormant, pleurant, et ce n'est que le dimanche matin qu'elle se leva enfin. Elle avait l'impression que tout son corps avait été roué de coups, elle avait mal partout et ne savait même pas pourquoi. Elle n'avait envie de parler à personne, et lorsque Carmen téléphona, elle ne décrocha pas pour lui parler. La jeune actrice pouffait et riait dans le combiné, si bien qu'Allegra n'eut aucun mal à deviner que tout allait bien pour elle. Elle filtra tous les appels, jusqu'à celui de Brandon, à seize heures.

Dès qu'elle entendit sa voix, elle décrocha le combiné. Elle voulait en finir.

— Bonjour, Brandon, dit-elle d'un ton calme.

Sa main tremblait, mais rien dans sa voix ne laissait deviner son trouble.

— Bonjour, ma belle, comment vas-tu ? Comment s'est passé ton retour de New York ?

— Bien, merci.

Elle était froide, mais pas agressive, et il crut simplement qu'elle était plongée dans son travail. Cela lui arrivait souvent, à lui, et il trouvait cela normal.

— J'ai appelé vendredi après-midi, mais tu n'étais pas encore rentrée, dit-il d'une voix détendue.

— J'ai eu ton message. Où es-tu ?

De seconde en seconde, elle se sentait plus nerveuse.

— Toujours à San Francisco, répondit-il, très à l'aise. J'ai passé un super week-end avec les filles. Maintenant que le procès est ajourné, j'ai vraiment l'impression qu'un gros poids m'a été ôté des épaules. C'est génial.

Et apparemment, son week-end l'avait été aussi…

— Je suis heureuse de l'entendre. Quand rentres-tu ?

— Je pensais prendre le vol de six heures. Je pourrais passer chez toi vers huit heures.

— Très bien.

Elle avait l'impression d'être un robot, et il finit par s'en rendre compte.

— Quelque chose ne va pas ?

Il ne paraissait pas inquiet, seulement surpris. D'ordinaire, elle était toujours gaie.

— Tu es encore fatiguée de ton voyage ?

— Oui.

Elle ne mentait pas : jamais de sa vie elle ne s'était sentie aussi fatiguée.

— Je te vois à huit heures, alors, conclut-elle.

— Parfait.

Après une seconde d'hésitation, comme s'il sentait qu'il devait faire un peu plus d'efforts que d'habitude, il ajouta d'une voix tendre :

— Allegra… Tu m'as vraiment manqué.

— A moi aussi, répondit-elle, et ses yeux se remplirent à nouveau de larmes. A moi aussi. A tout à l'heure.

— Tu veux que nous sortions pour dîner ?

Elle s'étonna qu'il eût encore l'énergie de sortir après son « super week-end » avec la demoiselle à la chemise de nuit transparente… Mais peut-être étaient-ils ensemble depuis longtemps et ne faisait-il plus beaucoup d'efforts pour elle ?

— En fait, je préférerais rester ici.

Vu ce qu'elle avait à lui dire, mieux valait éviter les restaurants ou les lieux publics.

Les quatre heures qui suivirent lui parurent interminables. Elle avait vraiment hâte de se débarrasser une fois pour toutes de ce qu'elle avait sur le cœur.

L'après-midi, elle fit une longue promenade et appela ses parents. Elle expliqua à sa mère qu'elle devait aller au bureau et travailler tard.

— Un dimanche ? C'est ridicule, s'exclama Blaire, inquiète.

Sa fille travaillait trop, et elle avait l'air épuisée.

— J'ai été absente toute la semaine, maman. Je passerai vous voir dans quelques jours.

— Fais bien attention à toi, dit Blaire.

Pour une fois, elle ne lui posa pas de questions sur Brandon et Allegra en fut soulagée.

Elle dîna d'un yaourt, essaya de regarder les informations à la télévision, puis enfin, consciente d'avoir l'esprit ailleurs, elle éteignit l'appareil et attendit sur le canapé. A vingt heures quinze, elle entendit la voiture de Brandon s'arrêter devant chez elle, puis sa clé dans la serrure, et elle se redressa. Cela faisait plus d'un an qu'elle lui avait donné la clé de chez elle. Elle, naturellement, n'avait jamais eu la sienne.

Il entra, souriant et détendu, et s'approcha pour la prendre dans ses bras. Mais elle l'évita et se leva pour faire un pas en arrière. Plongeant son regard dans le sien, elle l'étudia un instant en silence.

Il fronça les sourcils. En temps normal, elle était toujours très affectueuse, et il ne comprenait pas que soudain elle l'évite. Pendant un long moment, elle ne prononça pas une parole, et ils se regardèrent sans un mot.

— Quelque chose ne va pas ? demanda-t-il enfin.

— Je crois, oui. Pas toi, Brandon ?

Elle vit un muscle se tendre dans le cou de son interlocuteur.

— Qu'est-ce que tu racontes ?

— C'est plutôt toi qui sembles avoir des choses à me raconter. Tout à coup, j'ai l'impression qu'il se passe des tas de trucs que j'ignore.

— Comme quoi ?

Il semblait énervé, à présent, mais la jeune femme savait que ce n'était qu'un réflexe défensif. Il s'était fait prendre, et le sentait avant même qu'elle ne le lui ait dit.

— Je ne sais pas de quoi tu parles, affirma-t-il.

Il traversa la pièce et elle se rassit sans le quitter du regard.

— Oh, si, rétorqua-t-elle. Tu sais *exactement* de quoi je parle, au contraire. Ce que tu ignores, c'est ce que moi je sais. Et moi, je me demande tout ce qu'il y a à savoir… Tu as fait ça souvent ? Pendant longtemps ? Allons, dis-moi, Brandon, avec combien de femmes as-tu couché depuis que nous sommes ensemble ? Tu me trompes depuis deux ans, ou ça n'a commencé que récemment ? Quand, Brandon ? Tout à coup, je me souviens de toutes les fois où tu es allé à San Francisco, toutes les fois où tu m'as dit que tu voulais être seul avec les filles, ou bien que tu devais discuter avec Joanie. Sans parler de la fois où tu es allé à Chicago, ou de ce contrat que tu as prétendu devoir signer à Detroit. Alors ? (Elle le regarda froidement. Toute la douleur qu'elle avait éprouvée depuis deux jours semblait s'être muée en glace.) Par où veux-tu commencer ?

— Je n'ai pas la moindre idée de ce que tu racontes, dit-il comme s'il s'adressait à un esprit dérangé.

Malgré tout, il était livide, et ses mains tremblaient lorsqu'il s'assit et alluma une cigarette.

— Tu dois te sentir bien nerveux. Moi, je le serais, si j'étais toi, observa-t-elle. Le problème, c'est que je ne comprends pas l'intérêt de tout cela. Pourquoi te compliquer la vie ainsi ? Nous ne sommes même pas mariés, alors pourquoi me tromper ? Pourquoi ne pas mettre tout simplement un terme à notre histoire avant d'en arriver là ?

— D'en arriver où ? demanda-t-il, feignant l'incompréhension.

— Là où tu en étais ce week-end, au Fairmont. Je n'ai certainement pas besoin de te faire un dessin ?

En cet instant, avec son jean élimé, son vieux pull bleu marine et ses longs cheveux blonds qui tombaient sur ses épaules, elle était plus ravissante que jamais. Mais, folle de rage et obsédée par sa douleur, elle n'en avait nullement conscience.

— Qu'essaies-tu de me dire ?

Il jouait l'innocent jusqu'au bout, et elle lui jeta un regard empreint de mépris.

— Très bien. Puisque tu veux que j'éclaircisse un peu les choses, allons-y. J'ai appelé ton bureau vendredi, et ta secrétaire m'a dit que le procès était terminé et que tu partais à San Francisco voir les filles. Alors, sotte comme je suis, j'ai décidé de te faire une surprise, et j'ai changé mon billet pour aller directement de New York à San Francisco.

A mesure qu'elle parlait, son visage devenait de plus en plus pâle, mais Brandon, lui, demeurait très calme en apparence et fumait sa cigarette.

— Je suis allée à San Francisco, continua-t-elle. Mon vol a eu du retard, mais je t'épargne les détails. Je suis arrivée au Fairmont vers onze heures et demie vendredi soir, tout excitée à l'idée de te surprendre en me glissant dans ton lit. J'ai prétendu être Mme Edwards, et ils m'ont donné la clé sans faire de difficultés.

Il écrasa sa cigarette d'un air contrarié.

— Ils ne devraient vraiment pas faire des choses pareilles.

— Non, en effet, répondit-elle tristement. Quoi qu'il en soit, je suis entrée dans la suite, et j'imagine que, tout bien considéré, j'ai eu de la chance : ton amie et toi étiez sortis. Au début, j'ai pensé que je m'étais trompée de chambre, mais j'ai reconnu ton attaché-case et ta veste. Ce que je n'ai pas reconnu, en revanche, c'est tout le reste. Ce n'était ni à moi, ni à Nicky, ni à

Stéphanie, ni même à Joanie. Alors, à qui était-ce, Brandon ? Dois-je prendre la peine de te poser la question ou simplement décider que c'est terminé et faire une croix sur toi ?

Ils s'affrontèrent du regard en silence. Brandon cherchait visiblement ses mots.

— Tu n'avais rien à faire là-bas, Allegra, dit-il enfin.

Elle le regarda avec incrédulité.

— Et pourquoi donc ?

— Tu n'étais pas invitée. Dans ces circonstances, tu as peut-être eu ce que tu méritais. Moi, je ne débarque pas à l'improviste quand tu pars en voyage d'affaires. Nous ne nous appartenons pas, nous ne sommes pas mariés. Nous avons le droit de vivre nos vies.

— Vraiment ? (Elle n'en croyait pas ses oreilles.) Je pensais que nous étions plus ou moins… Comment dit-on ? Ensemble ? On ne peut pas parler d'union, puisque nous ne vivons pas ensemble. Quoi qu'il en soit, je nous croyais tous les deux monogames, mais de toute évidence je me suis trompée.

— Je ne te dois aucune explication. Nous ne sommes pas mariés, répéta-t-il en se levant.

— Non, en effet. Tu es marié avec une autre.

— C'est ça qui t'embête, pas vrai ? Le fait que j'aie toujours préservé mon indépendance. Je n'appartiens ni à toi ni à personne d'autre. Tu ne me possèdes pas, Allegra, et tu ne me posséderas jamais, ni toi, ni ta famille, ni quiconque. Je fais exactement ce que je veux.

Jamais elle n'avait réalisé la profondeur de son ressentiment ni compris ce qu'il éprouvait.

— Je n'ai jamais voulu te « posséder ». Je voulais seulement t'aimer, et peut-être un jour devenir ta femme.

— Ça ne m'intéresse pas. Si j'avais voulu me remarier, j'aurais divorcé, et je ne l'ai pas fait. Tu ne t'en étais pas aperçue ?

Elle se sentait non seulement blessée, mais aussi stupide. Comme le lui avait maintes fois dit le Dr Green, le message avait été clair, et pourtant elle avait choisi de l'ignorer.

— Tu as profité de moi ! accusa-t-elle. Tu m'as menti, tu m'as trompée ! Tu n'avais pas le droit de faire ça. Je me suis toujours bien comportée envers toi, Brandon, ce n'est pas juste !

— La justice, ça ne veut rien dire. Nous ne vivons pas dans un monde juste, Allegra. C'est comme ça. Il faut savoir s'occuper de soi.

— T'occuper de toi, c'est être avec une autre femme en me faisant croire que tu es avec tes enfants ? Ça ne veut rien dire, ça peut-être ?

— C'est ma vie. Ce sont mes affaires, mes enfants. Tu as toujours eu envie de tout contrôler, de régenter mon existence. Je ne l'ai jamais souhaité, et tu le savais parfaitement.

— Non, murmura-t-elle. En fait, je ne l'ai jamais compris. Peut-être aurais-tu dû me l'expliquer avant qu'on en arrive là, avant que nous ayons tous les deux perdus deux ans de notre vie.

— Je n'ai rien perdu, objecta-t-il d'un air suffisant. J'ai fait exactement ce que je voulais.

— Sors de chez moi. Tu n'es qu'un pauvre type, un menteur et un traître, et ça fait deux ans que je supporte ton manque d'amour. Tu ne donnes rien à personne, ni à moi, ni à tes amis, ni aux gens que tu rencontres, ni même à ceux que tu prétends aimer. Même à tes enfants, tu ne donnes rien, tellement tu as peur de t'attacher à quelqu'un, ou d'éprouver quelque chose, ou de devoir t'engager. Tu n'es qu'une affligeante parodie d'homme, Brandon. Maintenant, sors d'ici.

Il hésita l'espace d'un instant et jeta un coup d'œil en direction de la chambre, mais Allegra s'était levée et, debout à la porte, elle lui faisait signe de partir.

— Tu m'as entendue. Va-t'en. Je suis sérieuse.

— Je crois que j'ai encore des vêtements dans ta chambre, Allegra.

— Je te les enverrai par la poste. Au revoir.

Elle attendit, immobile. Arborant une mine ouvertement hostile, il passa devant elle sans un baiser, un mot d'excuse, un dernier regard, un soupçon de regret ou même un au revoir. Il était absolument sans cœur, et tout ce qu'il lui avait dit l'avait blessée jusqu'au plus profond d'elle-même. Il n'avait jamais éprouvé le besoin de lui être fidèle, il avait toujours fait ce qu'il avait voulu. C'était quelqu'un de fondamentalement égoïste et froid, et toute la chaleur et la patience du monde n'auraient rien pu y changer. Le pire, c'étaient les mots qu'il n'avait pas prononcés mais qu'elle avait néanmoins entendus : il ne l'avait jamais aimée. Le Dr Green avait eu raison. Et Allegra se demandait comment elle avait pu être aussi sotte.

Elle s'assit et y songea pendant un long moment après son départ, puis elle éclata en sanglots. Il était exactement tel qu'elle l'avait décrit : minable, égoïste, mais elle n'en avait pas moins cru pendant deux ans qu'ils étaient amoureux l'un de l'autre, et elle souffrait affreusement de s'être trompée à ce point. Elle n'osait même pas appeler le Dr Green : elle n'avait pas envie de s'entendre dire qu'elle avait une fois de plus commis la même erreur. Quant à sa mère, elle ne manquerait pas d'affirmer qu'elle serait bien mieux sans lui. Allegra le savait, mais cela ne l'empêchait pas de souffrir d'avoir été ainsi manipulée. Brandon n'avait rien éprouvé pour elle, et il l'avait admis.

Elle aurait voulu pouvoir dire à quelqu'un qu'elle n'arrivait pas à le croire, que c'était injuste, que Brandon était un moins que rien, mais elle ne voyait personne auprès de qui s'épancher. Elle se sentait exactement comme à l'époque où elle avait rencontré Brandon : rejetée, solitaire, abandonnée. Elle s'était imaginé qu'elle avait appris, depuis son dernier chagrin d'amour, mais apparemment il n'en était rien. C'était cela, le pire.

Un long moment, allongée sur son lit, elle se répéta qu'elle serait bien mieux sans lui, se remémorant ce qu'elle avait éprouvé dans la chambre du Fairmont. Malgré cela, lorsque son regard se posa sur une photographie d'eux deux, prise à Santa Barbara l'année précédente, quand tout allait si bien entre eux, elle ressentit une impression de vide indescriptible.

Elle se demanda s'il la rappellerait, s'il lui dirait un jour qu'il était désolé, qu'il s'était montré injuste. Mais à en juger par ses expériences passées, il n'en ferait rien. Les hommes vous brisaient le cœur, puis ils disparaissaient et allaient refaire la même chose avec quelqu'un d'autre. Deux années de sa vie avaient franchi la porte en même temps que Brandon Edwards.

Il lui fallut faire appel à toute sa force, un peu plus tard, pour se lever de son lit et aller éteindre les lumières. Un moment, elle admira la vue, songea à lui. Elle savait qu'elle aurait pu appeler Jeff et lui dire qu'elle était libre, mais elle ne voulait pas. Elle avait besoin de temps pour faire son deuil de Brandon.

9

Lorsque Allegra retourna au bureau ce lundi-là, elle semblait être passée dans une lessiveuse. Elle était pâle et visiblement épuisée, et Alice ne put s'empêcher de remarquer qu'elle avait perdu du poids.

— Que vous est-il arrivé ? demanda-t-elle discrètement.

Allegra haussa les épaules. Y repenser était encore très douloureux. Elle ne cessait de se répéter qu'elle avait été idiote, et de se demander depuis combien de temps Brandon couchait avec une autre. Elle se sentait complètement stupide. Cependant, au fur et à mesure que la matinée avançait, elle commença à se rendre compte que sa fierté était blessée, mais qu'elle n'était pas aussi anéantie qu'elle aurait pu l'être, et elle se demanda si elle avait aimé Brandon autant qu'elle l'avait cru. C'était cela, le plus étrange : elle était triste, mais en fin de compte pas si désolée que cela que leur aventure fût terminée. D'une certaine manière, cela la soulageait. Durant sa semaine à New York, elle s'était posé mille questions sur leur relation, et elle avait commencé à comprendre ce que son entourage reprochait à Brandon depuis deux ans : la distance qu'il maintenait entre eux, sa réserve, leur manque d'intimité, autant de choses qui ne la surprenaient plus, s'il avait dix autres petites amies, ou une seule. Elle ne saurait jamais combien elles étaient, ni s'il entretenait avec elles des liaisons sérieuses. De toute façon, une seule suffisait à la rendre folle de rage et honteuse à la fois.

En fin de matinée, néanmoins, le travail accumulé sur son bureau en son absence l'accaparait tellement qu'elle ne pensait plus à Brandon. Bram était ravi de la tournée qu'elle avait organisée. Malachi, lui, l'avait appelée de son centre de désintoxication pour se faire envoyer de l'argent, mais à la demande expresse de sa femme, elle avait refusé.

— Désolée, Mal. Reposez-moi la question dans un mois à votre sortie, et nous en discuterons à ce moment-là.

— Pour qui travaillez-vous, bon sang ? demanda-t-il, furieux.

Allegra sourit, sans cesser de prendre des notes sur un calepin, pour sa prochaine réunion.

— Pour vous, précisément. Vous avez besoin d'aller jusqu'au bout.

Elle lui parla également de sa tournée, ce qui parvint à le distraire un peu avant l'heure de son massage et de son biofeed-back.

— Comme si j'avais le temps de régler des problèmes pareils ! soupira-t-elle un peu plus tard à l'intention d'Alice, en avalant un yaourt et une tasse de café, sans cesser d'examiner un contrat qui venait d'arriver pour Carmen.

On lui proposait de jouer dans un film fabuleux, et Allegra devina aussitôt que la jeune actrice allait être aux anges. Après un tel film, elle deviendrait une star à vie. Cependant, lorsqu'elle composa le numéro de Carmen, Allegra n'obtint que son répondeur.

— Où est-elle, bon sang ? grommela-t-elle.

Elle essaya tous les numéros dont elle disposait – portable, amis, même sa grand-mère à Portland – mais ne trouva Carmen nulle part. C'était la première fois qu'elle disparaissait ainsi et restait plusieurs jours sans appeler Allegra. Vraiment, cette attitude était inhabituelle. Personne ne paraissait savoir où la trouver.

Chatter n'avait publié qu'un reportage sur Carmen après les Golden Globes, accompagné d'une photo d'Allegra sortant de voiture au bras d'Alan, Carmen juste derrière eux. L'article suggérait qu'Allegra n'était là que pour faire diversion, et qu'une grande histoire d'amour unissait Alan Carr et Carmen Connors. Pour une fois, songea Allegra avec amusement, les journaux étaient en avance sur les événements…

La lecture de l'article rappela à Allegra le message qu'elle avait reçu sur son répondeur pendant qu'elle était à New York, avec un numéro de téléphone qui lui avait semblé familier. Elle feuilleta son carnet d'adresses à la recherche du morceau de papier sur lequel elle avait noté le numéro. En le relisant, elle le reconnut sans peine : c'était celui d'Alan à Malibu. Carmen séjournait de toute évidence là-bas, ce qui n'était pas étonnant puisque Alan lui avait proposé de lui prêter sa maison. Allegra esquissa un petit sourire en décrochant son téléphone.

Ce fut Alan qui répondit. Lorsqu'elle était rentrée, samedi, elle avait essayé de l'appeler chez lui, à Beverly Hills, mais n'avait même pas songé qu'il pouvait se trouver à Malibu : il y séjournait si rarement ! Elle avait été complètement idiote de ne pas deviner qu'il était resté là-bas avec Carmen.

— Salut, dit-elle innocemment, comme si elle l'appelait sans raison particulière.

— Arrête ton cinéma, répondit-il en riant. (Il ne la connaissait que trop bien.) La réponse est : ça ne te regarde pas.

— Et quelle était la question ? s'enquit-elle sur le même ton.

Il avait l'air heureux, béat même, et elle entendait quelqu'un parler et pouffer derrière lui, Carmen sans aucun doute.

— La question était : « Où as-tu passé la semaine ? » Et la réponse est : ça ne te regarde pas.

— Laisse-moi deviner. A Malibu, avec l'une des

lauréates des Golden Globes de cette année. Je chauffe ?

— Tu brûles littéralement. De toute façon, elle t'a appelée et t'a laissé mon numéro, alors tu n'as aucun mérite, Sherlock. Tu avais un indice.

— Oui, et pourtant je n'ai pas compris tout de suite. Le numéro me semblait familier, mais je viens seulement de faire le lien. Alors, comment ça va, sur la plage ?

Elle était heureuse d'entendre à nouveau sa voix. Samedi, elle avait souhaité lui parler de Brandon, mais elle n'en avait plus envie maintenant, et surtout pas devant Carmen. Elle n'aimait pas partager ses problèmes personnels avec ses clients. Mais Alan était différent : c'était son meilleur ami.

— Pas mal du tout, répondit-il avec un sourire radieux. Plutôt carrément bien, même.

En disant cela, il se pencha et embrassa Carmen.

— N'es-tu pas censé travailler ?

Allegra avait un peu perdu le fil des engagements d'Alan, dans la mesure où c'était l'agent de ce dernier qui avait négocié ses derniers contrats.

— Pas avant un mois ou deux. J'attends encore une signature définitive pour mon prochain film.

— Eh bien moi, j'en ai un génial à proposer à Carmen. Peut-être que c'est elle qui va signer la première ?

Cependant, la jeune actrice ne commencerait pas les répétitions avant juin, si elle acceptait.

— Où le tournage aura-t-il lieu ?

Alan s'efforçait de paraître nonchalant, mais Allegra devina qu'il était plus intéressé qu'il ne voulait le montrer.

— Ici, à Los Angeles, contrairement au tien.

Alan semblait toujours choisir des films qui l'entraînaient au bout du monde. Le prochain devait se dérouler en Suisse, et on lui en avait également proposé un autre qui serait tourné au Mexique, au Chili et en Alaska. Il s'agissait d'un grand film d'aventures, mais les conditions de tournage promettaient d'être éprouvantes. Il en avait l'habitude ; il revenait d'un tournage dans la jungle thaïlandaise au cours duquel deux cascadeurs avaient trouvé la mort. Peut-être qu'à présent, Carmen parviendrait à le dissuader de faire ses propres cascades… songea Allegra.

— Carmen sait-elle où tu dois aller pour ton prochain film ?

— Oui, je le lui ai dit. Elle a dit qu'elle m'accompagnerait.

Au moins, la Suisse était un pays civilisé, contrairement à la plupart de ceux où il avait coutume de travailler.

— Peut-être auras-tu fini à temps pour venir la voir tourner ici. Est-ce que je peux lui parler ?

— C'est tout ? Quinze ans d'amitié, un rendez-vous pour les Golden Globes, et maintenant tu me jettes comme un vieux Kleenex ?

— Pas exactement, répondit-elle en riant.

Elle ne s'était pas sentie aussi bien depuis son retour à Los Angeles. Bien sûr, elle était toujours triste et furieuse de ce qui s'était passé avec Brandon, mais à présent qu'elle lui avait parlé et n'avait pas hésité à le confronter à ses mensonges, elle se sentait plus forte. Elle fut tentée d'en parler à Alan, mais se ravisa. Elle n'était pas prête. Il lui faudrait un certain temps pour admettre devant tout le monde que Brandon s'était moqué d'elle et qu'elle l'avait démasqué. Au moins, elle avait mis un terme à leur relation, c'était déjà quelque chose.

— Comment s'est passé ton voyage à New York ? Tu as négocié des contrats intéressants ?

— Quelques-uns. C'était sympa. J'ai eu beaucoup de neige.

Et une séance de patinage. Et des baisers.

— New York n'est pas très agréable, sous la neige, fit-il observer, surpris qu'elle parût si heureuse à ce souvenir.

— En fait, je suis allée à la patinoire.

— Vraiment ? Oh oh, je devine qu'il se trame quelque chose. As-tu eu une aventure avec ce vieil auteur que tu devais voir ? Comment s'appelle-t-il déjà ? Dickens ? Tolstoï ?

— Jason Haverton. Il a été génial. Mais non, je n'ai pas eu d'aventure avec lui, espèce d'idiot, bien qu'il m'ait beaucoup plu. Il n'aurait certainement pas été contre, cela dit.

— Les vieux feraient n'importe quoi pour attirer une femme dans leur lit, Al. Tu devrais le savoir, depuis le temps.

— Tu parles d'expérience, pas vrai ?

— Vilaine ! Ce n'est pas gentil d'insulter ton grand amour de lycée.

— Tu n'es plus le grand amour de personne, à présent, sinon peut-être de Carmen.

Et de millions de femmes dans le monde entier... Mais cela faisait tellement longtemps qu'ils étaient amis qu'Allegra avait tendance à oublier combien il était célèbre.

— Vas-tu enfin me passer Carmen, ou vais-je devoir écouter tes bêtises tout l'après-midi ? plaisanta-t-elle.

— Je vais lui demander si elle a envie de te parler. Au fait, quand allons-nous te voir ?

Il s'exprimait soudain comme un homme marié, et Allegra en fut émue.

— Peut-être ce week-end, si je n'ai rien d'autre à faire.

— Au fait, j'ai dit te voir toi, hein, pas « vous ». Ça n'inclut pas ton poids mort.

— Ne sois pas grossier à propos de Brandon, protesta-t-elle, plus par habitude que par réelle indignation, vu les circonstances.

— Je ne suis jamais grossier, seulement réaliste. Essaie de t'en débarrasser avant que nous sortions dîner. D'ailleurs, nous resterons peut-être ici, je te laisse en discuter avec le chef, conclut-il en passant le téléphone à Carmen, qu'il embrassa au passage.

Il y eut un long silence pendant qu'Allegra attendait.

— Salut ! lança enfin Carmen.

Elle paraissait pleine de tonus et ravie. Alan et elle avaient passé neuf jours merveilleux dans un isolement complet. Plusieurs personnes l'avaient reconnue lorsqu'elle s'était promenée sur la plage, mais nul n'était venu l'embêter. Les célébrités ne manquaient pas, à Malibu, et les gens y étaient accoutumés. Ils voyaient presque chaque jour Jack Nicholson, Barbara Streisand, Nick Nolte, Cher, Tom Cruise et Nicole Kidman. A Malibu, Carmen et Alan étaient dans leur monde, et de surcroît, le système de sécurité était excellent.

— Tu m'as manqué, affirma Carmen, qui pourtant avait été très occupée.

— A moi aussi. Mon voyage à New York a été éreintant, mais j'ai passé une très bonne semaine. Bon, devine ce que j'ai pour toi ?

Allegra était enthousiaste comme une enfant.

— Je ne sais pas. Le parfum ? As-tu parlé aux responsables à New York ?

— Oui, mais ça a l'air horrible. Tu détesterais le produit, et en plus tu serais obligée de passer des mois dans des supermarchés pour en faire la pub. Oublie. Nooooon… ajouta-t-elle. Que dirais-tu d'un grand film, avec un rôle qui te vaudra un Oscar, garanti ou je mange mon attaché-case ?

— Waouh ! Qui jouera dedans ?

— Toi.

Puis elle énuméra cinq autres stars, dont les noms coupèrent le souffle à Carmen.

— Et que dirait la lauréate des Golden Globes de trois millions de dollars pour être l'actrice principale de cette merveille ?

— Je meurs ! s'écria Carmen.

Elle courut annoncer la nouvelle à Alan, avant de revenir près du téléphone.

— Je n'arrive pas à le croire.

— Tu le mérites, la rassura Allegra.

Un instant, elle se demanda pourquoi elle estimait

toujours que tout le monde autour d'elle méritait ce qu'il y avait de mieux, dans sa vie privée comme professionnelle, et pas elle. C'était une question intéressante.

— J'aimerais que tu viennes discuter avec les producteurs, ajouta-t-elle.

— Bien sûr. Quand ?

— Dis-moi quand ça t'arrange, et j'organiserai le rendez-vous. (Elle jeta un coup d'œil à son emploi du temps.) Que penses-tu de jeudi ?

— Waouh ! répéta Carmen. Est-ce qu'Alan peut venir ?

— S'il le souhaite.

A côté de Carmen, Alan hocha la tête.

— Il dit que oui. Et, Allie… Tu crois que la prochaine fois, Alan et moi pourrions faire un film ensemble ?

Elle avait presque honte de demander cela, mais c'était important pour elle.

« Oh, mon Dieu », songea Allegra. Elle imaginait déjà le contrat. Les arrangements de ce type n'étaient pas toujours faciles… Et toutes les femmes des Etats-Unis – pour ne pas dire du monde entier – allaient grincer des dents en apprenant que leur sex-symbol préféré était quasiment marié, et de surcroît avec une femme aussi belle que Carmen.

— Nous en reparlerons. C'est peut-être faisable. A terme. Si vous le souhaitez tous les deux sérieusement.

Elle n'avait aucune envie de leur décrocher un contrat de sept ou huit millions de dollars – voire dix, après tout, c'était d'Alan Carr qu'il était question – pour les voir ensuite se séparer et refuser de faire le film, ou pire, le rater. C'était exactement le genre de problème dont elle n'avait pas besoin.

— Attendons un peu.

— Je sais. Tu penses que nous allons nous séparer, dit Carmen. Mais tu te trompes. J'en suis sûre. C'est l'homme le plus formidable que j'aie jamais rencontré, ajouta-t-elle d'un ton de conspiratrice, baissant la voix pour qu'il ne l'entende pas. Je ne pourrai jamais plus vivre sans lui.

— Où en sont les menaces, dernièrement ? Plus rien ?

— Rien du tout.

Mais de fait, elle n'était allée nulle part, et après sa victoire aux Golden Globes, même les journaux à scandale avaient providentiellement cessé de la harceler.

— Je me sens tellement en sécurité, ici ! expliqua-t-elle.

Ce n'était pas étonnant, puisqu'elle était en compagnie d'Alan, songea Allegra en souriant.

— Je suis heureuse pour vous deux, dit-elle avec sincérité.

— Merci, Allie. Tout ça, c'est grâce à toi. Veux-tu venir dîner avec nous pour fêter ça, ce week-end ?

— Avec plaisir.

— Viens plutôt samedi. Le dimanche, Alan aime aller au bowling.

— Si je venais dimanche, dans ce cas ? J'adorerais le battre.

— Passe quand même dîner samedi. Ça ne nous empêchera pas d'aller au bowling le lendemain, si tu veux.

— Qui fera la cuisine ? s'inquiéta Allegra.

Carmen pouffa.

— Alan et moi. Il m'apprend. Et Allie… (De nouveau, elle eut un petit rire ravi.) Merci pour le film.

— Remercie les producteurs, pas moi. Ce sont eux qui m'ont contactée. Je pense vraiment que tu vas être séduite.

— Je le suis déjà.

— A dimanche, alors, à moins que nous ne rencontrions les producteurs avant ça. Appelle-moi si tu as besoin de quoi que ce soit dans l'intervalle.

Mais Alan semblait régler tous les problèmes lui-même, à présent. Carmen n'avait appelé son avocate qu'une seule fois en une semaine, et seulement pour lui laisser un message très ordinaire. Les choses se calmaient, et c'était aussi bien. Allegra avait besoin d'un peu de temps pour elle, pour panser ses plaies et comprendre ce qui s'était réellement passé entre Brandon et elle.

Lorsque la fin de la semaine arriva, malheureusement, elle n'avait fait que travailler et voir ses clients. Le jeudi, Carmen et Alan vinrent en ville pour rencontrer les producteurs et repartirent en ayant quasiment signé le contrat du prochain film de la jeune actrice.

Cet après-midi-là, également, Allegra se rendit chez le Dr Green. Elle s'attendait au pire, mais fut agréablement surprise : la thérapeute se déclara fière de la façon dont elle avait géré les choses et lui reprocha seulement de ne pas l'avoir appelée.

— Pourquoi ne m'avez-vous pas passé un coup de fil durant le week-end pour en parler ? Ça a dû être très difficile pour vous, entre votre retour de San Francisco et votre entrevue avec Brandon dimanche.

— Oui, mais il n'y avait pas grand-chose à dire. Et surtout, je me sentais terriblement honteuse en pensant qu'il m'avait probablement trompée depuis le début et que j'avais été trop sotte pour m'en rendre compte. Je n'arrêtais pas de me répéter qu'il avait besoin de temps, d'espace et d'amour, alors qu'en vérité, il se moquait totalement de moi.

— Il éprouvait probablement des sentiments pour vous, la corrigea le Dr Green.

Dans sa colère, Allegra exagérait les choses dans l'autre sens, à présent.

— Mais seulement dans la limite de ses petites capacités, continua la thérapeute. Ce n'est pas énorme, Allegra, mais c'est tout de même quelque chose.

— Pourquoi ai-je été aussi bête ? Comment ai-je pu me montrer aussi aveugle pendant deux ans ?

— Vous l'avez été parce que vous vouliez l'être. Vous aviez besoin d'un compagnon, d'un protecteur. Le malheur, c'est que Brandon ne voulait pas être un compagnon, et qu'en définitive c'est vous qui avez été obligée de le protéger. C'était un arrangement insatisfaisant. Mais maintenant ? Qu'éprouvez-vous vis-à-vis de tout cela ?

— Je me sens furieuse, stupide, pleine de ressentiment, folle de rage, indépendante, entière, libre, désolée, pas du tout désolée, inquiète que le prochain soit exactement pareil… Peut-être tous les hommes sont-ils semblables, ou du moins tous ceux sur lesquels je tombe. Je crois que c'est ce qui me fait le plus peur, l'idée que ça pourrait se reproduire, encore et encore… Que je pourrais très bien continuer à collectionner les pauvres types éternellement.

— Ce n'est pas une fatalité, vous savez, et je crois que cette fois vous avez appris quelque chose.

La thérapeute paraissait plus confiante qu'Allegra, ce qui surprit la jeune femme.

— Qu'est-ce qui vous fait penser ça ?

— Dès que vous avez vu ce qui se passait, vous avez attaqué le problème de front, vous avez provoqué une explication et vous avez mis un terme à votre relation. Vous avez exposé ses mensonges, et il a disparu, comme un petit ver dans un trou. Vous ne vous êtes pas raconté des histoires, vous n'avez pas essayé de croire qu'il était là pour vous quand il ne l'était pas. C'est un gros progrès, Allegra.

— Peut-être, dit-elle sans conviction. Mais maintenant ?

— A vous de me le dire. Qu'est-ce que vous voulez ? Quoi que ce soit, vous pouvez l'obtenir, si vous le souhaitez vraiment. Cela ne dépend que de vous. Vous pouvez trouver quelqu'un de formidable, si c'est ce que vous désirez.

— Je crois que j'ai rencontré quelqu'un de formidable à New York, avoua prudemment Allegra, mais je ne suis pas sûre.

Maintenant qu'elle était de retour, elle se méfiait de Jeff. Elle se méfiait de tout le monde et se disait qu'elle l'idéalisait, qu'il ne pouvait être si merveilleux que ça, en fait. Puisqu'elle l'avait choisi, ce devait être un nul, comme les autres.

— Les relations à distance sont un autre moyen d'éviter l'intimité, lui rappela le Dr Green.

Allegra lui sourit.

— C'est un New-Yorkais d'origine, mais il n'était là-bas que pour affaires, comme moi. Il habite ici, en fait.

Arquant un sourcil, le Dr Green hocha aussitôt la tête.

— Comme c'est intéressant ! Parlez-moi de lui.

Allegra lui raconta tout ce qu'elle savait, tout ce qu'ils avaient partagé à New York. Le seul fait d'évoquer la promenade en attelage et la séance de patinage faisait paraître tout cela irréel, même à ses propres oreilles, mais plus elle parlait de Jeff, plus elle se rendait compte qu'il lui manquait vraiment. Elle s'était néanmoins promis de ne pas l'appeler pendant un certain temps et avait tenu cette promesse ; elle voulait se remettre d'abord de son fiasco avec Brandon.

— Pourquoi ? Il risque de penser qu'il ne vous intéresse pas, fit valoir le Dr Green. Il a l'air très gentil et tout à fait normal. Pourquoi ne pas lui téléphoner ?

— Je ne suis pas encore prête. J'ai besoin de temps, après Brandon, affirma Allegra.

— Pas du tout, rétorqua le Dr Green. Cela fait deux ans que vous cherchiez des excuses à Brandon. Vous venez de passer une semaine à New York où vous vous êtes jetée dans les bras d'un autre homme ; je ne suis pas persuadée que vous soyez si triste que ça d'avoir perdu Brandon.

Allegra sourit. La thérapeute n'était pas dupe.

— Peut-être que je me cache un peu, reconnut-elle.

— Pourquoi ?

— J'ai peur, je suppose. Jeff a l'air tellement génial que je ne veux pas courir le risque d'être déçue. Et s'il n'était pas ce qu'il paraît ? Ça me tuerait.

— Bien sûr que non. Et s'il était humain, tout simplement ? Cela vous décevrait-il ? Préférez-vous qu'il demeure un fantasme, un contrepoint à Brandon ?

Allegra espérait que non.

— Je ne sais pas ce que j'éprouve pour lui. Je me souviens seulement que je l'aurais suivi jusqu'au bout du monde. Je lui faisais entièrement confiance. Mais maintenant que je suis rentrée, je crois que ça m'effraie.

— C'est compréhensible. Vous pourriez tout de même le voir, au moins.

— Il ne m'a pas appelée. Peut-être qu'il sort avec quelqu'un d'autre ?

— Ou peut-être qu'il est occupé, qu'il écrit, ou qu'il a peur de vous déranger, puisque vous lui avez dit que vous n'étiez pas libre. La moindre des choses est de lui dire que vous n'êtes plus avec Brandon.

Mais Allegra voulait voir s'il l'appellerait, lui, ce qu'il fit le lendemain, vendredi. Il lui téléphona en fin d'après-midi, au bureau, et demanda à lui parler d'une voix hésitante, craignant de la déranger. Alice prévint Allegra, qui prit une profonde inspiration avant de décrocher le téléphone d'une main tremblante. Dès qu'elle entendit sa voix, elle eut l'impression qu'une nouvelle phase de son existence commençait.

— Allegra ?

— Bonjour, Jeff, comment allez-vous ?

— Mieux, maintenant. Je sais que j'ai promis de ne pas vous appeler pendant quelque temps, mais je suis en train de devenir fou. Je me suis dit qu'il fallait que je vous parle, et qu'ensuite je vous laisserais tranquille. Vous me manquez vraiment.

C'étaient là les mots que, pendant deux ans, elle avait eu un mal fou à arracher à Brandon. Avec Jeff, tout paraissait si simple… Allegra se sentit aussitôt coupable de ne pas l'avoir appelé comme le Dr Green l'avait suggéré.

— Vous me manquez aussi, dit-elle avec douceur.

— Comment vont tous vos protégés, maintenant que vous êtes de retour ? Tout le monde est sage, ou vous luttez encore jour et nuit contre les menaces de mort et les paparazzis ?

— La semaine a été calme, à vrai dire. (A part dans

sa vie privée, mais elle ne le lui dit pas.) Et vous ? Votre scénario avance ?

— Poussivement. Depuis mon retour, je n'arrive pas à me concentrer sur mon travail. Je crois que vous m'avez complètement chamboulé.

Il fit une courte pause avant de lui poser la question qui le tarabustait depuis des jours :

— Comment s'est passé votre week-end ?

— De façon, disons... intéressante. Il faudra que nous en parlions, un jour, ajouta-t-elle, se refusant à lui annoncer la nouvelle par téléphone.

— Un jour, ça m'a l'air bien loin, observa-t-il tristement.

Il avait attendu toute la semaine pour lui parler, et maintenant il mourait d'envie de la voir le plus vite possible.

— Pas tant que ça. (Se remémorant les paroles du Dr Green, elle se força à être courageuse et reprit :) Que faites-vous ce week-end ?

Elle retint son souffle et attendit. Oh, mon Dieu, faites qu'il ne soit pas comme les autres...

— Est-ce une invitation ? demanda-t-il, visiblement étonné.

Qu'avait-elle fait de Brandon ? Mais il n'osa pas lui poser la question.

— Peut-être bien. Je dîne avec des amis à Malibu demain soir. Voulez-vous venir ? Ce sera très informel, jean et vieux sweat-shirt de rigueur. Il se peut même que nous allions jouer au bowling.

— Avec grand plaisir, répondit-il d'un air ravi. (Il n'arrivait pas à croire qu'elle l'invitait.) Puis-je vous demander qui sont les amis en question, par simple curiosité, histoire de ne pas me ridiculiser une fois là-bas ?

Il savait quel genre de personnes elle fréquentait, et en l'occurrence, il n'avait pas tort de se méfier.

— Alan Carr et Carmen Connors, mais vous n'avez pas le droit de dire à qui que ce soit que vous les avez vus ensemble. Ils se cachent à Malibu pour fuir la presse à scandale.

— Je promets de garder le secret, répondit-il en riant. (C'était d'autant plus facile que jamais personne ne lui poserait la question.) Quelle soirée en prévision, dites-moi !

— Ne vous réjouissez pas trop vite. Ils sont très sympas, mais ils cuisinent aussi mal l'un que l'autre… Avec un peu de chance, ils achèteront des plats tout faits. Je le leur suggérerai, d'ailleurs. Carmen n'a jamais appris à cuisiner, et c'est Alan qui lui donne des cours. Je crains le pire !

Elle rit, heureuse de lui parler, et ils bavardèrent encore quelques instants, échangeant leurs impressions sur la semaine écoulée.

— Tout s'est bien passé à votre retour ? demanda Jeff.

Il biaisait, mais elle devinait sans peine ce qu'il souhaitait savoir : comment s'étaient déroulées ses retrouvailles avec Brandon. Malgré tout, elle se refusa une fois encore à tout lui raconter par téléphone. Elle le mettrait au courant le lendemain, avant de partir chez Alan.

Après qu'ils eurent raccroché, elle ne cessa de penser à Jeff. Elle envisageait d'aller dîner chez ses parents ce soir-là, mais elle apprit qu'ils avaient prévu de sortir et rentra chez elle. Elle se prépara des œufs brouillés tout en songeant à Jeff et à Brandon. Elle ne voulait pas commettre une nouvelle fois la même erreur. Elle ne voulait pas s'enflammer pour quelqu'un et découvrir ensuite qu'elle s'était trompée.

Lorsque Jeff arriva chez elle le lendemain, impeccable dans son jean clair, sa chemise blanche et son blazer, elle succomba à un subit accès de timidité. Il semblait tout droit sorti d'une publicité Ralph Lauren, et elle le trouva plus séduisant encore que dans son souvenir. Elle, de son côté, portait une chemise et un jean blancs, et elle avait noué un pull-over rouge sur ses épaules.

Il regarda autour de lui, admirant son intérieur. Elle avait l'impression de tout recommencer à zéro, jusqu'au moment où il l'attira dans ses bras et l'embrassa.

— Voilà qui est mieux, murmura-t-il. Cela fait une éternité que j'attends cela.

— Neuf jours, répondit-elle sur le même ton.

Il secoua la tête.

— Trente-quatre ans. Je vous ai cherchée bien longtemps, mademoiselle Allegra Steinberg.

— Où étais-tu pendant tout ce temps ? demanda-t-elle, passant spontanément au tutoiement tandis que, blottis l'un contre l'autre sur le canapé, ils admiraient la vue.

Elle se sentait de nouveau parfaitement à l'aise avec lui, comme s'ils ne s'étaient jamais quittés.

Elle se leva pour aller lui chercher un Coca Light dans la cuisine, et il la suivit, sans cesser de regarder autour de lui d'un air appréciateur.

— Je ne veux pas paraître impoli, dit-il enfin d'un air embarrassé, mais où est-il ?

— Qui ? demanda Allegra, intriguée, en lui versant sa boisson.

— Brandon. Mon rival.

Il s'interrogeait sur ce qui avait pu se passer pour qu'elle fût libre un samedi soir. Au téléphone, elle ne lui avait pas donné la moindre explication. Peut-être Brandon était-il allé à San Francisco ?

— Il est absent ?

— Oui. Pour toujours.

Elle lui décocha un sourire malicieux, comme une enfant taquine.

— Il est parti. J'ai dû oublier de te le dire.

Un moment, il la regarda en silence, avant de poser son verre sur le comptoir de granit.

— Attends une minute. Il est parti… Terminé… Adios… Et tu ne me l'avais pas dit ? Je n'arrive pas à le croire. Traîtresse !

De nouveau, il la prit dans ses bras et la serra contre lui.

— Comment as-tu pu me faire ça ! Depuis hier, quand je t'ai appelée et que tu m'as invité à dîner, je n'ai pas arrêté de me demander ce qui se passait. Pourquoi ne m'as tu pas téléphoné ? Je croyais que nous avions fait un pacte et que tu devais m'appeler s'il t'arrivait quelque chose.

— Beaucoup de choses me sont arrivées à mon retour, mais j'avais besoin d'un peu de temps pour me remettre les idées en place avant de t'appeler.

Il comprenait cela mais avait passé toute la semaine à se morfondre en pensant à elle. Il aurait bien aimé savoir qu'elle avait rompu avec Brandon. Maintenant, mille questions se bousculaient dans sa tête.

— Pour quelles infamies dois-je le remercier, si jamais je le croise un jour ?

— Quelques-unes, apparemment, et encore, je ne sais pas tout. Figure-toi que j'ai pris l'avion pour San Francisco, vendredi, pour lui faire une surprise. Je suis arrivée au Fairmont, et devine ce que j'ai trouvé dans sa chambre ? Des vêtements de femme. Et tout à coup, j'ai réalisé que ça durait depuis le début. Il l'a quasiment admis, d'ailleurs.

— Un type sympa, avec des principes. J'apprécie les gens comme lui, dotés d'une solide morale, ironisa Jeff.

Il prenait cela sur le ton de la plaisanterie, mais il bouillonnait intérieurement en songeant à ce qu'elle avait traversé. Comme c'était humiliant, cruel ! Mais d'une certaine manière, il était content que cela se soit produit, et si vite. Le destin jouait en sa faveur.

— Le problème, expliqua Allegra, c'est que précisément j'attache moi aussi beaucoup d'importance à ces petits détails – les principes, l'éthique, la fidélité, tous ces trucs ennuyeux qui ne sont plus à la mode de nos jours. Et je semble avoir tendance à me leurrer en imaginant ces qualités chez des gens qui en sont dépourvus. La plupart du temps, c'est un fiasco total. En fait, si l'on m'avait donné un trophée à chaque fois que je suis sortie avec un nul, je ne saurais plus où les mettre.

— Peut-être que cela va changer, désormais, dit-il en se plaçant derrière elle et en l'attirant de nouveau à lui. Peut-être que la série d'échecs est terminée.

— Tu crois ? demanda-t-elle.

Elle avait besoin qu'il la rassure, qu'il réponde à ses angoisses.

— Qu'en penses-tu ?

— Je te pose la question. Je ne pense pas que je supporterais de vivre ça à nouveau. C'est déjà la troisième fois que ça m'arrive.

D'un geste très doux, il la fit pivoter vers lui pour pouvoir la regarder.

— Ta vie ne fait que commencer, Allegra. Tu mérites d'être heureuse, et cette fois, tu vas l'être…

Les yeux de la jeune femme se remplirent de larmes. Lorsqu'il l'embrassa, elle lui rendit son baiser avec tout son cœur, avec toute la confiance dont elle était capable. Il avait raison. Cette fois, c'était la bonne. Elle avait trouvé l'homme de sa vie, et lui ne la trahirait pas, elle en avait la certitude.

Elle lui fit faire le tour du propriétaire, avec l'impression étrange qu'il allait passer beaucoup de temps chez elle et qu'elle lui montrait en vérité la maison où il allait vivre.

— Elle me plaît beaucoup, dit-il, admirant tout ce qu'elle avait fait et la chaleur décontractée de l'ensemble.

Elle était fière de son intérieur et se réjouit qu'il lui plaise.

Un peu plus tard, ils partirent pour Malibu. Il leur fallut quarante-cinq minutes pour atteindre la maison d'Alan. Durant le trajet, Allegra parla longuement de son ami à Jeff. Elle lui raconta toutes les plaisanteries qu'ils avaient faites ensemble. Malgré tout, Jeff ne put s'empêcher d'être impressionné au point d'en perdre la parole lorsqu'il rencontra Alan, et surtout Carmen.

Même en tee-shirt et jean, la jeune actrice était

incroyablement belle. Elle dégageait la même sensualité fraîche, presque palpable que Marilyn Monroe, mais elle était bien plus belle encore. Quant à Alan, il était exactement comme au cinéma, avec ses traits fins, ses yeux d'un bleu incroyable, son sourire irrésistible et ses dents blanches. Quel couple ! Jeff n'avait aucun mal à imaginer la réaction de la presse lorsqu'elle apprendrait qu'ils sortaient ensemble.

Leurs hôtes les firent entrer, et Alan leur servit des tamales et du guacamole avec de la tequila. Il se montrait parfaitement courtois mais n'arrivait pas à dissimuler sa surprise : il ne s'était pas attendu à voir Allegra accompagnée, et surtout pas d'un bel inconnu ! Lorsque, enfin, il parvint à entraîner la jeune femme à l'écart, il l'interrogea, et elle ne put s'empêcher de rire d'un air malicieux.

— Qu'est-ce qui se passe, bon sang, espèce de petite cachottière ? Qui est-ce ? Où est l'autre affreux ?

Alan ne parlait jamais de Brandon en termes plaisants ni même civils ; il ne cachait pas son aversion pour l'avocat. Mais cette fois, Allegra ne le défendit pas, elle se contenta de sourire.

— Celui-ci me plaît, continua-t-il. Qu'as-tu fait du précédent ? Tu l'as tué ?

— Quasiment. J'ai découvert qu'il me trompait depuis deux ans ou presque, résuma-t-elle. Le week-end dernier, je l'ai découvert au Fairmont avec une de ses petites amies. Enfin, ils n'étaient pas dans la chambre, eux, mais je suis tombée sur les sous-vêtements de la demoiselle.

— Pourquoi ne me l'as-tu pas dit, banane ?

Il paraissait blessé qu'elle ne l'ait pas appelé.

— J'avais besoin de temps pour m'habituer à l'idée. Je ne sais pas. (L'espace d'un instant, elle recouvra son sérieux.) Je t'ai téléphoné une fois, mais tu n'étais pas chez toi. Et puis, je me sentais tellement nulle que je n'avais pas envie de dire la vérité à quiconque. J'ai passé la semaine à panser mes plaies.

Alan lui tendit un verre de soda – elle ne voulait pas de tequila – et hocha la tête d'un air entendu.

— C'est mieux comme ça, tu sais. Ce type t'aurait rendue malheureuse toute ta vie. Crois-moi. J'en suis certain.

Elle savait qu'il avait raison, à présent, et comme elle acquiesçait, Carmen et Jeff vinrent les rejoindre.

— Qu'est-ce que vous fabriquez, tous les deux ? demanda Jeff en passant un bras autour des épaules d'Allegra, qui esquissa un petit sourire. Suis-je censé te laisser seule avec cet homme ? Je ne suis pas certain de pouvoir soutenir la comparaison. Dois-je le considérer comme une menace ?

Alan éclata de rire et s'empressa de le rassurer.

— Plus depuis quinze ans, non. A quatorze ans, elle était mignonne à damner un saint, mais je n'ai jamais rien pu obtenir de plus que quelques baisers écœurants de sentimentalisme. J'espère au moins que vous avez eu mieux que ça !

Allegra lui donna un coup de coude.

— Merci bien ! Je me souviens que tu étais toujours mal rasé et que ça me donnait des rougeurs. Après, je me faisais toujours attraper par maman !

— Je connais ça, acquiesça Carmen en hochant la tête d'un air entendu.

Allegra éclata de rire. Ils passaient vraiment un bon moment, tous ensemble, et jamais elle n'avait vu Alan et Carmen aussi heureux.

Pour dîner, Alan prépara des tacos et des tostadas, et Carmen du riz à l'espagnole et une grosse salade. Pour finir, ils dégustèrent de la glace recouverte de chocolat chaud et firent fondre des marshmallows au-dessus du feu, comme des enfants. Ensuite, ils allèrent se promener sur la plage en bavardant et en riant, et ils jouèrent même à chat dans les vagues qui venaient lécher leurs tennis. La lune brillait dans le ciel sans nuages, et il faisait très doux.

Quand enfin ils rentrèrent, Carmen sourit à Allegra, puis à Alan. Levant vers lui ses grands yeux bleus, elle lui demanda à l'oreille la permission de révéler leur secret à leurs invités. Alan hésita ; son regard alla d'Allegra à Jeff. Il craignait la désapprobation de sa vieille amie et se demandait s'il pouvait faire confiance à Jeff. Mais finalement, il hocha la tête, et Carmen applaudit.

— Nous nous marions à Las Vegas le jour de la Saint-Valentin, annonça-t-elle.

Allegra mima un malaise et porta la main à son front.

— Le rêve de Cupidon, et le pire cauchemar de tout bon avocat !

Aussitôt, elle plongea son regard dans celui d'Alan, se demandant si c'était bien là ce qu'il souhaitait. Mais il semblait sûr de lui et de Carmen, et jamais elle ne l'avait vu aussi radieux. Après tout, il avait trente ans et était bien assez grand pour savoir ce qui était bon pour lui.

— Les journalistes vont devenir fous. J'espère que vous allez utiliser des faux noms et partir incognito. Portez des perruques, teintez-vous le visage, n'importe quoi. Ça va être la nouvelle du siècle ! A côté de ça, le mariage de Diana et du prince Charles n'était qu'une plaisanterie. Je vous en prie, les enfants, soyez prudents.

— Nous le serons, assura Alan.

Il eut soudain une idée.

— Accepteras-tu d'être notre demoiselle d'honneur, notre témoin ? Vous pouvez venir aussi, ajouta-t-il à l'adresse de Jeff, si vous la supportez encore d'ici là. Nous serons ravis de votre présence.

Jeff en fut très touché. Allegra avait raison : Alan et Carmen étaient chaleureux et sincères, et il avait passé en leur compagnie une soirée très agréable. Rien de comparable avec les salons new-yorkais, snobs et intellectuels. Il appréciait la différence et aimait beaucoup les deux jeunes acteurs, même s'il ne pouvait détacher les yeux d'Allegra. Il n'arrivait toujours pas à croire que le spectre de Brandon avait disparu à jamais.

Le mariage était dans deux semaines seulement, et durant l'heure qui suivit ils ne parlèrent que de cela.

Pour leur lune de miel, Alan voulait emmener Carmen pêcher en Nouvelle-Zélande ; il avait tourné un film là-bas et avait été séduit par la beauté sauvage du pays. Mais elle voulait visiter Paris, qu'elle ne connaissait pas.

— Vous n'avez qu'à venir avec moi en Nouvelle-Zélande, Jeff, proposa Alan en allumant un cigare. Les filles pourront aller faire du shopping de leur côté.

Il plaisantait, mais Allegra lui rappela une fois encore de se montrer prudent. Dès que la presse apprendrait que Carmen et lui s'étaient mariés, leur vie deviendrait infernale. Il était indispensable qu'ils gardent le secret aussi longtemps que possible.

— Comment comptez-vous aller à Las Vegas ?

— Par la route, je pense, répondit Alan.

— Pourquoi ne pas louer un minibus ? Celui qu'utilise généralement Bram est génial. Je vais voir si je peux l'avoir. Ce serait mon cadeau de mariage.

Elle savait que cela lui coûterait près de cinq mille dollars, mais le minibus en question était fabuleux et en valait la peine. C'était une sorte de yacht sur roues, un peu comme un jet privé. De plus, si elle le louait à son nom, personne ne saurait à qui il était destiné.

— Ça a l'air tentant, reconnut Carmen.

Alan acquiesça et remercia Allegra.

Jeff et Allegra aidèrent leurs hôtes à débarrasser les reliefs du repas et à mettre le lave-vaisselle en route. La femme de ménage le viderait à son arrivée, le lendemain matin.

Il était onze heures lorsque les deux couples se séparèrent. La lune était haut dans le ciel. Jeff demanda à Allegra si elle voulait voir sa maison au passage : elle n'était pas très loin de là. D'abord hésitante, elle finit par hocher la tête. Etrangement, elle se sentait plus timide vis-à-vis de lui qu'à New York. Ils avaient été tellement pressés, là-bas, qu'ils avaient fait le plein de souvenirs sans se poser de questions. Mais à présent, ils étaient de retour dans la réalité, et c'était un peu effrayant.

Elle réfléchit à tout cela durant le court trajet, ainsi qu'à l'incroyable nouvelle que leur avaient annoncée Alan et Carmen.

— Ils ne se connaissent que depuis deux semaines ! observa-t-elle, incrédule, comme Jeff arrêtait la voiture devant une petite maison bien tenue en bord de plage.

— Nous sommes à Hollywood, ne l'oublie pas ! répondit-il en riant.

Se marier un mois après s'être rencontrés était un pari audacieux, mais Alan et Carmen étaient parfaitement assortis, et Jeff avait le sentiment que cela allait marcher. Il en fit part à Allegra, qui acquiesça.

— Ce sont des gens bien, tous les deux. J'aurais simplement préféré qu'ils aillent un peu moins vite en besogne.

Cela ne l'étonnait guère de la part de Carmen, mais Alan, en revanche, se montrait d'ordinaire plus prudent. Sans doute avait-il senti qu'il était tombé sur la bonne personne et ne voyait-il pas l'intérêt d'attendre plus longtemps.

— Vas-tu vraiment venir au mariage ? demanda-t-elle à Jeff en le suivant jusqu'à la porte.

Il l'ouvrit, puis se tourna vers Allegra. Il aurait aimé la soulever dans ses bras pour lui faire franchir le seuil, mais il craignait de l'effrayer en accomplissant un geste aussi sérieux, en particulier après ce qu'elle avait dit en apprenant qu'Alan et Carmen se mariaient si vite.

— Je viendrai si cela te fait plaisir. Je ne suis jamais allé à Las Vegas.

— Attends de voir ça ! A côté, Los Angeles ressemble à une petite ville universitaire anglaise !

— J'ai hâte ! plaisanta-t-il.

Il lui fit visiter la maison. Celle-ci était petite et propre, très bien rangée. Il y avait des tapis en sisal sur le sol, et les canapés étaient recouverts de jean. Bien qu'elle ne fût que louée, elle évoquait la côte est, comme son occupant. Elle rappelait à Allegra les maisons de vacances de la Nouvelle-Angleterre. C'était un endroit qui correspondait parfaitement à Jeff, et qui semblait idéal pour écrire, ou pour lire les jours de pluie. La cheminée était entourée de profonds fauteuils en cuir qui invitaient à la détente. La chambre à coucher, en revanche, était très californienne, avec son grand lit à baldaquin entièrement fait de bûches rustiques.

La salle de bains, en marbre, était immense, et la baignoire faisait également jacuzzi. Quant à la cuisine, elle était meublée d'une grande table campagnarde qui pouvait accueillir douze personnes. A part cela, il disposait d'un bureau et d'une petite chambre d'amis. C'était parfait.

— Comment as-tu réussi à dénicher cette merveille ? s'étonna Allegra.

Trouver une maison à louer à Malibu était à peu près aussi rare que de trouver une pièce d'or dans une meule de foin.

— En fait, elle appartient à un ami d'université qui est reparti dans l'Est l'été dernier. Il était content de me la louer, et moi de l'occuper. Il est à Boston, maintenant, et je pense qu'à terme il voudra la vendre. Je l'achèterai peut-être. Pour l'instant, je me contente de la louer.

Allegra regarda autour d'elle, un sourire aux lèvres. Elle aimait cet endroit et trouvait qu'il correspondait bien à Jeff. Le contraste avec la maison d'Alan, beaucoup plus californienne, était saisissant.

Ils allèrent se promener sur la plage, mais le vent ne tarda pas à se lever et ils rentrèrent à l'intérieur. Blottis l'un contre l'autre sur le canapé, ils passèrent un long moment à bavarder. Il était une heure du matin lorsque Allegra songea qu'il était sans doute temps pour elle de retourner en ville. Cela l'ennuyait de contraindre Jeff à la raccompagner, mais ils étaient allés chez Alan dans la voiture de l'écrivain, et elle n'avait pas d'autre moyen de rentrer à Beverly Hills.

— C'est idiot de ma part, j'aurais dû te retrouver ici. Ça me rend malade de t'obliger à conduire jusque là-bas.

— Ça ne me pose pas de problème. En Californie, de toute façon, on passe sa vie au volant !

Contrairement à Brandon, qui se plaignait toujours de quelque chose, Jeff était facile à vivre et détendu. Elle se sentait si bien avec lui ! Elle avait l'impression qu'ils étaient ensemble depuis des années. Comme Carmen et Alan, ils étaient parfaitement à l'aise l'un avec l'autre.

Ils s'embrassèrent de nouveau, avec plus de ferveur encore que les autres fois. Allegra s'abandonna totalement à ce baiser, heureuse d'être avec Jeff, libre. Ils n'étaient pas pressés, ils n'avaient pas d'obligations, ils pouvaient se consacrer l'un à l'autre. C'était un véritable luxe, qu'ils appréciaient à sa juste valeur.

— Si je ne me lève pas bientôt, je ne partirai jamais, souligna Allegra d'une voix rauque comme il l'embrassait encore.

— C'est bien ce que j'espère, murmura-t-il.

— Moi aussi, avoua-t-elle en riant. Mais je pense que je devrais y aller.

— Pourquoi ? demanda Jeff.

Allongés côte à côte sur le canapé, ils regardèrent un moment les flammes danser dans la cheminée. Ils étaient bien, là, devant le feu. Dehors, l'océan léchait doucement le sable sur la plage et la lune brillait au-dessus des toits. Mais pour Allegra, en cet instant, seul Jeff comptait.

— Me prendrais-tu pour un fou si je te disais que je t'aime ? demanda-t-il.

Cela semblait incroyable, mais tous deux éprouvaient la même chose depuis l'instant où ils s'étaient rencontrés, chez les Weissman.

— Non. En fait, j'ai l'impression de t'avoir toujours connu, comme Alan.

— Si seulement nous nous étions rencontrés à la même époque ! Je suis prêt à parier que tu étais très mignonne, à quatorze ans, dit-il, s'efforçant de l'imaginer avec des couettes, des taches de rousseur et un appareil dentaire.

— Oui, moi et mes baisers écœurants… C'était vraiment une période agréable de ma vie. Tout était si simple !

— Ce que nous partageons l'est aussi. Seules les choses négatives sont compliquées. Notre amour, lui, est parfaitement bon, naturel, et tu le sais.

— Vraiment ? demanda-t-elle en le regardant.

Pour toute réponse, il la serra plus étroitement dans ses bras et l'embrassa.

— J'ai peur, parfois, reconnut-elle.

— De quoi ?

— De prendre les mauvaises décisions, de me lier à la mauvaise personne. Je ne veux pas gâcher ma vie comme… comme tous ces gens qui se marient trop vite et le regrettent jusqu'à la fin de leurs jours, ou qui passent des années ensuite à essayer de changer les choses. Je ne veux pas que ça m'arrive.

— Alors ça n'arrivera pas, rétorqua-t-il simplement.

Il savait ce qui était bien pour eux, ce dont ils avaient tous les deux besoin. Le moment était venu, il ne servait à rien de se torturer davantage. Très doucement, il la prit dans ses bras et la porta dans la chambre. Il l'allongea sur le grand lit à baldaquin. Elle était bien, là, elle se sentait en sécurité avec lui, et elle ne fit aucun geste pour bouger ou pour le repousser. Elle demeura immobile, ses grands yeux verts fixés sur lui, et quand il se pencha pour l'embrasser, elle répondit aussitôt à son baiser. Petit à petit, il la déshabilla entièrement, admirant son corps et l'embrassant à chaque étape. Sa langue, ses mains, ses yeux se régalaient d'elle, et ils firent l'amour pendant des heures, pour ne s'endormir qu'au petit matin, blottis dans les bras l'un de l'autre.

Lorsqu'il se leva, il lui prépara un petit déjeuner et le lui apporta au lit sur un plateau, puis il la réveilla en déposant une pluie de baisers le long de son dos. Elle s'étira et le regarda longuement, un sourire de pur plaisir aux lèvres. Elle n'oublierait jamais cette nuit. Jeff avait raison : leur moment était venu.

Ils prirent leur petit déjeuner et bavardèrent longuement avant de se lever pour prendre un long bain relaxant dans le jacuzzi. Ensuite, ils allèrent se promener sur la plage. Au loin, ils aperçurent Carmen et Alan, mais avant d'être repérés, ils rentrèrent chez Jeff et firent de nouveau l'amour. Ils passèrent tout l'après-midi du dimanche dans les bras l'un de l'autre.

Chez Alan, Carmen était catégorique.

— Je te dis que j'ai vu Allegra ce matin, sur la plage. Elle se promenait avec Jeff.

— Ils sont rentrés hier soir à Los Angeles, la reprit Alan. Allie ne ferait pas un truc comme ça. Pas encore. Elle prend son temps. Et je crois qu'elle a peur, après ce qui lui est arrivé avec Brandon.

— Je te répète que je les ai vus.

Elle en était sûre, et le prouva lorsque, à la grande surprise d'Alan, ils virent passer devant chez eux en fin d'après-midi la voiture de Jeff. Allegra se trouvait bel et bien à l'intérieur.

— Ah ! Tu vois ! s'écria Carmen comme le couple, les voyant installés dans leur jardin, leur faisait de grands signes amicaux.

— Pas croyable ! s'exclama Alan, incrédule.

Mais il se réjouissait pour son amie. Jeff lui semblait être quelqu'un de bien, et Allegra méritait ce qu'il y avait de mieux. Alan l'aimait comme une sœur.

— Peut-être que nous ferons une double cérémonie, à Vegas, dit Carmen en riant tandis qu'ils rentraient à l'intérieur de la maison.

Alan, cependant, en doutait.

10

Au début du mois de février, Allegra fut submergée de travail. Elle devait organiser la tournée de Bram, négocier le nouveau contrat de Carmen et s'occuper d'une série d'autres projets mineurs. Mais, en dépit de sa fatigue, elle souriait en permanence. Alice ne l'avait jamais vue aussi heureuse.

Parfois, Jeff faisait une pause dans son travail ou allait à un rendez-vous en ville et en profitait pour passer la voir au bureau et, dans la mesure du possible, l'emmener déjeuner. Il leur arrivait même d'aller faire un tour chez elle pendant la pause de midi ; et dans ces cas-là, lorsqu'elle rentrait ensuite au bureau, il lui fallait faire un effort pour avoir l'air sérieux et se concentrer sur son travail. Elle pensait à Jeff en permanence. Jamais elle n'avait été aussi bien. Ils semblaient faits l'un pour l'autre : ils aimaient les mêmes choses, les mêmes livres, ils partageaient les mêmes idées et avaient les mêmes goûts. Jeff était toujours tendre et accommodant, et il était doté d'un merveilleux sens de l'humour.

Après leur première semaine de bonheur, qu'ils passèrent pour l'essentiel chez lui, dans sa confortable maison de Malibu, Allegra suggéra qu'ils aillent dîner ensemble chez ses parents. Elle ne leur avait toujours pas parlé de sa rupture avec Brandon.

— Tu es sûre ? demanda Jeff avec prudence.

Il était fou d'elle mais ne voulait pas précipiter les choses. Il savait combien elle était proche de sa famille et il avait peur que les Steinberg ne voient sa présence comme une intrusion.

— Absolument, maman adore que nous ramenions des amis à la maison.

Et ce depuis toujours. Les parents d'Allegra aimaient être entourés des copains de leurs enfants et les recevaient toujours avec chaleur.

— Ils doivent être extrêmement occupés…

Il hésitait et se sentait un peu nerveux. Rencontrer les parents de ses petites amies n'avait jamais été son passe-temps favori.

— Mais je sais qu'ils seront ravis de te connaître, insista Allegra.

Finalement, elle réussit à le convaincre de venir dîner avec eux le vendredi soir, en dépit de toutes ses appréhensions.

Lorsqu'il passa la chercher, il portait un pantalon en toile et un blazer, et il lui rappela aussitôt le Jeff qu'elle avait rencontré à New York : séduisant, conservateur et sérieux. Ils prirent la route de Bel Air, et Allegra sourit à son compagnon. Il paraissait nerveux.

— Est-ce parce que je suis la fille du grand Simon Steinberg ou simplement parce que je vais te présenter à mes parents ? s'enquit-elle d'un ton taquin.

Elle avait un peu l'impression d'avoir de nouveau seize ans, et cela l'amusait. Elle était certaine que ses parents allaient adorer Jeff autant qu'ils avaient détesté Brandon. Simon s'était montré plutôt indifférent vis-à-vis de ce dernier, mais Blaire éprouvait pour lui une aversion prononcée. En fait, elle avait deviné sa véritable personnalité dès qu'elle l'avait vu.

Jeff rendit son sourire à sa compagne.

— Je n'oublierai jamais ce que j'ai ressenti quand j'ai envoyé mon premier livre à ton père… S'il allait s'imaginer que je reviens le harceler à ce sujet ?

Allegra éclata de rire.

— Je le crois capable de deviner assez vite pour

quelle raison nous nous fréquentons, observa-t-elle avec un clin d'œil malicieux. Et dans le cas contraire, maman lui expliquera de quoi il retourne. Elle n'est pas tombée de la dernière pluie !

Lorsqu'ils arrivèrent, Blaire étudiait avec attention les plans de sa nouvelle cuisine, étalés sur le sol du salon. A quatre pattes, un crayon dans les cheveux, elle expliquait à Simon les modifications prévues.

Elle leva la tête en entendant la porte s'ouvrir et sourit avec chaleur à sa fille aînée. Remarquant qu'elle n'était pas seule, elle ne put dissimuler un mouvement de surprise mais se ressaisit aussitôt.

— Bonsoir, ma chérie ! J'expliquais à papa à quoi allait ressembler la nouvelle cuisine.

Elle se leva, et Allegra lui présenta Jeff. Lorsqu'elle avait appelé pour dire qu'elle ne viendrait pas seule, Blaire n'avait pas songé un instant qu'il pût s'agir d'un autre que Brandon, et à présent, bien qu'elle s'efforçât de ne pas paraître trop curieuse, elle ne pouvait s'empêcher d'observer Jeff avec attention. Il était clair qu'elle mourait d'envie de poser des questions à son sujet.

Simon s'approcha à son tour, un sourire abattu aux lèvres.

— Disons qu'elle me montrait ce que deviendrait un jour le trou de notre jardin, et la pièce dans laquelle nous prenions autrefois le petit déjeuner… Cette maison va être dans un bazar innommable pendant les six prochains mois !

Là-dessus, il se tourna vers Jeff et se présenta, une lueur d'intérêt dans le regard. Il appréciait le sourire ouvert de l'ami d'Allegra, et sa poignée de main ferme lui fit excellente impression.

— Nous nous sommes rencontrés il y a un an, lui rappela Jeff. Vous avez eu la gentillesse de me recevoir à propos d'un scénario que je souhaitais écrire à partir d'un de mes livres, *Oiseaux d'été*. Mais je suis sûr que vous voyez tant de gens que vous ne pouvez vous souvenir de tous, conclut-il, très à l'aise.

— En vérité, je vois tout à fait qui vous êtes, objecta

Simon en hochant la tête. Vos idées pour le scénario étaient très bonnes, mais il vous fallait retravailler l'histoire d'origine. C'est presque toujours le cas avec les romans.

— J'y travaille depuis, acquiesça Jeff avant de serrer poliment la main de Blaire.

Il était d'une éducation parfaite, et cela se voyait dans le moindre de ses gestes.

Sam les rejoignit alors, et ils s'assirent et bavardèrent un moment avant le dîner. Ils parlèrent de la carrière de Jeff, de la nouvelle cuisine de Blaire, et des différences entre New York et Hollywood. Jeff reconnut qu'à certains égards la vie new-yorkaise lui manquait ; mais vivre en Californie avait des avantages indéniables, s'empressa-t-il d'ajouter, songeant surtout à Allegra. A l'origine, il avait eu l'intention de s'installer sur la côte ouest pendant un an, puis de rentrer à New York pour écrire son prochain livre. Il avait même envisagé d'aller vivre à Cape Cod ou en Nouvelle-Angleterre. Mais de toute façon, avant de déménager, il devait finir son film, dont le tournage commençait en mai et ne serait probablement pas terminé avant septembre.

Allegra, à son côté, paraissait un peu inquiète tandis qu'il exposait ses projets à la famille. Elle ignorait qu'il souhaitait repartir dans l'Est.

— Ce n'est pas une bonne nouvelle, remarqua-t-elle alors qu'ils se levaient tous pour se diriger vers la salle à manger.

L'idée qu'il pût s'en aller si peu de temps après leur rencontre la contrariait infiniment. Tout se passait si bien entre eux !

— Je suis sûr que je pourrai me laisser convaincre de rester, murmura-t-il d'un ton rassurant en effleurant son cou d'un baiser.

— Je l'espère, répondit-elle.

Pendant tout le dîner, Allegra s'amusa du manège de sa mère, qui les observait en s'efforçant d'être discrète. Elle mourait d'envie de savoir qui était Jeff, d'où il venait, ce qu'il représentait pour Allegra et où était passé Brandon, mais elle ne pouvait poser la question à sa fille tant qu'il était là. Allegra remarqua que Sam aussi jetait des regards en coin à leur invité. Enfin, lorsqu'ils quittèrent la salle à manger, sa mère réussit à l'entraîner dans un coin.

— Y aurait-il quelque chose de changé dans ta vie, Allegra ? demanda-t-elle pendant que Simon et Jeff allaient se promener quelques instants pour parler de l'industrie du cinéma.

Ils discutaient syndicats et coûts de production. Blaire, elle, s'intéressait bien davantage à la vie privée de sa fille : elle voulait tout savoir et sonda son regard en souriant.

— De quoi parles-tu, maman ? demanda la jeune femme d'un air faussement innocent, et elles rirent de bon cœur.

Sam leva les yeux au ciel. Il n'était pas difficile de deviner, lorsqu'on les voyait ensemble, que Jeff et Allegra étaient très proches.

— Je pensais que nous ne serions jamais débarrassés de Brandon, reprit Blaire. Est-il à San Francisco ce week-end, ou ai-je bien deviné et t'es-tu enfin libérée de lui ?

— Ça se pourrait, répondit Allegra, énigmatique.

Il était trop tôt, estimait-elle, pour déclarer officiellement à sa famille que Jeff et elle sortaient ensemble. Elle avait souhaité le leur présenter, mais ne voulait pas faire pression sur lui d'une manière ou d'une autre.

— Tu aurais pu nous le dire, lui reprocha Blaire.

Sam s'allongea sur le canapé. Elle était épuisée et trouvait les histoires d'amour de sa sœur terriblement ennuyeuses, même si elle préférait mille fois Jeff à Brandon.

— Il est beaucoup plus mignon, déclara-t-elle avec un intérêt poli. Alors, Allie, que t'est-il arrivé ? Brandon t'a plaquée ?

— Ce n'est pas une manière de poser la question ! protesta Blaire avant de se tourner vers sa fille aînée. Que s'est-il passé, ma chérie ?

Elle ne pouvait résister à la tentation de savoir. Elle se réjouissait tant qu'Allegra ait rompu avec Brandon ! Elle avait toujours eu l'impression que ce dernier ne s'occupait pas assez bien de sa fille. Il lui semblait trop indifférent, trop détaché, désapprobateur même parfois, et elle ne lui avait jamais pardonné de ne pas avoir divorcé de sa femme.

— Je pense que c'est le temps, tout simplement, qui nous a éloignés l'un de l'autre, répondit Allegra, évasive.

— Depuis quand êtes-vous séparés ? voulut savoir Sam, qui sentait que sa sœur ne leur disait pas tout.

— Quelques semaines. J'ai rencontré Jeff à New York, ajouta-t-elle, décidant de leur donner tout de même quelques éléments.

Sa mère parut ravie. Jeff lui avait fait bonne impression, et il s'entendait visiblement très bien avec Simon.

— Il est séduisant, déclara-t-elle au moment précis où Jeff et Simon revenaient, toujours plongés dans leur conversation sur le cinéma.

— J'aimerais jeter un coup d'œil à votre nouveau livre, un de ces jours, disait Simon. En fait, je vais en acheter un exemplaire. Il est sorti récemment, n'est-ce pas ?

— Oui, il y a quelques mois. Je viens de terminer la tournée promotionnelle… Je ne vois vraiment pas quand vous trouvez le temps de lire, avec tout ce que vous faites, ajouta Jeff, sincèrement impressionné.

— Je me débrouille.

En disant cela, Simon échangea un coup d'œil avec sa femme, et Allegra remarqua qu'ils se regardaient de façon étrange. Pas avec animosité, ni avec colère ; mais on sentait un malaise indéfinissable entre eux. Quelque chose les avait-il contrariés plus tôt dans la journée ? se demanda Allegra. Peut-être s'étaient-ils disputés au sujet de la nouvelle cuisine. Simon avait horreur de vivre dans les travaux, alors que Blaire adorait redécorer sa maison, ce qui provoquait occasionnellement quelques frictions domestiques.

Allegra ne dit rien, mais lorsqu'elle alla ensuite dans la cuisine avec sa mère, elle l'observa avec attention. Rien de grave ne semblait l'affecter, même si elle avait bel et bien l'air fatigué depuis quelque temps. Elle s'inquiétait pour son émission et était toujours extrêmement occupée.

— Papa va bien ? s'enquit Allegra d'une voix détachée.

Elle ne voulait pas se montrer indiscrète ; tous les couples se querellaient parfois, après tout.

— Bien sûr, ma chérie, pourquoi ?

— Je ne sais pas… Je l'ai trouvé un peu froid, ce soir. Peut-être est-ce mon imagination qui me joue des tours.

— Probablement, acquiesça Blaire sans se troubler. Il est furieux à propos du jardin. Il l'aime tel qu'il est, et il ne pense pas que les travaux vont l'améliorer.

Il s'agissait là d'un vieux débat entre eux, et Allegra sourit. C'était bien ce qu'elle avait deviné. Ses parents n'avaient jamais de problèmes graves ; leur couple était d'une solidité à toute épreuve.

— J'aime bien ton ami, reprit Blaire. Il est intelligent, agréable et décontracté. Et pas mal du tout, physiquement, ajouta-t-elle en se servant un verre d'eau, un sourire aux lèvres. Je suis contente comme tout.

Allegra rit. Elle savait ce que voulait dire sa mère : elle était soulagée que Brandon soit sorti de sa vie.

— Ça ne m'étonne pas, dit Allegra.

Il était néanmoins un peu triste que tout le monde se réjouisse à ce point de sa rupture. Pourquoi avait-elle été aussi aveugle, quand tout son entourage avait deviné depuis longtemps quel genre d'homme Brandon était vraiment ?

— Depuis quelques semaines, Jeff et moi avons été emportés par une espèce de tourbillon, confia-t-elle à sa mère. Nous nous sommes rencontrés à New York chez un agent avec qui je devais travailler, et depuis, nous ne nous sommes pour ainsi dire pas quittés.

Elle jeta à sa mère un coup d'œil timide qui émut Blaire jusqu'au plus profond d'elle-même.

— Il est tellement adorable avec moi… Je n'ai jamais rencontré quelqu'un comme lui. A part papa.

— Seigneur ! C'est sérieux, alors. Les femmes ne comparent leur père qu'à l'homme qu'elles épousent.

Allegra rougit aussitôt comme une pivoine.

— Allons, maman, nous ne nous connaissons que depuis quelques semaines !

— Tu serais surprise de la vitesse à laquelle vont les choses quand la bonne personne se présente.

En entendant les paroles de sa mère, Allegra songea à Carmen et Alan, et elle fut tentée de parler de leur aventure à Blaire. Elle se retint, cependant, se souvenant qu'elle leur avait promis le secret le plus absolu.

Elles retournèrent rejoindre les hommes au salon. Sam s'était éclipsée pour aller téléphoner à ses amies. Jeff et Allegra restèrent chez les Steinberg jusqu'à plus de onze heures ; ils rirent, bavardèrent et passèrent un merveilleux moment.

Dès qu'ils furent partis, Blaire décocha à son mari un sourire radieux.

— Allons, allons, Blaire… Ne commence pas à t'imaginer des choses. Elle le connaît à peine, dit Simon avec un petit rire, conscient de l'enthousiasme de sa femme.

— C'est exactement ce qu'elle m'a dit, mais vous êtes aussi aveugles l'un que l'autre. Ce type est fou d'elle, cela saute aux yeux.

— Je n'en doute pas un instant, mais laisse-lui quand même une chance avant de lui passer d'emblée la corde au cou.

Il avait dit cela en plaisantant mais se rendit compte aussitôt que c'était maladroit.

— Ce n'est pas ce que je voulais dire, se reprit-il aussitôt.

Mais il était trop tard. Blaire s'était détournée avec un petit haussement d'épaules. Elle avait très bien compris sa pensée. Jamais, autrefois, il n'aurait fait de commentaire de ce type – pas plus qu'elle. Dernièrement cependant, tous deux laissaient échapper à tout propos des remarques acerbes sur le mariage. Simon affirmait que cela ne signifiait rien, que c'était juste de l'humour, mais elle n'était pas dupe. Même si leur couple était toujours solide, elle décelait des fissures imperceptibles dans le ciment de leur amour. Elle pensait savoir d'où elles venaient, sans pour autant en avoir la certitude. Lorsqu'elle leva les yeux vers son mari, elle fut frappée en plein cœur par son air soudain froid, distant. Rien de définissable, mais elle sentit son cœur se serrer, comme sous l'étau d'une main invisible et glacée.

— Tu montes te coucher ? demanda-t-elle d'une voix posée, les plans de la future cuisine sous le bras.

— Dans une minute.

Elle hocha la tête et se dirigea vers l'escalier. Elle était triste de ce refroidissement entre eux. S'agissait-il seulement d'une période difficile, d'un passage un peu rocailleux sur la route, ou fallait-il y voir le signe d'un malaise profond et irrémédiable ? Elle n'en savait rien encore.

— Alors ? Comment trouves-tu mes parents ? demanda Allegra dans la voiture qui les ramenait à Beverly Hills.

Ils avaient décidé de dormir chez elle ce soir-là plutôt que de retourner jusqu'à Malibu.

— Epatants, répondit Jeff sans dissimuler son admiration.

Il les avait trouvés chaleureux, simples, charmants, intéressants et très agréables. Il raconta à Allegra sa conversation avec Simon.

— Il dit qu'il a envie de lire mon livre, mais je pense que c'est seulement par politesse. En tout cas, c'est gentil de le proposer.

— Il s'intéresse vraiment aux nouveaux talents. Il adore encourager mes amis lorsqu'ils font un film, écrivent une pièce de théâtre ou créent une entreprise. Il trouve ça passionnant et prétend que ça le maintient jeune.

De fait, à soixante ans, Simon Steinberg en faisait à peine cinquante, songea-t-elle. Sans savoir pourquoi, l'image de sa mère s'imposa alors à son esprit, et elle ne put s'empêcher de froncer légèrement les sourcils.

— Pour tout dire, c'est maman qui me préoccupe, avoua-t-elle.

— Pourquoi ? s'étonna Jeff.

Blaire était belle, encore jeune, pleine de talent, en excellente santé, et tout semblait lui réussir. Il ne comprenait pas pourquoi Allegra s'inquiétait.

— Elle m'a paru en pleine forme, fit-il valoir.

— Je sais, mais je ne suis pas persuadée qu'elle le soit. Je crois que son échec aux Golden Globes cette année lui a réellement fait un choc. Elle a eu beaucoup de problèmes avec son émission… Je ne sais pas exactement ce qu'il y a, reprit-elle, incapable de mettre précisément le doigt sur ce qui la gênait, c'est juste une impression, mais elle me semble avoir tout le temps l'air triste, sous ses sourires et ses déclarations rassurantes. Quelque chose la mine.

— Tu lui as posé la question ?

Cela semblait une réaction logique, mais Allegra secoua la tête.

— Honnêtement, même si je le faisais, je ne pense pas qu'elle me dirait ce qui la tracasse. Je lui ai demandé si elle avait un problème avec papa, parce qu'il m'a paru un peu froid avec elle, ce soir, mais elle m'a simplement répondu qu'il était furieux qu'elle veuille refaire le jardin.

— Il ne faut certainement pas chercher plus loin, la rassura Jeff. Ils doivent travailler beaucoup, tous les deux, et à la longue leur couple s'en ressent. Ils sont vraiment extraordinaires.

Simon Steinberg était le plus grand producteur d'Hollywood, et son épouse réalisait l'une des émissions les plus populaires de la télévision. Ce ne devait pas être facile tous les jours, et Jeff ne trouvait guère étonnant qu'aucun de leurs enfants n'ait eu envie de se mesurer à eux sur le plan professionnel.

— J'ai trouvé Sam très sympa.

Elle était très belle et avait encore, en raison de sa jeunesse, des idées rafraîchissantes sur beaucoup de choses.

— C'est aussi mon avis, parfois, ironisa Allegra. Même si dernièrement elle a tendance à se comporter comme une sale gosse. Cela ne lui fait pas de bien d'être seule avec les parents tout le temps, ils la gâtent trop. Quand Scott et moi vivions à la maison, cela se passait un peu mieux, mais ça fait longtemps maintenant que nous sommes partis. Papa est complètement gaga avec elle, et elle en abuse. Maman se montre un peu plus sévère, mais Sam ne tient aucun compte de ce qu'elle lui dit et n'en fait qu'à sa tête. Moi, jamais je n'aurais osé me conduire comme ça.

— Je suppose que c'est toujours comme ça avec les plus jeunes. Les aînés sont élevés sévèrement, puis les parents se relâchent un peu. Mais elle ne m'a pas paru incorrecte, au contraire. Elle s'est montrée très polie.

— Seulement parce que tu lui plaisais.

— Comment se serait-elle comportée dans le cas contraire ?

— Elle t'aurait ignoré.

— Dans ce cas, je suis flatté.

Ils atteignaient la maison d'Allegra. Une fois à l'intérieur, ils allèrent directement se coucher ; tous deux étaient épuisés, mais ils adoraient être allongés dans les bras l'un de l'autre, et leurs caresses ne demeuraient jamais longtemps chastes. Il ne leur fallait pas longtemps pour être emportés par la passion. Allegra chérissait ces moments d'intimité et se réjouissait de se réveiller au côté de Jeff. Parfois, il se levait avant elle et préparait du café pour tous les deux. Leur existence leur semblait absolument parfaite.

Le samedi matin, Alan les appela pour les inviter à dîner.

— Quelle vie ! s'exclama Jeff pendant qu'Allegra, nue sous son tablier de dentelle blanche, lui servait des brioches beurrées pour le petit déjeuner.

Elle prit une pose sexy et il fit semblant de la photographier.

— Voilà qui devrait réjouir la presse à scandale, plaisanta-t-il en l'attirant sur ses genoux.

Moins d'une minute plus tard, ils se retrouvaient au lit, et il était plus de midi lorsqu'ils se levèrent enfin. Comme Allegra s'interrogeait sur ce qu'elle allait préparer pour le déjeuner, Jeff affirma que manger et faire l'amour étaient désormais leurs deux seules activités.

— Tu t'en plains ? demanda-t-elle en croquant dans une pomme.

— Mon Dieu, non ! J'adore ça.

— Moi aussi.

Elle se souvint alors de l'invitation d'Alan.

— Que veux-tu que nous fassions, à propos du dîner de ce soir ? Tu as envie d'y aller ?

Elle ne voulait pas le pousser ; il avait peut-être envie de voir ses propres amis. Cependant, il s'était très bien entendu avec Alan et Carmen.

— En fait, ça me ferait plaisir, oui, acquiesça-t-il.

A son tour, il mordit dans la pomme, juteuse à souhait, avant d'embrasser Allegra. Leurs lèvres avaient le goût de pomme, et leur baiser faillit les ramener dans la chambre.

— Si nous continuons comme ça, nous ne ferons jamais rien, observa Allegra tandis que son compagnon déposait une pluie de baisers dans son cou. Bon, j'appelle Alan.

Ils convinrent de se retrouver chez ce dernier à Malibu pour le dîner et d'aller ensuite jouer au bowling tous ensemble. Lorsqu'ils arrivèrent, à sept heures, Carmen préparait des pâtes pendant qu'Alan s'occupait de la sauce en chantant faux, et à tue-tête, des airs d'opéras italiens. Tout le monde rit de bon cœur, et Jeff alla mettre un disque.

C'était une soirée chaude et calme, et ils faillirent

dîner sur la terrasse, mais en fin de compte ils décidèrent de rester dans la maison. Ils s'assirent autour de la table de la cuisine, se régalèrent, puis se plaignirent tous d'avoir trop mangé. La sauce d'Alan et les fettuccine de Carmen étaient délicieux.

— Bientôt je serai de nouveau affamé, soupira Alan. Nous commençons les répétitions à la fin du mois de mars, et le tournage proprement dit débutera à la mi-avril, dans les Alpes suisses.

Il s'agissait une fois encore d'un film d'aventures. Il y jouait un rôle important et toucherait un cachet fabuleux.

— Ça ne risque pas d'être dangereux ? s'inquiéta Carmen.

— Non, à moins que je glisse, la taquina-t-il.

Cela ne la fit pas rire, et elle ne tarda pas à déclarer qu'elle voulait l'accompagner. Allegra se mordit la lèvre ; si la jeune actrice voulait assister au tournage, les choses n'allaient pas être faciles. Les conjointes et petites amies n'étaient généralement guère appréciées sur les plateaux.

— Tu seras en train de tourner de ton côté, en juin, rappela-t-elle à Carmen. Tu n'auras pas le temps de l'accompagner.

— Je pourrais rester les six premières semaines, avant le début des répétitions.

— Ça me ferait plaisir, l'encouragea Alan.

Allegra était certaine qu'il le regretterait, mais elle ne dit rien, et ils changèrent de sujet. Il y avait des banana splits pour le dessert – le régime d'Alan ne commencerait pas tout de suite, avait-il décidé – et tous y firent honneur. Puis Alan leur demanda s'ils étaient toujours partants pour aller au bowling. Il aimait fréquenter les bars, jouer au ping-pong ou au billard, se mêler aux gens, et le bowling était l'un de ses passe-temps favoris. Il finit par convaincre tout le monde de l'accompagner. Ils montèrent dans sa Lamborghini en bavardant et riant, et il prit aussitôt la direction de Santa Monica. Il s'agissait en fait d'une voiture blindée qu'un riche Arabe avait fait construire spécialement. Il n'en existait qu'une douzaine dans le monde ; Alan avait trouvé la sienne – d'un rouge étincelant – à San Francisco. L'intérieur était entièrement en cuir et loupe d'orme. La voiture se conduisait comme une Ferrari et était censée pouvoir gravir une dune de sable sans difficultés à trois cents à l'heure. C'était l'un des jouets préférés d'Alan, et il en était très fier. Certes, cette voiture était un peu moins discrète que sa vieille camionnette Chevrolet, mais elle était aussi bien plus confortable et disposait d'une stéréo très sophistiquée.

— Où l'as-tu trouvée ? s'émerveilla Jeff, qui n'avait jamais vu de véhicule pareil.

— Dans le Nord. Elle a été construite pour un prince du Koweït qui n'est jamais venu la chercher. Elle est entièrement blindée, et les côtés sont renforcés.

Cependant, c'étaient surtout sa rapidité et son allure racée qui avaient séduit Alan.

Il se gara devant le Hangtown Bowl et ils entrèrent pour louer des chaussures et réserver une allée. A leur grande surprise, l'endroit était bondé. On leur annonça qu'il y avait de l'attente et ils en profitèrent pour prendre une bière. Vingt minutes plus tard, on les appelait, et ils purent commencer la partie.

Alan était excellent ; Carmen, bien que nulle, s'amusait comme une petite folle. Allegra se défendait, et Jeff était à peu près du niveau d'Alan. Ce dernier, cependant, prenait le jeu plus sérieusement que ses adversaires et ne cessait de répéter à Carmen de se concentrer et de faire attention.

— Mais c'est ce que je fais, mon amour, je t'assure, répondait-elle en pouffant.

Allegra ne tarda pas à remarquer qu'on les observait. Sans qu'ils s'en soient aperçus, un petit attroupement s'était formé autour d'eux ; il était clair que les clients avaient reconnu non seulement Alan, mais aussi Carmen.

— Bonjour, lança cette dernière à l'un d'eux.

Elle n'avait absolument pas conscience du spectacle

qu'elle offrait, avec son jean blanc et son tee-shirt moulant qui révélait plus qu'il ne cachait ses formes parfaites. En dépit des horribles chaussures de location turquoise et marron, elle ressemblait à une reine de beauté, et quelques-uns des hommes présents, visiblement éméchés, semblaient la trouver très à leur goût.

Alan se taisait, mais il avait compris ce qui se passait, et il se débrouilla pour que Carmen se retrouve entre Jeff et lui. On l'examinait lui aussi, et du coin de l'œil, il vit un homme aux cheveux plaqués en arrière adresser la parole à Allegra.

Cette dernière ne se troubla pas lorsque l'inconnu lui posa des questions sur la voiture garée devant l'établissement. Elle affirma qu'ils l'avaient louée pour la soirée chez un loueur de Los Angeles spécialisé dans les voitures de collection. C'était un mensonge tout à fait crédible.

— Elle se croit vraiment cool, hein ? dit un autre homme à Allegra en désignant du doigt Carmen, qui s'efforçait de se concentrer sur son jeu. On sait qui elle est. Elle se la joue popu, c'est ça ? Ça craint vraiment.

Allegra répondit par un vague murmure et s'éloigna. Elle ne voulait pas énerver davantage les deux hommes : ils étaient visiblement saouls et commençaient à attirer l'attention d'autres personnes dans la salle. Tout à coup, une femme demanda un autographe à Carmen, bientôt imitée par quelques autres, et soudain, des dizaines de personnes s'agglutinèrent autour de l'actrice, la poussant contre une table. Avant même qu'Alan ait pu se retourner, un homme l'avait attrapé par le bras pour lui envoyer un coup de poing. Par chance, il était trop ivre pour viser juste, et grâce à une prise de karaté qu'il avait apprise de l'un des cascadeurs de son dernier film, Alan parvint à se débarrasser de lui.

Mais Allegra savait qu'il était temps d'agir. Rapide comme l'éclair, elle se dirigea vers un téléphone public et appela les services d'urgence de la police. Personne ne l'avait vue, et elle put donner son nom, un résumé de la situation et les coordonnées du bowling.

— C'est sur le point de dégénérer en bagarre générale, expliqua-t-elle calmement, et Mlle Connors risque d'être blessée. Il y a une centaine de personnes ici qui commencent à se montrer plutôt entreprenantes et agressives.

— Nous arrivons immédiatement, répondit son interlocuteur avant de donner une série d'ordres rapides. Restez en ligne, je vous prie, mademoiselle Steinberg. Comment va M. Carr ?

— Il se débrouille très bien pour le moment.

Plus personne n'avait essayé de le frapper, mais la foule se rapprochait dangereusement. Les gens voulaient toucher les deux acteurs, les déshabiller, les posséder, être eux, devenir eux. Jeff jeta un coup d'œil à Allegra et comprit aussitôt ce qu'elle faisait. Il hésita à la rejoindre mais jugea préférable de rester auprès de Carmen. Déjà, quelqu'un essayait d'arracher l'une des manches du tee-shirt de la jeune femme.

Au même instant, cependant, trois policiers entrèrent d'un pas décidé dans le bowling. Ils tenaient des matraques à la main et n'étaient visiblement pas prêts à se laisser intimider. L'un d'eux alla droit sur Carmen pendant qu'un autre s'approchait d'Alan Carr, et en quelques minutes ils parvinrent à éloigner une partie de la foule. Pourtant, des gens essayaient encore d'arracher des cheveux à Carmen, de prendre ses vêtements, de l'attirer à eux ; il fallut deux policiers pour l'éloigner des sables mouvants humains qui menaçaient de l'engloutir. Au même instant, une femme se mit à hurler et se jeta sur Alan en le suppliant de lui donner un baiser. Elle était jeune, très enveloppée, ivre, et embrasser Alan Carr était le rêve de sa vie, tout comme posséder des cheveux de Carmen Connors semblait le rêve de tous les hommes présents. Les trois policiers ne furent pas de trop pour libérer Carmen, Jeff et Alan, qui se dirigèrent ensemble vers la sortie du bar. Allegra essaya de les rejoindre ; elle était sur le point de les atteindre lorsqu'un homme la repoussa en arrière, et en quelques instants la foule la sépara à nouveau de ses amis. Jeff lui faisait de grands signes, mais elle n'arrivait pas à passer. Lui, de son côté, ne pouvait remonter le courant humain dans sa direction. La horde de fans fous d'excitation rendait sa progression quasi impossible.

— Allegra ! cria-t-il.

Elle le voyait mais n'entendait pas sa voix. Se tournant vers un policier, il lui indiqua qu'elle était avec eux, et ensemble ils forcèrent le passage pour la rejoindre, l'entourer de leurs bras et la pousser vers la porte. A l'extérieur, ils retrouvèrent Alan, Carmen et les deux autres policiers. Les mains d'Alan tremblaient lorsqu'il ouvrit la porte de la voiture. Sous la protection des policiers, ils montèrent tous les quatre à l'intérieur et refermèrent les portières ; ils démarrèrent aussitôt sans demander leur reste. Tout était terminé, et ils avaient à peine eu le temps de remercier les policiers.

Dans le rétroviseur, Alan vit la foule, privée de son centre d'intérêt, commencer à s'agiter de façon agressive.

— Seigneur, s'exclama Jeff en s'efforçant de remettre un peu d'ordre dans sa tenue, est-ce que ce genre de choses vous arrive souvent ?

Ils avaient tous l'air de rescapés d'un naufrage. Leurs vêtements étaient déchirés, leurs cheveux emmêlés, la casquette et les lunettes noires d'Alan lui avaient été arrachées, et Jeff avait perdu l'un de ses mocassins.

— Comment faites-vous pour supporter ça ?

Carmen pleurait, et Allegra la réconfortait de son mieux. Telle était la nature de cette bête humaine qui prétendait aimer les gens célèbres : elle les détestait aussi, d'une certaine manière. Elle voulait les posséder, les dévorer et finissait, s'ils ne se méfiaient pas, par les détruire.

— Ça fait peur, dit Allegra avec douceur.

Les manifestations de ce genre la mettaient toujours très mal à l'aise. Quant à Carmen, elle était terrifiée.

— Ce sont des bêtes ! Vous avez vu ces types ? sanglotait-elle. Ils m'auraient violée. L'un d'eux n'arrêtait pas de m'attraper les seins, et je vous jure que quelqu'un a essayé de glisser sa main dans mon pantalon. Ils sont répugnants.

Violents, excités, affamés, ils étaient furieux de ne pas les posséder totalement, de ne pas pouvoir les ramener chez eux, les toucher, s'approprier leurs vies et devenir eux. Et ils se vengeaient sur eux de leurs frustrations.

— Je n'irai plus jamais au bowling, gémit Carmen. (En cet instant, elle ressemblait à une petite fille terrorisée.) Je déteste ce genre de choses.

— Moi aussi, admit Alan.

Il comprenait à présent pourquoi tant de stars décidaient de se faire installer des bowlings, des patinoires, des salles de sport ou de cinéma chez elles : elles ne pouvaient aller nulle part sans provoquer d'émeutes. Elles ne pouvaient même pas sortir avec leurs enfants ou accomplir tous les gestes quotidiens que les gens « normaux » faisaient sans même y penser.

— Vous devriez voir ce que Bram subit à chacun de ses concerts, dit Allegra.

— Merci d'avoir appelé la police, Al, dit Alan d'une voix un peu déprimée.

Il y avait toujours quelque chose de dégradant dans les agressions de ce type. D'ailleurs, ils étaient tous choqués et l'ambiance était morose dans la voiture. Alan et Carmen déposèrent leurs amis chez Jeff quelques minutes plus tard, et Alan s'excusa, désolé que la soirée se soit si mal terminée. Jeff et Allegra affirmèrent qu'ils comprenaient et étaient désolés aussi, avant de les remercier pour le dîner.

— Je ne sais pas comment ils font pour vivre ainsi, les pauvres. Peuvent-ils jamais sortir ? Normalement, je veux dire, demanda Jeff lorsqu'ils furent partis.

— Ils assistent à des premières de films, mais là encore ils doivent se montrer prudents. Quand il s'agit d'événements importants, pour lesquels beaucoup de publicité a été faite, ils courent le risque de se faire sérieusement attaquer ou même blesser accidentellement. La foule peut s'avérer très dangereuse. Et le reste du temps, lorsqu'ils essaient de se comporter trop « normalement », ça se termine comme ce soir. Sauf bien sûr s'ils vont dans des endroits comme Spago. Là-bas, c'est différent, conclut-elle avec un sourire.

C'était son restaurant préféré, et le rendez-vous des stars. Personne n'aurait osé les y déranger ; la clientèle, triée sur le volet, se contentait de les admirer de loin. Mais dans les lieux publics plus classiques, comme le bowling, il n'y avait aucune limite, et parfois les choses se passaient mal. Par chance, Allegra avait été témoin au fil des ans de dizaines de scènes de ce genre, et elle savait parfaitement gérer les situations qui menaçaient de dégénérer.

— J'ai été terrorisé quand je t'ai perdue dans cette foule, dit Jeff tandis qu'ils se déshabillaient dans sa chambre.

Le fait de porter des vêtements à moitié déchirés avait quelque chose de sordide. Jeff baissa les yeux vers son pied en chaussette.

— Les pauvres. Ils s'imaginent certainement avoir volé la chaussure d'Alan.

— Tu pourras la racheter aux enchères un jour, plaisanta Allegra.

Mais elle aussi avait eu peur. Les foules de ce type étaient inquiétantes, car on ne savait jamais ce qui risquait de se passer.

— Je n'arrive pas à le croire. J'ai vraiment l'impression d'être une star, maintenant. Et franchement, ça ne me plaît pas du tout.

— Pourquoi crois-tu que je sois devenue avocate et non actrice ? Je n'aurais jamais pu supporter tout ça.

— Ça ne t'a pas empêchée de réagir à la perfection. Tu es la seule à avoir pensé à appeler la police. Moi, je restais là la bouche ouverte à me demander comment nous allions faire pour partir sans nous faire lyncher…

— Le secret est de téléphoner vite. Dès que j'ai vu ce qui se passait, j'ai su que ça allait mal finir.

Ils se couchèrent et, blottis dans les bras l'un de

l'autre, demeurèrent silencieux quelques minutes. Tous deux songeaient encore à l'incident du bowling, et Jeff ne pouvait s'empêcher de s'interroger sur le mariage d'Alan et Carmen.

— Ils devraient se marier sur une île déserte…

— D'autant que les gens sont encore plus fous aux mariages. Les fans deviennent complètement frénétiques dans ces moments-là. Les mariages de célébrités sont un cauchemar, presque pires que des concerts. (Elle eut un petit rire, mais tous deux savaient que ce n'était pas drôle.) Essaie seulement de faire comprendre ça à Carmen ! Elle refuse de me croire, et Alan dit qu'elle doit pouvoir se marier comme elle le souhaite. J'en ai discuté avec des experts de la sécurité dès qu'ils nous ont annoncé leurs intentions.

— Et qu'ont-ils dit ?

— Tu verras, répondit-elle en souriant d'un air énigmatique. Mais la sécurité sera assurée, crois-moi.

Jeff l'attira encore plus près de lui sous les couvertures.

— Comment se fait-il que je commence à redouter ce mariage ? demanda-t-il.

— Parce que tu es intelligent. Et s'ils l'étaient aussi, ils s'enfuiraient dans un endroit où personne ne pourrait se douter de quoi que ce soit… Une petite ville perdue au fin fond du Dakota, par exemple. Le problème, c'est que ce ne serait pas bien amusant. Mais je ne trouve pas les agressions comme celle de ce soir très drôles non plus.

Jeff hocha la tête d'un air entendu.

— La prochaine fois, déclara-t-il, je porterai des chaussures à lacets.

Mais même si son expérience lui avait au moins enseigné cela, il ne se sentait pas pour autant prêt à affronter le mariage d'Alan Carr et Carmen Connors…

11

Le car loué par Allegra passa prendre Alan et Carmen chez Jeff, à Malibu. Tous deux portaient des perruques, des jeans et de vieux sweat-shirts. La perruque de Carmen était brune et entourée d'un foulard, celle d'Alan noire. Ils avaient chaussé des lunettes de soleil, mâchaient du chewing-gum et parlaient avec un accent du Sud prononcé. Jeff et Allegra montèrent avec eux. Ils avaient également mis des perruques et enfilé des vêtements bon marché, mais les leurs étaient beaucoup plus élégants que ceux de leurs compagnons. La tenue d'Allegra était entièrement parsemée de strass.

— Je ne savais pas que c'était déguisé, avait observé Jeff, un sourire ironique aux lèvres, quand ils s'étaient habillés.

Une chose était sûre, en tout cas : nul ne reconnaîtrait Carmen et Alan.

Ils s'installèrent dans le salon aménagé à l'arrière du car et mangèrent des glaces en se racontant des histoires. Chaque fois que l'un d'eux apercevait son reflet dans le miroir, il éclatait de rire. De temps en temps, ils faisaient un tour dans la petite cuisine contiguë pour aller chercher des fruits, du fromage ou des sandwichs, et les deux jeunes femmes se rendirent à tour de rôle dans la salle de bains en marbre rose. Personne cependant ne songea à utiliser la grande baignoire. C'était un car comme en utilisaient fréquemment les stars du rock.

Impeccablement entretenu, il appartenait à un loueur privé, et Allegra l'utilisait souvent pour ses clients. Il faisait partie des plus luxueux du marché, même s'il ne pouvait soutenir la comparaison avec le bus à deux étages d'Eddy Murphy, célèbre pour les antiquités et les objets précieux qui le meublaient.

Une fois à Las Vegas, les quatre amis allèrent directement à l'hôtel. Ils avaient réservé des chambres au MGM Grand, et six gardes du corps les attendaient dans le hall. Dès que ces derniers les eurent repérés, ils se fondirent dans la foule anonyme qui les entourait. Il y avait deux femmes et quatre hommes ; ils s'installèrent dans les chambres situées de part et d'autre de la suite d'Alan et Carmen sans même les avoir salués, afin de ne pas attirer l'attention sur eux.

Jeff et Allegra étaient de l'autre côté du couloir. La jeune femme avait bien regardé autour d'elle, à la recherche d'éventuels photographes, mais elle n'en avait pas vu. Certes, après les Golden Globes, les journaux avaient laissé entendre que Carmen et Alan entretenaient une liaison, mais un mois seulement s'était écoulé depuis, et nul ne pouvait imaginer qu'ils étaient sur le point de se marier.

Ils changèrent de perruques à l'hôtel, et tous devinrent roux, à l'exception d'Alan, soudain blond platine et ravi de l'être.

— Mon Dieu, s'exclama Allegra en souriant, tu es horrible.

Il éclata de rire.

— Moi, j'aime assez, affirma-t-il.

Il décocha à son amie un clin d'œil appuyé et lui donna une petite tape sur les fesses. Puis, remettant sa perruque noire, il se lança dans une désopilante imitation d'Elvis. Allegra secoua la tête d'un air faussement affligé.

— C'est une bonne chose que tu aies déjà un emploi, observa-t-elle, sinon, je ne vois vraiment pas qui pourrait t'embaucher.

— On ne sait jamais, baby. On ne sait jamais.

Carmen disparut alors dans la chambre voisine avec un grand sac de vêtements. Une demi-heure plus tard, elle en sortait vêtue d'une mini-robe en satin blanc. Sous son voile court, elle avait relevé ses cheveux en chignon ; son maquillage était parfait, son visage magnifique, et ses longues jambes, révélées par la robe, auraient fait pâlir de jalousie n'importe quel mannequin. On était loin de la robe bon marché et de la perruque, et elle était vraiment ravissante. Elle avait enfilé des escarpins en satin blanc. Quand il la vit, Alan fut profondément ému, et il s'empressa d'aller retirer sa tenue fantaisiste pour revêtir une veste en lin et mettre de « vraies » chaussures. Néanmoins, il avait décidé de se marier avec la perruque blonde. Ainsi, expliqua-t-il, ils auraient des enfants blonds.

— Tu es complètement fou, lui dit Carmen en l'embrassant.

Une demi-heure plus tard, le juge de paix qu'Allegra avait contacté apparut. Elle savait que si elle était passée par l'hôtel pour faire les arrangements, la presse aurait immanquablement été mise au courant. Bien sûr, le juge reconnaîtrait sans doute Carmen, surtout que les noms des deux mariés devaient apparaître sur les papiers officiels, mais à ce moment-là, il serait trop tard pour prévenir les journaux à scandale.

Allegra avait elle aussi décidé de garder son « déguisement » : jupe en fausse fourrure, chemisier avec des strass, perruque rousse et sandales. L'ensemble était saisissant.

— J'ai hâte de voir les photos du mariage, ironisa Jeff.

Alan avait choisi ce dernier comme témoin, geste qui avait beaucoup touché Allegra.

— Tu n'es pas mal non plus, dans le genre, fit valoir Alan.

Jeff portait une perruque blonde comme la sienne et avait passé une veste Ralph Lauren sur une chemise de bowling.

Le juge de paix ignorait leur identité et pensait

visiblement qu'ils étaient tous fous à lier. La cérémonie dura à peine trois minutes, au terme desquelles il désigna Carmen et Alan mari et femme ; puis il signa le certificat de mariage sans même jeter un coup d'œil à leurs noms. Durant la cérémonie, il avait à deux reprises appelé Carmen « Carla » et Alan « Adam ». Dès que ce fut terminé, les quatre amis éclatèrent de rire, et Allegra ouvrit une bouteille de champagne. Ils commandèrent du caviar ; Alan et Carmen étaient officiellement mariés.

— Carmen Carr ! Ça me plaît, déclara Allegra en embrassant la jeune femme.

— Moi aussi, acquiesça celle-ci, les larmes aux yeux.

Elle rêvait toujours secrètement d'un vrai mariage à l'église dans l'Oregon, mais elle savait quel cirque ce serait. Paparazzis, hélicoptères, fans hystériques et cordons de police… Rien que l'idée la rendait malade.

— Bonne chance, dit le juge de paix depuis la porte.

Il tendit à Alan son certificat de mariage, avant de partir sceller des dizaines d'autres unions. Il ne se doutait pas un instant de la notoriété des deux jeunes gens qu'il venait de marier. Pour lui, ils n'étaient qu'Adam et Carla.

Une heure plus tard, ils descendirent jouer au casino. Au passage, Allegra frappa discrètement à la porte des gardes du corps, qui leur emboîtèrent le pas aussitôt. Tout se passa idéalement, sans le moindre accroc, jusqu'à plus de minuit ; soudain, malheureusement, quelqu'un reconnut Carmen et lui demanda un autographe. La jeune actrice avait ôté son voile, mais elle portait toujours la courte robe blanche dans laquelle elle s'était mariée, et quelques instants plus tard, quelqu'un la prit en photo. Allegra comprit que l'assaut était imminent.

— L'heure de partir est arrivée, Cendrillon, glissa-t-elle à l'oreille de son amie. Ton carrosse t'attend.

Deux agents de la sécurité montaient la garde près du car, et ils déclarèrent que personne ne s'était approché à l'exception du chauffeur, qui n'était au courant de rien.

— Il est trop tôt, protesta Carmen.

Mais le casino était bondé, et la perspective d'une ruée générale n'avait rien de séduisant. *« Regardez ! C'est Carmen Connors, elle vient de se marier... Et Alan Carr... » Clic... Cris... Hurlements... Frénésie...* Pas question.

— Allez, madame Carr, dépêche-toi. C'est ma nuit de noces, et je ne vais pas rester là à jouer au bingo jusqu'à l'aube.

Alan embrassa longuement Carmen avant de la guider vers la sortie du casino, où le bus les attendait. Comme elle gravissait les marches pour monter à l'intérieur, Carmen se retourna vers Allegra et Jeff, et Allegra lui tendit un petit bouquet de fleurs blanches en plastique qu'elle avait demandé au chauffeur de garder en leur absence. Carmen le lança avec grâce depuis la plus haute marche, et Allegra l'attrapa. En dépit de leurs déguisements et de la folie qui avait caractérisé cette journée, la scène était très émouvante, et tous les passants souriaient. Le chauffeur songea même que dans cette tenue, la jeune femme en blanc ressemblait un peu à Carmen Connors. Comme il le confia à Allegra, si elle avait été un peu plus grande et n'avait pas parlé avec cet accent horrible, elle aurait presque pu passer pour l'actrice.

— Moui, peut-être, admit Allegra d'un air peu convaincu.

Puis les portes se refermèrent et le bus démarra. Le jeune couple fit de grands signes à Jeff et Allegra, qui restaient sur le trottoir, entourés de gardes du corps. C'était terminé. Ils avaient réussi. Ils étaient en sécurité. Et pas le moindre paparazzi en vue. Allegra s'était merveilleusement bien débrouillée pour tout organiser, et Jeff était plus impressionné que jamais.

— Tu es un génie, la complimenta-t-il.

Le bus s'éloignait. Il serait chez Alan à quatre heures du matin ; les deux acteurs n'auraient plus qu'à se changer, prendre leurs bagages et aller attraper le vol de neuf heures pour Bora Bora. Point final.

— C'était merveilleux, hein ? s'exclama Allegra en souriant à son compagnon.

Elle se réjouissait que tout se soit si bien passé. Elle aurait été désolée que les paparazzis gâchent le plaisir d'Alan et Carmen.

— Ils n'auraient pas pu se marier normalement, n'est-ce pas ? demanda Jeff, pensif.

Il n'imaginait pas comment ils auraient pu se débrouiller, sans les déguisements, les perruques, un juge de paix myope et distrait, et même des gardes du corps et un car de rock star. Tout avait été organisé à la perfection.

— Si, ils auraient pu, mais ç'aurait été un cauchemar. Des hélicoptères partout, des photographes, les prestataires de services soudoyés par les médias pour révéler les moindres détails… Elle aurait détesté ça.

Jeff hocha la tête. L'expérience du bowling lui avait ouvert les yeux sur la façon dont vivaient les stars. Même si beaucoup de gens les enviaient et auraient voulu être à leur place, ils ne menaient pas une existence facile.

— Et puis, je trouvais cela plus amusant ainsi, conclut Allegra.

De fait, Carmen avait été irrésistible, avec sa robe et son voile courts, puis plus tard lorsqu'elle lui avait lancé son bouquet en plastique.

— Je vais le garder en souvenir, dit-elle en l'agitant devant elle.

Jeff et elle reprirent le chemin de l'hôtel. Les gardes du corps s'étaient déjà discrètement éclipsés : on n'avait plus besoin d'eux. Allegra les avait remerciés de leur efficacité et leur avait demandé d'envoyer leur facture à son cabinet. A présent, elle était seule avec Jeff et les personnes qui se pressaient dans le hall de l'hôtel.

Ils remontèrent dans la suite. Ils avaient prévu d'y passer la nuit et de rentrer à Los Angeles en limousine le lendemain matin. A ce moment-là, Alan et Carmen, eux, voleraient déjà vers Bora Bora… Ils avaient décidé de n'annoncer leur mariage qu'à leur retour de lune de miel, afin que personne ne vienne les déranger pendant leurs vacances. Peut-être quelqu'un à leur hôtel finirait-il par alerter la presse, mais Bora Bora était suffisamment éloignée de tout pour qu'ils y fussent, a priori, en sécurité. Quand ils reviendraient, ils organiseraient une courte conférence de presse pour permettre aux photographes de faire leur travail. Allegra leur avait en effet conseillé de donner un petit quelque chose à manger aux requins, afin de les garder à distance.

Cette nuit-là, Allegra demeura un long moment éveillée dans les bras de Jeff, heureuse et sereine, songeant à Carmen et Alan. Ce dernier était l'un de ses plus vieux amis, et il était étrange pour elle de le savoir marié.

— Joyeuse Saint-Valentin, lui murmura Jeff à l'oreille.

— A toi aussi.

Presque aussitôt, elle glissa dans le sommeil. Elle rêva qu'elle attrapait le bouquet et ne pouvait s'arrêter de rire parce qu'il était en plastique. Puis Jeff partait dans le car, et elle devait courir à perdre haleine pour le rattraper. Dans ses rêves comme dans sa vie, les gens la fuyaient toujours. Mais plus maintenant, se rappela-t-elle à son réveil. Non, plus maintenant… Et pas Jeff… Lui allait rester.

12

Carmen et Alan rentrèrent de Bora Bora à la mi-mars, et cette fois ils ne purent éviter la presse. La liste des nominés aux Oscars avait été publiée pendant leur absence, et ils en faisaient tous les deux partie. Lorsqu'ils descendirent de l'avion, les journalistes, renseignés par un employé de la compagnie aérienne, se bousculaient sur le tarmac. Mais les jeunes mariés étaient prêts. Bronzés et absolument superbes sous les flashs, ils paraissaient très à l'aise et répondirent sans se troubler aux questions des reporters.

Allegra avait envoyé une voiture les chercher, et après avoir posé pour quelques photos ils montèrent dedans, laissant deux gardes du corps s'occuper de leurs bagages.

Une bouteille de champagne, également commandée par Allegra, les attendait dans la limousine, et lorsqu'ils arrivèrent chez Alan à Beverly Hills, la maison était remplie de fleurs. Tout semblait idyllique ; malheureusement, en l'espace de quelques jours, les médias parvinrent à rendre leur vie intolérable. Des photographes étaient agglutinés devant le portail, des hélicoptères passaient sans relâche au-dessus de chez eux pour essayer de les surprendre dans le jardin ou la piscine, leurs poubelles étaient volées la nuit par des journalistes en quête de scoops… C'était insupportable, et ils ne tardèrent pas à retourner à Malibu. Hélas, là-bas, ce fut pire, si bien qu'ils durent aller s'installer incognito chez Allegra pour avoir la paix.

Pendant ce temps-là, la jeune femme emménagea chez Jeff. Les quatre amis, toujours affublés de perruques, se retrouvaient régulièrement dans des petits restaurants inconnus de la vallée.

— Je n'arrive vraiment pas à le croire, ne cessait de répéter Jeff, révolté par la façon dont les journalistes violaient sans vergogne la vie privée de Carmen et Alan.

Il travaillait toujours aux derniers détails de son scénario. Allegra et lui avaient passé un mois agréable, tranquille, même si la jeune femme avait dû consacrer beaucoup de temps à Bram Morrison, victime de nouvelles menaces. La famille du chanteur était partie se réfugier à Palm Springs, pendant qu'il s'installait chez des amis dans un endroit gardé secret. Désormais, il n'allait plus nulle part sans gardes du corps, d'autant qu'une série d'articles annonçant qu'il allait gagner cent millions de dollars grâce à sa prochaine tournée avait enflammé les imaginations. Kidnapping, chantage, il n'était plus à l'abri de rien.

Le 1er avril, jour des traditionnels poissons, Allegra passa plus d'une heure avec Carmen, rentrée depuis quinze jours de son voyage de noces, pour discuter des détails de son nouveau contrat. Elle l'avait signé avant de partir à Bora Bora, mais Allegra souhaitait préciser certains points avec elle, afin de déterminer précisément ce que la jeune femme voulait. Il fallait qu'elles discutent par exemple des vêtements dont elle disposerait, de son emploi du temps, et qu'elles résolvent à l'avance tous les petits problèmes éventuels afin d'éviter les crises inutiles le moment venu.

Elles avaient à peu près tout réglé lorsque Carmen leva vers son avocate un regard malicieux. Allegra se remémora aussitôt la date. Enfants, Alan et elle adoraient le 1er avril et rivalisaient d'imagination pour faire des farces à leur entourage ; quant à Scott, il avait toujours pris un malin plaisir à torturer la famille à cette occasion. D'ailleurs, elle était surprise qu'il ne l'eût pas encore appelée. Chaque année, il s'arrangeait pour la surprendre, tantôt en prétendant être en prison au Mexique, tantôt en lui annonçant son mariage avec une prostituée ou en lui expliquant qu'il se trouvait dans un hôpital de San Francisco et s'apprêtait à changer de sexe. Bien sûr, elle ne manquait pas de se venger.

— Il y a quelque chose dont je voulais te parler, commença Carmen, un grand sourire aux lèvres.

Allegra éclata de rire sans la laisser poursuivre.

— Laisse-moi deviner. Alan et toi allez divorcer. Ah, ah, poisson d'avril !

Carmen rit. Alan lui avait déjà fait deux farces ce matin-là : il avait affirmé qu'un de ses anciens petits amis était devant la porte, puis que sa mère venait s'installer avec eux pour six mois. Les deux nouvelles avaient fait un choc à Carmen, qui n'était pas encore bien réveillée.

— Non, rien de tel, reprit-elle, soudain timide.

Allegra demeurait sur ses gardes. Par certains côtés, Carmen ressemblait beaucoup à Alan, et elle savait se montrer facétieuse…

— Nous allons avoir un bébé, dit-elle, radieuse.

— Vraiment ? Si vite ?

Allegra savait que ses amis voulaient des enfants, mais pensait qu'ils attendraient un peu. Carmen commençait son film en juin. Certes, le tournage ne devait durer que trois mois, mais tout de même, ce ne serait pas facile.

— Tu es enceinte de combien ? s'inquiéta Allegra, terrifiée à l'idée de voir le film leur passer sous le nez.

— Un mois seulement, répondit Carmen d'un air gêné. Alan a dit qu'il était trop tôt pour en parler, mais j'avais envie de te l'annoncer. Et je me suis dit que ça ferait peut-être une différence pour le studio. Je ne serai enceinte que de trois mois au début du tournage, mais de six à la fin. Tu crois qu'ils vont résilier le contrat ?

— Je n'en suis pas sûre, répondit Allegra avec franchise. Ils pourront peut-être se débrouiller quand même.

Avec un peu de chance, ça ne se verra vraiment qu'à la fin… Heureusement que le tournage ne dure pas plus longtemps !

Certains films prenaient huit ou neuf mois, ce qui en l'occurrence aurait été désastreux.

— Peut-être qu'ils peuvent avancer un peu le début du tournage. Je sais qu'ils te veulent vraiment, et je suis certaine qu'ils essaieront de trouver une solution. Je les appellerai cet après-midi, dit Allegra avant de sourire à son amie. Félicitations… Alan doit être fou de joie.

Il adorait les enfants et avait toujours désiré fonder une famille.

— Quelle nouvelle ! J'espère vraiment que ce n'est pas un poisson d'avril.

Carmen rit de nouveau.

— Je ne pense pas. En tout cas, ce n'est pas ce qu'a dit le médecin que j'ai vu hier. Il a fait une échographie, on voyait même battre le cœur du bébé. Je suis enceinte de cinq semaines, conclut-elle avec un petit rire empreint de fierté.

— C'est difficile à croire.

Soudain, Allegra se sentait très vieille. Carmen n'avait que vingt-trois ans, mais c'était une grande star de cinéma, et maintenant elle avait un mari et attendait un bébé. A près de trente ans, Allegra n'avait que sa carrière, et un homme qu'elle aimait mais ne connaissait que depuis deux mois. Comment savoir ce qu'il adviendrait ? Tout était encore si incertain, dans sa vie…

Après le départ de Carmen, elle demeura un moment derrière son bureau, un peu mélancolique et même vaguement jalouse de son amie. C'était idiot ; Carmen et Alan avaient le droit d'être heureux, et elle avait encore de nombreux problèmes à régler de son côté avant de fonder à son tour une famille. Au moins, elle n'était plus avec Brandon et n'attendait plus qu'il trouve le courage de divorcer. Depuis son départ, il ne l'avait appelée qu'une fois ; il voulait savoir où se trouvaient sa raquette de tennis et la bicyclette de Nicky, qu'il avait laissées chez elle. Il était venu les chercher le week-end suivant. Jeff était là, et Brandon lui avait jeté des regards pleins de curiosité, mais il n'avait pas dit grand-chose. Il paraissait encore furieux contre Allegra et l'avait remerciée très froidement avant de s'en aller très vite. Voilà. Deux ans. Et il n'était resté qu'une bicyclette, une raquette de tennis, et beaucoup de vide. Mais elle avait Jeff désormais, et une relation bien plus épanouissante. Elle trouvait auprès de lui tout ce qu'elle avait toujours rêvé de trouver chez un homme : compréhension, affection, soutien… Il s'intéressait à son travail, aimait ses amis et n'avait pas peur d'être proche d'elle ni de l'aimer. Même après deux mois seulement, elle se sentait liée à lui comme à personne auparavant.

Elle appela Alan pour le féliciter. Il paraissait heureux mais un peu embarrassé.

— Je lui ai dit de n'en parler à personne pour l'instant. Mais elle est tout excitée depuis qu'elle a vu l'échographie, hier. Après ça, elle voulait se dépêcher d'aller acheter un berceau !

— Il vaut mieux que je sois au courant, tu sais. Je dois avertir les studios. Il est préférable qu'ils apprennent la nouvelle le plus tôt possible, expliqua-t-elle.

Elle rejeta ses cheveux en arrière et s'efforça de chasser le sentiment de vide et d'envie qu'elle éprouvait depuis que Carmen lui avait révélé son secret. Que lui arrivait-il ? D'ordinaire, les histoires de bébés ne lui faisaient pas cet effet-là. Peut-être était-ce simplement parce qu'il s'agissait de l'enfant d'Alan.

— Tu crois que ça va leur poser un problème ? s'inquiéta Alan.

Il ne voulait pas compromettre la carrière de Carmen, mais de toute façon il était maintenant trop tard pour revenir en arrière : le bébé devait arriver en décembre.

— J'espère que non. Dès que je les aurai appelés, je te ferai part de leur réaction. Je crois que, pour ce film-là, ils arriveront à se débrouiller. S'ils avaient eu l'intention de la faire tourner en maillot de bain pendant trois mois, ç'aurait été gênant, mais en l'occurrence, les vêtements devraient être assez larges et couvrants.

L'action était censée se dérouler à New York en hiver. Certaines séquences seraient tournées sur place, mais toutes les scènes d'intérieur – les plus nombreuses – seraient filmées en studio ; par chance, dans aucune d'elles Carmen n'était censée porter de tenues moulantes.

— Elle est vraiment heureuse, Al, dit Alan, visiblement ravi.

On eût dit qu'ils étaient le premier couple de la terre à attendre un bébé.

— J'ai vu ça, c'était attendrissant. Pour être honnête, ça m'a donné un coup de vieux.

Elle s'était sentie un peu rejetée, sur la touche. Après tout, elle connaissait Alan depuis bien plus longtemps que Carmen.

— Ça t'arrivera un de ces jours, la rassura-t-il.

— J'espère que non ! s'exclama-t-elle en riant. Je préférerais attendre d'être mariée, tant qu'à faire.

— Je pense que tu devrais sérieusement t'occuper de Jeff avant qu'il ne reparte dans l'Est. C'est un type bien.

— Merci, papa, ironisa-t-elle, amusée de ces conseils.

Certes, Jeff était « un type bien », mais ce n'était pas à Alan de décider de son avenir.

— Pas de problème, répondit-il, très à l'aise. Au fait, j'ai vu Sam aujourd'hui, elle porte un sacré caillou, dis-moi !

— Quel caillou ? demanda Allegra, perplexe.

— Ben, son diamant, quoi ! Sa bague de fiançailles. Pourquoi me l'avais-tu caché ? Elle a l'air drôlement fière.

— Sam ? s'exclama Allegra, horrifiée. Je ne suis au courant de rien ! Elle est *fiancée* ? Depuis quand ?

— Depuis hier, d'après ce qu'elle m'a dit, répondit Alan d'un air innocent.

Soudain, Allegra se souvint.

— Espèce de… Poisson d'avril, n'est-ce pas ? (A l'autre bout du fil, Alan éclata de rire.) Je te déteste.

— Mais tu m'as cru. J'aurais dû te faire marcher encore un peu. Tu es fabuleuse.

— Je te hais. Et j'espère que tu auras des quadruplés, rétorqua-t-elle avec véhémence.

Chaque année, elle tombait dans le panneau.

Lorsqu'ils eurent raccroché, elle téléphona aux studios et annonça que Carmen était enceinte. La productrice ne se montra pas ravie mais lui fut reconnaissante de l'avoir prévenue aussi vite. Elle lui assura que le contrat demeurait valide, et elles convinrent d'un rendez-vous avec le metteur en scène pour décider du meilleur moyen de résoudre le « problème ».

— Merci, nous apprécions vraiment votre compréhension, affirma Allegra.

— Merci à vous de nous avoir avertis tout de suite, répondit la productrice.

Allegra avait à plusieurs reprises travaillé avec elle et l'appréciait beaucoup.

— Je vais immédiatement rassurer Carmen. Elle sera ravie, je sais qu'elle était très inquiète.

— Parfois, on est bien obligé de travailler en tenant compte des facéties de Mère Nature… Par exemple, le mois dernier, je tournais avec Allyson Jarvis, et elle avait oublié de nous dire qu'elle allaitait. Elle devait faire 140 de tour de poitrine, et j'ai bien cru que nous n'arriverions jamais à faire entrer son buste dans le champ !

Elles rirent de bon cœur, puis Allegra s'empressa d'appeler Carmen pour lui dire que le contrat n'était pas annulé.

Quand, à la fin de la journée, elle rentra retrouver Jeff à Malibu, elle se sentait déprimée, sans savoir pourquoi. La journée n'avait pas été mauvaise, et les choses s'étaient arrangées pour Carmen en dépit de sa grossesse, mais malgré cela Allegra avait l'impression d'être abandonnée, et elle se demanda si c'était à cause du bébé de ses amis. Peut-être était-elle vraiment jalouse d'eux, songea-t-elle dans la voiture. Cela semblait idiot. Mais leurs vies étaient si accomplies, si épanouies… La sienne, en comparaison, lui faisait penser à un chantier toujours en travaux. Elle continuait à voir le Dr Green, qui se disait d'ailleurs très contente d'elle et très impressionnée de sa relation avec Jeff.

A cette pensée, l'image de ce dernier s'imposa à Allegra, et elle se dit qu'elle avait vraiment de la chance de partager sa vie avec quelqu'un d'aussi merveilleux. Sortant sa clé, elle pénétra dans la petite maison de Malibu. La relation qu'elle partageait avec Jeff ne ressemblait à aucune autre qu'elle eût connue. Elle n'avait jamais aimé quelqu'un à ce point ; il était tout ce dont elle avait toujours rêvé.

— Il y a quelqu'un ? appela-t-elle en direction de l'arrière de la maison, où se trouvait le bureau de Jeff.

Quelques secondes plus tard il apparut, un crayon sur l'oreille et un sourire aux lèvres. Elle lui avait manqué toute la journée, et il avait beaucoup travaillé ; il était ravi de la voir enfin.

Il la souleva dans ses bras et déposa un long baiser sur ses lèvres, et en un instant toutes les questions que la jeune femme avait pu se poser s'évanouirent.

— Waouh ! Que t'arrive-t-il ? s'exclama-t-elle en riant. Soit tu as très bien travaillé aujourd'hui, soit ç'a été horrible.

— Entre les deux, comme toujours. Tu m'as manqué, c'est tout. Bonne journée ?

— Plutôt.

Elle prit une bouteille d'Evian dans le réfrigérateur et tendit un Coca à Jeff, avant de lui annoncer qu'Alan et Carmen allaient avoir un bébé.

— Déjà ? Ils n'ont pas perdu de temps. Ils ont dû bien s'amuser à Bora Bora. Peut-être que nous devrions essayer d'y passer notre lune de miel.

— Le jour où je serai mariée, plaisanta-t-elle, je serai si vieille que c'est une chaise roulante qu'il me faudra, pas une poussette.

— Qu'est-ce qui te fait dire ça ? s'enquit-il tandis

qu'ils s'installaient sur de hauts tabourets devant le comptoir de la cuisine.

— J'ai presque trente ans, j'ai consacré beaucoup de temps à ma carrière et ce n'est pas fini. Je ne suis pas encore associée à part entière dans le cabinet, et il me reste beaucoup de choses à faire. Je n'ai pas le temps de penser au mariage.

Elle vivait au jour le jour et prenait les choses comme elles venaient. Cela lui paraissait plus raisonnable que d'attendre éternellement le Prince charmant les bras croisés.

— Je suis un peu déçu de t'entendre dire ça, dit Jeff d'un air à la fois surpris et malicieux.

Elle se prépara mentalement à un nouveau poisson d'avril comme celui d'Alan.

— Pourquoi ? Tu avais l'intention de me demander en mariage aujourd'hui ? demanda-t-elle en souriant. Ha ! Poisson d'avril !

— En fait, oui, c'était ce que je comptais faire, répondit-il. J'ai pensé que le 1er avril était un jour idéal pour se fiancer. Personne ne sait si l'on est sérieux ou non. Je trouve ça amusant.

— Très drôle. Alan m'a déjà fait le coup, une fois me suffit pour la journée, répondit-elle, très à l'aise, en buvant son Evian.

Elle était toujours bien avec lui et adorait rentrer le retrouver le soir.

— Alan t'a demandée en mariage aujourd'hui ? Je trouve ça d'assez mauvais goût, si sa femme est enceinte.

— Mais non, idiot ! (Elle éclata de rire.) Il m'a dit que Sam s'était fiancée hier, et je l'ai cru. Pourtant, depuis le temps que je le connais, je ne devrais plus me laisser avoir. Il me fait marcher tous les ans, et tous les ans, ça marche.

Jeff lui sourit. Le soleil couchant baignait la cuisine d'une douce lumière dorée.

— Me croirais-tu si je te demandais de m'épouser aujourd'hui ? demanda-t-il en s'approchant d'elle, si près qu'il leur aurait suffi d'avancer un peu les lèvres pour s'embrasser.

— Non, je ne te croirais pas, répondit-elle.

Il l'embrassa et secoua la tête.

— Alors je suppose que je devrai te poser la question de nouveau demain, dit-il d'un air faussement abattu.

Une fois encore, elle rit et se pencha pour l'embrasser, mais quelque chose dans le regard de son compagnon l'arrêta, et elle inclina la tête sur le côté d'un air perplexe.

— Tu n'es pas sérieux, n'est-ce pas ? C'est bien une plaisanterie ?

— J'imagine que tu pourrais prendre ça comme ça, mais je t'assure, je suis sérieux. Qu'en penses-tu ? Tu serais prête à tenter l'aventure pour les cinquante ou soixante années à venir ? Si ça t'intéresse, moi, j'ai le temps.

Il la regardait avec une telle tendresse qu'elle comprit aussitôt qu'il était sincère. Elle eut l'impression que le souffle lui manquait.

— Oh, mon Dieu… Oh, mon Dieu !

Elle faillit crier de bonheur.

— Tu parles sérieusement ?

— Bien sûr. Je n'ai jamais demandé quiconque en mariage de ma vie. Et je me suis dit qu'aujourd'hui serait un jour parfait, parce que tu t'en souviendrais toujours.

— Tu es fou, dit-elle en se jetant à son cou.

C'était incroyable. Elle le connaissait depuis à peine plus de deux mois, et pourtant tous deux sentaient que c'était le bon moment. Les hommes avec qui elle était sortie par le passé l'avaient toujours gardée à distance, ils s'étaient efforcés d'éviter une trop grande intimité. Mais avec Jeff, tout paraissait naturel. C'était merveilleux.

— Je t'aime tellement ! s'exclama-t-elle.

Elle l'embrassa. Jamais elle n'avait été aussi heureuse. Et même le bébé de Carmen n'avait plus d'importance, tout à coup. Elle avait mieux : Jeff voulait passer le restant de ses jours avec elle. C'était ce qu'elle avait toujours souhaité, un rêve devenu réalité. Ils n'avaient pas eu à « travailler » leur relation, à « arrondir les angles », à « aplanir les difficultés » et à « trouver des compromis. » Elle n'avait pas besoin de faire une thérapie pour savoir si elle avait envie de lui, et Jeff n'avait pas attendu dix ans, ni deux, ni quatre pour décider qu'il l'aimait. Ils étaient amoureux et ils allaient se marier.

— Tu ne m'as pas répondu, tu sais, lui rappela-t-il.

De nouveau, elle poussa un cri de joie et fit le tour de la cuisine en courant comme une enfant. Il la regarda en riant.

— La réponse est oui ! Oui… oui… oui… oui !

Puis elle courut l'embrasser.

— Poisson d'avril ! C'était une blague ! affirma-t-il.

Mais elle ne le crut pas.

— N'essaie pas de t'en tirer à si bon compte. (Au même instant, le téléphone sonna ; c'était Scott.) Salut, Scott, dit-elle d'un ton décontracté. Quoi de neuf ? Pas grand-chose… Ah si, Jeff et moi venons de nous fiancer… Non, non, sérieusement. Ce n'est pas un poisson d'avril.

Elle paraissait si détachée que son frère ne la croyait pas. Jeff, qui écoutait la conversation, riait de bon cœur.

— Tu es un monstre, la réprimanda-t-il.

— Je t'assure, continuait-elle dans le combiné, nous étions là, installés dans la cuisine, et nous avons décidé de nous marier… Toi aussi, dis-tu ? Mais oui, c'est ça… Tu ne me crois pas, n'est-ce pas ? Je t'assure pourtant que c'est vrai.

Elle riait en disant cela, si bien que Scott était encore plus persuadé qu'elle mentait.

— Eh bien, n'oublie pas de m'inviter au mariage, conclut-il, sarcastique, avant de raccrocher.

Elle lui avait complètement gâché son coup de fil annuel en faisant semblant de s'être fiancée. Lui qui avait préparé un si bon poisson d'avril…

— Je parie qu'il n'a pas cru un mot de ce que tu lui as dit.

— Non. Il va être fou quand il comprendra que je disais la vérité. A moins que tu n'aies déjà changé d'avis ? demanda-t-elle d'un air faussement inquiet.

— Pas encore, répondit-il en l'embrassant. Laisse-moi un jour ou deux. C'est la première fois de ma vie que je me fiance et je t'avoue que je trouve ça très agréable.

— Oui, moi aussi…

Ils s'embrassèrent, et en oublièrent leurs fiançailles et tout le reste pour ne penser que l'un à l'autre. Il lui enleva son pantalon, son chemisier en soie, et elle lui ôta son short et son tee-shirt. Il avait des jambes musclées et il était très bronzé car il lui arrivait souvent de s'allonger un moment sur la plage dans la journée pour quêter l'inspiration. Elle, dans ses bras, paraissait blanche et très mince, et elle évoquait une fragile porcelaine ancienne.

Il faisait sombre lorsqu'ils eurent fini de faire l'amour sur le tapis du salon. Allegra regarda autour d'elle et éclata de rire.

— Pourrons-nous continuer ainsi quand nous serons mariés ?

— J'y compte bien, répondit-il d'une voix sensuelle.

Ils se levèrent au milieu de leurs vêtements épars et allèrent dans la chambre de Jeff. Il était tard ce soir-là lorsqu'ils songèrent à dîner, à sortir, ou même à parler de leurs fiançailles.

— J'aime bien être fiancée, dit enfin Allegra en allant chercher dans la cuisine un paquet de biscuits qu'elle rapporta au lit.

De son côté, Jeff avait ouvert une bouteille de champagne pour fêter l'événement.

— Tu ne crois pas que nous devrions passer des coups de fil ? Il faudrait que je demande ta main à ton père, dit-il en levant son verre.

— Plus tard. Profitons d'abord de l'instant, avant que tout le monde devienne fou.

Puis elle commença à songer à l'organisation du mariage.

— Quand veux-tu que nous nous mariions ? s'enquit-elle.

— N'est-il pas traditionnel de faire ça en juin ? J'aime les traditions. Je serai encore sur le tournage du film à ce moment-là, mais je devrais pouvoir m'arranger si tu acceptes d'attendre septembre pour partir en lune de miel. Ce ne sera pas trop dur ? J'ai tellement hâte de t'épouser !

Attendre deux mois lui paraissait déjà une torture. Quant à Allegra, l'idée de se marier si vite avec Jeff ne lui faisait pas peur, au contraire. De toute façon, ils vivaient déjà quasiment ensemble. Pourquoi faire traîner les choses davantage ? Elle avait passé trop de temps à attendre des hommes qui n'avaient jamais été là pour elle. Avec Jeff, elle n'éprouvait pas le besoin de passer par une période d'essai ; elle l'aurait volontiers épousé sur-le-champ.

— Nous pourrions aller en voyage de noces à Bora Bora. Peut-être aurons-nous autant de chance que Carmen et Alan, suggéra Jeff en souriant.

— Tu veux des enfants si vite ? s'enquit-elle, un peu surprise mais finalement séduite par cette idée.

— Si tu en as envie. J'ai trente-quatre ans et toi vingt-neuf. Rien ne presse, mais je ne pense pas que nous devions attendre très longtemps. Dès que tu te sentiras prête. Il serait préférable de les avoir tant que tu es encore jeune… Je me vois bien père à trente-cinq ans.

— Il faudrait que nous nous y mettions tout de suite, dans ce cas. Ton anniversaire est dans six mois, et parfois ces choses-là prennent un certain temps.

Elle le taquinait mais était aux anges. Tout ce qu'il lui avait dit la ravissait.

— Mes parents nous ont invités à dîner demain soir, dit-elle. Nous pourrions en profiter pour leur annoncer la nouvelle. A moins que tu ne préfères attendre un peu ?

— Pourquoi ? Je n'ai pas besoin d'un délai légal pour pouvoir me raviser, maître. En ce qui me concerne, les choses sont claires, si ça te convient ainsi ?

— Peut-être devrions-nous nous assurer d'abord que tout fonctionne bien, plaisanta-t-elle. Un peu comme un essai de tenue de route, tu vois ?

Elle se pencha pour l'embrasser, parsemant le lit de miettes de biscuits.

— J'ai l'intention de faire des tas d'essais au cours des prochaines années, répondit-il avec un regard espiègle.

Il posa sa coupe de champagne sur la table de nuit, et l'instant d'après, ils faisaient de nouveau l'amour. Lorsque minuit sonna, ils étaient épuisés mais merveilleusement heureux.

— Je crois qu'à ce rythme-là, tu seras usée bien avant le mariage, observa Jeff d'un ton faussement inquiet. Je me demande si je ne vais pas revenir sur ma décision.

— N'y pense même pas ! le prévint-elle. Tu ne peux plus, maintenant. Il est minuit une, nous ne sommes plus le 1er avril. Vous êtes lié à moi, monsieur Hamilton.

— Alléluia ! répondit-il en l'embrassant.

— Tu aimerais un grand ou un petit mariage ? demanda-t-elle, un sourire aux lèvres.

— Je ne pense pas que nous ayons le temps d'organiser quelque chose de très grand, en deux mois, si ?

— Non, tu as raison. Quarante ou cinquante personnes dans le jardin de mes parents, cela me paraît parfait. Peut-être moins, même… (Embarrassée de ne pas lui avoir posé la question, elle se tourna vers lui d'un air inquiet.) A moins que tu ne veuilles inviter des tas d'amis ? Je ne cherche pas à t'imposer quoi que ce soit…

— Ne t'inquiète pas, la rassura-t-il. Il n'y a que ma mère dont je souhaite réellement la présence. J'ai quelques amis par ici, mais pas énormément. La plupart sont restés dans l'Est, et certains sont même en Europe. Je ne m'attends pas à ce qu'ils puissent venir jusqu'en

Californie. Quarante personnes, ça m'a l'air parfait. Il faudra que j'appelle ma mère pour le lui dire ; elle part tous les ans en Europe en juin, et elle aime bien être prévenue très à l'avance si elle doit changer ses projets.

— Sera-t-elle contente ? demanda Allegra, un peu inquiète.

La photographie qu'elle avait vue à New York de la mère de Jeff l'avait terrifiée. Elle lui avait semblé si austère, si froide… si différente de Jeff !

— Ravie. Il y a quatre ans environ, elle a fini par renoncer à me harceler pour que je me marie. Elle a dû se dire qu'à trente ans, j'étais perdu pour la cause…

D'autant qu'elle avait toujours détesté toutes ses petites amies sans exception. Mais cela, il jugea préférable de ne pas le dire à Allegra. De toute façon, il était certain que sa mère l'adorerait, comment aurait-il pu en être autrement ?

— J'ai vraiment hâte d'annoncer la nouvelle à maman, reprit Allegra, un sourire radieux aux lèvres. Elle va être tellement contente ! Mes parents sont fous de toi.

— J'espère bien !

Recouvrant son sérieux, Jeff se tourna vers elle et l'embrassa avec une grande douceur.

— Je vais très, très bien m'occuper de toi jusqu'à la fin de mes jours. Je te le promets.

— Moi aussi, Jeff… Je serai toujours là pour toi.

Ils restèrent un moment allongés côte à côte, main dans la main, à discuter de leurs projets. Tout à coup, Jeff eut un petit rire.

— Et si nous retournions à Las Vegas avec le car ? Nous porterions à nouveau des perruques et tu pourrais lancer un bouquet d'orchidées en plastique ?

Il imaginait sans peine la tête de sa mère s'il lui annonçait cela… Mais ils avaient vraiment passé un bon moment au mariage d'Alan et Carmen.

Le lendemain matin, lorsqu'elle partit au bureau, Allegra était si fébrile qu'elle oublia ses clés de voiture et dut revenir, penaude, les chercher à l'intérieur. Elle en profita pour voler un baiser au passage, et Jeff dut littéralement la pousser dehors afin qu'elle parte à temps pour son premier rendez-vous de la journée.

— Allez ! Ouste ! Va-t'en ! Du balai ! plaisanta-t-il.

Elle riait encore lorsqu'elle démarra. Jamais elle n'avait été aussi heureuse.

Toute la matinée, elle afficha un sourire béat, mais elle ne parla de ses fiançailles à personne ; elle voulait que ses parents fussent les premiers informés. Elle avait un mal fou à regarder Alice dans les yeux et faillit craquer lorsque Carmen l'appela, mais elle se retint.

Elle essaya de convaincre Jeff de venir déjeuner avec elle. Hélas, il ne pouvait pas : il avait trop de travail.

— Mais je ne peux pas manger avec quelqu'un d'autre ! gémit-elle. Je n'arriverai jamais à tenir ma langue. Il *faut* que tu viennes.

— Pas si tu veux que je dîne avec toi ce soir, madame Hamilton.

Elle adorait l'entendre prononcer son futur nom. Elle avait même écrit *Allegra Hamilton* des dizaines de fois sur son bloc-notes. Elle n'avait rien fait de tel depuis ses quatorze ans, quand elle était amoureuse d'Alan.

En fin de compte, elle décida de profiter de son heure de déjeuner pour se promener sur Rodeo Drive et voir si elle repérait des robes ou des tailleurs blancs susceptibles de convenir pour un mariage intime dans le jardin de sa mère. Elle alla chez Ferré, Dior, Valentino, Fred Hayman et Chanel, juste pour le plaisir de jeter un coup d'œil aux modèles. Cependant elle ne trouva rien qui lui convînt. Il y avait chez Valentino un magnifique tailleur en lin blanc, mais pas assez habillé ; Ferré proposait un fabuleux chemisier en organdi blanc, mais pas de jupe assortie. Malgré tout, elle passa un moment très agréable. Elle se déplaçait comme dans un rêve. Dire qu'elle ne connaissait Jeff que depuis deux mois et qu'elle faisait les boutiques à la recherche d'une tenue de mariage ! Elle avait presque envie d'appeler Andreas Weissman à New York pour le remercier.

Elle avait eu l'intention de ne pas déjeuner, mais

décida finalement de s'arrêter au Grill pour prendre un sandwich et un café. Elle aimait cet endroit : la nourriture y était bonne, le service efficace, l'emplacement parfait, et elle y croisait toujours des gens qu'elle connaissait, avocats, agents ou acteurs.

En arrivant, elle jeta un coup d'œil aux différents box pour voir qui était là ; elle fut agréablement surprise de découvrir son père dans le fond de la salle. Il riait, mais elle ne voyait pas qui l'accompagnait. La tentation était grande de s'approcher de lui et de lui annoncer qu'elle était fiancée, cependant elle résista, sa mère ne lui aurait jamais pardonné d'avoir mis Simon au courant le premier. Elle devrait attendre le dîner ; mais cela ne l'empêchait pas d'aller lui dire un petit bonjour. Posant son blazer bleu marine sur le dossier de sa chaise, elle se dirigea vers la table qu'il occupait. Elle portait une courte jupe beige, un pull bleu pâle, des chaussures Chanel beige à talons plats et un sac assorti ; comme souvent, elle ressemblait davantage à un mannequin qu'à une avocate.

Comme elle approchait du box de son père, il leva la tête et la vit ; aussitôt, une expression ravie se peignit sur ses traits. Allegra remarqua au même moment la personne qui l'accompagnait. Il ne lui fallut pas longtemps pour reconnaître la réalisatrice anglaise avec qui elle l'avait vu à la cérémonie de remise des Golden Globes, Elizabeth Coleson. Elle était très grande, très jeune – à peine plus âgée qu'Allegra – et très belle. Son rire en particulier était infiniment séduisant, à la fois profond et sensuel.

— Quelle bonne surprise ! s'exclama Simon.

Il se leva et embrassa sa fille avant de la présenter à Elizabeth.

— Voici ma fille, Allegra, déclara-t-il avec un sourire, avant d'expliquer qu'Elizabeth et lui discutaient d'un projet de film. Cela fait des mois que j'essaie de la convaincre de travailler avec moi, mais jusqu'ici elle n'a pas cédé, soupira-t-il en se rasseyant.

Allegra, qui les observait, songea qu'ils avaient l'air

très à l'aise l'un avec l'autre, comme de vieux amis ou des personnes ayant passé beaucoup de temps ensemble. Son père lui demanda si elle souhaitait se joindre à eux, mais elle ne voulait pas interrompre leur discussion.

— Merci, papa, je dois retourner au bureau dans quelques minutes. Je suis juste passée prendre un sandwich.

— Que faisais-tu dans ce quartier ? voulut-il savoir.

Elle sourit et dut faire un effort colossal sur elle-même pour ne pas trahir son secret.

— Je te le dirai ce soir.

— D'accord !

Elle serra la main d'Elizabeth et les quitta pour retourner à sa propre table. Elle commanda une salade César et un cappuccino, et un quart d'heure plus tard elle repartait au bureau. Sur le chemin, elle se surprit à repenser à son père et à Elizabeth Coleson. Elle ne savait pas pourquoi, mais déjà la dernière fois qu'elle les avait vus ensemble, elle avait eu l'impression qu'ils se connaissaient très bien et étaient parfaitement à l'aise l'un avec l'autre. Elle se demanda si sa mère aussi entretenait des rapports amicaux avec la réalisatrice et se promit de lui poser la question. Puis ses pensées retournèrent vers le mariage. Elle était si heureuse ! Durant l'après-midi, elle téléphona à trois reprises à Jeff, juste pour lui parler de leur secret ! Elle avait un mal fou à se contenir, et lorsque enfin ils franchirent le portail de la maison de ses parents ce soir-là, elle avait l'impression d'être sur le point d'exploser d'excitation. C'était presque insupportable.

— Allons… Calme-toi, lui dit Jeff.

Mais lui aussi était nerveux. Et si les parents d'Allegra désapprouvaient leur projet ou affirmaient qu'il était trop tôt, ou tout simplement ne l'aimaient pas ? Il avait fait part à la jeune femme de ses craintes avant leur départ de Malibu, et elle lui avait affirmé qu'il n'avait pas à se faire de souci, mais cela ne l'empêchait pas d'être inquiet.

Le père d'Allegra vint leur ouvrir et expliqua que Blaire était au téléphone dans la cuisine. Elle parlait avec son architecte d'intérieur, et à en juger par les éclats de voix qui leur parvenaient, la discussion ne se passait pas bien. En fait, il venait de lui expliquer qu'en raison des meubles et du carrelage qu'elle avait choisis, il lui faudrait au moins sept mois pour finir la cuisine. Blaire ne criait pas, mais presque.

— Peut-être allons-nous emménager à l'hôtel Bel Air pendant six mois, dit Simon, ne plaisantant qu'à moitié. Je vous sers quelque chose à boire, Jeff ?

Jeff le remercia et lui demanda un whisky. Ils bavardèrent de tout et de rien pendant quelques minutes, et Blaire les rejoignit enfin, visiblement très irritée.

— Non, mais est-ce que tu te rends compte ! s'exclama-t-elle à l'adresse de son mari, après avoir refusé le verre qu'il lui offrait. Sept mois ! C'est grotesque. Ce type est complètement malade. Pardon, ma chérie, ajouta-t-elle en se tournant vers Allegra.

S'efforçant de reprendre contenance, elle embrassa Jeff et sa fille.

— Pourquoi ne gardons-nous pas notre cuisine actuelle ? demanda prudemment Simon.

Mais Blaire rétorqua qu'elle était complètement démodée et que c'était hors de question.

— Je déménage, grommela-t-il à mi-voix.

Sa femme lui jeta un regard mauvais, et ils changèrent de sujet. Allegra tenait à peine en place ; enfin, Jeff posa son verre sur la table basse, prit une profonde inspiration et regarda tour à tour Simon et Blaire.

— Allegra et moi avons quelque chose à vous dire… Euh, à vous demander, plutôt… Je… je sais que ça ne fait pas très longtemps que nous nous sommes rencontrés, mais…

Il ne s'était jamais senti aussi maladroit de sa vie. Il avait l'impression d'être retombé en enfance. Blaire le regardait d'un air abasourdi, tandis que Simon souriait. Visiblement, il compatissait.

— Etes-vous en train de me demander ce que je crois comprendre ? s'enquit-il pour l'aider.

Jeff lui jeta un coup d'œil reconnaissant.

— Oui, monsieur. Nous aimerions… Nous allons…

Conscient de se comporter comme un gamin de cinq ans pris en faute, il s'efforça de recouvrer son sang-froid et de s'exprimer en adulte.

— Nous allons nous marier, conclut-il.

— Oh, ma chérie !

Blaire se précipita vers Allegra pour la prendre dans ses bras, et elles s'étreignirent longuement, les larmes aux yeux. Puis Allegra se tourna vers son père. Lui aussi avait les yeux humides, mais il souriait.

— Papa ?

— J'approuve de tout mon cœur.

Il serra fermement la main de Jeff. Tous deux paraissaient satisfaits, comme s'ils avaient conclu un contrat important – et d'une certaine manière, c'était un peu le cas.

— Félicitations, reprit Simon.

— Merci, répondit Jeff, infiniment soulagé.

Demander Allegra en mariage à ses parents s'était révélé beaucoup plus dur qu'il ne s'y était attendu, même s'ils avaient fait de leur mieux pour lui faciliter la tâche. Jamais il n'oublierait ce moment.

A partir de là, tout le monde se mit à parler en même temps, et lorsque la gouvernante vint leur annoncer que le dîner était prêt, ils l'entendirent à peine. Pendant le repas, la conversation tourna exclusivement autour du mariage. Samantha n'était pas là, elle dînait avec des amis.

— Bien, bien, dit Blaire lorsqu'ils eurent terminé leurs entrées. Maintenant, passons aux détails. Combien, quand, où, quel genre de robe, voile long ou court… Oh, mon Dieu !

Elle se tamponna les yeux avec sa serviette. C'était l'une des soirées les plus marquantes de leur vie. Allegra, radieuse, s'efforça de répondre à ses questions.

— Nous voulons quarante ou cinquante personnes

ici, à la maison, dans le jardin, dit-elle gaiement. Rien de trop guindé, un mariage intime, chaleureux. En juin.

Elle décocha à Jeff un sourire éclatant, puis se retourna vers sa mère.

— Tu plaisantes, ma chérie, naturellement, répondit Blaire.

Allegra la regarda d'un air perplexe.

— Non, nous en avons parlé hier soir, et c'est ce que nous souhaitons.

— Hors de question, décréta Blaire. Oublie ça.

En cet instant, on sentait que c'était la productrice plus que la mère qui s'exprimait.

— Maman, ce n'est pas de ton émission qu'il est question, mais de mon mariage, lui rappela Allegra avec douceur. Qu'est-ce que ça veut dire, « Oublie ça » ?

— Ça veut dire que le jardin va être complètement retourné dans les deux semaines qui viennent. Jusqu'à l'automne, il n'y aura rien à l'arrière de la maison, à part la piscine et des monceaux de terre. Et puis, comment peux-tu envisager sérieusement de n'inviter que quarante ou cinquante personnes ? Te rends-tu compte du nombre de gens que nous connaissons ? Allegra, c'est de la folie. Pense à tes clients, et à tous tes camarades d'école et d'université, sans compter les amis de la famille ! Et naturellement, Jeff et ses parents souhaiteront aussi inviter des gens de leur côté. Franchement, j'ai du mal à imaginer comment nous pourrons nous limiter à quatre ou cinq cents personnes. Six cents semble un chiffre plus raisonnable. Ce qui signifie que ce ne pourra pas être ici. Et juin ! Tu n'es pas sérieuse. On ne peut pas organiser un mariage pareil en deux mois, Allegra, allons, regarde les choses en face. Bon, alors, où et quand allons-nous faire ça ?

— Maman, je *suis* sérieuse, dit Allegra d'un air tendu. C'est notre mariage, pas le vôtre, et nous ne voulons pas plus de cinquante personnes. Si l'on fait un grand mariage, je suis d'accord avec toi, on est obligé d'inviter tout le monde, alors qu'en limitant le nombre d'invités à quarante ou cinquante, nous sommes sûrs de n'avoir que nos plus proches amis, et c'est ce que nous souhaitons. Et ne me dis pas qu'il faut six mois pour préparer un mariage avec cinquante personnes.

— Pourquoi se marier alors, dans ce cas ? demanda Blaire.

Jamais Simon ne l'avait vue aussi contrariée. Depuis quelque temps, elle réagissait à tout de façon excessive.

— Maman, s'il te plaît ! s'exclama Allegra, au bord des larmes. Pourquoi ne nous laisses-tu pas tout organiser nous-mêmes ? Tu n'as pas à t'en occuper.

— C'est ridicule. Et où aura lieu le mariage ? Dans ton bureau ?

— Peut-être. Nous pourrions faire la réception chez Jeff, à Malibu. Ce serait parfait.

— Tu n'es pas une hippie, Allegra. Tu es avocate, et tu as de nombreux clients très importants. De plus, nos amis comptent beaucoup pour nous, et pour toi aussi. (Elle s'adressa à Jeff comme pour quêter son soutien.) Vous devez absolument reconsidérer tout cela.

Il hocha la tête et se tourna vers Allegra.

— Pourquoi n'en discuterions-nous pas ce soir pour voir ce que nous pouvons modifier ? suggéra-t-il calmement, sous le regard approbateur de Simon.

— Je n'ai aucune envie de modifier quoi que ce soit. Nous en avons déjà parlé, et nous voulons un mariage intime en juin, dans le jardin, décréta Allegra.

— Il n'y aura pas de jardin en juin, et je serai en plein tournage, rétorqua sa mère d'un ton sec. Pour l'amour du ciel, Allegra, faut-il vraiment que tu rendes les choses si difficiles ?

— Laisse tomber, maman.

Elle jeta sa serviette sur la table et se leva, tournant vers Jeff un regard noyé de larmes.

— Nous irons à Las Vegas. Je n'ai pas besoin de vous. Je veux un mariage intime. Ça fait trente ans que j'attends ce moment, et j'ai bien l'intention de me marier comme Jeff et moi le souhaitons, pas comme toi tu le désires, maman. C'est nous qui nous marions.

Consciente que sa fille était bouleversée, Blaire se mordit la lèvre. Simon intervint pour la première fois, s'efforçant de calmer le jeu.

— Pourquoi ne pas en discuter après le repas ? Il n'y a aucune raison de se mettre dans des états pareils, déclara-t-il avec calme.

Les deux femmes se radoucirent un peu, et Allegra reprit sa place. Mais il était clair que ce ne serait pas facile.

Le dîner se termina dans une atmosphère tendue. Blaire et Allegra ouvrirent à peine la bouche, et lorsque le café fut servi dans le salon, elles avaient recommencé à se quereller. Allegra répétait qu'elle voulait seulement quarante amis proches, et Blaire qu'il était inconcevable d'inviter moins de cinq cents personnes. Elle proposait d'organiser la réception à son club ou à l'hôtel Bel Air, mais Allegra trouvait cela snob et de mauvais goût. Elle voulait que ce soit à la maison ; sa mère objectait qu'elle ne pouvait s'occuper en même temps d'une émission télévisée et d'un mariage. Juin était une date ridicule, selon elle. Pendant au moins deux heures, il parut impossible de parvenir à un compromis ; puis finalement, lorsque les deux parties se furent épuisées mutuellement, Allegra finit par accepter de mauvaise grâce cent cinquante invités. Blaire déclara que s'ils étaient prêts à attendre septembre, lorsqu'elle serait à l'intersaison de son émission et que le jardin serait terminé, elle pourrait certainement organiser le mariage à la maison. Allegra hésita longuement et en discuta à voix basse avec Jeff. Ils n'avaient vraiment pas envie d'attendre cinq mois pour se marier, mais il fit valoir qu'à ce moment-là lui aussi aurait terminé son film, ce qui leur permettrait de partir en voyage de noces immédiatement, au lieu d'attendre trois mois. C'était un avantage non négligeable, et à contrecœur, Allegra accepta de se rendre à la raison.

— Mais c'est tout, maman. Plus de concessions. Cent cinquante invités dans le jardin en septembre.

Point final. Pas une personne de plus. Et je ne fais ça que pour te faire plaisir.

Simon jeta à sa femme un coup d'œil plein d'espoir.

— Est-ce que ça signifie que je peux garder ma cuisine ? Ils n'auront jamais installé la nouvelle d'ici septembre, d'après ce qu'ils disaient ce soir.

— Oh, tais-toi, lança Blaire, de nouveau très énervée. Occupe-toi de tes affaires.

Mais elle esquissa aussitôt un sourire penaud, et quelques minutes plus tard, tout le monde se détendit. La soirée avait été épuisante.

— Je n'aurais jamais cru qu'un mariage pompait autant d'énergie, observa Jeff en acceptant un nouveau whisky, pendant que Simon se servait un cognac.

— Moi non plus, avoua son futur beau-père. Le nôtre était plutôt modeste. Mais je sais que Blaire a toujours rêvé de faire les choses en grand pour nos filles.

— Elle se défoulera sur Sam, décréta Allegra, encore secouée par sa querelle avec sa mère.

Toutes deux étaient aussi volontaires et têtues l'une que l'autre, et il n'avait pas été facile d'arriver à un compromis. Plus que tout, cela la rendait malade d'attendre cinq mois pour épouser Jeff.

— Nous nous débrouillerons, la rassura ce dernier en l'embrassant lorsqu'elle lui fit part de sa déception.

Elle hocha la tête et se rendit dans la cuisine pour parler à sa mère. Lorsqu'elle entra, Blaire se mouchait ; elle avait pleuré.

— Je suis désolée, maman, dit Allegra, navrée de lui avoir fait de la peine. Je n'avais pas envie de te contrarier.

— Je veux que ce soit le plus beau jour de ta vie, je veux que ce soit extraordinaire…

— Ne t'inquiète pas, ce sera merveilleux.

Seule la présence de Jeff lui importait, en vérité. Tout à coup, elle se rendait compte de ce que toute cette agitation avait de grotesque, et elle se prit à regretter de ne pas s'être mariée en cachette, comme Carmen.

Ç'aurait été tellement plus simple ! D'autant que les choses ne feraient qu'empirer à mesure que la date fatidique approcherait…

— Et ta robe ? demanda Blaire, changeant de sujet. J'espère que tu me laisseras t'aider à la choisir ?

— J'ai commencé à jeter un coup d'œil aujourd'hui à l'heure du déjeuner, avoua Allegra.

Elle raconta à sa mère où elle était allée, ce qu'elle avait vu et ce qu'elle souhaitait. Sa mère acquiesça lorsqu'elle lui parla d'une robe courte, mais ajouta qu'il fallait tout de même que ce soit habillé, et lui suggéra de porter un grand chapeau ou un voile court.

— Au fait, j'ai vu papa pendant que je me promenais. J'ai dû me retenir pour ne pas tout lui raconter. Je voulais que Jeff et toi soyez présents.

— Ton père faisait des courses sur Rodeo Drive ? s'étonna Blaire, qui savait combien Simon avait horreur des magasins.

— Non, il était au Grill, il déjeunait avec Elizabeth Coleson. Ils discutaient. Papa essaie de l'embaucher pour réaliser un de ses films, conclut-elle avant de demander à sa mère si, à son avis, il fallait qu'elle ait des demoiselles d'honneur.

Elle remarqua quelque chose d'étrange dans le regard de sa mère et la vit jeter un coup d'œil appuyé à Simon lorsqu'elles retournèrent dans le salon. Cependant, la conversation sur le mariage se poursuivit, et il était plus de onze heures lorsque le jeune couple prit congé.

Juste avant leur départ, tandis qu'ils s'embrassaient sur le palier, Jeff entendit Blaire dire quelque chose de surprenant à Allegra :

— Tu devras prévenir ton père.

Allegra parut mal à l'aise mais ne répondit pas. Lorsqu'ils furent dans la voiture et eurent pris la direction de Malibu, épuisés par cette soirée riche en émotions, Jeff demanda :

— Que voulait dire ta mère ?

Allegra avait fermé les yeux.

— Nous aurions dû nous marier à Las Vegas et les appeler ensuite, soupira-t-elle d'une voix lasse.

— Elle a dit que tu devais « prévenir ton père ». Qu'est-ce que cela signifie ?

Mais la jeune femme ne répondit pas. Immobile, les yeux toujours clos, elle faisait semblant de dormir. Jeff se tourna brièvement vers elle et sentit en elle une tension presque palpable. Ne comprenant pas sa réaction, il lui effleura la joue du bout des doigts.

— Hé, ne m'ignore pas comme ça ! Que voulait-elle dire ?

Instinctivement, il devinait qu'il s'agissait d'un sujet sensible. Allegra souleva les paupières et le regarda.

— Je ne veux pas en parler maintenant. La soirée a été assez éprouvante comme ça.

Ils roulèrent un moment en silence, mais Jeff n'avait pas l'intention d'en rester là. L'attitude d'Allegra l'intriguait et le dérangeait.

— Allegra, Simon n'est-il pas ton père ?

Il y eut une longue, longue pause, tandis que la jeune femme cherchait désespérément une échappatoire, un moyen de ne pas lui répondre. Parler de cela, même avec lui, la rendait malade ; c'était trop douloureux. Tristement, elle secoua la tête, sans se résoudre à croiser le regard de Jeff.

— Maman a épousé Simon quand j'avais sept ans.

Pour Allegra, il s'agissait là d'une confession terrible. Elle n'en parlait jamais et refusait d'avouer à quiconque qu'elle n'était pas la fille de Simon Steinberg.

— Je n'en avais pas la moindre idée, observa prudemment Jeff.

Il ne voulait pas rouvrir de vieilles blessures, mais il s'apprêtait à l'épouser et souhaitait l'aider dans la mesure du possible.

— Mon « vrai » père est un médecin de Boston. Je le déteste et il me le rend bien, dit-elle en se tournant enfin vers son compagnon.

C'était un sujet difficile, et il décida de ne pas la presser davantage. Il se contenta de lui caresser de nouveau la joue, et au feu rouge suivant, il se pencha vers elle et l'embrassa.

— Quoi qu'il se soit passé, je veux que tu saches que je serai toujours là pour toi et que je t'aime. Personne ne te fera plus jamais de mal, Allegra.

Il y avait des larmes dans les yeux de la jeune femme lorsqu'il déposa un baiser sur ses lèvres.

— Merci, murmura-t-elle.

Ils finirent le trajet jusqu'à Malibu en silence.

A Bel Air, les Steinberg étaient dans leur chambre, et Blaire regardait Simon ôter sa cravate.

— Il paraît que tu as déjeuné avec Elizabeth, aujourd'hui, dit-elle d'un ton glacé en faisant semblant de feuilleter un magazine. Je croyais que c'était terminé, ajouta-t-elle en relevant les yeux vers son mari.

— Ça n'a jamais commencé, répondit-il.

Il acheva de déboutonner sa chemise et se dirigea vers sa salle de bains.

Mais il avait conscience de la présence de Blaire juste derrière lui ; elle l'avait suivi, et lorsqu'il se tourna pour lui faire face, elle plongea son regard dans le sien.

— Je te l'ai dit, notre relation est purement professionnelle.

Il avait prononcé ces mots d'une voix très calme, mais les épaules de Blaire s'affaissèrent. Elle se sentait vieille, affreusement vieille soudain. Il déjeunait avec des femmes de l'âge de sa fille, et il était encore si séduisant… Elle avait l'impression d'être fanée, flétrie. Même professionnellement, elle était dépassée. Et voilà qu'elle allait être la Mère de la Mariée.

— Et sur quoi travailliez-vous, à Palm Springs, tous les deux ? demanda-t-elle.

— Arrête, je t'en prie, dit-il en se détournant.

Il refusait de jouer à ce petit jeu avec elle.

— Nous bavardions, c'est tout. Nous sommes amis. Laisse tomber, Blaire, par pitié. Fais ça pour nous. Tu me dois bien ça.

— Je ne te dois rien, rétorqua-t-elle, les yeux pleins de larmes, en quittant la salle de bains.

Sur le pas de la porte, elle s'immobilisa pour le regarder.

— Lui proposes-tu une collaboration ? Allegra dit que tu vas travailler avec elle.

— Nous bavardions, point final. Elle repart en Angleterre.

— Et toi ? demanda tristement Blaire. As-tu l'intention d'aller tourner ton prochain film là-bas ?

— Notre prochain tournage aura lieu au Nouveau-Mexique.

Lentement, il sortit de la salle de bains et s'approcha d'elle pour la prendre dans ses bras.

— Je t'aime, Blaire, je veux que tu le saches… Je t'en prie, n'insiste pas davantage. Tu nous ferais du mal à tous les deux.

Mais elle voulait lui faire du mal, tout comme il lui en avait fait lorsqu'elle avait découvert qu'il entretenait une liaison avec Elizabeth Coleson, six mois plus tôt. Oh, il avait été parfaitement discret. Personne d'autre n'avait été au courant… Mais elle, si. Elle l'avait appris par accident lorsqu'un ami les avait vus à Palm Springs et le lui avait dit sans se rendre compte de sa maladresse. Elle avait aussitôt compris. Un frisson glacé l'avait parcourue. Simon avait nié, naturellement, mais lorsqu'elle les avait vus bavarder ensemble à la soirée des Golden Globes, elle avait eu la certitude qu'Elizabeth et lui avaient été amants. Ils se regardaient comme ceux qui ont échangé des secrets sur l'oreiller, qui ont partagé une intimité particulière. Lorsqu'elle l'avait de nouveau pressé de questions, il n'avait rien dit, et elle avait compris que ses soupçons étaient fondés.

Allegra ne savait rien. Blaire n'avait soufflé mot de sa découverte à personne. Elle gardait ce secret au fond de son cœur et il lui rongeait l'âme. Parfois, c'était intolérable, comme ce soir lorsque sa fille avait parlé de sa rencontre fortuite avec Simon et Elizabeth.

— Pourquoi faut-il que tu ailles au restaurant avec

elle ? Pourquoi ne peux-tu simplement la voir dans ton bureau ?

— Parce que si je la recevais au bureau, tu t'imaginerais que je couche avec elle. J'ai estimé préférable de la voir en public.

— Il serait préférable de ne pas la voir du tout.

Elle s'assit au bord du lit, et tout son corps parut se ratatiner sous le poids de son chagrin.

— Peut-être que cela n'a plus d'importance, murmura-t-elle à mi-voix.

Elle se rendit dans son dressing, et il ne la suivit pas. Les choses étaient si difficiles entre eux, à présent ! Ils n'avaient pas fait l'amour depuis des mois. Sans même qu'ils en eussent discuté, elle avait mis un terme à leurs relations sexuelles dès qu'elle avait appris qu'il l'avait trompée. Elle avait l'impression de n'être plus aimée, plus désirée, à présent qu'elle vieillissait.

Lorsqu'elle revint dans la chambre en chemise de nuit, il lisait, et il leva vers elle un regard tendre. Il savait combien ç'avait été douloureux pour elle. Il s'en était énormément voulu de ne pas avoir su résister à la tentation ! Mais il était trop tard pour revenir en arrière. Il sentait, à son grand désarroi, que Blaire ne lui permettrait jamais d'oublier cette erreur passagère. Peut-être ne méritait-il pas mieux, d'ailleurs. Il regrettait seulement de ne pas pouvoir lui montrer qu'il l'aimait encore. Quoi qu'il dise, elle ne le croyait jamais : elle ne cessait de repenser à Elizabeth. Cette dernière et son émission étaient ses deux grandes obsessions. Il se demanda si le mariage d'Allegra allait changer les choses et lui remonter un peu le moral. Il l'espérait.

— Je me réjouis pour Allegra, dit-il. Jeff est un type bien. Je pense qu'ils seront heureux, ensemble.

Blaire haussa les épaules. Simon et elle avaient été heureux, eux aussi, pendant plus de vingt ans. Ils avaient été si proches… Ils s'étaient crus à part, différents, chanceux, épargnés par le destin. Et finalement, celui-ci les avait rattrapés. Tout était différent, maintenant. Simon le savait. Il avait rompu avec Elizabeth juste après Palm Springs, mais le mal était fait.

Blaire se coucha et prit son livre, le second roman de Jeff. Elle l'avait acheté la semaine précédente, et maintenant qu'il allait devenir son gendre, elle trouvait normal de le lire, mais les lignes dansaient devant ses yeux sans qu'elle parvînt à se concentrer ; sans cesse, l'image de Simon en train de déjeuner avec Elizabeth Coleson s'imposait à son esprit. Qu'avaient-ils fait d'autre ? Ce déjeuner en public était-il destiné à dissimuler habilement des relations plus intimes ? Elle tourna la tête vers son mari. Il s'était endormi avec ses lunettes, son livre dans les mains. Un moment, elle le regarda en silence, consciente de la douleur fichée au fond de son cœur, là où son amour pour lui brûlait autrefois. Depuis des mois, cette souffrance ne la quittait plus. Elle referma le livre de Simon et lui ôta ses lunettes, sans cesser de se demander s'il s'était endormi ainsi, quand il était avec Elizabeth Coleson.

Elle posa son propre livre sur la table de chevet et éteignit la lumière. Elle commençait à s'habituer à la douleur et à la solitude. Elle avait appris à vivre avec, mais elle ne se souvenait que trop bien de ce qu'elle avait connu autrefois, avant que les choses ne changent irrémédiablement entre Simon et elle.

Chassant de son esprit les images du passé, elle se força à penser au mariage de sa fille. Peut-être Jeff et Allegra auraient-ils plus de chance que Simon et elle. Peut-être la main du destin ne les atteindrait-elle jamais. C'était ce qu'elle leur souhaitait.

Elle s'endormit en formulant une prière silencieuse pour sa fille.

13

Pendant toute la semaine qui suivit ses fiançailles, Allegra eut l'impression d'être balayée par un ouragan, au bureau. Pratiquement tous ses clients avaient des problèmes : nouveaux contrats à signer, propositions d'exploitation commerciale de leur nom à étudier… Les dossiers urgents s'accumulaient sans lui laisser une minute de répit. Et lorsque Jeff appela sa mère à New York pour lui annoncer leurs fiançailles, cela ne fit que rendre les choses plus compliquées.

Le seul commentaire de Mme Hamilton fut que ce mariage lui semblait plutôt précipité, dans la mesure où elle n'avait jamais entendu Jeff prononcer le nom d'Allegra auparavant. Elle souhaitait qu'il ne le regrette pas. Après cela, elle parla quelques minutes avec Allegra au téléphone et dit à Jeff qu'elle espérait qu'ils viendraient à New York, ne serait-ce que quelques jours, pour qu'elle puisse faire la connaissance de sa future belle-fille.

— Il faudrait que nous y allions avant le début du tournage, en mai, dit-il à Allegra après avoir raccroché.

Mais quand ? Allegra ne voyait vraiment pas, tant elle était submergée de travail. Elle promit néanmoins qu'ils trouveraient une solution, quoi qu'il arrive.

Cette semaine-là, prétextant une fois encore qu'elle avait trop de travail, Allegra n'appela pas son père. Jeff évitait de lui poser des questions à ce sujet. Elle avait fini par lui expliquer que ses parents avaient divorcé et qu'il y avait encore beaucoup d'amertume entre eux. Elle n'avait vu son père que rarement durant les vingt dernières années, et ça n'avait jamais été agréable. Il semblait la tenir pour responsable des actions de sa mère.

— Il me répète toujours que je lui ressemble, que nous sommes deux enfants gâtées, et il n'arrête pas de critiquer ce qu'il appelle le « mode de vie d'Hollywood ». A l'entendre, on dirait que je suis strip-teaseuse, pas avocate !

— Peut-être qu'il ne connaît pas la différence.

Jeff s'efforçait de prendre les choses avec humour ; sa mère elle-même n'appréciait guère Hollywood et tout ce qui s'y associait. Elle se méfiait au plus haut point de la Californie et de ce que son fils y faisait. Evidemment, le problème qu'avait Allegra avec son père semblait plus grave, surtout que Jeff sentait bien qu'elle ne lui disait pas tout… Mais, patient, il attendait qu'elle fût prête à s'ouvrir davantage, tout en se demandant si cette difficile histoire familiale expliquait en partie qu'elle fût toujours sortie jusqu'alors avec des hommes à problèmes. Si son père l'avait rejetée, elle recherchait peut-être inconsciemment des hommes susceptibles de faire pareil. En tout cas, avec lui, elle risquait d'être bien déçue. Il n'avait pas la moindre intention de l'abandonner.

Au contraire, il adorait leurs journées de paresse, leurs après-midi au lit, leurs trop rares grasses matinées. Le week-end suivant l'annonce de leurs fiançailles, ils eurent enfin l'occasion de passer une soirée tranquille à la maison ; le samedi, ils réussirent même à aller au cinéma.

Ils s'étaient couchés tout de suite en rentrant et s'endormaient dans les bras l'un de l'autre après l'amour, lorsque le téléphone sonna. Jeff l'aurait volontiers ignoré, mais Allegra en était incapable. L'un de ses clients avait peut-être besoin d'elle en urgence ?

— Allô ? dit-elle d'une voix ensommeillée.

Pendant un moment, seul le silence lui répondit. Elle s'apprêtait à raccrocher lorsqu'elle entendit un sanglot.

— Allô ? répéta-t-elle, les sourcils froncés. Qui est à l'appareil ?

Il y eut un nouveau silence, un autre sanglot, puis une voix étranglée lui parvint.

— C'est Carmen.

— Qu'y a-t-il ? s'inquiéta aussitôt Allegra.

Avait-elle eu un accident ? Un problème ? Etait-elle blessée ? Alan l'avait-il quittée ? Que pouvait-il lui être arrivé ?

— Carmen, parle-moi, insista-t-elle en s'efforçant de ne pas trahir son exaspération.

De son côté, Jeff poussa un soupir. Chaque fois que Carmen et Alan se disputaient, la jeune actrice appelait, hystérique, et Jeff ne trouvait pas cela amusant. Il aimait beaucoup Alan et Carmen mais estimait qu'Allegra n'était pas là pour résoudre leurs petits problèmes de couple. Après tout, ils n'étaient pas les seuls à en avoir, et la plupart des gens n'appelaient pas leur avocat en pleine nuit au premier mot de travers.

— Il s'en va, parvint enfin à articuler Carmen avant de fondre en larmes.

Allegra entendit une voix agacée s'élever dans le fond.

— Que se passe-t-il ? demanda-t-elle, très calme, dans l'espoir d'apaiser un peu son interlocutrice. Est-ce qu'Alan te quitte ?

— Oui, il s'en va…

Carmen déglutit, puis Alan lui prit le téléphone des mains et intervint. Il paraissait épuisé et furieux.

— Je ne la quitte pas, pour l'amour du ciel ! Je pars en Suisse tourner un film, et je ne vais pas avoir d'accident, ni de liaison. (De toute évidence, il répétait cela pour la millième fois de la soirée.) Je vais travailler, point final. Et quand ce sera terminé, je rentrerai à la maison. Je suis acteur. C'est mon métier. Je n'ai pas le choix, bon sang !

Là-dessus, il rendit le téléphone à sa femme, qui pleurait plus fort que jamais.

— Mais je suis enceinte !

Allegra soupira. Elle voyait le tableau, à présent. Carmen ne voulait pas qu'il parte tourner son film, mais lui avait un contrat, et un contrat très intéressant de surcroît. Il devait y aller.

— Allons, Carmen, regarde les choses en face. Tu sais très bien qu'il est obligé de faire ce film. Tu pourras aller lui rendre visite là-bas avant le début de ton propre tournage, en juin. Tu n'as qu'à partir tout de suite et rester avec lui pendant un mois avant les répétitions.

Les reniflements cessèrent brutalement.

— Ma foi, c'est vrai ! Oh, mon Dieu, merci, Allegra, je t'adore !

La jeune femme n'était pas certaine qu'Alan partage l'enthousiasme de son épouse lorsqu'elle lui ferait part de sa suggestion. Quand elle s'y mettait, Carmen pouvait se révéler particulièrement collante et pénible.

— Je t'appellerai demain, reprit l'actrice à la hâte avant de raccrocher littéralement au nez d'Allegra.

Celle-ci secoua la tête, éteignit la lumière et se rallongea près de Jeff. Lorsqu'elle se blottit contre lui, il grommela :

— Il faut que tu leur dises de cesser de t'appeler toutes les cinq minutes. Tu n'es pas un psy, bon sang ! C'est ridicule. Je ne sais pas comment tu fais pour supporter ça.

Ces coups de fil nocturnes le rendaient malade, même s'il se montrait plutôt conciliant. Il savait que les clients d'Allegra avaient pris l'habitude de l'appeler ainsi depuis des années – Carmen bien sûr, mais aussi la femme de Bram Morrison, et Bram lui-même lorsqu'il en avait besoin. Sans parler de Malachi, qui ne manquait pas de téléphoner chaque fois qu'il était ivre, drogué ou qu'il avait des ennuis avec la loi. Même Alan appelait parfois très tard. Presque tous les avocats et les agents d'Hollywood connaissaient le même problème.

— Les stars sont ainsi, Jeff. Il est difficile de leur faire comprendre que les autres ont aussi droit à leur vie privée.

— Tous des névrosés… Qu'est-il arrivé à Carmen, ce coup-ci ? Alan et elle se sont disputés ? Le temps va nous sembler très long, s'ils nous appellent à minuit chaque fois qu'ils ne sont pas d'accord pour savoir qui va sortir les poubelles. (En vérité, ce problème-là au moins leur était épargné : les ordures des Carr étaient déchiquetées puis jetées dans des containers fermés pour éviter les indiscrétions des journalistes.) Si tu ne le leur dis pas toi-même, je le ferai, moi.

— Elle ne veut pas qu'Alan parte en Suisse la semaine prochaine. Elle préférerait qu'il reste à la maison avec elle et le bébé.

— Il n'y a pas encore de bébé, objecta Jeff, encore plus énervé qu'auparavant. C'est vraiment idiot. Elle est enceinte de dix minutes et elle voudrait qu'il reste avec elle pendant neuf mois ?

— Seulement sept et demi. Elle est déjà enceinte de six semaines.

Jeff émit un nouveau grognement et Allegra rit. Il avait raison, le problème était ridicule, mais pour Carmen, c'était important.

— Tu devrais peut-être passer aux lois antitrust, suggéra-t-il.

Finalement, comme tous deux étaient parfaitement éveillés à présent, il ne put résister à la tentation d'en profiter, et cessant de parler, il se tourna vers Allegra et la caressa d'un air suggestif. Faire l'amour les remit de bonne humeur ; et lorsqu'ils s'endormirent pour la seconde fois, ils ne furent plus dérangés.

La semaine suivante, la cérémonie des Oscars occupa tout le monde. Carmen et Alan étaient tous deux nominés, et même s'ils savaient n'avoir aucune chance de gagner, c'était très positif pour leurs carrières. Non que la jeune actrice s'intéressât à la sienne : seuls le bébé et, bien sûr, Alan la préoccupaient. Elle passait ses journées à préparer leur départ en Suisse, qui devait avoir lieu deux jours après la remise des prix.

Allegra et Jeff virent les Steinberg à la soirée. Le film de Simon remporta cinq Oscars, dont celui du meilleur film, à la grande joie d'Allegra. Blaire paraissait également ravie pour son mari, mais Allegra ne pouvait s'empêcher de remarquer chez elle quelque chose de bizarre. Etait-ce à cause de son émission ? Ou une simple déprime passagère ? A moins qu'Allegra ne s'imaginât tout cela... Lorsqu'elle en parla à Jeff, il affirma ne se rendre compte de rien.

— Elle a l'air... contrariée, ou troublée, ou triste, je ne sais pas, insista Allegra.

— Peut-être qu'elle ne se sent pas très bien. Il se peut qu'elle soit tout simplement malade, fit-il valoir.

— J'espère que non, répondit Allegra, encore plus inquiète.

Comme prévu, Alan et Carmen ne remportèrent pas d'Oscar, mais ni l'un ni l'autre ne parut déçu.

Après la cérémonie, Blaire vint voir Allegra et lui demanda si elle avait appelé son père à propos du mariage.

— Non, maman, pas encore, répondit Allegra en réprimant un soupir.

Elle portait une robe argentée très moulante qui épousait ses formes, et elle était très belle. Elle n'avait aucune envie de parler de son père ou du coup de fil qu'elle lui avait ou non passé.

— Il faut que je sache, pour les invitations, insista sa mère.

Allegra leva les yeux au ciel.

— D'accord, d'accord, je vais l'appeler. (Puis elle se ravisa.) Pourquoi ne l'appelles-tu pas, toi, pour lui demander s'il veut être sur les invitations ? De toute façon, je ne veux pas qu'il y figure. Simon est mon père. Je n'ai pas besoin de lui. Pourquoi ne nous passons-nous pas tout simplement de lui ? Vous pouvez annoncer le mariage tous les deux, papa et toi. Quelle différence cela fait-il, puisque de toute façon je n'utilise même plus son nom ?

Les gens ne la connaissaient que sous le nom d'Allegra Steinberg, bien que Simon n'eût pas été autorisé légalement à l'adopter. Blaire n'avait jamais voulu aborder le sujet avec le véritable père d'Allegra, Charles Stanton.

Allegra Stanton était un assez joli nom, mais Allegra le détestait.

— Je préfère te prévenir, il est hors de question qu'il m'amène à l'autel. Je veux être au bras de papa et de personne d'autre.

Mais avant que Blaire ait pu répondre, elles furent séparées par la foule des journalistes et des invités.

Plus tard, Allegra aperçut Elizabeth Coleson qui félicitait son père. Ils parlaient au milieu d'un groupe de gens, très à l'aise, et Blaire s'était un peu éloignée pour discuter avec des amis à elle. Malgré tout, Allegra la surprit qui jetait un coup d'œil à Simon pardessus son épaule, le visage tendu. La jeune femme se demanda si Jeff n'avait pas raison, et si sa mère n'était pas malade.

Ensuite, tous se rendirent à différentes soirées. Allegra et Jeff commencèrent par aller à celle organisée par Sherry Lansing, au premier étage du Bistro juste après la cérémonie, puis ils passèrent chez Spago. Les deux soirées n'avaient rien de comparable avec celles que donnait Irving Lazar autrefois ; malgré tout, ils s'amusèrent bien.

Deux jours plus tard, Carmen et Alan s'envolèrent pour la Suisse avec une montagne de valises, de sacs et de boîtes. On eût dit le départ d'un cirque ambulant, mais Carmen paraissait aux anges : elle accompagnait son mari.

— N'oublie pas de revenir à temps, tout de même, lui rappela Allegra après les avoir accompagnés à l'aéroport.

Alan paraissait exaspéré par la quantité de choses que sa femme avait emportées ; pour tout arranger, la presse avait été prévenue et les journalistes se bousculaient dans le terminal, ajoutant de la confusion à un voyage déjà chaotique.

Les agents de la compagnie aérienne et Allegra parvinrent enfin à arracher les deux acteurs aux reporters. Allegra fit rapidement signer à Alan quelques papiers qu'elle avait emportés dans son attaché-case, puis elle salua ses amis et repartit en ville dans la limousine de l'acteur. Elle eut même un peu de temps pour appeler Jeff.

— Alors, c'était comment ? demanda-t-il.

— Incroyable, comme toujours.

— Portaient-ils des vêtements bon marché et des perruques ? Ils auraient dû.

— Tu as raison, acquiesça-t-elle en riant. Alan trimbalait l'espèce d'ours en peluche que Carmen emmène partout, et elle portait une parka et une combinaison en stretch à faire tomber n'importe qui par terre. Tu sais, je regrette toujours que nous ne nous mariions pas tranquillement à Las Vegas, comme eux.

— Moi aussi… A ce propos, reprit-il d'un air embarrassé, j'ai parlé à ma mère aujourd'hui. Elle tient vraiment à ce que nous allions la voir dans l'Est. J'aimerais bien le faire avant de commencer le tournage du film.

Ce qui leur laissait deux semaines… Allegra ne voyait pas comment faire. Elle réglait tous les détails de dernière minute pour la tournée de Bram, et le seul fait de relire les différents contrats des prestataires de services lui prenait tout son temps. Par ailleurs, elle avait fait la connaissance de Tony Jacobson, l'ami d'Harvard de Jeff avec qui il coproduisait le film, et elle savait que les deux hommes seraient eux aussi submergés de travail avant le tournage. Comment Jeff et elle allaient-ils trouver le temps d'aller voir Mme Hamilton ?

— Ça me paraît affreusement difficile, Jeff, mais je vais essayer. Promis.

— Je lui ai dit que nous viendrions le dernier week-end d'avril.

Il retenait son souffle, priant pour qu'Allegra accepte. Sa mère était déjà très contrariée que Jeff eût demandé la jeune femme en mariage avant même de la lui avoir présentée.

— Tu crois que tu pourras te libérer ?

— Je me débrouillerai, répondit-elle dans un soupir.

Ce serait deux jours avant le premier concert de Bram. Par chance, celui-ci aurait lieu en Californie, mais elle aurait tout de même du mal à tout concilier…

— Nous n'y passerons qu'un week-end, une seule nuit si tu préfères.

Jeff était prêt à tout pour lui faciliter les choses ; il était important pour lui qu'elle rencontre sa mère, et Allegra le comprenait. Il avait été si tolérant et attentionné depuis qu'ils se connaissaient qu'elle lui devait bien cela.

— Si tu veux, sur le chemin du retour nous pouvons nous arrêter à Boston pour voir ton père, proposa Jeff, s'efforçant d'être équitable, mais un lourd silence accueillit sa suggestion.

— Charles Stanton n'est pas mon père.

Jeff mourait toujours d'envie de savoir pourquoi, et ce soir-là, il prit son courage à deux mains pendant qu'ils préparaient le dîner tous les deux. Ils avaient pris l'habitude de cuisiner ensemble : lui faisait cuire la viande, et elle s'occupait de tout le reste. Elle était douée pour les légumes, les salades et les décorations, et lui pour les steaks, côtelettes et poulets.

Lorsqu'il lui demanda ce qui s'était passé entre Charles Stanton et elle, elle lui répondit comme à son habitude par un long silence.

— Je devrais peut-être arrêter de te poser la question ? Mais j'aimerais quand même savoir pourquoi c'est un sujet aussi traumatisant, pour toi. Il serait peut-être bon que nous réglions cette question une bonne fois pour toutes. Qu'en pense ta thérapeute ? Tu lui as posé la question ?

Allegra hocha la tête.

— Elle m'a conseillé de tout te dire.

En silence, elle disposa du riz et des brocolis sur les assiettes, que Jeff compléta avec du poisson grillé. Allegra avait également préparé une salade et du pain à l'ail, et l'ensemble était très appétissant.

— *Voilà*[1] ! s'exclama Jeff avec une petite courbette comme ils s'asseyaient.

Allegra lui décocha un petit sourire nerveux. Elle pensait à Charles Stanton.

— Pourquoi le hais-tu à ce point ? demanda Jeff d'une voix tendre, comme s'il lisait dans ses pensées. Que vous a-t-il fait, à ta mère et à toi ?

Jeff devinait que ç'avait dû être horrible. Mais Allegra haussa les épaules et se mit à manger d'un air absent.

— Il n'a pas vraiment « fait » grand-chose… à l'époque… C'est plutôt ce qu'il n'a pas fait ensuite… J'avais un frère qui s'appelait Patrick. Paddy. (Elle leva les yeux vers Jeff et sourit avec mélancolie.) C'était mon héros. Il avait cinq ans de plus que moi, et il faisait tout pour moi… J'étais sa princesse. La plupart des frères tapent sur leurs petites sœurs, mais pas Paddy. Il réparait mes poupées quand elles étaient cassées, il me mettait mes moufles, nouait mes lacets, jusqu'à…

Ses yeux se remplirent de larmes, comme chaque fois qu'elle évoquait Paddy. Elle avait toujours une photo de lui, qu'elle gardait dans un tiroir fermé. Elle n'avait pas la force de la mettre sur son bureau ; même après vingt-cinq ans, c'était encore trop douloureux.

— Il est mort quand j'avais cinq ans, dit-elle d'une voix étranglée. Il souffrait d'une forme rare de leucémie, qu'on ne savait pas soigner à l'époque, et qui pose encore pas mal de problèmes aujourd'hui. Il savait qu'il allait mourir. Il me disait souvent qu'il allait monter au paradis et qu'il m'attendrait là-bas.

1. En français dans le texte.

Très doucement, Jeff tendit la main pour essuyer une larme qui roulait sur sa joue.

— Je suis désolé, dit-il d'une voix altérée par l'émotion.

Allegra hocha la tête avant de continuer. Maintenant qu'elle avait commencé, elle voulait terminer. Le Dr Green avait peut-être raison, mieux valait se débarrasser de ce lourd secret.

— Je le suppliais de ne pas me laisser, mais il disait qu'il n'avait pas le choix. Il était tellement malade, à la fin… Je n'ai jamais oublié. On n'est pas censé avoir des souvenirs de ses cinq ans, ou du moins pas beaucoup, mais je me rappelle tout ce qui concerne Paddy. Je me souviens du jour de sa mort.

Sa voix s'étrangla, mais elle continua. Jeff lui tendit une serviette en papier, et elle lui sourit à travers ses larmes. Elle aurait aimé qu'il rencontre son frère. Si seulement Paddy avait été encore vivant !

— Je crois que mon père est devenu fou quand il est mort. Apparemment, il avait essayé de le soigner, à la fin. Je ne le savais pas, mais maman me l'a dit plus tard. Il n'a rien pu faire. Personne n'y pouvait rien. Mais c'était la spécialité de mon père, et son impuissance le rendait malade. Il ne s'intéressait pas vraiment à moi, peut-être parce que j'étais trop jeune, ou parce que j'étais une fille… Je ne sais pas… Je ne me souviens pas de grand-chose, seulement de Paddy. Mon père n'était jamais vraiment là, il travaillait tout le temps. Et quand mon frère est mort, il s'est effondré et s'est vengé sur maman. Il lui criait dessus tout le temps, il lui faisait constamment des reproches. Comme tous les enfants, je pensais que c'était ma faute. Je me disais que j'avais dû faire quelque chose de terrible pour que Paddy meure et que mon père nous déteste.

« Ça a continué ainsi pendant un an environ. Je crois qu'il buvait beaucoup. Mes parents se disputaient sans cesse. La nuit, je me cachais dans le placard en pleurant pour ne pas les entendre hurler.

— Ça a dû être horrible, fit valoir Jeff, compatissant.

— Ça l'était. A la fin, il a commencé à la frapper. J'avais toujours peur qu'il s'en prenne à moi aussi, et je me sentais terriblement coupable de ne pas pouvoir l'empêcher de battre maman, mais j'étais impuissante. Et je me disais tout le temps que si Paddy n'était pas mort, tout cela ne se serait pas produit. Peut-être que je me trompais. Mon père s'est mis à tout reprocher à maman, il a même affirmé que c'était sa faute si Paddy était mort, et elle a dit qu'elle allait le quitter. Il a répondu que si elle faisait ça, il ne nous adresserait plus jamais la parole et que nous mourrions comme des chiens dans la rue. Maman n'avait pas de famille et pas d'économies non plus. Peu après, elle m'a dit qu'elle avait un projet, et elle a commencé à envoyer des nouvelles à des magazines. Elle a pu mettre de côté quelques milliers de dollars. Et une nuit où il l'avait frappée, elle m'a prise et nous sommes parties. Je me souviens que nous avons dormi dans un hôtel où il faisait vraiment froid, et je me rappelle avoir eu très faim. Elle m'a acheté des beignets. Elle devait être terrifiée à l'idée de dépenser le peu d'argent qu'elle avait.

« Je crois que nous nous sommes cachées là un certain temps. Il ne nous a pas trouvées. Puis elle est allée lui parler à son bureau, et elle m'a emmenée avec elle. Dans le cabinet de mon père tout le monde se comportait comme s'il était une espèce de dieu. Il avait un poste très élevé à l'école de médecine d'Harvard. Personne ne savait qu'il battait ma mère ni tout ce qu'il lui avait fait subir. Les gens le plaignaient seulement à cause de Paddy.

« Maman lui a dit qu'elle voulait s'en aller, et il a répondu que si elle faisait ça, il ne nous verrait plus jamais, ni l'une ni l'autre, et que je pouvais bien mourir, il s'en moquait. Si nous partions, je ne serais plus sa fille.

Ses yeux s'emplirent à nouveau de larmes. Jeff lui serra doucement la main mais ne dit rien.

— C'est ce qu'il a dit – que je n'étais plus sa fille.

Et maman a rétorqué que nous partions quand même. Quand nous avons quitté son bureau, il a crié que nous étions mortes, et par la suite, pendant des jours, j'ai attendu de mourir. Il ne m'a pas dit au revoir, il ne m'a pas embrassée, rien. Il se comportait comme s'il nous haïssait. D'ailleurs, je crois qu'à ce moment-là, il haïssait bel et bien maman, et dans sa tête, il en était de même pour moi. Maman a dit qu'il changerait d'avis au bout d'un moment, et que je resterais toujours sa fille. Elle m'a expliqué qu'il était seulement très triste à cause de Paddy, et que c'était pour ça qu'il se comportait comme un fou. Puis elle m'a annoncé que nous partions en Californie. Nous sommes venues ici en bus, et de temps en temps elle l'appelait, mais il refusait toujours de lui parler et lui raccrochait au nez.

« Quand nous sommes arrivées à Los Angeles, elle a commencé tout de suite à écrire pour la télévision. Ce qu'elle faisait plaisait beaucoup, et elle a eu la chance de percer assez vite. Et puis, elle avait raconté son histoire à quelqu'un qui travaillait pour une chaîne de télévision. Il en avait été très ému et il lui a donné pas mal de travail. Nous étions à Los Angeles depuis six mois quand elle a rencontré Simon. J'avais six ans et demi : nous avions quitté Boston juste après mon sixième anniversaire. Je me souviens que nous avions passé mon anniversaire dans l'hôtel glacé, et qu'il n'y avait eu ni gâteau ni cadeaux. Mais de toute façon, après tout ce qui nous était arrivé, je n'avais pas l'impression de mériter quoi que ce soit. Je me sentais responsable de tout, sans vraiment savoir pourquoi. J'étais sûre que c'était ma faute.

« Pendant des années, j'ai écrit à mon père en lui demandant de nous pardonner, mais il ne m'a jamais répondu. Et lorsque, finalement, j'ai reçu une lettre de lui, il me disait que ce qu'avait fait ma mère était honteux et impardonnable, qu'elle n'aurait jamais dû le quitter. Elle était partie à Hollywood comme une prostituée et l'avait abandonné ; je vivais dans le péché et la débauche en Californie et il n'avait pas envie de me connaître. J'ai déchiré la lettre pour ne plus la voir et j'ai pleuré pendant des semaines. Heureusement, entretemps, Simon était devenu comme un père pour moi. Et j'ai fini par faire une croix sur Charles Stanton.

Elle ne parlait plus jamais de lui comme de son père.

— Il est venu en Californie quand j'avais environ quinze ans et il m'a appelée. Je voulais le voir – je me posais tant de questions sur lui ! – et il a accepté. Mais il n'avait pas changé. J'ai pris le thé avec lui au Bel Air. Maman m'a déposée, et il n'a fait que débiter des horreurs à son sujet. Il ne m'a posé aucune question sur moi, il n'a pas dit qu'il était désolé de ne pas m'avoir vue depuis dix ans et de ne pas m'avoir écrit. Il a juste remarqué que je ressemblais beaucoup à ma mère et que ça le désolait. Il a ajouté qu'elle et moi avions été très injustes envers lui et que nous le paierions un jour. J'ai passé un après-midi horrible, et j'ai couru jusqu'à la maison sans attendre que maman vienne me chercher. Je voulais m'enfuir, mettre le plus de distance possible entre lui et moi. Je n'ai plus eu de ses nouvelles, jusqu'au jour où j'ai fait l'erreur de l'inviter à ma remise de diplômes, à Yale, sept ans plus tard. Il est venu, et il a recommencé à m'accabler de reproches, mais cette fois, j'en ai eu assez. Je lui ai dit que je ne voulais plus jamais le voir.

« Une fois, il m'a envoyé une carte de Noël, Dieu seul sait pourquoi, et je lui ai écrit pour lui dire que j'étudiais le droit. Depuis, plus de nouvelles. Il m'a complètement rejetée et abandonnée. Maman l'a peut-être laissé à Boston, mais j'étais toujours sa fille, il n'avait pas à faire une croix sur moi comme il l'a fait. Pendant des années, j'ai été obsédée par l'idée de le voir, de l'entendre, de lui courir après ; maintenant, c'est terminé. Je m'en moque. Il n'est plus mon père. Et maman qui veut le faire figurer sur les invitations… Je n'arrive pas à le croire ! Il n'est pas question que son nom se trouve à côté du mien, tu m'entends ? Il n'est pas mon père. Et d'ailleurs, il n'a pas envie de l'être. La seule chose qu'il aurait pu faire pour moi aurait été d'autoriser Simon à m'adopter, mais quand je le lui ai demandé, la fois où nous nous sommes vus au Bel Air, il a dit que c'était honteux et humiliant, et qu'il ne le ferait jamais. C'est un abominable égoïste, et je me moque de savoir s'il est respectable ou si c'est un bon médecin : c'est un pauvre type. Et il n'est plus mon père.

Il l'avait abandonnée, et elle payait le prix de cette trahison depuis près de vingt-cinq ans. Elle n'était pas encore prête à lui pardonner et doutait de l'être jamais.

— Je comprends ce que tu ressens à son égard, Allie. Pourquoi l'inviter au mariage ? Tu n'es certainement pas obligée.

Jeff était désolé pour elle, après tout ce qu'il venait d'apprendre, même s'il savait que par la suite elle avait eu, auprès de Simon Steinberg, une enfance heureuse. Il était évident qu'elle avait beaucoup souffert de la perte de son frère et du rejet de son père, ce qui expliquait qu'elle eût recherché des hommes froids et distants pendant des années, pour reproduire le même schéma. Mais enfin, avec l'aide du Dr Green, elle avait réussi à s'en sortir.

— Ma mère pense que je ne dois pas l'exclure. Incroyable, non ? Je crois qu'elle est folle. Elle essaie de reporter sur moi toute sa culpabilité vis-à-vis de lui et de leur relation d'autrefois, mais ça ne marche pas. Quoi qu'elle dise, je ne l'inviterai pas à notre mariage.

— Eh bien, ne l'invite pas.

— Dis-le à maman ! Elle me rend hystérique avec ça. Elle n'arrête pas de me demander si je l'ai appelé, alors que je lui ai répété mille fois que je n'en avais pas l'intention.

— Qu'en dit Simon ?

— Je ne lui ai pas posé la question, mais il veut toujours se montrer juste. C'est pour cette raison que j'ai invité Charles Stanton à ma remise de diplôme : Simon affirmait qu'il était cruel de ne pas le faire, que Stanton serait si fier de moi… alors qu'en fait il s'en moquait. Il s'est contenté de venir et de se montrer grossier envers tout le monde, même Sam, alors qu'elle n'avait que dix ans à l'époque. Scott l'a détesté dès le premier regard. Il ne savait pas qui il était : je n'ai pas voulu que maman et Simon le lui disent. Ils ont prétendu que c'était un vieil ami. Scott et Sam sont au courant, maintenant, mais autrefois, je refusais de leur avouer que Simon n'était pas mon père. J'avais peur que ça fasse de moi une sorte de paria et qu'ils ne m'aiment plus autant. Alors qu'en vérité, Simon ne m'a jamais traitée différemment des autres.

Elle sourit, puis soupira, jouant avec son poisson du bout de sa fourchette avant de relever les yeux vers Jeff.

— J'ai eu beaucoup de chance, à part les premières années.

Mais celles-ci l'avaient visiblement marquée, et il lui avait fallu bien longtemps pour se remettre des traumatismes de cette époque.

— Alors ? Que dois-je faire, à ton avis ? demanda-t-elle à Jeff.

— Ce que tu veux, *toi*, insista-t-il de nouveau. C'est notre mariage, tu fais ce que tu souhaites, pas ce que ta mère pense que tu devrais faire.

— Je crois que parfois, elle se sent encore coupable de l'avoir quitté, alors elle veut lui donner un os à ronger, en quelque sorte… Mais je ne lui dois rien, Jeff. Il ne s'est jamais bien comporté à mon égard.

— Non, tu ne lui dois rien en effet. Je crois qu'à ta place, je dirais à Blaire de ne pas le faire figurer sur les invitations, déclara Jeff avec fermeté.

— Je suis d'accord avec toi, acquiesça-t-elle, soulagée que lui au moins comprenne et partage son point de vue. Et tant pis pour les convenances. S'est-il montré convenable vis-à-vis de moi, lui, depuis vingt-quatre ans, je te le demande ?

— S'est-il remarié ? s'enquit Jeff.

— Non, jamais. Qui aurait voulu de lui ?

— Il n'est peut-être plus aussi dérangé qu'à l'époque de la mort de ton frère, tu sais. Ça a dû être traumatisant.

— Comme l'a été ma petite enfance.

Elle se carra dans sa chaise avec un soupir, heureuse de ne plus avoir de secrets pour Jeff.

— Voilà, maintenant tu sais tout ! Je me nomme en réalité Allegra Charlotte Stanton, sauf que si tu t'avises un jour de m'appeler ainsi, je te tue. Steinberg me convient parfaitement.

— A moi aussi, dit-il avant de contourner la table pour l'embrasser.

Ils ne finirent leur dîner ni l'un ni l'autre, ce soir-là. Ils allèrent sur la plage et se promenèrent longuement en parlant du père d'Allegra. La jeune femme avait l'impression qu'un poids énorme lui avait été ôté des épaules ; elle était heureuse que Jeff sût tout de son enfance. Et elle se rendait compte, en parlant ainsi de son père véritable, qu'elle n'y attachait plus autant d'importance qu'autrefois. Elle lui en voulait toujours, mais sa colère était désormais teintée d'indifférence. Elle avait Jeff, une vie à elle. Le processus de guérison était enclenché.

Ensuite, ils passèrent un long moment sur la terrasse. La nuit était splendide. Appuyés l'un contre l'autre, ils burent un verre de vin et se détendirent. Il était plus de minuit lorsque le téléphone sonna.

— Ne réponds pas, supplia Jeff. Un de tes clients s'est fait mettre en prison ou souffre d'hémorroïdes… Et il va encore falloir que ce soit toi qui t'en occupes.

— Je n'y peux rien, objecta-t-elle en se levant. C'est mon métier, et peut-être que quelqu'un a réellement besoin de moi.

Ce n'était pas un client, mais Sam, qui demanda à sa sœur si elle pouvait la voir le lendemain. Allegra fut surprise de cet appel, mais pas complètement : il arrivait de temps en temps à Samantha de faire appel à elle, en particulier lorsqu'elle souhaitait qu'Allegra fît pression sur leurs parents pour quelque chose.

— Tu t'es disputée avec maman ? ne put-elle s'empêcher de demander avec un sourire.

— Non, elle est trop occupée à hurler sur tout le monde à propos du jardin ou de la cuisine. C'est un miracle qu'elle n'ait pas encore eu une attaque, répondit Sam d'un ton morose.

De fait, leur mère n'était pas facile à vivre depuis quelque temps.

— Sans parler du mariage, souligna Allegra.

— Oui, je sais, soupira Sam. Bon, où est-ce que je peux te retrouver ?

— De quoi veux-tu me parler ? D'un contrat ou de quelque chose comme ça ?

— Mouais, en quelque sorte, répondit sa sœur, énigmatique.

— Je passerai te chercher à midi. Jeff déjeune avec Tony Jacobson, son coproducteur. Nous pourrons aller dans un endroit sympa, comme The Ivy ou Nate'N Al's.

— Allons quelque part où nous pourrons parler, dit Samantha d'une voix sombre.

Allegra sourit.

— Ça m'a l'air sérieux. Ce doit être une histoire d'amour…

— Précisément, confirma Sam, sinistre.

— Ça tombe bien, j'ai fait quelques progrès sur le sujet, récemment. Je ferai de mon mieux pour t'aider.

— Merci, Al.

Allegra réitéra sa promesse de passer la chercher à midi le lendemain, dimanche. Elle était touchée que Sam l'eût appelée et parla de son coup de fil à Jeff.

— Personne ne peut donc te téléphoner à des heures normales.

— Elle avait l'air d'avoir des ennuis. Elle doit avoir un nouveau petit ami.

— Au moins, elle, elle est de la famille, concéda-t-il.

Cela lui semblait plus normal que les coups de fil tardifs de Malachi lorsqu'il se faisait arrêter par la police pour conduite en état d'ivresse…

— Ça ne t'embête pas que je déjeune avec elle

demain ? demanda Allegra lorsqu'ils allèrent se coucher, quelques minutes plus tard.

A l'origine, il était prévu qu'elle mange avec Tony et lui. Elle aimait beaucoup Tony : intelligent et bien élevé, il était le fils d'un grand banquier d'affaires de Wall Street, qui les avait aidés à trouver des fonds pour le film et leur avait donné d'excellents conseils financiers. Tony était très différent de Jeff, mais Allegra s'entendait fort bien avec lui.

— Ça ne me pose aucun problème, affirma Jeff. Je te retrouverai après. Nous pourrons peut-être faire une partie de tennis ensemble… Je suis sûr que Sam plaira beaucoup à Tony.

Il lui décocha un clin d'œil, et Allegra fronça les sourcils.

— C'est papa qui serait content !

Ils rirent en chœur. Tout s'arrangeait. Au moment de s'endormir, elle repensa malgré elle à Charles Stanton ; Jeff avait raison, elle n'était pas obligée de l'inviter. Elle n'avait qu'à faire part de sa décision à sa mère. Pourquoi pas le lendemain, après son déjeuner avec Samantha ?

Elle sourit en se remémorant le coup de fil de cette dernière. De quel genre de conseils avait-elle besoin à propos de son nouveau petit ami ? Allegra n'était certainement pas une experte, mais elle était flattée que Sam l'eût appelée : même si c'était parfois une adolescente difficile, Allegra l'aimait profondément, et leur relation comptait beaucoup pour elle.

14

Comme promis, Allegra passa chercher sa sœur à midi le dimanche. Elle avait décidé de l'emmener déjeuner au Ivy, pour pouvoir ensuite faire avec elle les boutiques d'occasion de North Robertson. Depuis un certain temps, Sam se montrait assez pénible, et Allegra se réjouissait de partager enfin avec elle quelques moments privilégiés.

De fait, ce jour-là, Sam n'avait rien de l'adolescente insolente qui irritait parfois sa sœur ; elle paraissait sombre et ouvrit à peine la bouche durant le trajet en voiture jusqu'au restaurant. Allegra s'interrogeait sur ce qui la minait. Sam ne dit pratiquement rien de tout le déjeuner.

— Alors, que t'arrive-t-il ? finit par demander Allegra. Tu as un nouveau copain qui te pose des problèmes ?

Depuis deux ans, Sam était sortie avec de nombreux garçons, mais elle n'avait jamais eu de petit ami régulier, contrairement à Allegra au même âge.

— Si l'on veut.

Sam haussa les épaules, évasive, puis ses yeux se remplirent de larmes et elle secoua la tête.

— Non, ce n'est pas ça.

— Qu'y a-t-il, alors ? insista Allegra.

Le serveur venait de leur apporter leurs cappuccinos.

Le déjeuner avait été délicieux, comme toujours dans ce restaurant, mais Sam n'avait pratiquement rien avalé.

— Allons, Sam, vas-y, dis-moi… Quoi que ce soit, ce ne sera plus aussi terrible une fois que tu l'auras partagé.

Mais la jeune fille se prit la tête à deux mains et se mit à pleurer doucement.

— Oh, Sam…

Allegra passa une main sur ses épaules.

— Allons, bébé, dis-moi ce qui t'arrive, murmura-t-elle.

Lorsque Samantha releva la tête, Allegra lut dans ses yeux un désespoir sans fond.

— Sam, je t'en prie…

— Je suis enceinte, lâcha la jeune fille, s'étranglant à moitié sur les mots. Je vais avoir un bébé…

Allegra demeura un instant immobile, sous le choc, puis elle la prit dans ses bras.

— Oh, ma chérie… Mon Dieu… Comment est-ce arrivé ? Qui a fait ça ?

Elle s'exprimait comme si sa sœur n'était pour rien dans l'affaire. De fait, Allegra n'avait jamais entendu Sam prononcer le nom de qui que ce soit ni faire allusion à un petit ami régulier.

— C'est *moi* qui ai fait ça, rétorqua Sam, assumant la pleine responsabilité de ses actes.

Elle chassa d'un geste les longs cheveux blonds qui lui tombaient sur le visage. Elle paraissait désespérée.

— Pas toute seule, à moins que les choses n'aient beaucoup changé dernièrement, fit valoir Allegra. Qui est le père ?

Le mot eut du mal à franchir ses lèvres. *Père, mère…* Tout à coup, elle réalisait la pleine portée de ce que venait de lui annoncer sa sœur. Elle attendait un enfant, une personne vivante, un être humain à part entière.

— Ça n'a pas d'importance, répondit Sam d'un air sinistre.

— Oh si, insista Allegra. Sors-tu avec quelqu'un au lycée ?

Sans même connaître le responsable, elle avait envie de l'étriper, mais elle s'efforçait de rester calme par égard pour Sam. Celle-ci se contenta de secouer la tête.

— Allons, Sam, qui est-ce ?

— Je ne veux pas que tu fasses quoi que ce soit si je te le dis.

— As-tu été violée ? s'inquiéta aussitôt Allegra, mais une fois encore Sam secoua la tête.

— Non. C'est ma faute. Je l'ai fait de mon plein gré. Il m'impressionnait tellement… J'ai pensé… Je ne sais pas, dit-elle, en larmes de nouveau. Je suppose que j'étais flattée. Il est si sophistiqué, si adulte… Il a trente ans.

Un homme de trente ans avec une adolescente de dix-sept ? Et il n'avait même pas eu la décence de se protéger !

— Etais-tu vierge ? voulut savoir Allegra, submergée par l'inquiétude.

Sam fit non de la tête mais ne lui fournit pas de précisions. Allegra savait qu'elle n'avait pas des mœurs légères, et songea qu'à presque dix-huit ans, il n'était pas étonnant qu'elle ait déjà eu un petit ami qui eût compté pour elle. De toute façon, elle n'avait pas l'intention de s'attarder sur le passé.

— Comment l'as-tu rencontré ? demanda-t-elle, revenant au père du bébé.

— C'est l'un des photographes avec qui j'ai travaillé, répondit Sam d'une toute petite voix. Il est français. Je le trouvais hyper-cool parce qu'il venait de Paris. Il me traitait comme une adulte… Et physiquement, il est très beau.

— Lui as-tu dit que tu étais enceinte ?

Allegra avait hâte de trouver cet homme. Il aurait de la chance s'il n'était pas expulsé du pays. Ils pouvaient le faire arrêter pour détournement de mineure ! Elle imaginait d'ici la réaction de Simon Steinberg lorsqu'il saurait. Cependant, Sam poussa un soupir désolé.

— Je n'en ai pas vraiment envie, de toute façon. Mais j'ai quand même appelé l'agence et ils m'ont répondu qu'il était au Japon ou je ne sais où. Il ne faisait que passer quand je l'ai rencontré, et on ne peut pas dire que j'aie eu le temps de bien le connaître. Il voulait des photos pour constituer son propre book avant de partir à Tokyo. Personne ne sait comment le retrouver. Ce qui n'a aucune importance, parce que je ne veux plus le voir. Il était plutôt sympa, mais sur la fin il s'est comporté comme un goujat. Il m'a proposé de la drogue, et quand j'ai refusé d'en prendre, il m'a traitée de bébé. Il s'appelle Jean-Luc, c'est tout ce que je sais : personne n'a été capable de me donner son nom de famille.

— Seigneur ! C'est comme ça que cette agence est dirigée ? s'insurgea Allegra, furieuse. Ils devraient être envoyés en prison, s'ils s'occupent des mineurs de cette façon !

— J'ai presque dix-huit ans, Al. Je n'ai pas besoin que quelqu'un me tienne la main quand je vais poser pour des photos.

— Apparemment si, grommela Allegra.

Aussitôt elle se reprocha sa réaction. Il ne fallait pas qu'elle se montre trop dure envers sa sœur : celle-ci était bien assez punie ainsi, et l'important, pour le moment, était de l'aider. Au moins, Sam avait eu le courage de venir la voir pour lui exposer son problème, c'était déjà ça.

— Je suppose que tu n'as encore rien dit à maman ?

— Je n'en ai pas vraiment envie, avoua Sam.

Allegra hocha la tête. Leur mère était toujours très compréhensive, au point que certaines des amies d'Allegra et de Sam préféraient lui exposer leurs problèmes plutôt que d'en parler à leur propre mère. Mais elle était si nerveuse, depuis quelque temps, entre le mariage à organiser et les problèmes de son émission, qu'il était difficile d'obtenir son attention.

— Bon, alors, qu'allons-nous faire ? demanda Allegra, le cœur serré.

De son point de vue, à l'âge de Sam, il n'y avait

qu'une solution, hélas. Avoir un bébé gâcherait irrémédiablement sa vie.

— Je t'emmènerai chez mon gynéco demain. Peut-être ne serons-nous même pas obligées d'en parler à maman… Je vais y réfléchir un moment avant de décider.

— Je ne peux pas, dit Sam d'un air têtu.

Perplexe, Allegra fronça les sourcils.

— Tu ne peux pas quoi ?

— Aller chez le gynéco avec toi… Pas pour me débarrasser du bébé, en tout cas.

— Pourquoi donc ? demanda Allegra, paniquée. Tu ne vas pas le garder, tout de même ? Sam, tu ne connais même pas le père ! Tu ne peux pas faire un bébé toute seule à ton âge, c'est de la folie furieuse.

Soudain, elle songea à Carmen, qui se comportait comme si son enfant était né depuis qu'elle avait vu l'échographie. La même chose était-elle en train d'arriver à Sam ? Se sentait-elle déjà liée à son bébé ?

— Je ne peux pas avorter, Al.

— Pourquoi ?

Sa famille avait une moralité solide mais savait généralement se montrer raisonnable. Allegra ne comprenait pas.

— Je suis enceinte de cinq mois.

— *Quoi* ?

Sous l'effet de la surprise, la jeune femme faillit tomber de sa chaise.

— Pourquoi diable ne m'en as-tu pas parlé plus tôt ? Qu'est-ce que tu as fabriqué tout ce temps ?

— Je ne savais pas, avoua Sam. (De grosses larmes roulaient sur ses joues et tombaient sur la nappe.) Je te le jure. J'ai des règles si irrégulières qu'au début j'ai juste pensé que j'avais fait trop de sport, ou un régime trop strict, ou que c'était le stress des examens et du départ à l'université… Je ne sais pas. Il ne m'est pas venu à l'idée que je pouvais être enceinte.

— Comment se fait-il que tu ne t'en sois même pas doutée ? Ça ne se voit pas ? Le bébé ne bouge pas ?

Elle jeta un coup d'œil à sa sœur, mais Sam était très mince et portait des vêtements larges qui dissimulaient toutes ses formes.

— Je pensais seulement que je prenais du poids, comme j'avais tout le temps faim. (Elle eut soudain l'air encore plus perdu.) Je ne l'ai senti bouger que la semaine dernière. Sur le coup, j'ai cru que j'avais un cancer, une tumeur qui venait d'exploser dans mon estomac ou quelque chose comme ça.

La pauvre. Ils vivaient dans l'un des pays les plus avancés du monde, et dans l'une des villes les plus modernes de ce pays, mais Sam s'était imaginé avoir une tumeur ! Allegra était sincèrement désolée pour elle. Le problème était bien plus grave qu'elle ne l'avait d'abord cru, et il fallait y réfléchir sérieusement.

— Il va falloir que tu le fasses adopter, j'imagine.

Sam la regarda sans rien dire, s'efforçant de ne pas songer à ce que ce « le » recouvrait. Le médecin avait proposé de lui montrer l'échographie, mais elle avait refusé. Elle ne voulait pas connaître le sexe du bébé, elle ne voulait rien savoir de lui. Elle ne voulait pas admettre son existence.

— Qu'est-ce que je vais faire, Al ? Si je n'en parle pas bientôt à papa et maman, je vais être obligée de m'enfuir.

— Tu ne peux pas faire ça.

— Je ne vois pas ce que je peux faire d'autre. Toute la semaine dernière, j'ai pensé partir, mais je voulais te parler d'abord.

Cette pensée fit frémir Allegra.

— Nous devons le dire à maman. Si elle réagit vraiment mal ou s'ils te jettent dehors, tu pourras toujours venir t'installer chez moi jusqu'à la naissance. Quand le bébé doit-il arriver ?

— En août. Al… Tu m'aideras à leur annoncer la nouvelle ?

Allegra hocha la tête et serra fort les mains de sa sœur entre les siennes. Quelques minutes plus tard, elle remarqua deux femmes aux cheveux en brosse qui les regardaient d'un air approbateur. Sans doute pensaient-elles qu'elles étaient ensemble… Cette pensée la fit sourire pour la première fois de la journée, et elle raconta l'anecdote à Sam pendant qu'elle payait la note.

— Quand veux-tu le dire aux parents ? ajouta-t-elle ensuite, redevenue sérieuse.

— Jamais ! répondit en toute honnêteté sa cadette. Mais je suppose qu'il vaudrait mieux leur en parler assez vite, avant que ça se voie. Maman m'a regardée d'un drôle d'air à plusieurs reprises quand je me resservais au petit déjeuner. Mais elle a été tellement occupée avec l'émission, le jardin, toi, etc., qu'elle n'a pas vraiment fait attention. Et papa ne se doute de rien. Il croit toujours que j'ai cinq ans et que je devrais porter des couettes.

Elles aimaient ce côté rêveur, chez lui. Même si, à bien des égards, il était très au fait de ce qui se passait dans le monde, il avait conservé une innocence attendrissante. Il ne pouvait s'empêcher d'idéaliser son entourage et disait rarement des méchancetés sur qui que ce soit. Sam savait qu'il allait avoir le cœur brisé en apprenant la nouvelle. Elle aurait fait n'importe quoi pour ne pas avoir à la lui annoncer, mais hélas, elle n'avait plus le choix.

— Je passerai à la maison demain et nous leur parlerons, déclara Allegra.

A sa voix, on aurait dit qu'elle proposait à sa sœur de l'accompagner à l'échafaud. Et après ? songeait-elle. Qu'allait-il advenir du bébé ? C'était là la question principale.

— Qu'envisages-tu de faire, Sam ? Le faire adopter ? Le garder ?

Elle était obligée de poser ces questions. Dans quatre mois, le bébé serait là, et il fallait que les décisions soient prises au plus vite.

— Dès que j'y pense, je panique. Je veux que tout ça disparaisse, que ça ne se soit jamais produit !

— Ça ne risque pas d'arriver, dit sombrement Allegra, mais elle n'insista pas davantage, consciente que sa sœur n'était pas en état de prendre des décisions pour le moment.

Après avoir quitté le restaurant, elles allèrent se promener, mais elles n'avaient pas le cœur à faire les magasins. Finalement, Allegra raccompagna Sam chez leurs parents ; elle la serra très fort contre elle et lui conseilla de rester aussi calme que possible cet après-midi-là. Elles feraient face aux problèmes ensemble, lui promit-elle.

— Et ne va pas faire une fugue, compris ? On ne peut pas fuir un problème comme celui-là. Nous nous débrouillerons, ne t'inquiète pas. Je ne te laisserai pas tomber.

— Merci, Al, répondit Sam avec ferveur.

Allegra la regarda entrer dans la maison. Tout son corps semblait s'affaisser sous le poids de sa tristesse, mais au moins, sa grossesse était encore indétectable. Allegra n'arrivait même pas à imaginer la réaction de ses parents. La confrontation avec eux n'allait pas être facile… Aussi compréhensifs fussent-ils, ils auraient un choc. D'autant que les problèmes de ce genre n'avaient jamais de solution idéale : si Sam abandonnait le bébé, elle le regretterait probablement plus tard, et cela la hanterait jusqu'à la fin de ses jours, et si elle le gardait, cela risquait de changer sa vie à jamais, et pas forcément d'une manière positive. En fait, c'était tout simplement un désastre.

Dire que Carmen avait été si heureuse lorsqu'elle avait su qu'elle était enceinte ! Même Allegra aurait accueilli une grossesse avec bonheur, Jeff ne parlait-il pas déjà de fonder une famille ? Mais pour Sam, attendre un bébé était une véritable catastrophe. Une tragédie et non une bénédiction.

Allegra rentra à Malibu infiniment abattue. Elle était assise sur la plage, les bras autour de ses genoux, plongée dans ses réflexions, lorsque Jeff la rejoignit deux heures plus tard. Son déjeuner avec Tony avait duré beaucoup plus longtemps que prévu, tant ils avaient de détails à régler à propos de leur film. Cependant, dès qu'il sortit sur la terrasse et vit Allegra, il sentit que quelque chose n'allait pas et oublia aussitôt ses préoccupations professionnelles. Elle paraissait perdue dans son propre monde, et il se demanda si elle avait appelé Charles Stanton.

— Salut, dit-il en s'asseyant à son côté. (Elle tourna la tête vers lui mais ne répondit pas.) Sam et toi avez eu une prise de bec ? s'enquit-il en caressant ses longs cheveux blonds du bout des doigts.

— Non, répondit-elle avec un sourire triste.

Il était si gentil avec elle ! Par certains côtés, il lui rappelait vraiment Simon. Elle se réjouissait du fond du cœur d'avoir enfin vaincu les démons qui lui avaient rongé l'âme pendant des années et de pouvoir désormais s'abandonner et accepter sans crainte l'amour d'un homme comme lui.

— Tu ne respires pas la joie de vivre. De mauvaises nouvelles ?

Elle hocha la tête et son regard se perdit au loin.

— Je peux t'aider ?

Allegra savait que Sam aurait sans doute préféré qu'elle ne révèle pas encore son secret à Jeff, mais elle se dit que de toute façon elle ne pourrait passer sa grossesse sous silence encore longtemps.

— J'ai bien peur que personne ne puisse, répondit-elle dans un soupir. (Elle le regarda dans les yeux.) Sam est enceinte de cinq mois.

— Oh, merde, dit-il seulement. Qui est le père ?

— Un Français d'une trentaine d'années, dont elle ignore le nom de famille et qui aurait, semble-t-il, passé ici quelques jours il y a cinq mois, avant de partir pour Tokyo. L'agence n'a aucun moyen de le joindre, et Sam non plus. Il est simplement venu ici, il a pris des photos d'elle, et il est parti, la laissant avec un bébé.

— Génial. Peut-elle encore avorter à cinq mois, et le souhaite-t-elle ?

— La réponse aux deux questions est non. Il est trop tard, et de toute façon elle ne voudrait pas. Nous allons annoncer la nouvelle aux parents demain.

— Va-t-elle le garder ?

— Je ne sais pas. Je crois qu'elle est encore trop secouée pour réfléchir. Mais à mon avis elle ne devrait pas le garder. Elle est trop jeune… Cela dit, ce n'est pas à moi de lui dicter sa conduite. Il s'agit d'une décision grave, qui va changer sa vie.

— C'est clair, acquiesça Jeff, pensif. Si je peux me rendre utile…

Il se sentait impuissant ; il n'y avait rien à faire pour Sam, sinon la soutenir tout au long de cette épreuve.

— Je lui ai dit qu'elle pourrait venir s'installer à la maison si les choses se passaient vraiment mal avec papa et maman. Ce qui signifie que je serais obligée de retourner chez moi pendant quatre mois, ajouta-t-elle d'une voix déprimée.

Cette perspective était loin de la réjouir, mais elle ne pouvait faire moins pour sa sœur.

— Elle n'aurait qu'à venir ici avec nous, proposa aussitôt Jeff. De toute façon, je passerai le plus clair de mon temps sur le tournage. Nous lui ferions une chambre dans mon bureau.

Emue, Allegra se pencha pour l'embrasser.

— Tu es vraiment formidable, dit-elle avec sincérité.

Après cela, ils allèrent se promener longuement sur la plage, et ils bavardèrent jusque tard dans la nuit. Le lendemain, après le travail, Allegra prit comme promis le chemin de la maison de ses parents. Il était un peu plus de dix-sept heures, et elle attendit en compagnie de Sam qu'ils rentrent du bureau. En règle générale, ils étaient chez eux vers dix-huit heures trente.

Les deux sœurs, tendues à l'extrême, étaient assises dans le salon, en silence, lorsque Blaire et Simon pénétrèrent dans la pièce, à cinq minutes d'intervalle. Tous les deux paraissaient de bonne humeur et furent agréablement surpris de voir Allegra. Mais dès que Blaire vit la façon dont ses filles la regardaient, elle sut qu'il était arrivé quelque chose, et son cœur se mit à battre à se rompre. C'était Scott, songea-t-elle aussitôt. Il avait eu un accident, elle en était sûre, et la police avait appelé Allegra… Elle regarda son aînée.

— Que s'est-il passé ?

Allegra comprit immédiatement ce qu'elle s'imaginait et s'empressa de la rassurer.

— Rien, maman. Personne n'est blessé, tout le monde va bien, nous voudrions simplement vous parler, à papa et à toi.

— Oh, merci, mon Dieu !

Blaire se laissa tomber dans un fauteuil, et Simon regarda tour à tour les trois femmes d'un air inquiet. Même lui sentait qu'il y avait quelque chose de grave dans l'air, et pourtant il était bien moins anxieux de tempérament que son épouse.

— J'ai cru qu'il était arrivé malheur à Scott, reconnut Blaire. (Elle ne put s'empêcher de songer à Paddy et frissonna.) C'est à propos du mariage, c'est ça ?

Allegra arborait la mine résolue que sa mère connaissait bien : cela signifiait que quelque chose lui tenait à cœur. Sans doute allait-elle de nouveau demander à réduire le nombre d'invités… En cet instant, Blaire ne se sentait pas la force de discuter avec elle.

— De quoi s'agit-il ?

— Je dois vous parler, maman, papa, intervint Sam d'une voix mal assurée.

Son père plissa les yeux et la regarda avec attention. Jamais il ne l'avait vue aussi nerveuse.

— Quelque chose ne va pas ? demanda-t-il en s'asseyant à son tour.

— On peut dire ça comme ça, acquiesça Sam.

Il y eut un long silence. Les yeux pleins de larmes, elle se tourna vers Allegra ; parler était au-dessus de ses forces.

— Veux-tu que je le leur dise ? demanda Allegra à mi-voix.

Sa sœur hocha la tête. Alors, prenant une profonde inspiration, Allegra regarda ses parents tour à tour et leur annonça la nouvelle la plus difficile qu'elle eût jamais eu à leur apprendre :

— Sam est enceinte de cinq mois.

Blaire devint si pâle qu'Allegra craignit un instant qu'elle ne s'évanouisse. Simon ne semblait guère mieux.

— Quoi ? dit-il seulement.

Le silence qui s'ensuivit était assourdissant.

— Comment est-ce possible ? Tu t'es fait violer par quelqu'un que tu connais, c'est ça ? Pourquoi ne nous en as-tu pas parlé ?

Pour lui, il était inconcevable que la jeune fille ait pu être partie prenante dans ce désastre. Blaire, qui observait tour à tour Allegra et Sam, comprit néanmoins la vérité. Elle n'eut pas la force d'offrir aussitôt réconfort et chaleur à sa fille, elle était encore trop secouée pour réagir.

— Je n'ai pas été violée, papa, soupira Sam en essuyant ses larmes d'un revers de main. Seulement très bête.

— Est-ce quelqu'un dont tu es amoureuse ? demanda son père, qui cherchait toujours à comprendre ce qui avait bien pu se passer.

— Non, répondit-elle avec honnêteté. Je pensais que je l'aimais, mais en fait j'étais plus flattée qu'autre chose. Il m'a fait tourner la tête, et puis il est parti.

— Qui est-ce ? voulut savoir Simon, qui commençait à bouillonner.

— Un photographe que j'ai rencontré. Et tu ne peux pas le faire mettre en prison. Il est parti, papa, et personne ne sait où il est.

Allegra leur expliqua brièvement pourquoi il était impossible de retrouver le dénommé Jean-Luc. Blaire secoua la tête et regarda sa cadette, les yeux pleins de larmes.

— Je n'arrive pas à croire que tu aies été aussi naïve, Sam. Pourquoi ne me l'as-tu pas dit ?

— Je ne le savais même pas, maman ! Je ne me suis doutée de rien jusqu'à la semaine dernière. Je suis allée chez le médecin, et la nouvelle m'a tellement abattue que je n'ai pu en parler à personne. J'avais l'intention de m'enfuir et de disparaître, ou de me tuer, je ne sais pas, mais finalement, j'ai décidé d'appeler Allegra.

— Dieu merci !

Blaire lança un regard reconnaissant à sa fille aînée, puis elle alla s'asseoir à côté de Sam et passa un bras autour de ses épaules. De son côté, Simon luttait pour retenir ses larmes. Allegra s'approcha de lui et le serra contre elle.

— Je t'aime, papa, murmura-t-elle.

Il étouffa un sanglot et l'étreignit de toutes ses forces.

— Qu'allons-nous faire ? demanda-t-il en se mouchant et en s'essuyant les yeux.

— Nous n'avons pas trente-six solutions, répondit Blaire, réaliste.

Elle regarda Sam, le cœur brisé. Elle était si jeune, si belle, et elle avait été jusqu'ici tellement épargnée par la vie ! Mais les épreuves venaient de commencer. Sa première cicatrice, sa première expérience douloureuse. Et il n'y avait rien qu'ils pussent faire pour la lui épargner.

— Tu vas être obligée d'avoir le bébé, Sam, dit-elle avec douceur, il est trop tard pour envisager une autre solution.

— Je sais, maman, acquiesça Sam.

Ce qu'elle ignorait, en revanche, c'était ce que cela signifiait concrètement, tant pour son corps que pour son cœur. Jusqu'à présent, la grossesse avait été facile, elle n'avait pas été malade. Seulement affamée. Et maintenant, elle avait peur. Mais tout le reste demeurait un mystère. Etape par étape, au cours des prochains mois, elle découvrirait ce qu'avoir un bébé représentait.

— Il faudra que tu le fasses adopter, continua Blaire. Il n'y a pas d'autre solution, si tu ne veux pas gâcher ta vie. A dix-sept ans, un bébé ne te posera que des problèmes. N'oublie pas que tu entres à l'université à l'automne. Quand le bébé doit-il naître ? demanda-t-elle.

Son sens de l'organisation reprenait le dessus. Elle planifiait d'ores et déjà tout dans sa tête.

— En août.

— Parfait. Tu peux l'avoir, le faire adopter et commencer les cours normalement en septembre. En revanche, j'ai bien peur que tu sois obligée de rater la fin de cette année scolaire et la remise des diplômes.

Sam ne fit aucun commentaire là-dessus. Ses pensées avaient pris un autre chemin.

— J'aurai dix-huit ans à la naissance du bébé, souligna-t-elle. Beaucoup de femmes ont des enfants à cet âge-là.

— La plupart d'entre elles sont mariées. Et dans ton cas, ce serait désastreux. Tu ne sais même pas qui est le père du bébé. Comment sera le bébé ? *Qui* sera-t-il ?

— Il sera à moitié moi, maman, dit Sam, et un peu toi… un peu papa… un peu Scott et Allegra… Je ne peux pas m'en débarrasser comme d'une vieille paire de chaussures dans un dépôt-vente.

L'idée lui serrait le cœur, et Allegra était désolée de la voir souffrir ainsi.

— Non, mais tu peux le donner à des gens qui souhaitent désespérément avoir un bébé, qui sont mariés et n'arrivent pas à avoir d'enfants. Il existe des centaines de personnes qui n'attendent que cela, et dont la vie ne sera pas détruite par l'arrivée de ce bébé. Pour eux, ce sera une bénédiction.

— Et nous ? Ce pourrait être une bénédiction pour nous aussi.

Sam luttait pour sa vie et celle de son bébé, répondant à un instinct ancestral qu'elle-même ne comprenait pas mais que Blaire, qui avait donné le jour à quatre enfants, connaissait bien.

— Es-tu en train de me dire que tu veux le garder ? demanda-t-elle d'un air terrifié. Tu ignores qui est le père, et tu veux garder ce bébé, Sam ? Ce n'est même pas un enfant de l'amour, ce n'est rien !

— Ce n'est pas rien, c'est un bébé ! s'insurgea la jeune fille avant de fondre à nouveau en larmes.

Ils avaient tous les nerfs à fleur de peau, mais Blaire n'avait pas l'intention de se laisser influencer.

— Tu dois faire adopter cet enfant, Sam. Nous savons ce qui est mieux pour toi. Fais-nous confiance. Si tu te mets un bébé sur les bras maintenant, tu le regretteras toute ta vie. Ce n'est pas le bon moment.

— Ce n'est pas une raison suffisante pour abandonner un enfant, rétorqua Sam.

Pour la première fois, Allegra prit la parole. Elle estimait qu'il était de son devoir de donner son avis.

— Tu as raison, Sam, dit-elle calmement. Tu ne peux faire adopter cet enfant que si tu le souhaites. C'est à toi de prendre la décision, parce que, ensuite, elle te poursuivra jusqu'à la fin de tes jours, quelle qu'elle soit. Nous n'avons pas le droit de t'influencer, car nos vies ne seront pas autant affectées que la tienne.

— Allegra a raison, acquiesça Simon. Ce qui ne m'empêche pas d'être de l'avis de ta mère, Sam. Tu es trop jeune pour te charger d'un bébé, et nous, nous sommes trop vieux. Il ne serait pas juste pour l'enfant que ce soit nous qui l'élevions. Tu donneras une meilleure chance au bébé si tu le confies à des gens bien, qui l'adopteront et le rendront heureux.

Blaire lui jeta un coup d'œil reconnaissant. Comme toujours, il avait su exprimer exactement ce qu'elle avait en tête, mais plus habilement qu'elle ne l'aurait fait.

— Comment pouvons-nous être sûrs qu'ils seront gentils avec lui ? Et s'ils ne l'étaient pas ? sanglota Sam.

Allegra intervint de nouveau.

— Il existe des avocats qui s'occupent exclusivement des adoptions de ce type, Sam. Tu n'as pas à aller dans une agence publique. Des tas de gens riches, avec un foyer stable, s'adressent à des avocats et sont prêts à payer des fortunes pour être mis en contact avec des femmes dans ta situation. Et tu auras le droit de choisir parmi les différents couples celui que tu préfères. C'est toi qui décideras. Il ne s'agit pas d'une démarche très gaie, c'est vrai, mais comme le dit papa, il existe des couples qui sauront lui donner beaucoup d'amour. J'ai une amie spécialisée dans les adoptions comme celle-là. Je peux l'appeler demain si tu veux.

En fait, elle avait déjà laissé un message à l'intéressée dans la matinée.

Il y eut une pause interminable, puis Sam hocha enfin la tête. Elle n'avait aucun recours, aucune autre solution, et elle faisait confiance à sa famille. Puisque sa sœur et ses parents lui disaient qu'il était préférable qu'elle fasse adopter le bébé, pour le bien de celui-ci, elle les croyait. Le plus dur pour elle était de n'avoir personne d'autre à qui en parler, avec qui partager sa détresse, avec qui pleurer. Elle ne voulait pas avouer son secret à ses camarades de classe ; elle n'avait même pas de petit ami.

Allegra promit une fois encore de contacter son amie avocate le lendemain, et là-dessus Sam monta dans sa chambre pour se reposer. Elle se sentait vidée et nauséeuse. Après son départ, Blaire se mit à pleurer, et Allegra s'assit près d'elle pour la consoler. Simon avait une mine d'outre-tombe, et la maison tout entière semblait recouverte d'un suaire. Même le mariage était oublié.

— Pauvre petite, soupira Simon en secouant la tête d'un air désolé. Comment a-t-elle pu être aussi sotte ?

— Si je tenais l'être ignoble qui a fait ça, je le tuerais, dit Blaire. Quand je pense qu'il est au Japon, probablement en train de sauter une autre gamine, et que toute la vie de Sam est fichue !

— Pas nécessairement, lui rappela Allegra.

Mais Blaire savait ce qu'elle disait.

— Elle n'oubliera jamais. Elle n'oubliera jamais qu'elle a porté ce bébé et lui a donné naissance, qu'elle l'a tenu dans ses bras et abandonné à jamais.

Les circonstances étaient très différentes, mais elle ne pouvait s'empêcher de songer à Paddy. Vingt-cinq ans après sa mort, il lui manquait toujours, et elle savait qu'il lui manquerait jusqu'à son dernier souffle. De même, Sam n'oublierait jamais son premier-né, donné à des étrangers.

— Il n'y a pas d'autre solution.

— Tu… tu ne crois pas qu'elle devrait le garder, maman ? demanda prudemment Allegra.

Au fond d'elle-même, elle n'était pas convaincue qu'abandonner l'enfant fût la solution idéale. Comme l'avait souligné Sam, beaucoup de gens avaient des enfants à dix-huit ans et survivaient. Certains devenaient même de très bons parents.

— Non, je ne crois pas, répondit Blaire tristement. Et avec tous les couples stériles qui veulent adopter des enfants, j'estime qu'il est dommage pour elle de gâcher sa vie tout en privant d'autres personnes d'un grand bonheur. Comment est-elle censée s'occuper de cet enfant ? Va-t-elle l'emmener en cours avec elle ? Laisser tomber ses études ? Me le confier ? Je suis trop vieille pour ça, et elle est trop jeune.

Allegra esquissa un petit sourire triste.

— On voit bien que tu ne lis pas la presse à scandale. Des tas de femmes de ton âge se font féconder in vitro pour avoir des bébés.

— Peut-être, répondit Blaire en réprimant un frisson d'horreur, mais pas moi. J'ai eu quatre enfants. J'ai eu de la chance. Mais je n'ai pas l'intention d'élever un autre bébé à mon âge. J'aurais soixante-dix ans lors de sa crise d'adolescence, et ça suffirait à m'achever.

Tous esquissèrent un sourire las et admirent que faire adopter l'enfant était la meilleure solution pour tout le monde, et surtout pour Sam. Elle avait besoin de tourner la page après la naissance, pour pouvoir aller à l'université à l'automne et recommencer à zéro. Il était simplement dommage qu'elle ne pût assister à sa remise de diplômes. Blaire dit qu'elle prendrait rendez-vous avec le directeur de l'école de Sam pour discuter discrètement avec lui de la situation. Ce ne serait certainement pas la première fois qu'il serait confronté à ce problème. Sam était une bonne élève, et la fin des classes approchait. D'une certaine manière, elle avait de la chance.

— J'appellerai Suzanne Pearlman demain. C'est

l'avocate dont je vous ai parlé. Nous étions à l'université ensemble, et je continue à la voir de temps en temps. Elle est très bonne et sélectionne toujours très soigneusement ses clients. Je la taquine toujours à propos de son usine à bébés... Jamais je ne m'étais imaginé que je devrais un jour faire appel à elle. Je lui ai laissé un message aujourd'hui et je la rappellerai demain matin.

— Merci, Allie, dit Simon avec reconnaissance. Plus vite nous aurons réglé le problème, mieux ce sera. C'est peut-être une chance qu'elle ait mis si longtemps à se rendre compte de son état. Dans quatre mois, tout sera terminé et elle pourra tourner la page.

Si elle y arrive, songea tristement Allegra.

Il était plus de neuf heures lorsqu'elle prit enfin congé de ses parents et rentra à Malibu. Jeff l'attendait et lui demanda aussitôt comment les choses s'étaient passées. Il était profondément désolé pour Sam et écouta Allegra en hochant la tête d'un air sombre lorsqu'elle lui résuma la conversation que sa sœur et elle avaient eue avec leurs parents.

— La pauvre. Elle doit avoir l'impression que sa vie est fichue... Une de mes petites amies est tombée enceinte, à l'université, ajouta-t-il. (Bien que quinze années se fussent écoulées, il ne pouvait évoquer ce souvenir sans un pincement au cœur.) C'était horrible. Elle a avorté, mais ça a vraiment été un gros traumatisme. Elle était catholique, originaire de Boston, et naturellement elle n'a rien dit à ses parents, mais elle a fait une véritable dépression nerveuse, à l'époque. Nous avons tous les deux suivi une thérapie. Inutile de te dire que notre relation n'a pas survécu. Peut-être que ce qui arrive à Sam est préférable. La fille dont je te parlais ne s'est jamais pardonné d'avoir avorté.

— Je ne suis pas sûre que l'adoption soit une meilleure solution, soupira Allegra.

Quelque part, elle se demandait même si ce n'était pas pire. Dans les deux cas, le prix à payer pour une simple erreur de jugement semblait si élevé ! Quoi que décidât Sam, elle en serait affectée à vie.

— Je suis vraiment désolée pour elle, conclut Allegra.

Plus tard dans la soirée, la jeune femme passa un coup de fil à sa sœur. Sam lui répondit d'une voix d'agonisante. Elle lui dit qu'elle s'était sentie mal toute la soirée, et que pour une fois elle n'avait même pas été capable d'avaler quoi que ce soit. Allegra la pressa de s'occuper d'elle-même et d'essayer de se détendre. Blaire avait déjà promis d'emmener Sam chez son médecin le lendemain, afin de s'assurer que tout allait bien. Impossible de continuer à faire comme si de rien n'était : à présent que toute la famille était au courant, Sam devait regarder les choses en face. Elle était enceinte, elle allait avoir un bébé et le donner à adopter. C'était ce que tout le monde pensait qu'elle devait faire.

Elle avait l'impression d'avoir remis sa vie entre les mains de son entourage, mais elle ne voulait pas exprimer son sentiment d'impuissance, de peur de faire davantage de peine encore à ses parents et à sa sœur. Elle savait qu'ils pensaient à elle avant tout et avait conscience d'avoir beaucoup de chance qu'ils se soient montrés si compréhensifs, même si cela ne l'empêchait pas de se sentir affreusement mal.

Le lendemain, Allegra appela son amie avocate dès huit heures du matin, et Suzanne accepta de la recevoir à neuf heures, juste avant son premier rendez-vous.

— Ne me dis pas que tu veux adopter un bébé, dit-elle d'un air surpris lorsque Allegra arriva dans son bureau.

Elle ne portait pas d'alliance, et Suzanne savait qu'elle n'était pas mariée, mais cela ne voulait rien dire. Elle avait vu beaucoup de personnes seules demander à adopter un enfant.

— Non, malheureusement, c'est plutôt le contraire, avoua Allegra d'un air triste.

Suzanne hocha la tête en silence. C'était une petite brune aux cheveux courts, mince et délicate, qui arborait toujours un sourire chaleureux. Ses clients l'adoraient, et elle arrivait toujours à satisfaire leurs demandes. Elle était connue dans son métier, et beaucoup de médecins, d'amis avocats et autres s'adressaient à elle lorsqu'ils entendaient parler d'un enfant à adopter.

Allegra n'y alla pas par quatre chemins.

— Ma petite sœur de dix-sept ans est enceinte.

— Oh, mon Dieu, je suis désolée ! La pauvre. Quelle horrible décision à prendre. Il est trop tard pour avorter ?

— Oui, beaucoup trop tard. Elle ne s'est aperçue de son état que la semaine dernière, et elle est enceinte de cinq mois.

— Ce n'est pas rare, tu sais, expliqua Suzanne. A cet âge-là, les filles ont souvent des règles irrégulières, alors elles ne se doutent de rien avant qu'il ne soit trop tard. Et leurs corps restent tellement minces que rien n'est visible. Il m'arrive de recevoir des adolescentes enceintes de sept mois et qui ne s'étaient doutées de rien. Sans compter qu'elles refusent de regarder la vérité en face. « Ce n'est pas possible », « On ne peut pas tomber enceinte la première fois », etc.

Elle poussa un soupir. Son métier était plein de joies, mais aussi de moments difficiles.

— Souhaite-t-elle le faire adopter ? demanda-t-elle sans ambages à Allegra.

— Pour être parfaitement honnête, je ne pense pas qu'elle sache ce qu'elle veut, mais elle est consciente que c'est la meilleure solution, à son âge.

— Pas nécessairement. J'ai vu des gamines de quinze ans devenir des mères formidables, et des femmes de nos âges abandonner leurs enfants parce qu'elles se sentaient incapables de s'en occuper et ne le souhaitaient pas. Qu'est-ce qu'elle veut, elle ? C'est ça qui importe.

— Je pense qu'une partie d'elle-même voudrait sans doute le garder. C'est l'instinct qui parle. Mais elle se rend compte également qu'elle ne pourra pas s'en occuper. Elle est prête à le faire adopter.

— Mais est-ce qu'elle le *souhaite ?*

— Le souhaite-t-on jamais ? demanda Allegra.

Suzanne hocha la tête. C'était une excellente avocate, entièrement dévouée à son métier, et Allegra la respectait pour cela.

— Cela arrive, oui. Certaines femmes n'ont pas le moindre instinct maternel. D'autres n'en sont pas totalement dépourvues mais prennent leur décision pour des raisons matérielles. C'est le plus difficile. J'aimerais parler moi-même à ta sœur, afin de voir si elle est vraiment décidée à abandonner son bébé. Je n'aime pas faire de la peine aux gens, et je ne voudrais pas proposer l'enfant à un couple qui essaie d'avoir un bébé depuis dix ans pour qu'au dernier moment ta sœur se ravise. Cela arrive parfois ; on ne peut jamais prédire à cent pour cent ce qu'éprouvera une mère en voyant son enfant, même si la plupart du temps, il est possible de savoir si la personne a réellement envie de s'en séparer ou non.

— Je pense sincèrement que Sam voudra le faire adopter, dit Allegra.

— Pourquoi ne me l'amènes-tu pas ?

Elles convinrent d'un rendez-vous plus tard dans la semaine, et Allegra appela sa mère au bureau. Blaire la remercia avec effusion de s'en être occupée et lui rappela qu'elle devait commencer à penser à sa robe de mariée et à ses demoiselles d'honneur.

— Oh, maman ! Comment pourrais-je songer à des choses pareilles maintenant ?

— Nous n'avons pas le choix. Dieu merci, cette histoire de bébé sera derrière nous au moment du mariage. Les mois à venir vont être cauchemardesques.

Surtout pour Sam, elles en avaient conscience toutes les deux. Blaire n'en voulait même pas à la jeune fille ; elle était seulement désolée pour elle.

Dans la foulée, Allegra lui annonça qu'elle avait pris une décision irrévocable : elle ne voulait pas que son père biologique figure sur les invitations. Elle était prête à le laisser venir au mariage s'il le souhaitait, mais ne voulait pas qu'il l'annonce. Blaire reconnut que c'était un bon compromis, et Allegra annonça qu'elle irait faire les boutiques à la recherche d'une robe de mariée dès qu'elle aurait emmené Sam chez Suzanne.

Blaire ne put accompagner ses filles, car ce jour-là elle avait un rendez-vous avec le responsable de la chaîne qui diffusait son émission. De toute façon, Sam avoua à sa sœur qu'elle se sentait plus à l'aise ainsi.

Suzanne lui plut beaucoup. Elles parlèrent seule à seule un moment, pendant qu'Allegra patientait dans la salle d'attente et en profitait pour passer quelques coups de téléphone sur son portable. Enfin, Suzanne vint la chercher et lui annonça que Sam avait bel et bien décidé de faire adopter son enfant. Elle leur expliqua ensuite à toutes les deux certaines des conditions, ce que l'on exigerait de Sam et ce que certains des parents adoptifs attendraient d'elle. Mais ce serait elle qui choisirait le couple qui élèverait son enfant. Suzanne avait plusieurs excellents dossiers à lui proposer : sept en Californie, un en Floride et deux à New York. Il s'agissait de candidats qui, elle en était sûre, leur plairaient. Sam écoutait mais elle paraissait un peu dépassée par les événements. Emotionnellement, c'était trop pour elle. Cependant, elle n'avait plus le choix à présent, quoi qu'elle éprouvât. Elle paraissait résignée à abandonner son bébé et ne posait plus de questions sur ce qui se passerait si elle le gardait.

Lorsqu'elles eurent quitté le bureau de l'avocate, elle monta le son de l'autoradio d'Allegra, au point de les assourdir complètement. On eût dit qu'elle cherchait à se noyer dans le bruit afin de ne plus entendre ses pensées. A présent, elle était inscrite aux examens de fin d'année en candidat libre : cela signifiait qu'elle n'aurait qu'à renvoyer régulièrement des devoirs au lycée pour le contrôle continu et qu'elle passerait ses examens dans une salle spéciale, séparée des autres élèves. Malgré tout, elle savait que tout le monde finirait par deviner pourquoi elle avait cessé d'aller en classe. Elle n'avait révélé la vérité qu'à ses deux plus proches amies, sous le sceau du secret, mais ni l'une ni l'autre ne lui avait rendu visite de la semaine. La seule personne qui l'avait appelée était Jimmy Mazzoleri, un garçon qu'elle connaissait depuis la maternelle et avec qui elle était sortie autrefois, mais qui n'était plus qu'un ami désormais. Il avait téléphoné une fois ou deux ; elle ne l'avait pas rappelé. Elle ne voulait parler à personne. Aussi Allegra et elle furent-elles abasourdies de trouver Jimmy debout devant la porte lorsqu'elles rentrèrent à la maison. Il était simplement passé pour voir si Sam était là, et il s'apprêtait à repartir lorsque Allegra déposa sa sœur.

— Je t'ai appelée toute la semaine, dit-il. Tu as mon livre de physique, et ils ont dit à l'école que tu n'allais pas revenir.

Il l'observait avec attention, sous le regard d'Allegra. Ils étaient tous deux si jeunes, si innocents ! Cela lui fendait le cœur de songer à tout ce que Sam allait devoir traverser. Avec un soupir, elle lui fit un petit signe de la main et démarra, songeant que Jimmy et Sam lui rappelaient Alan et elle au même âge. Ils semblaient partager la même amitié solide et fraternelle que celle qui l'unissait à l'acteur depuis maintenant seize ans.

Pourtant, si elle était restée près de sa sœur, elle l'aurait entendue répondre d'une voix plutôt froide :

— J'allais te renvoyer ton livre par la poste.

Elle était embarrassée soudain et espérait qu'il ignorait la raison de son départ du lycée. C'était un garçon gentil, qu'elle aimait beaucoup, mais elle n'avait pas l'intention de lui avouer qu'elle était enceinte.

— Alors, que t'est-il arrivé ?

— Je n'ai pas encore eu le temps de m'en occuper.

— Je ne te parle pas du livre. Pourquoi as-tu quitté le lycée ?

Elle réfléchit à toute vitesse.

— Des problèmes de famille, déclara-t-elle enfin. Mes parents divorcent. Ça me déprime vraiment, et je prends tout un tas de médicaments, du Prozac, tout ça… Maman trouve que ça me donne des réactions bizarres, et elle a peur que je pète les plombs un jour à l'école et que je tue quelqu'un, tu vois ?

Elle était allée trop loin, et Jimmy la regardait en souriant. Il n'avait aucun mal à deviner qu'elle lui racontait des histoires.

— Laisse tomber, tu veux ? Tu n'as pas à m'expliquer.

Tout le monde savait, de toute façon, ou du moins avait deviné. Chaque fois qu'une fille abandonnait ses études en cours d'année, c'était soit parce qu'elle était enceinte, soit parce qu'elle devait faire une cure de désintoxication. Et Sam ne s'était jamais droguée, c'était connu. Cependant, il ne lui fit pas part de ses soupçons, d'autant qu'elle n'avait vraiment pas l'air enceinte. Peut-être n'était-ce pas cela, après tout ? Il se pouvait qu'elle eût un autre problème. Il espérait juste que ce n'était pas quelque chose d'affreux, comme une leucémie… Ils avaient perdu une camarade, Maria, deux ans plus tôt, et quand il avait appris que Sam ne reviendrait plus au lycée, Jimmy avait paniqué.

— Tu vas bien ? C'est tout ce que je voulais savoir, dit-il avec douceur.

Il avait une petite amie depuis quelque temps, mais avait toujours eu un gros faible pour Sam, et elle le savait.

— Très bien, affirma-t-elle.

Pourtant, sa tristesse se lisait dans ses yeux.

— Quel que soit le problème, accroche-toi. Tu vas toujours à UCLA à la rentrée ?

Il fut soulagé de la voir hocher la tête. Lui aussi était inscrit dans cette université, et il se réjouissait de l'y retrouver.

— Viens, dit-elle, je vais te donner ton livre.

Il la suivit à l'intérieur et attendit dans la cuisine pendant qu'elle montait chercher le manuel à l'étage. Les travaux n'avaient pas encore commencé, et Simon continuait à supplier sa femme de ne pas les entreprendre. Peut-être se laisserait-elle convaincre, à présent ?

Cinq minutes plus tard, Sam redescendait. Lorsqu'elle

lui tendit le livre, il lui prit la main et, levant les yeux vers lui, elle rougit. Elle se sentait si vulnérable, ces temps-ci !

— Hé… Si tu as besoin de quoi que ce soit, tu m'appelles, OK ? dit Jimmy. Nous pourrions aller nous balader, ou manger un morceau. Parfois, les choses paraissent moins terribles quand on en parle.

Elle hocha la tête. Jimmy avait presque dix-huit ans, et il était très mûr pour son âge. Son père était mort deux ans plus tôt, et depuis il aidait sa mère à élever ses trois petites sœurs. C'était un garçon très responsable et attentif.

— Il n'y a rien à dire, murmura Sam, la tête baissée.

Puis elle releva les yeux vers lui et haussa les épaules. Elle n'arrivait pas à ajouter quoi que ce soit. Comprenant ce qu'elle éprouvait, il lui effleura doucement l'épaule et prit congé. Debout devant la fenêtre de la cuisine, elle le regarda monter dans sa vieille Volvo. Sa famille vivait à Beverly Hills ; elle était très respectée, mais peu fortunée, et vivait grâce à l'argent de l'assurance-vie contractée par son père quelques années avant sa mort. Jimmy travaillait le week-end et avait obtenu une bourse pour faire ses études à UCLA. Il désirait devenir avocat, comme son père. Sam savait qu'il réussirait ; c'était un garçon très déterminé.

Lorsqu'il fut parti, Sam s'assit sur une chaise dans la cuisine, le regard perdu dans le vide. Elle avait tant de choses dans la tête, tant de décisions à prendre ! Suzanne Pearlman lui avait expliqué très précisément comment fonctionnait le processus d'adoption, et maintenant il lui fallait choisir des parents pour son bébé. Cela paraissait si simple à tout le monde…

A tout le monde, sauf à elle.

15

Durant les jours suivants, les choses se calmèrent un peu, du moins dans la mesure du possible, étant donné les circonstances. Sam vit le médecin de sa mère, qui déclara que tout allait bien. Le bébé avait une bonne taille et paraissait en excellente santé. Samantha étudiait en dehors de l'école ; elle était toujours très renfermée et silencieuse, mais elle avait revu Suzanne à deux reprises et elles avaient sélectionné ensemble quatre dossiers de parents potentiels. Elles en élimineraient encore au cours des deux prochains mois. L'avocate ne voulait pas la presser : elle souhaitait que Sam prît la bonne décision.

Allegra essayait de boucler autant de dossiers que possible avant de partir à New York avec Jeff pour rencontrer sa future belle-mère. Elle n'avait guère hâte ; Mme Hamilton et elle s'étaient parlé au téléphone, et la mère de Jeff lui avait posé quantité de questions, comme si elle faisait passer un entretien d'embauche à une candidate a priori peu qualifiée. Cela avait semblé amusant à Allegra, mais aussi un peu insultant, même si elle n'en avait rien dit à Jeff. Au bureau, elle s'efforçait de régler les derniers détails de la tournée de Bram. Il commençait ses concerts par San Francisco le lundi suivant, et elle voulait être présente, au moins pour le premier soir. Pendant quelques mois, Bram et ses musiciens parcourraient le pays ; le 4 juillet, pour la fête nationale, ils se produiraient au Great Western Forum d'Ingleside, près de Los Angeles, après quoi ils s'envoleraient pour le Japon, où débuterait la tournée internationale, qui les emmènerait dans le monde entier avant de se terminer en Europe. Allegra avait promis d'essayer d'assister à quelques-uns des concerts, quand elle pourrait se déplacer. La tournée rapporterait à Bram cent millions de dollars – un joli paquet d'argent, comme le souligna Jeff avec un petit sifflement lorsque Allegra le lui confia. Elle n'était pas censée révéler l'importance de la somme, mais les journaux en avaient eu vent et l'avaient publiée depuis des mois, et Bram avait fait l'erreur de confirmer la rumeur.

Tout semblait se présenter au mieux, jusqu'à la veille du départ de Jeff et Allegra pour New York. Les organisateurs de la tournée avaient arrangé l'itinéraire de l'équipe de Bram, et Allegra se réjouissait qu'il n'y ait eu aucun contretemps lorsque, à minuit, le téléphone sonna. Le batteur de Bram venait de mourir d'une overdose, accidentelle ou volontaire. Tout le monde devenait fou. Les médias étaient hystériques, la petite amie du défunt avait été mise en garde à vue, et la tournée était compromise si Bram ne trouvait pas un autre batteur.

A deux heures du matin, Allegra était toujours au téléphone avec lui. Il revenait tout juste de la morgue, où il avait identifié son ami de toujours, et il était profondément perturbé. Les organisateurs aussi : ils avaient téléphoné à Allegra dix minutes avant Bram. Le téléphone sonna pratiquement sans arrêt jusqu'à six heures du matin, et lorsqu'ils se levèrent enfin pour prendre le petit déjeuner, Jeff était d'une humeur massacrante. Il lui avait été impossible de dormir, avec la sonnerie incessante du téléphone, et il avait des rendez-vous importants ce matin-là.

— Je suis désolée, dit Allegra en lui servant une tasse de café.

Elle avait fait une déclaration à la presse la nuit

précédente à propos de l'accident, et celle-ci faisait déjà la une des journaux de Los Angeles.

— La nuit a été dure pour tout le monde.

— Tu aurais dû être flic, ou chauffeur d'ambulance, un truc comme ça, commenta-t-il d'un ton las. Tu aurais été parfaite. Moi, en revanche, je ne suis vraiment pas fait pour ça. Je crois que j'ai besoin d'un peu de sommeil, de temps en temps, entre les coups de fil.

— Je sais, mon amour, pardon. Je n'y pouvais rien. La tournée de Bram risque de partir en fumée. Il faut que je voie ce que je peux faire pour lui, aujourd'hui.

Depuis l'aube, elle n'avait cessé de réfléchir. Bram connaissait plusieurs batteurs susceptibles de le dépanner, mais il faudrait du temps pour les contacter et s'assurer qu'ils étaient disponibles.

— N'oublie pas que notre avion est à dix-huit heures, dit Jeff.

— Je sais, répondit-elle, les nerfs à vif.

Une demi-heure plus tard, elle partait pour son bureau. Elle ne prit pas une minute de pause de la journée ; elle passa un long moment avec Bram afin de réorganiser la tournée, et quand elle regarda sa montre pour la première fois, elle vit qu'il était déjà seize heures. Paniquée, elle se mordit la lèvre. Il était hors de question qu'elle laisse tomber Bram maintenant, mais si elle voulait attraper son avion, il fallait qu'elle s'en aille sur-le-champ…

Elle avait dit à Jeff qu'elle le retrouverait à l'aéroport. Elle l'appela chez lui, mais il était déjà parti. Il n'avait pas de téléphone dans sa voiture – il trouvait cela « trop californien » – et elle n'eut d'autre choix que de lui laisser un message à l'aéroport. Elle demanda à ce qu'il soit appelé à dix-sept heures, heure à laquelle l'embarquement devait commencer ; à dix-sept heures quinze, il la rappela. Alice annonça à Allegra qu'il était en ligne, et la jeune femme s'empressa de répondre. Jeff n'avait pas l'air content du tout.

— Où es-tu ? Enfin, je suppose que c'est une question idiote, puisque je t'appelle à ton bureau. Que se passe-t-il ?

— Les organisateurs menacent de laisser tomber la tournée, ils disent que nous avons rompu le contrat, et nous n'avons toujours pas trouvé d'autre batteur. Je ne sais pas comment t'annoncer ça, mon amour, mais je ne peux pas laisser Bram maintenant. La tournée commence lundi.

Elle avait prévu de prendre l'avion ce jour-là pour San Francisco, afin d'assister au concert d'ouverture au Oakland Coliseum. Mais maintenant, tout était largement compromis. Il n'était pas question de spectacle sans batteur.

— Ce n'est pas à son agent de régler ce genre de problèmes ?

— Si, en partie, mais s'ils trouvent quelqu'un, ils auront besoin de moi pour rédiger les nouveaux contrats.

— Tu ne peux pas les faxer de New York ?

Elle aurait aimé lui répondre que si, tant le décevoir la rendait malade, mais elle savait qu'elle était responsable vis-à-vis de Bram et ne pouvait le laisser tomber. Elle devait dire la vérité à Jeff, au risque qu'il lui en veuille à mort.

— Il faut vraiment que je reste ici.

— Très bien, je comprends, répondit-il d'une voix glaciale.

Il y eut un long silence.

— Que vas-tu faire, maintenant ? demanda enfin Allegra, paniquée à l'idée qu'il rompe leurs fiançailles. Tu y vas quand même ?

— Je voulais te présenter à ma mère, Allegra. Moi, je la connais déjà, lui rappela-t-il avec une ironie mordante.

— Je suis désolée, s'excusa-t-elle de nouveau, honteuse de lui faire faux bond ainsi, surtout au dernier moment. J'ai essayé de te joindre à la maison, mais je t'ai raté. Veux-tu que j'appelle ta mère pour tout lui expliquer ?

— Je m'en charge. Elle ne comprendrait pas. Je vais lui raconter une histoire tirée par les cheveux, genre mort dans la famille ou intoxication alimentaire. Elle ne s'y connaît guère en tournées de rock.

— Jeff, je suis vraiment navrée.

— Je sais. Tu n'y peux rien. Est-ce qu'on se voit pour dîner, ou est-ce que tu jeûnes, en prime ?

— Je serai ravie de dîner avec toi, répondit-elle, soulagée qu'il fût prêt à lui pardonner, ou du moins à la nourrir.

C'était bon signe, songeait-elle. Jeff était réellement quelqu'un de merveilleux.

— Ce n'est pas ta faute, Allegra, j'en suis conscient. C'est juste pénible de voir nos projets tomber à l'eau constamment à cause des autres. Peut-être qu'une fois que nous serons mariés, tu pourras t'efforcer de rendre les choses un peu plus vivables ? Cette fois, il est clair qu'il y a urgence, même moi je m'en rends compte, mais la plupart du temps, ils attendent de toi que tu les bordes le soir, que tu leur tiennes la main et que tu prennes toutes les décisions à leur place, et c'est pénible.

— C'est pour ça qu'ils me paient, objecta-t-elle.

— Je croyais que c'était pour tes services juridiques.

— C'est ce qu'on nous racontait à l'université, mais comme tout le reste, c'était faux. On est payé pour les border, conclut-elle avec un petit rire.

Jeff sourit.

— Je t'aime, espèce de petite folle… Je vais passer te chercher à ton bureau pour t'emmener prendre un verre, et si Morrison ne peut pas se passer de toi pendant deux heures, je lui casserai la figure. Tu peux le lui dire de ma part.

— Je n'y manquerai pas. Texto.

— Tout va bien ? lui demanda Bram lorsqu'elle le rejoignit après avoir raccroché.

Allegra sourit, soulagée. Elle avait vraiment eu peur que Jeff ne rompe leurs fiançailles lorsqu'elle lui avait annoncé qu'elle ne pourrait aller à New York rencontrer sa mère.

— Oui, acquiesça-t-elle. J'étais censée prendre l'avion pour New York afin de rencontrer ma future belle-mère ce week-end, et je viens juste d'annuler. Jeff était déjà à l'aéroport.

— Je suis vraiment désolé.

Bram Morrison était un homme sympathique, très doux, et plus travailleur que tous les autres clients d'Allegra réunis. Comme la plupart des musiciens avec qui elle avait travaillé, il s'était pas mal drogué dans sa jeunesse, mais contrairement à beaucoup il n'avait plus touché à rien depuis des années. Il était très attaché à sa famille et avait un véritable génie musical. Par ailleurs, il n'abusait jamais du temps d'Allegra, à part lorsqu'il avait réellement besoin d'elle, comme maintenant. Mais de fait, une star de son importance avait souvent à faire face à des problèmes graves et inattendus, comme les menaces qu'il avait reçues contre ses enfants ou, aujourd'hui, la mort de son batteur.

Bram avait des cheveux longs et emmêlés, une barbe et de petites lunettes rondes cerclées de fer, et Allegra songea qu'il ressemblait un peu à un homme primitif, en cet instant. Quelqu'un venait de l'appeler pour lui donner le nom d'un batteur susceptible de le dépanner, un jeune homme vraiment talentueux, et il commençait à reprendre espoir.

Jeff passa chercher Allegra à sept heures, et Bram et elle décidèrent de s'arrêter. Il devait de toute façon essayer de joindre le batteur, et il souhaita à Allegra de prendre une bonne nuit de sommeil. Ils convinrent de se retrouver à neuf heures le lendemain matin.

Jeff et Allegra allèrent manger un morceau chez Pan e Vino. La jeune femme était épuisée et sur les nerfs, et Jeff n'allait guère mieux. Sa mère avait été furieuse lorsqu'il l'avait appelée pour annuler leur venue. Elle avait réservé une table au Twenty One le lendemain soir, et elle avait horreur de voir ses projets chamboulés, surtout par une Californienne qu'elle n'avait jamais rencontrée.

— Qu'a-t-elle dit ? demanda Allegra, nerveuse, persuadée que Mme Hamilton la détesterait à jamais.

— Elle m'a conseillé d'annuler ce mariage, répondit-il tout net.

Devant la mine paniquée d'Allegra, il eut un petit rire.

— Elle m'a dit qu'on ne pouvait jamais compter sur les gens de notre génération, qu'elle était vraiment désolée que ta grand-tante soit morte, mais que tu aurais quand même pu te déplacer une journée pour la rencontrer. Je lui ai expliqué que tu étais bien trop bouleversée, et que l'enterrement était dimanche. Je ne pense pas qu'elle ait cru un mot de ce que je lui ai raconté, mais que voulais-tu qu'elle dise ? « Montre-moi le corps, envoie-moi une attestation de décès » ? J'ai appelé un fleuriste de New York pour lui faire livrer un énorme bouquet de notre part à tous les deux demain matin à la première heure.

— Je ne te mérite pas, déclara Allegra avec sincérité.

— C'est exactement ce qu'elle m'a dit, mais j'ai répondu qu'elle se trompait. Cependant, je lui ai promis que nous viendrons pour Memorial Day [1]. C'est un jour important pour elle, car c'est toujours à cette date qu'elle rouvre notre maison de Southampton. Quoi qu'il arrive, nous devrons y aller, d'accord ?

— Et ton film ? Le tournage commence la semaine prochaine…

— Nous ne travaillerons pas ce week-end-là, puisqu'il est férié.

En fin de compte, tous les problèmes furent résolus. Allegra travailla sans relâche avec Bram Morrison, et le dimanche soir, tout était arrangé et réorganisé ; les organisateurs étaient satisfaits et ne menaçaient plus

1. Le dernier lundi de mai. *(N.d.T.)*

d'abandonner le projet. Comme toujours, Allegra avait fait du bon travail, et Bram était ravi. Mission accomplie.

Le dimanche soir, Jeff fit à Allegra la surprise de lui offrir une petite boîte en daim noir. Il avait prévu de la lui donner à New York, mais dans la mesure où un mois allait s'écouler avant qu'ils ne partent dans l'Est, il avait décidé de ne pas attendre. C'était leur dernière soirée ensemble avant le début du tournage. Ils venaient de contempler un sublime coucher de soleil sur la mer, et il trouvait le moment parfaitement bien choisi.

Il n'était pas difficile de deviner ce que contenait la petite boîte, mais lorsqu'elle l'ouvrit, juste avant le dîner, Allegra ne put retenir une exclamation émerveillée. La bague de fiançailles que lui offrait Jeff était ancienne et vraiment magnifique, composée d'une superbe émeraude entourée de diamants.

— Oh, Jeff, elle est si belle ! s'exclama-t-elle, les larmes aux yeux.

Ce n'était pas une simple bague ; elle était unique et avait un dessin très original. Allegra était très émue, car elle ne s'attendait pas à un tel cadeau ; ils n'en avaient jamais parlé jusqu'alors.

— En fait, je voulais que nous allions choisir ta bague ensemble, expliqua Jeff, mais quand j'ai vu celle-ci, j'ai craqué. Elle ressemble énormément à la bague de fiançailles que portait ma grand-mère. Mais si elle ne te plaît pas, nous pouvons la rapporter chez David Webb, et tu n'auras qu'à choisir autre chose.

Il lui souriait, et elle l'embrassa avec fougue.

— Je l'adore ! Je ne mérite pas tout ça… Je t'aime tellement !

— Elle te plaît ?

— Oui, vraiment beaucoup.

Allegra laissa Jeff la glisser à son doigt. Elle lui allait parfaitement, et la jeune femme sourit avec béatitude, incapable de détacher son regard du bijou. Il était de belle taille, mais en raison de sa monture ancienne, il ne paraissait pas trop clinquant à son doigt. Il avait énormément de classe.

Cette nuit-là, ils parlèrent longuement de leurs familles, de leurs vies, de leurs projets et du mariage qui approchait. Le temps passait à une vitesse folle. On était déjà le 1er mai, et il ne leur restait plus que quatre mois pour tout préparer. Allegra avait encore des milliers de choses à faire, et sa mère ne cessait d'ailleurs de lui téléphoner pour la harceler. Blaire voulait engager une spécialiste pour s'occuper de tout, mais Allegra trouvait cette idée ridicule ; pourtant, il était évident que ni sa mère ni elle n'avaient le temps d'organiser un mariage. Blaire avait plus de travail que jamais, et les clients d'Allegra ne semblaient pas décidés à la laisser souffler un instant.

Ils ne tardèrent pas à aller se coucher : Jeff souhaitait arriver aux studios dès quatre heures du matin, afin de s'assurer que tout le monde était bien là et régler les derniers détails avant le début du tournage. Allegra lui rappela que le réalisateur et Tony seraient eux aussi présents, et que toute la responsabilité ne reposait pas sur ses épaules, mais il s'agissait de son livre, et de son premier film, et il voulait être présent en cas de problème.

— Alors, qui fait le bourreau de travail, à présent ? le taquina-t-elle avant de lever sa main devant ses yeux pour admirer de nouveau sa bague.

Elle ne s'en lassait pas et ne l'enleva même pas lorsqu'ils se mirent au lit incroyablement tôt, car Jeff devait se lever à deux heures trente du matin.

A dix heures, ils dormaient tous les deux, et Allegra fut désorientée lorsque le téléphone sonna, un peu après minuit. Profondément endormie, elle eut du mal à émerger du sommeil, et il lui fallut un moment pour comprendre que quelqu'un lui parlait dans une langue étrangère.

— *Mademoiselle Steinberg ? On vous appelle de Suisse, de la part de Mme Alan Carr*[1].

Elle n'avait pas la moindre idée de ce que cela signifiait, mais elle reconnut le nom d'Alan et se demanda s'il l'appelait en PCV.

— J'accepte ! cria-t-elle dans le téléphone. (Jeff s'éveilla en sursaut et poussa un grognement.) Allô ? Allô ?

Elle avait l'impression d'être sur le point de perdre la connexion, mais enfin, au milieu de la friture, elle reconnut la voix non pas d'Alan mais de Carmen.

— Carmen ? Qu'y a-t-il ? Que se passe-t-il ?

Il y avait neuf heures de décalage horaire entre la Suisse et la Californie, ce qui signifiait que pour son amie il était neuf heures du matin. Avec un frisson, Allegra se demanda si Alan avait eu un accident sur le tournage de son film. A l'autre bout du fil elle n'entendait que Carmen qui pleurait à fendre l'âme.

— Parle, bon sang ! s'exclama Allegra, perdant patience.

Réveillée ainsi en pleine nuit, elle avait le cœur qui battait la chamade, et elle avait hâte de savoir ce qui se passait. Jeff était lui aussi éveillé ; il avait allumé la lumière et écoutait.

— Carmen, que s'est-il passé ?

Un long gémissement s'éleva dans le combiné.

— Je suis à l'hôpital…

— Oh, non ! Pourquoi ?

— J'ai perdu mon bébé.

La jeune actrice éclata de nouveau en sanglots, et il fallut plus d'une demi-heure à Allegra pour la calmer. Elle était passée dans le salon pour que Jeff puisse se reposer un peu, mais il était bien réveillé à présent et n'arrivait pas à se rendormir.

Apparemment, Carmen n'avait pas eu d'accident, elle n'était pas tombée ; elle avait simplement fait une

1. En français dans le texte.

fausse couche. Quand cela s'était produit, elle se trouvait sur le tournage avec Alan, et l'hémorragie avait, semblait-il, été assez sévère. Il avait fallu appeler une ambulance. Carmen expliqua à Allegra qu'Alan était très contrarié lui aussi. Elle conclut en disant qu'elle ne voulait pas rentrer à Los Angeles sans lui, ce qui fit blêmir Allegra ; Carmen s'était engagée par contrat à commencer un film début juin, et le tournage d'Alan serait loin d'être fini à ce moment-là.

— Ecoute, Carmen, dit-elle, s'efforçant de garder son calme, je sais que ce qui t'arrive est terrible, mais ne t'inquiète pas. Tu auras d'autres bébés. Il *faut* qu'Alan termine son film. Si tu le convaincs de rentrer avec toi, personne ne voudra plus travailler avec lui. N'oublie pas ça, et n'oublie pas non plus que tes répétitions commencent le 15.

— Je sais, mais je me sens tellement mal ! Je ne veux pas quitter Alan.

Elle pleura jusqu'à plus d'une heure du matin. Quand, enfin, elle put raccrocher, Allegra songea que la vie était bien cruelle. Carmen voulait désespérément un bébé et perdait le sien ; Sam s'apprêtait à en avoir un alors que cela risquait de gâcher toute son existence. Peut-être devrait-elle le confier à Carmen… Elle en était là de ses réflexions lorsqu'elle pénétra dans la chambre. Jeff ne dormait pas, et elle comprit tout de suite qu'il était furieux.

— Carmen a perdu son bébé, dit-elle sur un ton d'excuse en se glissant à son côté dans le lit.

— J'avais compris, mais moi, je suis sur le point de perdre la tête ! Je n'arriverai jamais à vivre nuit après nuit dans cette ambiance de service des urgences ! Suicides, arrestations, fausses couches, overdoses, divorces, tournées… Pour l'amour du ciel, Allegra, tu es avocate ou interne en psychiatrie ?

— Très bonne question ! Ecoute, je sais, je suis désolée. Elle s'est probablement trompée en calculant le décalage horaire.

— Mais non ! Elle s'en moque. Ils sont tous pareils.

Ils t'appellent à n'importe quelle heure du jour et de la nuit. J'ai besoin de sommeil, Allegra. J'ai un film à tourner. Moi aussi, j'ai un métier. Il faudra que tu dises à tes clients d'arrêter de téléphoner en pleine nuit.

— Je sais, je sais… Pardon… Je te jure que ça n'arrivera plus.

— Menteuse ! dit-il en l'attirant contre lui, heureux de sentir son corps nu près du sien. Je t'assure que tu vas me faire vieillir à grande vitesse si ça continue, reprit-il d'un ton radouci.

— Je le leur dirai, promis.

Mais ils savaient tous deux qu'elle ne le ferait jamais. Elle était ainsi : toujours disponible, quel que soit le problème de ses protégés.

Deux heures plus tard, Jeff partait travailler, ensommeillé et grognon. Elle lui prépara une tasse de café, puis alla se recoucher et appela Carmen au numéro qu'elle lui avait laissé. Ce fut Alan qui répondit ; il faisait sa pause de la matinée. Il était très peiné de la fausse couche de Carmen.

— Je suis désolée, lui dit Allegra.

Il la remercia puis, allant s'enfermer dans la salle de bains pour parler tranquillement, il lui expliqua que Carmen était dans un état épouvantable. Elle était très déprimée par la perte du bébé.

— Il faudra que tu t'occupes bien d'elle quand elle rentrera, je t'en prie, supplia-t-il son amie.

— Juré. Mais toi, tu dois rester là-bas et terminer ton film, tu m'entends ?

— Je sais, acquiesça-t-il d'une voix accablée. Je le lui ai dit, mais elle veut que je parte avec elle.

— Si tu fais ça, je t'égorge. Tu ne peux pas, compris ?

— Compris. Ne t'inquiète pas. Promets-moi simplement de prendre soin d'elle. Elle sera à Los Angeles après-demain.

— Je m'occuperai d'elle, répéta Allegra. Fais-moi confiance.

Après avoir raccroché, elle songea que la vie était

parfois bien compliquée pour tout le monde – Carmen, Alan, Bram, Jeff, elle-même… Ils n'avaient pas choisi des carrières faciles. Et pourtant, pour des raisons différentes, ils aimaient tous ce qu'ils faisaient. Elle en eut particulièrement conscience ce soir-là tandis que, frigorifiée, elle assistait au concert de Bram depuis les coulisses de l'Oakland Coliseum. Bram lui avait envoyé son propre jet privé afin qu'elle puisse voir sa première représentation. L'immense stade était comble, et la foule se déchaîna lorsque Bram apparut ; le public fit également une ovation au nouveau batteur. Ils chantèrent une chanson en mémoire de celui qui était mort, et tout le monde respecta une minute de silence. A la fin du spectacle, vingt mille personnes se levèrent pour saluer l'artiste. Allegra n'avait jamais rien vu de tel, même lors des précédents concerts de Bram. Le service de sécurité eut un mal fou à empêcher les fans de monter sur scène ; en fin de compte, le groupe fut rappelé sept fois, et quand enfin Bram sortit de scène pour de bon, il était en sueur. Un sourire radieux aux lèvres, il serra Allegra dans ses bras.

— Vous avez été incroyable ! s'exclama-t-elle.

Il la remercia d'un hochement de tête avant de passer un bras autour des épaules de sa femme et de l'embrasser. La foule scandait encore son nom et refusait de quitter le stade.

— Merci de nous avoir sauvés, dit Bram à Allegra.

Elle sourit. C'était pour cela qu'elle était payée, et d'ailleurs, lui rappela-t-elle, la tournée avait été sauvée grâce au travail de tous.

Une soirée était donnée en l'honneur de Bram après le concert, mais Allegra devait rentrer à Los Angeles. Elle arriva à Malibu à trois heures du matin, juste à temps pour préparer du café à Jeff. Elle lui tendit une tasse à l'instant précis où son réveil se mettait en marche ; il leva vers elle un regard ensommeillé et sourit.

— J'aime bien le service, dans cet hôtel ! Comment c'était ?

— Fantastique. (Elle se pencha et l'embrassa.) Il n'a jamais été aussi bon. On sent qu'il s'est vraiment préparé pour cette tournée, et je suis contente qu'elle puisse avoir lieu.

Epuisée, elle s'allongea à côté de son fiancé.

— Je parie qu'il est content aussi, observa Jeff en se redressant sur un coude pour la regarder.

Il ne se lassait pas d'admirer sa beauté, même lorsqu'elle était très fatiguée, comme en cet instant.

— Comment ça s'est passé, hier ? s'enquit-elle en réprimant un bâillement.

— C'était un peu terrifiant, mais amusant, répondit Jeff. Ça me fait vraiment drôle d'assister ainsi au tournage de mon premier film. Heureusement que Tony sait ce qu'il fait, parce que moi, je suis perdu ! conclut-il d'un air malicieux.

Tony travaillait dans le milieu du cinéma depuis sa sortie de l'université, dix ans plus tôt ; il avait déjà remporté quatre récompenses pour des courts métrages, et ses deux longs métrages précédents avaient été encensés par la critique.

— Tu devrais passer nous voir, si tu arrives à te libérer une minute ou deux. Même si Dieu seul sait quand tu trouveras le temps !

Il ne l'avait pas vue durant les dernières vingt-quatre heures. Elle ne put dormir que quelques heures avant de se lever pour aller chercher Carmen à l'aéroport.

Quand elle vit la jeune femme, elle eut un choc. Elle ne s'était pas attendue à la trouver dans un tel état. Terriblement déprimée d'avoir perdu son bébé, elle ne cessait de répéter qu'elle ne serait plus jamais enceinte, et que sans Alan, elle n'avait pas envie de vivre. Allegra dut faire appel à toute son énergie et sa concentration pour la ramener chez elle et la convaincre de se rendre aux répétitions.

Pendant une semaine, Allegra se consacra presque exclusivement à Carmen. Elle eut à peine le temps d'aller sur le tournage de Jeff, et si elle fit tout son possible pour le voir quotidiennement, elle ne put jamais rester plus de quelques minutes avec lui.

Le premier week-end après le début du tournage, Jeff dut retravailler certaines parties du script parce que deux des acteurs « sentaient » mal leurs dialogues. Il passait ses jours et ses nuits avec Tony, et Allegra le voyait à peine.

Cette fois ce fut lui qui, trop débordé, dut annuler le voyage chez sa mère. Ils ne purent que lui promettre de faire de leur mieux pour aller la voir bientôt. Le film de Jeff passait avant tout, ce qui ne fut guère du goût de Mme Hamilton, inutile de le préciser.

Lorsque Carmen commença son tournage, le 1er juin, Allegra était si fatiguée et tendue qu'elle avait l'impression d'être au bord de la crise de nerfs. Carmen l'appelait toutes les cinq minutes pour se plaindre de quelque chose, et le reste du temps elle pleurait et jurait que c'était la dernière fois de sa vie qu'elle tournait un film sans Alan. Elle se montrait complètement déraisonnable, et durant la première semaine de tournage, Allegra perdit plus de deux kilos. Bram lui laissait également des messages, et chaque fois que le groupe rencontrait des problèmes au cours de la tournée, c'était à elle de les résoudre. Elle avait l'impression de ne plus voir Jeff. Ils n'étaient jamais chez eux au même moment, sinon parfois entre dix heures du soir et trois heures du matin, mais alors, ils dormaient.

Sam était enceinte de sept mois, mais elle semblait un peu moins déprimée qu'au début. Elle travaillait en relation étroite avec Suzanne Pearlman ; et chaque fois qu'Allegra passait voir sa cadette, elle remarquait que Jimmy Mazzoleri était là, lui tenant compagnie ou l'aidant à faire ses devoirs. Sam avait fini par lui avouer qu'elle était enceinte, et depuis il la soutenait de son mieux. Ils ne sortaient pas ensemble, mais le jeune homme semblait très attaché à elle.

Sam portait des vêtements de grossesse, à présent ; le bébé était soudain devenu très visible. Parfois, Jimmy s'amusait à poser ses mains sur le ventre de son amie pour sentir le bébé donner des coups, mais la plupart du temps, il se contentait d'emmener Sam se promener sur la plage ou manger quelque chose. Il était sincèrement peiné pour elle, et il pensait qu'elle ne méritait pas ce coup du sort. Elle lui parlait parfois des couples qui envisageaient d'adopter son enfant. Celui qu'elle préférait a priori vivait à Santa Barbara ; les époux disaient adorer les enfants. De l'avis de Sam, la femme ressemblait un peu à Allegra, et le mari était médecin. Leurs références étaient excellentes, et ils semblaient aisés. Sam ne voulait pas que son bébé connaisse des difficultés matérielles, qu'il manque de quoi que ce soit ou ne puisse aller à l'université. Ils disaient vouloir adopter d'autres enfants après celui-ci. Ils s'appelaient Katherine et John Whitman.

Dans un autre registre, Blaire ne cessait de rappeler à Allegra qu'elle devait s'occuper de son mariage. Allegra avait commandé les invitations chez Cartier et avait essayé des robes chez Saks, I. Magnin et Neiman's, mais aucune ne lui avait plu.

Lorsque sa mère lui annonça qu'elle avait engagé Delilah Williams, la jeune femme demeura perplexe.

— Et qui est-ce donc ? demanda-t-elle, intriguée.

— Elle m'a été chaudement recommandée. C'est une consultante spécialisée dans les mariages, et c'est elle qui va s'occuper de tout à notre place. Je lui ai dit de t'appeler à ton bureau.

— Je n'y crois pas ! dit Allegra à Jeff ce soir-là, sans dissimuler son amusement. Je m'attends au pire…

Ce qui ne l'empêcha pas d'avoir un choc en voyant arriver Delilah Williams à son bureau trois jours plus tard. Elle portait sous son bras une pile impressionnante de dossiers, albums, listes et brochures, parlait sans cesse, mesurait un peu plus d'un mètre quatre-vingts, et quand Allegra essaya de la décrire à Jeff, elle ne put que lui dire qu'elle ressemblait à un travesti. Lors de leur premier rendez-vous, Delilah arriva dans le bureau d'Allegra vêtue d'une robe lavande et d'une capeline assortie ; d'innombrables bijoux en améthyste cliquetaient à ses poignets, son cou, ses oreilles. Ses cheveux, blond décoloré, ressemblaient à une perruque, et elle avait des bras si longs qu'elle faisait irrésistiblement penser à un oiseau de proie.

— Bon, récapitulons, ma chérie, dit-elle en tapotant amicalement la main d'Allegra, qui la regardait bouche bée, saisie par cette improbable apparition.

Comment sa mère avait-elle pu engager une femme pareille ? Il fallait vraiment que Blaire eût été désespérée.

— Vous devez choisir vos demoiselles d'honneur, décider de la robe qu'elles porteront – et de la vôtre, bien sûr… Les chaussures, n'oubliez surtout pas les chaussures ! Et il faudra que nous discutions du gâteau. Et des fleurs… J'ai dit à votre mère que nous allions devoir ériger une tente dans le jardin. Bon… Le menu… L'orchestre, primordial, ça, l'orchestre… Les photographies… La vidéo… Voile long ou court…

Elle semblait ne jamais devoir s'arrêter, et Allegra l'écoutait avec horreur. Les mots *Las Vegas* ne cessaient de résonner dans sa tête, et elle n'arrivait plus à se souvenir de ce qui les avait poussés, Jeff et elle, à vouloir organiser un mariage chez eux, avec autant de gens.

— Bon, je reviendrai vous voir d'ici une semaine, décréta Delilah en dépliant ses longues jambes de girafe. Je veux que vous me promettiez de faire vos devoirs de votre côté.

Au prix d'un effort presque surhumain, Allegra parvint à détacher son regard des genoux cagneux de son interlocutrice. Elle hocha solennellement la tête et prit les albums, la liste et les livres que lui tendait la consultante. Il y avait même une vidéo pour lui permettre de choisir son gâteau.

— Je vous le promets, affirma-t-elle.

— Vous êtes un ange. Maintenant, allez faire vos courses. Nous avons beaucoup de travail.

Avec un grand geste de la main, Delilah tourna les talons, tel un personnage comique dans une pièce de théâtre new-yorkaise. Il fallut deux bonnes minutes à Allegra pour se remettre du choc de cette visite ; dès qu'elle eut recouvré ses esprits, elle décrocha son téléphone et appela sa mère. Cette dernière était en réunion, comme toujours, mais exceptionnellement, Allegra demanda à son assistante de la déranger.

— Allegra ? Qu'y a-t-il ?

— Tu te moques de moi ?

— A propos de quoi, ma chérie ?

— Cette femme… Je n'arrive pas à croire que tu puisses me faire une chose pareille.

— Tu parles de Delilah ? Tous ceux qui ont eu recours à ses services disent qu'elle est fabuleuse. Je pense que nous serons ravies de l'avoir.

— Dis-moi que c'est une plaisanterie. Je vais craquer.

Mais tout cela était si absurde qu'Allegra ne put retenir un sourire. Cette histoire de mariage devenait chaque jour plus grotesque. Peut-être Jeff et elle feraient-ils mieux de laisser tomber et de s'installer tout simplement ensemble ?

— Chérie, sois patiente. Elle va t'aider. Tu finiras par l'apprécier, tu verras.

Blaire avait de toute évidence perdu la raison.

— Je n'ai jamais rencontré quelqu'un comme elle de ma vie.

Et tout à coup, Allegra fut prise d'une crise de fou rire. Elle riait si fort que des larmes se mirent à couler sur ses joues, et Blaire se joignit à elle.

— Je n'arrive pas à croire que tu l'aies engagée ! répétait Allegra entre deux éclats de rire.

— Elle est très efficace, tu ne trouves pas ?

— Attends seulement que papa l'ait vue ! Maman… Je veux que tu saches que je t'adore.

— Moi aussi, ma chérie. Et ce sera un merveilleux mariage, tu verras.

Cela paraissait si peu important, à présent, comparé à tout le reste ! Pour Allegra, seul Jeff comptait. Le mariage lui-même n'était qu'accessoire. D'autant que désormais, il lui fallait penser à Sam et à son bébé. La forme du gâteau et les robes des demoiselles d'honneur – « sans oublier les chaussures », pour citer Delilah – lui semblaient totalement dérisoires.

Elle riait encore lorsque le téléphone sonna de nouveau sur son bureau. C'était Jeff.

— Bonne nouvelle, annonça-t-il.

— Génial ! J'en ai bien besoin. Je viens de passer une matinée de folie, répondit-elle en souriant.

— Je suis libre ce week-end. Tony dit qu'il peut assurer sans moi, et je viens d'annoncer à ma mère que nous irions la voir. Nous pouvons prendre un billet pour New York et aller directement à Southampton.

L'espace d'une seconde, Allegra crut que son cœur allait s'arrêter de battre. Elle avait secrètement espéré échapper à cette confrontation... Jeff paraissait si occupé sur son tournage !

— Elle avait vraiment l'air contente. Nous lui promettons d'y aller depuis si longtemps qu'elle n'y croyait plus. Tu peux te libérer, n'est-ce pas ?

Il avait remarqué son silence. Allegra essayait de se faire à l'idée de rencontrer sa mère. Sans savoir pourquoi, elle avait l'impression que Mme Hamilton ne l'aimerait guère.

— Pour une fois, je ne vois pas le moindre obstacle, répondit-elle enfin non sans une pointe de déception.

Aucune crise en vue. Même Carmen semblait aller un peu mieux.

— Touchons du bois ! dit Jeff en riant. Bon, c'est décidé, nous partons vendredi, ajouta-t-il d'un ton solennel.

Il avait vraiment envie de présenter Allegra à sa mère.

— J'y serai, promit la jeune femme.

Elle pria en silence pour que, cette fois, rien ne vienne contrarier leurs projets, sans quoi la mère de Jeff ne le lui pardonnerait jamais. Elle savait par son fiancé combien Mme Hamilton avait été furieuse, la dernière fois qu'ils avaient annulé leur visite. Restait à espérer que tout se passe bien… Et à se préparer mentalement à cette visite, qu'elle redoutait. Enfin, Jeff et elle avaient bien besoin de se détendre un week-end, et cette escapade tombait à pic, se raisonna-t-elle.

Pourtant, avant même de partir, elle devinait que ce week-end à Southampton serait tout sauf relaxant. Chaque fois qu'elle fermait les yeux, elle revoyait dans sa tête la photographie de Mme Hamilton qu'elle avait contemplée à New York, et ce simple souvenir la remplissait d'appréhension…

16

Durant toute la semaine précédant leur départ pour Southampton, Allegra eut l'impression de marcher sur des œufs. Elle savait que Jeff serait furieux si elle avait un empêchement. Mais le jeudi arriva sans qu'aucune catastrophe ne se soit produite, et elle poussa un soupir de soulagement le soir lorsqu'ils préparèrent leurs bagages. Elle s'était inquiétée pour rien, et elle se dit qu'elle avait sans doute tort également d'appréhender sa rencontre avec sa future belle-mère. D'ailleurs, Jeff ne cessait de la rassurer et de lui répéter que sa mère allait l'adorer.

Ils étaient tous les deux épuisés, après de longues semaines de tension, mais tout se passait plutôt bien pour eux et pour les clients d'Allegra. Même Carmen semblait un peu moins déprimée, depuis quelques jours. Au moins, maintenant que le tournage du film avait commencé, avait-elle l'esprit occupé. Alan lui manquait toujours terriblement, et elle n'arrêtait pas de l'appeler sur le téléphone portable qu'elle gardait en permanence dans la poche de sa robe de chambre. Elle lui téléphonait à toutes les heures du jour et de la nuit. Allegra lui ayant demandé d'essayer de ne pas l'appeler en pleine nuit, c'était Alan qui faisait désormais l'objet de ses coups de fil nocturnes.

— Je n'arrive pas à croire que nous y allons vraiment, cette fois, dit Jeff comme ils déposaient leurs bagages dans l'entrée, ce soir-là.

Tous deux avaient des rendez-vous le lendemain matin et partaient directement ensuite.

— Tu verras, Southampton est superbe en cette saison.

Mais ce n'était pas la ville qui préoccupait Allegra. En dépit de tout ce que Jeff lui avait dit, elle se sentait encore nerveuse à l'idée de rencontrer sa mère.

Elle se coiffa et se fit les ongles soigneusement. Elle avait prévu de porter un tailleur Givenchy en lin bleu marine pour le voyage ; elle voulait avoir l'air le plus respectable possible. Elle avait même l'intention de relever ses cheveux en chignon.

Lorsqu'ils se couchèrent ce soir-là, Jeff lui sourit et lui raconta ses souvenirs d'enfance dans les Hamptons et dans le Vermont, où il passait l'été quand sa grand-mère était encore en vie. Ils s'endormirent en se murmurant des histoires comme deux enfants, et Allegra se mit bientôt à rêver qu'elle entendait des cloches au loin. De quoi pouvait-il s'agir ? Des cloches d'une église du Vermont ? se demanda-t-elle dans son sommeil. Soudain, avec un sursaut, elle réalisa que c'était en fait le téléphone qui sonnait. Elle sauta hors du lit, comme elle le faisait toujours, pour décrocher avant que Jeff ne soit réveillé. Jetant un coup d'œil à son réveil, elle vit qu'il était quatre heures trente du matin.

— Si c'est Carmen, dis-lui que je vais la tuer, grommela Jeff en se retournant d'un geste brusque. Il est toujours impossible de dormir dans cette maison quand tu es là !

Certaine, comme lui, qu'il s'agissait de Carmen, et consciente qu'il était vraiment furieux, Allegra répondit à voix basse.

— Allô ? Qui est-ce ?

Elle priait pour qu'un problème ne l'empêchât pas de partir à New York.

— C'est Malachi, mon cœur, répondit une voix teintée d'un fort accent irlandais.

La phrase fut ponctuée d'un rot généreux. De toute évidence, le chanteur était ivre mort.

— Mal, qu'est-ce qui vous prend de m'appeler à une heure pareille ? Il est quatre heures trente du matin !

— Je ne vous réveille pas, au moins ? Vous ne devinerez jamais quoi : je suis en prison. Ils ont dit que j'avais le droit d'appeler mon avocat. Alors voilà. Maintenant, soyez mignonne et venez me sortir de là.

— Oh, pour l'amour du ciel ! Vous conduisiez encore saoul ?

Il collectionnait les inculpations pour conduite en état d'ivresse comme d'autres les contraventions, et elle ne cessait de lui répéter qu'un jour, il allait rester en prison et perdre son permis. Mais jusque-là, il avait eu beaucoup de chance et avait fait appel à toutes ses connaissances pour éviter le pire. Ses fréquentes cures de désintoxication influençaient les juges en sa faveur. Cette fois, cependant, Allegra était certaine qu'on allait lui retirer son permis.

— Vous exagérez vraiment, dit-elle, hors d'elle.

— Je sais, je sais. Je suis désolé.

Il avait l'air contrit, mais cela ne l'empêchait pas de trouver normal qu'elle vînt payer sa caution au beau milieu de la nuit.

— Il n'y a personne d'autre qui puisse vous tirer de là, Mal ? Je suis à Malibu et il est vraiment tard.

Jeff avait raison : si elle n'avait pas répondu au téléphone à une heure pareille, Malachi O'Donovan aurait bien été obligé d'attendre le lendemain. Mais maintenant qu'il lui avait parlé, il s'attendait à ce qu'elle se déplace. Il était difficile de lui faire entendre raison.

— Bon, très bien, soupira-t-elle enfin. Où êtes-vous ?

A Beverly Hills, expliqua-t-il. Il descendait l'avenue principale du mauvais côté de la route lorsque la police l'avait arrêté ; il y avait une bouteille de Jack Daniels ouverte entre ses jambes et un sac en plastique contenant de la marijuana dans sa boîte à gants. Il avait de la chance que les policiers n'aient rien trouvé d'autre ; de fait, ils n'avaient pas vraiment cherché.

— J'arrive dans une demi-heure.

Elle reposa le téléphone et regarda Jeff, allongé à côté d'elle. Il paraissait endormi, mais elle sentait qu'il ne l'était pas. D'ailleurs, comme elle sortait de la chambre sur la pointe des pieds, sa voix s'éleva derrière elle.

— Si tu n'arrives pas à temps pour attraper cet avion aujourd'hui, Allegra Steinberg, il n'y aura pas de mariage, déclara-t-il d'un ton dangereusement calme.

Allegra s'immobilisa et lui jeta un coup d'œil inquiet.

— Ne me menace pas, Jeff. Je fais de mon mieux. Je serai là.

— Tu as intérêt.

Il n'en dit pas plus, et elle enfila un jean et une chemise blanche. Elle monta dans sa voiture et s'engagea sur l'autoroute longeant le Pacifique en maudissant tout le monde. Malachi O'Donovan, qui pensait qu'il pouvait faire n'importe quoi et qu'elle serait toujours là pour le tirer d'affaire. Carmen, qui pleurnichait sur son épaule jour et nuit. Alan, qui n'arrêtait pas de l'appeler pour lui demander de s'occuper de sa femme. Et même Jeff, qui s'énervait comme si cela ne lui arrivait jamais, à lui, de se lever à trois heures du matin pour arriver sur le tournage avant tout le monde, ou de passer ses nuits à réécrire son scénario. Tout le monde exigeait qu'elle se montre compréhensive et obéisse au doigt et à l'œil. Ça commençait à la rendre folle, et pour une raison qu'elle ignorait, elle en voulait surtout à Jeff. Bien sûr qu'elle arriverait à temps pour prendre l'avion ! Du moins l'espérait-elle… A moins que Malachi n'ait vraiment fait une grosse bêtise. Déjà, elle était sûre qu'elle allait devoir s'occuper des journalistes qui auraient eu vent de l'affaire. Seigneur, elle en avait assez de cela aussi. Pourquoi s'imaginaient-ils tous qu'elle était née pour les aider à résoudre leurs problèmes ?

Arrivée devant le poste de police de Beverly Hills,

elle sortit de sa voiture et claqua violemment la portière. A l'intérieur, elle tomba sur un policier qu'elle connaissait et lui expliqua qu'elle était venue chercher Malachi O'Donovan. Il hocha la tête, lui demanda d'attendre un instant et alla chercher Mal. Elle dut payer une caution, ce qui ne posa pas de problème, mais les policiers exigèrent également que Malachi leur laisse son permis de conduire. Ils lui remirent une convocation au tribunal ; Allegra vit avec soulagement qu'il ne devait pas se présenter à la cour le lendemain, comme elle l'avait craint un instant, mais un mois plus tard. Ils signèrent tous les papiers requis, puis elle dut raccompagner le musicien chez lui. Il empestait l'alcool et ne cessait d'essayer de l'embrasser pour la remercier d'être venue le chercher ; mais elle lui enjoignit d'un ton sec de se conduire correctement. Lorsqu'il arriva chez lui, sa femme dormait, et Allegra se demanda pourquoi il ne l'avait pas appelée, elle. Elle ne tarda pas à comprendre : dès qu'elle apprit ce qui s'était passé, Rainbow O'Donovan se mit à pousser des cris hystériques et à insulter son mari. Elle voulait le jeter dehors et hurlait si fort qu'elle dut réveiller les voisins.

Quelques minutes plus tard, Allegra prit congé du couple infernal. A sept heures, elle était de retour chez Jeff. Ce dernier était sous la douche et il avait fait du café ; elle se servit une tasse et s'assit sur le lit. Elle était épuisée, même si elle avait l'habitude des nuits comme celle-là.

Jeff sortit de la douche, une serviette autour des reins, et sursauta en la voyant. Il ne l'avait pas entendue rentrer.

— Comment est-ce que ça s'est passé ? demanda-t-il.

— Super. Ils lui ont retiré son permis, répondit-elle avec un petit soupir en s'allongeant sur le lit.

Il s'approcha et s'assit près d'elle.

— Je suis désolé de m'être énervé, cette nuit. J'en ai simplement marre que les gens abusent de toi, qu'ils te phagocytent ainsi. Ce n'est pas juste.

— Ce n'est pas juste pour toi non plus, j'en suis consciente, reconnut-elle. Tu as besoin de sommeil. Il va falloir que j'établisse des règles plus strictes. Quand je l'ai ramené chez lui, j'ai réalisé qu'il aurait très bien pu appeler sa femme. Je crois qu'il a eu peur.

— Il faut qu'ils aient peur de toi, désormais.

Jeff se pencha et l'embrassa. Il devait être au studio dans moins d'une heure, et ensuite, ils prendraient l'avion de quatorze heures.

— Ça va aller ? demanda-t-il avec sollicitude lorsqu'il fut habillé et sur le point de partir.

— Pas de problème, affirma-t-elle.

— Je passerai te chercher à midi.

— Je serai prête. Promis.

Elle chargea leurs sacs de voyage dans sa voiture et arriva au bureau à neuf heures. Alice l'attendait avec une pile de messages et de papiers à signer.

Elle s'en occupa immédiatement et rangeait ses dossiers lorsque son assistante entra dans son bureau, le dernier *Chatter* à la main.

— Je vous en prie, ne me dites pas que ce torchon a encore publié un article sur un de nos clients, supplia Allegra.

Si c'était le cas, elle risquait de ne pouvoir quitter la ville comme prévu…

Alice posa le magazine sur le bureau comme s'il lui brûlait les doigts, et Allegra ne tarda pas à comprendre pourquoi : les photographies étaient affreuses, et les titres monstrueux. Carmen allait devenir folle lorsqu'elle verrait ça.

— Oh non ! s'exclama Allegra en levant les yeux vers sa secrétaire. Il faut absolument que je l'appelle.

Elle s'approchait du téléphone lorsque la réceptionniste lui annonça que Mlle Connors était en ligne. Elle ne précisa pas que la jeune actrice était au bord de l'hystérie, mais Allegra ne mit pas longtemps à s'en apercevoir.

— Je viens de voir le journal, dit-elle calmement à sa cliente.

— Je veux les poursuivre en justice.

— Je ne pense pas que ce soit une bonne idée.

Mais elle comprenait ce que ressentait la jeune femme et savait qu'Alan serait furieux, lui aussi. Le journal affirmait que Carmen Connors, la femme d'Alan Carr, était allée en Europe pour se faire avorter. L'article était accompagné de photos sinistres la montrant en train de quitter l'hôpital. Sur celles-ci, elle donnait l'impression de s'enfuir furtivement, quand en fait elle était pliée en deux par la douleur.

— C'est de la calomnie. Comment peuvent-ils écrire des horreurs pareilles ?

Carmen sanglotait et Allegra ne savait que lui répondre. Faire un procès au journal ne ferait qu'empirer les choses ; les magazines de ce type étaient immondes, mais ils disposaient de bons avocats qui s'arrangeaient toujours pour les tirer d'affaire.

— Pourquoi me font-ils ça ? gémit Carmen.

Impuissante, Allegra soupira.

— Pour vendre leur torchon. Tu le sais. Jette-le à la poubelle et oublie cette histoire.

— Et si ma grand-mère lit l'article ?

— Elle comprendra. Personne ne croit ces bêtises.

— Elle, si. (Carmen eut un petit rire à travers ses larmes.) Elle croit qu'il est possible pour des femmes de quatre-vingt-sept ans d'accoucher de quintuplés.

— Eh bien, dis-lui que les journalistes sont tous des menteurs. Je suis navrée, Carmen, sincèrement, ajouta Allegra.

Elle imaginait sans peine ce que la jeune femme devait éprouver à être ainsi constamment calomniée.

Dans le journal local, on parlait de l'arrestation de Malachi O'Donovan. Décidément, les clients d'Allegra faisaient l'actualité, aujourd'hui…

— Tu devrais en parler à Alan avant qu'il ne l'apprenne par quelqu'un d'autre, suggéra Allegra à Carmen. On trouve ces journaux même en Europe, malheureusement.

De fait, à peine avait-elle raccroché qu'elle reçut un

coup de téléphone d'Alan. Son agent l'avait appelé pour lui parler de l'article.

— Je veux faire un procès à ces ordures, fulmina-t-il. La pauvre a failli perdre tout son sang dans l'ambulance, elle n'arrête pas de pleurer depuis six semaines, et ils prétendent qu'elle a avorté ! Je vais les tuer. Est-ce qu'elle a vu l'article ?

— Oui, elle vient juste de m'appeler.

Allegra était épuisée. Elle n'avait dormi que quatre heures la nuit précédente, et la matinée avait été longue.

— Elle aussi voudrait les traîner devant les tribunaux. Mais je vais te répéter ce que je lui ai dit : ça n'en vaut pas la peine. Ça leur fera de la publicité, voilà tout. Ignorez-les. Qu'ils aillent se faire foutre.

Elle s'exprimait rarement avec autant de virulence, mais en l'occurrence, elle estimait que les journaux en question ne méritaient pas mieux.

— Oublie ça, ne va pas gâcher ton argent à payer des avocats.

— Certains en valent la peine, répondit Alan, un peu plus calme.

Allegra lui donnait toujours des conseils sensés, et c'était pour cette raison qu'il l'appelait.

— Comment vas-tu, au fait ? demanda-t-il.

— Difficile à dire. Les dernières semaines ont été dures. Et je pars à New York dans deux heures pour rencontrer ma future belle-mère.

— Bonne chance. Dis-lui combien elle a de la chance que son fils t'ait choisie.

Allegra eut un petit rire.

— Quand rentres-tu ? voulut-elle savoir.

— Pas avant le mois d'août. Mais ça se passe très bien. (Reprenant une voix sérieuse, il demanda sans dissimuler son inquiétude :) Comment va Carmen ? Elle n'a vraiment pas l'air bien, la plupart du temps, au téléphone. Je n'arrête pas de lui répéter que nous aurons d'autres enfants, mais elle ne me croit pas.

— Je sais. Je lui dis la même chose. Mais elle tient

le coup. Au moins, son film lui change les idées. Cela dit, tu lui manques horriblement.

Allegra devait régulièrement faire appel à toute sa persuasion pour empêcher son amie de partir en Suisse. L'article de *Chatter* n'allait pas arranger les choses, et Allegra était ennuyée de ne pas passer le week-end à Los Angeles ; cela lui aurait permis de parler avec Carmen et de lui changer les idées.

— Elle me manque aussi, soupira Alan d'un ton triste.

— Comment se passe ton tournage ?

— Très bien. Ils me laissent même faire la plupart de mes cascades moi-même.

— Je t'en supplie, ne le dis pas à ta femme, sinon tu la verras débarquer par le premier avion !

Ils rirent de bon cœur. Allegra venait à peine de raccrocher lorsque Jeff pénétra dans son bureau.

— Prête à partir ? demanda-t-il.

Elle hocha la tête. Cette fois, rien ne l'empêcherait de le suivre.

— Prête.

Comme elle se levait, il aperçut la couverture de *Chatter*.

— Ah, bravo, observa-t-il d'un air écœuré en secouant la tête.

Les journalistes ne reculaient vraiment devant rien. Ils avaient interviewé deux infirmières, qui avaient sans doute touché une belle somme d'argent pour révéler et déformer les secrets de Carmen.

— Carmen et Alan ont vu l'article ? demanda-t-il.

— Oui, je viens juste de les avoir au téléphone l'un après l'autre. Ils voulaient faire un procès, mais je les en ai dissuadés. Cela fait encore vendre plus de journaux.

— Les pauvres. Je détesterais vraiment vivre de cette façon.

— Il y a des compensations, fit valoir Allegra.

Elle se demandait cependant si celles-ci étaient suffisantes. La rançon de la gloire était souvent très élevée…

Jeff et elle laissèrent leurs deux voitures dans le garage de son bureau et prirent un taxi pour l'aéroport. Jeff n'arrivait pas à croire qu'ils fussent vraiment en route. Pas d'urgence, de problème de dernière minute, de réunion impromptue… Ils arrivèrent à l'aéroport dans les temps, enregistrèrent leurs bagages sans problèmes, prirent place à bord de l'appareil. Un vrai miracle !

Lorsque l'avion décolla, Jeff se tourna vers sa compagne avec un sourire. Ils avaient décidé de voyager en première ; main dans la main, une expression satisfaite sur le visage, ils inclinèrent leurs sièges et commandèrent du champagne et du jus d'orange.

— Nous avons réussi ! s'exclama Jeff en embrassant Allegra. Ma mère va être tellement contente.

De son côté, Allegra se réjouissait d'être avec lui. Ils n'avaient pas encore décidé de la destination de leur voyage de noces ; ils comptaient prendre trois semaines et envisageaient un tour d'Europe. L'Italie était merveilleuse à l'automne, surtout Venise ; après, ils s'envoleraient pour Paris, puis peut-être pour Londres, où vivaient certains de leurs amis. Mais Jeff hésitait, car il serait volontiers allé au bord de la mer, aux Bahamas par exemple, ou à Bora Bora comme Carmen et Alan. Allegra, elle, ne souhaitait pas se rendre dans des endroits aussi éloignés de tout. Ils en discutèrent avec animation pendant près d'une heure, puis ils parlèrent du mariage. Jeff envisageait de prendre Alan pour témoin mais souhaitait aussi marquer son amitié pour le frère d'Allegra et Tony Jacobson. Allegra avait les mêmes problèmes : elle voulait que Sam soit son témoin et Carmen sa demoiselle d'honneur principale[1], mais elle désirait être entourée de davantage d'amies. Durant

1. Dans les pays anglo-saxons, il est d'usage pour la mariée d'être entourée de demoiselles d'honneur de son âge, et non d'enfants. *(N.d.T.)*

ses études, elle avait promis à sa colocataire de Yale, Nancy Towers, de la prendre pour demoiselle d'honneur si elle se mariait un jour, mais elle n'avait pas eu de ses nouvelles depuis cinq ans et la jeune femme habitait désormais à Londres.

— Invite-la quand même, peut-être arrivera-t-elle à venir, suggéra Jeff.

Une autre très bonne amie d'Allegra, Jessica Farnsworth, avait déménagé dans l'est du pays plusieurs années auparavant. Elles ne se voyaient plus, mais enfants, elles avaient été comme sœurs. Après en avoir parlé à Jeff, Allegra décida de leur demander à toutes les deux de faire partie de ses demoiselles d'honneur. Ils décidèrent également d'inviter les Weissman, bien sûr, et de nombreuses autres personnes qu'ils appréciaient. Allegra estimait que Jeff devrait convier certains de ses amis d'enfance qui vivaient encore dans l'Est, mais il doutait qu'ils puissent venir. Ils étaient soit trop pauvres, soit trop occupés ; néanmoins, il les inviterait tout de même, acquiesça-t-il.

Au bout d'un moment, ayant épuisé le sujet des invités, ils se mirent à lire ; Jeff sortit son scénario pour jeter quelques notes dans la marge et Allegra tira de son attaché-case des papiers qu'elle s'était promis d'étudier. Elle avait également emporté un roman que Jeff lui avait conseillé de lire, mais avant même d'avoir fini la première page, elle s'assoupit, la tête sur l'épaule de son compagnon. Il la regarda tendrement et lui posa une couverture sur les genoux.

— Je t'aime, murmura-t-il en l'embrassant.

— Moi aussi, répondit-elle avant de s'endormir pour de bon.

Elle ne s'éveilla qu'à l'atterrissage, et encore Jeff dut-il la secouer. Au début, elle se demanda où elle se trouvait ; elle était si épuisée, après sa courte nuit de la veille, qu'elle avait perdu toute notion du lieu et de l'heure.

— Tu travailles trop, lui dit Jeff pendant qu'ils se

dirigeaient vers le tapis roulant pour récupérer leurs bagages.

Il avait commandé une limousine qui devait venir les chercher à l'aéroport et les conduire à Southampton. Il voulait que le voyage soit aussi agréable que possible pour Allegra afin qu'elle en garde un bon souvenir. Dans l'immense limousine, une bouteille de champagne les attendait dans un seau de glace.

— Je ne savais pas qu'il y avait des limousines aussi longues, dans l'Est, dit Allegra en riant. Je croyais que seules les stars du rock se déplaçaient dans des engins pareils.

Elle taquinait souvent Bram Morrison ; en effet, lui qui avait dans l'ensemble des goûts très simples adorait les véhicules ostentatoires de ce genre. Il avait même acheté, à une époque, une limousine contenant un lit double dont tout Los Angeles parlait encore.

— Ici, ce sont les trafiquants de drogue qui les louent, expliqua Jeff en souriant.

Il lui rappela que c'était là, à New York, qu'ils s'étaient rencontrés cinq mois plus tôt. Et à présent ils étaient de retour, sur le point de se marier. C'était à peine croyable.

De l'aéroport Kennedy, il leur fallut deux heures pour arriver à Southampton. Il faisait chaud, en cette soirée de juin, mais la voiture était climatisée et très confortable. Jeff ôta sa veste et sa cravate, et il remonta les manches de sa chemise bleu pâle bien amidonnée. Même après un long voyage comme celui-là, il était impeccable et avait l'air parfaitement frais et dispos. A Malibu, il lui arrivait de se vêtir de façon décontractée et de se promener en jean et tee-shirt, mais même alors, l'ensemble était toujours repassé de frais.

— A côté de toi, j'ai l'air de sortir d'une essoreuse ! commenta Allegra en se brossant nerveusement les cheveux avant de les rattacher sur sa nuque.

Son tailleur en lin bleu marine avait beaucoup souffert durant le voyage.

— J'aurais dû enlever la jupe, soupira-t-elle.

— Les autres passagers auraient adoré, j'en suis sûr, plaisanta-t-il.

Il lui versa une flûte de champagne et l'embrassa.

— Tiens, bois un peu.

— Tu as raison. Je n'ai qu'à me saouler juste avant de rencontrer ta mère. Histoire de lui faire bonne impression.

— Cesse de t'inquiéter. Elle va t'adorer, affirma-t-il, sûr de lui.

Il eut un large sourire lorsque Allegra leva sa main gauche devant elle pour admirer sa bague de fiançailles. La limousine quitta peu après l'autoroute pour entrer dans Southampton, mais ils en eurent à peine conscience, tant ils étaient occupés à s'embrasser passionnément.

Il leur fallut encore une demi-heure pour atteindre la maison, et il était près de minuit lorsqu'ils abordèrent le dernier tournant. Allegra vit alors apparaître une demeure imposante entourée d'une véranda. Même dans le noir, elle apercevait des meubles en osier anciens disposés sous le porche. Des arbres superbes entouraient la maison et l'ombrageaient dans la journée. La propriété était ceinte par une clôture blanche. Le chauffeur de la limousine s'arrêta juste devant l'entrée de la maison et les aida à sortir leurs bagages du coffre. En raison de l'heure tardive, ils s'efforcèrent de faire le moins de bruit possible : il n'y avait pas de lumière, et la mère de Jeff était certainement montée se coucher. En raison du décalage horaire, ils n'auraient pu arriver plus tôt sans sacrifier leur matinée de travail.

Jeff savait où était cachée la clé. Il paya le chauffeur et lui donna un généreux pourboire, puis Allegra et lui pénétrèrent silencieusement dans la maison. Sur une belle table ancienne de style anglais, ils trouvèrent un mot laissé par Mme Hamilton leur souhaitant la bienvenue et leur indiquant dans quelles chambres ils dormiraient : Jeff dans la sienne et Allegra dans une grande chambre d'amis donnant sur l'océan. Le message était clair, et Jeff adressa à sa compagne un petit sourire d'excuse.

— J'espère que ça ne te dérange pas, chuchota-t-il. Ma mère est très à cheval sur les principes. Nous pouvons laisser nos sacs dans la chambre d'amis et dormir ensemble dans la mienne, ou dormir tous les deux chez toi ; l'important, c'est que nous retournions dans nos lits respectifs au matin.

Allegra sourit, amusée.

— Comme à l'université !

Son compagnon afficha un air faussement choqué.

— Tu faisais ça à l'université ? Je n'aurais jamais cru ça de toi ! dit-il en prenant les sacs de voyage pour les monter à l'étage.

Sans cesser de chuchoter et de pouffer, ils traversèrent sur la pointe des pieds un long couloir. En passant devant la chambre de sa mère, Jeff posa un doigt sur ses lèvres, et Allegra hocha la tête d'un air entendu. La porte était close, dissimulant le grand lit à baldaquin et les tentures en chintz bleu de la pièce. Allegra était un peu surprise que la mère de Jeff ne les eût pas attendus, sachant qu'ils avaient traversé tout le pays pour venir la voir ; après tout, il n'était que minuit... Les parents d'Allegra, eux, seraient sans aucun doute restés debout pour les accueillir. Mais de fait, Mme Hamilton était bien plus âgée et Jeff avait dit qu'elle se couchait toujours tôt.

Jeff conduisit Allegra jusqu'à la chambre d'amis. Celle-ci avait une vue superbe sur l'océan Atlantique ; on entendait les vagues lécher le sable au pied de la maison. Sur la table de chevet étaient posées une carafe d'eau glacée et une assiette de biscuits au beurre. Jeff en proposa un à sa compagne ; ils étaient délicieux, constata-t-elle avec surprise. Ils fondaient merveilleusement dans la bouche.

— C'est ta mère qui les fait ? s'enquit-elle, impressionnée.

Mais Jeff secoua la tête en riant.

— Non, la cuisinière.

La chambre où ils se trouvaient était tapissée de tissu rose à fleurs ; il y avait des rideaux de dentelle aux fenêtres, un grand lit en fer forgé blanc au centre de la pièce, et des tapis moelleux sur le sol. L'ensemble faisait très Nouvelle-Angleterre.

— Où dors-tu, toi ? chuchota Allegra en mangeant un autre biscuit.

Elle était affamée, soudain.

— Au bout du couloir, répondit-il sur le même ton de peur de réveiller sa mère, qui avait le sommeil léger.

Cela lui rappelait les étés de sa jeunesse, lorsqu'il faisait entrer en cachette des amis dans la maison la nuit et qu'ils apportaient quelques bières volées à leurs parents. Son père fermait toujours les yeux, mais sa mère ne manquait jamais de lui faire la leçon le lendemain matin.

Jeff montra ensuite sa chambre à Allegra. Le dessus-de-lit et les rideaux étaient vert foncé et le lit étroit, en bel acajou ancien. Sur son bureau, il avait posé quelques photographies de son père. Les murs étaient décorés de marines collectionnées par son père au fil des ans. C'était une chambre très masculine. Par certains côtés, elle rappelait à Allegra la maison de Jeff à Malibu, mais en plus austère. En dépit des tissus magnifiques et des meubles anciens, il y avait dans cette demeure quelque chose de froid, et Allegra ne put s'empêcher de songer une nouvelle fois à la photographie de sa future belle-mère qu'elle avait vue à New York.

Jeff déposa ses sacs dans sa chambre avant de raccompagner Allegra dans la sienne. Doucement, il ferma la porte, un doigt sur ses lèvres. Allegra s'approcha de la fenêtre ; elle aurait aimé aller faire un tour sur la plage, si belle au clair de lune.

— J'adore nager la nuit, ici, murmura Jeff. Peut-être demain.

Ce soir, il ne voulait pas courir le risque de réveiller sa mère, et de toute façon ils étaient trop fatigués.

Ils s'assirent sur le lit et s'embrassèrent ; puis, au bout d'un moment, Allegra alla se préparer pour la nuit dans la petite salle de bains adjacente à la chambre. Elle enfila la nuisette sexy qu'elle avait emportée et sortit également de sa valise la robe de chambre presque sévère qu'elle comptait mettre par-dessus le lendemain matin, au cas où elle croiserait Mme Hamilton. Elle rangea ses vêtements dans le placard : le pantalon blanc et la chemise en soie colorée qu'elle porterait le lendemain, sa robe en lin noire pour le soir, celle, blanche, qu'elle avait prise au cas où il arriverait malheur à l'autre, un maillot de bain, un short, un tee-shirt, et un tailleur pantalon en seersucker, très BCBG, pour le voyage de retour. Tout cela, très sobre, ne manquerait pas d'obtenir l'approbation de la mère de Jeff, même si elle était aussi glaciale que le laissait deviner sa photographie.

Jeff se glissa dans le lit avec elle. Comme toujours en bord de mer, les draps étaient un peu humides, mais ils étaient d'excellente qualité, impeccables et brodés de petites fleurs blanches. Craignant de réveiller toute la maisonnée s'il lui faisait l'amour, Jeff se contenta de prendre Allegra dans ses bras, et ensemble ils s'endormirent, blottis l'un contre l'autre comme deux enfants.

Jeff s'était promis de se réveiller à l'aube, mais malheureusement, son horloge interne devait être restée à l'heure californienne, car il était neuf heures trente lorsqu'il ouvrit les yeux. A côté de lui, Allegra dormait toujours profondément.

Comment retourner dans sa chambre sans risquer de tomber sur sa mère ? Il entrouvrit la porte et jeta un coup d'œil dans le couloir. Personne. Comme un enfant désobéissant, il traversa tout l'étage en courant avant de disparaître dans sa chambre. Il se mordit la lèvre. Avec le bruit qu'il avait fait, toute la maison devait savoir qu'il s'était enfui de la chambre d'amis ! Comme pour confirmer ses craintes, sa mère apparut dans l'encadrement de la porte quelques secondes plus tard. Il venait d'enfiler sa robe de chambre et ouvrait sa valise.

— Tu as bien dormi, mon chéri ? demanda-t-elle.

Il sursauta violemment. Il se retourna et vit sa mère,

vêtue d'une robe bleue à fleurs, une capeline sur la tête. Elle était encore très belle pour une femme de son âge, mais ses traits n'exprimaient aucune chaleur. Même si elle était heureuse de voir son fils, elle ne trahissait pas la moindre émotion et gardait toujours ses distances.

— Bonjour, maman, dit-il en s'approchant pour l'embrasser.

Il avait hérité le caractère facile et affectueux de son père ; il avait toujours beaucoup ressemblé à ce dernier.

— Je suis désolé que nous soyons arrivés si tard, hier soir. Avec le décalage horaire, nous ne pouvions guère être ici plus tôt. Nous avons dû tous les deux travailler, hier matin.

— Aucun problème. Je ne vous ai même pas entendus.

Elle lui sourit puis jeta un coup d'œil à son lit, qu'il n'avait pas défait. Elle ne manqua pas de s'en apercevoir.

— Merci d'avoir fait ton lit, mon chéri. Tu es un invité parfait.

— Merci, maman, répondit-il en réprimant une grimace, parfaitement conscient d'avoir été pris la main dans le sac.

— Où est ta fiancée ?

Il faillit dire qu'elle dormait une minute plus tôt lorsqu'il l'avait laissée, mais il se retint à temps. Il ne lui était pas facile de revenir chez sa mère ; cela faisait longtemps qu'il n'avait pas séjourné chez elle, et il avait oublié à quel point elle était rigide.

— Je ne sais pas, je ne l'ai pas encore vue, répondit-il d'un air faussement innocent. Veux-tu que j'aille la réveiller ?

Il était un peu plus de dix heures à présent, et il savait que sa mère n'appréciait guère les invités qui passaient la matinée au lit.

Il traversa le couloir et frappa à la porte de la chambre rose, sous le regard de sa mère. Quelques secondes plus tard, Allegra vint ouvrir. Sa robe de chambre très sage cachait sa chemise de nuit en dentelle, et elle s'était brossé les cheveux ; elle était superbe et paraissait très jeune, en cet instant. Elle sourit à Jeff et s'avança immédiatement pour serrer la main de Mme Hamilton.

— Enchantée, madame, je suis Allegra Steinberg, se présenta-t-elle.

Pendant un long moment, la mère de Jeff ne dit rien, puis elle hocha la tête. Elle détaillait Allegra sans vergogne, ce qui ne manqua pas de mettre la jeune femme mal à l'aise ; cependant, elle s'efforça de sourire et de dissimuler son trouble.

— C'est gentil à vous d'être venue, cette fois, dit Mme Hamilton assez froidement.

Elle n'embrassa pas Allegra, ne lui présenta pas ses félicitations, ne parla pas du mariage.

— Nous étions si déçus de devoir annuler la dernière fois ! affirma Allegra. Malheureusement, nous n'avons pas eu le choix.

— C'est ce que m'a dit Jeff. Bon, il fait beau aujourd'hui, reprit-elle en jetant un coup d'œil par la fenêtre. (De fait, il faisait un temps de rêve.) Si vous avez envie d'aller jouer au tennis, vous ne devriez pas tarder, avant qu'il fasse trop chaud.

— Nous pouvons jouer en Californie, déclara Jeff. Nous sommes venus pour te voir. Tu veux que nous allions te faire quelques courses, ce matin ?

— Non merci, répondit Mme Hamilton d'un ton assez brusque. Le déjeuner est à midi. Je suppose que vous n'avez pas envie d'un petit déjeuner, à une heure aussi tardive, mademoi… Allegra. Mais quand vous serez habillée, vous trouverez du thé et du café dans la cuisine.

En d'autres termes, elle lui demandait clairement de ne pas se promener en robe de chambre dans la maison. Elle savait très bien faire passer ses messages sans s'exprimer franchement… Ne restez pas au lit toute la matinée. Ne couchez pas avec mon fils sous mon toit. Ne soyez pas trop familière. N'approchez pas trop.

— Parfois, au premier abord, ma mère est un peu

froide, essaya d'expliquer Jeff alors qu'ils descendaient au rez-de-chaussée, une demi-heure plus tard.

Allegra portait un short rose avec un tee-shirt et des tennis assortis.

— Je ne sais pas si elle est timide ou seulement distante, continua Jeff. Il lui faut un certain temps pour se sentir à l'aise avec les gens.

— Je comprends, affirma Allegra en lui souriant. Et puis, tu es son seul enfant. Ça ne doit pas être facile pour elle de te « perdre ».

— Bizarre, j'aurais pensé qu'elle serait soulagée, ironisa-t-il. Elle m'a tellement répété de me marier ! Enfin, ça fait longtemps qu'elle a abandonné.

Allegra se retint de lui demander si cela coïncidait avec l'époque où elle avait cessé de sourire et de rire ; Mme Hamilton semblait avoir oublié le sens du mot « s'amuser » depuis des temps immémoriaux.

Ils la trouvèrent dans la cuisine, occupée à donner des instructions à la vieille cuisinière irlandaise. Lizzie travaillait pour la famille depuis plus de quarante ans, et elle faisait tout exactement comme le souhaitait Mme Hamilton, ainsi qu'elle l'expliquait à qui voulait l'entendre. Surtout les menus.

Les deux femmes parlaient précisément du déjeuner. Mme Hamilton avait commandé une salade de crevettes et un aspic de tomates accompagnés de petits pains chauds, ainsi qu'une île flottante pour le dessert.

— Nous mangerons dans la salle à manger extérieure, déclara-t-elle.

— Pas la peine de te mettre en frais pour nous, maman, dit Jeff. Nous ne sommes pas des invités, nous sommes de la famille.

Elle lui jeta un regard empreint de surprise glacée, comme si elle se demandait s'il était tombé sur la tête.

Après avoir pris du café et des muffins, Jeff et Allegra allèrent se promener un peu dans la propriété, puis ils descendirent sur la plage. Allegra essayait de se débarrasser de la tension qui l'habitait. Mme Hamilton semblait créer autour d'elle une atmosphère de malaise, mais Jeff ne s'en rendait visiblement pas compte ; il trouvait de toute évidence normale la rigueur presque spartiate de sa mère. Peut-être était-ce plus facilement tolérable lorsqu'on en avait l'habitude, mais Allegra ne pouvait s'empêcher de se demander comment il avait fait pour devenir aussi chaleureux et affectueux auprès d'un tel iceberg.

Quand ils retournèrent à la maison, Mme Hamilton les attendait sous le porche. Des pichets de limonade et de thé glacé étaient posés sur la table près d'elle. Allegra ne vit nulle part ni vin ni alcool, mais cela ne la dérangeait pas le moins du monde. Elle s'assit dans un fauteuil en osier près de sa future belle-mère et lui parla un moment de la maison. Mme Hamilton expliqua qu'elle avait appartenu à une tante de son mari. Ce dernier en avait hérité à la mort de la vieille dame trente-neuf ans plus tôt, avant même la naissance de Jeff. Un jour, elle serait à lui, ajouta-t-elle avec mélancolie avant que son visage ne se durcisse de nouveau.

— Je suis sûre qu'il la vendra, ajouta-t-elle d'un ton pincé.

— Pourquoi dis-tu cela ? demanda-t-il, surpris.

— Je suppose que tu n'habiteras plus jamais sur la côte est, désormais, rétorqua froidement sa mère. Maintenant que tu épouses une Californienne.

C'était une accusation, ni plus ni moins.

— Je n'ai pas la moindre idée de l'endroit où nous vivrons, répondit-il, diplomate. Je terminerai mon film en septembre, juste avant le mariage, et je compte commencer un nouveau livre. Qui sait où nous atterrirons ?

Il sourit, et Allegra lui jeta un regard incrédule. Que racontait-il ? Elle était avocate au barreau de Los Angeles, et sa spécialisation lui interdisait de s'éloigner d'Hollywood, Jeff le savait pertinemment.

Elle ne dit rien sur le moment, et quelques instants après Lizzie vint les prévenir que le déjeuner était servi. Après le repas, pourtant, tandis qu'ils se promenaient de nouveau sur la plage, Allegra demanda à son compagnon ce qu'il avait voulu dire lorsqu'il avait expliqué à sa mère qu'il ignorait où ils s'installeraient.

— Ce que je fais n'est pas vraiment exportable, lui rappela-t-elle. J'ai une spécialisation très pointue.

Il l'avait vraiment inquiétée, et il en avait conscience.

— Je ne voulais pas que ma mère ait l'impression que son fils unique l'avait abandonnée à jamais, expliqua-t-il. Mais cela mis à part, tu pourrais très bien travailler à New York, tu sais. Il y a Broadway, et pas mal d'artistes... Sans parler des chaînes de télévision.

— Oui, des chaînes d'information ! Allons, Jeff, sois réaliste. Je suis avocate dans le show-business. Je ne peux pas travailler ailleurs qu'à Los Angeles.

— Je comprends, mais tu pourrais tout de même élargir ton horizon, si tu le souhaitais.

Il insistait, têtu, et la jeune femme paniqua.

— Ce ne serait pas un élargissement mais un rétrécissement ! s'insurgea-t-elle. Je perdrais plus de la moitié de mon travail.

— A commencer par tous ces coups de fil à deux heures du matin. Les gens ne font pas des choses comme ça à New York. Ils ont une approche plus professionnelle.

Allegra n'en croyait pas ses oreilles et commençait à se demander si Southampton n'avait pas transformé son fiancé.

— Je ne suis pas sûre de comprendre ce que tu essaies de me dire, mais je veux que tu saches que j'aime ce que je fais, et que je n'ai pas l'intention de tout laisser tomber pour aller à New York. Cela n'a jamais fait partie du contrat. Qu'est-ce que tu racontes, tout à coup ?

Il y eut un long silence, puis Jeff la regarda prudemment.

— Je sais que tu adores ton métier et que tu le fais bien. Mais je suis originaire de la côte est, et j'aurais bien aimé pouvoir me dire qu'un jour, nous aurions la possibilité de revenir ici, si nous le souhaitions.

— Est-ce ce que tu veux ? (C'était la première fois

qu'il lui en parlait aussi clairement.) Je pensais que tu essayais de t'habituer à Los Angeles et que tu savais qu'une fois marié avec moi, tu y resterais. Tu n'en es plus sûr ? Parce que dans ce cas, nous devons en parler dès maintenant, avant que l'un de nous ne fasse une grosse erreur.

Elle paniquait littéralement ; jusqu'à présent, ce week-end se révélait désastreux.

— Je comprends. Je sais que tu as tes racines là-bas, Allegra, dit-il avec douceur.

— N'essaie pas de m'amadouer, coupa-t-elle sèchement. Je ne suis pas une gamine. Je vois bien ce que tu essaies de faire, mais il n'est pas question que j'aille m'installer à New York, et si ça t'ennuie, nous ferions peut-être mieux de réfléchir sérieusement à ce que nous nous apprêtons à faire. Il serait sûrement préférable que nous vivions ensemble quelque temps, pour que tu saches réellement ce que tu penses de la Californie.

— J'aime beaucoup la Californie, répondit-il d'une voix lasse.

Il s'était engagé sur une pente glissante et s'en rendait compte. Ce week-end n'était pas facile pour lui non plus ; il savait combien sa mère était difficile et se montrait peu accueillante.

— Ecoute, je n'ai pas l'intention de te faire abandonner ta carrière. J'ai juste envie de savoir que j'ai plusieurs possibilités pour l'avenir. Et je ne voulais pas donner à ma mère l'impression que j'allais vendre la maison dès qu'elle serait morte. Cet endroit signifie beaucoup pour elle. Et puis, qui sait, nous pourrions y venir l'été avec nos enfants. Ça me ferait plaisir.

Il lui jeta un coup d'œil d'excuse ; poussant un soupir, la jeune femme rentra ses griffes.

— Pardon. Je croyais que tu essayais de me dire que tu avais l'intention de déménager dans l'Est juste après notre mariage.

— Non, nous pouvons attendre un mois ou deux… Que dirais-tu de novembre ? demanda-t-il avec un petit rire. Je suis désolé, mon amour. Je ne voulais pas que tu te sentes menacée. Je sais que tu travailles énormément et que tu es excellente dans ton métier. Tu seras associée à part entière d'ici peu, à moins que tu ne décides de monter ton propre cabinet. Simplement, les gens de la côte est ont un peu de mal à se déraciner… En allant m'installer à Los Angeles, je ne me suis jamais vraiment dit que je partais pour de bon ; je répétais à tout le monde que j'allais en Californie pour écrire un scénario, peut-être deux. Mais tu verras, j'enchaînerai un livre sur un autre, et je m'apercevrai que vingt ans ont passé ! Il suffit de laisser les choses se faire petit à petit. On ne peut pas faire une croix sur toute son éducation en quelques minutes.

Allegra l'embrassa avec passion, et ils reprirent le chemin de la maison à travers les dunes. En fait, l'idée d'emmener un jour ses enfants dans la vieille demeure séduisait Allegra, surtout si la mère de Jeff n'était plus là…

— Ne t'inquiète pas, tu ne perdras jamais ton look côte est, plaisanta-t-elle.

Elle l'embrassa de nouveau et vit que Mme Hamilton, installée sur la terrasse, les regardait d'un air désapprobateur. Mais lui arrivait-il d'arborer une autre expression ? Allegra avait remarqué que Jeff lui-même était tendu depuis qu'il était sous son toit. Il ne savait comment satisfaire tout le monde.

Quant à Allegra, elle essayait désespérément de plaire à sa future belle-mère mais ne semblait pas y parvenir.

— Faites attention à ne pas attraper un coup de soleil, dit cette dernière à Allegra comme ils se servaient un verre de limonade.

— Merci, répondit poliment la jeune femme, j'ai mis de l'écran solaire.

Elle s'installa sur une balancelle et porta son verre à ses lèvres. Mme Hamilton ne la quittait pas des yeux.

— Jeff m'a dit que toute votre famille était dans le show-business, Allegra, dit-elle comme si elle avait du mal à le croire.

— En effet, à l'exception de mon frère, acquiesça Allegra en souriant. Il prépare ses études de médecine à Stanford.

Pour la première fois, son interlocutrice esquissa un vrai sourire.

— Mon père était médecin. En fait, presque toute ma famille était dans la médecine, à l'exception de ma mère, bien sûr.

— Scott veut devenir chirurgien orthopédiste. C'est le seul à avoir échappé au « show-business », comme vous dites. Ma mère est scénariste, productrice et réalisatrice ; elle a énormément de talent. Mon père est producteur de cinéma. Quant à moi, je suis avocate spécialisée dans le monde du spectacle.

— Qu'est-ce que cela signifie exactement ?

Mme Hamilton regardait Allegra comme si elle venait tout juste de débarquer d'une autre planète et n'avait d'un être humain que l'apparence.

— Cela signifie que je m'occupe des petites misères de beaucoup de gens, et que je reçois de nombreux coups de téléphone à quatre heures du matin.

— Tout le monde est donc si mal élevé, dans le show-business ? s'exclama la mère de Jeff.

— Seulement en cas d'arrestation, répondit Allegra d'un air très décontracté, amusée par la mine outrée de son interlocutrice.

Allegra avait décidé que Mme Hamilton méritait d'être secouée un peu. C'était la femme la moins accueillante, la moins chaleureuse et la moins agréable qu'elle eût jamais rencontrée. Allegra plaignait Jeff de tout son cœur. Heureusement qu'il avait hérité du caractère de son père et non de celui de sa mère !

— Beaucoup de vos clients se font donc arrêter ? demanda cette dernière, les yeux écarquillés.

Jeff réprima un petit rire.

— Certains, répondit Allegra sans se troubler. C'est pourquoi ils ont besoin de moi. Je vais payer leur caution quand ils sont en prison, je rédige leurs testaments, j'établis leurs contrats, je réorganise leur vie et les aide à résoudre leurs problèmes… C'est très intéressant, et j'aime beaucoup ce que je fais.

— La plupart des clients d'Allegra sont de grandes stars de cinéma, maman. Tu serais impressionnée si je te disais leurs noms.

Mais il s'abstint, jugeant préférable de laisser à la clientèle d'Allegra une certaine aura de mystère.

— Je suis sûre que c'est un travail passionnant. Et vous avez une sœur, aussi, je crois ?

Allegra hocha la tête et songea à la pauvre Sam, qui devrait d'ici quelques semaines abandonner son bébé.

— Oui. Elle a dix-sept ans, et elle est encore étudiante.

Elle pose aussi de temps en temps pour des photographes, et il lui arrive même de coucher avec eux… Allegra se retint juste à temps pour ne pas rire.

— Elle entre en art dramatique à UCLA à l'automne, dit-elle.

— Vous semblez avoir une famille très… inhabituelle.

Un bref silence s'ensuivit, seulement troublé par le léger grincement de la balancelle. La question suivante, cependant, faillit faire tomber Allegra de son siège.

— Dites-moi, Allegra, demanda Mme Hamilton, êtes-vous juive ?

Mortifié, Jeff rougit légèrement, mais il laissa Allegra répondre.

— Non, dit-elle froidement. Je suis épiscopalienne. Mais mon père est juif, et c'est une religion que je connais bien. Y a-t-il quelque chose que vous souhaitiez savoir à propos du judaïsme ? ajouta-t-elle, doucereuse.

Mme Hamilton ne se troubla pas. Peu lui importait que son invitée l'apprécie ou pas. Jeff, en revanche, était horrifié par cet échange.

— Je pensais bien que vous ne l'étiez pas, déclara sa mère, s'enfonçant davantage encore. Vous n'avez pas le type.

— Vous non plus, déclara Allegra avec calme. L'êtes-vous ?

Jeff s'étrangla et dut se détourner pour que sa mère ne le voie pas éclater de rire. Elle arborait un air révolté ; jamais personne ne lui avait posé pareille question.

— Bien sûr que non ! *Hamilton ?* Vous êtes folle ?

— Où est le problème ? demanda la jeune femme d'un air parfaitement détaché.

Mme Hamilton ne se rendait pas compte qu'elle se moquait d'elle.

— J'en déduis que votre mère n'est pas juive, alors, insista-t-elle.

Elle pensait déjà à ses petits-enfants et s'inquiétait de leur savoir un grand-père juif.

— Non, et son père non plus, intervint Jeff, décidant de rassurer sa mère dans l'espoir que cela mette un terme à cette pénible conversation.

Il avait l'impression de trahir Allegra en disant cela, mais c'était le seul moyen de faire taire sa mère.

— Le véritable père d'Allegra est un médecin de Boston qui s'appelle Charles Stanton.

— Pourquoi diable n'utilisez-vous pas son nom, dans ce cas ? s'exclama Mary Hamilton avec désapprobation.

— Parce que je le déteste et ne l'ai pas vu depuis des années, répondit calmement Allegra.

Ses quatre années de thérapie n'avaient pas été inutiles : elle n'essayait plus de plaire à tout le monde à n'importe quel prix. Cette conversation la révoltait, et elle s'apprêtait à le faire savoir à son hôtesse.

— Franchement, j'aimerais élever mes enfants dans la religion juive. Mon frère et ma sœur l'ont été, et je trouve ça formidable.

Jeff craignit un instant de devoir ranimer sa mère et il jeta à Allegra un regard mécontent qu'elle lui rendit aussitôt. Par lâcheté, il avait dit à sa mère ce qu'elle avait envie d'entendre, et Allegra trouvait cela écœurant. Non seulement Mme Hamilton était froide, déplaisante et de la glace coulait dans ses veines, mais en plus elle était antisémite… Comment diable Jeff avait-il fait pour être normal ?

— Je suppose que vous plaisantez, dit Mary Hamilton sèchement, avant de changer de sujet, au soulagement de tous.

Quelques minutes plus tard, Allegra et Jeff montèrent se changer pour le dîner. Chacun se retira dans sa chambre, mais dès qu'il put le faire discrètement, Jeff rejoignit sa fiancée dans la chambre d'amis.

— Avant que tu ne me tapes dessus à coups de chaise, je veux te présenter des excuses. Je sais que j'ai été lâche. J'oublie toujours combien elle peut être bornée sur ce genre de sujets. Bon sang, elle appartient à un club où pas un Juif n'a mis les pieds depuis deux cents ans ! Pour elle, c'est important.

— C'était aussi important pour Hitler et ses amis.

— Ça n'a rien à voir. De la part de ma mère, c'est simplement mesquin, stupide et « social ». Elle croit que ça lui donne des airs aristocratiques de détester tous les gens qui ne sont pas comme elle. Ça ne veut rien dire. Tu sais que je ne suis pas d'accord avec elle. Si tu veux que nos enfants soient juifs ou bouddhistes, je m'en moque. Je t'aime quel que soit ton nom. De toute façon, tu t'appelleras bientôt Hamilton, alors quelle importance ?

Sa mère le mettait désespérément mal à l'aise, Allegra le voyait bien. Elle était navrée pour lui, et tout cela lui semblait plus pitoyable qu'autre chose, en fait.

— Comment as-tu fait pour supporter cette atmosphère pendant toutes ces années, Jeff ? On ne peut pas dire que ta mère soit ouverte ou chaleureuse, ni même facile à vivre.

— Elle n'a pas toujours été ainsi, répondit-il, essayant de la défendre. Elle s'est entièrement refermée à la mort de mon père.

Malgré tout, Allegra avait du mal à imaginer que Mary Hamilton ait jamais pu être beaucoup plus agréable. A ses yeux, c'était une vipère, ni plus ni moins.

— Tu ne te sentais pas seul, avec elle ?

— Si, parfois, mais on s'habitue. Toute sa famille était ainsi. Il ne reste plus qu'elle, aujourd'hui.

— Qu'est-ce qu'ils faisaient quand ils se réunissaient ? Des glaçons ? ironisa Allegra.

— Elle n'est pas si mauvaise qu'elle en a l'air, insista-t-il en remontant la fermeture Eclair de la robe en lin noire de la jeune femme.

Au même instant, sa mère frappa à la porte. Il savait qu'il n'aurait pas dû se trouver là ; il se glissa dans la salle de bains après avoir fait signe à Allegra de ne pas trahir sa présence. Elle ouvrit la porte, et la mère de Jeff lui annonça que le dîner était servi. Puis, peut-être pour faire oublier ses commentaires acerbes concernant les Juifs, elle la complimenta sur sa robe. En vérité, la fiancée de son fils lui plaisait bien davantage, à présent qu'elle savait que Steinberg n'était pas son vrai nom.

Allegra la suivit au rez-de-chaussée, et Jeff les rejoignit un instant plus tard. Par miracle, le dîner se déroula sans anicroches ; ils s'efforcèrent de ne parler que de sujets neutres : art, voyages, opéra. Ce fut la conversation la plus ennuyeuse à laquelle Allegra eût jamais participé, mais par chance, Mme Hamilton monta se coucher juste après le repas. Plus tard, Jeff et Allegra allèrent nager dans l'océan, puis ils s'allongèrent sur le sable. Jeff prit sa compagne dans ses bras.

— Tu ne t'es pas beaucoup amusée, hein ?

Allegra roula sur le dos et poussa un soupir. Devait-elle se montrer honnête ? Elle hésita un moment avant de répondre.

— C'était… différent, dit-elle enfin, diplomate.

— Très différent de vos réunions de famille, oui, admit-il.

Il se sentait coupable de l'avoir amenée là. Mais il n'avait pas eu le choix : il ne pouvait l'épouser sans la présenter à sa mère.

— Ta famille est si chaleureuse, affectueuse, ouverte ! Tout le monde passe son temps à rire, à parler et à raconter des histoires abracadabrantes. Tes parents m'ont plu dès le premier contact.

Il semblait avoir honte de sa mère, tout à coup. Même lui était contraint d'admettre qu'elle avait été odieuse envers Allegra. Consciente de son malaise, la jeune femme le regarda avec amour et le serra contre elle.

— Ta mère me rappelle beaucoup mon père, avoua-t-elle. Je ne dis pas ça méchamment ; mais ils ont la même incapacité à donner, à partager leurs sentiments. D'une certaine manière, c'est très côte est, très BCBG, cette désapprobation constante. Mon père n'a jamais dit quelque chose de positif à mon sujet. Autrefois, ça me rendait malade, mais maintenant je m'en moque. D'une certaine manière, ta mère est pareille. Si je voulais lui plaire, il faudrait que je lutte, que je rampe et que je supplie, et encore cela ne suffirait probablement pas. Pour eux, la rétention est un véritable art de vivre.

— Elle s'est toujours montrée dure envers moi aussi, mais je ne l'avais jamais vue aussi désagréable que ce week-end, avoua-t-il, abattu.

— Je suis une grosse menace, pour elle, lui rappela Allegra. Je t'empêche de revenir à New York, je t'ai arraché à elle. Et elle n'a personne, à part toi.

D'une certaine manière, l'attitude de Mme Hamilton était compréhensible. Mais Allegra ne l'aimait pas davantage pour autant.

— Peut-être qu'elle se montrera plus chaleureuse avec le temps, dit-elle, plus pour remonter le moral de Jeff que parce qu'elle le pensait vraiment.

Ils dormirent de nouveau ensemble dans la chambre d'amis ce soir-là, mais cette fois Jeff pensa à programmer le réveil pour sept heures trente. Il se leva, alla dans sa propre chambre se laver, s'habiller et faire ses bagages, puis il revint réveiller Allegra. Cela suffisait : ils avaient fait leur devoir. A présent, il était temps de repartir. Il avait appelé l'aéroport pour changer leurs billets afin de pouvoir s'en aller plus vite.

Autour de la table du petit déjeuner, il expliqua à Allegra et à sa mère qu'il avait appelé son réalisateur et qu'il y avait des problèmes sur le tournage de son film : il devait rentrer et avait réservé des places sur le vol de treize heures, ce qui signifiait qu'Allegra et lui devaient quitter Southampton à dix heures.

— Que se passe-t-il ? demanda Allegra, inquiète pour lui.

Elle avait bien dormi et se sentait fraîche et dispose, prête à supporter Mme Hamilton une journée de plus. Mais dès que l'intéressée eut quitté la pièce, Jeff expliqua à mi-voix à Allegra qu'ils partaient parce qu'ils avaient accompli leur devoir et n'avaient pas à rester plus longtemps. Même lui ne supportait plus l'atmosphère pesante de la vaste demeure.

— Tu es sûr ? chuchota-t-elle en se penchant vers lui.

Elle ne voulait pas l'arracher à sa mère, mais en fait il avait encore plus hâte qu'elle de s'en aller.

Au moment de partir, Jeff répéta à sa mère la date du mariage et lui dit qu'ils l'attendraient avec impatience. Puis il la serra contre lui, et elle répondit presque à son étreinte – presque, mais pas tout à fait. Il glissa un bon pourboire à Lizzie, et au même instant la voiture qu'il avait commandée arriva. Allegra faillit éclater de rire en la voyant : c'était la limousine la plus longue du marché. Blanche, interminable, elle contenait un bar, une télévision et Dieu seul savait quoi d'autre. Mme Hamilton paraissait au bord de l'apoplexie, mais Jeff arborait une mine satisfaite.

— C'est ce que tout le monde utilise en Californie, maman. Nous essaierons de t'en trouver une pour le mariage, déclara-t-il avec le plus grand sérieux en l'embrassant de nouveau.

Il tendit leurs sacs au chauffeur, puis sur un dernier signe de main ils partirent, laissant Mme Hamilton raide et immobile sur le pas de la porte.

Jeff et sa mère partageaient une histoire, des souvenirs, mais Allegra savait qu'elle ne serait jamais proche de sa belle-mère. Et elle devinait aussi qu'après un week-end pareil, Jeff ne l'y forcerait jamais.

— Je me disais que nous devrions peut-être demander à tous les hommes de porter des kippas, pour le mariage, dit Jeff comme la voiture se dirigeait vers l'autoroute.

Allegra éclata de rire.

— Tu es bête… Mais dis-moi, où as-tu trouvé une telle voiture ? Tu ne respectes donc rien ?

Ils s'embrassèrent en riant. Jeff avait hâte de rentrer chez eux et de lui faire l'amour. Ce n'était que par pure éducation qu'il se retenait de le faire là, dans l'outrancière limousine blanche.

— Je suis désolé, Allegra, reprit-il plus sérieusement, conscient que le week-end avait été cauchemardesque. Je ne sais pas pourquoi, mais je ne m'étais pas rendu compte que ça se passerait comme ça. Je devais refuser de voir la réalité en face. Je devrais peut-être aller voir le Dr Green quelque temps, pour faire pénitence…

— Je trouve remarquable que tu aies survécu dans cette ambiance pendant toutes ces années, dit Allegra avec admiration.

— Je n'ai jamais vraiment fait attention à son attitude, et mon père ressemblait beaucoup à Simon.

— C'est sans doute ce qui t'a sauvé !

Durant tout le voyage, ils parlèrent d'autre chose, mais c'est tout de même avec un profond soupir de soulagement qu'ils arrivèrent en Californie, et surtout à Malibu. A peine la porte franchie, ils s'arrachèrent leurs vêtements ; ils n'atteignirent jamais la chambre et firent l'amour sur le canapé du salon. Jamais encore ils ne s'étaient donnés l'un à l'autre avec une telle passion. L'atmosphère tendue et sclérosante des deux derniers jours les avait rendus fous. Allegra était plus heureuse que jamais d'être de retour chez elle et de se dire que, pendant quelque temps au moins, elle n'aurait pas à voir ou fréquenter Mme Hamilton…

17

Le lundi matin suivant leur week-end à Southampton, Jeff quitta la maison à trois heures du matin pour se rendre sur le tournage, comme d'habitude. A son réveil, de son côté, Allegra lut les fax arrivés en leur absence. Tous deux étaient de très bonne humeur et heureux d'être rentrés, surtout après leur soirée de la veille. Mais Allegra fronça les sourcils en tombant sur un fax urgent du producteur de Carmen. Il disait qu'elle était si déprimée qu'elle ressemblait à un zombie ; et vendredi, après la parution de l'article de *Chatter*, elle était arrivée sur le plateau complètement hystérique.

Il était six heures du matin lorsque Allegra prit connaissance du fax. Sachant que Carmen devait déjà se trouver au studio, elle décida d'aller lui rendre visite.

Elle prit quelques dossiers pour les lire au cas où elle devrait patienter pour voir Carmen, et à six heures trente elle montait dans sa voiture.

Comme le producteur l'avait dit, Carmen était dans un état épouvantable. Elle avait passé tout le week-end seule chez elle à pleurer et était encore très déprimée par la perte de son bébé.

— Tu as besoin de consulter un thérapeute, lui dit Allegra d'une voix égale.

Pour la millième fois de la matinée, Carmen se moucha.

— Ça ne changera rien. Mon bébé n'est plus là, et

ces monstres continuent à publier des horreurs à mon sujet.

— Ils écrivent des mensonges sur tout le monde, Carmen. Tu ne peux pas te laisser gâcher la vie et celle d'Alan par eux. Tu dois leur montrer que tu t'en moques et prouver à Alan que tu es capable d'assumer. Tu crois qu'il a envie d'être marié, pour le restant de ses jours, avec une femme qui panique dès que quelqu'un dit un mot de travers sur elle ? Carmen, c'est affligeant.

Elle lui parla ainsi pendant des heures puis la regarda sur le plateau. En dépit de sa dépression, la jeune femme était excellente dès que la caméra tournait. C'était une grande actrice, on ne pouvait lui retirer cela.

Allegra était encore sur le tournage à dix heures lorsqu'un employé des studios s'approcha d'elle pour lui annoncer que son bureau l'appelait et que c'était urgent. Elle le remercia et alla prendre l'appel dans une pièce insonorisée, afin de ne pas gêner les acteurs. C'était Alice, qui appelait à la demande expresse de Delilah Williams, la consultante en mariage.

— Elle vous a demandé de me téléphoner ici ? s'étonna Allegra. Elle est tombée sur la tête !

— Ce n'est pas impossible, soupira Alice. Elle dit que c'est de la plus haute importance. Je vous la passe ?

— Bon, d'accord, maintenant que je suis là… Mais par pitié, Alice, à l'avenir, inutile de me déranger pour cette femme. La prochaine fois, prenez un message, ça suffira amplement.

— Allegra ?

Dès qu'elle entendit la voix de Delilah Williams, Allegra se remémora la grande grue en violet aux genoux cagneux.

— Vous ne m'avez pas rappelée une seule fois. J'ai laissé je ne sais combien de messages à votre bureau ! s'insurgea la consultante de la voix irritée d'une amante délaissée. Vous ne m'avez toujours rien dit à propos du gâteau, de la tente, de la musique pour l'église, de la réception… J'ignore jusqu'à la couleur des robes des demoiselles d'honneur.

Elle était de toute évidence outrée, mais Allegra, elle, bouillonnait littéralement.

— Vous rendez-vous compte que vous m'avez fait appeler sur un plateau de tournage ? C'est totalement inadmissible, et de surcroît impoli. Si je ne vous ai pas téléphoné, c'est que j'étais trop occupée à sortir des clients de prison, à organiser leurs tournées ou à m'assurer qu'ils faisaient leur métier correctement. La dernière chose dont j'ai besoin en ce moment, c'est que vous veniez me harceler à propos de mes demoiselles d'honneur.

— Les avez-vous seulement choisies ? demanda Delilah.

Elle était de fort méchante humeur, mais Allegra aussi. Ses clients avaient besoin d'elle ; elle n'avait pas de temps à perdre avec de telles sottises.

— Oui, j'ai choisi mes demoiselles d'honneur, concéda-t-elle.

Elle avait du mal à croire qu'il pût s'agir du sujet « de la plus haute importance » pour lequel Delilah avait exigé qu'on la dérangeât.

— Je demanderai à ma secrétaire de vous envoyer leurs noms, reprit-elle d'une voix sombre.

— Nous avons besoin de leurs tailles, déclara Delilah avec détermination.

Elle avait l'habitude de travailler avec des gens comme Allegra, médecins, avocats, psychiatres, acteurs, qui tous s'estimaient trop importants ou trop occupés pour planifier leur mariage. Elle ne se laissait jamais impressionner.

— Connaissez-vous leur taille ? insista-t-elle de sa voix de fausset.

— Demandez à ma secrétaire de leur poser la question.

— Certainement, acquiesça Delilah d'un air satisfait. Au fait, je n'arrive pas à croire que vous n'ayez pas encore trouvé de robe. Il faut vraiment que vous fassiez un petit effort.

C'en était trop.

— Je retourne travailler, aboya Allegra.

Cette femme avait une extraordinaire capacité à lui taper sur les nerfs. Dès qu'elle eut raccroché, elle appela sa mère sur le plateau de télévision ; elle tremblait de rage lorsque, enfin, on lui passa Blaire.

— Si tu ne te débarrasses pas de cette femme, maman, je vais la tuer.

Sur le moment, Blaire pensa immédiatement à Elizabeth Coleson. C'était la seule femme qui, à ses yeux, méritât un tel sort. Mais elle savait qu'Allegra ignorait tout de la liaison de Simon.

— Quelle femme ? s'enquit-elle donc.

— Comment ça, « quelle femme » ? Je parle du vautour que tu as lâché sur moi ! Je préférerais me marier dans un parc public et distribuer aux gens des hot-dogs et des bonbons plutôt que de laisser cette folle continuer à m'appeler sur des plateaux de tournage pour parler gâteau et demoiselles d'honneur. Maman, tu ne peux pas me faire ça.

— Allons, ma chérie, fais-moi un peu confiance. En fin de compte, je suis sûre que tu seras ravie.

C'était presque impossible à imaginer, et Allegra leva les yeux au ciel avant de prendre congé de Blaire et de retourner auprès de Carmen.

— Tout va bien ? demanda celle-ci.

Pour une fois, elle semblait s'intéresser à autre chose qu'à ses propres problèmes.

— Tu ne le croirais pas, si je te racontais, répondit Allegra en soupirant avec exaspération.

— Dis toujours.

— La coordinatrice que maman a engagée pour le mariage appelait pour me harceler.

— Quoi ? Une coordinatrice ? Qu'est-ce que c'est que ça ? demanda Carmen d'un air amusé en ôtant son maquillage.

— Tu te rappelles quand j'ai acheté les perruques, les vêtements et le bouquet en plastique pour Las Vegas ?

— Elle fait la même chose pour toi ?

Allegra éclata de rire.

— J'espère bien que non, mais on ne sait jamais. Vous avez eu tellement raison, tous les deux, d'aller vous marier tranquillement à Vegas !

— Vous pourriez faire pareil, tu sais.

Ils avaient tous passé un merveilleux moment, et plus les préparatifs du mariage avançaient, plus Allegra songeait que Jeff et elle auraient, en effet, dû imiter leurs amis.

— Je crois que ça briserait le cœur de ma mère que je la prive d'un vrai mariage.

Et cela lui aurait permis de ne pas revoir Mary Hamilton ! La tentation était grande…

Elle resta avec Carmen jusqu'au déjeuner puis rentra au bureau pour s'organiser et signer quelques documents. Elle avait rendez-vous avec Sam chez Suzanne Pearlman à quatorze heures trente pour rencontrer un autre couple de parents potentiels, venus exprès de Chicago. Allegra ne cessait de s'étonner de la quantité de gens qui sillonnaient le pays à la recherche d'un bébé ou d'une mère susceptible de leur céder le sien.

Elle avait promis de passer chercher Sam à la maison. Quand elle vit sa sœur, elle fut frappée par sa taille : en quelques jours, elle semblait avoir doublé de volume. A sept mois de grossesse, elle était énorme. Etrangement, elle n'en paraissait que plus jeune.

— Comment ça va ? lui demanda Allegra lorsqu'elle fut installée dans la voiture.

Sam portait une courte robe de grossesse rose, des sandales à lanières qui remontaient le long de ses jambes, elle s'était fait deux couettes et avait chaussé d'immenses lunettes de soleil. Ainsi, elle ressemblait à la Lolita de Nabokov.

— Ça va, répondit-elle après avoir embrassé sa sœur.

Elle lui était reconnaissante de l'accompagner. Elle avait déjà rencontré plusieurs couples, et c'était toujours une épreuve, pour elle. Elle se sentait si mal à l'aise ! Jusqu'à présent, elle n'avait trouvé personne à son goût. Peut-être les Whitman ? Mais ils n'étaient pas parfaits non plus.

— Comment s'est passé ton voyage à New York ?

— C'était... intéressant, répondit Allegra sans se mouiller.

Sam éclata de rire. Elle connaissait bien sa sœur.

— Je vois ! Elle n'est pas sympa ?

— Horrible. Un véritable iceberg. Et elle avait peur que je sois juive. Tu te rends compte ?

— Attends que papa la rencontre, il va adorer.

— Rien que l'idée de la revoir me donne des frissons, et pourtant je sais que je n'aurai pas le choix. Je me demande vraiment comment Jeff a fait pour être aussi normal.

Depuis qu'elle avait rencontré sa mère, elle ne cessait de se poser la question.

— Peut-être est-il adopté, soupira tristement Samantha.

En dépit de leur conversation légère, elle ne parvenait pas à oublier où elles allaient ni pourquoi. Elle s'apprêtait à rencontrer un autre couple de parents pour son bébé, et cette idée la déprimait profondément. La dernière fois, elle avait essayé d'expliquer à Jimmy ce qu'elle ressentait durant ces entretiens, et aujourd'hui il avait proposé de venir avec elle, mais elle craignait que cela ne trouble ses interlocuteurs et qu'ils ne prennent Jimmy pour le père du bébé.

Elle était toujours prête à raconter aux parents potentiels le peu qu'elle savait sur Jean-Luc, même si cela la faisait passer pour une fille facile. Il était grand, blond, photographe, français, et âgé d'une trentaine d'années. Ce qui signifiait qu'il était étranger, séduisant et peut-être talentueux. Impossible d'en dire plus. Elle ne savait pas où il se trouvait et elle ne connaissait rien de son histoire.

Elles arrivèrent au bureau de Suzanne dix minutes plus tard et entrèrent dans l'ascenseur en silence.

L'avocate avait une salle d'attente agréable, décorée de peintures de couleurs vives et toujours bien approvisionnée en magazines variés, aussi bien destinés aux futurs parents (magazines de décoration, de mode, d'art ou consacrés à la famille) qu'aux mères (journaux pour adolescentes, revues de rock…). Mais ni Sam ni Allegra n'avaient envie de lire. Elles se contentèrent de s'asseoir et d'attendre. Cinq minutes plus tard, la réceptionniste les fit entrer dans le bureau de Suzanne ; le couple de Chicago s'y trouvait déjà.

Dès que Sam vit cet homme et cette femme, elle les trouva antipathiques. Ils étaient très nerveux et ne cessaient de parler des voyages qu'ils aimeraient faire, de leur goût pour le ski, de leur dernier tour d'Europe. Le mari était dans les assurances et couvrait une zone importante du Midwest, et son épouse était hôtesse de l'air. Ils n'avaient pas d'enfants et avaient essayé la fécondation in vitro, mais toutes leurs tentatives s'étaient révélées infructueuses. Ce n'était pas la première fois que Sam entendait une histoire semblable.

— Que ferez-vous du bébé pendant vos voyages ? demanda-t-elle avec curiosité.

— Nous le laisserons à une baby-sitter, répondit le mari.

— Ou nous engagerons une nourrice, suggéra sa femme.

— Pourquoi voulez-vous adopter un bébé ?

Contrairement à son aînée, Sam n'hésitait jamais à aller droit au but, et Allegra ne put s'empêcher de sourire.

— J'ai trente-huit ans et Janet trente-cinq, nous pensons tous les deux que le moment est bien choisi, expliqua l'homme, comme s'ils discutaient de l'achat d'une voiture. Tous nos amis ont des enfants et nous habitons dans une maison confortable.

Ils vivaient à Naperville, une banlieue huppée de Chicago. Mais Sam n'estimait pas qu'il s'agissait là d'une raison suffisante pour leur confier son bébé. Ils ne lui plaisaient pas du tout.

— Mais est-ce que vous voulez vraiment un enfant ? insista-t-elle.

Elle sentait que ses questions les mettaient de plus en plus mal à l'aise.

— Sinon, nous ne serions pas là, fit valoir Janet assez sèchement.

Eux non plus n'appréciaient guère Sam.

— Nous voyageons gratuitement grâce à la compagnie de Janet. Nous sommes venus ici pour rien, dit fièrement l'homme.

Sam et Allegra échangèrent un rapide coup d'œil.

— Avez-vous d'autres questions à poser ? intervint Suzanne Pearlman.

Elle voyait bien que l'entretien se passait mal et que Sam n'aimait pas les deux candidats à l'adoption.

— Non, merci, ça va, répondit poliment la jeune fille.

Allegra et elle furent conduites dans un autre bureau pendant que Suzanne prenait congé du couple.

— Je les déteste, déclara Sam sans ambages, dès que l'avocate les eut rejointes.

— Pas possible ! ironisa Suzanne. (Elles rirent, ce qui allégea un peu l'atmosphère tendue.) Je m'en étais rendu compte. Pourquoi ?

Elle devinait la réponse à cette question mais voulait donner à Sam l'occasion de s'exprimer.

— Ils n'ont pas vraiment envie d'un bébé. Ils feraient mieux de s'acheter un chien. Ils souhaitent voyager tout le temps, ils ont des billets d'avion gratuits, ils ont déjà prévu de le laisser à une baby-sitter, et ils veulent un enfant uniquement parce que tous leurs voisins en ont ! A mon avis, ils devraient tout simplement changer de quartier et oublier cette histoire.

Samantha avait raison. Il y avait beaucoup de gens qui s'imaginaient vouloir des enfants quand en fait ils n'en avaient pas réellement envie. Ce qu'ils désiraient, c'était un sentiment d'accomplissement, ou bien sauver leur couple, ou encore se donner l'impression de rajeunir. Pour eux, l'adoption n'était, de toute façon, pas la bonne solution.

— Je ne leur donnerai pas mon bébé, décréta Samantha.

Allegra fronça les sourcils avec inquiétude. Plus la grossesse de Sam avançait, plus elle parlait de « son bébé ». L'enfant était de plus en plus réel pour elle, et elle y était très attachée, même si elle prétendait toujours le contraire.

— Je vous comprends, dit Suzanne d'un ton très calme. Et que pensez-vous des Whitman de Santa Barbara ? Vous les intéressez vraiment, Samantha, et ils aimeraient que vous acceptiez.

— Ce sont eux que je préfère pour l'instant, répondit Sam, mais je n'ai pas encore pris ma décision.

Allegra songea qu'elle était heureuse de ne pas avoir choisi la même branche que son amie Suzanne. Négocier avec les mères était comme essayer de signer un contrat crucial avec un producteur de dix-sept, voire quinze ou même quatorze ans. Un véritable cauchemar…

— Qu'est-ce qui vous fait hésiter ? demanda Suzanne.

— Je n'arrive pas à savoir si je les aime bien.

— Quelque chose vous chiffonne ?

— Je ne sais pas… Je les trouve un peu vieux, avoua Sam avec honnêteté.

Ils avaient tous les deux près de quarante ans et n'avaient jamais pu avoir d'enfants.

— Ils n'ont vraiment pas eu de chance, expliqua Suzanne à l'adresse d'Allegra.

Sam était venue seule avec sa mère au rendez-vous avec les Whitman. Allegra essayait généralement de l'accompagner, mais Blaire l'avait remplacée à deux reprises. Simon n'avait pu s'y résoudre. L'idée que sa petite dernière, son bébé, pût avoir un enfant, et l'abandonner par-dessus le marché, lui brisait le cœur. Il ne voulait pas y penser. Voir Sam enceinte était déjà assez douloureux, même si elle était plus jolie que jamais ; sa grossesse donnait à ses traits une douceur et une maturité nouvelles.

— Les Whitman sont un couple inhabituel, poursuivit Suzanne. Ce sont les gens les plus malchanceux qu'il m'ait été donné de rencontrer. Ils ont essayé d'adopter deux bébés, et dans les deux cas les parents naturels se sont ravisés au moment de signer le contrat final d'adoption. C'était il y a plus de dix ans, et ils en ont tant souffert qu'ils ont décidé de laisser tomber. Avec l'arrivée des nouvelles technologies, Katherine a essayé d'être enceinte, mais elle a fait quatorze fausses couches et a donné naissance à un bébé mort-né. Maintenant, ils essaient de nouveau d'adopter, et je ne peux que saluer leur persévérance. Et il est vrai, Sam, qu'après toutes ces mésaventures ils ne sont plus aussi jeunes que la plupart des autres couples. Peut-être n'est-ce pas si grave ? Personnellement, je les aime bien. J'admire leur ténacité.

Mais Suzanne ne voulait surtout pas jouer avec leurs sentiments et leur proposer un bébé dont la mère risquait de changer d'avis. Voilà pourquoi elle avait demandé dès le début à Allegra si Sam était certaine de vouloir faire adopter son bébé. A présent, Sam était sûre d'elle ; elle en avait également parlé avec Jimmy.

Ce dernier passait beaucoup de temps avec elle, et les parents de Sam n'y voyaient rien à objecter : dans son état actuel, elle avait besoin d'amis, et Jimmy était un garçon sympathique et solide, qui lui offrait son amitié sans rien attendre d'elle en échange. Il trouvait vraiment triste qu'elle dût abandonner son enfant et s'efforçait de la soutenir de son mieux.

— Alors ? Pour les Whitman ? Aimeriez-vous les revoir ?

— Peut-être.

Sam ne se mouillait pas. Avec ses lunettes de soleil remontées sur le dessus de sa tête, elle ressemblait à une petite princesse aux joues rebondies. En dépit de sa grossesse, ses jambes et ses bras étaient toujours très minces, et elle se déplaçait encore avec grâce, malgré son ventre proéminent.

— Si vous les choisissez, Katherine Whitman aimerait assister à l'accouchement.

— Pourquoi ? demanda Sam avec une grimace dégoûtée.

— Parce qu'elle veut voir naître le bébé et nouer un lien avec lui sur-le-champ. Beaucoup de couples exigent cela. Cela vous ennuierait-il que John soit présent aussi ? Il dit que cela lui ferait plaisir, mais il comprendrait que vous refusiez.

Toutes ces négociations mettaient Allegra mal à l'aise. Elle avait du mal à croire que c'était de sa sœur et de son enfant qu'il était question.

— Je ne veux pas que lui soit là. En ce qui la concerne elle, je réfléchirai.

— John pourrait s'asseoir à la tête du lit, et il ne verrait rien.

Elle insistait un peu trop, et Samantha répondit avec véhémence :

— Non ! Je vous ai dit que je ne voulais pas de lui.

— OK. Pas de problème. Bon, donc, qui nous reste-t-il, à part les Whitman ?

— Personne, soupira tristement Sam.

Elle détestait ces visites chez l'avocate. C'était si déprimant ! Mais elle n'avait pas le choix. Il fallait qu'elle donne son enfant. Seuls les détails restaient à régler.

— Allez-vous régulièrement chez votre médecin ? demanda Suzanne, parcourant sa liste comme elle le faisait à la fin de chacun de leurs entretiens.

Cela agaçait prodigieusement Sam, même si elle comprenait que c'était nécessaire.

— Vous prenez bien vos vitamines ? Pas de drogues ? Avez-vous fait l'amour récemment ?

Sam lui jeta un regard noir mais répondit consciencieusement aux questions : elle allait chez le médecin, prenait ses vitamines, n'avait jamais touché à la drogue, ne buvait pas, pas même de vin ou de bière, et n'avait plus fait l'amour depuis qu'elle était tombée enceinte. Elle était la mère dont rêvaient tous les parents adoptifs.

Suzanne ne le lui dit pas, pour ne pas faire pression sur elle, mais les Whitman souhaitaient désespérément qu'elle leur confie son bébé. L'avocate avait compris qu'avec Sam, il fallait toujours employer la manière douce et la laisser arriver à ses propres conclusions. Elle avait dit aux Whitman qu'ils allaient devoir attendre que la jeune femme ait pris sa décision finale. Elle les avait même encouragés à rencontrer d'autres mères et à ne pas « mettre tous leurs œufs dans le même panier », afin qu'ils ne soient pas trop déçus si Sam choisissait d'autres parents. Il était évident que leur âge posait un problème à la jeune fille.

— Aimeriez-vous les revoir ? demanda une nouvelle fois Suzanne, mais Sam secoua la tête.

— Pas encore.

Pour le moment, elle voulait un peu de répit. Lorsqu'elles eurent quitté Suzanne, Allegra l'emmena prendre un milk-shake chez Johnny Rocket. Sam avait vraiment l'air déprimée ; toute cette histoire la minait. La décision qu'elle avait à prendre lui était odieuse, et pour tout arranger, son médecin insistait à présent pour qu'elle assistât à des cours d'accouchement sans douleur. Elle s'y était rendue la semaine précédente pour la première fois avec Blaire, et on leur avait projeté un film sur l'accouchement ; Sam avait failli s'évanouir. Elle allait devoir subir tout cela – pour quelqu'un d'autre. Souffrir le martyre, puis donner son bébé. C'était vraiment beaucoup à supporter, et elle n'arrivait pas à imaginer les Whitman autour d'elle au moment de la naissance, comme l'avait suggéré Suzanne.

— Je voudrais être morte, soupira-t-elle tristement en finissant son milk-shake.

Une nouvelle fois, Allegra songea à Carmen, qui avait envie de mourir parce qu'elle n'était *plus* enceinte. Parfois, la vie avait un étrange sens de l'humour.

— C'est un peu extrême, comme réaction, non ? fit-elle valoir. Et si tu souhaitais plutôt que tout cela soit derrière toi ?

— Ouais, je suppose que tu as raison.

Allegra se souvint alors que la cérémonie de remise des diplômes de Sam avait eu lieu cette semaine-là, et que la pauvre n'avait même pas pu y assister. C'était un coup dur supplémentaire. Elle demanda à sa sœur ce qu'elle ressentait.

— Bah, ça va. Jimmy m'a apporté les papiers, et il a dit que de toute façon c'était ennuyeux.

Elle avait obtenu son diplôme, et en dépit de son absence des deux derniers mois, elle avait terminé l'année dans les premiers de sa promotion.

— Qu'y a-t-il entre Jimmy et toi ? voulut savoir Allegra.

C'était un garçon sympathique, et dernièrement elle le voyait chaque fois qu'elle allait chez ses parents, même le soir. Il semblait être le seul des amis de Sam à être resté à son côté pour la soutenir ; les autres étaient trop embarrassés et ne savaient que dire, et ils avaient fini par cesser de lui rendre visite.

— Nous sommes seulement amis, expliqua Sam.

Pour le moment, Jimmy était son meilleur ami. Elle partageait avec lui tous ses espoirs, toutes ses peurs et toutes ses peines.

— Alan et moi étions comme vous au même âge. Nous étions sortis ensemble en seconde, mais après nous sommes devenus comme frère et sœur. Et ça n'a pas changé depuis.

— Ça fait des siècles que je n'ai pas vu Alan, observa Sam en souriant.

Elle aimait beaucoup l'acteur, qui adorait la taquiner. Mais il ignorait qu'elle était enceinte : il avait quitté Los Angeles avant qu'elle ne l'annonce à Allegra, et cette dernière ne le lui avait pas encore dit. Elle savait qu'il avait ses propres problèmes à ce niveau-là.

— Il est en Suisse pour un tournage, expliqua-t-elle.

— Comment va Carmen ?

— Pas trop bien. Elle a fait une fausse couche en Suisse. Lui est resté là-bas pour travailler, mais elle a dû rentrer. Elle est très déprimée et il lui manque beaucoup. Il ne la rejoindra pas avant le mois d'août.

— Elle ne peut pas aller le voir ?

— Ah non, si elle fait ça, je l'étrangle ! Elle vient de commencer un film.

— Je vois. Ça doit être dur pour eux d'être séparés.

Allegra hocha la tête. C'était surtout sa fausse couche qui avait fait souffrir Carmen ; mais la jeune femme préféra ne pas s'étendre sur un sujet aussi sensible.

Elle ramena sa sœur à Bel Air et regarda sa montre ; il était trop tard pour retourner au bureau. Elle avait promis à Jeff de le retrouver sur le plateau de son film.

Comme elle s'éloignait, elle remarqua la voiture de Jimmy qui se dirigeait vers la maison. Elle se demanda s'il se passait quelque chose entre Sam et lui. Mais elle en doutait. Comment engager une relation sérieuse quand on était enceinte de sept mois ?

Elle pensa à Samantha durant tout le trajet jusqu'aux studios. Songer à ce qu'elle allait endurer la rendait malade. Et l'idée qu'elle pût accoucher en présence d'étrangers, venus pour lui prendre son bébé, lui était particulièrement odieuse. Elle y pensait encore lorsqu'elle retrouva Jeff, et ils en discutèrent dans la voiture qui les ramenait à Malibu, plus tard ce soir-là.

— J'aimerais vraiment que ça puisse lui être épargné, soupira Jeff en secouant la tête.

— Moi aussi, confessa Allegra. Suzanne fait pourtant du bon travail. Je ne crois pas que j'y arriverais, moi.

— Bien sûr que si, affirma-t-il.

Il se pencha pour l'embrasser. Puis il demanda à Allegra si Carmen allait mieux, et la jeune femme acquiesça. Enfin, ils oublièrent le reste du monde et parlèrent d'eux, du film de Jeff et de leur mariage.

18

Le 1er juillet, enfin, Allegra fit plaisir à Delilah Williams : elle alla avec sa mère chez Dior, où elles choisirent une robe de mariée. Consulté par téléphone, M. Ferré accepta d'effectuer quelques retouches pour l'adapter aux souhaits d'Allegra. Elle était en piqué blanc recouvert de dentelle blanche, courte devant et longue derrière ; et il y ajouterait une veste en dentelle courte avec un col montant et des manches longues. La robe s'accompagnait d'une immense capeline en dentelle blanche et correspondait parfaitement à ce qu'Allegra avait en tête : elle était à la fois élégante, moderne et originale. Blaire pleura lorsqu'elle vit sa fille dedans ; quant à Allegra, elle était aux anges. Elles commandèrent également des chaussures en dentelle blanche assorties, et Blaire promit à Allegra de lui prêter le superbe collier de perles que lui avait offert Simon pour ses cinquante ans.

Le même jour, elles trouvèrent chez Valentino une robe en dentelle beige à manches courtes qui serait parfaite pour les demoiselles d'honneur. Blaire suggéra qu'elles aient chacune un petit chapeau en dentelle assorti, afin de rappeler celui de la mariée. Chez Dior, on leur avait par ailleurs promis des kilomètres de tulle blanc pour confectionner le voile ; le résultat promettait d'être absolument saisissant.

— Eh bien, tout est prêt, affirma Blaire en cochant la liste que Delilah lui avait envoyée.

— Maintenant, tu peux lui dire d'arrêter de m'appeler au bureau. Je n'ai pas de temps à perdre avec ces idioties !

— Ce ne sont pas des idioties, ma chérie, c'est ton mariage.

Ils avaient choisi de la musique de mariage traditionnelle pour la cérémonie et du Beethoven pour le cantique final. Blaire s'était occupée du menu, et elles avaient décidé ensemble de la composition du bouquet d'Allegra : roses blanches, muguet et orchidées. Les demoiselles d'honneur auraient, elles aussi, un petit bouquet, à base d'orchidées couleur thé. Le gâteau avait été choisi depuis longtemps, et des versions miniatures seraient offertes aux invités, avec leur nom et la date, afin qu'ils puissent les emporter en souvenir. La décoration florale des tables était encore à déterminer, mais la tente était réservée depuis des mois et Peter Dulchin devait venir jouer à la réception. Il ne restait plus qu'à s'occuper du jardin. Le paysagiste promettait que tout serait terminé le 1er septembre ; le mariage devait avoir lieu quatre jours plus tard seulement.

Ils avaient réservé une suite au Bel Air pour Mme Hamilton, et des chambres plus petites pour les demoiselles d'honneur venant de New York et de Londres. Blaire avait engagé un coiffeur et une maquilleuse pour toutes celles qui le souhaiteraient. Tout semblait à peu près en ordre, et il ne restait pas grand-chose à organiser, sinon ce que Delilah appelait les « événements satellites » : les enterrements de vie de célibataires et le dîner du soir de la répétition. Normalement, ce dernier aurait dû être donné par Mme Hamilton, mais celle-ci ne connaissait pas la Californie ; aussi les Steinberg s'étaient-ils chargés de réserver pour elle le premier étage du Bistro.

Allegra s'était enfin décidée à écrire à son père. Elle lui avait dit qu'elle se mariait, et qu'il était le bienvenu, bien qu'elle ne s'attendît pas à le voir. Ecrire cette lettre lui avait beaucoup coûté, émotionnellement, et elle avait passé plusieurs séances à en discuter avec le Dr Green ; mais ç'avait tout de même été plus aisé que de téléphoner. Elle avait envoyé le mot au début du mois de juin et Charles Stanton n'avait toujours pas répondu. Elle en déduisait qu'il n'avait pas l'intention de venir, ce qui la soulageait infiniment.

Après avoir acheté sa robe de mariée, Allegra rentra chez elle de très bonne humeur. Sa mère et elle avaient discuté du barbecue que les Steinberg organiseraient le week-end suivant, comme chaque année, à l'occasion de la fête nationale du 4 juillet. Les enfants invitaient toujours quelques amis, et Blaire et Simon conviaient un couple ou deux. En général, une vingtaine de personnes se retrouvaient dans le jardin. Cette année, le barbecue aurait lieu au milieu des sacs de terre, mais tout le monde s'accordait à dire que cela n'avait pas d'importance : ce qui comptait, c'était d'être ensemble. Naturellement, Jeff serait des leurs ; ce serait son premier vrai contact avec les traditions familiales des Steinberg, puisqu'il avait fait leur connaissance après les fêtes de Thanksgiving et de Noël.

Le lendemain matin, dès son arrivée au bureau, Allegra s'empressa de décrire sa robe à Alice.

— Elle a l'air fabuleuse ! s'exclama son assistante.

Elle fut interrompue par la sonnerie du téléphone. Elle décrocha, fronça les sourcils et tendit l'appareil à Allegra. Cette dernière écouta en silence, jeta quelques notes sur son bloc puis raccrocha. Lorsqu'elle releva la tête, ses yeux étincelaient de rage.

Sans un mot, elle fouilla dans ses papiers, puis elle prit le combiné et composa un numéro à l'étranger, celui de l'hôtel d'Alan à Genève. Elle demanda sa chambre, et au bout de quatre sonneries, on décrocha. Comme elle s'y était attendue, elle reconnut la voix de Carmen.

— Qu'est-ce que tu fabriques là-bas exactement ? demanda Allegra sans dissimuler sa colère. Espèce d'idiote, tu mets en péril toute ta carrière en faisant ça ! Personne n'oubliera ce coup d'éclat.

— Je n'y pouvais rien, gémit Carmen, il me manquait trop.

Elle n'osa pas dire à Allegra qu'elle était allée retrouver Alan parce qu'elle était en période d'ovulation et souhaitait tomber à nouveau enceinte.

— Ils ont dit que tu avais disparu hier. Ils peuvent se débrouiller pour tourner des scènes où tu n'apparais pas aujourd'hui et demain, mais ça va leur coûter une fortune. Dès aujourd'hui, ils retiennent ça sur ton cachet, et si tu n'es pas rentrée demain soir, tu es virée. En d'autres termes, sois ici demain ou je te tuerai moi-même avant qu'ils ne le fassent.

— Je ne veux pas rentrer, geignit-elle de nouveau.

Mais Allegra était bien décidée à se montrer ferme, et même dure, envers elle.

— Dans ce cas, tu peux prendre ta retraite, parce qu'après ça, personne ne voudra plus jamais te faire travailler, Carmen.

Elle réfléchit un instant puis jugea préférable de s'adresser directement à Alan plutôt que d'essayer de faire entendre raison à sa femme.

— Renvoie-la ici sur-le-champ, tu veux ? lui dit-elle d'un ton sans réplique.

— Ce n'est pas ma faute, Al, je te le jure. Je ne savais pas qu'elle avait l'intention de venir. Elle a débarqué comme ça, sans prévenir. C'était une bonne surprise, mais je savais que tu serais folle de rage. Je la mettrai dans l'avion demain matin. De toute façon, je serai de retour dans un mois. Je te demande seulement dans l'intervalle de t'occuper d'elle à ma place.

— Ce n'est pas une mince affaire, tu sais.

Allegra commençait vraiment à en avoir assez. Carmen se conduisait en enfant gâtée et passait son temps à se plaindre de l'absence d'Alan.

— Peut-être qu'elle a raison, et qu'à partir de maintenant vous ne devriez plus jamais travailler séparément.

— Nous en reparlerons quand je serai rentré.

— Assure-toi qu'elle monte dans l'avion demain sans faute, sinon les conséquences seront dramatiques. Ils vont déjà lui retenir cinquante mille dollars pour aujourd'hui, et autant pour demain. Entre nous, c'est bien fait.

A l'autre bout du fil, Alan siffla entre ses dents et agita un index désapprobateur en direction de sa femme.

— Je te la renvoie tout de suite.

— Je compte sur toi.

Allegra raccrocha et rappela les producteurs du film de Carmen. Elle leur présenta des excuses de la part de la jeune femme, expliqua qu'elle avait été malade, émotionnellement fragile, et qu'elle avait éprouvé le besoin de voir son mari. Cela ne se reproduirait plus, et elle paierait l'amende sans rechigner ; elle serait de retour sur le plateau le surlendemain. Ils acceptèrent d'oublier l'incident, à condition qu'elle s'acquitte de sa dette et revienne travailler sans faute à la date promise.

Cette nuit-là, Allegra dormit à peine, et le lendemain elle alla chercher Carmen à l'aéroport. Dès que l'actrice eut passé la douane, Allegra lui fit connaître le fond de sa pensée sans ambages ; Carmen s'excusa platement, répétant seulement qu'elle avait eu besoin de voir Alan. A cause d'elle, lui dit Allegra, ils allaient devoir tourner le 4 juillet, afin de rattraper le temps perdu, ce qui leur coûterait une fortune en heures supplémentaires et compensations diverses.

Allegra s'assura que Carmen était bien sur le plateau à quatre heures du matin le lendemain, et elle resta près d'elle jusqu'à neuf heures environ, afin d'être certaine qu'elle ne faisait pas de nouvel éclat. Puis elle rentra à Malibu et se glissa dans le lit auprès de Jeff. Ils dormirent jusqu'à midi, avant de partir à Bel Air participer au barbecue des Steinberg.

Tout le monde était là, y compris Scott. Il avait invité une jeune fille ; de son côté, Sam avait convié Jimmy Mazzoleri, qui de toute façon « faisait partie des meubles, à présent », comme le disait volontiers Simon en souriant. Deux voisins étaient également venus, ainsi que quelques amis de Scott. En revanche, aucun des camarades de Sam ne s'était déplacé. Ils étaient peu nombreux, mais l'ambiance était détendue et tous étaient de bonne humeur, en dépit du jardin ravagé.

Les gens qui n'avaient pas vu Sam depuis un moment avaient du mal à dissimuler leur choc en la découvrant enceinte de presque huit mois. Le plus triste, de l'avis d'Allegra, était que nul n'osait lui en parler. La grossesse de Sam était probablement ce qui se remarquait le plus dans le jardin, après la piscine, et c'était pourtant le sujet le plus tabou. Allegra se demanda ce qu'éprouvait sa sœur devant une telle réaction. Avoir un bébé était censé être une joie immense dans la vie d'une femme ; pour Sam, c'était un désastre, ni plus ni moins.

Blaire l'accompagnait toujours aux cours d'accouchement sans douleur. Allegra y était allée une ou deux fois, mais il lui était souvent difficile de se libérer dans la journée. Jimmy, lui, s'était entraîné avec Sam à plusieurs reprises. Il était fasciné par les mouvements du bébé dans le ventre de sa mère.

— Comment te sens-tu ? demanda Allegra en s'asseyant sur un petit banc à côté de sa sœur.

— Ça va, répondit la jeune fille avec un haussement d'épaules.

Jimmy s'approchait d'elle, une assiette contenant deux hot-dogs à la main.

— Parfois, j'ai un peu de mal à me déplacer, maintenant, expliqua-t-elle.

— Ça ne va plus trop tarder, dit Allegra d'un ton encourageant.

Mais aussitôt, les yeux de Sam se remplirent de larmes.

— J'ai pris une décision, dit-elle d'une voix altérée par le chagrin. J'ai choisi les Whitman de Santa Barbara. Suzanne le leur a annoncé hier. Ils sont un peu bizarres, après tout ce qu'ils ont traversé, mais je les trouve gentils, et ils ont vraiment envie de ce bébé. Suzanne a dit qu'ils étaient très heureux. Elle a seulement ajouté qu'il était très important que je ne change pas d'avis, surtout une fois qu'ils auront l'enfant, durant la période légale. Ça leur est déjà arrivé deux fois, et elle ne pense pas qu'ils pourraient le supporter.

— Ce n'est pas ton problème, pourtant, lui rappela Allegra.

Sam hocha la tête.

— C'est vrai, mais il serait injuste de les trahir une nouvelle fois. Il a fallu des années à Katherine pour se remettre de sa déception, lorsque les autres jeunes femmes ont repris leur bébé.

Sam prit une profonde inspiration, comme pour essayer de s'habituer à l'idée. Tout à coup, elle voulait que ce soit fini, terminé, derrière elle. L'accouchement, les papiers, la souffrance d'abandonner son enfant, ce moment odieux où elle donnerait à jamais son bébé à des étrangers… Elle n'arrivait pas à imaginer la suite. Ce que serait sa vie à partir de ce moment-là. Elle ne pensait à rien d'autre.

— Ils sont vraiment catégoriques, ils veulent assister à la naissance, dit-elle, mal à l'aise.

— Pense d'abord à toi, Sam, lui conseilla sa sœur.

Au même instant, leur père s'approcha d'elles.

— Vous avez l'air bien sérieuses, toutes les deux, observa-t-il en les enveloppant d'un regard affectueux.

De fait, les sujets sérieux ne manquaient pas dans la famille depuis quelque temps, entre le bébé de Sam, le mariage d'Allegra – événement gai, certes, mais qui s'accompagnait de mille questions empoisonnantes – et les problèmes professionnels de Blaire. L'audience de son émission avait encore chuté, sérieusement cette fois. Elle en était très contrariée, bien qu'elle en eût à peine discuté avec Simon. Ils ne se parlaient pas beaucoup, dernièrement, et pour des raisons évidentes il avait préféré ne pas remuer le couteau dans la plaie.

— Nous étions en train de dire que tes hot-dogs

étaient meilleurs que jamais, cette année, répondit Allegra.

Elle sourit à son père, puis se leva pour l'embrasser. Soudain déséquilibré, le petit banc sur lequel Sam et elle étaient installées bascula, éjectant Sam qui faillit atterrir dans la piscine.

Pour la première fois depuis des semaines, la jeune fille éclata de rire, et Simon et Allegra se joignirent à elle. L'instant d'après, Jimmy lui apporta un autre hot-dog.

— Tiens, tu as besoin d'un peu de lest, dit-il avec un sourire. Si tu ne fais pas attention, ta sœur va te catapulter chez les voisins.

Il s'assit à côté d'elle à la place d'Allegra, et ils se mirent à bavarder en riant.

Plus tard, lorsqu'ils furent seuls tous les deux, après que les autres furent partis jouer au ping-pong ou au croquet, Sam annonça à son ami sa décision de donner son enfant aux Whitman. Ils avaient déjà parlé de l'adoption ensemble, mais cette fois elle s'était engagée. Elle pouvait encore changer d'avis, naturellement – la loi lui donnait six mois, après la naissance de l'enfant, pour revenir sur sa décision – mais si c'était le cas, Suzanne essaierait sans doute de l'en dissuader.

— Tu n'es pas obligée de faire ça, tu sais. Je te l'ai déjà dit, fit valoir Jimmy à voix basse, pour que nul ne les entende.

Il lui avait proposé de l'épouser, mais elle ne voulait pas. Il avait dix-huit ans, et elle aurait le même âge dans deux semaines. Deux enfants pour s'occuper d'un enfant ? Ce serait de l'inconscience. Où trouveraient-ils les moyens de l'entretenir ? De plus, Sam estimait que Jimmy n'avait pas à prendre un tel fardeau sur ses épaules. Après tout, ce n'était même pas son enfant ! Samantha l'aimait trop pour lui faire cela. Ils étaient devenus très proches depuis qu'il avait commencé à passer du temps avec elle, à lui apporter des livres et à l'aider à réviser ses examens. Ils étaient inséparables à présent, et il suffisait de les voir s'embrasser pour deviner ce qui se passerait après la naissance du bébé. Mais Sam ne voulait pas y penser pour l'instant.

Blaire vint s'asseoir à côté d'eux un moment. Sam avait remarqué combien elle avait l'air déprimée depuis que l'audience de son émission avait chuté. Cela la contrariait vraiment. Cette émission comptait beaucoup pour elle, et elle s'y consacrait depuis neuf ans. La voir perdre de la vitesse ainsi était comme regarder un vieil ami mourir du cancer.

Bien sûr, tout au long de la journée, on parla du mariage, du nombre d'invités, du traiteur, de la musique… En fin d'après-midi, Simon s'approcha de Jeff et l'entraîna un peu à l'écart. Cela faisait des semaines qu'il voulait l'appeler, mais il avait été trop occupé.

— Je voulais vous parler, lui dit-il lorsque enfin il l'eut arraché au stand de glaces installé dans un coin du jardin.

Un Esquimau à la main, Jeff paraissait d'excellente humeur.

— Superbe barbecue, complimenta-t-il son hôte.

Il se réjouissait vraiment d'entrer dans la famille d'Allegra. Quel contraste entre cette journée chaleureuse et gaie et le week-end de cauchemar qu'Allegra et lui avaient passé chez sa mère à Southampton !

— Il faut que vous me révéliez le secret de votre barbecue, je n'ai jamais mangé de steaks grillés aussi bons. Vous devriez venir nous voir à Malibu ; je ne suis pas aussi doué que vous, mais je serais heureux de vous faire goûter ma cuisine !

Simon sourit. Il appréciait le futur mari d'Allegra et pensait qu'elle avait fait le bon choix. Ils avaient tous les deux beaucoup de chance.

— En fait, c'est plutôt de vos autres talents que je souhaitais vous parler. J'ai lu votre second livre, et il m'a vraiment plu. *Vraiment.*

— C'est encourageant, répondit Jeff avec un sourire, heureux du compliment de son futur beau-père.

— Que comptez-vous faire, pour le scénario ?

— Rien pour l'instant, répondit-il avec franchise.

J'ai parlé à une ou deux personnes qui aimeraient acheter les droits, mais leurs suggestions ne m'ont pas vraiment emballé. Je ne veux pas produire le film moi-même, cette fois ; ça demande trop de temps et d'énergie, et je veux recommencer à écrire. J'attends qu'on me fasse une offre intéressante pour mon livre, et peut-être que je me contenterai d'écrire le scénario.

— C'est précisément ce dont je voulais vous parler, dit Simon, qui ne perdait jamais de temps, en affaires. J'aimerais vous faire une offre. Si vous avez un peu de temps cette semaine, nous pourrions peut-être nous voir pour en discuter ?

Jeff n'en croyait pas ses oreilles, et il esquissa un large sourire. Simon était l'un des producteurs les plus importants d'Hollywood et il voulait travailler avec lui ! Certes, les gens affirmeraient que c'était parce qu'il s'apprêtait à épouser sa fille, mais Jeff s'en moquait. Il connaissait Simon et savait que si son livre ne lui avait pas plu, il n'aurait pas envisagé de l'acheter.

— C'est la meilleure nouvelle que j'aie reçue depuis des siècles, dit Jeff avec un sourire béat.

— De quoi s'agit-il ? s'enquit Allegra, qui venait de les rejoindre.

— Ton père aime mon nouveau livre. Il va peut-être en faire quelque chose, expliqua Jeff en se tournant vers sa femme, radieux. Et si nous restions en famille ? Veux-tu négocier le contrat pour moi, Allie ?

— Tu parles d'un conflit d'intérêts ! s'exclama-t-elle en riant.

Mais elle était ravie pour Jeff et certaine que son père et lui travailleraient très bien ensemble. Ils étaient faits pour s'entendre.

L'après-midi tirait à sa fin. Allegra regarda sa montre et soupira : il était temps qu'ils s'en aillent. Ils devaient assister au concert spécial que donnait Bram Morrison pour le 4 juillet. C'était le point culminant de sa tournée américaine, juste avant son départ pour le Japon, et bien que Jeff n'aimât pas particulièrement les concerts, Allegra avait promis à son client qu'ils iraient l'écouter. Il y aurait foule, et les organisateurs de la tournée avaient engagé huit gardes du corps pour éviter que, dans leur excitation, les fans ne se jettent sur le chanteur et ne le piétinent. Le succès de la tournée était phénoménal, et au fur et à mesure que les jours passaient, Bram devenait une véritable idole pour toutes les générations.

— Où allez-vous donc, si vite ? demanda Sam en voyant sa sœur et Jeff rassembler leurs affaires.

— Au concert de Bram Morrison au Great Western Forum.

— Oh, quelle chance ! s'exclama la jeune fille avec envie.

Jimmy aussi avait l'air désolé de ne pas assister au concert. Sam et lui avaient décidé que, dans son état, il était trop dangereux pour elle de prendre un bain de foule.

— La prochaine fois, je vous donnerai des places, promit Allegra.

Quelques minutes plus tard, Jeff et elle partirent se changer chez elle, à Beverly Hills. Elle avait l'intention de mettre bientôt son cottage en vente afin qu'ils puissent acheter à Malibu une maison un peu plus grande que celle qu'il louait actuellement.

A dix-huit heures, ils étaient prêts. Elle avait loué une limousine, et les organisateurs leur avaient proposé un garde du corps s'ils le souhaitaient, mais elle ne pensait pas en avoir besoin. Le public serait nombreux, mais sûrement pacifique. Si les fans de Bram l'adoraient et s'approchaient parfois trop de lui pour le toucher, ils ne représentaient pas de véritable danger.

Jeff et Allegra étaient attendus dans les coulisses avant le début du spectacle. Mais lorsqu'ils arrivèrent, la foule était telle qu'ils purent à peine arriver jusque-là. Même en coulisses, il y avait plus de monde que prévu, si bien que les gens débordaient sur la scène. Jamais Allegra n'avait vu autant de personnes se déplacer pour un artiste. C'était un concert de légende.

Jeff et elle étaient ballottés par les mouvements de foule, et à plusieurs reprises elle eut peur que les choses ne dégénèrent, mais ce ne fut pas le cas. Le concert dura des heures. Dans le public, beaucoup de gens avaient pris de la drogue, et l'euphorie était collective.

Un feu d'artifice était prévu à vingt-trois heures, mais cinq minutes avant, un homme aux cheveux longs, torse nu sous un gilet en cuir, monta sur scène et s'empara du micro du batteur. Il se mit à crier son amour pour Bram Morrison. Il l'avait toujours aimé, disait-il. Ensemble, ils étaient allés au Vietnam, et ils y étaient morts, et maintenant ils ne faisaient plus qu'un. On aurait dit les paroles d'une chanson. Les responsables de la sécurité se dirigèrent vers l'homme, qui ne cessait de hurler, mais il y avait tant de monde sur la scène qu'ils avançaient très lentement. « Je t'aime ! Je t'aime ! » s'époumonait l'homme. Au même instant, le feu d'artifice commença. Tout le monde fut aussitôt distrait, et les gardes du corps n'eurent aucun mal à se saisir du perturbateur. Ils l'entraînèrent vers les coulisses ; il criait toujours « Je t'aime », mais à présent il pleurait, et il y avait un revolver dans sa main. On aurait dit un jouet. Le feu d'artifice se poursuivait dans une myriade d'explosions.

Tout à coup, Allegra regarda droit devant elle, et elle vit Bram à genoux. Il y avait du sang sur son torse, sa tête, ses mains. Il tomba en avant. Paniquée, Allegra se précipita vers un garde du corps et lui hurla d'aller chercher de l'aide.

— Il est blessé !

Elle montrait Bram du doigt, et c'est alors que les autres comprirent ce qui s'était passé. Sa femme et ses enfants étaient là, et Allegra vit une expression horrifiée se peindre sur leurs visages, mais ils ne purent arriver jusqu'au chanteur, de nouveau entouré par la foule. Finalement, les gardes du corps durent soulever l'artiste au-dessus de leurs têtes pour l'emporter, et sa musique retentit tandis que son sang coulait sur la foule, que ses enfants pleuraient et que sa femme lui attrapait la main. Avant même d'atteindre les infirmiers postés dans les coulisses, Bram Morrison était mort.

Allegra s'agenouilla à côté de lui ; sa femme le serrait dans ses bras en lui criant de ne pas les abandonner. Mais il était parti, son esprit volait dans les cieux au milieu des soleils multicolores, ses chansons plus vibrantes que jamais dans les haut-parleurs. Le public ignorait ce qui venait de se passer ; la musique continuait. A minuit, enfin, on annonça la nouvelle. La foule se mua en masse sauvage, furieuse, les gens pleuraient, des lamentations s'élevaient de toutes parts, mais toujours la musique recouvrait tout. C'était le dernier concert de Bram Morrison.

L'homme qui l'avait assassiné ne l'avait jamais vu auparavant, il ne l'avait jamais rencontré, jamais connu, mais Dieu l'avait envoyé pour sauver Bram, disait-il. Il devait le sauver de ceux qui lui feraient du mal et le ramener à Dieu. C'était ce qu'il avait fait. Il avait accompli sa mission, expliqua-t-il à la police, et maintenant Bram était heureux.

Il était bien le seul.

Un malade solitaire avait tué Bram Morrison, l'un des grands héros de la musique moderne. Et des dizaines de milliers de fans pleuraient, criaient, sanglotaient, ivres de chagrin. Il fallut plus de sept heures pour les évacuer du Forum. Allegra, ses vêtements toujours couverts de sang, tenait la main de Jeannie et lui demandait ce qu'elle souhaitait. La femme de Bram aurait voulu un enterrement discret, intime, mais toutes deux savaient que le public ne tolérerait pas cela, et elles finirent par tomber d'accord : un service privé aurait lieu pour la famille et les proches, suivi d'une cérémonie au Coliseum ouvert à cent mille personnes. Les organisateurs s'occupèrent de réserver le stade, Allegra fit le reste : elle mit au point l'enterrement, l'éloge funèbre, les arrangements légaux, les négociations avec les assureurs de la tournée. Elle prit tout en charge et trouva encore le temps de soutenir Jeannie et de consoler de son mieux les enfants de Bram. C'était ce qu'il aurait voulu. Elle avait toujours beaucoup apprécié Bram et elle était heureuse de faire cela pour lui.

— Je n'arrive pas à le croire, dit-elle à Jeff lorsqu'ils rentrèrent à Malibu ce matin-là.

Il était plus de midi lorsqu'ils arrivèrent chez eux.

— Je n'arrive pas à croire qu'il est mort, répéta-t-elle.

Debout sur la plage, immobile, elle éclata en sanglots en repensant à Bram et à tout ce qui s'était passé. Jeff la prit doucement dans ses bras.

— Nous vivons dans un monde de fous, dit-il à mi-voix. Ils sont partout. Ils veulent vous prendre votre âme, votre vie, votre argent, votre réputation, n'importe quoi.

Il pleurait aussi, bouleversé par le caractère insensé, inutile, absurde de la mort de Bram.

Un dément avait pris la vie de l'artiste, mais pas son âme. Celle-ci serait libre à jamais. Allegra s'assit sur le sable et pleura longuement, se souvenant de Bram, de leur rencontre, de leurs conversations enjouées et sereines. C'était un homme si simple, si facile à vivre… Et pourtant, il était constamment menacé. Trop bon, trop pur, trop honnête, il agissait comme un aimant sur les malades en tout genre.

Plus tard cette semaine-là, ils lui firent leurs derniers adieux, et Allegra vit ses enfants en larmes dans les bras de leur mère. Et en cet instant, elle ressentit quelque chose qu'elle n'avait encore jamais éprouvé. Soudain, elle voulait un enfant, un bébé, un morceau de Jeff avant que le destin ne les frappe à leur tour et qu'il risque de lui être arraché. C'était la première fois qu'un tel sentiment l'envahissait.

Mais avant tout, il y avait quelque chose qu'elle devait faire. Une obligation du cœur. La vie était si précieuse, si courte, si facilement volée ! On ne pouvait l'abandonner, s'en débarrasser ; il fallait la protéger et la chérir. Elle ne pouvait plus rien pour Bram, mais il y avait une petite vie qu'elle pouvait encore sauver, et maintenant elle savait qu'elle était destinée à le faire.

Le bébé de Sam.

Elle regarda calmement Jeff et lui posa la question

pendant qu'ils rentraient chez eux. Il fut tout d'abord interloqué, mais sa surprise s'évanouit presque aussitôt. En fait à présent, il se demandait pourquoi ils n'y avaient pas songé plus tôt. Ils allaient se marier dans un mois. Sam était trop jeune pour s'occuper d'un enfant, mais pas eux. C'était le bon moment, et ils ne pouvaient laisser la jeune fille confier son bébé à des étrangers.

— Je pense que c'est une excellente idée, dit Jeff, à la fois enthousiaste et un peu abasourdi.

— Tu es sérieux ? demanda Allegra, émerveillée.

C'était vraiment un homme extraordinaire.

— Bien sûr que je suis sérieux ! Allons le dire à Sam.

Ils ne s'étaient pas encore remis de la mort de Bram, du choc de son départ. Mais d'une certaine manière, c'était là le dernier cadeau qu'il leur faisait. Allegra avait l'impression étrange que c'était lui qui lui avait suggéré de tendre la main vers ce bébé.

— Je n'arrive pas à le croire, s'exclama-t-elle en riant. Nous allons avoir un bébé !

Jeff souriait aussi. Il espérait que Sam serait aussi enthousiasmée qu'eux par cette idée... Les seuls perdants seraient les parents adoptifs, les Whitman. Mais comme Allegra l'avait déjà dit à Sam, elle ne leur devait rien. Le bébé n'était même pas encore né.

Lorsqu'ils en parlèrent à la future maman plus tard ce jour-là, elle fut de leur avis : c'était la solution idéale, et Jeff et Allegra seraient des parents parfaits. Ils la prirent dans leurs bras, et Sam pleura. Au moins, le bébé grandirait près d'elle. C'était une bénédiction pour eux tous, et une réponse aux prières de Samantha.

19

Apparemment, Katherine et John Whitman n'étaient pas du même avis. Ils ne pensaient pas que Jeff et Allegra feraient des parents parfaits. En fait, ils étaient furieux – et encore le mot était-il faible pour décrire ce qu'ils éprouvaient. Ils avaient trop souffert par le passé pour réagir de façon raisonnable. Suzanne Pearlman essaya de leur expliquer la situation : il n'y avait pas encore de contrat et Sam n'avait pas d'obligations envers eux. Mais les Whitman estimaient que la vie avait été trop cruelle avec eux, qu'elle leur devait davantage. Trop de mères leur avaient retiré leurs bébés. Ils souffraient terriblement et désiraient en retour blesser les autres protagonistes de l'affaire – les Steinberg, Allegra, Jeff, Sam, tous ceux qu'ils pouvaient atteindre sans enfreindre la loi.

Ils vendirent leur histoire aux journaux à scandale pour cent cinquante mille dollars, au magazine *What's New* pour soixante-quinze mille dollars supplémentaires, et ils participèrent à trois émissions télévisées, exigeant vingt-cinq mille dollars à chaque fois. Globalement, ils empochèrent une belle somme pour détruire la tranquillité d'une famille et la réputation d'une jeune fille. Le jour de son dix-huitième anniversaire, le nom de Sam s'étalait en grosses lettres dans tous les kiosques de la ville. Les journaux sous-entendaient que la fille de Simon Steinberg était une catin, qui avait couché avec la moitié d'Hollywood et ignorait l'identité du père de son enfant. Les Whitman avaient donné aux journalistes tous les détails dont ils disposaient et en avaient rajouté. Ils affirmaient que Sam s'était droguée, qu'elle buvait, qu'elle couchait avec pratiquement n'importe qui, et même qu'elle avait fait des avances à John, alors qu'elle était enceinte de huit mois.

Parce que ses parents étaient des célébrités, Sam était considérée comme une personne publique ; il était donc impossible de poursuivre les magazines pour atteinte à la vie privée. Ils s'arrangeaient toujours pour rester dans les limites de la légalité. Détruire une vie ou deux ne les dérangeait pas le moins du monde : c'était leur métier.

Mais à la grande surprise de tous, Samantha assuma toutes ces horreurs avec une dignité et une force intérieure admirables. Elle avait traversé tant d'épreuves, depuis quelque temps, que cela ne la traumatisait pas outre mesure. Simplement, elle s'efforça de ne pas apparaître en public et cessa de répondre au téléphone. Elle semblait étrangement paisible. Comme toujours, sa famille la soutint sans faillir, et Jimmy aussi. Il était à son côté jour et nuit, et souvent, ils allaient faire de longues promenades à pied ou en voiture. Ils étaient plus inséparables que jamais. Ensemble, ils parlaient de ce qu'elle ressentait, de ce que tout cela signifiait pour elle. Elle était blessée et humiliée, mais elle savait au fond d'elle-même qu'elle était innocente de toutes les horreurs dont on l'accusait, même si elle s'était montrée très naïve en répondant aux avances de Jean-Luc. Et elle se rassurait en songeant que les histoires qu'avaient vendues les Whitman ne leur donneraient pas un bébé. Ils avaient fait tout ce qu'ils pouvaient pour la torturer, l'humilier et se venger d'elle, mais en fin de compte elle avait toujours sa vie, son âme, son intégrité – et son enfant. Elle plaignait sincèrement Katherine et John ; mais, après tout ce qu'ils lui avaient fait, elle regrettait encore moins de ne pas leur avoir donné son bébé. C'étaient des gens amers, rancuniers, pitoyables.

La date de l'accouchement approchait. Le 1er août, après trois semaines de battage médiatique, les Whitman décidèrent de donner une autre interview. Sam restait calme, soutenue par Jimmy. Elle avait refusé de faire le moindre commentaire à la presse, et Simon lui avait affirmé que le silence était la meilleure des réponses, même s'il était pénible de se laisser calomnier sans rien dire.

Alan rentra à Los Angeles cette semaine-là, et il appela aussitôt Allegra, blessé qu'elle ne lui eût pas parlé plus tôt de Sam. Carmen lui avait téléphoné à la parution des premiers articles.

— Que se passe-t-il ? demanda-t-il à son amie. Tu ne m'as rien dit quand nous nous sommes parlé au téléphone !

— Je ne savais pas encore ce que Sam avait l'intention de faire, c'est pourquoi je n'ai rien dit à personne. Ça a été un peu dur, ici... Mais bien sûr, maintenant, c'est différent, tout le monde est au courant.

Tout le monde était un euphémisme. Les journaux et les émissions télévisées avaient touché plusieurs millions de personnes.

— Que va-t-elle faire du bébé ? demanda Alan, désolé pour Sam, qu'il aimait beaucoup.

— Jeff et moi allons l'adopter, répondit fièrement Allegra.

— Ah, bravo ! Un bébé avant le mariage ! plaisanta Alan. Quand doit-il naître ?

— D'ici trois jours environ, répondit Allegra en riant.

Jeff et elle avaient passé les derniers jours à courir les magasins pour acheter des couches, un berceau, des vêtements, des draps, des bavoirs, des biberons, des couvertures... Il fallait tant de choses ! Avoir un bébé était encore plus compliqué que se marier. Mais c'était à bien des égards beaucoup plus amusant, et ils étaient tous les deux surexcités.

Au milieu de tout cela, Jeff essayait de terminer son film et Allegra continuait à aller au bureau. Il lui fallait s'occuper de tous ses clients habituels et régler la succession de Bram, ce qui n'était pas une mince affaire. Elle s'efforçait aussi de trouver une nourrice pour le bébé, juste le temps du mariage et de leur lune de miel ; elle avait également l'intention de prendre quelques mois de congé sabbatique à leur retour pour s'adapter à sa nouvelle vie.

Il y avait tant de choses à organiser ! Ils avaient mis le berceau en plein milieu de leur chambre à coucher, et Jeff avait installé au-dessus un petit mobile composé de moutons et de nuages. Ils avaient des peluches musicales, de minuscules chaussures, des grenouillères, et une véritable montagne de jouets. Tout, en fait. Alan rit lorsque Allegra lui fit la liste de ses achats, et il lui avoua que Carmen était à nouveau enceinte. Ils avaient cependant décidé de n'en parler à personne, au cas où elle aurait encore un problème.

Le lendemain du retour d'Alan, Jeff et Allegra se couchèrent tard. Ils avaient eu tous les deux de longues journées, et ils étaient épuisés. Lorsque le téléphone sonna à deux heures du matin, Jeff poussa un soupir exaspéré, certain qu'Alan et Carmen s'étaient querellés et que la jeune actrice appelait Allegra à l'aide.

— Ne réponds pas, grommela-t-il.

Il avait vraiment besoin de sommeil, et pour une fois, Allegra fut tentée de suivre son conseil, mais elle songea à sa sœur.

— Et si c'était Sam ?

— Impossible. Je suis bien trop fatigué pour avoir un bébé.

En fin de compte, la conscience d'Allegra l'emporta et elle décrocha. C'était Blaire : Sam avait perdu les eaux une heure plus tôt. Au début, rien ne s'était passé, mais à présent elle avait des contractions sérieuses et régulières.

— Tu es sûre que ce n'est pas une fausse alerte ? demanda Allegra nerveusement.

A côté d'elle, Jeff gémit.

— Je suis trop fatigué, répéta-t-il.

Allegra rit et lui donna un petit coup de coude.
— Pas question d'être fatigué. Nous allons avoir un bébé.
Un jour, ce serait elle qui le réveillerait en pleine nuit pour lui annoncer qu'elle allait accoucher. Mais pour l'instant, c'était Sam, et ils trouvaient cela presque aussi excitant.
— Venez vite, reprit Blaire. Vous ne pouvez pas rater ça !
Sam et elle se trouvaient déjà à l'hôpital, en salle de travail.
— Comment se sent-elle ? demanda Allegra, inquiète pour sa petite sœur.
— Pas trop mal, répondit Blaire en jetant un coup d'œil à la montre dont elle se servait pour chronométrer les contractions. Nous venons de prévenir Jimmy, ajouta-t-elle.
Allegra fronça les sourcils, surprise de constater qu'il y avait de la tendresse plus que de la désapprobation dans la voix de sa mère.
— Tu es sûre que c'est une bonne idée ?
— Sam m'a demandé de l'appeler. Ils ont préparé l'accouchement ensemble, tu sais.
Et après tout ce que Sam avait eu à traverser, Blaire estimait qu'elle avait bien le droit d'être entourée des personnes de son choix. Elle n'avait pas souhaité la présence de John Whitman, et la suite avait prouvé que son instinct ne l'avait pas trompée, mais elle voulait que Jimmy soit là.
Avant de partir, Allegra s'arrêta un instant devant le berceau. Dès demain, il serait occupé… Elle sourit toute seule.
— Quel bonheur, n'est-ce pas ? dit Jeff en posant un bras sur son épaule. Je suis heureux que nous fassions ça, tu sais.
C'était très important pour eux deux, même si le moment était bizarrement choisi pour adopter un bébé.
— Moi aussi, acquiesça Allegra.
En tee-shirts, jeans et vieilles baskets, ils se hâtèrent

vers la voiture. Allegra avait l'intention de rejoindre sa mère et sa sœur en salle de travail. Mais lorsqu'ils arrivèrent à l'hôpital, ils trouvèrent Blaire en compagnie de Simon dans la salle d'attente.

— Que se passe-t-il ? demanda Allegra, paniquée.

Blaire sourit. A bien des égards, Allegra était moins bien préparée à cette naissance que Samantha. Jeff étouffa un bâillement et s'assit à côté de Simon. Tous deux étaient à moitié endormis, et ils avaient l'impression de ne pas avoir un rôle très important à jouer. En définitive, on n'attendait d'eux que des félicitations une fois que tout serait terminé...

— Ils sont en train de vérifier où elle en est, expliqua Blaire. Tout se passe au mieux. C'est bien engagé, maintenant, et l'infirmière a dit que ça ne durerait pas trop longtemps, si Sam continuait comme ça.

— Ne devrions-nous pas être avec elle ? s'inquiéta Allegra.

Elle ne voulait pas laisser tomber sa petite sœur ou rater la naissance du bébé.

— J'ai pensé qu'il valait mieux la laisser un peu seule avec Jimmy. Ils se débrouillent très bien, tous les deux, ce garçon est un ange avec elle. Je crains qu'elle ne panique s'il y a trop de monde autour d'elle.

Pourtant, au bout d'un moment, Allegra et Blaire entrèrent sur la pointe des pieds dans la salle de travail. Sam était assise sur le lit, et on lisait de la panique dans ses yeux tandis qu'elle s'efforçait de respirer comme on le lui avait enseigné afin de faciliter les contractions. Jimmy, à son côté, lui soufflait des encouragements à l'oreille. Il était extraordinairement calme pour un garçon de son âge, et quand la contraction fut passée, il lui essuya le front avec un linge frais pendant qu'elle se laissait tomber sur ses oreillers.

— Comment ça va, Sam ? demanda Allegra avec douceur.

— Je ne sais pas, répondit-elle en serrant convulsivement la main de Jimmy dans la sienne.

Le moniteur placé près de son lit indiquait l'arrivée

d'une nouvelle contraction, et de nouveau Jimmy lui fit faire ses exercices respiratoires, sous le regard inquiet d'Allegra. Blaire, elle, trouvait que Samantha s'en tirait très bien. Le médecin qui vint la voir quelques minutes plus tard fut du même avis et la félicita.

— Ce ne sera plus très long, dit-il gaiement en tapotant doucement la jambe de la jeune fille après l'avoir examinée. Vous avez déjà fait la moitié du chemin.

— La moitié ? Je ne pourrai pas continuer bien longtemps…

Les yeux de Sam se remplirent de larmes et elle chercha le regard de Jimmy.

— Tu es super, Sam, chuchota-t-il.

En cet instant, il n'avait plus l'air d'un jeune garçon mais d'un homme. Il ne lâchait pas la main de Sam et attendait avec elle la prochaine contraction. Allegra et Blaire se sentaient complètement inutiles et ne tardèrent pas à ressortir. Jeff s'était endormi sur sa chaise et Simon piquait du nez sur son journal ; les deux hommes offraient un spectacle parfaitement comique.

Allegra et sa mère allèrent faire un tour à la nursery pour jeter un coup d'œil aux nourrissons. Certains dormaient, mais la plupart vagissaient. Il y avait là des nouveau-nés de moins d'une heure, et d'autres un peu plus âgés et affamés, qui attendaient leurs mères. Emue, Allegra les regarda un long moment avant de retourner auprès de sa sœur. Sam était assise sur le rebord de son lit et Jimmy, assis juste derrière elle, lui frottait le dos. Une infirmière lui expliquait comment faire, et Jimmy aida même Samantha à effectuer quelques pas dans sa chambre. Mais lorsque la douleur suivante survint, elle ne put retenir un gémissement et se mit à pleurer. Il la porta alors gentiment et la remit au lit. Elle criait à présent, mais Jimmy conservait son calme. Il se montrait merveilleux avec elle, et Allegra était profondément touchée par ce spectacle.

Durant toute la nuit, Samantha lutta contre la douleur. A l'aube, le bébé n'était toujours pas là, mais le personnel médical affirmait que tout se passait pour le mieux. Sam, elle, n'en pouvait plus. Elle voulait des médicaments, elle voulait de l'aide, n'importe quoi. Elle s'accrochait désespérément à Jimmy et criait à chaque contraction. Au moment où Allegra se disait que sa sœur allait craquer, enfin, le médecin vint lui annoncer qu'elle pouvait commencer à pousser. Le véritable travail commençait maintenant. Sam regarda tour à tour Jimmy, Allegra et le médecin et secoua la tête.

— Je ne peux pas. Je ne peux pas ! répétait-elle, épuisée.

— Si, tu peux, insista Jimmy. Allez, Sam… S'il te plaît… Il faut que tu le fasses.

En apparence, ils étaient comme deux enfants s'encourageant l'un l'autre, mais Blaire qui venait d'entrer et les regardait remarqua chez eux quelque chose de différent. Cette nuit les avait transformés, elle avait fait d'eux un homme et une femme. Blaire se souvenait de la naissance de ses propres enfants, Paddy, puis Allegra, puis les deux autres. Un bébé changeait votre vie et modifiait à jamais le lien que vous partagiez avec le père. Jimmy n'était pas le père de l'enfant, mais il aurait très bien pu l'être, à en juger par son dévouement total à Samantha. Quant à cette dernière, elle n'avait pas conscience de la présence des autres personnes. Pour elle, seul Jimmy comptait.

On avait soulevé les jambes de Sam, et elle souffrait terriblement. Elle suppliait les médecins de tout arrêter, et lorsqu'ils lui disaient de pousser, elle répondait en sanglotant qu'elle ne pouvait pas. Jimmy aida les infirmières à surélever sa tête et ses épaules, et enfin, elle se décida à coopérer. Blaire et Allegra avaient du mal à supporter de la voir souffrir autant, et elles ne cessaient de sortir de la pièce. Mais Jimmy, lui, ne faiblissait pas. Il était là pour la soutenir.

Quand Blaire revint dans la chambre, juste avant neuf heures, une sorte de frénésie s'était emparée de tout le monde. Deux infirmières étaient arrivées en renfort, et Samantha s'appuyait sur Jimmy dans son effort pour expulser le bébé. Enfin, elle ferma les yeux, gémit et se laissa tomber en arrière, complètement épuisée, incapable de fournir le moindre effort supplémentaire ; mais déjà, la prochaine contraction approchait, et tous la pressèrent de pousser, sans s'arrêter, sans faiblir. Ils ne lui laissèrent aucun répit, jusqu'à ce que soudain, un petit cri s'élève dans la pièce – le premier vagissement de son bébé, auquel se joignirent bientôt les pleurs et les rires mêlés de Jimmy et Sam.

— Oh, mon Dieu ! Oh, mon Dieu… Il est si beau ! Est-ce qu'il va bien ? demanda Sam d'une voix pleine d'excitation.

— Il est parfait, confirma le médecin.

Jimmy était sans voix, mais le regard qu'il posait sur la jeune maman en disait plus long que tous les mots. Très doucement, il lui prit la main et l'embrassa.

— Je t'aime, Sam, chuchota-t-il. Tu as été merveilleuse.

— Je n'y serais jamais arrivée, sans toi.

Elle se rallongea sur ses oreillers, et Jimmy s'assit près d'elle tandis que les infirmières déposaient le bébé à côté d'eux. A cet instant, Samantha releva la tête et vit Allegra, sa mère, Jeff et Simon qui tous étaient venus voir le bébé. C'était un petit garçon vigoureux, qui hurlait à tue-tête. Jimmy et Sam échangèrent un regard, puis Sam prit une profonde inspiration et se tourna vers Jeff et Allegra. Cela la rendait malade de faire de la peine à sa sœur, mais elle n'avait pas le choix.

— Il y a quelque chose que Jim et moi devons vous dire, commença-t-elle. (Elle se mordit la lèvre et serra la main de son compagnon.) Nous nous sommes mariés la semaine dernière. Nous avons dix-huit ans tous les deux, et même si nous devons nous débrouiller tout seuls pour l'élever, nous voulons garder le bébé. Allegra, je suis désolée.

Elle effleura la main de sa sœur et fondit en larmes.

Elle avait déçu tant de gens ! Ses parents, les Whitman, et maintenant Allegra et Jeff.

Ces derniers la regardaient d'un air abasourdi.

— Vous voulez le garder ? demanda Jeff à sa future belle-sœur.

Incapable de prononcer une parole, elle se contenta de hocher la tête.

— Pas de problème, répondit-il, les larmes aux yeux, en lui tapotant la main. Tu l'as bien mérité. Nous voulions le prendre pour qu'il reste dans la famille, mais il t'appartient.

Puis il se tourna vers Jimmy et lui décocha un regard empreint d'amitié.

— Félicitations, dit-il avant de passer un bras autour de la taille d'Allegra.

— Tu… tu ne m'en veux pas, Al ? demanda Sam à son aînée.

— Non… Non, je ne crois pas. J'avoue que je suis encore un peu assommée par tout ça… Je suis contente pour toi, pour vous… J'étais heureuse d'avoir un bébé, bien sûr, mais j'avoue que j'avais aussi un peu peur.

A vrai dire, elle était triste de ne plus adopter l'enfant, mais elle savait que Jeff avait raison : la place du bébé était auprès de sa mère, dans la mesure du possible.

— Nous vous apporterons toutes les affaires que nous avions préparées, ajouta-t-elle. Vous allez en avoir besoin.

Les larmes aux yeux, elle leur sourit à tous les deux. Blaire regardait tout le monde à tour de rôle d'un air incrédule.

— Pas de cuisine, un mariage, et maintenant un bébé ! Je rêve, dit-elle enfin, allégeant l'atmosphère.

Puis elle se tourna vers Jimmy, et un sourire se peignit lentement sur ses lèvres.

— Et un nouveau gendre. Je crois que nous allons être plutôt occupés, ces prochains mois.

— Je crois que oui, maman, répondit Sam avant de baisser les yeux vers son bébé.

Il était si beau, et elle avait tant souffert pour l'avoir !

— Vous pouvez rester vivre avec nous, dit Simon d'un ton bourru au jeune couple.

Tous deux iraient dans la même université à l'automne. Sam envisageait d'emmener le bébé avec elle, au moins les premiers mois, afin de pouvoir l'allaiter. Jimmy et elle en avaient beaucoup discuté, dernièrement. Ils allaient essayer de prendre certains cours en commun pour pouvoir se relayer.

— Est-ce que ça signifie que je peux retourner me coucher, maintenant ? demanda Jeff en bâillant.

Tout le monde éclata de rire. Il regarda sa montre et soupira.

— Raté. C'est l'heure d'aller travailler.

Ils embrassèrent Sam et le bébé, qui n'avait pas encore de prénom ; Jimmy et Sam y réfléchissaient. Sam trouvait que Matthew était un joli prénom, qui irait bien avec son nouveau nom de famille, Mazzoleri.

Blaire réalisa alors que les deux jeunes gens allaient devoir informer la mère de Jimmy de ce qu'ils avaient fait. Ils s'étaient montrés très courageux, et peut-être un peu inconscients, mais cela pouvait marcher. La propre grand-mère de Blaire s'était mariée à quinze ans et était restée avec le même homme pendant soixante-douze ans. Peut-être Sam aurait-elle autant de chance ?

Allegra conduisit Jeff aux studios, et ils parlèrent de ce qu'ils éprouvaient.

— Es-tu très déçue ? demanda Jeff, qui n'était pas encore certain de ce qu'il ressentait lui-même.

La nuit avait été riche en émotions pour tout le monde, et il s'inquiétait un peu pour Allegra.

— Un peu, admit-elle, mais je crois que je suis aussi soulagée, quelque part. Je ne sais pas encore quoi penser. De toute façon, je respecte la décision de Sam.

Tous deux savaient qu'elle avait fait le bon choix, même si ce n'était pas le plus facile.

— Moi aussi, je suis un peu perdu, reconnut Jeff. Je sais que nous aurions été très heureux d'avoir cet enfant, mais je ne suis pas mécontent non plus de commencer une famille avec un bébé vraiment à nous… Pourtant, je l'aurais fait très volontiers pour Sam. Ça me fendait le cœur de la voir contrainte d'abandonner son bébé à des inconnus.

Allegra hocha lentement la tête. Jeff la regarda alors avec un large sourire.

— Maintenant, à nous d'essayer de faire nos propres enfants. Ça pourrait être sympa !

Ils échangèrent un clin d'œil. En fin de compte, tout s'arrangeait au mieux pour eux, même si la vie leur avait joué pas mal de tours récemment.

A Bel Air, Simon et Blaire venaient tout juste de pénétrer chez eux. Ils entrèrent dans leur cuisine, en chantier depuis peu, mais encore partiellement fonctionnelle, et Blaire prépara du café. Ils s'assirent avec leur tasse à la table de la cuisine. La nuit avait été longue et mouvementée, et tous deux se sentaient à la fois euphoriques et vidés. Voir Sam souffrir à ce point avait été dur, pour Blaire, et elle s'était posé des questions lorsque sa fille avait annoncé qu'elle gardait l'enfant. Mais en les voyant ensemble, Jimmy, le bébé et elle, elle avait compris que Sam avait fait le bon choix.

— Alors, qu'en penses-tu ? demanda Simon dans un soupir. En toute honnêteté, Blaire, juste entre toi et moi. Approuvons-nous sa décision ?

Ils avaient déjà promis de soutenir Samantha et Jimmy dans tous leurs efforts.

Blaire se frotta les yeux avec lassitude avant de relever la tête vers son mari.

— Dieu sait qu'ils sont jeunes, mais je ne sais pas pourquoi, je pense que ça peut marcher pour eux. Et ce bébé est adorable, quelle que soit la façon dont il est arrivé dans nos vies. Ce n'est pas sa faute. J'ai beaucoup d'affection pour Jimmy. C'est un garçon bien, et il s'est montré merveilleux avec Sam. Si on m'avait posé la question, bien sûr, ce n'est pas le style de vie que j'aurais choisi pour elle, mais j'espère qu'à terme, tout ira pour le mieux.

C'était le vœu que tous formulaient en silence. De fait, Jimmy avait vraiment été formidable pour Samantha, aussi bien avant que pendant l'accouchement. Il n'en aurait pas fait davantage s'il avait été le père du bébé. Beaucoup d'hommes deux fois plus âgés que lui ne se seraient pas comportés aussi bien.

— Quels idiots, tout de même ! Se marier comme ça, sans nous le dire ! grommela Simon en buvant son café, sourcils froncés. Mais il faut reconnaître qu'au moins, ils ont essayé de résoudre le problème de leur mieux. Moi aussi, j'apprécie Jimmy, et le bébé est vraiment mignon, hein ?

Un éclair de tendresse brilla dans le regard de Simon, qui se remémorait la naissance de leurs propres enfants.

— Il est super, acquiesça Blaire. Tu te souviens de Scott quand il est né ? Comme il était craquant ? ajouta-t-elle avec un sourire triste.

— Et Sam, renchérit-il, mélancolique.

Il revoyait encore ses fins cheveux si blonds et ses immenses yeux bleus. Il posa sur Blaire un regard empreint de tendresse.

Au cours de cette année difficile, ils s'étaient éloignés l'un de l'autre. Blaire n'y était pour rien ; c'était lui qui avait fait un accroc irréparable dans l'étoffe même de leur couple. Naïvement, il avait cru qu'elle ne remarquerait pas qu'il regardait ailleurs, du moment qu'il rentrait chaque soir à la maison ; mais elle s'était aperçue de son éloignement, et cela leur avait fait beaucoup de mal.

— Je suis désolé, Blaire. Je sais combien cette année a été dure, dit-il.

Tout d'abord, elle ne répondit rien. Elle songeait au passé. Parfois, elle se promenait dans la maison et tombait sur une photographie qui lui rappelait des jours meilleurs, et son cœur se serrait douloureusement. Elle se souvenait des regards que Simon posait sur elle, autrefois, de leurs étreintes, du désir presque palpable qui flambait entre eux dès qu'ils étaient dans la même pièce. Maintenant, elle avait l'impression d'être morte intérieurement. Elle n'avait jamais su, jamais deviné, jamais imaginé combien il pourrait la blesser.

— J'ai été si bête, dit-il dans un murmure, les larmes aux yeux.

Il prit la main de Blaire dans la sienne. Il avait une conscience aiguë de la souffrance qu'il lui avait infligée et cela le rendait malade. Elizabeth avait représenté un souffle d'air frais, pour lui, un moment d'excitation passager, mais il n'avait jamais réellement été amoureux d'elle, pas comme il était amoureux de Blaire. D'ailleurs, il avait toujours espéré que leur liaison resterait secrète. C'était une telle erreur ! Maintenant, hélas, il était trop tard. Il lui suffisait de voir les épaules voûtées de Blaire, son regard éteint pour comprendre que ce qu'ils avaient autrefois partagé était mort à jamais. Au début, Blaire avait été furieuse, amère, effrayée ; maintenant, elle n'éprouvait plus qu'une grande tristesse mêlée de lassitude. Et pour Simon, sa douleur était plus intolérable encore que sa colère.

— Ce sont des choses qui arrivent, dit-elle avec philosophie. (Ils ne prononçaient jamais le nom d'Elizabeth, mais ils savaient tous deux de quoi il était question.) Je ne m'attendais simplement pas à ce qu'elles nous arrivent à nous. C'était ça, le plus dur. Au début, je n'y croyais pas. Mais au bout d'un moment, je crois que j'ai réussi à me mettre dans la tête que nous étions comme tous les autres. Nous avions perdu notre magie, conclut-elle en croisant son regard pour la première fois depuis longtemps.

— Tu n'as jamais perdu ta magie à mes yeux, Blaire, dit-il avec douceur.

— Si… Quand nous avons perdu la nôtre.

— Peut-être n'est-elle pas perdue, seulement égarée ? hasarda-t-il d'un ton plein d'espoir.

Elle lui sourit tristement. Elle n'arrivait pas à imaginer que les choses puissent jamais redevenir comme avant. Les changements étaient trop profonds. A l'extérieur, ils donnaient l'impression d'être comme avant – polis, créatifs, intelligents, heureux, dotés d'une famille merveilleuse et jouissant d'une vie épanouie et chaleureuse. Mais au fond d'elle-même, elle savait que ce n'était plus vrai. Depuis un an, elle était entièrement seule, abandonnée pour la seconde fois de son existence.

— Ça va être agréable d'avoir un bébé à la maison, dit Simon.

Une fois encore, un nuage de tristesse assombrit les traits de son épouse.

— Si c'est ce que tu veux, Simon, tu peux encore avoir des enfants, toi. Pas moi.

— Est-ce que cela t'inquiète ? demanda-t-il.

Jamais il n'avait envisagé un seul instant d'épouser Elizabeth ou de lui faire des enfants. Leur relation était purement physique. Mais Blaire hocha la tête.

— Parfois, oui. Je me sens si vieille, maintenant que je ne peux plus avoir d'enfants !

L'année qu'il avait choisie pour la tromper avec une femme deux fois plus jeune qu'elle était précisément celle de sa ménopause. Cela tombait mal…

— Je ne veux pas d'autres enfants, décréta fermement Simon. Et jamais de ma vie je n'ai eu envie d'être marié à une autre que toi, Blaire, jamais je n'ai envisagé de te quitter. Je sais que j'ai commis une terrible erreur, mais je voulais seulement faire une pause… Je ne comprends pas ce qui m'est arrivé. Ma seule excuse est que je suis un vieil idiot. Elle était jeune, j'ai été flatté, à un moment où toi et moi traversions une petite période de vide. Jamais je n'ai rien regretté autant que cette incartade. Il n'y a pas de comparaison entre vous, Blaire. Il n'y a personne au monde qui t'arrive à la cheville.

Il se pencha et l'embrassa, et l'espace d'un instant, elle ressentit un trouble qu'elle n'avait pas éprouvé depuis des mois.

— Je suis grand-mère, maintenant, tu sais, dit-elle avec un petit sourire en l'embrassant avec hésitation.

Ils rirent de bon cœur.

— Et moi, je ne me suis jamais senti aussi vieux, avoua Simon.

Sur le moment, sa liaison avec Elizabeth Coleson lui avait donné des ailes et il s'était senti rajeunir. Mais lorsqu'il avait compris qu'il risquait de perdre Blaire à jamais, il avait eu l'impression de prendre vingt ans d'un coup.

— Viens, dit-il en se levant lentement et en passant un bras autour des épaules de sa femme. Aide donc ton vieux mari à monter l'escalier. La nuit a été longue, j'ai besoin de m'allonger.

Un éclair malicieux brillait dans son regard alors qu'il disait cela. Ils étaient épuisés tous les deux, mais ni l'un ni l'autre n'avait envie de dormir.

— Si jamais tu recommences… menaça-t-elle.

L'étincelle de passion qu'il vit dans ses yeux lui mit le cœur en joie. Arrivée au sommet de l'escalier, Blaire se tourna vers lui.

— Tu ne t'en tireras pas deux fois, Simon, le prévint-elle. Dans cette maison, il n'y aura plus de pitié pour les vieux messieurs mal élevés.

Il n'eut pas à prononcer un mot : elle lisait son remords et son amour dans son regard. En dépit de tout, il était revenu vers elle. A la simple pensée qu'elle avait failli le perdre, elle se sentait trembler.

— Pas la peine de me le dire, déclara-t-il en la prenant dans ses bras pour l'embrasser. Cela ne se reproduira plus.

— Non. Et pour cause : la prochaine fois, je te tuerai.

Ils pénétrèrent dans leur chambre. Les rayons du soleil illuminaient la pièce ; la journée promettait d'être superbe.

— Viens, murmura Simon d'une voix rendue rauque par le désir.

Ils n'avaient pas fait l'amour depuis bien longtemps. Ils se laissèrent tomber sur le lit comme deux enfants, riant et s'embrassant à perdre haleine. Blaire redécouvrait toutes les émotions délicieuses qu'elle s'était efforcée de chasser de sa mémoire – combien elle l'aimait, combien il était attirant, combien ils étaient heureux ensemble. Jamais elle n'aurait cru pouvoir lui faire confiance de nouveau, ou même l'aimer, mais en cet instant, alors qu'ils s'ébattaient dans le soleil, le jour de la naissance de leur premier petit-fils, ils découvraient tous deux avec soulagement qu'ils n'avaient rien perdu. En fait, leur amour mutuel s'était même accru au fil des épreuves. Ils comprirent qu'ils avaient eu beaucoup de chance.

20

Août était bien entamé, et dans la vie des Steinberg et de leurs amis, tout semblait évoluer positivement. Le film de Jeff avançait bien, Carmen continuait à tourner le sien sans faire d'histoires et sa grossesse se déroulait au mieux. Certes, Alan s'arrangeait toujours pour être présent lorsqu'elle tournait des scènes d'amour, et le réalisateur avait appelé Allegra pour s'en plaindre, mais ce n'était qu'un problème mineur. De son côté, Allegra aidait Jeannie Morrison à vendre sa maison de Beverly Hills. La veuve de Bram avait décidé de s'installer définitivement dans son ranch du Colorado ; elle voulait s'éloigner autant que possible de Los Angeles et espérait avoir tout réglé avant septembre, pour que les enfants puissent commencer l'année scolaire dans leur nouvelle école. Ils étaient encore protégés vingt-quatre heures sur vingt-quatre par des gardes du corps, mais il semblait clair désormais que l'événement qui avait détruit leurs vies était l'œuvre d'un fou solitaire. La mort de Bram avait suscité une réaction très vive de la part des célébrités de Los Angeles, qui s'étaient insurgées contre la folie du public et le peu de protection dont elles disposaient légalement. Mais Jeannie n'avait pas la force de faire des discours ou de harceler les politiciens. Elle voulait seulement retourner à l'anonymat, disparaître avec ses enfants, tenter d'oublier.

Allegra était très peinée pour eux. Un concert à la

mémoire de Bram devait avoir lieu en septembre, juste après leur mariage, et Jeff et elle avaient parlé de retarder leur lune de miel, mais Allegra avait fini par réaliser qu'elle devait apprendre à s'arrêter. Elle avait expliqué à Jeannie que Jeff et elle seraient en voyage de noces. La veuve de Bram avait parfaitement compris – Allegra avait déjà tant fait pour eux, et pour Bram de son vivant !

Le bébé de Sam, Matthew, faisait la fierté et le bonheur de tous, et il prenait du poids de jour en jour. Sam l'allaitait, et Jimmy n'arrêtait pas de les filmer et de les photographier, en train de dormir, de prendre des bains, installés sur le bord de la piscine, sur la pelouse… Le bébé les accompagnait partout. En deux semaines, Sam avait retrouvé sa silhouette d'autrefois, et elle était redevenue elle-même.

Les Whitman continuaient à vendre des récits amers aux journaux à scandale, et ils apparurent une nouvelle fois à la télévision après qu'eut été annoncée la naissance le 4 août, à l'hôpital de Cedars-Sinaï, de « Matthew Simon Mazzoleri, fils de M. et Mme James Mazzoleri (Samantha Steinberg), trois kilos neuf ». Il était généralement précisé que Mme Mazzoleri était la fille de Simon Steinberg et de Blaire Scott. Une photographie attendrissante de Sam, Jimmy et le bébé était parue dans un journal de Los Angeles, et George Christy les avait cités dans la rubrique « La Belle Vie » du *Hollywood Reporter*.

Les Steinberg avaient eu une longue entrevue avec Mme Mazzoleri. Le mariage secret de son fils avec Samantha lui avait fait un choc, mais elle avait reconnu non sans fierté que c'était tout à fait le genre de Jimmy d'essayer de résoudre les problèmes tout seul. Depuis la mort de son mari, il lui avait apporté une aide inestimable. En revanche elle était un peu inquiète de ce que les Steinberg attendaient de lui ; elle souhaitait qu'il aille à UCLA comme prévu. Simon et Blaire la rassurèrent : eux aussi voulaient qu'il puisse finir ses études. Ils avaient donné au jeune couple la petite maison réservée jusque-là aux invités, et celle-ci était parfaite pour eux. Tous deux iraient à l'université à l'automne, et Simon avait déclaré qu'il était prêt à les soutenir financièrement jusqu'à ce qu'ils aient fini leurs études. Après, comme ses autres enfants, ils devraient voler de leurs propres ailes. Blaire avait déjà demandé à sa gouvernante d'aider Jim et Sam et de s'occuper du bébé dans la journée lorsqu'ils seraient en cours. Mme Mazzoleri leur était très reconnaissante de leur aide, mais Simon savait tout ce que son fils avait fait pour Sam. Tous espéraient qu'en dépit de leur âge les deux jeunes gens s'en sortiraient.

La relation de Simon et Blaire s'était améliorée de manière incommensurable ; en fait, maintenant que Sam vivait dans la petite maison avec Jimmy et le petit Matt et qu'ils étaient seuls chez eux, ils avaient l'impression de vivre une nouvelle lune de miel. Ils étaient surpris, et un peu honteux, du plaisir qu'ils éprouvaient à se retrouver tous les deux. Ils ne tardèrent pas à instaurer une règle : les enfants devaient téléphoner avant de passer les voir. Chaque fois qu'ils venaient, Simon était étonné de leur capacité à envahir l'espace : sièges pour bébé, couches, bavoirs ; au bout de quelques minutes, les dizaines d'affaires de Matt traînaient partout. Sam allaitait dans n'importe quelle pièce, et Jimmy la suivait invariablement. Simon avait installé un panier de basket-ball dans le jardin, et il lui arrivait de jouer quelques minutes avec Jimmy, juste pour le plaisir de se défouler et de bavarder un peu. Il était heureux de constater que Jim était un garçon brillant, décidé à réussir ses études et à devenir quelqu'un. Il voulait faire du droit, comme son père, et essayait de convaincre Sam de l'imiter. Les Steinberg étaient satisfaits et impressionnés de sa force de caractère.

Seul désagrément dans leur vie, les travaux se poursuivaient dans le jardin et la maison. Des équipes de jardiniers envahissaient la propriété chaque matin, et dans la cuisine, tout le carrelage avait été enlevé et il était presque impossible de préparer un repas.

Or, il ne restait plus que deux semaines avant le mariage. Le jardin était loin d'être fini, les demoiselles d'honneur n'étaient pas encore venues essayer leurs robes, et celle d'Allegra n'était même pas arrivée. Cela, ajouté à mille autres détails, la rendait folle, mais quand elle essayait d'en discuter le soir avec Jeff, il était trop fatigué pour lui prêter une oreille attentive. Il voulait finir son film dans les dix jours à venir et était donc très irritable.

— Ecoute, Allegra, je sais, mais on ne peut pas parler de ça à un autre moment ? demandait-il avec exaspération.

Pour tout arranger, Delilah Williams les appelait chez eux jour et nuit et se révélait plus accaparante encore que le film de Jeff. Il leur avait fallu six mois pour faire perdre leurs mauvaises habitudes à Carmen et Alan, et maintenant c'était la coordinatrice qui téléphonait à onze heures du soir pour discuter d'une nouvelle décoration pour le gâteau ou d'une « fabuleuse petite idée » qui lui était venue durant la journée concernant les bouquets de la mariée et des demoiselles d'honneur. Jeff et Allegra avaient tous les deux des envies de meurtre.

Ils venaient de passer deux semaines d'enfer et de stress absolu lorsque le téléphone sonna, tard un soir. Allegra songea qu'il devait de nouveau s'agir de Delilah, appelant pour se plaindre que Carmen n'eût pas essayé sa robe ; elle allait encore devoir lui répéter que la jeune actrice le ferait aussitôt son tournage achevé. Mais quand elle décrocha le combiné, elle entendit une voix masculine familière, que cependant elle ne reconnut pas tout de suite. C'était son père, Charles Stanton, qui l'appelait de Boston, en réponse à la lettre qu'elle lui avait envoyée des mois plus tôt pour l'inviter au mariage.

— Tu te maries toujours ? s'enquit-il prudemment après lui avoir demandé comment elle allait.

Cela faisait sept ans qu'elle ne lui avait pas parlé ni ne l'avait vu.

— Bien sûr.

Rien qu'au son de sa voix, tout le corps d'Allegra s'était raidi. Jeff, qui venait juste d'entrer dans la chambre, fronça les sourcils en voyant son expression et se demanda qui l'appelait. Un instant, il crut que c'était Brandon. Ce dernier avait envoyé un petit mot à Allegra quelques semaines plus tôt affirmant qu'il l'aurait épousée et lui signalant qu'il avait fini par divorcer. Il avait même eu le culot de lui demander de l'appeler pour déjeuner avec lui un de ces jours. Après avoir montré la lettre à Jeff, elle l'avait jetée aux ordures.

— Quelque chose ne va pas ? s'inquiéta-t-il.

Elle le rassura d'un geste et il retourna dans son bureau travailler encore un moment.

— Tu veux toujours que je vienne ? lui demanda son père.

— Je ne pense pas que cela représente grand-chose pour toi, observa-t-elle. Nous n'avons plus guère de contacts.

C'était autant une constatation qu'un reproche.

— Tu es quand même ma fille, Allegra. Je comptais de toute façon prendre quelques jours de congé, et je me suis dit que je pourrais venir à ton mariage, si tu le souhaitais.

Elle ne le « souhaitait » pas et n'en voyait pas l'intérêt, mais elle l'avait invité près de trois mois plus tôt… A présent, elle le regrettait, elle regrettait même de lui avoir fait part de son mariage. Et elle avait envie de lui demander pourquoi il voulait venir. Après toutes ces années, après toutes les critiques qu'il avait formulées à son sujet, après l'avoir repoussée comme il l'avait fait, quelle différence cela pouvait-il bien faire pour lui qu'elle se marie ?

— Tu es sûr que ça ne te pose pas trop de problèmes ? s'enquit-elle, maladroite.

Chaque fois qu'elle lui parlait, elle avait l'impression de redevenir l'enfant de cinq ans malheureuse et rejetée qu'elle avait été.

— Pas du tout. Ce n'est pas tous les jours qu'on a

l'occasion de conduire sa fille à l'autel. Après tout, tu es mon seul enfant.

Allegra l'écoutait, bouche bée. Que lui avait-elle dit qu'il ait pu interpréter de cette façon ? Elle n'avait pas la moindre intention de remonter vers l'autel à son bras. Il n'avait jamais été là pour elle, jamais ; ce serait Simon qui la donnerait en mariage à Jeff, personne d'autre.

— Je… euh…

Les mots lui manquaient, elle n'arrivait pas à lui dire qu'elle ne voulait pas monter à l'autel avec lui. Avant même qu'elle ait pu prononcer une parole, il lui annonça qu'il arriverait de Boston dans l'après-midi du vendredi, le jour de la répétition. Il séjournerait au Bel Air.

— Zut, lâcha-t-elle entre ses dents dès qu'elle eut raccroché.

Frénétique, elle appela aussitôt sa mère. Toute l'organisation du mariage avait été un cauchemar, et le coup de fil de son père était la goutte qui faisait déborder le vase. Maintenant, elle avait deux pères désireux de la conduire à l'autel, dont un qu'elle haïssait !

Simon décrocha à la deuxième sonnerie.

— Allô ? dit-il d'une voix très calme.

Si elle n'avait pas été obnubilée par ses propres problèmes, Allegra aurait aussitôt deviné que quelque chose n'allait pas. Mais elle ne prêta pas attention au ton de Simon et demanda à parler à sa mère.

— Elle est occupée pour l'instant, répondit-il, est-ce qu'elle peut te rappeler ?

— Non, il faut que je lui parle tout de suite.

— Allie, elle ne peut pas, répéta-t-il avec fermeté.

Enfin, elle remarqua sa sévérité inhabituelle. Un frisson la parcourut.

— Il y a un problème, papa ? Elle est malade ?

Cette perspective la terrifiait. Sa mère, gravement malade à quelques jours du mariage… Delilah Williams prenant les choses en main… Cauchemardesque !

— Où est-elle ?

— Ici, à côté de moi, expliqua-t-il en posant une main affectueuse sur le bras de sa femme. Elle est un peu contrariée, ajouta-t-il avec douceur.

Elle pleurait depuis une heure. Simon haussa un sourcil dans sa direction pour savoir s'il pouvait tout expliquer à Allegra, et elle hocha la tête. Elle préférait que ce soit lui qui s'en charge.

— Nous avons reçu un coup de téléphone de Tony Garcia, le directeur de la chaîne, il y a une heure. Ils ont décidé de déprogrammer l'émission de ta mère. Ils vont tourner la dernière la semaine prochaine, une espèce d'adieu qui passera dans quelques semaines, et ensuite, terminé.

Après tant d'années, c'était un gros coup dur pour Blaire. Elle avait l'impression d'avoir perdu un vieil ami, et elle pleurait sans discontinuer depuis qu'elle avait appris la nouvelle.

— Pauvre maman ! Comment prend-elle ça ?

— Plutôt mal, répondit Simon avec franchise.

— Est-ce que je peux lui parler ?

Mais après avoir posé la question à Blaire, Simon lui dit qu'elle ne se sentait pas la force de discuter pour le moment et rappellerait Allegra plus tard.

Pensive, Allegra raccrocha. Sa mère avait tellement travaillé, elle avait connu tant de succès avec cette émission… Pendant longtemps, ç'avait été une merveilleuse réussite, et maintenant c'était terminé. Allegra n'avait aucune peine à imaginer ce que Blaire devait ressentir, et son cœur se serrait à cette pensée.

— Quelque chose ne va pas ? demanda Jeff, qui venait de revenir dans la pièce.

— Ils viennent d'annuler l'émission de maman.

Elle n'arrivait pas encore à le croire. *Buddies* faisait tellement partie de la vie de sa mère qu'il était difficile de l'imaginer sans. De surcroît, elle allait devoir se dépêcher d'écrire et de tourner le dernier numéro. A quelques jours du mariage, cela tombait terriblement mal.

— Je suis désolé, dit Jeff avec compassion. Elle

avait l'air préoccupée, dernièrement, je me demande si elle ne l'avait pas senti venir.

— C'est bizarre, je la trouvais plutôt mieux depuis quelques semaines. En tout cas, papa dit que ça lui a vraiment fait un choc et qu'elle le vit très mal. Je devrais peut-être aller la voir…

Là-dessus, elle parla à Jeff de l'appel de son père et de sa venue inattendue au mariage. Elle qui pensait ne plus jamais avoir de ses nouvelles… Elle avait oublié jusqu'au contenu de la lettre qu'elle lui avait envoyée !

— Tu ne le croiras jamais : il s'attend à me conduire à l'autel ! Après toutes ces années, il s'imagine que je vais le laisser faire. Il me prend pour une idiote ou quoi ?

— Il pense peut-être que c'est ce que tu attends de lui. Il ne doit pas bien savoir comment se comporter avec toi… Tu sais, il se peut qu'il ait changé. Tu devrais lui laisser une chance, au moins prendre le temps de lui parler quand il sera ici.

A l'instar de Simon, Jeff s'efforçait toujours d'être juste, mais Allegra fut outrée par sa suggestion.

— Tu plaisantes, j'espère ? Crois-tu que j'aurai le temps d'avoir une discussion pareille avec lui la veille de notre mariage ?

— Cela vaudrait peut-être la peine que tu trouves le temps. Cet homme a eu un rôle majeur dans ta vie, Allegra.

Et, d'une certaine manière, dans leur mariage. Jeff jugeait important d'en tenir compte.

— Il ne mérite pas que je fasse des efforts pour lui. Je regrette tellement de lui avoir écrit cette lettre !

Elle en voulait à Jeff de la pousser à donner une chance à Charles Stanton, et à ce dernier de se montrer aussi présomptueux.

— Tu te montres terriblement dure à son égard, observa Jeff avec calme. Il vient ici en réponse à ton invitation. Il me semble qu'il essaie de faire un effort.

— Un effort pour quoi ? De toute façon, il est trop tard. J'ai trente ans, et je n'ai pas besoin de lui.

— Je crois que si, sans quoi tu ne lui aurais pas écrit. Tu ne penses pas que le moment est venu de régler vos différends ? C'est l'occasion idéale. Une fin et un nouveau commencement, en quelque sorte.

— Tu n'y connais rien, explosa-t-elle en se levant pour arpenter la pièce comme un lion en cage.

Elle n'arrivait pas à croire que Jeff pût lui proposer d'ouvrir les bras à cet homme qui s'était toujours comporté envers elle de façon innommable.

— Tu n'as pas la moindre idée de ce que ma mère et moi avons enduré après la mort de mon frère. Il buvait, il frappait maman… Et la manière dont il nous a traitées quand nous sommes venues nous installer en Californie ! Il n'a jamais pardonné à maman de l'avoir quitté, et il s'est toujours vengé sur moi. Il me détestait, il regrettait probablement que je ne sois pas morte à la place de Patrick. Paddy serait sans doute devenu médecin comme lui…

Elle éclata en sanglots, engluée dans ses peurs et ses souvenirs. Lentement, Jeff s'approcha d'elle.

— Peut-être que c'est de tout cela que tu dois lui parler, murmura-t-il avec douceur. Comment était-il *avant* la mort de ton frère, tu t'en souviens ?

— Ça allait, mais il a toujours été plutôt froid et très occupé. Un peu comme ta mère, incapable de s'ouvrir aux autres et de créer des liens avec eux, pas très humain en somme.

Aussitôt, elle jeta à Jeff un regard embarrassé. Bien qu'ils eussent tous deux reconnu que le week-end à Southampton avait été catastrophique, elle n'avait jamais jusqu'alors critiqué ouvertement sa mère devant lui.

— Qu'est-ce que ça veut dire ? Ma mère est très réservée, certes, mais elle est parfaitement humaine, Allegra, dit Jeff froidement.

— J'en suis sûre, affirma Allegra, essayant de revenir en arrière.

Mais elle était contrariée qu'il eût pris le parti de son

père et se montrât si compatissant à son égard, et elle ne put s'empêcher d'ajouter :

— Sauf avec les Juifs, bien sûr.

Jeff fit un pas en arrière comme si elle l'avait giflé.

— C'est méchant de dire ça. La pauvre femme est âgée et elle a les idées d'une autre génération…

— Oui, cette même génération qui a envoyé des trains entiers de Juifs à Auschwitz ! Excuse-moi, mais quand nous étions chez elle, elle ne m'a pas vraiment paru très chaleureuse et affectueuse. Qu'aurait-elle dit exactement si tu ne lui avais pas expliqué que mon « vrai » nom était Stanton, pas Steinberg ? Tu sais, à ce propos, c'était nul de ta part. Horriblement lâche, conclut-elle avec un regard mauvais.

Jeff tremblait de rage.

— Tout comme il est horriblement lâche de ta part de refuser de parler avec ton père, rétorqua-t-il. Le pauvre homme a probablement passé les vingt dernières années à payer pour ses erreurs. Il n'a pas seulement perdu sa femme et sa fille, il a aussi perdu un fils. Blaire a refait sa vie, elle a eu d'autres enfants, une autre famille, un autre mari. Mais lui, qu'a-t-il ? D'après ce que tu m'as dit, rien du tout.

— Pourquoi as-tu pitié de lui, bon sang ? Peut-être qu'il n'a que ce qu'il mérite. Peut-être que c'était sa faute si Paddy est mort. Peut-être que s'il ne l'avait pas soigné lui-même, ou n'avait pas été alcoolique, il aurait pu le sauver.

— Est-ce vraiment ce que tu penses ?

C'étaient donc là les démons qui l'avaient hantée pendant plus de vingt ans. Elle regarda Jeff, effrayée elle-même par ce qu'elle découvrait au fond de son cœur.

— Tu crois qu'il a tué ton frère ?

— Je ne sais pas, dit-elle d'une voix rauque.

Mais Jeff était profondément troublé. Il ne la reconnaissait pas dans tout ce qu'elle venait de dire, et l'Allegra qu'il découvrait soudain ne lui plaisait guère.

C'était leur première vraie dispute, mais elle était digne des scènes de ménage de Carmen et Alan.

— J'estime que tu me dois des excuses pour ce que tu as dit à propos de ma mère. Elle n'a jamais rien fait pour te blesser. Quand vous vous êtes rencontrées, elle s'est seulement montrée un peu timide.

— *Timide ?* cria Allegra depuis l'autre bout de la pièce. Tu appelles ça timide ? Elle a été odieuse !

— Elle n'a jamais été odieuse avec toi ! répondit-il sur le même ton.

— Elle déteste les Juifs !

— Tu n'es pas juive, alors qu'est-ce que ça peut te faire ? répondit-il, à bout d'arguments.

A ces mots, furieuse, elle sortit en trombe de la maison, claqua la porte et monta dans sa voiture. Elle ne savait pas où elle allait, elle savait seulement qu'elle voulait mettre le plus de distance possible entre eux. Il était hors de question qu'elle épouse cet homme, et tant pis pour tous ceux qui avaient organisé le mariage. Sa mère, Delilah Williams, ses deux pères, qu'ils se débrouillent tous entre eux. Elle ne voulait plus entendre parler de cette mascarade.

Elle s'engagea sur l'autoroute du Pacifique à 135 km/h, et quarante minutes plus tard elle arrivait chez ses parents. Oubliant la nouvelle règle qui voulait qu'ils fussent prévenus avant chaque visite, elle ouvrit la porte d'entrée avec sa clé et la claqua si fort qu'elle fit trembler les murs. Ses parents étaient assis dans le salon, et Blaire sursauta violemment.

— Seigneur, que t'est-il arrivé ? s'écria-t-elle en regardant sa fille.

Jamais elle ne l'avait vue dans un tel état. Elle portait un short et un tee-shirt froissés, elle était pieds nus, et ses cheveux emmêlés étaient remontés sur sa tête et retenus avec un crayon.

— Tu vas bien ?

— Non, rétorqua Allegra, au bord de l'hystérie. J'annule le mariage.

— Maintenant ? s'exclama sa mère, horrifiée. Mais il est dans quelques jours ! Que s'est-il passé ?

— Je le déteste.

Simon se détourna pour dissimuler un sourire pendant que Blaire fixait sa fille sans en croire ses oreilles. Quoi, tous ces préparatifs, tous ces ennuis pour rien ?

— Vous vous êtes disputés ?

— Là n'est pas le problème. Sa mère est un monstre, et il pense que je devrais vraiment laisser une chance à Charles Stanton après toutes ces années. « Le pauvre homme a eu tellement de problèmes ! » C'est ignoble, conclut-elle, furieuse.

— Comment en êtes-vous arrivés à parler de Charles ? interrogea Blaire d'un air perplexe.

Elle ne l'avait plus vu depuis sept ans et n'avait plus pensé à lui un seul instant depuis qu'elle avait demandé à Allegra de l'inviter au mariage.

— Il a appelé ce soir. Il s'imagine qu'il va me conduire à l'autel. Non mais franchement, tu crois ça ? Il veut venir à mon mariage !

Oubliant sa propre souffrance et sa déception, Blaire tapota doucement la main de sa fille.

— Ce n'est pas grave, ma chérie. Peut-être que Jeff a raison et que le moment est venu de faire la paix avec lui.

Mais en entendant cela, Allegra s'insurgea encore davantage.

— Est-ce que vous avez tous perdu la tête ? Il m'a abandonnée il y a vingt-cinq ans et vous pensez que nous devrions être amis ? Vous êtes fous ou quoi ?

— Non. Mais il ne sert à rien de continuer à le haïr, Allegra, dit sa mère avec sagesse. A l'époque, il s'est passé beaucoup de choses que tu ne pouvais pas comprendre. Quand Paddy est mort, ça a été très dur pour lui. Pendant un certain temps, il a craqué. Je crois qu'il a en partie perdu la tête, et je ne suis pas sûre qu'il s'en soit jamais complètement remis. Tu devrais au moins écouter ce qu'il a à dire.

Au même instant, la sonnerie de la porte d'entrée

retentit. Simon fronça les sourcils, surpris, et alla ouvrir. Il avait l'impression de se trouver dans un aéroport ou d'être l'un des protagonistes d'une sitcom. Jeff apparut dans l'encadrement de la porte, aussi débraillé et furibond qu'Allegra.

— Comment oses-tu partir de cette façon ? cria-t-il.

Simon et Blaire échangèrent un coup d'œil entendu et quittèrent la pièce sur la pointe des pieds. Les deux jeunes gens étaient si furieux qu'ils ne s'en rendirent même pas compte. Pendant une heure, ils hurlèrent dans le salon tandis qu'à l'étage, Blaire tournait en rond dans sa chambre en se demandant si le mariage allait avoir lieu.

— En tout cas, ils sont bien assortis, ironisa Simon.

Quelques minutes plus tard, Samantha appela. La nuit était chaude, elle avait ouvert ses fenêtres, et elle entendait Jeff et Allegra se quereller depuis chez elle.

— Est-ce que maman et toi êtes en train de vous battre ? demanda-t-elle à son père d'une voix inquiète.

Elle venait de nourrir Matt et de le remettre au lit mais ne parvenait pas à se rendormir ; elle n'avait jamais entendu de dispute aussi violente de sa vie. Jimmy lui avait suggéré d'appeler pour s'assurer que tout allait bien. Simon sourit de sa question.

— Non, mais ta sœur, si.

— Avec maman ? s'étonna Sam.

Allegra ne s'était jamais disputée ainsi avec leur mère, ni d'ailleurs avec qui que ce soit.

— Non, avec ton futur beau-frère, enfin, si le mariage n'est pas annulé. (Il ne put retenir un petit rire. On était en plein vaudeville.) Nous leur poserons la question quand ils auront terminé.

— Quand sont-ils arrivés ? demanda Sam, intriguée.

Dans le fond, elle entendait encore des éclats de voix. Le barrage avait fini par céder ; depuis des mois, Jeff et Allegra vivaient sous pression, entre ses clients à elle et son film à lui. Allegra avait dû gérer menaces de mort et fausses couches, son client préféré s'était fait assassiner sous ses yeux, sa sœur était tombée enceinte, avait failli abandonner son bébé, puis le lui donner, elle avait dû organiser son mariage avec une folle en capeline mauve, rencontrer sa belle-mère… Il y avait là de quoi rendre n'importe qui hystérique.

— Ils ont débarqué ici il y a un moment, expliqua Simon. Je suis persuadé qu'ils ne tarderont pas à repartir, s'ils ne se sont pas entre-tués d'ici là.

Peu après, Blaire et lui descendirent au rez-de-chaussée pour voir s'ils pouvaient intervenir. Allegra pleurait dans le salon, et Jeff semblait avoir des envies de meurtre ou de suicide, au choix.

— Comment allez-vous, tous les deux ? demanda Simon d'une voix calme.

Il versa du vin dans quatre verres et tendit le premier à Jeff, qui semblait en avoir bien besoin. Le jeune homme le prit avec un signe de tête reconnaissant et s'assit, le plus loin possible d'Allegra.

— Tout va bien, répondit celle-ci entre deux sanglots.

— Je ne suis pas sûr de te croire, observa son père en souriant.

Blaire alla s'installer à côté de sa fille.

— Et si vous partiez en week-end quelque part, seuls tous les deux ? proposa-t-elle. Ce sera certainement votre dernière occasion d'être un peu tranquilles avant le mariage. (Elle se tourna vers Jeff.) Je crois que vous devriez essayer, s'ils peuvent se passer de vous pendant deux jours, sur le tournage.

Il hocha la tête, conscient qu'il s'agissait là d'une sage proposition.

— Je suis désolé, pour votre série, dit-il avec compassion avant de jeter un coup d'œil à Allegra.

— Moi aussi, maman, acquiesça-t-elle en se mouchant.

— Merci, répondit Blaire.

Elle aussi avait beaucoup pleuré ce soir, mais la dispute de Jeff et Allegra la touchait bien davantage que l'arrêt de son émission. Certes, elle savait que ce n'était qu'une querelle d'amoureux sans importance, mais c'était de la vie de sa fille qu'il était question, pas de sottises télévisées. Par chance, elle était encore capable de faire la différence.

— Je pense que ta mère a raison, dit Jeff en finissant son vin. Peut-être que nous ferions bien de partir en week-end.

Allegra aurait voulu lui répondre qu'elle n'irait nulle part avec lui, pas après toutes les horreurs qu'il lui avait dites, mais elle n'osa pas devant ses parents ; aussi accepta-t-elle d'aller passer deux jours avec lui à Santa Barbara. Simon leur suggéra de descendre dans un hôtel qu'il connaissait à San Ysidro.

Deux heures plus tard, enfin, ils repartirent, chacun dans sa voiture, seuls avec leurs peurs et leurs regrets respectifs. Allegra songea à Jeff durant tout le trajet du retour, et à la froideur dont Mme Hamilton avait fait preuve à son égard. Elle pensa également à son propre père, à la souffrance qu'il lui avait causée au fil des années. Mais Jeff était différent de Charles Stanton, il ressemblait bien davantage à Simon. Lorsqu'elle arriva à Malibu, elle était consciente que leurs divergences n'étaient pas si monstrueuses que cela. Jeff lui présenta ses excuses pour les choses désagréables qu'il lui avait dites ; la plupart avaient dépassé sa pensée. Il était seulement irrité qu'elle ait critiqué sa mère et sur les nerfs à cause de son film.

Cette nuit-là, ils parlèrent de mille choses, mais passèrent surtout de longues heures au lit à rire ensemble et à se répéter combien ils avaient été bêtes de se disputer ainsi. Puis ils s'endormirent dans les bras l'un de l'autre.

A Bel Air, Simon et Blaire étaient couchés eux aussi. Encore éveillés, ils parlaient des deux fiancés.

— Je ne suis pas sûre que j'aimerais avoir à nouveau leur âge, chuchota Blaire à Simon.

— Ce pourrait être amusant de se mettre dans des états pareils et de crier en tapant du pied, objecta Simon. En tout cas, Allegra a de la voix. Toi, tu ne m'as jamais fait de scène avec un tel coffre.

Blaire éclata de rire.

— C'est un reproche ? Je pourrais toujours apprendre. Je vais avoir beaucoup de temps, maintenant…

Son émission allait affreusement lui manquer, et elle ne savait pas ce qu'elle allait faire, à l'avenir. Elle n'avait pas envie de rester à la maison toute la journée à s'occuper de son petit-fils. A cinquante-cinq ans, elle se sentait encore très vivante, mais elle n'avait plus de travail ; une fois le dernier numéro terminé, elle serait au chômage. Elle n'arrivait pas à le croire.

— J'ai eu une idée, ce soir, je ne sais pas ce que tu vas en penser, dit Simon d'un ton réfléchi.

Ils avaient enfin réussi à chasser le spectre d'Elizabeth Coleson de leurs existences, et ils étaient désormais plus heureux que jamais l'un avec l'autre. Simon roula sur le côté et se souleva sur un coude pour pouvoir regarder sa femme à la lueur du clair de lune.

— Ça fait un certain temps que je souhaite un nouveau coproducteur à mon équipe. J'en ai assez de tout faire. Certes, toute la gloire me revient quand les choses se passent bien, mais parfois, ce travail me rend fou. Je sais par ailleurs que pour les détails tu serais bien plus douée que moi. Que dirais-tu de collaborer à mon prochain film ? Peut-être celui de Jeff ? Qu'en pensestu ?

— Comment appellerons-nous le film ? *Affaire de famille* ? ironisa-t-elle, songeant qu'il lui proposait cela uniquement par pitié ou pour plaisanter.

— Je suis sérieux, Blaire. Ça fait des années que j'aimerais que nous travaillions ensemble, mais tu n'as jamais eu le temps. Je trouve que tu es trop bonne pour te cantonner à des productions pour la télévision. Pourquoi ne pas au moins tenter le coup ?

A bien des égards, ils formaient une merveilleuse équipe, et il savait qu'ils auraient beaucoup à s'apporter, professionnellement. Elle réfléchit et lui sourit.

— Je suppose que nous pourrions essayer, oui. Je n'ai rien d'autre à faire : après le mariage d'Allegra, je serai libre.

En fait, cette idée la séduisait, et elle embrassa son mari pour le remercier.

— Le mariage n'est plus annulé ? plaisanta-t-il. Je n'ai pas osé leur poser la question avant leur départ.

— J'espère bien que non, répondit Blaire dans un soupir en se rallongeant, heureuse à la perspective de travailler avec Simon.

— Alors, qu'en penses-tu ? insista-t-il.

— Il faudra que j'appelle mon agent.

Ils rirent de bon cœur.

— Ah, ces gens d'Hollywood, tous les mêmes ! s'exclama Simon. Vas-y, appelle ton agent, moi je téléphonerai à mon avocate.

Là-dessus, il l'embrassa dans le cou et elle se blottit contre lui. Cette journée, si catastrophique à bien des égards, se terminait somme toute de manière agréable. Blaire était toujours triste de perdre son émission, mais l'idée de travailler avec Simon lui plaisait beaucoup. Elle en discuterait avec Allegra dans la matinée.

Quand elle rouvrit les yeux pour regarder son mari, celui-ci dormait profondément. Il était fort tard, la journée avait été longue et éprouvante, riche en émotions, et il était épuisé. Un sourire affectueux se peignit sur les lèvres de Blaire. Après toutes les souffrances de l'année précédente, elle avait l'impression d'avoir retrouvé Simon. Peut-être certaines de ces souffrances en valaient-elles la peine ?

21

Allegra trouva excellente l'idée que ses parents travaillent ensemble, surtout sur le film de son mari.

— Tu parles d'une affaire de famille ! s'exclama-t-elle en riant lorsque sa mère lui annonça la nouvelle. Est-ce que je peux avoir le rôle principal ?

Jeff et elle venaient de rentrer de San Ysidro. Tout était rentré dans l'ordre, et ils étaient parfaitement sereins, aussi sereins du moins qu'ils pouvaient l'être à six jours de leur mariage. Pour reprendre les termes de Delilah Williams, le compte à rebours était commencé.

La robe était prête, les chapeaux aussi, le voile avait été confectionné. Et le paysagiste jurait que le jardin serait terminé avant le week-end.

Les demoiselles d'honneur venant de Londres et de New York devaient arriver deux jours plus tard ; la mère de Jeff était attendue le jour suivant et devait descendre au Bel Air, tout comme Charles Stanton, censé arriver le vendredi.

— Tu crois que nous tiendrons le coup, maman ? demanda Allegra à sa mère, d'un air terrifié.

Elle essayait de boucler le maximum de dossiers au bureau. De son côté, Jeff devait terminer son film le mercredi. L'emploi du temps était vraiment très serré. Allegra avait même trouvé un acheteur pour sa maison et devait signer la vente le surlendemain. Où qu'elle se tournât, elle découvrait mille nouveaux détails à régler.

Après l'arrivée de ses demoiselles d'honneur le mardi soir, un essayage était prévu le mercredi matin, afin que tous les ajustements éventuellement nécessaires puissent être effectués sur les robes. Mais Nancy et Jessica lui avaient communiqué leurs tailles, et il n'y avait aucune raison pour qu'il y eût le moindre problème.

— J'ai tellement peur ! avoua Allegra à Blaire lorsqu'elle lui rendit visite, le lundi soir.

Jeff travaillait tard, et elle avait décidé d'en profiter pour passer voir Sam et le bébé.

— De quoi, ma chérie ? demanda sa mère d'un ton apaisant.

— De tout. Et si ça ne marchait pas, entre Jeff et moi ? Comme toi et… tu sais… Charles ?

Son père. Elle n'arrivait pas à l'appeler « papa ».

— Ça peut arriver, mais je te rappelle que les circonstances étaient très particulières, et que j'étais bien plus jeune que toi quand je l'ai épousé. Jeff et toi êtes beaucoup plus malins que nous ne l'étions et tout se passera très bien, j'en suis certaine.

Ils étaient jeunes et intelligents, et ils ne s'étaient pas lancés dans cette aventure à la légère. Le Dr Green se déclarait très satisfaite de la façon dont Allegra gérait ses sentiments et ses anciennes peurs. Mais bien sûr, il n'y avait jamais de garanties ; leurs existences pouvaient être bouleversées à n'importe quel instant par des événements indépendants de leur volonté.

— Dans la vie, on n'est jamais sûr de rien. Il faut seulement faire de son mieux, et être là l'un pour l'autre quoi qu'il arrive, dit Blaire avec sagesse en souriant à sa fille.

— Oui, et ne jamais manquer d'Häagen Dazs ou de pizzas surgelées, ajouta Sam.

De fait, Jimmy avait un appétit d'ogre, mais la jeune fille n'avait jamais été aussi heureuse de sa vie. Son mari et elle adoraient le bébé. Celui-ci dormait dans ses bras et tétait tout le temps. A un mois, il pesait déjà près de cinq kilos et demi. Sam semblait être née pour la vie qu'elle menait désormais ; elle aimait passer son temps avec Jimmy et il l'aidait merveilleusement bien à s'occuper de Matt. Les petites sœurs de Jim leur rendaient visite très souvent et jouaient dans le jardin des Steinberg. Tout à coup, Blaire avait l'impression que sa maison était pleine d'enfants. C'était d'autant plus agréable que Simon et elle continuaient à avoir une vie à eux. Ils avaient le temps de se consacrer l'un à l'autre et ne cessaient de parler de leur projet de collaboration. Ils envisageaient même de faire un voyage en Europe entre la fin de l'émission et le début du tournage du prochain film de Simon. Cela faisait des années qu'ils n'avaient pas été aussi heureux ensemble, et Simon était ravi. Il lui arrivait souvent de rentrer déjeuner à la maison, et Blaire et lui passaient plus de temps au lit que lorsqu'ils étaient plus jeunes.

— Peut-être que vieillir n'est pas si horrible que ça, l'avait taquiné Blaire le matin même, lorsqu'il l'avait sortie de sa douche et emmenée au lit pour lui faire l'amour.

Elle avait encore les cheveux relevés au-dessus de sa tête et elle était toute mouillée, mais il s'en moquait. Lorsqu'il était parti au bureau, un moment plus tard, il avait plus d'une demi-heure de retard sur son premier rendez-vous.

Mais ils entamaient la seconde partie de leur vie. Jeff et Allegra, comme Jimmy et Sam, en étaient au début. Leur amour était tout jeune, et ils avaient encore bien des montagnes à gravir. Enfants, victoires et défaites… Blaire avait connu tout cela, et maintenant, elle appréciait les vallées. Les montagnes étaient un peu trop raides à son goût.

— Détends-toi et prends ton mal en patience cette semaine, dit-elle à Allegra. C'est sans doute le moment le plus difficile.

— Je suis contente de ne pas avoir eu à passer par là ! s'exclama Sam en riant.

Du bout du doigt, elle effleura la joue satinée de Matt. Malgré tout, Blaire regrettait que Sam n'eût pas connu l'excitation d'un grand mariage, même si Allegra, encore au cœur de la tourmente, se surprenait souvent à envier la tranquillité d'esprit de sa sœur.

Ses demoiselles d'honneur l'appelèrent dès leur arrivée le mardi soir. Elles étaient toutes deux descendues au Bel Air, et Allegra avait demandé à Alice de faire livrer des fleurs, des magazines et des chocolats dans leurs chambres. Leurs robes étaient dans la penderie et les attendaient, accompagnées des chaussures brodées de dentelle beige qu'Allegra leur avait achetées à leurs tailles. Tout était en ordre.

Allegra les retrouverait à l'hôtel le lendemain à l'heure du déjeuner avec la retoucheuse. Elle avait réservé une immense suite et avait prévu d'emmener Sam avec elle. Carmen viendrait également sur place pour son essayage. Juste avant, Allegra avait rendez-vous chez le notaire pour signer l'acte de vente de sa maison. C'était vraiment une semaine de folie, et elle avait la tête qui tournait à la pensée de tout ce qu'elle avait à faire.

Elle n'avait vu ni Nancy Towers ni Jessica Farnsworth depuis la fin de ses études. Cela faisait bien longtemps, mais l'amitié qui les unissait était encore très profonde, et il était important pour elle qu'elles soient toutes les deux présentes à son mariage.

Allegra arriva à l'hôtel avec Sam. Elles avaient apporté un grand sac contenant toutes les affaires de Matt, ainsi qu'une mini-balançoire pour l'occuper pendant que les jeunes femmes déjeuneraient et essaieraient leurs robes dans l'intimité de la suite. Le coiffeur devait les rencontrer, et il amènerait avec lui la maquilleuse. Le photographe en profiterait pour faire quelques clichés.

Blaire avait décidé de ne pas venir, « afin de ne pas déranger les jeunes », et il avait été impossible de la faire changer d'avis. Delilah Williams l'avait gourmandée, affirmant qu'elle *devait* venir. Il fallait absolument qu'elle rencontre les demoiselles d'honneur, et voie combien elles étaient belles dans leurs jolies robes.

Allegra avait choisi un si beau tissu, et elles semblaient toutes si minces que l'essayage ne pourrait que se dérouler sans problèmes ! Blaire, néanmoins, avait tenu bon.

Mais les dieux les avaient de toute évidence oubliées ce jour-là. Pour commencer, quand Allegra et Sam arrivèrent, la suite n'était pas prête ; elles étaient trempées car la pluie s'était mise à tomber alors qu'elles traversaient le jardin de l'hôtel avec tout leur équipement. Carmen les attendait déjà. Elle était au téléphone avec son agent et buvait du Coca-Cola en grignotant des chocolats. Ses longues jambes croisées devant elle étaient toujours aussi sublimes, mais dès qu'elle se leva, Allegra comprit qu'elles allaient avoir un problème. Elle n'avait pas vu Carmen depuis un mois et l'actrice n'était enceinte que de deux mois et demi, mais elle devait attendre des triplés, car sa taille avait doublé de volume, sans parler de ses hanches. Nul doute qu'elle faisait un bon quarante, à présent. Allegra réprima une grimace en songeant au modèle taille trente-huit qu'elle lui avait commandé.

— Que t'est-il arrivé ? demanda-t-elle à mi-voix. (Elles étaient suffisamment proches pour qu'elle pût se montrer franche envers son amie.) Combien de kilos as-tu pris ?

— Neuf, répondit Carmen sans se troubler. Heureusement que le film est terminé !

— Comment as-tu pu grossir autant en si peu de temps ? Sam n'a pris que onze kilos pendant toute sa grossesse !

Allegra commençait à paniquer. Jamais Carmen n'arriverait à rentrer dans sa robe ! Et elle savait que plus tard elle regretterait ses excès. Mais pour l'instant, elle était tellement heureuse d'être enceinte qu'elle passait ses journées chez elle à dormir et à manger.

— Pff, ta sœur a dix ans, pas étonnant qu'elle ne pèse que quarante kilos ! rétorqua-t-elle en haussant les épaules.

— Elle sait surtout se contrôler, fit valoir Allegra.

Puis les trois jeunes femmes s'installèrent autour de Matthew et l'admirèrent un long moment.

Enfin, elles purent monter dans la suite. Sam essaya sa robe la première, et elles constatèrent qu'elle était plus mince qu'avant sa grossesse ; elle pesait à peine plus de cinquante kilos pour un mètre soixante-quinze. La fermeture Eclair remonta à toute vitesse, pour se bloquer au milieu de son dos. Il n'était pas difficile de deviner pourquoi : personne n'avait songé à tenir compte du fait qu'elle allaitait.

— Mon Dieu, mais quelle taille de soutien-gorge fais-tu ? demanda Allegra, paniquée.

— Du 95 D, répondit fièrement sa sœur.

Carmen esquissa un sourire extatique.

— J'ai hâte ! lança-t-elle gaiement.

— Tu n'aurais pas pu penser à me prévenir ? grommela Allegra à l'adresse de Sam. Tu es passée d'un 80 A à un 95 D et tu t'imaginais peut-être que ça ne ferait aucune différence ?

— J'ai oublié, s'excusa Sam.

Par chance, la retoucheuse les rassura : elle pourrait prendre suffisamment de tissu ailleurs pour compenser. En revanche, la robe de Carmen lui posait davantage de problèmes. Affolées, elles appelèrent le couturier. La vendeuse leur annonça qu'il lui restait une robe dans ce modèle, mais seulement en 42. Serait-ce trop grand ?

— J'ai bien peur que non, répondit Allegra avec un soupir de soulagement.

Là-dessus, Nancy Towers arriva, surexcitée de revoir son amie. Nancy s'était mariée et avait divorcé ; elle envisageait de retourner s'installer à New York, essayait de lancer un magazine, avait teint ses cheveux, les avait reteints, et elle entretenait une liaison avec un homme divin qui vivait à Munich. Elle menait une vie très internationale, et lorsqu'elle eut terminé le récit de ses aventures – ou du moins une bonne partie, car elle paraissait intarissable – Allegra était épuisée rien que de l'avoir écoutée.

Nancy lui avait dit faire « un petit trente-six », mais

c'était là une vision optimiste ; il était clair qu'elle serait plus à l'aise dans un trente-huit. Par chance, la couturière affirma que la robe prévue à l'origine pour Carmen lui irait, avec quelques retouches, et une fois encore elles furent sauvées in extremis du désastre.

— Je ne crois pas que mes nerfs vont tenir, dit Allegra à Sam en se laissant tomber sur une chaise.

— Détends-toi, tout va bien se passer, affirma sa sœur.

— J'ai l'impression d'entendre maman, observa Allegra. (En cet instant, Sam ressemblait tout particulièrement à leur mère.) Tu es adorable, je te l'ai déjà dit ? ajouta-t-elle.

Depuis la grossesse de sa sœur et la naissance du bébé, elle se sentait beaucoup plus proche d'elle.

— Pas dernièrement, mais je le savais, de toute façon, plaisanta Sam. Tu n'es pas mal non plus, comme grande sœur. Même si tes amies sont un peu grassouillettes, ajouta-t-elle à mi-voix.

Elles rirent de bon cœur, et peu après, Jessica rejoignit le petit groupe. Allegra réalisa alors qu'il pouvait se passer bien des choses en cinq ans… Jessica avait les cheveux très courts, pas de maquillage, et elle portait un superbe tailleur pantalon Armani acheté à Milan. Elle travaillait dans l'édition, mais avait beaucoup d'amis dans la mode, et elle entretenait un look minimaliste, austère, très en vogue, semblait-il, en Europe et sur la côte est. Mais ce n'était pas tout. Quelque chose en elle avait changé. Allegra n'avait pas manqué de remarquer le regard ouvertement admiratif que son amie avait jeté à Carmen en entrant dans la pièce ; soudain, elle comprit ce que Jessica avait de différent. Elle était ouvertement lesbienne, à présent, alors que pendant des années elle avait gardé ses préférences sexuelles secrètes.

Durant le déjeuner, Jessica, devenue « Jess », leur parla de sa petite amie. Elle enchaîna sur sa vie et déclara qu'elle avait le sentiment que le mouvement lesbien avait pris de l'ampleur dans l'ouest du pays, mais pas encore assez dans l'Est. Carmen se contenta de lui jeter un regard vide et affirma qu'il n'y avait pas de lesbiennes à Portland.

— Eh bien, à Londres, si ! répondit Nancy en riant.

Elle riait toujours de tout et de tout le monde. Où qu'elle allât, elle s'amusait comme une folle, et même si elle avait tendance à boire un peu trop, il était clair qu'elle aimait faire la fête.

— As-tu déjà eu une expérience homosexuelle ? lui demanda Jess.

Nancy réfléchit avant de répondre, pendant que Carmen, rougissante, piquait du nez dans son assiette et que Sam jetait un regard appuyé à son aînée, qui s'efforçait de garder son calme. Elle était certaine à présent de ne jamais survivre à ce mariage.

— En fait, répondit enfin Nancy avec nonchalance, je ne crois pas, non.

— Oh, tu t'en souviendrais, affirma Jess avant d'accepter d'essayer sa robe.

Elle ôta sa chemise et son tailleur Armani ; dessous, elle portait un caleçon en soie et rien d'autre. Allegra fut forcée de reconnaître qu'elle avait un corps de rêve. Cependant, il ne l'attirait pas, et le fait de savoir que Jess aimait les femmes la mettait légèrement mal à l'aise.

Plus tard, comme un employé de l'hôtel arrivait avec une bouteille de champagne, Jess dit en plaisantant à Allegra qu'elle avait tort d'épouser un homme et aurait dû se marier avec une femme. Allegra remarqua alors qu'elle portait un fin anneau d'or à l'annulaire gauche ; suivant son regard, son amie expliqua qu'elle vivait avec la même compagne depuis maintenant deux ans. Il s'agissait d'une styliste japonaise, et ensemble, elles voyageaient dans toute l'Europe et en Extrême-Orient dès qu'elles le pouvaient. Elle semblait mener une vie intéressante, même si elle avait fait des choix très différents de ceux d'Allegra.

Au moins, sa robe lui allait, et quand Delilah rejoignit le petit groupe, tout semblait à peu près en ordre.

Les chaussures convenaient et étaient même presque confortables, les chapeaux s'ajustaient parfaitement ; le photographe vint prendre quelques photos. Nancy avait un peu trop bu et riait tout le temps ; quant à Jessica, plus par jeu qu'autre chose, elle faisait des avances éhontées à Carmen.

— Je suis enceinte, pour l'amour du ciel ! s'écria celle-ci d'un ton sec lorsque, pour rire, Jess fit courir un doigt le long de son cou.

De toute évidence, Carmen n'appréciait pas la plaisanterie.

— Ce n'est pas grave, ça ne me dérange pas, affirma Jess.

Mais elle se lassa bientôt et alla bavarder avec Sam, qu'elle complimenta sur son bébé. C'était une femme fondamentalement gentille, qui avait avoué son homosexualité à son entourage quelques années plus tôt et était désormais très à l'aise avec elle-même, au point parfois de paraître choquante.

— Pourquoi ne me l'as-tu pas dit ? lui demanda Allegra cet après-midi-là.

— Je ne sais pas. Je ne te connaissais plus si bien que ça… Ce n'est pas toujours facile à expliquer, tu sais. Je ne pensais pas que tu comprendrais.

Ensuite, elles parlèrent de l'impact qu'avait eu le sida sur la culture contemporaine, et de tous les amis qu'elles avaient perdus, en particulier à Hollywood et dans les milieux créatifs de Londres ou Paris.

Et finalement, à cinq heures, elles libérèrent la suite et s'en allèrent. Nancy et Jess avaient chacune des amis à voir. Les cinq jeunes femmes se donnèrent rendez-vous le lendemain soir pour l'enterrement de la vie de jeune fille d'Allegra. Le dîner de répétition était le surlendemain ; puis, enfin, arriverait le grand jour.

— Si je survis jusque-là, soupira Allegra lorsqu'elle déposa Sam et le bébé à Bel Air.

L'après-midi avait été amusant mais épuisant. Elle n'était même pas certaine d'avoir beaucoup de choses en commun avec ses anciennes amies, sinon des souvenirs. Elle était notamment un peu déconcertée par Jess. Elle pensait encore à elle lorsqu'elle s'arrêta à son bureau pour prendre ses messages et quelques dossiers avant de rejoindre Jeff sur le tournage. C'était une date importante, pour lui : son premier film était enfin achevé.

Elle pénétra dans le studio sur la pointe des pieds et assista à la dernière prise de la dernière scène. Elle entendit des cris de joie fuser de toutes parts lorsque le réalisateur eut prononcé les mots magiques : « C'est dans la boîte ! » Jeff et Tony se serrèrent la main avant de tomber dans les bras l'un de l'autre. Tout le monde était très ému. Quand Jeff se tourna vers Allegra, il arborait un sourire radieux. Tony s'approcha et la serra dans ses bras également. Il était petit, trapu et blond, aussi différent de Jeff qu'il était possible de l'être. Mais ensemble, ils avaient fait un travail dont ils pouvaient être fiers. Produire ce film avait été difficile, mais enrichissant.

Ce soir-là, ils donnèrent une grande soirée, à laquelle Allegra participa avec joie. Quand Jeff et elle rentrèrent à Malibu, elle était épuisée.

— Comment s'est passée ta journée ? lui demanda Jeff.

Jusque-là, il avait été complètement accaparé par son film. Maintenant, enfin, il pouvait de nouveau s'occuper d'Allegra. Certes, il devait encore superviser la postproduction, mais le plus gros était fait. Les acteurs et les techniciens étaient rentrés chez eux ; il ne restait plus que les monteurs, le réalisateur, Tony et lui.

— J'ai eu une journée étrange, lui répondit Allegra en souriant avant de lui parler de Nancy et Jess.

Elle lui expliqua que ses vieilles amies étaient quasiment devenues des étrangères pour elle, et que cela lui avait fait un choc.

— C'est pour ça que je ne voulais pas faire venir un tas de gens de New York. Au bout d'un certain temps, on n'a plus rien à se dire. Il n'y a que Tony qui compte encore vraiment, pour moi.

— Tu as été plus malin que moi.

Ils s'installèrent dans leur salon et parlèrent un moment, puis enfin ils se couchèrent. Jeff avait encore quelques petits détails à régler le lendemain, et à midi il devait aller chercher sa mère.

Allegra l'aurait volontiers accompagné, mais elle avait rendez-vous avec sa propre mère pour un dernier point de ce qu'il leur restait à faire. Blaire voulait notamment que sa fille l'aide à établir les plans de table pour le dîner de répétition. Pour la millionième fois, Allegra se répéta que Carmen avait eu bien raison de se marier à Las Vegas. Sans parler de Sam qui, elle, était carrément restée à Los Angeles. Mais les circonstances étaient différentes…

Elle convint de retrouver Jeff et sa mère pour prendre le thé au Bel Air dans l'après-midi. Cette fois, elle amènerait du renfort : elle avait demandé à sa propre mère de se joindre à eux.

Allegra avait eu beau la prévenir, Blaire eut un choc en rencontrant Mme Hamilton.

Cette dernière portait un tailleur sombre et un chemisier en soie blanche. Quand Allegra l'aperçut, elle attendait avec raideur dans les jardins du Bel Air. Jeff était près d'elle.

— Bonjour, madame Hamilton. Comment s'est passé votre voyage ?

— Bien, merci, Allegra, répondit Mary Hamilton sans inviter sa future belle-fille à l'appeler par son prénom.

Ils allèrent s'asseoir dans la salle de restaurant, et Blaire se montra charmante envers Mme Hamilton, si bien qu'au bout d'une heure, celle-ci sembla se détendre un peu. Jeff était très reconnaissant à Blaire pour ses efforts ; elle savait exactement comment aborder son interlocutrice, et tout se passa au mieux.

Lorsque Jeff raccompagna sa mère jusqu'à sa chambre, elle lui dit que, pour une femme qui travaillait dans le show-business, Mme Steinberg était très intelligente et d'une distinction surprenante. Ce qu'il s'empressa de répéter à Allegra dès qu'il fut de retour dans le hall de l'hôtel.

— Elle aime beaucoup ta mère, traduisit-il en langage simple.

— Maman l'aime bien aussi.

— Et toi ? Tu tiens le coup ?

Il se souvenait de l'affreuse querelle qui les avait opposés deux semaines plus tôt et des insultes qu'ils avaient échangées à propos de leurs familles respectives et surtout de sa mère. Il se sentait obligé de la défendre, mais il savait aussi que certains des reproches d'Allegra étaient fondés. Mary Hamilton était loin d'être facile à vivre. Elle n'était pas jeune, elle n'appartenait pas au monde moderne, elle était bourrée d'a priori et de préjugés, et Jeff était son seul enfant… Combinaison explosive entre toutes !

— Ça va, répondit Allegra. Je suis un peu nerveuse, c'est tout.

Il lui sourit.

— Quoi de plus normal ?

Ce soir-là avaient lieu leurs enterrements de vie de garçon et de jeune fille. Mais Allegra en était arrivée à un stade où elle ne se réjouissait plus de rien : les événements se succédaient et il fallait tenir le coup, point final. Même les cadeaux de mariage se révélaient plus pénibles qu'autre chose. Ils avaient déjà reçu dix paires identiques de chandeliers en cristal de chez Cartier, et un nombre incalculable de cadres en argent. Tous les objets devaient être répertoriés, enregistrés, entrés sur ordinateur et inventoriés, puis il leur fallait écrire une lettre de remerciement personnalisée à chaque donateur. C'était beaucoup de travail et peu de plaisir, et tous les petits détails à régler finissaient par lui donner mal à la tête. Elle aurait aimé demander aux gens d'attendre, d'envoyer leurs cadeaux plus tard, mais bien sûr elle ne pouvait pas.

— Qu'y a-t-il de prévu pour ton enterrement de vie

de jeune fille, ce soir ? demanda Jeff comme ils rentraient chez eux se changer.

— Nous dînons chez Spago, répondit-elle en étouffant un bâillement.

— Et nous au Troy.

— Voilà qui a l'air bien civilisé. Espérons que personne n'aura l'idée géniale de débarquer avec un car de prostituées.

Les histoires égrillardes qu'elle avait maintes fois entendues sur les enterrements de vie de garçon ne l'avaient jamais amusée, et elle en aurait beaucoup voulu aux amis de Jeff s'ils lui avaient fait une surprise de ce genre.

Mais en fin de compte, la soirée de Jeff se révéla plus chaste que la sienne. Certes, l'incontournable strip-teaseuse était présente, mais après une mini-représentation elle partit sans incident. Il y eut des chansons paillardes, quelques histoires drôles, rien de très grave. Le seul invité inattendu avait été amené par Alan Carr : il s'agissait d'un alligator, tenu en laisse par un dompteur, et qui portait autour de son cou une pancarte marquée ALLEGRA. Les invités trouvèrent cela hilarant.

Chez Spago, un strip-teaseur se présenta à la table des filles, ce qui ne manqua pas de provoquer quelques commentaires blasés de la part de Jess. Elle avait beaucoup d'humour et taquinait souvent les autres filles.

Allegra reçut des cadeaux plus délurés les uns que les autres : films X, vibromasseurs, et tout le monde eu droit à de la lingerie sexy. Au début, elle trouva cela amusant, mais elle ne tarda pas à se lasser. Elle n'avait qu'une envie : rentrer chez elle, se coucher et ne plus penser au mariage.

— J'ai l'impression d'être candidate aux jeux Olympiques, soupira-t-elle en s'allongeant à côté de Jeff, plus tard ce soir-là.

Elle commençait à se demander s'ils ne commettaient pas une erreur. Pourquoi les autres femmes semblaient-elles si sûres d'elles ? Carmen, Sam… Cela paraissait facile pour elles. Allegra avait-elle peur du mariage, ou de Jeff ? Les questions se bousculaient dans sa tête, sans réponse, et quand elle s'endormit enfin, ce fut pour sombrer dans un sommeil peuplé de cauchemars.

22

Le vendredi fut pour elle la pire journée de toutes. C'était son dernier jour de travail, et elle devait tout boucler. Heureusement, la maison était vendue… Mais il lui restait encore une épreuve majeure à affronter. Son père arrivait de Boston cet après-midi-là, et ils étaient convenus de se retrouver pour le thé au Belage.

Elle appréhendait cette entrevue depuis des jours et n'avait cessé de faire des cauchemars à ce sujet. Cela n'avait rien à voir avec Jeff ou leur mariage : il était cette fois question de sa vie, de ses souvenirs, de sa liberté. Elle attendait ce moment depuis vingt-cinq ans.

Elle était d'autant plus tendue, ces derniers jours, qu'elle avait l'impression de perdre Jeff, au milieu de tous les préparatifs. Il n'était question que de chapeaux, de chaussures, de voiles, de vidéos, de photographies, de gâteaux et de demoiselles d'honneur ; cela n'avait rien à voir avec son fiancé, ni avec le sentiment qui les avait poussés l'un vers l'autre. Elle avait l'impression que ce mariage était un labyrinthe qu'il lui fallait traverser pour retrouver Jeff, et elle avait hâte que tout soit terminé.

Elle avait quitté la maison alors qu'il dormait encore, ce matin-là, et quand elle essaya de l'appeler un peu plus tard, il était déjà parti faire Dieu sait quoi. Ils avaient prévu de déjeuner ensemble mais ne parvinrent pas à se joindre à temps.

Enfin, l'heure de son rendez-vous avec Charles Stanton arriva.

La répétition avait lieu en fin d'après-midi, et elle y verrait Jeff ; mais ils se sépareraient sans doute ensuite au moment du dîner, et ce soir-là elle dormait chez ses parents, conformément à la tradition, afin de ne pas voir Jeff avant le mariage. Elle se réjouissait à l'idée de passer sa dernière soirée en famille et de bavarder avec Sam jusque tard dans la nuit, si sa sœur venait se joindre à eux.

En attendant, elle devait voir son père. Elle en avait parlé à Sam et lui avait dit combien cela l'ennuyait de monter à l'autel à son bras, et Simon l'avait réprimandée :

— A t'entendre, on dirait que ce sera un kidnapping !

— En l'occurrence, c'en sera un, en effet, avait-elle répondu sombrement.

Elle allait devoir trouver un moyen d'expliquer à Charles Stanton qu'il assisterait au mariage en tant qu'invité, pas en tant que père de la mariée. « Ce soir, le rôle du père sera interprété par Simon Steinberg, pas Charles Stanton... », songeait-elle en pénétrant dans le hall de l'hôtel. Elle bouscula un vieux monsieur au passage, s'excusa et se dirigea vers la réception. Mais soudain, elle s'immobilisa ; l'homme qu'elle venait de heurter lui semblait familier...

Elle se retourna et l'observa. Oui, c'était bien lui. Mais il paraissait si vieux, tout à coup ! Lui aussi la regardait, et il s'approcha d'elle à pas lents.

— Allegra ? demanda-t-il avec prudence.

Elle hocha la tête en retenant son souffle. Charles Stanton. Son père.

— Bonjour, dit-elle, à court de mots.

Il proposa d'aller au bar et, une fois installé, il commanda un Coca-Cola. Au moins, il avait arrêté de boire, semblait-il, songea Allegra avec soulagement. C'étaient ses pires souvenirs de lui, ceux de l'époque où il buvait et battait sa mère.

Ils parlèrent de tout et de rien pendant un moment ; de la Californie, de Boston, du travail d'Allegra, du temps qu'il faisait… Il ne demanda pas de nouvelles de Blaire, et Allegra se dit qu'il éprouvait sans doute encore beaucoup d'animosité à l'égard de son ex-femme. Il ne lui avait jamais pardonné son départ. Elle lui apprit que Jeff était originaire de New York et avait eu deux grands-pères médecins.

— Comment a-t-il fait pour échapper à la malédiction ? plaisanta Charles Stanton, s'efforçant de se montrer chaleureux.

Mais ce n'était pas facile. Il semblait y avoir un mur entre eux.

Allegra l'observait en silence, surprise de voir combien il avait vieilli et paraissait frêle. Il devait avoir environ soixante-quinze ans ; jamais Allegra ne s'était rendu compte qu'il était à ce point plus âgé que sa mère.

— Il est écrivain, expliqua-t-elle à propos de Jeff. (Elle lui parla brièvement de ses livres et de son film.) Il est très doué.

Mais elle avait du mal à se concentrer sur ce qu'elle disait. Elle ne cessait de se demander pourquoi son père l'avait tant haïe, pourquoi il n'avait jamais cherché à la voir, pourquoi il n'avait jamais appelé. Pourquoi il ne l'avait jamais aimée. Elle voulait savoir ce qui s'était passé à la mort de son frère, mais les questions ne parvenaient pas à franchir ses lèvres. Toute sa colère semblait rassemblée dans son cœur en une petite flaque, comme de l'huile, attendant que quelqu'un craque une allumette pour l'enflammer.

Enfin, il y eut une étincelle. Charles Stanton lui demanda comment allait Blaire, et il prononça le nom de son ex-femme d'une telle manière qu'Allegra ne put que réagir.

— Pourquoi prends-tu ce ton-là dès que tu parles d'elle ?

Sa propre question la surprit. Elle était sortie du plus profond d'elle-même sans crier gare.

— Que veux-tu dire ? demanda-t-il, mal à l'aise, en

portant son verre à ses lèvres. Je n'éprouve aucune animosité envers ta mère.

Il mentait. Ses yeux le trahissaient. Il détestait Blaire plus encore qu'il ne détestait Allegra. En fait, il semblait plutôt indifférent à cette dernière ; en revanche, il avait de vieux comptes à régler avec son ancienne épouse.

— Oh, si, tu lui en veux, déclara Allegra en plongeant son regard dans le sien. Mais c'est compréhensible. Elle t'a laissé.

— Que sais-tu de tout cela ? s'enquit-il d'une voix irritée, presque hargneuse. C'était il y a longtemps. Tu n'étais qu'une enfant à l'époque.

— Mais je m'en souviens encore… Vos disputes… Les hurlements… Les choses que vous disiez…

Charles baissa les yeux. Lui aussi se souvenait.

— Comment est-ce possible ? Tu étais encore un bébé !

— J'avais cinq ans, six quand nous sommes parties. C'était horrible.

Il hocha la tête, incapable de le nier.

Allegra décida alors de braver les eaux les plus troubles, les plus profondes. C'était, elle le sentait, le seul moyen d'atteindre la rive opposée, et cette fois elle comprenait qu'elle devait le faire. Elle ne verrait sans doute plus jamais Charles Stanton ; elle tenait peut-être sa dernière chance de les libérer tous les deux.

— Le pire, dit-elle, a été la mort de Paddy.

Charles sursauta légèrement, comme si elle l'avait frappé.

— Il n'y avait rien à faire, dit-il avec une certaine brusquerie. Il avait une forme de leucémie que personne ne pouvait soigner. Pas à l'époque. Encore maintenant, c'est très difficile, ajouta-t-il tristement.

— Je te crois, répondit-elle avec douceur.

Sa mère lui avait dit la même chose. Mais elle savait aussi qu'il se reprochait de ne pas avoir sauvé son fils et ne s'était jamais pardonné cet échec. C'était pour cela qu'il s'était mis à boire et qu'il avait perdu sa femme et sa fille.

— Mais je me souviens de lui… reprit-elle. Il était toujours si gentil avec moi !

A bien des égards, Paddy avait été comme Jeff : attentionné, aimant, toujours prêt à donner.

— Je l'aimais tant…

Son père ferma les yeux et détourna la tête.

— Il ne sert à rien de parler de ça maintenant.

Alors qu'il disait cela, elle se souvint qu'il n'avait pas eu d'autres enfants, et l'espace d'un instant elle éprouva pour lui une grande pitié. Il était seul et fatigué, malade peut-être, et il n'avait personne. Elle était entourée de Jeff, de ses parents, de Sam et Scott, et même de Jimmy et Matt. Charles Stanton, lui, vivait au milieu des regrets et des fantômes.

— Pourquoi n'as-tu jamais voulu me voir ? demanda-t-elle. Après, je veux dire ? Pourquoi n'as-tu jamais appelé, n'as-tu jamais répondu à mes lettres ?

— J'étais très en colère contre ta mère, dit-il, visiblement mécontent de devoir répondre à toutes ces questions tant d'années après.

Mais cette explication ne parut pas suffisante à Allegra.

— Tu étais mon père.

— Elle m'avait abandonné, et toi aussi. M'accrocher à toi aurait été trop douloureux. Je savais que je ne vous récupérerais jamais, ni l'une ni l'autre. Il était plus simple de chercher à oublier.

Etait-ce donc ce qu'il avait fait ? Il l'avait chassée de son esprit, il avait refusé de penser à elle ? Il l'avait enterrée, comme Paddy ? Il avait tranché le lien qui les unissait ?

— Mais pourquoi ? insista-t-elle. Pourquoi n'as-tu pas répondu à mes lettres, pourquoi ne m'as-tu pas au moins parlé ? Les rares fois où nous nous sommes vus, tu t'es montré si méchant…

Il poussa un soupir avant de répondre.

— Je ne voulais pas de toi dans ma vie, Allegra. Je

ne voulais pas que tu m'aimes. Tu trouves peut-être cela étrange. Mais je vous aimais beaucoup, toutes les deux, et quand je vous ai perdues, j'ai capitulé. J'avais l'impression de perdre Patrick de nouveau. Je savais que je ne pouvais pas lutter contre la distance ou contre l'existence que vous meniez ici. Un an après votre départ, tu avais un beau-père, trois ans plus tard, un frère, et je savais que ta mère ne s'arrêterait pas là. Elle avait une nouvelle vie, et toi aussi. Il aurait été cruel pour nous deux de m'accrocher à toi. Il me paraissait plus sage d'abandonner la bataille, de laisser les marées t'entraîner vers de nouveaux rivages. Ainsi, tu n'avais pas à regarder en arrière. Tu n'avais pas de passé, seulement un avenir.

— Mais j'ai tout emporté avec moi, dit-elle tristement. Partout où je suis allée, Paddy et toi étiez avec moi, en moi. Je n'ai jamais compris pourquoi tu avais cessé de m'aimer, ajouta-t-elle, les yeux pleins de larmes. Il fallait que je sache pourquoi. J'ai toujours cru que tu me détestais.

Elle scruta son regard, à la recherche d'une réponse.

— Je ne t'ai jamais détestée, répondit-il avec un sourire triste, osant à peine effleurer sa main. Mais je n'avais rien à t'offrir à l'époque. J'étais brisé. Pendant un certain temps, j'ai détesté ta mère, mais avec le temps, même ma haine s'est envolée. J'avais mes propres démons à canaliser. (Il soupira et la regarda.) J'ai tenté un traitement expérimental sur ton frère, Allegra. Il serait mort de toute façon, mais j'étais sûr que ça l'aiderait. Ça n'a pas été le cas, en fait je me suis toujours demandé si ça n'avait pas accéléré les choses. Peut-être pas de beaucoup, mais comment savoir ? Ta mère a toujours affirmé que je l'avais tué, conclut-il d'un air abattu.

— Ce n'est pas ce qu'elle m'a dit quand nous en avons parlé. Jamais.

— Peut-être qu'elle m'a pardonné, dit-il tristement.

— Oui. Il y a longtemps, affirma Allegra.

Elle se rendait compte qu'il n'existait pas de réponse

facile. Jamais elle ne comprendrait vraiment pourquoi cet homme l'avait abandonnée, mais maintenant au moins elle savait que c'étaient sa propre culpabilité, ses propres terreurs qui l'avaient convaincu qu'il prenait la bonne décision. Il n'avait rien à lui offrir, tout simplement. C'était ce que le Dr Green avait toujours dit à Allegra, mais maintenant au moins elle l'avait entendu de la bouche même de Charles.

— Je t'aimais beaucoup, dit-il d'une voix très basse.

C'étaient les mots qu'elle avait attendus toute sa vie.

— Je suppose qu'à l'époque, je ne savais pas comment l'exprimer, poursuivit-il. Je t'aime toujours, c'est pour cette raison que je suis venu ici. Je commence à comprendre que le temps est un luxe. Parfois, je pense aux choses que j'aimerais te dire, aux fois où j'aurais dû t'appeler, comme pour tes anniversaires. Je m'en souviens toujours, tu sais. Le tien, celui de Paddy et celui de ta mère... Mais je ne t'ai jamais téléphoné. J'y ai pensé longuement quand j'ai reçu ta lettre. Je n'avais pas l'intention de répondre. Et tout à coup, j'ai réalisé que je ne voulais pas rater ton mariage.

Ses yeux étaient humides tandis qu'il prononçait ces mots. Tout cela était très important pour lui, plus encore qu'il ne pouvait le dire à Allegra.

— Merci, murmura-t-elle.

Des larmes roulaient sur ses joues ; elle le remerciait pour ses paroles, son honnêteté, elle le remerciait de l'avoir libérée.

— Je suis heureuse que tu sois venu, dit-elle en embrassant sa main ridée.

Il lui sourit sans oser répondre.

— Moi aussi je suis heureux d'être venu, déclara-t-il enfin.

Ils commandèrent un autre Coca-Cola et discutèrent du mariage pendant un moment, et elle ne lui parla pas de qui la conduirait à l'autel. Elle pensait demander à Delilah de l'annoncer à Charles. Pour l'instant, cela n'avait pas d'importance. Elle était tellement soulagée ! Il tenait à elle, il avait pensé à elle, il s'était même souvenu de ses anniversaires. Certes, il n'avait pas appelé pour autant, et sur le moment elle s'était quand même sentie abandonnée ; mais maintenant, cela faisait une différence énorme.

Quand il se leva, elle proposa de le conduire en voiture à la répétition. Celle-ci avait lieu au Bistro et non à Bel Air chez ses parents car les jardiniers travaillaient toujours frénétiquement dans le parc. Le mariage était à dix-sept heures le lendemain : il leur restait exactement vingt-trois heures pour terminer.

Sur le chemin, Charles surprit Allegra en avouant qu'il était nerveux à l'idée de revoir Blaire. Cela paraissait étrange à la jeune femme : sa mère était mariée avec Simon depuis vingt-trois ans, et Charles ne faisait plus partie de sa vie depuis longtemps. Mais ils avaient été mariés pendant onze ans, et elle lui avait donné deux enfants… C'était difficile à imaginer. Il était si vieux, si faible, si réservé et conservateur, en un mot, si différent de Blaire, chaleureuse, pleine de vie et de fantaisie !

Ils se garèrent devant le Bistro à six heures pile. Les invités commençaient à arriver ; dans un coin, le pasteur et Delilah conversaient, et des serveuses passaient entre les groupes pour offrir du champagne à tout le monde. A sept heures exactement, Delilah tapa dans ses mains pour demander le silence. Toute la famille d'Allegra était présente, ainsi que ses demoiselles d'honneur, ses amis, le pasteur et ses deux pères. Mme Hamilton était debout à côté de son fils, les cheveux tirés en arrière et vêtue d'une robe noire très stricte. Elle avait l'air terriblement sérieuse, mais Allegra dut admettre qu'elle était d'une grande élégance.

Alan parlait à Simon du film qu'il avait tourné en Suisse, pendant que Carmen et Sam discutaient bébés. Pour une fois, Sam avait laissé Matthew à une babysitter. Elle l'avait nourri juste avant de partir et avait dit à Jimmy qu'elle ne voulait pas rester trop longtemps : c'était la première fois qu'elle allait quelque part sans son fils. Mais elle était heureuse de sortir un peu et flattée du regard admiratif que posait son mari sur sa silhouette.

Ils formaient un très beau groupe, et les journaux à scandale se seraient régalés en voyant la liste des personnes présentes. Le pasteur commença par expliquer exactement comment les choses se passeraient le lendemain, qui irait où et qui ferait quoi. Charles Stanton paraissait perplexe quant au rôle qu'il aurait à jouer, et Simon s'en aperçut. Sans bruit, il l'attira à l'écart, se présenta et lui serra la main avant de lui dire qu'il avait une proposition inhabituelle à lui faire. Allegra n'en entendit pas davantage : ils s'étaient éloignés d'elle et parlaient à voix basse.

Elle esquissa un sourire. Tout était très excitant, tout à coup. Les pièces du puzzle se mettaient en place ; ses vieux amis étaient là, sa famille aussi. Et son père lui avait avoué qu'il l'aimait. Sa façon de la traiter jusqu'alors avait été dictée par la confusion, la peur et la faiblesse ; Allegra n'avait rien à se reprocher. Bien sûr, elle l'avait toujours su, et maints experts le lui avaient répété, mais enfin, elle l'avait entendu de la bouche même de Charles Stanton.

Elle l'avait présenté à quelques-uns de ses amis au fur et à mesure de leur arrivée. De fait, si on plissait les yeux et si on les regardait attentivement, son père et elle, on pouvait déceler entre eux un vague air de famille. C'était à Blaire qu'elle ressemblait vraiment, et Simon qu'elle aimait comme un père ; mais cet homme faisait partie d'elle, de son histoire, de son passé et, peut-être, de son avenir.

Une fois que le pasteur eut tout expliqué, Charles se dirigea lentement vers Allegra et sa mère, qui parlaient du jardin.

— Bonsoir, Blaire.

S'il avait été plus jeune, il aurait sans doute rougi ; mais il se contenta de regarder son ex-femme en silence. Elle avait si peu changé, elle semblait encore si jeune ! Il avait l'impression de remonter le temps, et une foule de souvenirs doux-amers lui revenait. Il revoyait Paddy et Allegra enfants, Blaire à l'époque de leur mariage…

— Tu as l'air en pleine forme, murmura-t-il avec douceur.

— Toi aussi, répondit-elle, ne sachant que dire.

Leurs regards se croisèrent. Ils partageaient les mêmes souvenirs, la même souffrance. Ils avaient connu les mêmes espoirs brisés, et il y avait eu une époque où ils avaient ri et avaient été heureux ensemble, même s'ils avaient du mal à se remémorer cette période, aujourd'hui. Les tragédies, la mort de Paddy, le départ de Blaire et Allegra avaient tout effacé.

— C'est gentil à toi d'être venu, dit Blaire pendant qu'Allegra s'éloignait en direction de Tony Jacobson et du réalisateur de Jeff.

Ce faisant, elle remarqua du coin de l'œil Nancy Towers qui cherchait ouvertement à séduire Scott. Ce dernier ne semblait rien y trouver à redire. La jeune femme avait déjà un peu trop bu, et sa main ne cessait d'effleurer la cuisse de son compagnon de façon suggestive. Scott croisa le regard de sa sœur, qui lui décocha un clin d'œil amusé.

— Elle te ressemble tellement ! dit Charles à Blaire sans quitter sa fille du regard.

Elle traversait la pièce, un sourire aux lèvres, et ses cheveux étaient exactement de la couleur de ceux de Blaire. Elle avait également hérité la grâce de sa mère et la finesse de ses traits.

— J'ai sursauté quand je l'ai vue… J'ai cru que c'était toi. Nous avons bien parlé, tous les deux, cet après-midi.

— C'est ce qu'elle m'a dit, acquiesça Blaire.

Elle voulait lui tendre la main, le réconforter, lui dire combien elle était désolée, après tant d'années.

— Tout va bien, Charles ? demanda-t-elle en s'efforçant de chasser de son esprit les souvenirs de l'époque où, jeune mariée pleine d'espoirs et d'illusions, elle l'appelait Charlie.

— Je mène une vie très calme, répondit-il sans

amertume. Tu as une magnifique famille, ajouta-t-il en tournant les yeux tout autour de lui.

Il n'était pas difficile de reconnaître les enfants de Blaire : ils lui ressemblaient tous les trois. Quant à Simon, Charles l'avait beaucoup apprécié durant leur brève conversation. Il se réjouissait pour Blaire. Jamais elle n'avait mérité la souffrance et la douleur qu'il lui avait infligées, il en avait conscience ; il avait agi dans une espèce d'état second, en proie à une peine si intense qu'elle l'avait détruit. Il aurait aimé pouvoir lui parler comme il avait parlé à Allegra cet après-midi, mais les mots semblaient bloqués dans sa gorge.

— Je suis heureuse que tu sois là, Charles, dit-elle.

Les yeux pleins de larmes et le cœur gonflé de reconnaissance, il hocha lentement la tête, lui effleura la main et s'éloigna. Il ne pouvait supporter d'être près d'elle plus longtemps ; c'était trop douloureux. Il alla plutôt discuter avec Mary Hamilton, qu'Allegra lui avait présenté à son arrivée, et ils découvrirent bientôt non seulement qu'ils avaient plusieurs amis communs à Boston, mais qu'il avait connu son père, qui avait été un de ses professeurs à l'école de médecine de Harvard. Ils parlaient avec animation lorsque Blaire annonça à ses invités que le moment était venu de passer à table.

Allegra et Jeff purent s'asseoir côte à côte et bavarder gaiement avec leurs amis. Le lendemain soir, ils dormiraient au Bel Air, avant de s'envoler dimanche matin pour l'Europe. Ils avaient du mal à croire que le jour J était arrivé, enfin presque. Il ne restait plus que vingt heures avant leur mariage.

Simon porta un toast aux fiancés, et Jeff à sa future épouse. Blaire avoua combien elle était fière de tous ses enfants. Allegra vit à plusieurs reprises le regard de Charles Stanton se poser sur sa mère ; cependant, il passa le plus clair de la soirée à discuter avec Mary Hamilton, qui se montrait plus aimable avec lui qu'elle ne l'avait jamais été avec Allegra. Ils étaient rapidement devenus amis, et quand Charles vint prendre congé de

Jeff et Allegra, il annonça qu'il raccompagnait Mary Hamilton au Bel Air.

— Je crois que mon ex-père drague ta mère, dit en riant Allegra à Jeff, comme celui-ci s'apprêtait à repartir pour Malibu. Tu vas me manquer, ce soir, ajouta-t-elle, recouvrant son sérieux.

Soudain, la tradition lui semblait vaine et stupide.

— Comment ça s'est passé, aujourd'hui, entre ton père et toi ? voulut savoir Jeff, qui n'avait pas encore eu l'occasion de lui parler seul à seule.

— Plutôt bien, répondit-elle avec un petit sourire. Je crois qu'il m'a fourni certaines des réponses dont j'avais besoin. Il m'a fait de la peine, finalement. C'est quelqu'un de très seul.

— Peut-être est-il plus à l'aise ainsi. Je n'arrive pas à imaginer ta mère avec lui. Ils sont comme le jour et la nuit !

— N'est-ce pas ? Heureusement qu'elle a rencontré Simon !

— Tu as annoncé à Stanton qu'il ne te conduirait pas à l'autel ?

— Simon m'a dit de ne pas m'en inquiéter, qu'il s'était occupé de tout. Dieu merci !

Elle poussa un soupir de soulagement. Elle avait fait la paix avec son père pour la première fois en vingt-cinq ans mais souhaitait tout de même monter vers l'autel au bras de celui qu'elle considérait comme son véritable père, Simon.

A l'extérieur du Bistro, chacun prit sa propre voiture. Sam était partie une heure plus tôt avec Jimmy afin d'aller nourrir le bébé. Allegra répéta une dernière fois à Jeff où se trouvaient leurs bagages pour la lune de miel : elle avait peur qu'il ne les oublie.

— Pense aux valises ! cria-t-elle encore lorsqu'il démarra.

— J'essaierai ! répondit-il en quittant le parking à la suite de Carmen et Alan, qui eux aussi rentraient à Malibu, où ils vivaient désormais la plupart du temps.

Dix minutes plus tard, Allegra était de retour chez

ses parents, à Bel Air. Simon et Blaire passaient en revue quelques détails de dernière minute, et toutes les lumières étaient allumées chez Sam et Jimmy. Allegra mourait d'envie de passer les voir mais ne voulait pas les déranger. De même, elle aurait bien aimé voir Scott, mais ce dernier avait disparu avec Nancy après le dîner, et Allegra avait le sentiment qu'il ne rentrerait pas avant le matin.

— Tu devrais dormir un peu, fit valoir Blaire en voyant sa fille arpenter le salon comme un lion en cage.

— Je ne suis pas fatiguée, répondit Allegra.

Blaire sourit.

— Tu le seras demain.

En fin de compte, Allegra se rendit à la raison et monta dans sa chambre de jeune fille. Elle se déshabilla et se mit au lit ; au bout de quelques minutes, n'y tenant plus, elle appela Jeff, qui venait juste d'arriver chez lui. Ils parlèrent de la bonne soirée qu'ils venaient de passer, de leurs amis et de l'excitation qu'ils ressentaient à l'idée de se marier le lendemain.

— Je t'aime tellement ! dit-il.

Il le pensait de tout son cœur. Jamais il n'avait été aussi heureux.

— Moi aussi, je t'aime, répondit-elle.

Après avoir raccroché, elle resta éveillée pendant des heures, songeant à lui et à la chance qu'elle avait. Elle avait trouvé exactement l'homme de ses rêves. Celui qui correspondait à ses besoins. Et, comme elle l'avait si souvent espéré, c'était un homme qui ressemblait à Simon.

Elle dormit d'un sommeil sans rêves, cette nuit-là. Elle était en paix avec elle-même. Son travail, sa vie, son passé, son avenir : tout était en ordre.

23

Le samedi 5 septembre, Los Angeles se réveilla sous un soleil radieux. Pas de brume, pas de pollution ; une légère brise soufflait de la mer, et le ciel était d'un bleu sans nuage. A dix-sept heures, il faisait toujours un temps merveilleux.

Allegra était debout dans sa chambre. Sa robe lui allait à la perfection, le chapeau avait un chic fou et le long voile qui le recouvrait et tombait jusqu'à ses pieds lui donnait des allures de princesse de conte de fées. Ses cheveux étaient remontés sous le chapeau, et la jupe en dentelle, qui lui arrivait juste au-dessus du genou devant et tombait jusqu'à terre derrière, mettait en valeur le galbe de ses jambes. Sa mère lui tendit avec émotion le bouquet composé pour elle par David Jones.

— Oh, mon Dieu, Allegra… dit-elle sans parvenir à contenir son émotion.

Jamais elle n'avait vu mariée aussi ravissante que sa fille. Elle avait une allure incroyable dans la robe dessinée pour Dior par Gianfranco Ferré, et quand Simon la vit descendre l'escalier, lui aussi sentit ses yeux s'emplir de larmes.

— Oh, ma chérie ! s'exclama-t-il.

Dehors, l'orchestre jouait doucement ; les invités les attendaient. Et Delilah tournait en rond dans le salon, en battant des bras comme une autruche rassemblant ses petits. Les demoiselles d'honneur étaient déjà alignées, tout était prêt.

Simon s'approcha d'Allegra.

— J'ai parlé à Charles, hier, lui dit-il. J'ai eu une idée… Non, ne me regarde pas avec cet air furieux, ajouta-t-il en voyant Allegra se rembrunir. C'est une sorte de compromis.

Il lui chuchota quelques mots à l'oreille et elle réfléchit un instant, avant de sourire et de hocher la tête. Presque au même instant, Charles Stanton apparut, en redingote impeccable et pantalon rayé. Il avait l'air très distingué, quoique un peu raide. Quant à Simon, il était superbe dans son habit et ressemblait à une star de cinéma.

— Très bien, mesdames, allons-y dans le calme, dit Delilah en faisant mine de claquer des mains.

Allegra ne put s'empêcher de pouffer. Tout cela était si absurde !

— Lentement et dans le calme ! Lentement et dans le calme ! chuchotait Delilah en mimant le pas à adopter.

Nancy – qui avait passé avec Scott une nuit inoubliable dans sa chambre du Bel Air – s'avança la première, aussitôt suivie par Jess, véritable lady avec sa robe en dentelle beige et sa capeline assortie. Juste avant de pénétrer dans le jardin, elle se retourna pour décocher un clin d'œil à Allegra, et la mariée ne put s'empêcher d'éclater de rire. C'était le plus beau jour de sa vie, et dans quelques minutes elle serait mariée à Jeff… pour toujours.

Carmen suivait Jess. Delilah l'avait placée à dessein en troisième position pour qu'elle ne vole pas trop la vedette aux autres, mais même enceinte, elle ne passait pas inaperçue. Elle avait vraiment un visage et des jambes à damner un saint, et des murmures coururent parmi les invités lorsqu'elle remonta vers l'autel fleuri, suivie par Sam, grande, mince et superbement élégante. Jimmy, Tony et Alan entouraient Jeff, qui attendait Allegra auprès du pasteur.

Puis il y eut une longue pause tandis que tout le monde attendait la mariée, et enfin elle apparut, encore plus belle que dans les rêves de Jeff. Elle s'avança au bras de son père, à petits pas mesurés, les yeux baissés sous son voile. Elle sentait Charles trembler à son côté. Il était revenu vers elle au bon moment, maintenant l'heure était arrivée pour elle de le quitter et non d'être quittée. Et cette fois, ils pourraient tous deux aller de l'avant, sans se sentir abandonnés ni l'un ni l'autre.

Comme ils arrivaient au milieu de l'allée, Charles Stanton s'immobilisa et se tourna vers elle avec un petit sourire. Il porta sa main gantée de blanc à ses lèvres et l'embrassa.

— Dieu te garde, mon enfant… Je t'aime, murmura-t-il.

Il l'avait dit.

Il fit un pas de côté et Simon se glissa à sa place. Prenant le bras d'Allegra sous le sien, il la guida jusqu'à l'autel d'un pas ferme et décidé, comme il l'avait toujours guidée dans la vie. A eux deux, Charles et lui l'avaient accompagnée pendant trente ans. Simon baissa les yeux vers celle qu'il considérait comme sa première fille, l'enfant que Blaire lui avait amenée vingt-trois ans plus tôt, si petite, si fragile, si affamée d'amour, si effrayée.

— Je t'aime, dit-il, des larmes dans la voix, et elle se haussa sur la pointe des pieds pour l'embrasser.

Puis elle le laissa et alla prendre sa place au côté de Jeff. Simon alla s'asseoir près de Blaire, et Allegra leva vers Jeff de grands yeux pleins d'amour. Elle avait parcouru beaucoup de chemin pour arriver jusqu'à lui, mais ensemble, ils iraient plus loin encore.

— Tu es magnifique, murmura Jeff en serrant sa main dans la sienne.

— Je t'aime, répondit-elle.

Toute l'assistance avait la larme à l'œil en les regardant, si grands, si beaux, si fiers et pleins d'espoir.

Ils se jurèrent amour et fidélité, et enfin, Jeff

embrassa longuement la mariée, sous les applaudissements nourris de l'assemblée.

Le pasteur les déclara mari et femme et ils redescendirent l'allée centrale, main dans la main sous une pluie de pétales de roses. C'était un moment de pur bonheur, le point culminant de leur existence.

Les invités affirmèrent qu'Allegra était la plus jolie mariée qu'ils eussent jamais vue, et le jeune couple mit un point d'honneur à saluer chacun. Enfin, Peter Dulchin joua « Fascination », et Jeff et Allegra se lancèrent dans une valse lente sur la piste de danse. Tout le monde les regardait avec une admiration béate. C'était le plus beau couple qu'on pût imaginer. Ensuite, Allegra dansa avec Charles, visiblement submergé par l'émotion, puis avec Simon, qui la guida avec aisance sur la piste en lui chuchotant des plaisanteries à l'oreille. Elle valsa avec Alan, avec son frère, son nouveau beau-frère, avec Tony, puis de nouveau avec Jeff. Elle dansa pendant des heures, jusqu'au dîner. Avant de se mettre à table, elle remercia sa mère et Simon pour ce splendide mariage, et admit qu'ils avaient eu raison depuis le début : il y avait deux cent cinquante invités et tout était parfait. Même Mary Hamilton semblait passer un bon moment ; Charles ne l'avait pas quittée de la soirée.

Enfin, Allegra se changea pour mettre un tailleur en soie blanche de chez Valentino pendant que Simon dansait un slow avec Blaire, savourant les derniers instants du mariage. Jimmy et Sam dansaient non loin ; Blaire, qui les regardait, s'immobilisa soudain et leva les yeux vers Simon.

— Est-ce que tu te rends compte qu'en deux mois, la pauvre petite s'est mariée et a eu un bébé, et qu'elle n'a même pas eu droit à un vrai mariage ? Nous devrions peut-être organiser quelque chose pour Jimmy et elle, quand la cuisine sera installée.

Simon rit et secoua la tête.

— N'y pense même pas. Je préfère leur donner un chèque et les envoyer directement en voyage de noces.

Pas question d'organiser un autre mariage avant au moins dix ans !

Là-dessus, il regarda sa cadette, si heureuse dans les bras de son mari, puis sa femme.

— A moins qu'elle ne le souhaite vraiment. Peut-être que tu devrais lui poser la question…

Il ne voulait pas priver Sam d'un beau mariage après tout ce qu'elle avait traversé.

— Nous pourrions faire ça vers Noël… Ou au printemps prochain…

Blaire était déjà en train de tout préparer dans sa tête : une grande fête de Noël, au cours de laquelle Sam et Jimmy renouvelleraient leurs vœux… Des petits sapins illuminés disséminés dans tout le jardin… Une tente… Un orchestre un peu plus jeune, peut-être un groupe de rock…

— Arrête ! s'exclama Simon en riant. Et si nous nous remariions, tous les deux ? Ce pourrait être amusant.

Ce n'était pas une idée absurde : depuis la naissance de Matthew, leur mariage connaissait un véritable renouveau.

— Je t'aime, reprit-il. Arrête de planifier le mariage de Sam et écoute-moi une minute : je veux que tu saches que je te trouve formidable.

— Moi aussi. C'est une idée de génie que tu as eue de partager la montée à l'autel avec Charles. C'était tellement symbolique…

— A force de travailler avec des acteurs pendant quarante ans, j'ai fini par acquérir un bon sens du compromis et une certaine créativité !

— Il faudra que je m'en souvienne, quand je commencerai à travailler pour toi la semaine prochaine, plaisanta-t-elle.

L'orchestre jouait « New York, New York. » Allegra apparut dans son tailleur blanc. Elle grimpa sur la scène sur laquelle étaient installés les musiciens, tourna le dos à la foule et lança son bouquet, qui vola dans les airs et atterrit dans les bras de Jess. La jeune femme secoua la tête et s'empressa de le lancer à son tour comme une grenade sur le point d'exploser. Cette fois, ce fut Sam qui l'attrapa. Sa sœur et elle éclatèrent de rire, et quand Allegra vint l'embrasser pour lui dire au revoir, elle lui chuchota à l'oreille que leur mère lui préparait déjà un mariage pour Noël.

— Oh, non ! gémit Sam avec une grimace cocasse. Impossible… Jimmy me tuera… Si je ne meurs pas avant !

Elle était sincère. Elle avait trouvé le mariage d'Allegra superbe, mais les préparatifs lui avaient paru beaucoup trop prenants et compliqués.

— Va le dire à maman ! conclut Allegra.

Elle fit de grands signes à tout le monde en montant dans la voiture qui les attendait, Jeff et elle, pour les emmener à l'hôtel. Le mariage avait été absolument parfait.

Blaire et Simon regardèrent la limousine s'éloigner. Allegra était venue les embrasser et les remercier une nouvelle fois, et Jeff aussi. Ils rentreraient d'Europe dans trois semaines.

Comme les feux arrière de la voiture disparaissaient au loin, Jimmy attira Sam sur la piste de danse et Scott disparut dans sa chambre avec Nancy. Se tournant vers sa femme, Simon la prit dans ses bras et l'embrassa passionnément.

La douleur d'une mère

(Pocket n° 10009)

Dans son riche appartement new-yorkais, Marielle mène une vie sans joie. Son mari, le milliardaire Malcom Patterson la trompe ouvertement. Heureusement, il y a Teddy, leur enfant... Mais Marielle porte aussi le douloureux secret de son premier mariage avec l'écrivain Charles Delauney, un mariage endeuillé par la mort de leur fils, André. Un jour, elle rencontre Charles et aussitôt le passé renaît. Peu après, Teddy est enlevé...

Il y a toujours un Pocket à découvrir

Impression réalisée sur Presse Offset par

CPI
Brodard & Taupin
42515 – La Flèche (Sarthe), le 06-07-2007
Dépôt légal : juin 2002
Suite du premier tirage : juillet 2007

POCKET – 12, avenue d'Italie - 75627 Paris cedex 13

Imprimé en France